산에
스며든
초롱 2

산에
스며든
초롱

1판 1쇄 찍음 2021년 7월 20일
1판 1쇄 펴냄 2021년 7월 29일

지은이 | 스파클라
펴낸이 | 정 필
펴낸곳 | (주)뿔미디어

기획 · 편집 | 박경희 권지영 김신혜
표지 디자인 | 우 물

출판등록 | 2002년 9월 11일 (제1081-1-132호)
주소 | 경기도 부천시 소향로 17, 303(두성프라자)
전화 | 032)651-6513 팩스 | 032)651-6094
E-mail | scarlets2012@hanmail.net
블로그 | http://blog.naver.com/dahyangs
비북스 | http://b-books.co.kr

값 11,000원

ISBN 979-11-6713-359-5 04810
ISBN 979-11-6713-357-1 04810(세트)

※파본은 구입하신 서점에서 교환하여 드립니다.

2

산에 스며든 초롱

스파클라
장편 소설

CARLET ROMANCE STORY

목차

1

미처 식지 않은 사랑의 온기가 따듯하게 몸을 감싸는, 늘 익숙하게 맞이하던 날과는 조금 다른 날이었다. 산은 이 벅찬 마음을 느긋하게 누리고 싶은데 반갑지 않은 전화벨 소리에 눈이 번쩍 떠졌다.

다행히 초롱은 아직 깨지 않아 서둘러 이불을 걷고 자리에서 일어나 전화벨 소리를 낮췄다. 재빨리 가운을 낚아채며 거실로 나가 조용히 전화를 받았다.

로라는 좀처럼 연결되지 않는 전화에 끊어야 하나 했는데, 마침 들려오는 반가운 목소리에 화색이 돌았다.

"이산!"

― 오로라. 이렇게 일찍 무슨 일이야?

"일찍은, 벌써 8시나 됐는데? 너답지 않게 늦잠이라도 자는 거야?"

이른 시간이라 그런지 평소 활기찬 산의 목소리와는 달리 잠긴 듯 조용한 말투가 낯설었다.

— 벌써 8시가 됐다고?

"그래. 몰랐어? 웬일이야? 너는 주말도 칼같이 같은 시간에 일어나는 줄 알았는데 너도 늦잠을 자? 와우, 새삼 몰랐던 인간미가 느껴지는데?"

— 됐고, 용건.

인간미는 개뿔, 어쩜 이렇게 냉정하기 짝이 없는지. 어휴…… 이런 녀석을 왜 마음에 두고 있는지 알다가도 모를 일이었다.

"네 덕분에 광고가 들어왔어."

— 광고?

"어. 네가 협찬해 줬던 이원! 광고 들어왔어."

— 뭐?

"신인이 벌써 광고를 따냈다고! 그 프로필 화보가 정말 임팩트가 강했나 봐. 광고만이게? 드라마, 영화 쪽에서도 섭외가 들어와."

— 그래? 잘됐네.

산의 입매가 절로 호를 그리고 있었다.

"어. 그래서 말인데, 광고 콘셉트도 프로필처럼 가고 싶대. 광고사에서 너희 회사로 연락한다기에 미리 부탁 좀 할 겸 전화했지."

— 그래, 알았어.

"끝이야? 광고까지 찍으면 네 회사에도 파급 효과가 그만큼 클 거야. 기대되지 않아?"

— 일단 알았어. 통화는 나중에 하자. 지금은 중요한 일이 있어서.

"아침부터 중요한 일? 그게 뭔데?"

— 오로라!

"알았어. 됐다 됐어. 치사해서 안 물어본다. 끊어."

로라는 서운했다. 제 딴에는 서로에게 윈윈이라 반가운 마음에 아침 일찍 소식을 전한 건데, 전혀 동요되지 않은 잠잠한 목소리는 둘째 치고, 아침부터 급해 봐야 얼마나 급한 일이 있다고 전화를 그렇게밖에 받지 못하는지.

다시 전할 수도 없는 외사랑이 괜스레 억울하고 서운한 마음을 감출 수가 없었다.

산은 행여나 초롱이 깰까 조용히 통화하면서도, 여전히 신경은 초롱이 있는 곳으로 향하고 있었다. 서둘러 통화를 끝내고 방문을 열어 보니 아직도 세상모르고 제집처럼 숙면에 빠져든 초롱의 모습이 더없이 사랑스러웠다.

생각 같아서는 옆자리에 누워 다시 사랑을 말하고 싶지만 자신의 욕심이 과했던 밤을 생각하면 조금 더 쉬도록 두어야 할 것 같았다.

열었던 문을 조심스레 닫고서 서둘러 샤워를 끝내고, 간단히 먹을 수 있는 음식을 준비한 다음 다시 방문을 열어 보았다. 뒤척이는 모습에 곧 깨어나겠지 했는데, 옅은 한숨을 내쉬며 자세를 고쳐 이불을 감싸 안으며 자는 모습이라니. 무슨 꿈을 꾸는지 오밀조밀 작은 얼굴에 스치는 다양한 표정이 너무 예뻐서 결국 제대로 자리를 잡고 관찰하게 되었다.

보고 또 봤던 얼굴인데. 왜 늘 새롭고, 왜 늘 색다른 예쁨이 묻어나는지. 보고 또 봐도 질리기는커녕 온종일이라도 이대로 머물러 있고 싶은 마음뿐이었다.

'너무 자연스러워. 네가 내 침대에 누워 있는 모습이 세상에서 가장 자연스럽고 당연하게 느껴져. 보내고 싶지 않아.'

이불 위로 새하얀 다리가 쑥 나오며 그녀의 부드러운 몸의 곡선이 드러났다. 이불의 감촉을 즐기기라도 하듯 부드럽게 쓸어내리는 사소한 모습에도 산의 몸이 후끈 달아올랐다.

'젠장, 보내고 싶지 않다고.'

이불을 끌어안고서 나지막이 신음을 흘리던 초롱의 미간에 주름이 머물 시간도 없이 번쩍하고 그녀의 눈이 떠졌다.

'헉, 어떡해.'

눈을 뜨자마자 지난밤의 일들이 빗발치듯 머릿속으로 쏟아져 들어왔다. 지금부터 무얼 할 생각인지 친히 하나하나 귓가에 속삭이며 온몸을 흥분으로 물들였던, 느끼는 감정을 거침없이 표현하던 너무나 은밀하고 농밀한 그의 말들이. 내뱉은 말을 완벽하게 실행에 옮기며 그가 했던 친밀한 행동 하나하나 남김없이 모두 떠올랐다.

도대체 몇 시나 되었을까. 짙은 커튼과 커튼 사이로 한 줄기 밝은 빛이 내리쬐는 걸 보니 이미 날이 밝은 지도 오래인 모양이었다.

'민망해. 부끄러워. 그의 얼굴을 어떻게 봐야 해? 무슨 말을 이떻게 해야 해?'

초롱은 생각할수록 부끄러움이 해일처럼 밀려와 감히 그의 모습을 찾는 시늉조차 할 수 없었다.

그녀의 새하얀 다리가 슬금슬금 이불 속으로 기어들어 가고, 너무나 사랑스레 이불을 쓰다듬던 가늘고 긴 팔도 느릿느릿 이불 안으로 숨고 있었다. 이윽고 찡그리던 얼굴까지 살금살금 이불 속으로 기어가다 겨우 눈만 살짝 내놓는 모습이라니.

누에고치처럼 잠시 숨죽여 있다가, 게 눈처럼 고개를 빼꼼 내밀고서 주위의 동태를 살피는 모습에 웃음이 터지려는 걸 간신히 참는데, 그제야 두 눈이 마주쳤다.

"순 잠꾸러기잖아? 내가 얼마나 애타게 기다린 줄 알아? 네 눈썹 개수까지 알아냈다고."

초롱의 시야에서 조금 비켜 있던 산이 웃으며 말하자 초롱에게서 앓는 소리가 들려왔다.

"끙. 그러게 깨우시지 않고."

세수도 하지 않고, 머리는 분명 산발이 되어 있을 텐데, 게다가 옷은 손이 닿지도 않는 곳에 있었다. 곰처럼 이불을 계속해서 칭칭 감고 있을 수도 없고.

"나도 깨우고 싶었는데, 깨워서 다시 사랑을 나누고 싶었는데. 너무 예뻐서, 자는 모습도 너무 예뻐서 나도 모르게 넋을 놓고 보고 있었네."

'뭐야, 설마 아침부터 또? 맙소사, 이럴 땐 무슨 말을 어떻게 해야 하는 거야? 어떻게 반응을 해야 하는 거냐고!!'

초롱은 부끄러워 미칠 것 같았다. 좀 더 일찍 일어났어야 했다. 그보다 먼저 일어나 그보다 빨리 씻어야 했고, 그보다 먼저 나갈 준비를 마쳐야 했는데. 어쩌자고 제집도 아닌 곳에서 천하태평 늦게까지 잠들어 버렸는지, 도대체가 믿기지 않았다.

"대꾸가 없어? 다시 사랑을 나누고 싶다는 뜻으로 받아들여도 되나?"

"아니요! 아니. 그게. 지금은 너무 시간이 이르고…… 아니 그러니까……."

"이초롱! 네 마음은 충분히 알겠어. 시간이 너무 이르니까 좀 있다가 하자는 말이지?"

"하이산 씨!!"

"풋. 푸하하하, 너는 눈 흘기는 것도 예뻐. 내 몸과 마음은 당장 그러고 싶지만, 네 상황을 고려하지 않을 만큼 짐승은 아니야. 그러니까 그 토끼같이 놀란 눈길은 좀 거두어 줄래? 난 지금도 충분히 힘들다고."

이불 위로 불쑥 다가온 그의 몸의 변화가 선명하게 느껴졌다. 얼굴을 쓰다듬으며 가벼운 키스를 건네는 그의 향기에 절로 눈이 감겨 버렸고, 키스는 어느새 연한 아메리카노에서 짙은 에스프레소로 바뀌고 있었다.

겨우 정신을 붙잡은 초롱이 간신히 입술을 떨어트렸다. 산은 그런 초롱의 이마를 마주하며 가쁜 숨을 다스려야 했다.

"넌 정말 사람 미치게 만들어. 알아?"

"죄송해요."

"아니, 죄송하지 않아도 돼. 그러니까 앞으로 계속 이렇게 미치게 만들어 봐. 내가 어디까지 미칠 수 있나 나도 궁금하니까."

초롱의 눈이 예쁘게 휘는 모습에 산이 초롱을 불렀다.

"이초롱."

"네."

"내가 말했던가?"

"무슨 말이요?"

"내가 너를 정말 많이 좋아한다고. 아니, 사랑한다고 말했던가?"

초롱은 대답 대신 고개를 끄덕였다. 맞댄 이마에서 느껴지는 그의 온화한 마음과 고스란히 입술로 전해 오는 그의 숨결이 세상 가장 달콤한 꿀같이 느껴졌다.

떠다니는 공기는 어색했지만 이불 위로 전해 오는 따듯한 그의 체온이 좋아 가만히 머무는데, 산이 잔뜩 낮아진 목소리로 물었다.

"초롱아, 배고파?"

솔직히 말을 하면 그다지 허기가 느껴지지 않았지만, 왠지 모르게 배가 고프지 않다고 하면 안 될 것 같았다.

"네."

"좋아. 그럼 얼른 씻고 나와, 내 마음이 바뀌기 전에."

무슨 마음이 어떤 상태에서 어떻게 바뀐다는 건지는 굳이 듣지 않아도 될 것 같았다. 따듯한 온기가 좋아 계속 머무르고 싶은 미련은 재빨리 넣어 버리고, 그의 시시각각 달라지는 눈빛에 서둘러 이불로 몸을 감싸며 얼른 욕실로 향했다.

'너는 남자가 아니라서 몰라, 죽었다 깨어나도 모를 거야. 욕구는 밤과 낮을 가리며 찾아오는 게 아니라고.'

산은 아쉬움이 남은 듯 쉬이 자리를 털고 일어서지 못하고, 다시 침대에 벌렁 누워 짙은 사랑의 향기를 남긴 지난밤을 홀로 추억했다. 흘러가는 시간에 하는 수 없이 애써 몸을 일으키다 마침 눈에 띈 무언가를 발견한 산이 씩 웃었다.

초롱은 산이 잠시 한눈을 판 사이, 욕실 문 앞에서 허물을 벗듯 이불을 툭 떨어트리고서 재빨리 안으로 들어섰다. 쉽게 적응되지 않을 것 같은 이 어색하고 민망한 분위기를 앞으로 어떻게 헤쳐 나갈까, 밀려드는 걱정을 뒤로하고 샤워를 서둘렀다.

남자 혼자 사는 집이라 그런지 욕실 비품이 남성 제품밖에 없어 난감한 마음이 들다가도 그가 쓰던, 익숙한 그의 향이 나는 제품을 들어 향기를 맡으며 빙그레 미소 지었다. 거울에 비친 자신의 모습이 얼마나 낯선지.

서둘러 어색한 기분을 털어 버리고 샤워를 마쳤다. 가지런히 정리된 커다란 타월을 하나 꺼내 머리부터 발끝까지 대충 닦으며 드라이를 하려는데 무언가 허전했다.

'어머, 어떡해! 옷을 안 가져왔어. 이 바보 멍청이!'

뒤늦게 옷을 챙겨 오지 않은 어리석음을 탓해 봐야 무슨 소용이 있을까. 어지러운 생각에 대충 머리를 말리는 둥 마는 둥. 제발 그가 방에 없기를 바라며 급한 대로 타월을 몸에 두르고서 문을 살짝 열어 보는데, 왜 아직 나가지 않고 그 자리에 머물러 있는 건지.

"다 씻었어?"

"어. 네. 뭐……."

"왜, 뭐 문제 있어?"

"아니요. 저…… 그런데 거실에 안 나가세요?"

"나가야지. 식사 준비야 이미 아까 다 했고, 데우기만 하면 되는 걸 뭐. 너 나오면 같이 가려고."

"아. 하하. 뭘. 그렇게까지."

얼굴만 문밖으로 겨우 내밀고서 물기를 머금은 모습으로 우물쭈물하는 모습은 왜 이렇게 귀여운지. 산은 터져 나오려는 웃음을 참느라 입가에 경련이 이는 듯했다.

"안 나올 거야? 계속 이렇게 얘기해?"

"옷을 두고 왔어요."

결국 말해 버렸다. 눈치껏 자리 좀 피해 주면 어때서, 보아하니 이미 아는 것 같은데 뭘 저렇게 자꾸 말을 거는지.

"그래서?"

"그래서는 무슨. 당연히 옷 좀 달라는 말이죠."

"싫다면?"

"네?"

"급한 사람이 가져가면 되겠네."

"아니. 사람이. 그렇게 안 봤는데."

푸흡. 결국 웃음이 터졌다.

"뭘 그렇게 안 봐? 내가 그렇게 보라고 했지. 어디서 겁도 없이 늑대 앞에 양 껍데기를 흘려?!"

"헐. 어제는 호랑이, 오늘은 늑대예요?"

산은 뾰로통한 표정에 불만스레 입술을 내밀고 큰 눈을 깜빡이는 초롱의 모습을 보자니 여지없이 몸이 반응을 보이고 있었다.

그냥 잠깐 놀려 줄 생각이었다. 홀로 침대에서 미처 털어 내지 못한 열기로 몸부림치다 침대 옆에 놓인 네 양털을 봤을 때, 나의 난감함을 모른 척하는 네 깜찍함에 약이 올라서. 그저 씻고 나오면 잠시 놀려 주려고. 정말 그뿐이었는데. 이슬이 굴러떨어지는 네 얼굴은 왜 그렇게 사랑스러워야 하는지.

"부끄러운 거야? 아니면, 내가 무서운 거야?"

"무섭기는 무슨. 그런 거 아니거든요."

"그럼 네가 와. 난 안 가져다줄 거야, 네 양털. 그리고 기대하지 마, 여기서 나가지도 않을 거야. 물론 뒤돌아 앉지도 않을 거고. 무섭지 않다고 했으니까, 보여 줘. 진짜 무서워하지 않는 당당한 네 모습."

그의 말에 괜스레 침이 꼴깍 넘어갔다. 무섭지는 않았다. 그는 상냥하고 다정한 사람이었지, 무서움과는 거리가 먼 사람이었다. 하지만…… 평소와 같이 다정한 모습과 지금의 모습은 또 달라 보였다.

'무슨 말을 저렇게 비장하게 해. 가져다주지도, 나가지도, 뒤돌지도 않겠다고? 뭐 어쩌라고! 그럼 미소라도 지어 봐요. 그렇게 진지한 표정 말고. 눈이라도 깜빡여 봐요. 뭘 그렇게 뚫어져라 쳐다봐, 사람 민망하게.'

잠시 망설였다. 이대로 계속 숨어 버릴까, 아니면 아무렇지 않게 정말 당당하게 나가 버릴까. 숨자니 왠지 자존심이 허락하지 않고, 당당하게 나가기에는 어색함을 감출 수가 없었다.

그래도 기왕이면 머뭇거리는 모습보다 어색해도 당당한 모습을 보여 주고 싶으니까, 가슴에 타월을 단단히 고쳐 잡고서 조심스레 욕실 밖으로 나섰다.

어제와는 또 달랐다. 어둠이 용기를 북돋아 주었던 지난밤과는 달라도 너무 달랐다. 부끄러움을 가려 줄 어둠도, 붉게 달아오르는 얼굴을 교란시킬 다른 빛도 없이, 너무나 밝은 한가운데로 걸음을 내디딘다는 건 생각보다 쉬운 일은 아니었다.

산은 조심조심 다가오는 초롱을 보며 침을 꿀꺽 삼켰다. 미처 다 말리지 못한 머리카락에서 흐르는 물기가 매끈한 어깨를 넘어 타월에 스며들고 있었고, 투명한 피부에는 촉촉한 습기가 머물러 있었다. 거의 앞에 다다라 옷이 있는 쪽으로 걸음을 옮기는 초롱을 보며 결국 참지 못하고 자리에서 벌떡 일어섰다.

"이초롱."

"……네."

"나 오늘 하루만…… 짐승 할게."

"네? 그게 무……."

물음을 맺을 수가 없었다. 따듯한 그의 입술에 의미 없는 웅얼거림만 남겼고, 어느새 주위는 아득히 고요해져만 갔다.

그와 키스를 얼마나 했다고 벌써 익숙하게 타고 흐르는 전율에 온몸에 힘이 빠져 버렸고, 타월을 꼭 쥔 손에도 힘이 빠져나갔다. 불과 몇 분 전만 해도 이 어색한 분위기를 어떻게 헤쳐 나가야 하나. 걱정했던 마음이 무색할 만큼 초롱은 빠르게 산에게 빠져들고 있었다.

산은 어렵지 않게 호흡을 맞춰 오는 초롱을 느끼며 애써 걸어 뒀던 빗장을 풀어 버렸고, 자유롭게 풀려난 짐승은 기회를 놓치지 않았다. 초롱의 가슴에 아찔하게 걸쳐 있던 타월의 매듭을 풀어 버리자, 동시에 물기를 머금어 무거워진 타월은 너무나 힘없이 발아래로 떨어지고 말았다.

가볍게 초롱을 들어 침대 위에 살포시 내려놓았다.

어둠에서 보던 너와 밝은 태양이 비치는 너는 또 왜 이렇게 색다른지, 어제의 수줍음 많은 토끼 같은 너도 좋지만 오늘의 도전적인 토끼가 더 반갑다.

예쁘게 물이 드는 너의 몸은 어제와 다를 게 없는데 방황하던 눈빛, 움츠림이 느껴지던 너는 어제와는 사뭇 다르다.

나와 비슷한 눈빛을 하고서 내 눈을 피하지 않고, 부끄럽다 마냥 숨으려 들지도 않고, 수줍음을 이겨 내려 애쓰는 너의 모습이 너무 사랑스러워서 이대로 한 시간이고 두 시간이고 눈에 담고 싶은데, 그러기에는 긴장한 듯한 네 심장이 너무 가여우니까, 점점 단단해지는 네 가슴이 너무 사랑스러우니까, 나도 더는 참기가 곤란하니까.

산이 천천히 보란 듯이 셔츠를 벗어 올리고는 바지 버클에 손을 갖다 대는데, 이리저리 흔들리는 눈빛은 어디로 가고, 담대하게 내 손을 따라 움직이는 깜찍한 네 눈빛이 왜 이렇게 반가운지.

있던 용기에 용기가 더해지며, 마지막 남은 천 쪼가리를 느릿느릿 벗어 내리려는데,

'야! 지금 눈을 감으면 안 되지, 그거 반칙이야. 지금부터가 쇼의 시작이라고, 이 바보야!'

감은 눈을 파르르 떨며 수 초의 시간이 지나 간신히 눈을 뜨는 초롱을 보며 그제야 단숨에 휙 벗어 던졌다.

'봤지? 이게 나라고. 잘생겨, 건강해, 듬직해, 그리고…… 우람해. 이초롱 좋겠다. 남친이 이렇게 튼튼해서. 나도 좋아. 한 번은 피해도, 두 번은 피하지

않는 너니까. 당당하게 내 몸을 마주하며, 보란 듯 머리부터 발끝까지 천천히 훑어볼 줄 아는 너니까. 온몸을 붉게 물들이면서도 숨으려 들지 않고, 당당하게 부끄러움을 떨치려는 용기가 너무 사랑스러운 너니까. 착하게 살다 보니 이런 날이 다 온다. 복받았네, 하이산.'

서로를 바라보는 미소가 닮아 있었다. 서로를 바라보는 눈빛도 닮아 있었고, 서로를 바라는 마음도 닮아 있었다.

너의 당당함을 또 이렇게 확인하게 되어 너무 반갑고 좋지만, 눈부실 만큼 환한 태양에게 우리가 사랑을 나누는 모습을 보여 주고 싶지는 않으니까. 사랑에 물들어 환희에 젖어 드는 너의 모습은 나만 보고 나만 느끼고 싶으니까.

나의 가장 약해지는 모습도 너만 보고 너만 느끼면 좋겠으니까, 우리는 다시 어둠의 문을 열어 보자고.

산은 옆에 놓인 전동 커튼 리모컨을 들어 off 버튼을 눌렀고, 반가운 어둠이 내려앉았다. 이윽고 다시 사랑이 시작되고 있었다.

아침 좀 굶으면 어때서, 아니, 요즘은 브런치가 유행이라며?

늦게 배운 도둑질에 날 새는 줄 모른다더니, 늦게 배운 사랑에 시간 가는 줄 모르는 두 사람이다.

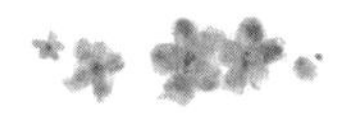

열정이 연이어 지나가고, 산과 초롱이 거친 호흡을 가다듬으며 나란히 누웠다. 숨소리만 고요히 흐르는 가운데 초롱이 먼저 말을 꺼냈다.

"물어보고 싶은 거 있어요."

"뭔데?"

"어떻게 알았어요? 우리 집 상황?"

"그게 무슨 말이야?"

"왠지 내가 들켰던 모습보다 어쩌면 더 많이 알고 있는 것 같아서요. 이산 씨가 봤던 건 단지 엄마가 쓰러졌던 날, 그 하루. 단편적인 모습뿐이었는데, 생각을 되돌려 보면 그보다 훨씬 더 많이 알고 있는 것 같은 느낌이 들어요."

나름 조심한다고 했는데 초롱이 어떻게 눈치를 챘는지.

"솔직하게 말해야겠지?"

"네."

"임 교수님께 여쭤봤어. 너한테 퇴짜를 맞고도 포기가 안 되더라고. 그런데 왠지 임 교수님이 너를 잘 알 것 같다는 생각이 들었어. 처음 직원 채용 문제로 교수님 찾아뵀을 때 휴학생이라도 괜찮은지, 여자라도 상관없는지 교수님께서 몇 가지 물어보신 게 있었는데, 나중에 생각해 보니 다 네 조건이랑 비슷하게 맞아떨어지는 것 같아서, 혹시나 해서 여쭤봤더니 역시였고."

"설마, 그 때문에 입사된 거예요?"

"이초롱, 나 그런 사람 아니다. 너까지 서운하게 그러지 마. 정상적인 절차 거쳤고, 공정하게 뽑았어."

"죄송해요. 혹시나 하고 물어본 것뿐이에요. 그래서 뭘 들은 거예요?"

"글쎄, 자세한 말씀은 해 주지 않으셨어. 그냥 네 아버지가 어쩌다 몇 년째 병원 신세를 지고 있다는 거. 그리고 네가 책임감이 강해서 가족을 외면하지 못할 거라는 거. 내가 우선순위에서 늘 밀려나게 될 거라는 거? 그러니 끝까지 지켜 낼 자신이 없다면 상처 되지 않게 아예 시작도 하지 말라는 거. 그 말은, 그럼에도 자신이 있다면 한번 해 보라는 말로 들리던데."

"그래서…… 뭐라고 하셨는데요?"

"당연한 걸 뭘 물어? 나는 완전 자신 있었거든. 다음에 좋은 소식을 가져오겠다고 호언장담했지. 그리고 나는 내가 했던 말은 지키는 남자고. 다음에 같이 한번 뵈러 가자. 너를 정말 딸처럼 아끼는 것 같았어."

산의 말을 들으며 초롱은 새삼 마음이 따듯해졌다. 자신 때문에 교수님을 찾아간 그도 놀라웠지만, 찾아온 그에게 딸을 대하는 걱정스러운 마음으로 말을 건넸을 교수님을 생각하는 것만으로도 마음이 뜨거워지고 있었다.

"정말 좋은 분이세요. 임 교수님 아니었으면, 우리 가족이 지금까지 이렇게 잘 버텨 내지 못했을 거예요. 늘 위기가 닥치면 나서서 알아봐 주시고 해결해 주시고, 이 빚을 어떻게 다 갚아야 할지 모르겠어요."

"이제 같이 해. 내가 도와줄게. 그리고 앞으로는 위기가 닥치고 힘든 일이 생기면 가장 먼저 나한테 말해야 해. 알지?"

"……네. 그럴게요."

받은 사랑이 벅차서 눈물이 고이다 결국 넘쳐흘렀다. 자신을 바라보는 그의 시선을 느끼면서도 같은 방향으로 고개를 마주 돌리지 못하고 그대로 천장만 바라보는데, 어느새 눈앞에 그의 잘생긴 얼굴이 다가왔다.

"잊지 마, 네 옆에 내가 있다는 거. 나는 이미 네 상황을 다 알고 시작했으니까, 미안해하지도 속상해하지도 말고, 숨기지도 말고 지금처럼 당당하고 떳떳하게 있어. 너는 이초롱이야. 씩씩하고 당차고 예쁜 이초롱. 사랑해."

"저도요. 저도 사랑해요. 하이산 씨."

'고마워요. 다 알면서도 내 손 잡아 줘서.'

흐르는 눈물을 조심스레 닦아 주며 그의 뜨거운 입술이 다시 다가왔다.

메일을 확인하던 산의 얼굴이 환하게 밝아 왔다. 기다리던 영상을 열어 서둘러 확인했다. 우아하게 피아노 앞에 앉아 피아노와 물아일체가 되어 연주하던 초롱의 모습을 다시 조심스레 열어 보며, 그날의 감동과 전율이 고스란히 다시 전해지고 있었다.

그저 화면으로 보는 것만으로도 온몸에 소름이 돋을 만큼 짜릿하게 전해 오는 이 감동을 나 혼자 간직하는 게 과연 옳은 일일까. 한참을 앉은 자리에서 고민에 고민을 거듭하다 결심한 듯 어딘가로 영상을 업로드했다.

과연 너에게 허락도 받지 않고 이렇게 하는 것이 잘하는 일인지는 모르겠지만, 나 혼자 보기에는 너무 아까우니까. 이 감동, 이 전율을 나 혼자만 간직하기에는 너무 아쉬우니까. 업로드하는 화면 아래 조그맣게 쓰여 있는 산이 적은 짧은 글 한 줄.

'찬란한 너를 기억하며, 너의 꿈이 멈추지 않기를.'

업로드가 완료되고서야 후련한 듯 자리를 털고 일어서며 퇴근을 서둘렀다.

하루하루가 새롭고 색다른 날의 연속이었다. 분명 처한 상황은 전과 다름없었지만, 초롱이 보는 세상은 전과는 많이 달라 있었다.

무미건조하게 일어나던 여러 날과는 달리, 눈을 뜨는 순간부터 자연스레 미소가 그려지는 날들이 늘어 가고, 평소라면 멍하게 스쳐 보냈을 주변 경치들을 하나둘 눈에 주워 담고 있었다.

눈물을 참을 때나 올려다보게 되던, 그래서 항상 눈물에 출렁거렸던 하늘을 이제는 온전히 맑고 선명한 모습으로 바라볼 수 있게 되었다. 뿐만 아니라 제각기 모양을 달리하는 구름을 보며 닮은꼴을 찾는 여유까지 누리게 되었다.

누군가를 마음에 담는 것만으로 온통 무채색으로 보이던 세상이 알록달록 예쁜 색깔을 드러내고 있었다.

오늘은 또 어떤 날을 맞이하게 될까, 기대감으로 설렘을 한가득 안고 그를 기다렸다. 지난 며칠 바쁜 일로 좀처럼 함께 시간을 보내지 못한 탓에 오랜만에 시간을 내어 데이트하기로 한 날, 그를 기다리는 일분일초가 행복으로 물들어 가던 순간이었다.

"이초롱? 너 초롱이 맞지?"

잔뜩 부푼 마음을 누군가 바늘로 쿡 찔러 버렸다. 몇 년이 지나도 잊히지 않는 껄끄러운 목소리. 하필, 만난 사람이라는 게.

"오랜만이네. 강……다교."

학창 시절 무던히도 자신을 괴롭히고,

"이초롱 맞네. 잘 지냈어? 너 회사 들어갔다는 소문은 들었어."

늘 자신을 잡지 못해 안달하고,

"그래?"

성적으로 되지 않으니 온갖 비방을 마다치 않던,

"몇 년 만이지? 우리?"

나는 네가 전혀 반갑지 않은데,

"글쎄."

너는 내가 반가운 모양이지?

"다른 애들은 동창회에서 보기도 하는데, 너는 왜 이렇게 보기 어렵니? 아직 공부 다 마치지 못했다고 해서 안타까웠는데, 생각보다 얼굴이 좋아 보여 다행이다. 근데 여긴 무슨 일로 왔어? 난 데이트하러 왔는데."

나는 가식적인 너와 더 말을 섞고 싶지 않고,

"그럼 데이트 잘 하고 가."

행복한 기분이 반감되고 있으니 그만 자리를 옮기려고 그에게 전화하는데,

"넌 오랜만에 보는데 뭐가 이렇게 차갑니?"

뻔뻔하기가 이를 데가 없다.

일반고로 전학을 와서 햇수로 2년을 같은 반에서 보냈다. 자존감에 우월감이 하늘을 찌르던 다교는 초롱이 전학을 온 그해 첫 시험을 제외하고는 단 한 번도 초롱을 뛰어넘지 못했다.

그래서일까. 오기와 피해 의식으로 똘똘 뭉쳐 온갖 악의적인 소문과 비방을 하며 무던히도 초롱을 괴롭혔었다.

다행히 흑기사를 자청한 소현이 덕분에 고비가 다가올 때마다 잘 넘겼지만, 가뜩이나 힘들었던 시절, 다교로 인해서 하지 않아도 될 고민과 수없이 많은 걱정을 떠안으며 더 많은 시간을 고통 속에 허우적거려야 했기에 다시는 보고 싶지 않은, 길 가다 우연이라도 마주치고 싶지 않은 사람이었다.

"넌 정말 내가 반갑니? 정말 내가 공부를 다 마치지 못한 게 안타까워? 정말 다행이니? 내 얼굴이 좋아 보여서?"

좀처럼 볼 수 없는 가시 돋친 모습의 초롱이었다.

"하, 너는 그때가 언제라고 아직도 그렇게 가시를 세워? 난 다 잊었어."

네가 했던 말도 안 되는 거짓말들, 이간질, 해코지, 그게 너는 잊히는 모양이야.

"네 덕분에 나는 도둑에 꽃뱀으로까지 몰렸어. 친구도 많이 잃었지. 아, 그건 오히려 진짜와 가짜 친구를 거를 수 있었으니 고마워하기라도 해야 하는 건가?"

"너도 꼬인 데가 있네? 이미 다 지난 일을 가지고 말이야."

"하…… 너는 그 많은 잘못을 하고도 사과 한 번 없이 네 잘난 배경 덕분에 유야무야 넘겼으니 이미 지난 일에 지금은 추억이 될 수도 있는 모양이지만, 나는 단 하나도 잊지 않았어. 아니, 잊을 수가 없어. 그래서 나는, 솔직히 네가 반갑지도 않고, 거짓으로라도 너를 반가워하고 싶지도 않아. 그러니까 앞으로는 다시 마주치더라도 알은척하지 말아 줬으면 좋겠다. 데이트는 잘 하고 가라."

뒤돌아 가기도 전에 누군가 다교를 부르는 소리가 들렸다.

"다교 씨."

"자기 왔어요?"

다교가 남자에게 다가가 반갑게 팔짱을 끼며 애교 섞인 목소리를 냈다.

"인사할래? 내 남자 친구야. 너 강우 그룹 알지? 이번에 거기 법무팀으로 갔어. 변호사야."

그거였어? 자랑을 하고 싶어서? 반갑지도 않은 나를 애써 붙잡고 있었던 이유가? 강다교, 너는 참…… 사람이 변하지 않아.

초롱이 말문이 막힌 사이 다교가 남자에게 초롱을 소개했다.

"얘는 고등학교 동창이에요."

"그래요? 안녕하세요. 성주원입니다."

부드럽게 휜 선한 눈매가 인상적인 보통의 체격, 단정한 차림에 깔끔한 호남형 남자였다. 갑자기 궁금했다. 다교와 그다지 어울려 보이지 않는, 이 남자는 과연 다교의 어떤 점에 끌린 걸까? 다교의 진짜 모습을 알고 있을까?

남자가 왠지 안타까웠지만, 자신이 참견할 일은 아니었다. 저 남자는 사람 보는 눈을 좀 키워야 할 듯했다.

"이초롱입니다. 그럼."

별다른 감정이 없는 남자에게 가벼운 목례를 하며 뒤돌아서는데, 눈앞에 산이 서 있었다. 대체 언제부터 와 있었는지. 너무나 태연히, 너무나 자연스럽게 한쪽 팔로 자신의 허리를 감싸 안는 그에게 놀라 올려다보았다.

"많이 기다렸어? 갑자기 급한 연락이 와서 좀 늦었네."

산이 더없이 사랑스러운 눈빛으로 초롱을 바라보았다.

"아니요. 저도 온 지 얼마 안 됐어요."

초롱은 이제야 꽉 막힌 숨통이 트인 것 같은 기분이었다. 무표정으로 일관하던 얼굴에 자연스레 미소가 번졌다.

"근데 누구?"

산이 맞은편에 있는 커플을 보며 물었다.

"아…… 우연히 고등학교 동창을 만났어요."

초롱은 딱히 소개해 줄 말이 떠오르지 않았다. 아니, 더 정확하게 말하면 소개는커녕 일분일초도 더 이곳에 머물고 싶지가 않았다.

"그랬어? 안녕하십니까, 하이산입니다."

"아. 네. 안녕하세요. 저는 초롱이 친구 강다교예요. 이쪽은 제…… 남자 친구예요."

두 남자가 인사를 나누는 그 짧은 시간에 산의 머리끝에서 발끝까지 훑어본 다교의 표정이 썩 밝지가 않았다.

다교는 외제 차도 아닌 그저 흔하디흔한 국산 차에서 내리는 남자가 왜 이렇게 자신의 눈길을 잡아끄는지 알 수 없었다. 게다가 곧장 자신이 있는 쪽으로 걸어오는 남자를 보고 의아해하는데, 대담하게 그리고 마치 보란 듯이 초롱의 허리를 감싸 안는 남자는 당당했고, 너무나…… 멋있었다.

다교는 또다시 알 수 없는 패배감에 속이 쓰라렸다. 왜 저 계집애는 항상 다 가지는 것인지, 왜 자신이 이뤄 놓은 모든 것을 하찮게 만들어 버리는지 도무지 알 수가 없었다. 다만, 남자의 외모만큼 능력은 출중하지 않기를, 단단히 꼬인 심사에 밉게 비틀어진 성품이다.

"이렇게 만난 것도 인연인데, 같이 식사하시겠어요?"

다교의 제안에 초롱의 몸이 굳어지자 산이 눈치껏 제안을 거절했다.

"미안합니다. 요즘 우리 초롱이가 아주 바빠서 얼굴 보기 힘들거든요. 저한테는 일분일초가 귀한 상황이라, 이해 바랍니다."

"아…… 네."

울림이 듣기 좋은 목소리에, 스위트한 말과 행동 무엇 하나 부럽지 않은 구석이 없었다. 초롱을 바라보는 남자의 눈길에는 꿀이 뚝뚝 떨어지는데, 당연한 듯 담담하게 받아들이는 초롱의 모습이 그렇게 얄미워 보일 수가 없었다.

"그럼 이만."

다교는 가볍게 인사를 하며 뒤돌아 가는 두 사람에게서 눈을 뗄 수가 없었다. 차에 탈 때도 문을 열어 주는 건 기본이고, 행여나 초롱이 다칠까 봐 머리 위에 손을 올리며 차에 완전히 오를 때까지 눈길을 떼지 않고 조심스레 문을 닫아 주는, 처음부터 끝까지 애지중지하는 모습에 화가 치밀어 올라 손톱이 박히도록 주먹을 꽉 쥐고 말았다.

차가 출발하자마자 초롱이 물었다.

"우리 지금 어디 가요?"

"너 괜찮아?"

"뭐가요?"

"잘 참았어. 그런 사람 상대로 감정 소모하지 말고, 다음에 만나게 되더라도 오늘처럼 깔끔하게 잘라 버려."

"어떻게…… 알았어요? 좋은 관계가 아니라는 거?"

산은 대답 대신 휴대폰에 찍힌 통화 내역을 보여 주었다.

"이게 어떻게……."

"네 전화가 와서 받았어. 네 목소리는 분명히 들리는데 답이 없더라고, 끊고 다시 하려다 들려오는 목소리가 평소와 달라서 듣게 됐어."

"어디서부터 들었어요?"

"글쎄. 소리가 선명하지는 않아서 자세히 듣지는 못했지만, 당장이라도 그 자리를 벗어나고 싶어 하는 느낌은 충분히 전해졌지. 그래서 서둘렀는데도 좀 늦었네. 견디기 힘들지 않았어?"

운전 중에 걸려 온 전화였다. 자신이 아닌 다른 사람과 대화를 하는 걸 보니 전화가 잘못 온 것 같은데, 블루투스로 전해 오는 초롱의 목소리가 평소와는 사뭇 달라 쉽사리 끊지 못하고 들려오는 소리에 집중하고 있었다. 대화가 거듭될수록 산의 마음은 바빠졌고, 아슬아슬하게 도착하게 된 것이었다.

"생각했던 것보다는 참을 만했어요."

"학교 다닐 때 많이 힘들었어?"

"어…… 네. 괜찮았다고 하고 싶지만, 정말 최악이었던 것 같아요. 도대체 내 주위 사람들은 다 왜 이 모양일까? 나는 전생에 무슨 죄를 지었기에 이런 말도 안 되는 상황을 겪어야 하는 걸까. 슬펐고, 좌절했고, 고통스러웠고, 절망적이었어요."

지금도 그 시절 그때만 생각하면 억울함에 목이 메고 눈물이 고였다.

"그때는 어떻게 견뎠어?"

"참 아이러니하게도 친구들 때문에 지독히 힘들었는데, 또 친구 때문에 헤쳐 나올 수 있었어요. 소현이나 진우가 없었다면 견딜 수 없었을 거예요. 무슨 일이 있을 때마다 항상 내 편에 서서 대신 해명하고, 싸워 줬어요. 평생 갚아도 다 못 갚을 빚을 그때 다 진 것 같아요."

친구를 떠올리는 초롱의 입가에 옅은 미소가 그려졌다.

"무슨 일이 있어도 내 편이 되어 주고, 나를 위해 싸워 주는 친구라. 살면서 그런 관계를 맺기가 쉽지 않은데, 이초롱 정말 열심히 잘 살았네. 네 옆에 그렇게 좋은 친구들이 있어서, 마음을 의지할 친구가 있어서 다행이야. 잠깐, 이럴 게 아니라 내가 인사라도 해야겠는데? 보고 싶다. 소개해 줘, 네 친구. 오늘이라도 자리 한번 마련해 봐."

"오늘이요? 이렇게 갑자기?"

"그래, 너도 시간 내기가 쉽지 않잖아. 그 친구들만 괜찮다면 나는 상관없어. 사실 오늘 너 납치해서 가고 싶은 곳은 따로 있었는데, 아주 큰마음 먹고 봐주는 거야. 내가 그날 이후로 아파트에 가지를 못 하겠어. 그 침대에 눕기만 하면 너와 사랑을 나눈 그때가 고스란히 떠올라. 그날의 너를 떠올리고 생각하느라 잠을 못 자. 그래서 요즘 사택에 있는 거야. 몰랐지?"

거짓말이 아니라 정말 미칠 지경이었다. 금단의 열매를 딱 한 입 베어 먹다 만 느낌, 최후의 만찬의 애피타이저만 즐기고 만 느낌?

차라리 몰랐으면 모를까 이미 알아 버렸는데, 그 느낌, 그 감촉, 그 환상을 이미 다 알아 버렸는데 어떻게 또 참아 내야 할까. 그날의 공기, 그날의 냄새, 그날의 온도 무엇 하나 잊히는 게 없었다.

눈을 감으면 떠오르는 초롱의 눈부신 자태가, 너무나 사랑스러웠던 몸짓, 환희로 물들어 흔들리던 네 눈동자, 귓가에 흘러들던 뜨거웠던 너의 신음, 그날을 떠올리는 것만으로도 흥분으로 가득 차오르는, 짐승 같은 내 본능을 너는 알기나 할까.

"나는 지금 너와 사랑을 나눌 수 있는 절호의 기회를 포기하고 네 친구에게 그 귀한 시간을 내주는 거라고. 이초롱, 정말 애인 잘 만난 줄 알아!"

"풉."

"또 웃지?"

"아니에요. 그냥. 좋아서 그래요. 좋아서."

불현듯, 갑자기. 기회만 있으면 놓치지 않고 하는 애정 표현이 너무 좋아서. 가끔 듣는 것만으로 얼굴이 붉어지는 말들을 얼굴색 하나 바뀌지 않고 태연히 하는 그를 보며 늘 당황하면서도 그게 좋아서.

달아오르는 얼굴에 손부채질 하며 창밖을 보는 초롱의 입가에 자꾸 피식피식 웃음이 피어나고 있었다.

단 한 번의 만남으로도 지치고 힘들었던 마음이, 그와 잠깐 나눈 대화에도 이렇게 스르륵 풀려 버리는 게 믿기지 않았지만, 그랬다. 놀랍게도 조금 전까지 머물러 있던 불쾌한 기분 따위는 이미 훨훨 날아가 버렸다. 창밖을 바라보며 그가 말한 그날을 떠올리자 점점 더워지는 몸을 느끼며, 저도 모르게 웃고 말았다. 그가 보는 줄도 모르고, 활짝.

"오구오구, 우리 초롱이가 어쩐 일로 번개를 다 치고, 오래 살다 볼 일이야!"

소현이 마중 나온 초롱을 와락 끌어안았다. 기쁜 마음을 감추지 않는 친구의 모습에 초롱이 덩달아 빙그레 웃었다. 소현이 뒤로 진우가 함께 있는 모습을 보고 초롱이 물었다.

"어떻게 둘이 같이 오네?"

"응, 우리야 별일 없음 늘 함께 있는데 뭘 새삼스럽게. 그나저나 웬일이야? 이렇게 갑작스레 보자고 하면, 너무 좋잖아!"

"갑자기 네가 너무 보고 싶어서."

"이초롱, 너도 그런 말 할 줄 알아? 난 우리 소현이만의 특화된 능력인 줄 알았는데,"

감정을 겉으로 잘 드러내지 않고 표현을 좀처럼 하지 않던 초롱의 말이 낯선 진우가 의아해 묻자 소현이 능청스레 대꾸했다.

"유유상종이라고 들어 봤어? 우리 초롱이도 이제야 날 닮아 가는 거지."

어떻게 하면 이런 애교와 이토록 사랑스러운 표정을 그릴 수 있을까? 따라 하려야 따라 할 수도 없는, 주위를 늘 밝게 만들어 주는 소현을 부러워하며 초롱이 친구의 손을 꼭 잡아 이끌었다.

"어? 초롱아, 너 혹시."

초롱이 향하는 곳에는 이미 누군가 먼저 자리해 있었다.

"맞아. 같이 왔어. 소개해 주려고."

"대박! 아, 나 어떡해. 맙소사, 미리 귀띔이라도 해 주지 그랬어! 그럼 좀 더 차분하고, 예쁘게 하고 왔을 거 아니야!"

소현이 제 편안한 차림을 보며 투덜거리자 진우의 날카로운 음성이 튀어나왔다.

"야! 김소현! 네가 예뻐 보여서 뭐 하게?!"

멀리서도 눈에 확 띄는 남자를 보며 경계하는 진우다.

"우리 초롱이가 누굴 소개해 주는 건 처음인데, 당연히 예쁘게 보여야지. 그럼 꼬질꼬질하게 해서 초롱일 창피하게 만들어야 되겠어?!"

"넌 항상 예쁘지만, 지금은 더 예뻐! 그러니까 쓸데없는 걱정 하지 말고 사람이나 잘 봐. 우리 초롱이 곁에 둬도 될 사람인지 아닌지, 알았어?"

"진우 말이 맞아. 소현이 넌 항상 예뻐. 그러니까 아무 걱정 하지 마. 그리고 설사 네가 꼬질꼬질하게 있다고 해도 난 네가 전혀 부끄럽거나 창피하지 않을 거야. 그러니까 그런 생각은 하지도 마."

"아이 정말, 두 사람 다 오늘 왜 이래? 나 너무 행복하잖아!"

"됐고, 기다리겠다. 얼른 가자."

진우가 앞서가는 초롱의 뒤를 바짝 붙어 쫄래쫄래 따라가는 소현의 손을 낚아채 제 옆에 잡아 두었다.

"넌 꼼짝 말고 내 옆에만 있어. 알겠어? 너무 많이 웃지 말고, 예쁘니까."
"치. 알았어!"
소현이 예쁜 말만 골라 하는 진우를 보며 윙크를 날렸다.

산은 자리에서 일어나 다가오는 초롱의 친구들을 향해 섰다. 얼굴에서 표정을 읽을 수 없는, 굳은 자세에서 다소 경계가 느껴지는 신체 건장한 남자와 그 옆에는 보는 사람마저 웃게 만드는 함박웃음을 짓는 여자가 함께 다가오고 있었다.
"안녕하십니까? 저는 우리 초롱이 친구 우진우입니다."
"안녕하세요. 저는 우리 초롱이 절친 김소현이에요. 반갑습니다."
"네, 처음 뵙겠습니다. 말씀 많이 들었어요. 하이산입니다."
초롱은 소개해 주기도 전에 알아서들 인사를 나누는 사랑스러운 사람들을 흐뭇하게 바라보며 자리를 권했다.
"앉으세요. 앉아서 얘기해. 우리 뭐 먹을까?"
"이초롱?"
"네?"
"너는 여기 와서 앉는 게 어때?"
당연히 자신의 옆자리로 올 줄 알았던 초롱이 자연스레 친구 옆에 자리를 잡았다. 졸지에 면접을 보듯 세 사람 앞에 홀로 앉게 된 산이 옆자리를 두드리며 초롱을 불렀다.
"아. 그럴게요."
소현은 남자 친구에게 다가가는 초롱의 표정을 유심히 살폈다. 하얀 피부에는 금세 예쁘게 핑크빛 혈색이 돌았고, 그와 눈이 마주치자 입술을 깨물며 미소를 감추려 했지만, 차마 숨겨지지 않았다.
다소곳이 옆자리에 앉자 남자의 팔이 자연스레 친구의 팔에 닿았고, 그 작은 스침에도 설레는 친구의 표정은 누가 봐도 사랑에 빠진 여자의 모습 그대로였다. 지금까지 만나 오면서 단 한 번도 보지 못했던 너무나 사랑스러운 여자의 모습이 초롱에게 고스란히 드러나 보였다.

남자라고 별반 다르지 않았다. 당연한 듯이 옆자리를 툭툭 치며 오라고 할 때부터 초롱이 그의 옆에 앉는 순간까지 눈길은 오직 초롱에게만 머물러 있었다. 그의 옆에 앉고 나서야 만족스러운 미소를 띠며 초롱을 향한 마음을 숨기지 않는 그의 모습에 소현은 속으로 쾌재를 불렀다.

소현이 부지런히 두 사람을 관찰하는 사이 산이 메뉴판을 건네며 말했다.

"오늘 제가 살 테니 맛있는 거 많이 드세요."

"아니요. 말씀은 감사합니다만, 우리 초롱이가 처음 소개하는 자리이니 오늘은 제가 사겠습니다."

진우가 정중히 거절을 표했다.

"아닙니다. 두 분이 학창 시절 우리! 초롱이에게 정신적인 버팀목이었다 들었습니다. 인사도 할 겸 제가 뵙고 싶어 모셨으니, 제가 사겠습니다."

산은 유치하게도 우리라는 단어가 슬슬 거슬리기 시작했다. 어디다 대고, 지금 누구 앞에서 우리 초롱이, 우리 초롱이?!

소현이 귀신같이 그런 남자의 기분을 알아채고서 조심스레 입을 열었다.

"초롱이와 우린 친구라기보다 가족에 가까워요. 그래서 우리 초롱이가 입에 붙었어요. 그리고 진우는 우리 친구이기도 하지만, 제 남자 친구이기도 하거든요. 혹시나 오해하실까 봐 미리 말씀드려요."

"아, 고마워요. 사실 잠시 오해할 뻔했거든요."

"네에? 정말이요? 아니 어느 대목에서? 왜요?"

진우가 깜짝 놀라 물었다. 대체 어디서 왜? 오해할 일이 뭐가 있어서?

"야! 네가 자꾸 우리 초롱이, 우리 초롱이 하면서 계속 챙겼잖아. 우리야 늘 함께하다 보니 익숙해져서 모르지만, 남이 보면 충분히 오해할 수도 있어."

"그래? 내가 그랬다고? 난 진짜 생각지도 못했어."

"지금까지는 초롱이 남자 친구가 없었으니까 상관없었지만, 이제부터는 우리 조심해야 해."

티격태격하는 두 사람을 보며 산이 급히 말렸다.

"아닙니다. 그렇게 하지 않아도 돼요. 난 또 진우 씨가 혹시 초롱이에게 마음이 있는 건 아닌가 했거든요."

"네에? 어우, 큰일 날 말씀을 하시네요. 저한테 여자는 소현이밖에 없거든요?!"

산은 너무나 당연하다는 듯 같은 모습으로 고개를 끄덕끄덕하는 소현과 초롱을 보며 씩 웃었다.

"아니라서 정말 다행입니다. 너무 강력한 라이벌이라 잠시지만 많이 긴장했습니다."

"어후, 저보다 훨씬 멋있으신데요, 뭘. 라이벌까지. 하하하하하."

소현은 꼭 여동생 시집이라도 보내는 오빠처럼 굴 때는 언제고, 추어올리니 금세 경계를 풀고 웃고 있는 진우를 보며 덩달아 웃음이 터져 버렸다.

"우진우 진짜 못 말려. 우리 초롱이 옆에 둬도 될 사람인지 아닌지 두 눈 똑바로 뜨고 잘 살펴보라고 신신당부할 때는 언제고?"

"내가 그랬었나? 에이, 그냥 봐도 완벽한 한 쌍인데 뭘."

털털하고 성격 좋은 진우의 본모습에 소현과 초롱이 고개를 설레설레 흔들었다.

"그런데, 학창 시절 얘기를 했어?"

초롱에게는 추억할 만한 일이 없는 시절이라 가능하면 대화 주제로도 삼지 않았었다. 그런데 학창 시절에 버팀목이었다는 말을 했다니 소현은 의아해하지 않을 수가 없었다.

"그게…… 오늘 다교를 봤어."

"뭐?! 정말? 어디서 어떻게?"

"그냥 우연히, 약속 장소에서 기다리는데 알은척을 하더라고."

"알은척했다고? 미친 거 아니야? 뻔뻔하기 짝이 없어. 무슨 낯짝으로 너한테 알은체를 해?"

"소현아, 진정해. 우리만 있는 것도 아니고."

평소 그렇게 참하고 예쁘다가도, 불의에는 욱하는 성질이 있기에 진우가 미리 진정시켰다.

"아닙니다. 대충 알고 있으니 편히 말해도 괜찮아요. 난 신경 쓰지 말아요."

"죄송해요. 워낙 나쁜 계집애라. 우리 초롱이를 좀 괴롭혔어야 말이죠. 초롱이가 늘 자기를 앞서가서 그런지 초롱이에 대한 열등감이 대단했어요. 처음에는 조금 불쌍한 생각도 들었는데, 하는 짓이 동정도 아깝더라고요."

소현의 옆에서 연신 고개를 끄덕이던 진우도 말을 보탰다.

"그건 소현이 말이 맞아요. 있지도 않은 소문을 만들어 퍼트리는데, 여자만 아니었으면 쥐어패고 싶을 때가 한두 번이 아니었어요. 심지어는 우리 초롱이를 원조 교제 하는 꽃뱀으로 몰기까지 했으니 말 다 했죠."

"그만해. 뭐 좋은 일이라고."

초롱은 떠올리고 싶지도 않았다. 부모님 문제로 걱정이 되어 학교 앞으로 임 교수님이 찾아왔던 날, 교문 앞에서 교수님 품에 안겨 울었던 게 화근이었다.

그날 이후 들려오는 소문에 교무실로 불려 다니며 절실히 깨달았다. 감정은 시도 때도 없이 함부로 표출하는 게 아니라고. 웬만하면 참고, 견디고, 드러내지 말아야 하는 게 감정이었다.

"왜? 그래도 난 그때 속이 후련했어. 늘 벼르기만 하다가 제대로 혼쭐내 줬잖아. 뭐 징계는 받았지만 살면서 그날만큼 속 시원한 날이 없었어."

학창 시절, 악몽 같았던 그날을 입에 올리며 소현이 통쾌해하자 초롱이 한숨을 내쉬었다.

"김소현 진짜! 그날 내가 너 때문에 얼마나 많이 아팠는지 알아? 마음이 찢어지는 줄 알았어."

결코 떠올리고 싶지 않았던 그 날이 마치 어제처럼 떠올랐다.

소현은 악의적 소문의 진원지가 또 다교라는 걸 알게 된 순간 폭발하고 말았다. 반이 달랐던 소현은 뒤도 보지 않고 곧장 초롱의 반으로 달려갔다. 다교를 발견하자마자 따귀를 때리는 것으로 모자라 발악조차 할 수 없을 만큼 강하게 머리채를 휘어잡아 흔들었었다. 어디서 그런 힘이 나오는지, 아무리 말리려 해도 역부족이었다.

'야, 이 미친X아! 열등감에 피해망상도 정도껏 해야지. 초롱이가 시험지를 빼돌려? 너 재가 어떻게 공부하는지는 알아? 너 돈 처발라 비싼 족집게 과외 받을 때, 엄마 일 도와 가며 밤에 두세 시간도 채 못 자고, 쌍코피 흘려 가며 공부하는 애야.'

'야! 이거 놔! 이거 놓고 말하라고!'

소현의 힘을 감당하지 못해 이리저리 휘청이며 다교가 소리를 질렀다.

'소현아, 하지 마. 하지 마. 소현아.'

순식간에 일어난 일에 당황해 초롱이 일단 싸움부터 말려 보려 했지만 소용이 없었다. 소현이 다시 보란 듯 다교의 머리채를 쥐고 흔들며 분풀이를 했다.

'초롱이가 친구들 욕을 하고 다녀? 웃기지 마. 재는 천성이 너와는 하늘과 땅 차이라 남 욕 같은 건 할 줄도 모르지만, 그럴 시간도 여유도 없어. 그런 건 너같이 시간이 남아돌아서 너하고 똑같은 애들이나 그러고 살지! 제발 초롱이 발끝에 때만큼이라도 따라가 봐. 좀!'

'아아악! 경찰 불러. 뭐 해?! 경찰 부르라고!'

체면이고 뭐고 머리에서 불이 날 것 같아 다교는 정신을 차릴 수가 없었다.

'소현아, 너 다쳐, 네가 다친다고!'

초롱은 이성을 잃은 다교의 강한 반항에 소현의 팔에 상처가 나자 울먹이며 싸움을 말리기에 바빴다.

'그리고 뭐? 초롱이가 원조 교제? 기가 막혀서 말이 다 안 나온다. 네 머릿속은 시궁창이니? 개똥밭에 굴렀어? 뭐 눈에는 뭐만 보인다더니, 어쩜 생각하는 수준이 뭐 같아서!'

'아아악! 고소할 거야. 너 고소할 거라고! 놓으라고 이거!'

'소현아, 제발 그 손 놔! 어?'

소현과 다교가 악을 쓰며 싸우자 초롱이 다시 소현을 말렸지만 얼마나 힘이 센지 꿈쩍도 하지 않았다.

'야, 이X아. 너 도대체 뭘 믿고 이렇게 설쳐? 설치길! 지랄도 적당히 좀 해! 고소? 기가 막혀, 너! 나 이길 자신 있어? 네 거짓말 탄로 나지 않을 자신 있냐고! 나는 완전 자신 있거든, 네가 한 모든 거짓말 하나하나 밝혀서 개쪽팔리게 만들 자신 말이야!'

'엉엉. 이 미친X아, 그 손 놓고 말하라고, 머리 다 뽑힌다고!'

'소현아, 너 팔에 피 나. 이 바보야! 그만 좀 해!!'

'너 귓구멍 똑바로 열고 잘 들어! 초롱이 나 때문에 이 학교 전학 왔어. 너 같은 거한테 스트레스받으라고 오라고 한 게 아니라고! 알아? 내가 네까짓 거하고 같은 수준이 될까 봐 입 다물고 있으니까 이게 누굴 물로 보나, 너! 나 건드리면 어떻게 되는지 궁금하지 않아? 나도 너 못지않게 든든한 백 많아. 최소한 너 하나쯤, 어디에도 얼굴 들이밀 수 없게는 만들 수 있다고! 알아들어?!'

'아아아아악!'

'그러니 앞으로는 그 더러운 입 닥치는 게 좋을 거야. 이건 내 마지막 경고야. 이초롱 건드리지 마!'

'소현아, 제발, 너 피 난다고, 나 너 다치는 거 싫어! 싫다고! 김소현! 당장 안 놓으면 나 너 안 봐!'

옛일을 떠올리던 진우가 고개를 설레설레 내저으며 말을 꺼냈다.

"우리 소현이 힘이 얼마나 장사인지, 너 말리느라 초롱이 손톱 빠지고 난리도 아니었어. 그치?"

"그러게. 나도 지금 생각해 보면 어디서 그런 힘이 나왔는지 모르겠어. 그땐 정말 꼭지가 돌아서 눈에 뵈는 게 없더라고, 나중에 교무실 가서 손을 펴는데 머리카락이 한 움큼이 있더라. 푸하하하, 혼나면서도 어찌나 통쾌하던지."

초롱은 그때의 기억을 아직도 추억할 수가 없었다.

머리채를 잡힌 다교가 팔을 휘둘러 대는 통에 소현의 팔뚝 곳곳이 할퀴어졌다. 속상한 마음에 눈물이 터져 나왔고, 진우를 불러 달라는 초롱의 외침에 누군가 불러온 진우가 도착해서야 겨우 두 사람을 떼어 놓을 수 있었다. 곧이어 선생님이 도착해 싸움은 일단락되었지만, 후폭풍은 거셌다.

"그때 소현이 정학 받았을 때, 초롱이가 수업도 다 빼먹고 교무실 앞으로 달려가 종일 무릎 꿇고 소현이 용서해 달라고 빌었어요. 다 저 때문에 벌어진 일이니 벌은 제가 받아야 한다고. 선생님들이 말리고 너도 똑같이 정학 받을 수 있으니 그만하라고 으름장을 놔도 고집스레 버티다 교무실 앞에서 쓰러지기까지 했으니."

어린 나이에 겪지 않았으면 좋았을. 많이 아프고 힘들었던 쉽지 않은 시간들을 잘 이겨 내고 지금의 너를 마주하게 한. 세 사람의 진정한 우정이 너무 귀하고 대견해 산이 초롱의 등을 가만히 어루만졌다.

"그래. 우리 초롱이 나 때문에 그때 많이 아팠어. 속상하게."

"그게 왜 너 때문이야. 나 때문에 네가 더 힘들었지."

소현과 초롱이 주고받는 말에 진우가 웃으며 말을 보탰다.

"그래도 그날 이후로는 애들도 너희 둘은 감히 건드리지 않더라. 임팩트가 좀 강했어야 말이지."

"진작 그랬어야 했는데 말이야. 그럼 우리 초롱이 덜 힘들었을 텐데."

"아니야. 너희 덕분에 충분히 견딜 만했어."

산은 너무 좋은 친구들을 보며 흐뭇한 마음에 미소 지었다.

"초롱이에게 이런 친구들이 있어 정말 다행이네요."

살면서 얻을 수 있는 가장 큰 자산이 아닐 수 없었다. 기특했다. 나이는 어릴지 몰라도 생각의 깊이나 마음은 더없이 깊은 듯했다.

그다지 생각하고 싶지 않은 일들은 뒤로하고, 셋만의 예쁜 기억을 추억하는 모습을 흐뭇하게 바라보며 산은 나이답지 않게 아빠 미소를 짓고 말았다.

소현은 그런 남자를 힐끔 바라보며 기쁜 마음을 감출 수가 없었다. 회사 대표라는데 거만하지는 않을까, 나이 차로 조금 부담스럽지는 않을까 내심 우려하는 마음이 없지 않았는데 부담은커녕 서글서글 남자다운 성격에 드러내지 않고 세심하게 초롱을 살피는 자상한 모습은 절로 입가에 미소가 피어나게 했다.

두 사람은 누가 봐도 선남선녀에 너무나 잘 어울리는 한 쌍이 아닐 수 없었다.

'합격, 완전 합격!'

자연스레 대화에 스며들고, 내 소중한 친구들과 격의 없이 지내는 그의 온유한 모습을 바라보며 생각지도 않았던 행복이 초롱의 마음을 흠뻑 적시고 있었다.

조금은 느긋하게 머물렀으면 하는 시간은 단 1초의 게으름도 없이 착실하게 흘러만 갔고, 이렇게 행복한 순간을 마무리해야 한다는 생각에 아쉬움만 한가득이었다.

"다음에 만날 땐 술도 한잔 하시죠."

"그래요. 우리 초롱이 술 마시면 얼마나 귀여운데요? 못 보던 애교도 팡팡이거든요."

헤어짐이 아쉬운 진우와 소현의 말에 초롱이 얼굴을 붉혔다.

"그런가요? 궁금해서라도 빨리 자리를 마련해야겠습니다."

"기다리겠습니다. 그럼 들어가세요. 또 뵙겠습니다."

남자들은 악수를, 초롱과 소현은 진한 포옹으로 아쉬움을 전하며 다음을 기약했다.

그의 차에 올라 출발을 하며 산이 먼저 말을 꺼냈다.

"좋은 친구들이야. 네가 충분히 마음을 나누고 의지해도 좋을."

"네. 재들은 말 그대로 소울메이트예요. 우울하거나 기운이 없을 때 이렇게 만나면 허전한 마음을 꽉 차게 만들어 줘요. 다른 건 몰라도 친구 복 하나는 있나 봐요."

"곤란한데? 이왕이면 애인 복도 있다고 말해 줄래?"

"음…… 그건 좀 더 겪어 보고 말할래요."

"뭐야, 내가 친구들한테 밀린 거야? 이거 분발해야겠는데?"

"설마, 섭섭해요? 이산 씨는 이제 겨우 하나의 계절을 함께하는데?"

"그러게, 그런데도 욕심이 나네. 너의 복 중에 내가 최고였으면 좋겠는데. 농담이고, 너와 네 친구가 함께 쌓은 시간이 있는데 벌써 욕심내면 내가 양심도 없는 거지. 온전히 마음을 의지하고 믿을 수 있는 사람이 네 옆에 있어서 든든하고 고마웠어. 오늘 본 너와 네 친구들 정말 멋있고, 훌륭했어. 인정하지 않을 수가 없잖아?"

"좋게 봐 줘서, 그리고 친구들에게도 좋은 인상 심어 줘서 고마워요."

"좋은 인상?"

"네. 가기 전에 소현이가 귓속말하더라고요. 합격이라고."

"하하하하하, 그래? 나 합격한 거야?"

"사람 보는 눈이 아주 까다로운 친구들인데 그렇게 말하는 걸 보면 아주 마음에 쏙 들었나 봐요. 오늘 덕분에 너무 즐겁고 행복했어요."

"내가 행복을 주는 사람이 된 것 같아 기분 좋은데?"

"사실이 그래요. 이산 씨는…… 행복을 주는 사람 맞아요."

산은 당장이라도 차를 세우고 싶었다. 운전하며 곁눈질로 보는 게 아닌, 제대로 얼굴을 마주하며 오늘 하루의 일과와 행복했던 마음을 나누고 싶었다. 급해지는 마음에 속력을 높였다.

뜻밖이었다. 초원은 이제 겨우 프로필 화보 한번 촬영했을 뿐인데, 광고와

드라마 섭외까지 들어와 정신을 차릴 수 없었다.

당장 모레부터 바빠질 것을 대비해 짧은 휴식이 주어졌다. 한동안 찾지 못한 병원에 가서 부모님을 뵙고, 오랜만에 집에 들렀다. 온기가 전해지지 않는 집은 기대와는 달리 휑한 느낌이었고, 반갑게 맞아 줄 것 같았던 누나는 집 안 어디에도 보이지 않았다.

순간 머릿속을 스치는 한 사람을 떠올리며 이상하게 복잡해지는 마음에 심란함이 더했다. 결국 집을 나와 어두운 골목을 서성이며 전화하려다가 누나에게 메시지를 남기고서 한동안 불빛이 사라져 버린 가로등 아래에 머물러 있었다.

그때 짙은 어둠을 품은 골목과는 대조적으로 환한 빛을 밝히며 성급히 멈춰 서는 차 한 대에 눈길이 이끌렸다. 초원이 그 차를 유심히 바라보다 얼마 안 가 황급히 고개를 돌렸다.

초롱의 아파트에 다다르자 산이 기뻐 말했다.

"드디어 다 왔다."

끼익. 급하게 차를 멈추고 안전벨트를 풀고 목표에 도달하기까지 불과 1초도 채 필요하지 않았다.

당황한 초롱의 눈썹이 하늘을 향하기도 전에, 놀란 그녀의 입술이 열리려는 기막힌 타이밍에 너무나 자연스럽게 파고들었다. 놀라 움찔하는 초롱의 목을 부드럽게 어루만지며 은밀한 사랑을 전하는데, 비록 한 템포 느렸지만 마주 전해 오는 사랑에 신음이 절로 터져 나왔다.

고요함이 흐르는 밀폐된 공간, 흥분을 가라앉히기에는 청각이 유난히 민감하게 깨어 있었다. 사랑을 속삭이는 소리가 이렇게 아찔하게 느껴질 거라고는.

여운이 남아 아쉬운 듯 떨어트린 입술은 닿을락 말락 서로의 입김이 고스란히 전해졌고, 다시 마주한 서로의 입술은 다정함이 가득했다.

"힘들었어. 종일. 내가 이렇게 욕구가 강한 사람이라는 걸 예전엔 미처 몰랐네."

"저도 놀라는 중이에요. 이렇게 당황할 일이 잦을 줄은 몰랐어요."

"적응해야 할 것 같은데? 고치기 힘들 것 같아. 아니 지금도 많이 참는 중이라고 하면 어떨까?"

"안 돼요. 계속 이러다가는 심장에 무리가 올 것 같아요."

"난 이미 무리가 왔어, 널 처음 만난 그 순간부터. 그래도 아직 멀쩡해. 그러니까 네 심장도 나처럼 더 튼튼하게 단련시켜야 할까 봐."

어떻게? 라고 초롱의 눈빛이 묻고 있었다. 뭐든 단련시키려면 숙련되는 수밖에는. 나는 그 방법이라는 게 너를 피하지 않고, 많이 보고 많이 생각하고 많이 느끼는 거였는데, 너도 같지 않을까 하고. 대답 대신 참을성 부족한 입술이 먼저 다가섰다.

차 안이 아니었다면 얼마나 좋을까? 아니 이대로 네가 사는 곳, 네가 잠드는 그곳으로 데려가 달라고 할까? 아니면 네 향기가 낙인처럼 남아 버린 내 침대로 데려가 버릴까 하다가 간신히 마음을 정리하며 초롱을 놓아 주었다.

"그만 가야겠지?"

"네. 많이 늦었어요."

"빈말이라도 라면 먹고 갈래요? 할 수 없어?"

"이 시간에요?"

못 말린다. 정직하다 못해 해맑은 질문에 산은 싱겁게 웃고 말았다.

"라면 몰라? 이럴 때 먹고 가는 라면은 보통 라면이 아니라고, 이초롱 공부 많이 해야겠네."

"이 시간에 먹는 라면이 따로 있는 줄 몰랐는데요."

순진한 초롱이 얄미워 볼을 아프지 않게 꼬집었다.

"있어, 그런 게. 다음에 우리 집에 와 봐. 내가 기가 막힌 라면 끓여 줄 테니까. 그때는 라면 먹고 가는 거야. 알았어?"

잠시 고민하듯 눈동자가 마실 갔다 오더니 이내 고개를 끄덕인다. 그 모습이 왜 이렇게 예뻐 보이는지.

"그만 가자. 이러다 정말 라면 먹고 싶어 미칠 것 같으니까."

그가 라면을 좋아했었나? 라면 먹는 걸 본 적은 딱히 없는 것 같은데. 갸우뚱하며 차 문을 열고 냉기가 불어닥치는 밖으로 발을 내밀었다.

굳이 내리지 않아도 된다는데도 기어이 운전석에서 내리는 그를 향해 인사를 하려는데, 어딘가로 시선을 고정한 채 미동도 없는 그의 모습에 함께 시선이 따라갔다.

'맙소사. 네가 이 시간에 거기서 왜? 대체 언제부터 거기 서 있었던 거야?'

"……초원아."

"누나…… 늦었네."

말은 초롱을 향해 있었고, 눈은 남자를 향해 있었다. 두 손은 바지 주머니 속에서 주먹이 쥐어졌고, 날이 추워서겠지, 뻣뻣하게 굳은 다리는 움직일 줄을 몰랐다. 입김이 아지랑이처럼 눈앞을 가리는 걸 보니, 한숨을 내쉬었나 보다.

그때 초롱의 옆에 선 남자가 성큼성큼 다가왔다.

"오랜만이네요. 이초원 씨. 이렇게 만나게 되어 유감입니다."

"무슨…… 뜻이죠?"

"날 좋은 날. 화창하고 밝을 때. 정식으로 인사를 하고 싶었거든요. 하이산입니다."

"누구신지는 이미 잘 알고 있습니다."

"협찬사 대표 하이산이 아닌, 누나의 남자 친구 하이산이라는 말입니다."

"네. 그렇게 말씀하시니 저도 정식으로 인사드리겠습니다. 동생 이초원입니다."

산이 먼저 악수를 청했다. 마주 오는 손이 얼음장같이 굳은 거로 보아 이미 충분히 필요 이상의 시간을 이곳에 머물러 있었다는 것을 어렵지 않게 짐작할 수 있었다.

"초원아. 언제…… 왔어? 오늘은 시간이 괜찮았어? 이렇게 와도 돼?"

"어. 오늘이 아니면 당분간은 좀 힘들 것 같아서."

초원은 기분이 묘했다. 그를 직접 겪어 보지는 않았지만, 알아본 바로 그는 평판이 좋았다. 협찬사 대표가 아닌, 개인적으로 마주하게 된 그는 분명 민망할 수 있는 상황에서도 당황하지 않았고, 한참 나이가 어린 자신에게도 예의를 갖추어 인사를 건넸다.

몸에 배어 있는 당당함이나 선하지만 강한 인상, 누나를 바라보는 부드러운 눈빛, 누나를 대하는 태도, 무엇 하나 거슬리는 것 없이 누나의 짝으로 손색이 없어 보였다. 그런데…… 왜 이렇게 가슴 한구석에 찬바람이 스미는지. 짐작했던 것과 눈으로 직접 확인하는 것은 또 다른 느낌이었다.

예쁘게 홍조가 핀 누나의 얼굴이 반가우면서도, 왜 이렇게 불안한 마음이 드러나는지.

"대표님, 피곤하실 텐데 그만 들어가 보세요. 초원아, 날이 추워, 얼른 들어가자."

"그래. 그럼 살펴 가십시오. 또 뵙겠습니다."

"그래요. 오늘은 시간이 늦었으니 그만 가 볼게요. 조만간 또 봅시다. 이초롱, 푹 잘 자고 내일 봐."

동생을 위하는 초롱의 마음을 잘 알기에 미안한 마음 반, 차라리 잘됐다 하는 마음 반. 생각 같아서는 동생과 얘기를 좀 나누고 싶었지만, 지금은 남매를 위해 자리를 피해 주어야 할 듯했다. 초원의 밝지 않은 표정이 왜 이렇게 마음에 걸리는지.

"네. 내일 뵐게요. 그럼."

그의 차가 떠나고 나서야 초롱과 초원이 함께 집으로 향했다.

"초원아."

"누나."

말없이 집을 향하다 동시에 서로를 불렀다.

"응. 말해."

"그때부터야?"

"뭐가?"

"방금 그분 만난 거. 사실은 그때 엄마 병원에 계실 때, 나 그 메모 봤어. 누나 챙겨 먹으라고 도시락 가져왔던 날."

"그랬……어?"

초롱은 당황하지 않을 수 없었다.

"우리 집 사정 다 아시는 거야?"

"뭐. 대충은."

"그래도 괜찮대? 사실 조금 걱정돼. 누나가 누구를 만나는 건 분명 반가운 일인데, 그 상대가 평범한 사람은 아닌 것 같아서. 나는 누나가 상처받는 일 생길까 봐 걱정돼."

초원이 저를 걱정하는 마음이 무엇인지 알 것 같았다. 고마움과 미안한 마음이 복잡하게 얽혀 들었다.

"네가 걱정하는 일 없을 거야. 좋은 분이야. 나한테는 너무 과분한."

"누나, 행복해?"

"음…… 그런 것 같아. 아니. 행복해. 너한테 미안하지만, 이래도 되나 싶을 정도로 그래."

왠지 자책이 묻어나는 초롱의 말에 초원이 서둘러 말을 꺼냈다.

"그게 왜 미안할 일이야! 절대 그런 생각 하지 마! 알았어? 누나가 행복하면, 나도 행복할 거야. 진심이지? 나 안심시키려고 하는 말 아니고?"

"응. 진심이야."

"그럼 됐어. 나도 조금 알아봤는데, 그분 좋다더라. 예쁘게 잘 만나. 하지만 혹시라도 만에 하나 나쁜 행동을 한다거나, 무슨 일 있음 바로 말해 줘."

"그래. 알았어. 초원아……."

"응?"

"고마워."

"고맙긴 뭐가?"

"그냥. 다……."

부끄럽고 민망한 마음에 앞서 미안한 마음이 더 컸다. 어린 나이에 가족을 돕겠다고 학업도 중단한 채 원치 않은 일에 뛰어든 동생이었다. 그런 동생이 보는 앞에서 연애로 들뜬 모습이라니. 오늘따라 동생 앞에서 한없이 작아지는 기분이다.

초원은 초롱이 무슨 생각을 하는지도 모른 채 저만의 생각에 빠져들었다. 아무리 좋은 사람이라고 해도, 그 가족들도 그럴까? 저렇게 좋아 지내다 보면 결혼을 생각하게 되는 건 당연지사. 치우쳐도 너무 치우치는 형편에 누나가 상처받을 일이 생기지는 않을까, 벌써 고민이 깊어졌다.

산은 초롱이 동생과는 별문제 없이 대화를 잘 하고 있을까, 책임감이 강한 초롱이 괜한 생각으로 또 스스로를 괴롭히고 있지는 않을까. 집으로 돌아오는 내내 초롱에 대한 걱정이 쉽사리 떨쳐지지 않았다.

집에 도착해 서둘러 씻고서 소파에 털썩 앉아 휴대폰을 들었다. 시간을 확인하며 이쯤이면 어느 정도 대화가 마무리되지 않았을까 싶어 전화를 걸었다. 계속되는 연결음에 아직 대화 중인가 싶어 끊으려는데 초롱의 목소리가 흘러나왔다.

"초롱아, 잘 들어갔어?"

— 네.

"동생이 뭐라고 안 해?"

— 네.

"아닌데, 목소리가 아까와는 달라. 무슨 일 있어? 괜찮으니까 말해."

— 아니에요. 별일 없어요.

"내가 지금 갈까? 동생이 싫은 소리라도 했어?"

— 우리 초원이 저한테 싫은 소리 할 녀석 아니에요.

"그럼 목소리가 왜 그렇게 가라앉았어?"

— 정말 아니에요. 그냥 단지…….

"단지 뭐?"

— 동생 보기가 미안했어요.

산이 알 만하다는 듯 싱긋 웃었다.

"뭐가? 키스하는 거 들켜서?"

— 뭐. 그것도 민망하기는 했지만, 그냥…… 나만 좋은 것 같아서. 나만 행복한 것 같아서.

"착하네. 이초롱. 이러니 예뻐 보이지 않을 수가 없어. 그런데 초롱아, 동생도 네가 늘 힘들고 지쳐 보이는 것보다, 이렇게 생기 있고 밝은 모습으로 있는 걸 더 좋아하지 않을까?"

— 그래서 더 미안했어요. 동생한테. 좋은 분 같다고 예쁘게 만나라고 그랬어요. 우리 초원이가.

"누구 동생 아니랄까 봐, 겉모습만큼이나 마음도 잘생겼네. 다음에 자리 한번 마련해 줘. 기특해서 용돈이라도 두둑이 챙겨 줘야겠어."

— 다 큰 애한테 용돈은 무슨. 아, 그리고 초원이가 그랬어요. 혹시라도 나쁜 행동 하면 바로 말하라고.

자신이 생각하는 그런 의미는 아니겠지. 싶었지만 설마 하며 물었다.

"그게 무슨 말이야? 나쁜 행동?"

— 요즘 세상이 그렇잖아요, 뉴스에서도 심심찮게 나오고.

"설마! 데이트 폭력 뭐 그런 거 말하는 거야?! 말도 안 돼! 이초롱!"

농담이겠지 생각하면서도 산은 어이가 없었다.

— 농담이에요, 농담. 물론 초원이는 농담이 아니었겠지만요. 내가 말했던

가? 우리 초원이 합기도 완전 잘해요.

"그래서 뭐야, 내 동생이 운동도 잘한다, 그러니 조심해라. 그 말인가?"

— 에이, 또 뭘 그렇게까지. 그냥 그렇다고요. 풋, 무슨 말을 못 해.

"어쭈. 이초롱 웃었어?"

— 그러게요. 저는요…… 아직도 가끔 얼떨떨해요. 그 어려운 대표님께 이 시간에 농담이라니.

"그러게. 세상 단호하게 정색하던 네가 나한테 웃으며 농담도 다 하고."

— 화나셨어요?

"그럴 리가! 좋아서 그래. 이제 정말 네 모습을 보여 주는구나 싶어서. 늘 감정을 숨기고 자제하고 참고 견디던 네가 이렇게 조금씩 변하는 모습을 보여 주니까 좋아서."

— 가끔 어떤 게 진짜 내 모습인지 저도 헷갈릴 때가 있어요. 특히 요즘은 더.

시무룩해진 목소리에 초롱의 고민이 엿보였다.

"다 너야, 초롱아. 경솔하지 않아, 말이나 행동이 늘 신중하고 정중한 것도 너. 속이 깊어서 타인을 잘 배려하는 것도 너. 가끔 농담을 하며 개구쟁이 같아지는 것도 너. 힘들어도 꿋꿋하게 일어서는 것도, 밝게 웃는 것도, 긍정적인 에너지가 넘치는 것도 모두 다 너야. 그러니까 헷갈리지 않아도 돼. 사람은 누구나 다양한 모습을 지니고 살아."

— 저보다 더 저를 많이 알고 계신 것 같아요.

"그만큼 관심이 많으니까. 요즘 내 관심사는 온통 너. 이초롱 너 하나니까. 그러니까 초롱아. 힘들다고, 주변 상황이 쉽지 않다고 해서 기죽어 지낼 필요는 없어. 당당하게 어깨 펴. 부끄러워하지 않아도 돼. 너는 지금까지 누구보다 더 열심히 살아왔고, 또 잘 해내고 있으니까. 내 말 알아들어?"

산의 말을 가만히 듣고 있던 초롱은 눈물이 핑 돌았다. 답답했던 마음이, 잔뜩 무거워진 마음이, 그가 하는 한 마디 한 마디에 별게 아닌 것처럼. 그냥 일

상처럼 흘러가 버렸다.

웃게 만들었다. 잘해 오고 있다고, 잘못 살지 않았다고.

"초롱아, 이초롱?"

— 듣고 있어요. 고마워요. 하이산 씨.

"뭐가?"

— 사실은 조금 전까지 가슴에 뭐가 얹힌 것처럼 무겁고 답답했는데, 지금은 가슴이 뻥 뚫렸는지 시원해졌어요. 다 이산 씨 덕분이에요.

"다행이네. 나도 너 걱정하느라 가슴이 답답했는데, 이제야 속이 후련하네."

— 제 걱정이요?

"그래. 밖에서, 그것도 훤한 가로등 아래에서 뽀뽀나 하고 다닌다고 동생한테 한 대 맞지나 않았을까 하고 걱정 많이 했거든."

초롱의 조금씩 밝아지는 목소리에 이제야 농담이 나왔다.

— 뭐. 뭐라고요? 말도 안 돼. 우리 초원이를 어떻게 보고?

발끈하는 초롱의 말에 산이 고개를 절레절레 내저었다.

"너도 참. 초점이 또 동생이야? 너같이 좋은 누나가 또 있을까 싶네. 로또야! 내 말의 요점은, 훤한 가로등 아래에서 너랑 나누던 그 뽀뽀가 지금 아주 간절히 생각난단 얘기야. 알아들어?"

— 흠흠. 훤한 가로등 아래 아니었거든요. 거기 가로등이 고장이 나서 뭐, 그렇게 밝지는 않았는데…… 그리고 엄밀히 따지면 어두운 자동차 안이었다고요.

"이것 봐라? 언제는 훤한 가로등 아래서 뽀뽀해 보지 않은 것처럼 말하네?"

— 제가 언제…….

라고 발뺌하려다 불현듯 스치고 지나는 기억에 아차 싶었다. 그가 집 앞에 불쑥 나타난 그 밤. 그날도 가로등 아래였었나?

— 뭐. 그럴 수도 있죠, 뭐.

"그래. 사랑하는 연인끼리 그럴 수도 있지. 당연한 거야. 다들 그렇게 감정을 감추지 못하고 때로는 때와 장소를 거스르기도 하고 그래. 우리만 특별하게 유별나게가 아니라 다들 그러고 사랑한다고. 그러니까 동생한테도 너무 부끄러워하거나 미안해하지 마. 그런 거로 누나답지 못했다 자책하지 말란 말이야. 초원이도 나중에 연애해 보면 아. 할 거야."

왠지 너는 지금 딱 이러고 있을 것 같아서. 누나답지 못하게 때와 장소를 구분하지 않고, 하필 사람들이 오가는 장소에서 진한 사랑을 말하게 된 걸 후회하고 있을까 봐. 나는 네가 그러지 않았으면 좋겠으니까.

— 제 마음속에 들어갔다 나오셨어요? 아니면 독심술도 해요? 어떻게 내 마음을 그렇게 잘 알지?

초롱은 매일이 놀라웠다. 사람이 어쩜 이렇게도 마음의 시야가 넓은지. 생각하는 씀씀이가 그의 이름처럼 남달리 느껴졌다.

"나니까. 이초롱한테 모든 신경이 쏠려 있는 나니까."

— …….

"이초롱."

— 네.

"로또야!"

— 네.

"사랑해."

— ……저도요.

"뭐라고?"

— 저도요.

"너도 뭐? 가장 중요한 말이 빠졌잖아. 똑바로 말 안 해?"

— 저도 사랑해요. 하이산 씨.

"……."

— 여보세요?

"들었어. 너무 행복해서 숨이 멎는 줄 알았잖아. 그 말이 뭐 그렇게 어렵다고. 너, 우리가 사랑을 나눌 때 딱 한 번 말해 준 거 알아? 너무 인색해. 앞으로는 종종, 자주 말해 줄래?"

— 이산 씨 하는 거 봐서요.

능청스러운 초롱의 말에 산이 피식 웃었다.

"귀엽네. 밀당도 할 줄 알고. 알았어. 내가 더 잘해야겠네. 흠. 뭐가 부족했을까?! 하체 운동을 좀 더 할까? 아님 장어즙이라도 해 먹을까?"

— 하이산 씨! 못 말려 정말. 끊어요. 얼굴에서 불날 것 같아요.

"하하하. 아직 부끄러워? 참 한결같네."

— 휴대폰이 뜨거워서 그런 거거든요? 부끄럽기는.

"오호, 부끄럽지 않다고? 오케이 접수! 그럼 앞으로 수위를 조금 올려서,"

— 아니에요. 부끄러워요. 부끄럽다고요. 하이산 씨 이렇게 짓궂은 사람인 줄 미처 몰랐네요. 정말 휴대폰 뜨거워요. 이제 진짜 끊어요.

"풋, 그래. 알았어. 오늘은 아무 생각 말고 푹 잘 자. 내일 퉁퉁 부은 얼굴 말고, 예쁜 얼굴로 보자."

—네. 그럴게요. 이산 씨도 잘 자요.

귀에서 멀어진 전화기는 정말 뜨거웠다. 또 혼자 울지 말고 곧장 자라는 말을 그는 참 예쁘게도 했다. 하지만 너무 행복해서, 속상함이 아닌 행복해서 흘리는 눈물에도 얼굴이 퉁퉁 부을까? 가만히 누워 미소 짓는 초롱의 얼굴에 따듯한 눈물이 고이고 있었다.

산은 아침부터 보고하러 들어온 초롱에게 듣고 싶었던 말을 직접 듣고서 상쾌한 하루를 열었다. 마케팅 부서와의 회의를 위해 소회의실에 들어서는 산의 입매가 부드럽게 휘었다.

"오늘은 출고가 많지 않네요."

"네. 대표님. 아, 그런데 오늘 출고하는 분 중에 초롱 씨 지인이 있습니다."
"초롱 씨 지인이라면?"
"네. 김규영 씨라고 그때 캠핑카 주문하고 가셨거든요. 오늘 출고하고 싶다고 하셔서요. 마침 요청하신 옵션 작업도 다 끝나고 해서요."
"아, 그래요? 음…… 몇 시에 출고한답니까?"
"오후 5시로 예약하셨습니다, 대표님."
"그래요. 우리 직원 생각해서 여기서 구입하셨을 텐데, 인사는 드려야죠. 나중에 오시면 연락 부탁해요."
"네. 알겠습니다."
이 과장의 말이 끝나기가 무섭게 수완의 시선이 산을 향했다.
"대표님. 오늘 오후에 일정이 있지 않으십니까? 외부에 나가시면 그 시간까지 돌아오기가 힘드실 텐데요?"
산의 일정을 아는 수완이 야무지게 콕 집어 주었다.
"알고 있습니다, 고 이사님. 제가 알아서 조절하죠. 그럼 오늘은 여기까지 할까요? 먼저 일어나겠습니다."
회의실을 나서는 산의 뒤를 이어 수완이 자리를 털고 일어났다. 성큼성큼 앞서가는 산의 걸음에 뛰다시피 해서 그의 뒤를 바싹 따라붙었다.
"형한테 괜히 말해 줬나 봐. 요즘 아주 재미있어 죽겠지?"
"왜 아니야? 웬만한 영화보다 더 흥미로워. 나만 알고 있으려니 입이 간지러워 죽을 지경인데?"
"그렇게 간지러우면 털지 그랬어? 어떻게 참는데?"
"어? 그래도 돼? 이제 말해도 되는 거야?!"
산의 걸음이 우뚝 멈추었다.
"형, 아니 고수완 이사님! 요즘 이사님 얼굴을 보면, 직원들이 눈치채지 못하는 게 신기할 따름입니다만."
그랬다. 얼마나 눈빛을 빛내며 두 사람을 관찰하는지, 산과 초롱이 자리에 함께할 일이 있을 때마다 핑퐁 하듯 요리조리 구경하는 모습은 마치 동물원에서 본 그 동물인 듯 자연스럽기만 했다.

'그 동물 이름이 뭐였더라? 음…… 미어캣! 그래, 생각할수록 딱 닮았어.'

"그러게, 이제 그만 밝힐 때도 되지 않았어? 두 사람 가볍게 만나는 것도 아닌 것 같은데, 언제까지 비밀로 하려고? 그러다 나중에 밝혀지면 직원들 배신감만 더하지."

"내 생각도 같아. 하지만 어떡해? 우리 초롱이 마음이 불편하다는데. 초롱이가 아직은 마음의 준비가 안 됐다는데. 갑님이 저리 망설이며 갑질을 하시니, 을은 당할밖에 방법이 없네. 방법이!"

산의 말에 수완이 어이가 없다는 듯 물었다.

"지금 초롱 씨가 갑, 네가 을이라는 소리야? 왜?"

"더 사랑하는 사람이 을이라며? 지금은 아무리 봐도 내가 을인 것 같아. 아니 을이야!"

"풉, 을 같지 않은 을이라, 갑님의 마음이 이해가 안 되는 것도 아니네. 거참. 그나저나 나중에 어쩔 거야? 정말 그 시간에 들어올 수 있어?"

"글쎄…… 일단 가 봐야겠지만, 그리 오래 걸릴 것 같지는 않아. 그리고 설사 내가 시간 안에 못 온다고 해도 형이 있는데 뭐가 걱정이야? 안 그래?"

수완이 어깨를 으쓱하더니 고개를 끄덕였다.

"그래, 알았어. 그 사람 오면 내가 초롱 씨하고 같이 나가 볼게. 아차, 그리고 언제 시간 한번 내 봐. 내가 초롱 씨 얘기를 했더니 집사람이 많이 궁금한가 봐. 언제 한번 집에서 밥이나 같이 먹자고 하더라. 애들도 너 보고 싶어 해. 요즘 들어 삼촌 왜 한 번도 집에 안 오냐고 난리야 난리."

"그래, 녀석들 많이 컸겠네. 초롱이한테 한번 물어볼게."

"그래, 우리는 언제라도 상관없으니까 초롱 씨 편한 날로 잡아서 말해 줘."

"넵! 대단히 감사합니다. 고 이사님!"

고개를 꾸뻑하고 유유히 제 갈 길을 가는 산을 보며 수완의 입매에 미소가 가득 담겼다. 초롱을 만나기 전까지만 해도 여자 보기를 지나가는 누구 집 개 보듯 하더니, 사람이 저렇게 달라질 수도 있구나. 사랑의 힘에 절로 고개가 숙여졌다.

2

때는 이때다. 첩보에 따르면 산은 오늘 회사를 비울 예정이었다. 로라는 급한 일을 마치고, 서둘러 차에 오르며 운전대를 이산 코리아로 돌렸다.

차량 출고가 많이 되었는지 전에 왔을 때보다 한산해 보이는 이산 코리아에 들어서며 주위를 둘러보는데 누군가 다가와 싹싹하게 인사를 건넸다.

"어서 오세요. 카라반 보러 오셨어요?"

"네, 안녕하세요. 카라반도 봐야 하고, 사람도 좀 봐야 하는데, 이초롱 씨라고."

"아, 네. 초롱 씨라면 사무실에 있을 텐데, 연락은 하셨나요?"

"아니요. 연락처를 몰라서. 혹시 지금 좀 볼 수 있을까요?"

"네. 잠시만요, 사무실에 있는지 확인 좀 해 볼게요."

어딘가로 통화를 하더니 사무실까지 직접 안내하는 직원을 보며 역시 이산 코리아답게 친절하다 싶었다.

사무실에 도착하자마자 입구에 나와 기다리는 여자를 발견한 로라의 눈매가 번뜩였다.

“저 혹시. 이초롱 씨?”

여자가 돌아보는 순간 로라에게서 ‘아.’ 하는 수긍의 감탄사가 절로 흘러나왔다.

“네. 안녕하세요. 이초롱입니다. 그런데 저를 어떻게 찾아오셨나요?”

맑고 깨끗한 첫인상에 목소리도 부드러워 듣기에 좋았다.

“네. 안녕하세요. 저는 굿 엔터테인먼트 대표이사, 오로라예요. 반가워요.”

이것도 직업병이다. 산의 마음이야 어떻든 이미 여자의 외모에 홀린 듯 구석구석 요모조모 뜯어보는 로라의 얼굴에 감추지 못한 희열이 피어올랐다. 역시 회사 직원들의 보는 눈이 틀리지 않았다.

“아, 광고 때문에 오셨나 봐요. 그렇지 않아도 화보가 잘 나와서 광고까지 하게 되었다는 말은 전해 들었습니다.”

회의 때 광고 협찬 의뢰로 곧 관련 연락이 올 테니 참고하라던 말씀은 있었지만 이렇게 빨리, 그것도 굿 엔터 대표이사가 직접 찾아올 줄은 몰랐기에 의아함 반, 그리고 동생이 몸담은 회사라 호기심 반으로 그녀에게 주의를 기울였다.

“그랬어요? 네. 맞아요. 화보 반응이 너무 좋아서 광고가 들어왔거든요. 그래서 염치 불고하고 광고 협찬까지 받아 볼까 해요.”

일단은 여자의 경계를 풀기 위해 로라가 자연스레 답했다.

“그런데 어쩌죠? 담당은 제가 맞지만 그 건은 대표님과 직접 말씀을 나눠 보셔야 할 것 같은데, 지금 대표님께서 자리를 비우셨거든요. 고 이사님과 이야기해 보시겠어요?”

“아니에요. 오늘은 초롱 씨 보러 왔는데, 혹시 지금 시간 괜찮아요?”

“저를요?”

“긴장하지 않아도 돼요. 개인적으로 잠깐 물어볼 게 있어 그런 거니까.”

“아, 네. 그럼 쉼터로 모실게요.”

손님을 안내하며, 개인적인 볼일이 뭐가 있을까? 초원의 누나인 걸 알고 온 건지, 그렇다면 동생에게 무슨 문제가 생긴 건 아닌지. 초롱은 긴장을 놓을 수 없었다.

"여기 앉으세요. 직원들이 가끔 이용하는 쉼터예요. 어떤 차로 드시겠어요?"

소파에 편히 자리 잡은 로라에게 초롱이 갖가지 차가 담긴 트레이를 보여 주며 물었다.

"음. 커피로 할게요."

"네. 잠시만요."

로라는 차를 준비하는 초롱의 모습을 유심히 살펴보았다. 염색이라고는 해 보지 않은 것 같은 검은 긴 생머리는 단정하고 차분하게 하나로 묶여 있었다. 단지 그녀의 뒷모습을 보면서도 상상의 나래가 활개를 쳤다.

'저 머리끈을 푸는 거야. 그럼 윤기 흐르는 머리카락이 커튼처럼 드리워지겠지? 고개를 살짝살짝 돌릴 때면 찰랑찰랑 예쁘게 춤을 추겠어. 촉감도 실크같이 부드러울 거야. 샴푸 모델? 아니면 뒤태가 예쁘니까 청바지 모델? 그것도 아니면 분위기가 차분하고 좋으니까 커피? 잠깐, 이게 뭐야. 완전 사기 캐릭터잖아.'

로라는 새삼 두근거렸다.

때 묻지 않은 원석을 발견한 것 같은 설렘이 우선일까, 아니면…… 달갑지 않은 질투가 우선일까? 여자에게서 좀처럼 눈을 뗄 수가 없었다.

꾸미지 않은 자연미에 여성스러운 행동하며, 차분한 분위기에 부드러운 말투까지. 같은 여자가 봐도 눈을 거둘 수가 없는데 하물며 남자라면 어떨까 싶었다. 남자라면 누구라도 한 번쯤은…….

과연 이산에게 초롱이라는 여자는 정말 아끼는 직원에 불과할까, 아니면 그 이상일까?

아끼는 직원이면 좋겠고, 그 이상이라면…… 그래도 일단은 무조건 고!

로라는 뒤돌아서 자신에게 다가오는 초롱을 보며 가볍게 머리를 흔들어 상념에서 벗어났다.

"입맛에 맞을지 모르겠어요. 제가 커피를 즐기지 않아서 아직 커피 맛을 잘 모르거든요."

"괜찮아요. 오늘 나에게 커피는 그저 부록이니까."

커피가 마시고 싶으면 카페에 갔겠지. 하지만 내 목적은 한가하게 커피나 마시자고 온 건 아니니까. 그것도 이산의 눈을 피해 밤손님처럼 몰래 찾아왔으니. 산의 소중한 무언가를 정말 훔쳐 가 볼까?

여자를 보자마자 느꼈던 희열은 어디로 가고, 커피는 부록이라는 자신의 실없는 말에 아주 미세하게 여자의 입매가 휘어졌을 뿐인데, 그럼에도 눈길이 가는 너에게…… 이산은 어떤 의미니?

"그럼 말씀하세요."

"그래요. 우선 바쁜 시간 내줘서 고마워요. 이산, 아니, 대표님 몰래 온 거라 나도 빨리 가 봐야 하니까 본론으로 들어가죠. 혹시……."

'하이산과는 어떤 사이예요? 이산에게 당신은 직원인가요? 여자인가요?'

정말 직원들의 평에 따라 원석을 캐러 온 것인지, 유치하게 염탐을 하러 온 것인지 스스로가 혼란스러움을 자처하고 있었다. 로라는 집요하게 파고드는 의문과 혼란스러운 마음을 잠시 밀어 두었다.

'일단은 목적 달성을 우선으로 덤벼 보자고, 아예 나에게 선을 그어 버린 이산, 너보다 이쪽이 더 가능성이 있어 보이니까.'

"연예인 해 볼 생각 없어요?"

그래, 지금은 아무것도, 잠시 확인을 미룬다고 통증이 약해지겠냐마는. 아직은 들을 준비가 되지 않았으니까.

"네."

대표님을 너무나 자연스레 이산이라 부르는…… 당신은 과연 누굴까? 쳐다보는 눈빛이 호감이라고 하기에는 날카롭고, 그렇다고 경계라고 하기에는 부드러운 편인데. 초원이 누나라는 걸 알고 온 건 아닌 듯했다.

내면의 신경전이 오가는 사이 로라가 잔뜩 의아한 목소리로 물었다.

"생각……해 보지도 않고요?"

"없습니다. 그런 사람들이 가진 재능, 재주, 끼. 그 어떤 것도. 그러니 고민의 여지가 없어요."

여려 보이는 모습과는 달리 단호하고 야무진 대답이었다. 로라는 분명 얼마 전에도 비슷한 상황을 겪은 듯했다. 기분 탓일까? 어디서 본 적이 있나? 왜 낯설지가 않지?

"그런 게 없어도 가능하다면? 그런 것쯤이야 요즘은 배우면서도 하니까. 재능, 재주, 끼. 하나 갖추지 않고도 외적인 조건 하나로 덤비는 사람도 많아요. 그리고 그쪽, 아니 이초롱 씨, 당신이 가진 외적인 조건은 사실 그냥 두기에는 좀 아까워요."

아깝지. 누가 두고 혼자 보기에는 많이 아깝지. 그래, 어쩌면 이산 혼자 꼭꼭 숨겨 두고 보지 못하게, 만인의 연인으로 만들어 버리면, 그럼 산 너도 알게 될까? 나의 속앓이를…… 조금이라도?

"말씀 감사합니다만, 저는 아닌 것 같습니다. 가진 재능도 없이 섣불리 외적인 조건만으로 갈 분야는 아니라고 생각합니다. 그리고 무엇보다 확신할 수 없는 일에 모험할 정도로 여유가 있지도 않아서요."

"확신할 수 없다라. 그 확신 내가 줄 수 있다면요?"

내 눈은 정확하니까. 내 눈은 단 한 번도 틀린 적이 없으니까. 그 확신 백 번이고, 천 번이고 줄 수 있는데.

"죄송합니다. 재능이 뒷받침되는 사람을 알아보세요. 마음이 단단하고, 내성적이지 않고, 사람들의 호기심 어린 시선을 능히 감당할 수 있는 사람으로요."

이 정도면 충분한 답이 되었을 것이다. 지극히 평범한, 내세울 만한 재능 하나 없이 덤벼들 수 있는 일도 아닐뿐더러, 당장 친구와 찍는 사진 하나에도 어색함이 잔뜩 묻어나는데 무슨 일을 어떻게 할 수 있을까.

카메라 앞에서 세상 당당하던 동생의 모습이 뇌리를 스쳤다. 같은 상황에 놓이면 과연 나는 어떨까, 초롱은 생각하는 것만으로도 몸이 움츠러들고 있었다. 자신이 많은 사람의 시선을 아무렇지도 않게 감당할 수 있는 순간은 오직 피아노 앞에 있을 때, 연주를 할 때만 가능한 일이었다.

초롱이 내면과 대화를 하는 사이 로라 또한 짧은 생각에 잠겼다.

저런 외적인 조건이면 조금은 성격이 모나도 좋을 텐데. 그 흔한 자만 한 조각 없이 겸손하기까지 하면 반칙 아니니? 너는 어울리지 않게 또 왜 이렇게 소극적일까? 궁금함을 부추기는 초롱을 보며 조금 더 대화를 나눠 보고 싶지만, 밤손님과 같은 로라의 시간은 성급하고 야속하게 잘만 흘러갔다. 시계를 살펴보는 얼굴에 초조함이 스쳤다.

"일단, 지금은 그만 가 봐야겠네요. 혹시 모르니 명함은 두고 갈게요. 마음이 바뀌면 꼭 연락해 줘요. 그리고 분명히 말하지만, 나 아직 포기한 거 아니에요. 또 봐요."

이산에게 또 싫은 소리를 듣기는 싫으니까 서둘러 가려는데 초롱의 단호한 목소리가 들렸다.

"제 대답은 늘 같을 거예요. 그럼 안녕히 가세요."

로라는 이번에도 역시 쉽지 않은 상대를 만난 것 같았다.

너는 또 뭐가 그렇게 어려울까? 차라리 냉큼 기회를 잡아 버리지. 그랬으면 오히려 마음이 식었을지도 모르는데. 차에 올라 신경질적으로 운전대를 잡으며 어떻게 해야 그녀를 설득할 수 있을까, 로라의 고민이 깊어졌다.

'젠장, 원이를 처음 만났을 때 딱 저러더니 원이 같은 사람이 또 있을 줄이야. 참 나…… 잠깐, 그러고 보니 두 사람…… 어딘지 모르게 닮았잖아? 하는 말도, 행동도. 그리고 분위기까지…… 가만, 원이도 누나가 한 명 있다고 했는데…… 이원. 이초롱. 이초원. 이……초롱?'

설마! 설마! 설마!! 불현듯 바뀐 신호에 성급히 브레이크를 밟아 몸이 앞쪽으로 휘청 쏠리는 급박한 상황에서도 로라의 입꼬리는 하늘을 향해 가고 있었다.

'너네 혹시 남매니? 그런 거야? 그래. 차라리 남매여라, 제발 남매여라.'

강우 그룹 본사 주주총회장. 오랜만에 전 직장이자 주주로 있는 회사에 들어선 산의 감회는 남달랐다. 그런 산이 상념에 젖어 들 틈도 없이 주위로 사람들이 모였다.

"하 팀장! 아니, 하 대표! 여기서 다시 보니 반갑네요."

"네. 안녕하셨습니까, 이사님. 오랜만에 뵙습니다."

"하 대표! 주총 때나 돼야 이렇게 봅니다."

"그러네요. 이사님, 그간 안녕하셨습니까?"

"하 대표, 얼굴이 좋구먼. 하는 일은 잘되고 있다고 들었네만."

"네. 덕분에 체면치레는 하고 있습니다."

쏟아지는 인사에 정신없을 때 구원투수가 나타났다.

"일찍 왔네?"

형식적인 인사치레에서 구해 주는 형, 강이었다.

"어. 일찍 오면 일찍 시작할까 했더니, 아직이네?"

이미 정해진 주총 시간, 산이 조급한 마음을 실없는 말로 얼버무리는데,

"그걸 농담이라고 해? 왜, 급한 일이라도 있어?"

강이 동생의 조급함을 귀신같이 알아채고서 물었다.

"나야 항상 바쁘지."

"그래. 귀하신 몸, 여기까지 오시느라 고생 많았다. 오랜만에 회사에서 보니까 좋네."

"그러게. 여기서 보는 것도 나쁘지 않네. 그런데 수는 왜 아직이야?"

"양반은 못 되겠네. 뒤에 온다."

쾌활한 성격만큼이나 시원시원한 걸음으로 만면에 환한 미소를 띠며 수가

성큼 다가왔다. 그러면서 입을 열어서 한다는 소리가.

"형들 일찍 왔네? 아주 한가한가 봐?"

산과 강은 누가 먼저랄 것 없이 웃음이 터져 버렸다. 반갑게 서로 악수하며 인사를 나누는 모습이 불과 며칠 전에 만나 함께 식사했던 형제가 맞나 싶다.

아직도 자신의 배경을 비밀로 하는 운은 위임장으로 대신했고, 누구보다 바쁜 림 역시 위임장으로 자리를 대신하고 있었다.

제시간에 시작된 주주총회. 산은 비록 몸은 회사를 떠났을지언정, 의결권을 가진 대주주의 한 사람으로서 마땅한 권리를 정당하게 행사하고 나서야 홀가분한 마음으로 서둘러 주주총회장을 벗어날 수 있었다.

"어? 안녕하십니까!"

누군가 반가이 하는 인사에 산이 고개 돌려 그를 보았다. 얼마 전 보았던 초롱의 동창, 강다교라는 여자의 남자 친구였다.

"아, 네. 안녕하십니까."

산이 형식적인 인사를 건넸다.

"아, 기억하시네요. 저 성주원입니다. 이렇게 또 뵙네요."

"아. 네. 그러네요."

대화를 이어 가기도 전에 누군가 산에게 또 말을 걸어왔다.

"하 대표! 벌써 가는 건가? 오랜만에 왔는데 좀 더 있다 가지 않고?"

산이 잠시 주원에게 양해를 구하고서 다가온 임원에게 대답했다.

"볼일이 끝났으니 가 봐야지요."

대답을 끝내자마자 달갑지 않은 인물들이 하나둘 몰려와 저마다 한마디씩 건넸다.

"하 대표, 다시 회사로 복귀할 생각은 없나?"

"그래. 하 대표가 온다고만 하면 자리야 얼마든지 만들 수 있지 않겠나?"

"맞습니다. 이제 그만하면 다시 올 때도 됐는데 말입니다."

"아니, 그럴 게 아니라 관련 계열사와 합병하는 건 어떤가?"

"그래, 맞아. 사업이 그렇게 잘된다고 하니, 합병하면 서로 윈윈 아닌가!"

어이없는 소리에 산이 피식 웃는데, 등 뒤로 묵직한 형의 목소리가 들렸다.

"어디서 윈윈을 운운하십니까?! 나갈 때도 쉬운 마음으로 나간 사람 아닙니다. 이제 와서야 아까우십니까?"

강은 총회장을 나와 산에게 가고 있었다. 걸음을 옮길 때마다 들려오는 말들이 곱게 들릴 리 없었다. 그러게 귀한 인재가 나가기 전에, 그 역량을 펼치려 할 때, 무턱대고 반대할 것이 아니라 조금 더 신중하게 판단했더라면, 조금 더 긍정적으로 열린 마음을 가지고 검토했더라면 좋았을 것을. 이미 지나 버린 일에 이제야 아쉬움을 토로하는 이사진들이 괘씸해 강이 쓴소리를 쏟았다.

"어험. 그때야 뭐. 세상이 이렇게 급변할 줄 누가 알았겠나."

"그러게 말입니다. 어험. 다들 바쁘실 텐데 이만 가시지요들."

말이나 못 하면.

"수고들 하십시오. 다음에 또 뵙겠습니다."

서둘러 자리를 피하는 이사들을 보며 산이 넉살 좋게 인사를 했다.

"자식, 속도 좋다. 인사가 나와?"

강은 그런 동생을 볼 면목이 없었다.

"그럼? 팔이라도 걷어붙일까? 한판 붙어?"

"됐다. 말을 말자. 다음 주가 모임인 거 알지? 늦지 않게 와라."

"어. 그래. 아! 형. 잠시만."

옆에 잠시 비켜서 있던 주원을 발견한 산이 급히 말을 꺼냈다.

"이거 죄송하게 됐습니다. 큰 실례를 범했네요."

"아닙니다. 바쁘신데 제가 괜히. 안녕하십니까, 부사장님. 법무팀의 성주원입니다."

산의 정체를 눈치챈 주원이 놀란 마음을 감추고서 산의 옆에 선 강에게 인사를 했다. 어쩐지 첫인상부터 범상치 않다 싶었는데. 산이 말로만 듣던 그룹의 차남임을 이제야 알게 되었다. 흔하지 않았던 이름. 조금만 더 주의를 기울였더라면 진작 알 수 있었을 텐데.

"네. 그래요. 반갑습니다."

강이 가벼운 인사를 건네며 산에게 어떻게 아는 사이냐고, 말없이 눈빛과 눈썹을 슬쩍 올리는 것으로 의문을 보였다.

"아. 우연히."

산은 더 설명할 말도, 설명해야 할 이유도 느끼지 못했다.

"형, 바쁠 텐데 그만 가서 일 봐."

"그래. 조심해서 가라."

강이 동생의 어깨를 두드리며 유유히 자리를 뜨자 산이 다시 주원에게 돌아섰다.

"하실 말씀이라도?"

"아, 아닙니다. 그저 안면이 있기에 인사를 드렸습니다. 언제 한번 시간이 되신다면 다 같이 식사 한번 하시지요."

다 같이 식사라, 분명 초롱은 달갑지 않을 텐데.

"글쎄요. 다 같이는 좀 그렇고, 다음에 여건이 되면 남자끼리 술이나 한잔하죠."

서글서글한 인상, 선한 눈매의 남자는 과연 제 여자의 이면을 제대로 파악이나 하고 있을까. 산은 눈앞에 남자가 안타깝기만 했다.

다교는 외근으로 인해 빨라진 퇴근에, 남자 친구가 있는 곳으로 발걸음을 돌렸다. 자신이 몸담고 싶었던 강우 그룹 본사 로비에 들어서며, 씁쓸해 오는 입맛에 당도 높은 따듯한 차라도 한잔할까 싶어 카페로 걸음을 옮기고 있었다.

그때 저 멀리 누군가 로비를 가로질러 오는 모습이 보였다. 무슨 급한 일이라도 있는지 굳은 표정으로 전화를 하며 거의 뛰다시피 제 앞까지 다가오는 남자는 다름 아닌 초롱의 남자 친구였다. 다시 봐도 끌리는 모습에 알은척을 해 볼까 하는 찰나 남자의 목소리가 들렸다.

"어, 초롱아."

그의 굳어 있던 얼굴이 일순 환해지며 듣고 싶지 않은 이름이 입에서 흘러나왔다. 바쁜 걸음을 잠시 멈추며, 숨을 고르는 남자의 모습이 왜 이렇게 탐이 나는지.

"나 이제 들어가. 별일 없지?"

격식 있는 차림과는 어울리지 않는 다정한 말투와 부드러운 음성이 다교의 미간을 주름지게 했다. 바로 앞을 스쳐 지나면서도 자신을 전혀 알아채지 못하고, 그의 신경은 온통 수화기 반대편에만 집중되어 있었다. 다교는 회전문을 밀고 가는 그의 뒷모습에서 눈을 뗄 수 없었다.

'정말 짜증 나, 내가 왜? 내가 뭐가 부족해서? 재수 없어, 이초롱. 그런데 저 남자가 여기서 왜 나오지? 설마 저 사람도 이 회사 다니는 건가? 도대체 뭐 하는 사람이야?'

궁금함은 그리 오래가지 않아 해결되었다.

"다교 씨, 그때 만난 동창 있죠? 이초롱이라고, 왜 남자 친구도 같이 봤었는데."

"네. 갑자기 걔는 왜요?"

"오늘 우리 회사에서 초롱 씨 남자 친구를 봤어요."

"그래요?"

"네. 그 남자 친구가 이 그룹 차남이더라고요. 깜짝 놀랐어요. 말로만 듣던 분을. 어쩐지 이름이 이상하게 낯설지가 않더라니."

"……."

"다교 씨? 내 말 듣고 있어요?"

"강우 그룹 차남이라고요? 그 남자가?!"

무려 강우 그룹의 차남인데 그런 흔한 차를 타고 다닌다고?!

"주원 씨가 뭘 잘못 알고 있는 거 아니에요?"

"아니, 맞아요. 오늘 총회 참석하러 온 모양이더라고요. 아까 부사장님 옆에 있기에 혹시나 했는데, 대화하는 걸 보니 맞더라고. 내가 입사하기 전에는 여기서 근무했었나 봐요. 나도 대단한 사람이라고 말만 많이 들었지, 그 사람이 초롱 씨 남자 친구일 줄은 몰랐네. 세상 참 좁아, 그죠?"

주원은 알지 못했다. 다교의 꼬이고 꼬인 열등감과, 비틀어진 마음에 그의 이 한마디가 불을 놓았다는 것을.

회사 밖으로 나온 산은 전화에서 들려오는 목소리에 집중했다.

— 네. 별일 없어요. 그런데 저 통화 오래 못 해요. 지금 바로 나가 봐야 해요.

"왜?"

— 출고 때문에요. 이따 봐요. 먼저 끊을게요.

"초롱아,"

뚜뚜뚜뚜뚜—

무심한 제 연인처럼 이미 전화가 끊겼음을 알리는 기계음만이 들려왔다. 시간을 보아하니 그 남자가 출고하러 온 모양이었다. 서두른다고 했건만, 결국 시간 맞춰 가기는 틀린 건가?

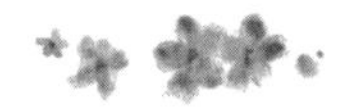

규영은 손님을 만나고 있다는 초롱을 대신해 다른 직원의 안내를 받아 캠핑카 매뉴얼을 확인했다.

안전과 관련한 교육과 사고 시 대처 방안, 캠핑 에티켓과 같은 기본적인 교육을 받으며 과연 타사에서도 이런 교육을 할까, 객관적 기준에서 이산 코리아를 다시 바라보게 되었다.

단순히 매출 올리기에만 급급하지 않고, 차를 인수하는 사람들이 진심으로 즐거운 여가 생활을 할 수 있도록 세심하게 배려하고 신경 쓰는 모습에서, 회사의 방향성이나 대표의 성향을 파악하기란 그리 어렵지 않았다.

"오셨어요?"

"어, 하던 일은 잘 끝났어?"

"네. 갑자기 손님이 와서, 죄송해요. 교육은 잘 받으셨어요?"

"어. 네가 여기 있어서가 아니라, 여기 정말 좋은 회사 같아."

오랜만에 보는 초롱이 반가워 규영의 입가에 환한 웃음이 걸렸다.

"네. 제가 다니는 회사라서가 아니라, 여기 정말 좋아요. 교육 마쳤으면 이제 출고만 남았겠네요?"

기분 좋은 칭찬에 초롱의 입가에도 웃음이 덧그려졌다.

"어. 그래서 말인데, 오늘도 시간 안 돼? 내가 원래 베스트 드라이번데, 캠핑카는 처음이라 조금 떨리네. 어차피 퇴근 시간도 다 됐는데, 같이 가지? 밥이라도 함께 먹자."

"네. 대신 오늘은 제가 살게요. 지난번에도 오빠가 샀으니까요."

초롱은 번번이 사양하기도 미안하고 일부러 여기까지 와서 구매를 한 것도 마음에 걸리던 차에 이제 출고하면 더 마주할 일도 없을 것 같아 좋은 마음으로 응했다.

"그래? 난 오늘 네 덕분에 서비스도 많이 받아서 맛있는 거 사 줄까 했더니."

"그럼 안 가고요."

"그래, 알았어. 너 마음 편한 대로 해. 그럼 정리하고 올래? 난 차에서 기다릴게."

"네. 그럴게요."

부랴부랴 사무실에 올라가 책상을 정리하는데, 수완이 바로 옆으로 다가와 말을 걸었다.

"초롱 씨, 그분 출고했어요? 내가 급한 일이 생겨 인사도 못 했네."

"네. 이사님. 지금 가려고 준비 중이에요. 안 그래도 이사님 바쁘신 것 같다고, 팀장님께서 대신 인사 전하셨어요. 서비스도 많이 주신 것 같고요."

"아, 잘됐네요. 그런데 초롱 씨 오늘 통근 타는 거 아니었어요?"

통근 버스를 타기에는 시간이 이른 편인데 주변을 정리하는 초롱이 의아해 물었다.

"네. 오늘 오신 분하고 저녁 같이 하기로 했거든요."

초롱이 예쁜 미소로 말하며 여전히 퇴근을 서두르는 모습에 수완이 다시 물었다.

"왜?"

'안 돼. 가지 마.'

수완은 정작 하고 싶은 말은 차마 입 밖으로 꺼내지도 못했다.

"……네?"

혹시 잘못 들었나 싶어 초롱이 되물었다.

"아. 아니, 그게 아니라. 초롱 씨, 남자는……."

'다 늑대라고! 늑대! 그 차를 왜 타고 가?! 이 순한 양을 어이할꼬!'

"네. 말씀하세요, 이사님."

"아니야. 대표님 곧 들어오실 텐데."

"아. 제가 전화드리겠습니다. 그럼…… 저 먼저 가도 될까요?"

"어. 그래요. 조심해서 잘 들어가요."

"네. 이사님, 그럼 저 먼저 가 보겠습니다."

큰일이다. 급한 통화를 하는 사이에, 이미 약속을 하고 들어온 사람을 무슨 수로 말려. 그나저나 이를 어쩌나? 산이 오기 전에 나도 그냥 가 버릴까 보다. 수완이 안절부절못하는 사이, 초롱은 규영의 캠핑카에 함께 올라 유유히 이산 코리아를 빠져나갔고, 동시에 산은 급히 회사로 들어서고 있었다.

산이 차에서 내리자마자 서둘러 사무실로 걸음을 옮기며 갑갑한 타이를 풀어 버리는데, 때마침 수완이 다가오고 있었다.

"갔던 일은 잘됐어?"

"덕분에. 김규영 씨였나? 출고는 잘 했어?"

"했지. 방금. 초롱 씨와 함께."

서둘러 가던 산의 걸음이 우뚝 멈추어 섰다.

"뭐라고?"

"초롱 씨가 전화한다고 했는데, 아직 전화 안 왔어? 오늘 그 사람하고 함께 저녁을 먹는다나?"

수완이 찌를 듯 쳐다보는 산의 눈을 보며 어깨를 으쓱했다.

"급한 연락이 와서 어쩔 수 없었어. 통화 끝나고 나니 이미 약속을 하고서 퇴근 준비를 하더라고."

"그걸 말이라고!"

"그렇게 불안하면 지금 바로 전화해 보든가."

"누가 불안하대? 단지, 초롱이는 편한 자리여야 잘 먹는데, 불편한 사람 앞에서 또 얼마나 껄끄럽게 먹을까 싶어 걱정돼서 그러는 거지."

수완이 눈썹을 치켜올리며 다시 말했다.

"오호, 그러셔? 그래서 이렇게 헐레벌떡 뛰어오셨어? 이 추운 날씨에 땀이 송골송골 차도록?"

산이 나지막이 한숨을 내쉬었다.

"형! 재미있어?"

"믿기 어렵겠지만, 썩 유쾌하지만은 않아. 초롱 씨가 그 사람과 밥 먹으러 간다는 말에 나도 모르게 왜? 라고 물었는데, 표정이 어찌나 순진무구한지. 남자의 마음을 몰라도 너무 모르더라."

"그래, 밥. 먹을 수 있지. 나 역시 뭐. 썩 유쾌하지는 않지만, 그걸 가지고 뭐라 하기에도 우습지 않아? 그냥 둬. 알아서 잘할 거야."

"그래. 지금은 뭐 초롱 씨 믿을 수밖에. 오늘 고생했을 텐데, 너도 어서 들어가 쉬어."

"어. 형도 수고했어. 그만 들어가 봐."

산은 집무실에 들러 남은 업무를 처리하고서 뻐근해진 몸을 스트레칭하며 창밖을 물끄러미 내려다보았다. 제 연인에 대한 충분한 믿음에도 마음 한편을 차지한 불편한 기분은 사라지지 않았다.

'네 목소리라도 들으면…… 좀 나을까?'

캠핑카는 처음이라 조심스럽다던 규영은 어떤 어려움도 없이 안정적인 드라이빙을 선보이며 대화를 이끌었다. 초롱도 자연스레 대화를 주도하는 규영의 모습에 어색함이 조금씩 사라지는 듯했다.

"다 왔다! 여기야. 너 그때 보니까 파스타 잘 먹더라. 그래서 내 맘대로 왔는데, 괜찮겠어?"

"네. 괜찮아요. 저 잠시 전화 좀 할게요, 먼저 들어가 계세요."

"그래. 편하게 하고 와. 먼저 가 있을게."

규영은 진동이 울리는 휴대폰을 확인하는 초롱의 입매가 부드럽게 휘는 모습을 보며, 누구에게서 온 전화일까 궁금한 마음을 뒤로하고 먼저 레스토랑으로 향했다.

"네. 저예요."

— 얼굴 보려고 서둘러 왔더니, 연락도 없이 퇴근하고 말이야.

"죄송해요. 도착하면 전화하려고 했는데, 저보다 한발 빠르셨어요."

초롱의 말투는 아직도 정중과 편안함 사이를 오가고 있었고,

— 죄송이라…… 가끔 네가 하는 말을 들으면 내가 아직 회사에 있는 건 아닐까? 직원하고 통화하는지, 애인하고 통화하는지 헷갈릴 때가 있어.

산은 그 어중간함이 마음에 들지 않았다.

"죄송. 아. 미안해요. 편하게 해야지 하면서도, 혹시 회사에서 실수하게 될까 봐 조심하다 보니 왔다 갔다 해요."

— 모르는 건 아니지만, 나는 조금 그래. 그러니까 조금씩이라도 바꿔 봐.

"네. 해 볼게요."

— 그래서, 지금 어디?

"아, 저 식사하러 왔어요."

— 수완 형한테 들었어. 오늘 온 그 사람이랑 저녁 먹기로 했다고?

"네. 맞아요."

— 그래. 덕분에 난 오늘 외롭게 혼자 먹어야겠네, 너라도 맛있는 거로 먹어.

"풉. 네."

— 좋겠다. 웃음이 나와서?

"그게 아니라, 누가 들으면 늘 저녁을 같이 먹은 줄 알겠어요. 새삼스럽게."

— 그런가? 어쨌든, 이초롱!

"네."

'너, 오늘 웃지 마. 너무 예쁘면 곤란하니까. 그리고 가능하면 조금만 먹어. 너는 먹는 것도 예쁘니까. 말도 많이 하지 마. 목소리는 또 얼마나 예쁘게. 정말 딱 밥만 먹어라. 술은 절대 안 돼.'

"말씀하세요."

— 많이 먹으라고, 그리고 집에 도착하면 전화해. 걱정하지 않게.

"피곤할 텐데 그냥 편히 쉬면 될 걸…… 그럴게요. 도착하면 전화할게요."

— 그래. 기다리고 있을게.

초롱은 전화를 끊고 나서야 그의 목소리가 왠지 평소와 조금 달랐다는 걸 알았다. 혹시 오늘 좋지 않은 일이 있었던 건 아닌가 싶어 마음이 편치 않았다.

서둘러 레스토랑으로 들어가니 규영이 이미 자리를 잡고 앉아 있었다.

"죄송해요. 통화가 좀 길어져서."

"괜찮아. 사람이 많아서 내가 알아서 주문했는데 괜찮겠어?"

"네. 감사합니다."

음식이 나오는 잠깐 사이 들려오는 알림에 초롱이 휴대폰을 확인했다. 자연스레 피어오르는 입가의 미소를 보며 규영은 불안함과 동시에 욕심이 드러났다.

"음식 다 나왔네요. 맛있게 드세요."

"그래. 너도 맛있게 먹어."

초롱이 파스타를 야무지게 돌돌 말아 정갈하게 먹는 모습은 절로 눈길을 끌었고, 자연스레 대화를 이어 가며 중간중간 보여 주는 마음 편한 미소는 규영의 마음을 흔들어 놓기에 충분했다. 한층 부드러워진 표정과 전에 없던 여유로운 모습을 보며, 반가움보다 왜 조급한 마음이 앞서는지.

"초롱아, 요즘 뭐 좋은 일 있어?"

"좋은 일이요?"

"어. 전에 봤을 때와는 뭔가 좀 달라 보여. 콕 집어 말할 수는 없는데, 뭐랄까…… 좀 더 편안해 보인다고 해야 하나?"

"그래요?"

요즘 들어 심심찮게 듣는 소리였다. 자신은 전혀 달라진 게 없는 것 같은데, 보는 사람마다 무슨 좋은 일 있냐고 물어보는 요즈음이었다. 무언가로 넘치는 마음은 숨기려야 숨길 수 없는 거라더니, 그를 만나고부터 조금씩 달라지는 모습이 누구에게나 느껴질 정도로 겉으로 그리 쉽게 드러날 줄은 미처 몰랐다.

"어. 표정도 더 밝아 보여서, 무슨 좋은 일이 있는 건 아닌가 해서."

"아. 글쎄요. 저는 잘 모르겠는데."

"그렇구나. 초롱아, 뭐 하나 물어봐도 돼?"

"네. 말씀하세요."

"전에 네가 그랬었지? 아직은 마음이 바빠서 다른 데 신경 쓸 여력이 없다고, 누굴 만나기에 편한 성격이 아니라고 했던가?"

"아. 그걸 어떻게 기억……하세요?"

"관심. 내가 너한테 가지는…… 관심."

파스타를 말고 있던 초롱의 손이 느리게 멈추었다.

"넌 몰랐겠지만, 나 너한테 관심 많아."

결국 조급함이 규영의 설익은 마음에 불을 지폈고, 초롱은 들고 있던 포크를 천천히 접시에 내려놓았다.

"사촌 동생 친구로서가 아닌, 남자 대 여자로. 아직도 네 마음이 바빠 여유가 없다면, 내가 기다릴 수 있는,"

설마 하며 듣고 있던 초롱이 규영의 말을 끊었다.

"오빠, 저 만나는 사람…… 있어요."

"뭐……라고?"

"저 만나는 사람 있어요. 오빠 마음이 그런 줄 알았다면, 오늘 이 자리 같이 하지 못했을 거예요."

"정말이야? 그때 넌 분명,"

초롱이 규영의 말을 다시 가로챘다.

"네. 그때 제 마음은 그랬고, 지금도 그 말을 했던 그때의 제 상황과 크게 다름이 없지만, 분명한 건 지금 만나는 사람이 있다는 거예요."

"혹시 네가 만난다는 사람. 네가 다니는 회사 대표야?"

놀란 초롱의 눈이 더할 수 없이 커졌다.

"오빠가 그걸 어떻게……."

"역시. 그랬구나."

직감이 맞았다. 그때 회사에서 봤던 남자의 눈빛은 분명한 경계였고, 그 남자는 때를 놓치지 않고 초롱을 잡았다. 자신은 그저 조심스러워 다가가기를 머뭇거릴 때, 남자는 그 때를 놓치지 않았나 보다. 뒤늦은 상실감에 규영은 입맛이 썼다.

"죄송해요. 오빠가 그런 마음일 줄은……."

"알았다면, 결과가 달랐을까?"

"아니요……. 죄송합니다."

"흠. 네가 죄송할 일은 아니지. 와, 나 제대로 차인 거네. 그래. 차라리 확실히 끊어 줘서 고맙다. 그렇다고 앞으로 나 피하는 건 아니지?"

"그건."

"그러지는 말지?"

그럼 너 뺏고 싶어질 테니까. 너의 단호함이 못내 아쉽다. 그 단호함이 날 위한 단호함이었다면. 내가 조금만 더 빨랐더라면 얼마나 좋았을까.

"오늘 내가 한 말은 못 들은 거로 해. 그래야 네 마음이 편할 거야. 하지 않았으면 더 좋았겠지만, 나도 담아 두고 있기에는 많이 답답했거든. 홀가분하게 털었으니 질척거리지는 않을게. 앞으로는 지금까지 그랬던 것처럼 소현이 사촌 오빠로, 소현이 만날 때라도 한 번씩 보자."

한 치 앞을 알 수 없는 게 사람 일인데 하물며 지금 막 시작된 연인의 사랑이 얼마나 견고할까? 하지만 그렇다 해도 그 마음이 언제 어떻게 변할지는 아무도 모르니까. 일단은 물러서지만, 지켜보는 거로. 그렇게 쉽게 떨쳐질 마음 같지는 않으니까.

"네. 그리고 혹시…… 그럴 일은 없겠지만, 아직 회사에서는 몰라요."

"그래. 혹시라도 이산 코리아에 다시 갈 일이 생기면 조심할게."

"감사합니다. 그리고…… 죄송해요."

불편한 마음에 식욕은 달아난 지 오래였고, 표정 역시 어색하게 굳어 버렸다. 이럴 땐 어떤 말을 어떻게 해야 할지. 자연스럽던 분위기는 이내 차갑게 식어 버렸고, 음식도 맛있는 온도를 잃어버렸다.

산란하게 파고드는 생각에 산은 하지 않아도 될 일을 만들어서 하고 있었다. 그렇게 얼마나 일에 몰두했을까? 경쾌하게 울리는 전화벨 소리에 잠시 하던 일을 멈추고 휴대폰을 보는 산의 입매가 부드럽게 휘었다.

"초롱아!"

— 네. 저예요.

"생각보다 일찍 전화했네?"

— 기다리셨어요?

"아니, 일하느라 시간 가는 줄 몰랐네. 라고 말하고 싶지만, 사실은 어. 많이 기다렸나 봐. 네 목소리가 이렇게 반가운 걸 보면."

— …….

"왜 말이 없어? 오늘 무슨 일 있었어?"

— 아뇨. 일은 무슨, 밥 잘 먹고 이제 집에 왔어요.

"벌써? 맛있는 거 많이 먹었어?"

— 네. 그럼요.

"잘했어. 너라도 잘 먹어 다행이네."

— 설마 식사 전이에요?

"어쩌다 보니 그렇게 됐어."

— 아직? 지금도 회사예요? 일 많이 남았어요?

"아니. 일은 다 끝났어."

'사실 지금 당장 하지 않아도 될 일이야. 내가 속이 좁아서 당장이라도 널 데리러 가게 될까 봐 애써 일에 발 묶어 두고 있던 거라고.'

— 그럼 지금 나올 수 있어요?

"지금? 너 집에 들어간 거 아니야?"

— 어…… 사실은 이제 회사 근처 지나는 길이에요.

전혀 예상하지 못한 초롱의 말에 산이 의아해 물었다.

"뭐라고?"

— 버스 타고 가는 길인데 지금 막 회사 지나왔어요.

"당장 내려. 지금 바로 갈게."

산이 고개를 갸웃했다. 질투로 눈먼 자신에게는 한 시간이 하루처럼 길게 느껴졌으나, 객관적으로 누군가와 함께 저녁을 먹고 헤어졌다고 하기에는 이른 시간인 듯했다. 산은 당장의 궁금함을 접어 두고 곧장 키를 챙겨 나갔다.

바로 다음 정류장에서 내린 초롱은 불편한 마음으로 그에게 연락한 것이 과연 잘한 일인지 아닌지, 전화한 지 몇 분이나 지났다고 벌써 눈앞에 나타난 그를 보며 뒤늦은 후회가 밀려왔다.

"초롱아, 얼른 타. 뒤에 차 온다."

"이렇게 빨리 올 줄 몰랐는데."

말을 하며 서둘러 차에 올랐다. 환한 미소로 반기는 그를 보니 후회는 슬그머니 사라져 버리고 반가움이 그 자리를 대신하고 있었다.

"애인이 부르는데 얼른 와야지. 이렇게 버스 타고 가는 줄 알았으면 진작 데리러 갔을 텐데. 전화를 하지 않고?"

"바로 앞에 버스 오던데요 뭘."

"그런데 너는 밥을 어디서 어떻게 먹었기에 이렇게 빨리 헤어졌어?"

"그러게요……. 그러는 이산 씨는 뭐가 그렇게 바빠서 식사도 안 하고, 지금이라도 얼른 밥 먹으러 가요."

마땅한 답이 떠오르지 않아 초롱이 급히 화제를 전환했다.

"그럴까? 같이 먹어 줄래? 안 그래도 너 보니까 배가 고프네."

그런 초롱의 모습에 산은 분명 유쾌하지 않은 일이 있었음을 직감했다.

회사에서 한참을 벗어난 조용한 한정식집에 차를 세웠다. 그곳은 프라이빗한 공간이 있어 두 사람이 마음 편하게 찾는 곳이었고, 한국의 전통미와 특유의 고풍스러운 분위기로 초롱이 좋아하는 곳이기도 했다.

초롱은 혼자 먹게 될 산을 생각해 없는 식욕에도 조금씩 함께 음식을 먹었고, 산은 저렇게 먹다 체하지는 않을까 걱정하지 않을 수 없었다.

"초롱아, 오늘 자리 많이 불편했어?"

"네?"

"너 오늘 저녁 제대로 못 먹었잖아. 지금도 여전히 마음이 불편할 테고. 아니야?"

"그걸 어떻게……."

"내가 널 몰라? 아까부터 너 표정이 굳어 있었어. 꼭 내가 너한테 처음 고백했던 그때처럼 말이야."

"캑."

넘어가던 음식이 명치에 딱 걸린 느낌에 서둘러 물을 들이켰다. 산이 급히 초롱에게 다가와 조심스레 등을 쓸어 주었다.

"괜찮아?"

"네. 이제 내려갔어요."

"초롱아, 나 너 믿어. 그러니까 그렇게 마음 불편해하지 않아도 괜찮아."

여전히 등을 쓸어내리며 미소로 말하는 그의 모습을 보니 대충 짐작하고 있는 듯해 초롱이 어렵게 입을 열었다.

"죄송해요. 그분이 그런 마음인 줄 알았다면, 그렇게 밥을 먹으러 가는 일은 없었을 거예요. 본의 아니게 몇 번 밥을 얻어먹게 돼서 그게 불편해서 갚으려고 했던 것뿐인데."

사실 초롱은 산이 아닌 이성과의 자리는 불편했다. 그래서 소현에게 함께 자리를 해 달라 연락했었다. 하필 오늘 일이 있어 나오기 힘들겠다는 말에, 규영의 마음이 그런 줄은 꿈에도 모른 채 밥 한 끼 먹을 시간 정도야 뭐 얼마나 불편할까 싶었다.

"알아. 네 성격에 알았다면 사전에 차단해 버렸겠지."

"그런데 어떻게 알았어요? 그분이……."

"직감. 본능적인 경계? 솔직히 좁은 생각으로는 당연히 말리고 싶었어. 그런데 너에 대한 내 믿음이 생각했던 것보다 더 견고했나 봐. 차라리 한시라도 먼저 겪고, 빨리 끊어 내는 것도 나쁘지 않겠더라.”

“음…… 만나는 사람 있다고 말했어요. 그러고 보니 신기하네요. 그분도 알고 있었어요. 내가 만나는 사람이 이산 씨라는 걸.”

“남자들의 직감도 여자 못지않지?”

“그러게요. 오히려 제가 둔한가 봐요. 바보다 진짜.”

“그런 건 몰라도 돼. 지금까지처럼 다른 사람들의 관심은 들여다볼 필요 없어. 너는 내가 보내는 눈빛, 내가 보여 주는 마음에만 예민하면 돼. 알았어?”

“풉. 네. 그럴게요. 지금까지와 같이 둔팅이처럼.”

솔직하게 다 말하고 나니 굳었던 표정이 어느새 자연스러운 미소를 되찾았다. 잃었던 식욕도 되살아나는지 음식이 전보다 더 맛깔스러운 모습으로 눈에 들어왔다. 그런 초롱의 변화를 귀신같이 눈치채고 좋아하는 음식을 하나둘 집어 입에 넣어 주는 산을 보며 초롱은 어색해하면서도 곧잘 받아먹었다.

늦은 저녁. 로라가 초원의 매니저에게 전화를 걸었다.

“김 실장님, 이원 일정 끝났나요?”

— 네, 이사님. 광고 촬영 마치고 방금 막 들어왔습니다.

“그럼 원이 사무실로 좀 보내 줘요.”

로라는 내일 원이 사무실로 나올 때까지 기다릴 수가 없었다. 그렇게 원을 기다리며 생각해 보니 또다시 맞춰지는 퍼즐 하나가 있었다.

처음 일을 시작할 때 모든 일에 시큰둥했던 원이 유일하게 관심을 보이던 때가 있었다. 첫 프로필 화보를 찍을 당시 이산 코리아와 그 대표에 대해 유독 관심을 보이며 이것저것 물어보던 모습이 불현듯 머릿속을 스쳐 지나며 짐작은 확신으로 바뀌어 가고 있었다.

원이 도착할 시간을 가늠하며 초조하게 책상을 두드리는데, 드디어 사무실

문이 열렸다.

"부르셨습니까?"

운동해서 그런지 처음보다 더 건강해 보이는 모습의 원을 보니 느껴지는 뿌듯함도 잠시.

"어. 잠깐 앉아 볼래? 너 쉬어야 하는데 급하게 물어볼 게 있어서 불렀어."

"네. 괜찮습니다. 말씀하세요."

초원이 앉자마자 로라가 곧장 핵심을 파고들었다.

"너 누나 있지?"

"네. 이미 제 가족관계는 알고 계실 텐데 갑자기 왜 물으시죠?"

급하게 물어볼 게 있다더니 다짜고짜 뒤늦은 호구조사라니, 이미 가족관계는 다 아는 사항 아닌가? 초원은 의아한 마음을 감추지 않았다.

"누나 이름이 뭐야?"

로라는 초원의 의아함에 깃든 경계를 돌아갈 만큼 느긋한 성격의 소유자는 아니었다.

"갑자기 부른 이유가 누나 이름 물어보시려고."

"이초롱이야?"

"……."

"맞네. 맞아. 그래서였어. 누나가 이산 코리아에 다녀서, 그래서 그때 그렇게 물어봤던 거였어."

꽉 막힌 체증이 내려가는 기분. 온종일 머릿속에 맴돌기만 하던 초성이 순간 적합한 단어로 조합이 된 것 같은 이 개운한 기분. 짜릿하다. 짜릿해!

"이제 제대로 말씀해 주시죠."

"원이 너 그때 화보 촬영할 때 네 누나 거기 왔었지?"

"네."

"그때 우리 직원들 눈에 띈 모양이야. 인상 깊었는지 회의할 때마다 언급이 되더라고, 그래서 내가 오늘 직접 가서 보고 왔어. 캐스팅하려고. 그런데 왠지 모르게 익숙하게 느껴지는 눈매에 똑 부러지는 말투와 행동이 꼭 누구와 닮았더라고."

초원은 누나까지 캐스팅하려 했다는 말에 놀랐지만 이내 마음을 가라앉혔다.

"그래서 누나는 뭐라던가요?"

"맞춰 볼래?"

"제가 아는 누나라면 하지 않을 겁니다. 하겠다고 했으면 제가 동생이라는 말을 바로 했겠죠. 그리고 이 시간에 이렇게 저를 불러 확인할 일도 없었을 테고요."

"역시 예리하네. 그래서 네 생각은 어때? 네 누나 객관적으로 그냥 두기 아까운 인물이야. 이름만큼이나 예쁘더라."

"그냥 그 자리에 두시면 좋겠습니다."

단호한 초원의 대답에 로라의 다채롭던 표정이 이내 단조로워지더니 답답하다는 듯 말을 꺼냈다.

"아니 왜? 나는 있지, 너희들 이해가 안 가. 연예인은 하고 싶다고 아무나 하는 거 아니야. 스스로 원해도 될까 말까, 된다고 하더라도 상위에 오르기는 하늘의 별 따기만큼이나 어려운 거라고. 그걸 내가, 너희는 큰 노력을 기울이지 않아도 너희 앞에 갖다 바치겠다는데, 상을 다 차려 주겠다는데 그래도 마다하는 이유가 대체 뭐야?!"

"사람마다 성향이 다르잖아요. 우리는 원하지 않으니까요. 원하지 않는 일에, 하늘의 별 따기만큼이나 어려운 위치에 오르고 싶은 마음이라……. 큰 노력을 기울이고 싶은 일은 따로 있고, 제 상은 제가 직접 차려 먹고 싶으니까요."

"그래서 원하지 않는 일을 나 때문에 억지로 하게 됐다. 그거야?"

"걱정하지 마세요. 계약서에 명기된 기간까지는 무슨 일이 있어도 성실하게 책임을 다하겠습니다. 하지만 누나는 그냥 그 자리에 있는 게 좋을 것 같아요.

우리 집 사정 잘 아시잖아요. 지금까지 실질적인 가장 역할을 했던 사람이에요, 우리 누나. 천성이 선하고 조용한 사람이라 이곳과는 맞지 않아요."

이 일을 간절히 원하고 좋아하는 사람이라면 말이 다르겠지만, 그게 아닌 경우라면 이곳이 바로 총 없는 전쟁터같이 느껴지리라.

아직 제대로 시작하지도 않았으나 벌써부터 느껴지는 같은 소속사에 몸담은 사람들의 견제와 시기만 보더라도 이곳의 생리는 충분히 파악하고도 남았다.

"이곳이 어떤 곳인데?"

"열정과 노력에 대한 결과가 비례하지만은 않은 곳, 나를 위한 다른 사람의 희생에 눈감을 수도, 누군가의 천금 같은 기회를 뺏을 수 있을 만큼의 욕심도 있어야 하는 곳? 그리고,"

"그만. 너 여기 몇 년이나 있었어? 뭐가 이렇게 부정적이야? 무슨…… 단점만 줄줄이 꿰고 있어?!"

"우리 누나 제일 싫어해요. 남을 딛고 서는 거. 그만큼 약지도, 그만한 욕심도 없어요. 그래서 말씀드리는 거예요."

이제 시작하는, 사회생활로 따지면 겨우 초년생인 입장에 어떻게 보이지 않는 것까지 정확하게 파악을 한 건지. 원의 말이 틀린 게 없었기에 로라는 할 말을 잃어버렸다.

원의 말대로 이곳은 화려함 이면에 말 못 할 상황이 비일비재하게 펼쳐지는 곳이었다. 웬만큼 마음이 단단하거나 무디지 못하면 견뎌 내기 쉽지 않은. 그럼에도 이렇게 객관적이 아닌, 밝고 화려한 단편만을 보며 달려드는 불나방이 대부분이었는데…….

"너희 정말 별종이야. 알아?"

녀석은 보면 볼수록 로라의 마음에 쏙 들었고,

"네."

초원의 대답은 싱겁게도 짧았다.

"하나보다는 둘이 하는 게, 지금의 환경에서 더 빨리 벗어날 수 있지 않을까?”

로라는 쉽게 포기하고 싶지가 않고,

“지난 몇 년 동안 볼 수 없었던 표정이…… 보였어요. 그 하나만으로도 누나가 그곳에 있어야 할 이유는 충분합니다. 제가 더 열심히 하면 돼요.”

초원은 누나의 행복이 오래가기만을 바랐다.

“정말 유별나. 너희 친남매는 맞지?”

로라의 엉뚱한 발언에 초원이 어처구니가 없다는 듯 쳐다보았다.

“네에? 풉. 푸하하하하하. 근래 들었던 농담 중에 최고네요.”

“하…… 그래. 일단은 후퇴, 포기한 건 아니야. 나도 나름의 노력은 할 거야.”

“부탁드릴게요. 그 노력의 방법이 저한테 했던 방식은 아니었으면 합니다. 더는 누나가 가족 때문에 희생하는 일은 없었으면 좋겠습니다.”

“뭐…… 그래. 알았어.”

어쩌면 너를 좀 더 붙잡아 둘 카드로라도 쓸 수 있겠지. 로라는 마음처럼 쉽지 않은 남매의 성격에 썩 내키지는 않지만 작전상 후퇴라는 말을 가만히 떠올렸다.

‘광고계 슈퍼루키 이원.’

최고의 톱스타만 기용되던 커피 광고에 괴물 슈퍼루키 이원이 신선한 새바람을 몰고 왔다. 이번에 새롭게 출시된 커피를 선보인 M사는 ‘신선한 원두로 갓 볶아서 만든 부드러운 커피’라는 광고 카피에 맞추어 파격적으로 신인을 광고모델로 기용하는 모험을 선택했다.

M사 마케팅 담당자의 말에 따르면 우연한 기회에 이원의 프로필 화보를 보게 되었는데, 캠핑카 앞에서 뜨거운 김이 모락모락 피어나는 머그잔을 손에 든

채 부드러운 미소를 짓고 있는 우수에 찬 눈빛을 본 순간, 다른 그 누구도 떠오르지 않았다고 한다.

단 한 장의 사진으로 광고주의 마음을 사로잡은 이원이 앞으로 얼마나 크게 성장하게 될지는 두고 볼 일이다.

'대박! M 커피 모델 누구야?'

'얼굴이 다 했네. 얼굴이 다 했어.'

'아이돌? 아니면 배우?'

'패션모델인가?'

'캐스팅 신의 한 수!'

'같이 커피 마시고 싶드아~'

'핫바디! 저 믿을 수 없는 피지컬은 무엇?'

'소속사가 굿 엔터. 이운, 이원 혹시 형제?'

광고가 나간 지 불과 하루 만에 불러온 반향이다.

초원은 김 실장이 내밀어 준 노트북을 한참이나 바라보며 믿기지 않는 현실에 어안이 벙벙했다.

"대단해. 겨우 하루야. 프로필 돌릴 때부터 예상은 했지만 반응이 이렇게 폭발적일 줄은 몰랐는데, 엄청나네."

"……."

"왜 말이 없어? 아직 실감이 안 나?"

"네."

몇 마디 제대로 나누지도 못한 채, 잠시도 쉴 틈을 주지 않고 요란하게 울려대는 김 실장의 휴대폰 벨 소리를 들으며 어쩌면, 어쩌면 생각했던 것보다 훨씬 더 빨리 누나의 짐을 덜어 줄 수 있지 않을까 싶어 다행스러운 마음이 반, 이제 더는 휴학한 사실을 부모님께 비밀로 할 수가 없어 무거운 마음이 반이었다.

광고 송출이 이렇게 빨리 될 줄은 몰랐다. 조금은, 조금은 더 여유가 있을 줄 알았는데. 더 늦기 전에 부모님께 말씀드려야 할 것 같아 누나에게 알리려 전화를 걸었다.

"누나."

— 어, 초원아.

"오늘 말씀드려야겠어."

— 오늘? 그래, 알았어. 누나도 갈게.

"아니야. 조금 급하게 됐어. 지금 바로 가 봐야 할 것 같아. 광고가 예상보다 빨리 송출이 됐어."

— 벌써? 빨라도 다음 주라고 하지 않았어?

"응, 지면부터 나가는 줄 알았는데, 그게 아니었나 봐. 어제 나갔어. 지금 인터넷 검색하면 볼 수 있을 거야."

— 그래, 알았어. 엄마도 아빠도. 많이 놀라시겠다.

"내가 가서 걱정하시지 않게 잘 말씀드릴게, 누나도 너무 걱정하지 말고."

— 그래. 다녀오면 연락해.

초롱은 동생과의 전화를 끊고서 부랴부랴 인터넷 사이트를 검색했다. 광고에서 보게 된 동생의 놀랍도록 자연스러운 모습이 신기한 한편 너무나 뜨거운 사람들의 반응이 놀랍기만 했다.

'내 동생 아닌 것 같아. 너 정말 괜찮은 거니?'

운은 아침 일찍 볼일이 있어 잠시 사무실에 들렀다가 로라의 호출을 받았다. 그녀의 집무실 문을 열자 로라가 반갑게 운을 맞았다.

"어, 왔어?"

"도망가려다 딱 걸렸네."

"어서 와. 마침 잘 왔어. 운이 너도 기사 봤지?"

"그럼, 역시 누나는 알아줘야 해. 사람 보는 눈 하나는 정말 타고났다니까!"

"이운. 너는 욕심이 없는 거니, 아니면 바보니? 갓 데뷔한 신인이 벌써 커피 광고를 시작했는데 위기감이나 뭐 그 비슷한 거라도 없어? 다른 애들은 벌써 나한테 전화해 따지고 견제하고 난리도 아니던데?"

"참 나. 같은 소속사에서 그럼 쓰나. 촬영하면서 지켜보니까 원이 보면 볼수록 애가 참 괜찮더라. 잘되면 서로 좋지 뭘 그래?"

로라의 말에 피식 웃으며 잠시 생각이 원에게로 흘렀다.

자신이 주연을 맡은 드라마의 첫 촬영을 얼마 남기지 않은 시점에, 비중 있는 조연 한 명이 하차를 결정하게 되었다. 당시 갓 데뷔한 원을 눈여겨보던 감독님의 추천으로 카메라 테스트를 받은 원은 어렵지 않게 그 자리를 차지할 수 있었다.

그렇게 드라마 촬영을 함께하게 되어 일주일에도 몇 번씩 보게 된 녀석이었다. 한동안 원을 지켜본 바로, 녀석은 자신의 촬영 시간보다 항상 한 시간 정도 먼저 도착해 촬영장 분위기를 파악할 정도로 성실했다. 나이답지 않게 태도나 말투도 단정했으며, 촬영장에서 마주하는 누구에게라도 인사를 깍듯하게 하는 예의 바른 성품이었다.

촬영에 들어가서는 타 배우들보다 준비 기간이 촉박했음에도 불구하고 대사를 외우지 못해 NG를 내는 경우는 단 한 번도 볼 수 없었고, 심지어 상대 배우의 대사까지 완벽하게 숙지가 되어 있을 정도로 준비성이나 촬영을 대하는 자세 또한 완벽했다.

어디 그뿐일까, 잠시 쉬는 시간에도 흐트러진 모습을 찾아보기가 힘들었다.

한번은 촬영 중간에 휴식 시간이 있어 녀석을 지켜보니 역시나 대본을 살펴보는 듯한 모습에 고개를 설레설레 흔들었다. 이럴 때는 머리를 비우고 조금은 쉬어 가는 것도 좋을 텐데 싶어 녀석에게 다가가는데, 놀랍게도 녀석이 보고 있는 건 대본이 아닌 전공 서적이었다.

촬영 중간에, 대본도 아닌 전공 서적이라. 어쩌면 원은 생각보다 더 무서운 녀석이 아닐까. 새파란, 그것도 드라마 촬영은 처음인 신인에게서 찾아보기 힘든 여유로운 모습에 걱정은 내려놓고 발걸음을 되돌리며 불현듯 둘째 형이 당부하던 모습을 떠올렸다.

'이초롱 동생이야, 네가 잘 지켜 줘.'

스쳐 가는 기억에 운이 콧방귀를 뀌었다.

'형, 저 녀석은 아무 걱정 안 해도 되겠어. 어느 곳 어느 자리에 있어도 제 앞가림은 충분히 다 하고도 남겠어. 정말 멋진 놈이야.'

"나 지금 누구랑 얘기하니?"

상념에 빠진 듯한 운의 모습에 로라가 테이블을 가볍게 두드리며 말했다. 대화 중에 무슨 생각에 저리 빠져 있는지, 보일 듯 말 듯 미소를 그리는 운에게서 산의 모습이 보이는 듯했다.

"아, 미안. 잠시 원이 녀석 촬영장에서의 모습이 떠올라서. 하던 말 계속해."

"쳇, 아주 느긋하다 느긋해. 뭐 아직은 여유 있다 이거야? 너도 정신 바짝 차려. 그러다 자리 뺏긴다?!"

로라의 말에 운이 대수롭지 않다는 듯 피식 웃더니 의미심장하게 물었다.

"누나, 산 정상이 왜 미치도록 오르고 싶은지 알아?"

"너는 뜬금없이 무슨 산 타령이야!"

"정복하고 싶거든. 최정상에 오르면서 내 인내와 한계를 시험해 보고 싶거든. 그렇게 오른 정상에서 얼마나 머무를 것 같아? 두 시간? 세 시간? 난 아니야. 올라온 만큼 다시 내려가야 하니까. 갈 길이 아직도 멀고 바쁘니까. 한 시간 남짓 될까? 한계를 뛰어넘은 나 자신에게 시원한 물 한 잔 선물하고, 기념사진 한 장으로 내 발자취 남겨 주고, 고생한 만큼 뜨겁게 흘러내리는 땀 닦으며 그 수고에 대한 보상으로 잠시 휴식을 주는 것까지."

"무슨 말이 하고 싶은 거야, 너?"

"우리 산이 형이 그러더라. 등산은 잘 내려오는 것까지, 그게 등산의 완성이라고."

"이산 동생 아니랄까 봐, 그래서 이미 정상을 경험했으니 내려가도 상관없다?"

로라의 말에 운이 씩 웃으며 말을 이었다.

"당연히 때가 되면 내려가야지. 산 정상에 세워진 표지석 앞에서 인증샷을 남길 때도, 얼른 찍고 자리를 비켜 줘야 해. 사람들이 계속해서 올라오니까. 더 많이 찍겠다고, 혼자만 누리겠다고 이쪽에서 한 번 저쪽에서 한 번, 이 포즈로 한 번 저 포즈로 한 번, 계속 버티고 있으면 그것만큼 추하고 보기 흉한 것도 없다? 정상을 누리고 싶은 같은 마음을 가진 사람들이 기다리거든. 줄을 서서 기다린다고."

조용조용 제 생각을 말하는 운을 보며 로라가 고개를 내저었다.

"아, 네. 그러세요. 참 훌륭한 선배다. 모두 생각이 너만 같으면 참 아름다운 세상일 텐데 말이야. 그런데 그렇게 빨리 내려올 걸, 왜 올라가나 몰라?"

"하, 나 참. 누나 등산해 봤어? 제대로 안 해 봤지? 산은 말이야, 올라갈 때만큼이나 내려오는 풍경이 말도 못 하게, 정말 미치도록 예뻐. 산을 오를 때는 죽을 만큼 힘들어서 미처 보지 못했던 것들이 내려갈 때는 정말 한눈에 다 들어오거든. 경치야 말할 것도 없고, 입이 불룩한 다람쥐나 나무 위에 앉아서 나를 내려다보는 덩치 큰 새와 눈싸움도 가능해. 하, 아쉽다 아쉬워. 그걸 모르다니."

"대단한 철학자 나셨네, 나셨어. 됐거든! 나는 힘들게 올라간 정상에서 마음껏 누릴 거야. 눈치를 주든 말든, 욕을 하든 말든 있는 힘을 다해 올라간 산 정상이라면, 죽을힘을 다해 버틸 만큼 버틸 거야. 끌려 내려간다면 또 모를까, 절대 나 스스로 내려가지는 않을 거라고! 좀 추하면 어때? 다른 사람이 내 인생

책임져 줘? 그렇게 아쉽게 내려가면 평생 한이 되어 남을 내 미련은 누가 책임지는데? 내려가는 산이 아름다워? 됐다 그래. 그런 거 눈에 담을 시간 없거든?! 기왕 내려가는 거 얼른 가서 막걸리에 파전 먹어야지, 그런 거 눈에 담을 여유가 어딨어?"

속사포처럼 쏘아 대는 로라의 모습에 운이 파안대소했다.

"풉. 푸하하하. 이래서 내가 누나를 싫어하려야 싫어할 수가 없다니까. 산을 타고 내려와서 먹는 막걸리에 파전이라…… 젠장, 당장이라도 등산하고 싶은 기분이네."

산이 그리운 듯 말하는 운을 보던 로라는 속으로 바보 같은 자신을 탓했다.

'하…… 또 말려들었네. 말려들었어. 뭐? 막걸리에 파전? 뜬금없이 얘네는 왜 소환한 거야? 짜증 나! 하여간 이운, 너랑 이야기하다 보면 왜 항상 이렇게 말려드는지 모르겠어. 너희 형만큼이나 정말 특이한 녀석이야. 아우, 머리 아파!'

"됐고!! 그래도 넌 아직이야. 압도적인 표 차로 광고주 선호 1위 모델인 네가, 모든 로맨스 드라마의 캐스팅 영순위인 네가 할 말은 아닌 것 같지 않니? 너는 벌써 내려올 생각 말고, 선의의 경쟁자로 정상에 좀 오래 남아 줘. 이원의 좋은 롤 모델이 되어 달라는 말이야."

"좋은 롤 모델이라. 글쎄, 나한테 배울 점이 뭐가 있을지는 모르겠지만, 그래, 뭐라도 도움이 된다면 나쁘지 않지. 그나저나 난 왜 부른 거야? 사람 불러 놓고 다짜고짜 욕심이 있느니 없느니. 바보라는 소리나 하고 말이야."

"하, 그러는 너는 어떻고? 등산이 어쩌고저쩌고, 정상에 하산에 아우, 정신없어 정말. 됐고, 내가 널 부를 일이 뭐가 있겠어? 캐스팅 들어왔으니 불렀지. 자, 쉬는 동안 천천히 읽어 봐. 영화 시나리오야. 감독은 네가 아니면 안 된다더라. 처음부터 너 하나만 보고 썼다고 하니까 최대한 긍정적인 방향으로 잘 검토해 봐."

"알았어. 한번 읽어 볼게. 수고! 아차, 맨날 일에만 미쳐 있지 말고 언제 시간 내서 나하고 등산이나 한번 하자. 갈게."

세상 환한 웃음으로 나가는 운을 보며, 어느새 같은 웃음이 로라의 입가에도 걸렸다. 잠깐의 대화에도 바쁘기만 했던 마음에 여유가 찾아들며 기분이 환해지고 있었다.

건전한 사상에 맑은 에너지, 밝은 기운을 몰고 다니는 운은 사랑할 수밖에 없는 배우였다.

'어쩌면 이운. 네가 있어서 나도 운이 좋아진 건 아닌지. 소속사 바꾸지 말고 끝까지 잘해 보자. 나한테 넘버원은 언제나 너니까.'

광고가 나가고 부모님께 휴학하게 되었다는 말을 하러 왔을 때, 말없이 눈물을 흘리던 엄마의 모습에 내내 마음이 무거운 초원이었다.

정말 괜찮은데, 아무렇지도 않은데, 뭐가 그렇게 미안하다고 눈도 제대로 보려 하지 않는지, 시간이 날 때 부모님과 함께 있으면서 안심이라도 시켜 줘야 마음이 편해질 것 같았다.

초원은 초롱에게 전화를 걸었다.

"누나, 어디야?"

— 어. 초원아. 회사지 어디긴 어디야.

"이번 주말에 내가 병원에 있을게. 누난 좀 쉬어."

— 난 괜찮아. 너 요즘 바빠서 정신없다며, 쉴 수 있을 때 푹 좀 쉬어.

"아니야. 주말에 시간이 나서 괜찮아. 이럴 때 아니면 병원에 오기 더 힘들 것 같아서 그래."

— 너 일 시작한 지 얼마나 됐다고, 적응하기도 힘들 텐데 고생스럽게.

"정말 괜찮다니까. 오랜만에 아빠하고 있고 싶기도 하고, 엄마도 여기 계신다니까 병원에서 쉴래. 그리고 누나 일하면서 병원까지 신경 쓴다고…… 데이트도 못 했을 텐데, 이번에 제대로 데이트라도 좀 해."

— 야, 데이트는 무슨…….

"잘해. 그러다 누나 차여. 나는 누나가 차는 건 괜찮아도, 차이는 건 보고 싶지 않아."

— 너는 무슨 그런…… 쓸데없는 생각을 해.

"내 말대로 해. 데이트하든 쉬든, 어쨌든 누나 시간 좀 가져."

— 언제는 내 시간이 없었어? 별걱정을 다 해.

"됐고, 이번 주는 절대 병원에 올 생각 말고 푹 쉬어. 알았어? 오면 나 화낼 거야."

— 그래, 알았어. 네 말대로 할게. 고마워, 초원아.

"고맙긴, 또 전화할게."

세상에, 무슨 이런 동생이 다 있는지. 초롱은 새삼 든든하게 느껴지는 동생 덕분에 환하게 웃어 보았다.

그 시각. 산은 하던 일을 마무리하고서 자리에서 일어나 습관처럼 창밖을 내려다보았다. 여느 때와 같이 바쁘게 돌아가는 현장에 만족스러운 기분으로 돌아서려는데, 마침 현장에 있는 초롱에게 절로 눈길이 달려가고 있었다.

그녀에게서 빛이 나듯 주위마저 환해지는 것 같았다. 무슨 좋은 일이 있어 저렇게 환하게 웃고 있는지, 산은 마치 자석에 이끌리듯 어느새 집무실 문을 열고 있었다.

서둘러 초롱이 있던 현장으로 내려가는데 마침 건물 입구에 들어서는 그녀가 보였다. 잠시 그녀의 눈을 피해 기둥 뒤로 몸을 숨기자 초롱이 유유히 제 옆을 스쳐 지나갔다. 씩 웃으며 뒤를 밟던 산이 대뜸 이름을 불렀다.

"이초롱 씨."

"앗, 깜짝이야. 대표님."

부지런히 사무실로 향하는데 바로 등 뒤에서 부르는 소리에 놀란 초롱의 걸음이 우뚝 멈추어 섰다.

"사무실 가는 길입니까?"

"네."

수시로 현장에 드나드는 그였기에 어색해할 필요가 없음에도, 도둑이 제 발 저리다고 초롱은 괜히 주변의 시선이 신경 쓰였다.

"이초롱 씨, 우리 이번 행사 관련 협력사 리스트 업데이트됐나요?"

"네. 대표님. 계속 업데이트를 하고 있습니다만, 추가로 계속 협찬 연락이 오는 상황이라 며칠 더 지켜봐야 할 것 같습니다."

"그러면 여기 좀 둘러보고 갈 테니, 현재 기준으로 정리한 파일 좀 가져와 줘요."

"네, 알겠습니다. 대표님."

매일 아침 보고를 올리는 내용이었다. 심지어 보고 후 메일까지 발송한 내용인데. 회사에서는 늘 자신을 배려하려 공식적인 업무 보고 외에는 사적으로 부르는 일이 거의 없었기에 초롱은 의아하기만 했다.

서둘러 자리에 도착해 다시 작성한 보고서를 챙겨 두고 다른 업무를 하는데, 마침 집무실로 향하는 그를 발견하고서 얼른 다가갔다.

"대표님, 말씀하신 보고서입니다."

"네. 수고했어요."

잠시 보고서를 살펴보던 산은 터지는 웃음을 참으려 어금니를 꽉 깨물었다. 이미 받은 보고서에 메일까지 보낸 내용을 다시 가져오라고 할 때는 저변에 깔린 의도가 있다는 것쯤은 눈치채야 하지 않을까? 저렇게 순진한 표정으로 쳐다보는 초롱을 어떻게 해야 할까, 언제쯤이면 자신의 시그널을 자연스레 알아차릴까 궁금하기까지 했다.

아무 쓸모 없는 보고서를 들고 가다 뒤돌아서며 다시 일을 시켰다.

"이초롱 씨, 김 대리한테 작년 행사 관련 자료 좀 받아 주겠어요? 기다릴게요."

"네."

초롱은 일단 대답부터 넙죽 했다.

'작년 행사 관련 자료라면…… 뭐야. 그것도 며칠 전에 드린 거잖아.'

전혀 그답지 않은 요구에 뒤늦게 이상하다 싶어 초롱이 그의 집무실로 향했다.

똑똑.

"들어와요."

그의 집무실에 들어서며 문을 닫자마자 어느새 다가온 산이 초롱을 뒤에서 감싸 안았다.

"어머!"

"이초롱 바보."

"그걸 이제 아셨어요? 저 그런 쪽으로는 눈치도 행동도 느려요. 아시면서."

"그래. 정말 느림보더라. 이렇게 텔레파시가 안 통해서 어떡하지?"

안고 있던 팔을 풀고 초롱을 돌려세웠다.

"회사에서는 더 그래요. 아직 새파란 사원이, 지시가 업무 외로 들릴까요? 당연히 곧이곧대로밖에 들리지 않아요. 그리고 이렇게 부르신 적도 잘 없으니까 더 눈치챌 수가 없었어요."

"그래서 말인데, 종종 이렇게 불러 볼까 해."

"그건 안 돼요. 요즘은 이상하게 아침 보고 하러 들어올 때도 눈치가 보인단 말이에요."

아침에 얼굴을 맞대고 보고를 하며 함께 차를 마시는 시간은 하루 중 초롱이 가장 편하게 그를 대할 수 있는 시간이었고 그만큼 기다리던 시간이기도 했지만, 요즘 들어 조금씩 보고 시간이 길어지는 터라 도둑이 제 발 저리는 중이었다.

"그러게 그냥 시원하게 밝히면 속 편할걸."

"그럼 더 조심스러울 거예요. 시선이 자꾸 따라다닐 테니까."

"그래, 알았어. 우리 초롱이 마음 불편하면 안 되지. 내가 조금 더 참고, 조금 더 기다려 볼게."

"그런데, 무슨 일로 부르신 거예요?"

"궁금해서. 널 그렇게 웃게 만드는 사람이 누군지."

"네?"

"아까 너 현장에서 전화하는 거 봤거든."

"아, 초원이요."

"왜? 무슨 좋은 일이라도 있대?"

"아니요. 그게 아니라 주말에 병원 오지 말고 집에서 쉬라고 하더라고요. 오랜만에 부모님하고 있겠다고."

초롱의 말에 산의 눈이 번뜩였다.

"정말 기특한 녀석이야."

"네. 제 동생이지만 신기해요. 어떻게 그렇게 착한 녀석이 다 있는지."

"사돈 남 말 한다. 내 보기에 너희 둘은 누가 봐도 남매야. 똑같이 착해 빠져서. 그나저나 잘됐다. 이초롱 주말은 나한테 반납해."

기회는 왔을 때 잡는 거다. 무조건.

3

기다리던 주말이 다가왔다. 그와 함께 단둘이서 가는 캠핑은 처음이었다. 그의 캠핑카에 오른 초롱은 떨림 반, 설렘 반, 걱정 한가득. 복잡하게 넘치는 마음에서 가장 먼저 버리고 싶은 건 역시나 걱정이었다.

처음 가는 둘만의 캠핑이라 떨리는 건지, 아니면 그와 하루 이상을 온전히 함께하게 되어 떨리는 건지.

그와 한 데이트다운 데이트는 손에 꼽힐 정도였다. 늘 퇴근길에 잠시 만나고 헤어지거나, 그마저도 주말이면 병원 앞에서, 공원에서, 주차장에서 온전히 초롱의 스케줄과 컨디션을 중점적으로 고려했던 만남을 이어 오고 있었다.

어쩌다 그의 아파트에서 사랑을 나눌 때도, 혹시 동생이 집에 찾아오지 않을까 하는 생각에 대부분 착실히 귀가를 했다. 그랬기에 오늘만큼은 자신을 위해서가 아닌 그를 위한 시간이 되길 바랐다.

"피곤할 텐데 좀 자."

"저 잠 못 자서 죽은 귀신 붙은 거 아니거든요."

"그래? 나는 차만 타면 병든 닭처럼 꾸벅꾸벅 졸기에 딱 그런 줄 알았는데?"

"그거야 이산 씨가 차만 타면 수면제로 쓰여도 족할 만한 음악을 틀어 주니까 그렇죠. 오늘은 정말 잠 안 오거든요. 오늘은 말동무해 드릴게요."

"하하하, 수면제 음악? 네가 좋아하는 피아노 연주곡을 지금 수면제에 비유한다고? 같은 음악을 듣는 나는 전혀 졸리지 않은데?"

"그야…… 체력이 남아도는 하이산 씨니까요."

초롱의 말에 산이 어깨를 으쓱했다.

"그래. 내가 체력이 아주 많이 좋기는 하지. 이십 대 이상으로 넘치는 혈기에 왕성한 욕구가 요즘 들어 주체가 안 돼."

"풋."

"뭐지? 그거 혹시 비웃음이야? 내 사랑이 부족했던가? 아, 그랬구나. 앞으로는 참지 말까? 나는 혹시라도 너 부서질까 봐 조심조심했더니."

"하이산 씨! 재미없어요. 아닌 거 알면서."

"난 또 아주 많이 긴장했네. 그런데, 나는 농담 아니다? 너, 너무 말랐어. 혹시라도 다칠까 봐 늘 조심스러운 건 사실이야. 그러니까 이초롱! 많이 먹고, 운동도 하고, 살 좀 찌우자."

초롱이 표 나지 않게 입술을 삐죽였다.

"그게 마음처럼 쉽나요? 먹어도 잘 안 찌는 체질이에요."

"이야, 이 땅의 수백만 다이어터들을 경악하게 만드는 말이네. 오늘 내가 어떻게 하면 살을 찌울 수 있는지 확실히 보여 줄게. 오늘을 보내고 나면, 아마 못해도 2킬로는 찌울 수 있을걸?"

"글쎄요, 쉽지 않을 텐데."

승부욕을 자극하는 초롱의 말에 산이 콧방귀를 뀌었다.

"우리 내기할래? 2킬로 늘면 네가 내 소원 들어주고, 늘지 않으면 내가 너 소원 들어주기."

"말도 안 돼. 여자한테 몸무게 물어보는 것도 실례라던데, 지금 이산 씨 앞에서 저울에 올라가라는 말이에요?"

"전적으로 너의 양심에 기댈게. 나도 너 저울에 올라가면 충격받을 것 같아. 방법이 없는 것도 아니고. 아마 보통 여자들이 말하는 킬로수보다 네가 조금 못 미칠걸? 내가 안았을 때 너 많이 나가야 47킬로?"

"헉!"

놀란 초롱이 숨을 급히 들이켰다.

"그것 봐. 내가 정확하지?"

"아니. 그걸 어떻게……."

"회사에 헬스장이 괜히 있는 게 아니야. 내가 드는 덤벨 무게가 어떻게 되는지 알아? 직원들 퇴근하고 나면 넘치는 욕구불만을 그곳에서 해소한다고."

"저 완전 깜짝 놀랐어요. 소름."

"키는 167에서 168 정도 되는 것 같고, 그 정도 키에 네 몸무게면 나중에 버티기 힘들어. 뭐든 체력이 바탕이 되어야지."

산의 말에 초롱이 고개를 설레설레 흔들었다.

"눈썰미가 좋은 거예요, 감이 좋은 거예요? 귀신이 따로 없어."

"둘 다! 그러니까 이초롱. 속일 생각은 하지 않는 게 좋아. 어때? 2킬로 도전해 볼까?"

"뭐. 어차피 제가 이길 것 같은데, 소원 들어줄 준비나 하세요."

"오케이, 나중에 장 볼 때 잔뜩 사야겠다. 모처럼 도전 욕구가 성욕을 이기게 생겼네."

잔뜩 신난 듯한 표정으로 서슴없이 말하는 그의 모습이 재밌어 초롱이 웃었다.

"풋."

"웃어? 내가 너 만난 후로 무엇도 성욕을 이기지는 못했다고, 오죽하면 내가 헬스장에서 살까. 농담 아니야. 그러니까 많이 먹어. 내가 너 잡아먹어도 미안한 마음 안 들게."

"큽. 흠흠. 알았어요. 노력해 볼게요."

"좋아! 그럼 오늘 메뉴를 뭐로 할까? 장어구이, 전복구이, 스테이크, 다 해야겠네. 우리 초롱이 몸에 좋은 거 다 먹여야겠어!"

"못 살아, 정말."

정말 제대로 연애하는 기분이 들었다. 그와 이런 농담을 하게 될 날이 올 줄이야. 하루가 새롭고, 날마다 색다른 행복이 간지럽게 피어오르는 기분을 그는 알까?

"초롱아, 그러지 말고 좀 자. 응? 아직 두 시간은 더 가야 해. 너 병원으로 집으로 좀 힘들어야 말이지. 쉴 수 있을 때 잘 쉬어야 해. 그래야 건강 해치지 않지."

늘 자신을 먼저 생각해 주는 산을 물끄러미 바라보던 초롱이 나지막이 말을 건넸다.

"하이산 씨…… 정말 고마워요."

"뭐가?"

"다. 그냥, 다요. 다."

늘 배려만 하는 사람이었다. 사귄다면서 데이트다운 데이트 한 번을 마음 편히 하지 못하고, 항상 제 형편에 맞추어 주는. 아무리 알고 시작했다 해도 시간이 지나고 불편이 쌓이면 불만이 있을 법도 한데 그럼에도 불평 한마디가 없었다.

마음도 선물도 늘 넘치도록 부어 주는 그를 보며 항상 하고 싶었던 말을 조심스레 꺼내 보았다.

"그래. 알면 뽀뽀."

정면을 보고 운전하면서 오른뺨을 쭉 내미는 그를 보며 망설이지 않고 다가가 볼에 입을 맞췄다.

"하, 아깝다. 이렇게 순순히 할 줄 알았으면 입술을 내미는 건데."

정말 단 1초의 머뭇거림도 없이 선뜻 해 줄 거라고는 기대도 하지 않았는데,

말랑하게 다가왔다 사라지는 초롱의 촉촉한 입술이 아쉬웠다.

"아깝긴 뭐가 아까워요, 나중에 입술에 하면 되지."

이게 뭐라고, 겨우 볼 뽀뽀가 뭐라고 탄식을 내뱉으며 아쉬워하는 산의 모습에 되레 마음이 미안했다.

"이초롱, 나 기억력 좋다. 나중에 꼭 챙겨 받을 거야. 알았어?"

"네. 저도 기억력은 나쁘지 않아요. 잊어버리지 않을게요."

"새롭네, 이초롱. 좋다. 너무."

그깟 뽀뽀가 무슨 대수라고. 열 번도 수십 번도 해 주고 싶었다. 그가 보여주는 사랑에 비하면 보잘것없는, 그에게 해 줄 수 있는 거라고는 마음 더하기 진심밖에 없는데, 더는 그를 향한 마음을 숨기고 싶지도 아껴 두고 싶지도 않았다.

나중에 이 모든 사랑이 후회라는 부메랑이 되어 돌아온다고 해도, 지금은 그 부메랑에 새긴 진심이 그에게 닿을 수 있게 있는 힘껏 던져 보기. 닥치지 않은 일을 미리 걱정하며 마음을 감추기보다, 일단은 자루 속에 든 마음을 모두 쏟아 보기. 지금 그에게 해 줄 수 있는 건 그것밖에 없으니까.

세 시간을 달려 도착한 허름한 식당 앞에서 잠에 빠진 초롱을 바라보며 산은 새어 나오는 웃음을 멈출 수가 없었다. 불편하게 몸을 조이는 안전벨트를 풀어 주고, 이마 위 흘러내린 머리카락을 살며시 귀 뒤로 넘겨 주고서 예쁜 이마에 입술을 꾹 눌렀다.

눈을 찡긋하더니 입꼬리가 천천히 올라가는 걸 보아 이제 깬 모양이었다.

"말동무해 준다는 사람 어디 갔더라?"

초롱의 입에서 피식하고 바람이 빠지는 소리가 들렸다.

"그래도 오늘은 두 시간이나 버텼는데, 아깝다."

눈을 뜨자마자 바로 코앞에 있는 산을 보며 반쯤 떠진 눈은 더 커졌고,

"빚은 챙겨 받아야지!"

말을 하자마자 곧장 내려앉는 입술에 다시 눈을 감았다. 하나로 맞물린 입술로 느릿느릿 달콤한 사랑을 얘기하며, 원금에 이자까지 야무지게 챙겨 받는 산이었다.

"좋다. 잠에서 덜 깬 이초롱도, 좋아."

"깼거든요."

"그럼 더 좋고."

다시 한번 부드러운 입맞춤을 하고서야 초롱의 젖혀진 시트를 바로 올려 주었다.

"우리 다 온 거예요?"

"아니, 일단 점심은 여기서 먹고, 시장에서 살 것 좀 사고 가자. 여기서 30분만 더 가면 돼."

"네."

한적한 시골길, 뜬금없이 자리한 간판도 없는 허름한 식당으로 들어섰다.

"안녕하셨어요?"

산이 큰 소리로 인사를 건네자 주인인 할머니가 반갑게 맞았다.

"어이쿠, 이게 누구야! 오랜만이네."

"여전하시네요. 할머니."

"그럼 나야 늘 짱짱하지! 어서 앉아, 멀뚱멀뚱 서 있지 말고!"

"넵! 초롱아, 앉자."

"네."

"칼국수? 색시는?"

"하하하, 네. 색시도 칼국수로 하나 주세요."

얼빠진 표정으로 자신을 바라보는 초롱의 모습에 산이 피식 웃었다. 할머니가 주방으로 들어가자 초롱이 곧장 산에게 물었다.

"색……시. 여기 잘 아는 곳이에요?"

"단골, 벌써 몇 년이나 됐네. 이렇게 허름해 보여도 정말 맛있어. 내가 지금까지 먹어 본 칼국수 중에는 단연 최고! 아껴 둔 맛집인데, 초롱이 너니까 데려오는 거야."

"치."

괜한 너스레인 줄 알면서도 그 말이 싫지가 않았다.

"그런데 여기 음식 남기면 혼나. 할머니가 음식 남기는 걸 싫어하시거든. 그러니까 혼나기 싫으면 잘 먹어야 해. 알았지?"

이미 익숙한 듯 자리에서 일어나 식당 한쪽 테이블로 가더니 거기 있는 쟁반에 밑반찬을 스스로 챙기는 산을 보며 초롱이 자리에서 벌떡 일어나 다가가려는데, 산이 말렸다.

"앉아 있어, 살 빠져."

어이없어 웃어 버렸다. 저런 싱거운 농담이라니.

산이 반찬을 가져와 식탁 위에 올려 두고 얼마 지나지 않아 할머니가 칼국수 두 그릇을 들고 나오시는데, 식탁 위에 그릇을 내려놓기도 전에 초롱의 입은 점점 더 벌어지고 눈도 그에 맞춰 크기를 키워 갔다.

"남기지 말고 많이 먹어!"

"넵! 잘 먹겠습니다!"

초롱은 쿨하게 퇴장하시는 할머니께 잘 먹겠다는 인사도 잊은 채, 김이 모락모락 나는 칼국수 그릇을 보며 얼어 버렸다.

"뭐 해? 먹어야지!"

"이거 혹시 곱빼기예요?"

"아니, 그냥 보통인데. 뜨거우니까 조심해서 먹어."

산은 젓가락을 들 엄두조차 내지 못하는 초롱을 보며 웃지 않을 수가 없었다.

이 집으로 말할 것 같으면 말 그대로 이름 없는 맛집으로 혼자 백패킹을 하며 뻰질나게 드나들었던, 이 칼국수가 생각이 나 다시 주섬주섬 가방을 싸게 만들었던 진정한 맛집이었다. 할머니가 젊은 놈이 큰 가방 메고 왔다 갔다 고생한다며 올 때마다 어찌나 양을 많이 주시는지, 산은 그날부터 이름 없는 맛집을 정(情)이라고 불렀다.

초롱은 먹어도 먹어도 좀처럼 줄어들 기미가 보이지 않는 칼국수를 보고는 산을 보았다. 후후 불어 그 뜨거운 칼국수를 어찌나 맛있게 잘 먹는지, 보기만 해도 흐뭇하고 기분이 좋았다. 저렇게 맛있게 잘 먹어 주니 계속해서 더 주고 싶지 않았을까?

"맛이 어때? 설마 벌써 다 먹은 건 아니겠지?"

"정말 맛있어요. 면이 두껍지도 않고, 부들부들 먹기도 좋고, 국물도 엄청 맛있는데……."

"그런데?"

"자꾸 면이 살아나요."

"뭐?"

"열심히 먹고 있는데, 줄어들 생각을 안 한다고요. 꼭 면이 새끼를 치는 기분이에요."

"픕. 푸흡, 하하하하하. 면이 새끼를 쳐?"

입 속에 든 음식을 뿜지 않은 게 다행이었다. 면이 새끼를 치다니, 곱씹을수록 웃긴 말에 산은 음식을 삼키지도 못하고 끅끅거리며 웃었다. 사실 이 집의 칼국수 보통이 일반 다른 식당의 곱빼기는 충분히 되는 양인 데다, 체격에 따라 그 양이 더 늘어나기도 했다. 그만큼 할머니는 손이 컸고, 정이 넘쳤다.

"어쩌나, 오늘 이초롱 많이 혼나게 생겼네? 열심히 먹어 봐. 그래도 안 되면 내가 대신 먹어 줄게. 우리 초롱이 혼나면 안 되니까."

"에이, 먹던걸."

"괜찮아. 너니까."

참 달콤하게 들리는 말이다. 너니까 괜찮다니. 따듯한 칼국수에 사랑스러운 말까지 더해지니 초롱은 몸에 후끈후끈 열기가 더한 듯했다.

"저도 오늘은 다 먹어 볼래요."

입가에 미소를 지으며 초롱은 좀 전보다 더 맛있게 느껴지는 칼국수를 야무지게 먹었다.

산은 평소보다 훨씬 잘 먹는 초롱을 보며 흐뭇한 미소를 감추지 못했다. 잘 먹으니까 이렇게나 예쁜데, 평소에도 이처럼 잘 먹으면 얼마나 좋을까? 끝내 낚시를 하듯 그릇 바닥에 있는 면까지 건져 먹고서 뿌듯해하는 초롱의 모습에 웃음을 터트렸다.

"우와, 이렇게 잘 먹는 걸, 그동안 내숭이었어?"

"내숭이었으면 좋겠네요. 올챙이가 된 기분이에요. 배가 엄청 빵빵해요."

"하하하하하. 올챙이라, 그 배 한번 보고 싶네. 그럼 이제 소화시키러 갈까?"

"네. 얼른 가요."

자리에서 일어서자 할머니께서 계산하기 위해 나오셨다.

"아이고, 삐쩍 말랐는데 보기보다 잘 먹네. 이래서 사람은 겉만 보고는 몰라. 부족하지는 않았어?"

"부족하긴요. 배가 터질 것 같아서 숨도 못 쉬겠어요."

"저런, 많으면 남기면 되는 걸, 뭘 배가 터지도록 먹었어. 아이고, 예뻐라. 음식 귀한 걸 알고 그걸 다 먹었구먼. 자네 색시를 참 잘 골랐네!"

"남기면…… 된다……."

말끝을 흐리는 초롱을 향해 윙크하던 산이 너스레를 떨었다.

"하하하. 그렇죠? 제가 보는 눈이 좋습니다."

산은 자신을 노려보는 초롱의 눈을 가볍게 피해 버렸다.

"그래, 허구한 날 시커먼 남자만 데려오더니 웬일인가 했네. 그래, 보는 눈이 있어."

"감사합니다. 또 올게요. 다음엔 더 많이 주세요."

"그래그래. 오기만 해."

식당을 나오자마자 산이 피식피식 웃었다. 초롱은 그런 산을 아프지 않게 때리며 투정 부렸다.

"와, 정말 세상에 믿을 사람 하나 없다더니 이러기예요? 남겨도 되던데? 안 혼나던데?"

"뭘, 잘만 먹던데. 솔직히 남길 줄 알았는데 다 먹는 거 보니까 너무 예쁘더라. 앞으로도 지금만큼만 잘 먹자! 응?"

"몰라요. 오늘은 더 못 먹어요."

"그건 두고 보면 알지. 일단 시장부터 가자!"

입을 삐죽거리는 초롱의 손을 꼭 잡고서 바로 옆에 있는 시장으로 향했다. 한적할 거라고 생각했던 시장은 놀랍게도 사람으로 북적이고 있었다. 가는 날이 장날이라더니 마침 오일장이 열리는 날인 듯했다.

초롱은 시장 입구에 들어서면서부터 진하게 풍겨 오는 고소한 참기름 냄새를 맡으며, 자신의 손을 꼭 잡고서 인파를 피해 앞서 걸어가는 그의 든든한 뒷모습을 바라보는데 왜 이렇게 심장이 콩닥거리는지. 자꾸만 끌어 올려지는 입꼬리를 붙잡아 두지 못하고 결국 활짝 웃어 버렸다.

초롱이 불편하지 않게 잘 오고 있는지 뒤돌아보던 산 역시 그 모습을 보곤 마주 환하게 웃어 버렸다. 선남선녀인 데다 너무나 사랑스레 서로를 바라보는 모습에, 가던 사람들의 발걸음도 멈추게 되는 걸 아는지 모르는지 그저 행복한 순간을 만끽하는데,

"뻥이요."

난데없이 들려오는 소리를 알아차릴 겨를도 없이 '뻥.' 하는 소리와 동시에 깜짝 놀라 펄쩍 뛰는 초롱을 품에 안으며 산이 숨넘어가게 깔깔 웃었다.

"알았어요? 우와, 진짜 요즘에도 저렇게 하는 줄은 몰랐어. 간 떨어질 뻔했네."

놀란 가슴을 진정시키며 한숨을 쉬는 초롱의 모습에도 산은 웃음이 그쳐지

지 않았다. 언제부터 시장이 이렇게 재미있었을까.

산은 여행을 할 때면 그 지역의 시장은 대부분 가 보는 편이었다. 지금 머무는 곳의 색깔을 가장 가까이에서 잘 느낄 수 있는 곳이기도 했고 특유의 정겨운 분위기가 좋아서 들르기는 했지만, 오늘만큼 즐거웠던 적은 없는 것 같았다.

말투를 제외하고는 평소 갔던 곳들과 크게 다르지 않은 비슷한 풍경, 익숙한 냄새, 특유의 분위기. 객관적인 시각으로 봐도 그렇게 특별할 것도 없는 시장인데, 단지 초롱이 함께라는 이유만으로 날아오는 냄새가 더 고소하게, 더 달콤하게 느껴지고 있었다. 마트에서는 볼 수 없었던 호기심 가득한 표정으로 이곳저곳을 유심히 관찰하는 예쁜 모습은 덤이었다.

"뭐 더 사고 싶은 거 없어?"

"이제 그만 사도 되겠어요. 너무 많이 샀어요. 이걸 언제 다 먹어? 어머! 벌써 한 시간 반이 지났어요."

초롱은 무심코 가게 안에 걸린 시계를 보다 지나간 시간에 깜짝 놀라고 말았다.

그의 손을 잡고 구석구석을 누비며 그의 손에 하나, 제 손에 하나 비닐봉지 수를 늘려 가며 신나게 구경하느라 정말 시간 가는 줄 몰랐다. 마트와 더불어 그다지 좋아하지 않던 북적거리는 인파, 소음, 온갖 냄새가 뒤섞여 머리를 아프게 만들던 시장의 풍경이 오늘은 왜 전부 다 새롭게 느껴지는지.

불편하게 발길을 붙잡는 말도, 형형색색 눈을 피로하게 만드는 물건들도, 하다못해 평소 즐기지도 않던 갖가지의 비릿한 젓갈 냄새마저도 하나같이 정겹고 따듯하게 느껴지는 매직을 경험하고 있었다.

그와 함께하는 것만으로, 단지 그의 손을 잡고 있다는 그것 하나만으로, 어두웠던 세계가 온통 밝은 빛으로 물들고 있었다.

이런 신기한 경험을 안겨 주는 사랑스러운 그를 바라보며, 자연스레 마주하게 되는 따듯한 눈빛에 환한 미소를 지어 보였다. 그 볼록하던 배는 언제 꺼져 버렸을까, 불현듯 배가 고픈 것도 같았다.

"저, 찜닭 사 주세요. 찜닭 먹고 싶어요."

"우와, 처음이야!"

"뭐가요?"

"네가 나한테 뭘 사 달라고 말한 게. 그리고 뭘 먹고 싶다고 한 게 처음이라고. 이야, 이 벅차오르는 감동을 표현할 길이 없네."

산의 다소 과장된 어투에 초롱이 피식 웃더니 밉지 않게 눈을 흘기며 말했다.

"재미없어요. 우리 얼른 사러 가요. 그것만 사고 이제 빨리 가요. 얼른 둘만 있고 싶으니까."

"뭐라고?"

산은 귀가 의심스럽고,

"네?"

초롱은 놀란 듯한 그의 표정이 의아했다.

"방금 뭐라고 했냐고?"

산은 절대 그냥 넘길 수 없었고, 초롱은 대체 그가 왜 이러는지 알 수 없었다. 그저 얼른 사러 가자고 한 말밖에는 떠오르지 않아 확신 없는 목소리로 말을 꺼냈다.

"얼른 사고 가자고?"

"아니 그거 말고, 그 뒤에."

'바보야, 그거 말고, 그 뒤에 제일 중요한 말 있잖아.'

"글쎄. 뭐라고 했지? 그냥 빨리 가자고……."

초롱은 뭐라고 했는지 도통 기억이 나지 않았다.

"둘만 있고 싶다고 했잖아, 방금."

'발뺌하지 말라고, 두 귀로 똑똑히 들었으니까! 발뺌하면 안 되지, 가슴에 불을 질러 놓고!'

"네에? 설마…… 그걸 말로 했다고요? 내가?"

'속으로 한 거 아니고? 진짜? 정말? 아닌데…… 분명 속엣말이었는데?'

"우와, 이초롱 이러기 있어? 거짓말하기 있냐고!"

"아니. 진짜 몰랐어요. 속으로만 생각했지, 말로 뱉은 줄 몰랐다고요."

"풋. 그러니까, 생각한 거 맞네. 둘만 있고 싶다고."

산은 갑자기 합죽이가 된 초롱을 보며 찢어지는 입을 막을 수가 없었다. 와, 오늘 정말 계 탔다.

'어디야? 망할 찜닭집이 어디냐고! 빨리 사고, 빨리 가자. 너와 둘만 있게.'

"가자, 빨리."

"……네. 가요. 뭐."

민망함에 초롱의 발걸음이 빨라졌다.

"어디 가? 찜닭 사고 가야지!"

출구로 향하던 초롱이 쭈뼛쭈뼛 돌아서는 모습도 예뻐 죽을 것 같았다.

"아, 찜닭…… 하. 하하."

결국 맛있는 찜닭까지 야무지게 챙겨 들고서 서둘러 걸음을 옮기는데, 초롱이 산의 발을 멈춰 세웠다.

"우리 아이스크림도 사요."

초롱은 이대로 돌아가기가 너무나 부끄러웠다.

"한겨울에 무슨 아이스크림?"

'너 일부러 그러는 거지? 창피하니까 부끄러우니까 일부러 늦게 가려고 그러는 거지?'

"먹고 싶어요. 폴라포. 제가 정말 좋아하는 아이스크림이에요."

"이가 덜덜 떨릴 만큼 추운 날씨에 아이스크림이 먹고 싶다고? 그것도 얼음 알갱이가 잔뜩 박힌 그 아이스크림을?"

"네. 이한치한."

"그래, 사자, 사! 대신 빨리 사."

초롱은 부끄러운데 계속 비실비실 웃음이 비집고 나왔다. 정말 아이스크림을 마지막으로 빨리 돌아가야 할 것 같았다.

네 맘. 내 맘. 같을 테니까, 네 맘. 내 맘. 더는 속 태우지 말고, 네 맘. 내 맘. 확인해 보는 거로.

어느새 무거워진 짐을 양손 가득 들고 함께 바쁜 걸음을 옮기며 가는 두 사람의 얼굴이 마치 봄날 활짝 핀 개나리와도 같았다. 어찌나 밝고 화사한지.

행복을 줄줄 흘리며 목적지로 향하는 산의 마음이 그 어느 때보다 바빠지고 있었다. 이곳이 원래 이렇게 멀었던가? 한참을 운전해서 가던 캠핑카가 인적이라고는 없는 곳에 다다랐다.

이곳은 산의 지인이 운영하던 캠핑장이었다. 산 중턱에 위치해 공기가 좋은 데다 자연경관이 뛰어나 많은 캠퍼들의 사랑을 받은 곳이기도 했다. 지금은 노후된 시설 보수를 위해 잠시 운영을 중단한 채 일반인에게 오픈되지 않았으나 산에게만큼은 예외였다.

"무슨 캠핑장에 사람이 이렇게 없어요?"

"아직 오픈 안 한 곳이야."

산은 마음이 바빠서 더 설명을 이어 갈 수가 없었다.

"너는 냉장고에 넣을 것만 챙겨 줄래? 나머지는 내가 가져갈 테니까 놔두고."

"네, 그럴게요."

산이 캠핑카와 결합한 어닝 룸 텐트를 설치하는 동안, 초롱은 냉장 식품을 챙겨 냉장고에 깔끔하게 정리하고 손을 씻었다. 양치해야 할 것 같아 칫솔을 꺼내는데, 불쑥 들어오는 그를 보며 황급히 칫솔을 등 뒤로 감추었다. 산은 그 엉뚱한 모습에도 미친놈처럼 실실 웃음을 흘리고 있었다.

"양치하고 싶어?"

말없이 고개만 끄덕이는 초롱을 보며 자신도 칫솔을 꺼내 들었다. 너에게서 난다면야 마늘 냄새도 달콤할 텐데 무슨 준비성이 이렇게 철저한지. 샤워까지

하겠다고 하면 어쩌나 속에서 불이 나지만, 참을 수밖에.

"하자, 양치. 3분 넘으면 안 되는 거 알아 몰라?"

"알아요."

"지금부터 시작!"

손수 치약까지 짜 준다. 뚫어져라 쳐다보며 양치를 하는 그의 모습에도 왜 얼굴이 더워지는지, 그의 빨라지는 칫솔질에 덩달아 초롱의 마음이 급해졌다.

"픽."

서두르는 그의 모습을 보며 결국 참지 못해 거품을 가득 물고서 픽 웃어 버렸다.

"왜 웃어?"

산이 물을 뱉으며 초롱에게 물었다.

"아직 1분도 안 지난 거 알아요?"

입을 헹구려 물을 가득 머금은 그의 입술의 움직임이 어쩌나 현란한지, 자꾸 자꾸 웃음이 났다.

"너도 빨리 헹궈."

"아직 3분이."

"안 된 거 알아. 나중에 저녁에 6분 하게 해 줄게. 됐지? 헹궈."

더는 기다리게 하면 안 될 것 같아서, 이가 시리도록 차가운 물을 입 속에 넣고 우물우물 헹구는데, 뚫어져라 바라보는 달라진 그의 눈빛에 덩달아 웃음기가 사라져 버렸다.

말끔하게 입을 헹구고 손으로 입술의 물기를 닦으며 그에게 돌아서는 순간 무섭게 돌진하는 그의 입술과 만났다. 아직 따듯한 온도를 찾지 못한 실내는 서늘했고, 마주한 입술 또한 차가운 물의 기운을 잔뜩 머금었지만, 신기하게도 금세 더워지고 있었다.

뜨거운 심장을 나누기엔 서로의 옷이 너무 거추장스럽게 느껴졌고, 두툼한 옷이 한 겹, 두 겹 발아래 쌓일 때마다 서로의 심장은 가까워지고 있었다.

적극적인 산의 모습에 초롱도 더는 움츠리지만은 않았고, 두 마음이 한마음이 되어 결국 서로가 원하는 가장 솔직한 모습으로 몸이 기울어졌다.

맙소사. 아직 해가 지지도 않았는데. 초롱은 믿기지 않았다. 드리운 커튼 사이로 여전히 환한 빛이 스며드는 창밖을 물끄러미 바라보며 거칠어진 숨이 잦아들기를 기다렸다.

"안 추워?"

"안 추우냐고? 세상에, 더워 쪄 죽는 줄 알았어요. 찜 쪄 먹으려고 온도를 이렇게 올린 거 아니에요?"

"뭐라고? 하하하. 귀여워 죽겠네. 정말."

산이 캠핑카에 들어오면서 가장 먼저 한 일이 온도를 올리는 거였다. 초롱의 벗은 몸에 한기가 들면 안 되니까. 나는 너를 벗길 준비가 되어 있었고, 뭐. 그래, 듣다 보니 틀린 말도 아니네. 찜 쪄 먹은 거나 다름없지 뭐.

"환기할까? 커튼 열어 줘?"

허리를 일으켜 세워 앉는 그를 보며 초롱이 급히 말렸다.

"아니요. 아니요! 열지 말아요. 진짜 열지 말아요!"

부끄러웠다. 아무리 사랑을 나누고 또 나누었다지만 훤한 대낮에 이렇게 민망한 모습으로 그를 바라보는 건 아직도 부끄러웠다.

"부끄러워?"

"그럼 안 부끄러워요?"

"뭐가 그렇게 부끄러워? 홀딱 벗고 사랑하는 사이에."

"하이산 씨! 그런 말 좀 하지 마세요."

"무슨 말? 홀딱 벗는 거? 사실인데 뭐. 나는 지금 네 모습이 가장 아름다워. 왜 그런지 알아?"

"몰라요. 그냥 아무 말도 하지 말아요."

"말하고 싶어 죽겠는데 뭘 아무 말도 하지 말래? 가장 뜨겁거든. 가장 솔직해지거든. 그 모습으로 사랑을 나눌 때만큼은 하나부터 열까지가 다 투명해. 네 몸의 세포 하나하나가 다 솔직하게 반응한다고. 그러니 아름다울 수밖에. 할 수만 있다면 매일 보고 싶은 모습이야."

그의 말을 듣는 것만으로 이불 속에 감춘 몸이 후끈 달아올랐다.

"진짜 신기한 사람이에요. 하이산 씨는. 어떻게 그렇게 야하고 낯부끄러운 말을 아무렇지도 않게 할 수 있는지."

"그래서 싫어?"

"그래서 좋아요. 그래서 더 좋아요. 나랑은 다르니까. 지금 그 모습이 아닐 때도 하이산 씨는 하나부터 열까지가 다 투명하니까. 좋아요."

이제는 저런 말도 망설임 없이 하는 초롱을 보며, 마음을 숨기지 않고 느끼는 감정을 솔직하게 표현하는 초롱을 보며, 또다시 산의 가슴이 타오르고 있었다. 마치 수분이라고는 0.1프로도 남지 않은 마른 장작처럼 활활.

얌전히 누워 있는 초롱의 살짝 부푼 입술을 제 입술로 부드럽게 어루만졌다. 한차례 사랑을 나누었음에도 오뚝이처럼 벌떡 일어선 몸은 또 어떻게 다스려야 하나. 네가 조금만 덜 연약하면 얼마나 좋을까. 아니지. 짐승 같은 욕구를 다스리는 게 먼저겠지?

"하…… 아이스크림 먹을래?"

산은 이대로 있다가는 정말 다시 덤비게 될 것 같아 열기를 좀 식혀야 할 듯했다.

"네. 먹을래요. 더워서 하나 먹어야겠어요."

다가온 그의 몸이 너무 뜨거워서 델 지경이었다.

"폴라포?"

"네. 폴라포."

산은 부끄럽지도 않은지, 사랑을 나누었던 그 상태 그대로 냉장고 앞에 섰다. 냉장고를 열자마자 환하게 밝아지는 주위에 초롱은 보려 하지 않아도 너무나 선명하게 두드러진 그의 모습을 바라보며 부끄러워 눈을 질끈 감아 버렸다.

초롱의 난처함을 아는지 모르는지, 포도 맛 폴라포를 꺼내어 먹기 좋게 뚜껑을 떼서 초롱에게 건네던 산은 미처 예상하지 못했다. 이 달콤한 폴라포가 가져올 더없이 사랑스러운 경험을.

"고마워요. 정말 호강이네."

초롱은 주섬주섬 이불을 끌어당겨 가슴을 가리며 일어나 앉아 그에게 건네받은 아이스크림을 한입에 덥석 베어 물었다.

시장에서 조금이라도 시간을 더 벌어 볼까 하는 마음에 들어간 슈퍼였지만, 결과적으로는 굿 초이스였다. 더운 열기를 식히기에 이만큼 적합한 식품이 또 있을까. 추운 겨울에 더운 실내에서 오랜만에 먹어 보는 포도 맛 폴라포는 역시나 꿀맛이었다.

산은 와그작 얼음 알갱이가 경쾌하게 부서지는 소리를 듣는 것만으로도 달아오른 열기가 빠져나가는 듯했다. 아무리 실내가 더워졌다고는 하나 열기가 식으면 바로 한기가 들기 마련인데, 옷도 제대로 갖춰 입지 않은, 겨우 몸만 가리고서 차가운 아이스크림을 먹는 초롱을 보며 재빨리 실내 온도를 높이고 있었다.

초롱은 이미 달콤함에 흠뻑 빠졌는지 참 맛있게도 폴라포를 먹고 있었다. 폴라포 끝을 주욱 눌러 쏙 올라오는 얼음을 와그작 시원하게 한입 베어 물며, 하아. 입김을 내뿜는 모습이 왜 섹시하게 보이는 건지.

찬 기운을 한번 뿜어내고서 현란하게 얼음 알갱이를 부숴 먹는 예쁜 초롱의 입술에서 산은 눈을 뗄 수가 없었다. 아삭아삭 얼음 알갱이가 부서지는 소리까지 묘하게 섹시하게 느껴졌다.

'그게 그렇게 맛있어? 아주 입이 잠시를 안 쉬네. 너만큼이나 맛있을까? 궁금해. 맛있는 네 입술에 달콤한 폴라포의 조화라.'

고개를 하늘로 치켜들어 마지막 남은 아이스크림을 한입에 다 털어 넣어 버리고서 시린 냉기를 참지 못해 초롱이 입김을 내뿜는 찰나, 산은 결국 궁금함을 참지 못하고 초롱에게 성큼 다가서 입술을 베어 물었다.

"헙."

달콤함에 정신없이 푹 빠져 있던 초롱은 그대로 얼어 버렸고, 산은 얼음처럼 차가워진 초롱의 입술을 거침없이 열고 들어가 버렸다. 아직 채 사라지지 못한 얼음 알갱이와 놀라 굳어 버린 초롱의 혀가 주춤주춤 물러서는 걸 허락할 산이 아니었다.

'어딜 도망가, 내가 여기 있는데.'

부끄러움이라고는 모르는 산의 애정 공세에 초롱은 결국 백기를 들어 버렸고, 두 사람의 뜨거운 온도를 감당하기에는 턱없이 작은 얼음 알갱이들은 순식간에 다 사라져 버렸다. 한동안 달콤하고 끈적한 키스는 멈출 줄을 모르고, 입 속에는 향긋한 포도 향만 가득 맴돌았다.

"맛있다. 폴라포. 하나 더 먹을래?"

입술을 훑고 있는 그의 모습이 이렇게 섹시하게 보일 줄이야. 진하게 두 눈을 마주하던 산과 초롱은 누가 먼저랄 것도 없이 서로의 입술을 다시 찾았다. 아직도 여운을 털어 버리지 못한 사랑에, 또 다른 사랑이 예쁘게 덧입혀지고 있었다.

언제 시간이 이렇게 흘러 버렸는지. 초롱이 산의 손길을 뿌리치며 자리에서 일어나 서둘러 옷을 입었다.

"있잖아요. 살이 찌는 게 아니라 되레 쏙 빠질 것 같아요."

"하하하하하."

진지한 표정으로 말하는 초롱의 모습에 산이 웃음을 터트렸다.

"걱정 마. 이따 저녁에 열심히 잘 먹이면 돼. 그리고 밤에는 손만 잡고 잘게."

"풋, 지나가던 개가 웃겠어요."

그에게 이런 우스갯소리까지 할 수 있을 거라고는.

"이야, 이초롱한테 별소리를 다 들어 보네. 네가 잘 모르는 모양인데 지나가던 개는 항상 잘 짖어. 그게 웃는 건지는 모르겠지만 말이야."

"뭐. 하긴. 생각해 보니 또 그러네요."

"네 옆을 스쳐 지나던 초롱이도 많이 짖었을걸?"

"큽. 풉. 하하하하하."

별 뜻 없이 하는 우습지도 않은 농담에도 눈이 맞은 두 사람은 캠핑카가 떠나가라 숨넘어가게 깔깔 웃고 말았다. 눈물이 맺히도록 웃어 대던 초롱의 머릿속에 행복이라는 단어가 스쳐 지났다. 초롱의 머릿속에 정의되어 있던 틀에 박힌 행복이라는 단어에 계속해서 의미가 하나씩 더해지고 있었다.

스치는 눈길에도 미소가 번지고, 서로의 반짝이는 눈빛에도 가슴 떨리는. 싱거운 말 한마디에도 웃음이 퐁퐁 터지고, 그저 함께라는 사실만으로도 기쁨이 배가되는 이런 소소하게 느끼는 모든 감정도 행복의 모습이겠지 하고.

"너무 웃었더니 정말 배가 고프네. 이제 뭐 좀 해 먹을까?"

산이 누운 채 나른한 눈빛으로 초롱을 향해 물었다.

"네. 이러다 뱃가죽이 등에 붙을 것 같아요."

천천히 자리에서 일어나는 산의 음흉한 눈빛에 초롱이 말을 냅다 던져 버리고 밖으로 나가 버렸다.

역시나 예상하지 못했던 답이다. 산은 초롱의 입에서 듣게 될 거라고는 전혀 기대하지 않았던 엉뚱한 말들을 되살리며, 자리에서 일어나다 말고 한참을 멈추지 않는 웃음에 배가 아플 지경이었다.

'너와 함께라면 앞으로 웃을 일이 얼마나 더 많을까? 오늘보다 내일이, 내일보다 모레가 더 기대돼. 하루하루가 설레고 흥분돼. 진짜 정말 행복하다. 초롱아, 너도 행복하지? 너도 좋은 거지?'

밖으로 나온 산은 멍하게 한곳을 응시한 채 서 있는 초롱의 모습에 빙그레 미소를 지으며 가만히 다가가 뒤에서 감싸 안았다.

"어때?"

"너무…… 너무 아름다워요."

해가 넘어가는 모습이 이렇게나 아름다웠던가. 평소에 그다지 사용할 일이라고는 없었던 절경이라는 단어가, 장관이라는 단어가 절로 머릿속을 가득 메우는 그런 모습이 눈앞에 펼쳐지고 있었다.

"안 그래도 보여 주고 싶었는데, 네가 딱 맞춰서 잘 나왔네."

초롱은 말없이 고개를 끄덕이며, 자연이 주는 위대한 선물에 절로 마음이 숙연해졌다. 일몰이라 아쉬움이 남는 모습일 줄 알았는데, 일출 못지않게 화려한 모습에 불현듯 병상에 누워 계신 아빠의 모습이 떠올랐다.

늘 밝은 빛과 따듯한 온기를 나눠 주던…… 아빠의 일몰도 지금과 같다면 얼마나 좋을까. 구름에 가려 힘없이 숨어 버리는 그런 일몰의 모습이 아니라, 마지막까지도 남김없이 온화한 빛으로 주위를 환하고 예쁘게 물들이는, 지금의 일몰처럼 당당하고 힘찬 모습이면 얼마나 좋을까.

초롱은 마음으로 간절히 바랐다. 아빠의 일몰이 지금과 같기를. 거대한 구름에 얼굴 한번 제대로 내밀지 못하고 힘없이 사라지는 그런 일몰이 아니라, 지금의 일몰처럼 환하고 밝게 마지막까지도 당당함을 잃지 않는 그런 일몰이기를.

산과 초롱은 그렇게 먼 산이 해를 삼키는 모습을 바라보며 한동안 밖에 머물러 있었다.

음식을 보며 초롱초롱 눈빛을 빛내던 때가 언제였던가. 음식을 보며 눈을 떼지 못하고, 군침을 흘리고, 애타게 기다려 본 게 언제였을까. 정말 기억이 하나도 나지 않았다. 그런데 놀랍게도 지금 초롱은 딱 그런 모습으로 산 앞에 앉아 있었다.

캠핑카와 결합한 어닝 룸 텐트 안에서, 산이 굽고 있는 환상적인 마블링을 자랑하는 소고기에 육즙이 사르르 배어 나오는 모습을 보며, 너무 뜨거워 입을 벌린 조개가 파들파들 춤추는 모습을 보며, 노란 버터를 촉촉하게 머금은 전복이 꽃처럼 피어오르는 모습을, 두툼한 치즈가 그릴 모양을 그리며 고소하게 익어 가는 모습을, 화목난로 위에서 보글보글 끓어오르는 향긋한 뱅쇼를 보며.

초롱의 빛나는 눈동자가 정신없이 이쪽저쪽을 바쁘게 오가며, 믿기 어렵게도 군침을 꼴깍꼴깍 삼키고 있었다. 급기야 빨간 혀로 입맛을 다시는 초롱의 모습에 산의 웃음보가 또다시 터지고 말았다.

'미치겠네. 넌 뭘 믿고 그렇게 예뻐! 뭘 믿고 그렇게 귀여운 거냐고!'

"맛있겠지?"

산은 말없이 격하게 고개를 끄덕이는 초롱의 모습에 함박웃음을 지으며 뭐라도 다 해 먹이고 싶었다. 우선 알맞게 잘 익은 소고기를 먹기 좋은 크기로 잘라 초롱의 접시에 놓아 주었다.

침을 꿀꺽 삼키더니 후후 불어 한 김 식히고서 제 입이 아닌, 고기를 굽고 있는 산의 입으로 가져오는 초롱의 모습이 너무 사랑스러워 마다치 않고 행복하게 받아먹었다. 초롱은 근사한 미소로 넙죽 먹는 그가 너무 사랑스러워 덩달아 싱긋 미소 지었다.

"이제 너 먹어. 나는 구우면서도 잘 먹어. 얼른 먹어 봐. 한번 먹어 보면 앞으로 매번 따라오고 싶을걸?"

그의 말에 두툼한 고기를 한입에 쏙 넣어 맛을 보았다.

"대박!"

말을 이을 수가 없었다. 어쩜 이렇게 두툼한 고기가 이토록 부드럽고 맛있을 수가 있는지, 정말 입에 사르르 녹는다는 말밖에는 떠오르는 말이 없었다. 연신 고개를 끄덕이며, '으음.' 하는 감탄사만이 높낮이를 다채롭게 변화하며 공간을 오가고 있었다.

"그렇게 맛있어?"

"네! 그때 아파트에서 먹었던 스테이크보다 더 맛있어요!"

큰 고기 조각을 한입 가득 넣고서 입을 가리며 말하는 초롱의 눈이 예쁘게 아래로 휘어 있었다.

"어미 새의 기분을 알 것 같아. 넙죽넙죽 잘 받아먹고 포동포동 살이 오르는 새끼를 보면서 얼마나 뿌듯하고 행복했을까? 앞으로도 많이 먹자, 응? 아주 그냥 예뻐 죽겠다!"

산은 고개를 끄덕이며 말없이 피식 웃는 초롱의 기름진 입술에 가볍게 쪽 하고 입을 맞추더니 아무렇지도 않게 다음 음식을 차례차례 초롱의 접시에 놓아주었다. 그런 자상한 산의 모습에 행복하게 끌어 올려진 초롱의 입꼬리는 좀처럼 내려올 기미를 보이지 않았다.

이후로도 부드럽게 잘 익어 감칠맛이 도는 조개구이와 쫄깃쫄깃 고소함이 한입 가득 퍼지는 전복과 치즈구이를 차례로 먹으며 어느 정도 정리가 되자 맞은편에 있던 산이 초롱의 옆으로 자리를 옮겼다.

"뱅쇼 괜찮지?"

"네."

"오늘 이초롱 애교 볼 수 있나?"

"알코올 다 날아간 뱅쇼로요? 어림도 없어요."

"에이, 아깝네. 기대하며 준비했더니."

"풋, 다음에요."

"그래, 애교를 안 부려도 이렇게 좋은데, 애교까지 부리면 아주 그냥 죽겠지?"

"못 말려 정말."

"뜨거워, 조심하고."

잘 끓여진 뱅쇼를 조심스레 잔에 따라 초롱에게 먼저 건넸다.

"네."

그에게서 건네받은 아직도 김이 모락모락 피어오르는 잔을 들어 은은하게 퍼지는 뱅쇼의 향을 맡으며, 초롱은 기분 좋은 달콤한 향기에 절로 미소가 그려지고 있었다.

"향 좋지?"

"네. 은은하고 달콤하고 향기로워요."

"꼭 너 같네?"

초롱이 피식 웃었다.

"나 너한테 전부터 궁금한 게 있었는데 물어봐도 돼?"

"뭔데요?"

"혹시, 불편하면 말하지 않아도 돼. 말해도 괜찮나면 해 주면 좋겠고. 너…… 형제는 이초원 하나야?"

정작 묻고 싶은 건 따로 있었지만 혹시라도 초롱이 말문을 닫아 버릴까, 산은 가벼운 질문부터 시작했다.

"네. 형제는 초원이 하나예요. 아 참, 그러는 이산 씨는 동생이 둘이나 있던데, 설마 더 있는 건 아니죠?"

예전에 산의 아파트에서 마주친 림이, 오빠가 더 있다는 말을 한 바 있었으나 그때 상황이 상황인지라 농담이려니 흘려버린 초롱이었다.

"왜?! 더 있으면 안 돼?"

"더 있어요? 정말?"

강하게 고개를 끄덕이는 그를 보며 농담이 아닌 것 같아 초롱이 놀란 눈을 했다.

"뭘 그렇게 놀라?"

"근래에 보기 드문 대가족이라 그래요. 동생이 하나 더?"

"응."

"그럼 형제가 넷?"

"아니."

"설마…… 더 있다고요?"

한껏 올라가 버린 초롱의 목소리에 산이 웃으며 궁금증을 풀어 주었다.

"항상 설마가 사람을 잡지. 위로 형이 하나 더 있어. 총 다섯, 독수리 오 형제야."

"헉. 어떻게 그렇게 많이."

"그렇게 궁금하면 다음에 우리 부모님께 여쭤보면 되겠네."

"아니. 궁금하다기보다, 우와. 주위에 형제가 다섯인 사람은 처음 봐서 그래요. 그럼 하이산 씨가 둘째?"

"어, 위로 큰형 강, 나는 산, 아래로는 수, 운, 림."

"강, 산, 수, 운, 림? 뭐. 혹시 이름의 뜻이 강과 산, 물, 구름, 나무? 뭐 그런 건가?"

산은 이름의 뜻을 정확히 알아맞힌 초롱을 보고 놀라고 말았다.

"맞아. 우와, 완전 정확해. 나 소름 돋았어."

"정말? 우와, 진짜 신기해. 부모님도 자연을 무척이나 사랑하시나 봐요. 이름이 정말 다 예뻐요. 흔한 이름 하나 없이."

"신기하지? 전부 따로 놓고 보면 흔하디흔한 이름인데 성과 돌림자 뒤에 붙이면 전혀 새로운 이름이 되니까."

"그러게요. 전혀 색다르게 느껴져요. 같은 이름을 들어 본 적이 없는 것 같아요. 작명 센스가 대단하신데요?"

'작명 센스라, 어떤 상황에서 어떻게 그 이름들이 나왔는지 알면 이초롱 또 넘어가겠지? 그건 다음에 알려 줘야겠네.'

"혹시나 해서 하는 말인데, 내가 동생들 시집, 장가보내야 하는 거 아니다. 다들 능력 좋아. 저 스스로 알아서들 잘 해낼 테니까 그런 걱정은 하지 않아도 돼."

"어머! 그런 걱정 전혀 안 했거든요?!"

"풋. 그럼 다행이고. 아니면 아니지 뭘 그렇게 정색해? 그러니까 더 수상한데?"

전혀 생각지도 않은 일이었다. 이제 만난 지 얼마나 됐다고 벌써 그런 생각까지 하나 싶었다. 그런데 생각하고 보니, 가족이 너무 많은 건 아닌지. 가지 많은 나무에 바람 잘 날 없다는데, 문득 궁금했다. 그 집 분위기는 또 어떨까, 하고.

지금까지 봤던 그의 가족은 다들 하나같이 좋았다. 회사에서 마주쳤던 할머니도, 촬영할 때 봤던 구름도, 그의 아파트에서 봤던 나무도. 하나같이 다정하고 따듯한 사람들 같았다.

아니, 그 가족들이 아니더라도 이산, 한 사람만 놓고 보더라도 알 것 같았다. 얼마나 따듯한 환경에서 얼마나 좋은 빛과 양분을 먹고 자랐으면 저렇게 반듯하고 예쁘게 잘 자랐을까. 나도 한때는 그렇게 좋은 빛과 양분을 받아먹고 자랐겠지.

문득 착잡해지는 초롱의 표정을 느끼며 산이 다시 말을 건넸다.

"내가 묻고 있었는데, 어쩌다 보니 내 이야기만 하고 있네. 그래. 초원이는 너한테 어떤 동생이야?"

"우리 초원이. 하나밖에 없는 내 동생이죠."

"알아, 하나밖에 없는 네 동생인 거."

"착해요. 속 깊고. 봐서 알겠지만 엄청 잘생겼어요. 내 동생이지만 정말 멋진 녀석이에요. 뭐든 마음만 먹으면 척척 해내는 똑똑이."

말을 하고 보니 조금 머쓱했다. 그 역시 너무 잘생겼고, 그의 동생 역시 미남, 미녀였다. 말 그대로 번데기 앞에서 잔뜩 잡은 주름이 초롱은 뒤늦게 민망했다.

"이초롱 동생답네. 너는 동생이 그렇게 좋아? 밉지 않고? 왜 가끔 그럴 때 있잖아. 한 대 쥐어박고 싶고, 패대기치고 싶고, 뭐 그런 거. 없어?"

"없어요. 보기만 해도 안쓰러운데, 때릴 데가 어딨어요?"

"특이해. 정말 특이해."

고개를 절레절레 흔들며 어이없어하는 그를 보며 초롱이 피식 웃었다.

"어머니는? 어머니는 어떤 분이야?"

오늘은 나에 대해 알고 싶은 날인가 보다. 아니면, 물어보고 싶은 걸 참고 참으며 적당한 때를 기다려 왔는지도 모르겠다. 왜 궁금하지 않았을까, 자신도 그의 모든 것이 궁금해지는데, 그라고 왜 그러지 않을까. 오히려 지금까지 궁금한 상황이 많았을 텐데, 묻지 않고 기다려 준 게 고마운 마음이 들었다.

그에게 부모님을 어떻게 소개해야 할까, 생각하다 초롱은 그냥 있는 그대로. 꾸밈없이 있는 그대로의 모습을 보여 주고 싶어 조용히 입을 열었다.

"음. 선한 분이세요. 마음은 여리지만 그럼에도 때로는 강하고, 뭐든 잘 참고 견뎌요. 이게 좋은 건지 안 좋은 건지. 대개는 차분하고 조용한 편이에요. 화를 내는 모습은 딱 한 번 본 적 있어요. 와…… 우리 엄마도 이렇게 화낼 수 있는 사람이구나. 그날 처음 봤어요. 말이라도 많으면 좋을 텐데, 가끔 엄마는 스트레스를 어떻게 풀까 궁금할 때가 있어요. 우리는 답답하고 화나면 친구를 만나 털어놓기라도 하는데. 우리 엄마는 그런 모습도 못 본 것 같아."

그에게 하나둘 말하다 보니 그동안 얼마나 엄마에게 무심했었나. 하는 생각이 들었다.

막연히 엄마가 참 고생이 많다는 생각만 했었지, 엄마는 일상을 어떤 마음으로 지내고 있는지, 어떠한 생각으로 어떻게 살아가고 있는지, 인생을 무슨 낙으로. 병원에서 그 지루한 생활은 또 어떤 마음으로 견뎌 내고 있는지. 너무 무관심했다는 생각에 마음이 아파졌다.

가만, 우리 아빠는 또 어떻더라…….

적당히 알맞게 식은 뱅쇼로 입술을 축이며 저도 모르게 생각은 아빠에게로 향했고, 이제는 그가 묻기도 전에 말이 자연스럽게 흘러나오고 있었다.

"우리 아빠는…… 우리 아빠는…… 착해요. 사실 아빠는 조금 미웠어요. 늘 아빠의 마음에는 두 개의 방이 있는 것 같았어요."

"두 개의 방?"

"네. 우리가 있는 방 하나, 그리고 타인을 위한 방 하나. 나는 늘 우리 방문을 노크하고 있었던 것 같은데, 이상하게 우리 방문은 수시로 닫혀 버리는 것 같았어요. 우리 기분은 어떤지, 우리는 어떤 생각을 하고 있는지. 우리의 상황, 우리의 형편은 듣거나 보려고 하지 않고 그냥 닫혀 버리는 기분이었어요. 그리고 반대쪽 방문은 항상 열려 있는 것 같은. 그 문을 두드리는 사람에게는 그 방문처럼 열린 마음으로 귀를 기울이는 것 같았어요. 그 사람이 무슨 생각으로 접근하는지, 어떤 의도를 가지고 어떤 마음으로 문을 두드리는지도 모르면서. 누구든 방 안으로 들여서 얘기 들어 주고, 도와주고. 그 검은 손을 다 잡아 주더라고요. 바보같이. 무슨 마음인지도 모르면서……."

뱅쇼를 의미 없이 뱅글뱅글 돌려 가며 이따금 목을 축이는 초롱을 보며 산은 섣불리 끼어들지 않는 편이 나을 것 같았다. 섣불리 아는 척, 위로하려 들었다가 겨우 느슨해진 마음의 문을 다시 닫아 버릴까, 그저 초롱의 입이 다시 열리기를 바라며 산은 가만히 초롱을 지켜보고 있었다.

"대책 없어 보였어요. 무책임해 보일 때도. 차라리 돈 문제만이었다면…… 나았을지도 몰라요. 남들은 잘도 질끈 감아 버리는 눈을, 아빠는 왜 그렇게 크게 뜨고 살펴보는지. 날치기에 강도에 심지어 교통사고 처리까지. 지금 누워 계신 것도 남을 돕다가……. 마지막은 정말…… 일어나지 않을 수도 있었는데…… 마지막은 정말…… 막을 수도 있었을 것 같은데."

생각이 거기에 미치자 다시 고통이 찾아왔다. 다시는 떠올리고 싶지 않은 기억이었다. 정말 과거로 다시 돌아갈 수 있다면 다른 어느 때도 아닌 딱 그날로 가고 싶었다. 어쩌면 아빠를 붙잡을 수도 있었던, 어쩌면…… 어쩌면…….

"초롱아, 이미 돌이킬 수 없는 일로 네가 괴로워하지 않았으면 좋겠다."

산은 눈물이 그렁그렁한 초롱을 한쪽 팔로 안으며 아픔을 나누었다.

"아빠가 우리가 있는 방문을 열어서 한 번이라도 제대로 들여다봤다면 어땠을까…… 그래도 그런 위험한 상황 속에 몸을 던졌을까요?"

"음. 나도 가끔. 아주 가끔 위험에 처한 사람을 보거나, 도움이 필요한 사람을 보게 되면 손을 내밀 때가 있는데, 그건 뭐랄까, 누가 알아주길 바라거나 스스로 누군가를 도왔다는 자기만족에서가 아니라, 내 경우에는 딱 하나야. 우리 가족 중에 누군가 그런 상황에 부닥쳤을 때, 내가 사랑하는 누군가가 똑같이 그런 위험한 상황에 맞닥뜨렸을 때 너의 아버지처럼, 혹은 나처럼 누구 하나라도 외면하지 않고 도움의 손길을 내밀어 주었으면 좋겠다. 누구 하나라도 내 가족에게 도움의 손길을 보내 주기를…… 딱 그거 하나 바라고 하는 거야. 다른 거창한 이유가 아니라, 딱 그거 하나. 내가 하지 않으면, 그 누군가도 손 내밀지 않을 테니까. 내가 가만히 있으면, 다른 누군가도 가만히 있을 테니까."

초롱은 일순간 머리를 무언가가 강하게 내리치는 기분이었다. 자신은 단 한 번도 생각해 보지 않았던 이유였다. 우리 아빠는 그냥 그런 사람이니까. 허허실실 마냥 좋은 사람이니까. 그런데 산의 말을 들으며, 그의 말을 가슴으로 들으며 혹시 아빠도 그런 마음이 있지는 않았을까, 아빠도 우리 가족을 생각하는 마음으로 그 사람들에게 손을 내밀었던 건 아니었을까,

엄마 덕분에 옅어졌던 미움에 희망과 기대가 뒤섞이며 원망이 조금 더 희석되는 기분이었다. 도대체 왜 그렇게 남을 돕기만 하는 거냐고 단 한 번도 속 시원히 물어본 적이 없었는데, 한번 물어나 볼걸. 싶은 생각이 뒤늦게 들었다.

"하이산 씨는 참 이상한 사람이에요."

초롱의 얼굴이 한결 편하게 부드러워졌다.

"뭐가?"

산은 그런 초롱을 보며 마음이 놓였다. 또 아픈 생각을 휘저은 건 아닐까, 괜히 아픈 곳을 다시 쿡쿡 찔러 버린 건 아닐까, 내심 걱정을 했었는데 다행히 부드러워진 표정에 안도의 미소가 떠올랐다.

"자꾸 움직여 마음을. 자꾸 말랑하게 만들어요. 마음을."

"그거 좋은 말이야?"

"마음이 딱딱한 게 좋겠어요? 말랑한 게 좋겠어요? 당연히 말랑한 게 좋은 거지."

"마음의 경우는 그럴 수도 있겠네. 하지만 다른 경우라면 말랑한 걸 좋아하

지 않을걸?”

마음이 유연해진 초롱을 보며, 무겁게 가라앉아 버린 분위기를 바꿔 주고 싶었다. 다시 초롱이 밝아지는 모습이, 예쁘게 웃는 얼굴이 보고 싶었다.

“다른 경우? 뭐가 있는데요?”

“음…… 잘 생각해 봐. 말랑말랑한 것보다 딱딱해지면 좋은 게 뭐가 있을까? 이초롱 얼마나 똑똑한지 딱 봐야지.”

“뭐예요. 난데없는 스무고개야 뭐야. 갑자기 도전의 욕구가 불끈 솟아오르네요. 음…… 떡은 말랑해야 맛있고, 곶감도 말랑한 게 더 좋은데, 음…… 마시멜로도 아니고, 아! 알겠어요!”

“이제 알겠어?”

산이 잔뜩 기대하며 바라보았다.

“네. 가래떡이요! 말랑하면 썰기가 힘들고, 어느 정도 딱딱하게 굳어야 잘 썰어지거든요.”

초롱이 뿌듯하게 대답하자 산이 웃음을 참지 못해 크게 웃었다.

“풉. 푸하하하하하. 말랑하면 축 처지고, 딱딱하면 곧은 자세가. 음. 성질이 조금 비슷하기는 하네. 제법 근접하기는 해도 땡!”

세상에, 가래떡이라니. 초롱의 귀여운 모습에 웃음이 나면서도 김이 새어 버렸다.

“땡? 생김새가 비슷하다고요? 뭐야.”

“이초롱이 엄청 좋아하던데. 좋아서 죽던데?”

초롱의 눈에 주렁주렁 달린 물음표를 흥미롭게 바라보며 의미심장한 미소를 짓고 있는데, 고개를 한번 갸웃하더니 갑자기 초롱의 눈빛이 반짝 빛나 보이는 건 희망이 빚어낸 착시현상이려나? 급히 고개를 숙여 남은 뱅쇼를 꿀꺽 마시는 초롱의 귀가 뱅쇼만큼이나 예쁜 빛깔로 물들고 있었다.

“나는 엄청 좋아하는 줄 알았는데, 아니었나 보네. 아직도 생각을 못 해낸 걸 보니 말이야. 이거 다시 확인해 봐야 하나?”

"하이산 씨! 아니거든요!"

"뭐가 아니야? 이거 민감한 문제야. 나 상처받을 준비 하고 있어. 대답 잘해야 돼 너! 뭐가 아니라는 거야? 설마 좋아하지 않는다는 거야?!"

"아니 그게 아니라…… 그게 꼭 딱딱……해져야 좋은 건 아니라고요."

"뭐?"

전혀 예상하지 못한 반응에, 생각해 보지도 않은 답을 들으며 산이 고개를 갸웃하자 초롱이 친절하게도 설명까지 곁들였다.

"말랑. 말랑해도 좋을 거예요. 뭐. 하이산 씨 거니까."

"큽. 큽. 하하하하 하……."

'이초롱과 이런 대화를 하게 되는 날이 올 줄이야. 이초롱이 사람 잡네. 예뻐서 미치겠어. 사랑스러워서 죽겠어 아주!'

"그런데 너 내가 말랑한 걸 본 적은 있고?"

"아……."

빈약한 경험 속에 민망한 기억을 아무리 끄집어내 봐도,

"없구나."

그의 말랑이를 봤던 기억은 없었다.

"말랑해도 좋을 거라니, 격렬하게 보여 주고 싶다. 그런데 어쩌지? 너만 옆에 있으면 말랑해질 겨를이 없는데?"

"이제 그만해요. 더워 죽겠네."

"좋아 죽겠는 게 아니고?"

초롱이 예쁘게 눈을 흘기며 입꼬리를 씰룩거렸다.

"아무래도 내일 지나가던 개가 웃을 일이 생길 것 같은데?"

"뭐예요?! 진짜 못 말려!"

언제 우울이 스쳤나 싶게 함박웃음이 나와 버렸고, 미처 웃음을 거두지 못한 얼굴이 그에게 돌려져 있었다. 두 볼을 따듯하게 감싼 그의 온기와 뜨거운 눈빛을 마주하며 말없이 사랑이 오가고, 뱅쇼의 달콤한 향과, 사랑의 습도가 두

사람을 가득 에워싸며 자석에 이끌리듯 서서히 거리를 좁힌 두 사람의 입술이 부드럽게 맞물렸다.

어둠이 채 물러가지도 않은 어스름한 새벽. 아직은 이불 속에서 조금은 더 뭉그적거려도 누구 하나 손가락질할 수도 없는 이른 시간에 눈을 뜬 산이 새근새근 곤히 잠든 초롱을 깨우고 있었다.

"초롱아, 좀 일어나 봐."

지난밤, 결국 손만 잡고 자겠다던 말은 지키지 못했다. 서로에게 자연스레 이끌리며 스며들었고, 격한 사랑에 허기가 찾아올 때쯤 포장해 온 찜닭으로 허기와 체력을 보충해야 했다.

그대로 소화를 시키고 바로 잤으면 이 정도로 피곤해하지는 않았을 것을, 밤새 품에 안긴 초롱을 어루만지고 또 어루만지며 결국 제대로 된 잠 한숨을 재우지 못했다.

'이를 어쩐다. 살이 빠지면 곤란한데. 아침을 좀 더 잘 챙겨 먹이면 되겠지? 보자, 우리 초롱이 뭘 좀 더 해 먹일까?'

생각하며 다시 초롱을 불렀다.

"초롱아."

그냥 조금 더 자게 둘까 싶다가도 오늘이 지나면 언제 또 너와 단둘이 이런 호사를 누리게 될지 알 수 없으니, 산은 조금 힘들더라도 예쁜 추억 하나 더 새겨 보려 초롱을 흔들었다.

"벌써 아침이에요?"

"아니, 아직 아침은 아닌데, 너랑 같이 꼭 보고 싶은 게 있어서."

"음. 알겠어요. 꼭 함께 보고 싶은 게 있다면 나가서 기다려 줘요. 아마 내가 여기서 그대로 일어나면, 함께 보고 싶다는 거 보지 못하게 될 게 뻔하니까."

초롱이 야무지게 돌려 까는 중이었다. 손만 잡고 자기로 한 거 아니었냐고, 살찌우기로 하지 않았냐고, 밤새 잠 한숨 편히 자게 두지도 않을 거면서 그따

위 말은 왜 한 거냐고. 대놓고 말하지는 못하고 빙글빙글 돌려 까는 중이었다.

"풋. 그래, 알았어. 백 퍼센트 동감! 나가서 기다릴게. 옷 따듯하게 잘 챙겨 입고 나와."

"네."

산이 나가는 소리를 듣고서야 초롱은 몸을 일으켜 서둘러 옷을 챙겨 입었다. 몸은 지쳐 피곤한데, 입가에 머물게 된 미소는 다른 말을 하는 듯했다. 아무리 옷만 잘 챙겨 입고 나오란다고 그냥 나설 수는 없는 일. 재빨리 세수와 양치를 하고 머리를 하나로 올려 묶으며 개운하게 캠핑카를 나섰다.

산이 맑은 얼굴로 나오는 초롱을 가만히 이끌었다. 어제 일몰을 봤던 그 자리에서 또 다른 장관을 맞이하며 눈부신 아침을 함께 여는 두 사람은 감탄을 금치 못했다.

"와…… 정말."

"무슨 말을 하다 말아?"

"무슨 말이 더 필요해요. 감탄사가 이미 다 한걸."

"그래, 맞다. 와, 정말. 할 말을 잃게 만드는 그런 모습이지?"

고개를 끄덕이던 초롱이 조용히 말을 꺼냈다.

"하루 일을 마치고 쉬러 가는 일몰을 볼 때만 이런 기분이 들 줄 알았는데, 일하러 나오는 일출을 볼 때도 이런 기분일 줄은 몰랐어요."

"아주 심오한데?"

"심오는 무슨, 안쓰러워 그래요. 안쓰러워서. 그래도 일몰은 제 할 일 다 하고 개운하게 들어가니까 너도 이제 쉬러 가는구나, 푹 잘 쉬어. 했는데, 쟤는 열일하러 나와서 뭐 저렇게 예쁘고 밝고 그래."

"색다른 관점이네. 뭐 때로는 있는 그대로 보기보다 다른 시각으로 보는 것도 나쁘지 않겠어. 덕분에 앞으로 일출을 볼 때는 조금 더 고마운 마음이 들 것 같은데?"

"에이, 뭘 또 그렇게 다큐로 받으시고. 그냥 늘 보던 것처럼 기쁘게 맞이하세요. 어쩌면 일출도 그걸 바랄지도 모르잖아요. 열일을 하는 어두운 면보다 밝고 예쁜 모습만 봐 주기를 바랄 수도 있으니까, 저같이 엉뚱한 관점으로 보는 사람도 있을 테니까, 이산 씨는 지금처럼 밝은 면만 봐 줘요. 예쁘게."

'아니. 앞으로는 일출을 볼 때마다 네 생각이 날 것 같아. 고단한 일상에도 예쁘게 주위를 밝히는 너와 너무나 닮았으니까.'

어디선가 희미하게 들려오는 개 짖는 소리에 초롱이 옆을 돌아보며 말했다.

"어, 개 지나간다."

저 멀리 떠돌이 개 한 마리가 이쪽을 주시하며 어슬렁어슬렁 지나가는 모습이 보였다.

왁왁 왁왁 왁왁.

정말 개가…… 우리를 보며 짖고 있었다. 아니, 웃는 건가? 초롱은 자신들을 향해 개가 짖는 모습에 불현듯 어제 했던 농담이 떠올랐다. 손만 잡고 자겠다던 그의 말에 지나가는 개가 웃겠다고 했는데 설마…….

'너는 지난밤 우리의 일을 알고 있는 거니? 너 솔직히 말해 봐. 알고 짖는 거니? 아니면 그냥 짖는 거니? 정말 궁금하다. 설마…… 너 이름이 초롱이는 아니겠지?'

초롱은 떠오르는 실없는 생각에 피식 웃었다. 산이 그런 초롱을 물끄러미 내려다보다 한숨 쉬듯 말을 흘렸다.

"하. 들어가고 싶다."

"날이 춥긴 하네요. 얼른 들어가면 되지, 뭘 한숨까지 쉬어요? 가요, 얼른."

정작 산의 감추어진 신호를 제대로 받지 못하고 다큐로 받은 건 초롱이었다.

"난 거기 들어가고 싶다는 말이 아닌데?"

"그럼 어딜 들어가고 싶다는 말이에요?"

어디 다른 데 갈 곳이 있나? 생각하는데, 뒤에서 더 바싹 끌어안으며 귓가에 입술을 붙이고서 음흉하게 내뱉는 한마디.

"네 안에, 너를 열고 들어가고 싶다고."

"허……."

놀란 숨을 들이켜는데, 입에 차디찬 공기가 마구 쏟아져 들어오고 있었다. 얼마나 크게 벌렸는지. 차라리 겨울이라 다행이었다. 여름이었다면…… 하루살이가 좋다고 들어왔겠지.

세상은 넓고, 사람은 많고, 경험은 짧고, 당황은 끝이…… 없다. 얼마나 많은 음란 마귀가 그의 안에 자리하고 있는 걸까, 초롱은 문득 궁금했다. 다른 연인들도 저런 낯부끄러운 농담을 일상에서 밥 먹듯 자연스레 하는지, 아니면 하이산만의 특화된 능력인지.

"와. 철판. 철판. 강철판. 우와."

4

오전 내 남은 음식들을 맛있게 먹어 치우고, 주변을 산책하며 산과 함께 여유로운 한때를 보내고서 그와의 꿈같은 시간을 뒤로하고 집으로 돌아가는 길. 산과 초롱은 잠시 휴게소에 들러 휴식을 취하기로 했다.

간식으로 먹을 만한 음식을 정하라는 숙제를 던져 주고 산이 잠시 손을 씻으러 간 사이에 그가 내준 숙제를 하며 열심히 휴게소 메뉴를 정독하는데 결코 듣고 싶지 않은 목소리가 들려왔다.

왜 항상 행복에 한발 가까이 다가가면 이런 달갑지 않은 상황을 맞게 되는 것일까. 왜 매번 행복으로 충만할 때 이런 얄궂은 상황을 맞닥뜨려야 할까. 누군가 시기라도 하는 것처럼, 마치 행복해서는 안 될 것처럼, 도대체 왜 자꾸 이런 시련을 던져 주는 걸까.

"여어, 이게 누구야? 초롱이 아냐?"

보송한 구름 위에 한가로이 머물러 있던 기분이었는데,

"……."

"너는 오빠를 봤는데도 인사도 안 하냐? 싹수없기는 여전하네?"

어느새 구름은 흔적도 없이 사라져 버리고 기분은 순식간에 저 바닥 아래로 곤두박질쳤다.

"……."

"어머, 자기 아는 사람이야? 누구야?"

"어, 있어."

"누군데? 아직 애 같은데 누구냐니까! 설마 자기 전 여친 뭐 그런 건 아니지?"

"아, 좀 있어 봐. 나 쟤한테 할 말이 좀 있으니까!"

삼촌의 하나밖에 없는 외동아들 기주와, 이 추운 겨울에 계절과는 너무나 어울리지 않는 휑한 차림의 여자가 초롱을 뚫어지게 쳐다보고 있었다. 그 나물에 그 밥이라고 했던가, 허랑방탕이라는 단어가 너무나 잘 어울리는 커플의 모습을 버석하게 바라보며 초롱은 새어 나오는 한숨을 막을 수가 없었다.

"그런데 넌 여기서 뭐 하냐? 팔자가 좋아?! 아빠는 병원에 누워 있는데, 딸년이라고 하나 있는 게 놀러나 다니고 있고. 언제는 구질구질하게 도와 달라 애걸복걸 울고불고 매달리더니, 뭐 이제 포기한 거야?"

가벼운 말투에 비아냥거림이 습관처럼 붙어 있었고, 초롱은 기주의 험한 말을 더는 참아 줄 수가 없었다.

"말! 그렇게 함부로 지껄이지 마."

"그럼 그렇지, 역시 성깔은 안 죽었네. 꼴에 자존심이 아직 남아 있나 봐? 변한 게 없어. 고생을 덜 했나."

"오빠도 변한 게 하나도 없네. 기본적인 예의라고는 눈 씻고 찾아볼 수도 없이 교만하고, 오만하고, 방탕한 게, 예나 지금이나 똑같아."

"뭐야? 이 계집애가!"

기주는 겁도 없이 제 눈을 뚫어져라 노려보는 초롱을 보며, 성질을 참지 못해 이곳이 어디라는 것도 잊은 채 팔을 높이 치켜들었다.

탁! 그 순간 누군가 기주의 팔을 단단히 틀어쥐었다. 갑작스러운 공격에 당황한 기주에게서 고함이 터져 나왔다.

"아악!"

산은 강하게 움켜쥔 남자의 팔을 잡아 거칠게 뒤로 꺾어 버렸다. 그러고선 초롱에게 단 한 번도 들려주지 않은 냉기가 흐르는 음험한 목소리로 물었다.

"너 뭐야?!"

멀리서 보기에도 심상치 않은 모습에 서둘러 초롱에게 다가가는데, 웬 남자가 대뜸 손을 높이 치켜들었다. 1초만 늦었어도 그 큰 손이 초롱의 뺨을 스쳤을 거라는 생각에 속에서 불길이 치솟고 있었다.

"초롱아, 너 괜찮아?"

그 잠시간에 무슨 일이 있었는지 초롱의 얼굴이 화로 인해 잔뜩 붉어져 있었다. 꼭 말아 쥔 주먹에 꽉 다문 바르르 떨리는 입술, 곧 눈물을 쏟아 내도 이상할 것 없는 핏대가 선 눈동자가 전혀 괜찮지가 않은 듯 보였다.

"악! 누구야! 이 씨XX아, 너 이거 안 놔?"

"어머! 왜 이래요! 이거 놓고 말해!"

쌍으로 난리였고, 기주가 발악하면 할수록 등 뒤로 꺾인 팔에 더 큰 고통이 가해지고 있었다. 그런 기주를 보며 산이 범접할 수 없는 엄한 목소리로 물었다.

"너 누구야? 누군데 이렇게 함부로 행동하지?"

"야! 너 내가 누군지 말 안 해? 씨X, 나 저X 사촌 오빠다. 이 미친 새끼야! 빨리 이 팔 놓으라고! 씨X, 아악!"

"사촌 오빠라잖아! 이 손 놓으라고! 야, 이년아! 너 빨리 제대로 말 안 해?!!"

찌를 듯 날카롭게 초롱을 노려보며 악을 쓰는 한 쌍의 콤비를 무감하게 바라보던 산이 초롱을 향해 다독이듯 물었다.

"초롱아, 이 자식 말 맞아?"

"그만 놔 주세요. 맞아요. 제 사촌…… 오빠."

초롱은 제 처지가 너무 한심해 허탈하게 대답했다. 부끄러웠다. 가족이라고 인정해야 하는 사실이 너무 부끄러웠다. 그래도 한때나마 사촌으로 생각했던, 가족으로 엮여 있었던 그 세월이 부끄럽고 창피해 죽을 것 같았다.

초롱의 말에 미심쩍어하던 산이 서서히 놈의 팔을 놓아 주는데.

"이산 씨!"

아니나 다를까 자유롭게 팔이 풀리자마자 기주가 뒤돌아서며 곧장 산의 얼굴에 주먹을 날렸다. 산은 가볍게 몸을 젖혀 공격을 피했고, 동시에 기주의 소매를 휘어잡아 업어치기 한판으로 놈을 바닥에 패대기쳤다. 산은 거기서 그치지 않고, 날렵하게 그 소매를 그의 등 뒤로 비틀어 쥔 채 남자의 등을 아예 깔고 앉아 버렸다.

초롱은 단 한 번도 보지 못한 그의 새로운 모습에 놀랄 틈도 없었다.

"하이산 씨, 괜찮아요?"

누가 봐도 지금 괜찮지 않은 사람은 산의 아래에 깔린 기주였지, 그를 가소롭게 깔아뭉갠 산이 아니었다. 하지만 초롱은 기주 따위야 어떻게 되든 말든, 혹시라도 산이 어디 하나 잘못되지는 않을까 하는 걱정으로 전전긍긍하고 있었다.

"초롱아, 비켜서!"

자신에게 급히 다가오는 초롱이 혹시나 다치게 될까 봐 산이 말렸고, 초롱이 놀라 주춤거리며 멈춰 섰다.

"야악! 와, 이 또라이 XX가, 빨리 안 비켜?!"

"어머, 어떡해! 이러다 우리 자기 잡겠네. 신고해, 신고! 씨X, 구경만 처하지 말고 신고하라고!"

지랄도 풍년이었다.

"분명 방금 놓아 준 거로 알고 있는데, 다시 공격한 건 그쪽이고."

남이야 발광을 하든 말든 산은 그저 태연자약하기 그지없었다. 아무리 초롱의 사촌 오빠라고는 하나, 말투 하나하나에서 느껴지는 낮은 인격에 산의 말이 좋게 나갈 리 없었다.

바닥에 깔려 있으면서도 어떻게든 벗어나려 바둥거리는 남자의 움직임은 가

소롭기만 했고, 급히 눈물을 훔치는 초롱의 모습을 보며 차라리 흠씬 두드려 패 버릴 걸, 괜히 가볍게 제압한 것 같아 짜증스럽기만 했다.

"귀 똑바로 열고 잘 들어. 한 번만 더 공격하려 한다거나, 초롱이한테 말 더럽게 하면 그땐 그 주둥아리가 남아나지 않을 거야. 내 말, 알아들어?"

기주는 제 몸을 강하게 짓누르며 친히 귓가에 다가와 자근자근 말을 씹어 대는 남자의 모습에 화가 치밀어 올랐지만 딱히 반박할 수가 없었다.

자신을 짓누르는 남자의 온몸에서 느껴지는 강한 힘은 결코 무시할 만한 정도가 아니었고, 덤벼 봐야 아무 소용이 없다는 걸 이미 경험한 이상 남자를 더 건드리지 않는 게 좋을 듯싶었다. 쪽팔리게도 지금은 물러나야 할 상황이라는 걸 누가 굳이 말해 주지 않아도 알았다.

"씨X, 알았으니까 이거 놓으라고. X나 쪽팔리게, 빨리 안 비켜?"

입 한번 더러웠다. 산은 생각 같아서는 쓰레기 같은 놈의 입을 사정없이 찢어 주고 싶었지만, 몰려드는 인파와 걱정스레 자신을 살피는 초롱을 보며 마음을 가라앉히고 남자를 놓아주었다.

"이초롱! 야, 이 씨X. 너 내 눈에 띄기만 해, 아주 그냥."

바닥에서 발딱 일어서자마자 초롱을 위협하는 기주의 모습에 산이 와락 인상을 구기며 입을 열었다.

"방금 내가 한 말, 못 알아 처먹었어?"

초롱이 듣지 못할 만큼, 하지만 남자의 귀에는 정확히 내리꽂히게끔 어금니를 빠득 깨물며 말하는 산의 기세에 기주는 슬며시 꼬리를 내렸다.

"가자, 아 씨. 오늘 재수 옴 붙었네."

산은 죽일 듯 노려보는 남자의 시선을 차단하기 위해 초롱을 자신의 품으로 돌려세웠다.

기주는 바닥에 침을 한번 뱉고서, 자신의 스포츠카에 오르면서까지도 계속해서 초롱을 주시하며 날을 세웠고, 산은 그 비열한 눈빛이 심히 거슬려 단 한 순간도 피하지 않고 그대로 마주 응수하고 있었다.

인파는 다시 썰물처럼 흩어지고, 차는 차주의 성격만큼이나 요란한 굉음을 내며 휴게소를 떠났다. 산은 그제야 초롱을 제대로 살펴보게 되었다.

"갔어. 초롱아, 너 괜찮아?"

떨고 있었다. 고개를 떨구었고, 후드득 눈물이 떨어졌고, 마음을 억누르며 아파하고 있었다. 입고 있던 외투를 벗어 초롱에게 덮어 주고 가만히 감싸 안으며 떨림이 멈추기를 기다렸다.

"괜찮아. 이제 갔어. 괜찮아."

오가는 사람들의 시선에서 가려 주며, 조심스레 초롱을 부축해 캠핑카로 걸음을 옮겼다. 차에 오르자마자 초롱을 소파에 앉히고, 히터를 켜고, 물을 올렸다. 아무런 말도 없이 한곳만 주시하며 생각에 빠진 듯한 그녀에게 무슨 말을 어떻게 해 줘야 할까, 안쓰러움에 다가가는 마음은 조심스럽기만 했다.

"초롱아. 너 괜찮아?"

"……."

급히 찻물을 내어 찻잔에 따라 초롱이 앉은 테이블 위에 올려 두고, 움켜쥔 초롱의 두 손을 가져다 조심스레 찻잔을 감싸도록 놓아 주었다.

초롱은 갑작스레 전해 오는 따듯한 온기에 찻잔을 물끄러미 내려다보며 울컥하는 마음을 다스릴 수가 없었다.

"죄송해요. 못난 모습만 보여서."

"아니. 괜찮아. 내 앞에서는 어떤 모습이라도 다 괜찮아. 아무 걱정 하지 말고, 네가 얘기하고 싶으면 하고, 하고 싶지 않으면 하지 않아도 돼, 초롱아. 그러니까 부담 갖지 말고 편하게 있어. 너 편하게."

친척과 그렇게 척을 질 때는 다 그만한 이유가 있었을 것이다. 그 이유가 뭔지 알 수는 없지만, 누구라도 그런 치부는 보이고 싶어 하지 않을 걸 잘 알기에 묻지 않았다. 그저 옆에서 가만히 등을 쓸어 주며 다친 마음이 어루만져지기를 바랐다.

그가 물어보지 않아서 다행이었다. 남보다 못한 친척이었고, 이미 연을 끊어 버린 터였다. 떠올리고 싶지도 않은데, 그에게 무슨 말을 어떻게 해야 할까, 초롱은 할 수가 없었다.

그가 준 차를 마시며 마음을 가라앉히려 해도 쉽게 가라앉지 않는 마음이었다. 기억하고 싶지 않았다. 하지만 자꾸 그 기억이 떠올랐다. 지우고 싶었다. 그러나 지워지지 않고 오히려 더 되살아나고 있었다. 마치 어제의 일처럼…… 생생하게. 괴로움에 몸이 떨려 왔다.

“초롱아, 여기서 조금 쉬었다 갈까? 너 많이 힘들어 보여.”

걱정하는 그의 마음을 알기에 간신히 감정을 수습하고 얼굴을 들었지만, 초롱은 직감했다. 오늘은 힘든 하루가 될 거라는 걸.

“그만 가요. 집에 가서 쉬면 괜찮을 거예요. 내일 출근해야 하잖아요.”

“괜찮겠어? 하긴 계속 차가 드나드는 이곳보다 집에 가서 푹 쉬는 게 더 나을 수도 있겠다. 얼른 가자.”

출근은 둘째 치고, 휴게소 한가운데 수시로 차량이 드나드는 이곳은 초롱이 안정을 취하기에는 다소 무리가 있어 보였다.

집으로 향하는 길, 초롱은 한없이 아래로 가라앉는 마음과 등 뒤로 흐르는 식은땀에 몸이 조금만 더 버텨 주기를, 그에게 더 못난 모습을 보이게 되지 않기를 바라며 이를 악물어 버티고 있었다.

산은 차 내부 온도가 높지 않음에도 초롱의 얼굴에 열기가 남아 있는 모습이 못내 신경이 쓰여 가던 길을 멈추고 차를 한쪽으로 세웠다.

차가 서는지도 모르고 앉아 있던 초롱이 의아해 산을 바라보기도 전에, 열기가 느껴지는 이마 위에 그의 손이 놓였다. 미처 말릴 틈도 없어 초롱은 낭패감에 고개를 옆으로 살짝 돌려 버렸다.

“병원부터 가자.”

“저 괜찮아요.”

“열이 이렇게 펄펄 끓는데 뭐가 괜찮아. 언제부터 이랬어?”

아침까지도 느낄 수 없었던 열감이었다. 캠핑장을 벗어나기 전만 해도 초롱의 몸에는 아무런 문제가 없었다. 아까 그 일이 있기 전까지는.

"정말 괜찮아요. 병원 안 가도 돼요. 제 몸은 제가 잘 알아요."

일 년에 한두 번이었다. 초롱은 신기하게도 딱 일 년에 한두 번은 이렇게 이유 없이 몸이 아프고 마음을 앓아야 했다. 병원에 가도 딱히 병명은 없었다. 하필 탈이 나는 계절이 항상 겨울이라 독감은 아닐까 걱정했었는데, 병원에 가서 검사하면 늘 독감이 아닌 단순 몸살이었다.

"열만 나는 게 아니야. 이마에 이 식은땀 좀 봐."

"열이 오르내릴 때 땀이 나는 건 정상적인 반응이에요. 전 정말 괜찮아요."

"그럼 정해. 병원으로 갈지, 내 아파트로 갈지."

"이산 씨. 저 정말 괜찮아요. 한 번씩 이럴 때 있어요. 단순 몸살이에요. 이럴 땐 집에서 푹 쉬면 다음 날이면 거짓말처럼 괜찮아져요."

"너 이대로 집으로 돌려보내면 나 걱정돼서 아무 일도 못 해. 그러니까 병원이야, 내 아파트야. 빨리 정해."

병원은 징그럽게 싫었다. 속이 울렁거리는 약 냄새, 분주한 발걸음, 이젠 생각만으로도 진저리가 쳐졌다.

"아파트요."

초롱의 말이 떨어지기가 무섭게 좀 전과는 달리 속력을 빠르게 올렸다.

"초롱아, 일단 외투부터 좀 벗고 있어. 열 계속 나면 몸이 더 힘들어질 거야."

"네. 그렇게 할게요. 그러니까 운전 조심해요. 전 정말 괜찮아요."

"알았어. 조심해서 할 테니까 누워서 좀 쉬어."

그렇게 한 시간을 달려 겨우 아파트에 도착했다. 산은 지쳤는지 그사이 잠이 든 초롱을 조심스레 안아 올렸다. 그에 놀란 초롱이 잠에서 깨어났다.

"이산 씨, 내려 줘요. 저 정말 괜찮아요. 걸어갈 수 있어요."

"그냥 그대로 있어. 내가 괜찮지가 않아."

그에 대해 이젠 제법 많이 안다고 생각했는데, 아직 알아 가야 할 모습이 더 많이 남았나 보다. 그는 상황에 따라 엄격하고, 단호하며, 매서웠다. 그는 지금 자신을 보살피려 단단히 마음을 먹은 듯했고, 고집부려 봐야 승산 없는 싸움에 남은 기력마저 낭비하고 싶지 않았다.

아파트에 오자마자 조심스럽게 자신을 소파에 내려다 주고, 씻고 싶다는 말에 욕조에 물을 받으며 부산스레 움직이는 그를 보는데 왜 눈시울이 뜨거워지는지.

지금까지는 이렇게 아플 때면 항상 혼자 참고, 견디고, 버티고, 그래도 안 되면 몰래 숨어서 우는 게 고작이었다. 그런데 지금은 혼자가 아니었다. 귀찮을 법도 한데 귀찮지가 않았다. 너무 힘들어 그냥 곧바로 누워 자고 싶은데 눈길은 자꾸 그를 따라다녔다.

"초롱아, 물 다 받았어. 혼자 할 수 있겠어? 내가 같이 들어갈까?"

말을 하면 울먹임이 될까 봐 조용히 고개만 흔들었다.

"그래. 혹시 감기일지 모르니까, 씻고 나올 때 가운 잘 챙겨 입고, 응?"

"네."

물이 찰랑거리는 욕조에 천천히 몸을 담갔다. 열이 나서 그런지 뜨겁지도 않고 차갑지도 않은 적당히 미지근하게 맞춰진 물의 온도에서도 그의 세심한 마음 씀씀이가 느껴져 눈물이 솟구치고 있었다.

오래 앉아 있어 봐야 좋을 게 없는데, 눈물은 왜 멈추지 않는지. 한동안 눈물을 쏟아 내고 나서야 겨우 마음을 정리할 수 있었다.

그사이 산은 어딘가로 전화를 하며 분주하게 움직이고 있었다. 통화 내용을 떠올리며, 침대 위에 보송보송한 면 패드를 새롭게 깔아 두고, 가습기를 가져와 적정 습도를 맞추고, 초롱이 입을 만한 제 티셔츠를 찾아왔다.

해열제를 챙기고, 미지근한 차를 준비하고서야 아직 나오지 않은 초롱이 걱정되어 욕실로 걸음을 옮기는데, 마침 가운을 여미며 모습을 드러내는 초롱을 보고 성큼 다가섰다.

"티셔츠로 갈아입자. 열이 나서, 네 옷보다는 열이 빠져나가기 쉬운 티셔츠가 나을 거야.”

초롱이 말할 틈도 주지 않고, 초롱이 부끄러워할 겨를도 없이 서둘러 가운을 벗겨 내려 티셔츠로 갈아입히고서 조심스레 침대에 뉘었다. 다행히 집으로 들어설 때보다는 열감이 내려간 듯했다.

“너 약 부작용 같은 건 없지?”

“네. 없어요.”

“해열제부터 먹자. 이거 먹어도 열 안 내리면, 네가 원하지 않아도 할 수 없어, 병원 가야 해 우리. 요즘 독감이 유행이래. 그러니까 괜히 몸 혹사하지 말고 아프고 힘들면 바로 말해. 알았지?”

“네. 그럴게요. 그런데 아마 아닐 거예요. 회사에서 단체 예방 접종 할 때 주사도 잘 맞았고.”

“예방 주사 맞아도 걸릴 수 있대. 물론 조금은 약하게 앓고 지나가겠지만 말이야.”

“네.”

“배고프지 않아?”

“네. 생각 없어요. 이산 씨는 뭐라도 좀 먹어요. 괜히 나 때문에.”

“아니야. 내 걱정은 하지 않아도 된다니까 그러네. 나도 별로 생각 없어. 그러니까 이제 너 눈 좀 붙여, 응?”

“네.”

피로가 무섭게 엄습했다. 눈이 뜨거운 데다 무거웠고, 축 처진 몸도 마음도 한없이 무겁디무거웠다. 지친 눈을 감았고, 그대로 잠에 빠져들어 버렸다. 떠올리고 싶지 않은 그 날의 기억과 함께.

어디서부터 잘못된 걸까, 왜 저렇게 심사가 틀어져 버린 걸까. 언제부턴가

시작된 기주의 꼬여 버린 언행과 어그러진 행동은 초롱의 집 가세가 기울어지기 시작하면서부터는 더 모욕적이고 노골적이게 바뀌어만 갔다. 굳이 되돌리고 싶지 않은 기억의 파편들이 잠이 든 초롱의 머릿속에 어지러이 펼쳐지고 있었다.

그날따라 병원을 나서는 엄마의 모습이 위태로워 보였다. 결국 동생을 병원에 남겨 두고 초롱이 엄마의 뒤를 따라나섰다. 처음 보는 고급 빌라 앞에서 머뭇거리는 엄마를 잡아 세웠다. 그제야 뒤를 밟힌 걸 알아챈 수영은 놀라며 초롱을 돌려보내려 했다.

초롱은 위태로워 보이는 엄마의 모습이 걱정스러워 혼자 돌아갈 수가 없었고, 결국 집 안에는 들어가지 않는다는 조건으로 현관문 밖에서 기다리고 있었다.

그런데…… 이 집이 작은아빠의 집이었다니. 작은아빠가 이렇게 좋은 집으로 이사했다는 것도 놀라운데, 그 놀라움은 빙산의 일각일 뿐이었다. 밖에서 기다리는 초롱에게 엄마의 안타까운 목소리가 들려오고 있었다.

"초롱이 삼촌, 한 번만 도와주세요. 딱 한 번만, 우리 그이 좀 살려 주세요. 내가 이렇게 부탁할게요."

수영이 시동생에게 빌며 애원하고 있었다. 남편이 사고를 당하고, 수술에 수술이 거듭되고 있었다. 정리할 수 있는 건 모조리 정리해 남편의 수술비에 들이붓는데도, 계속되는 수술은 말 그대로 밑 빠진 독에 물 붓기였다.

가장 중요한 마지막 수술을 앞두고 병원에서도 더 이상의 사정은 봐줄 수 없다고 손을 놓았고, 엄마는 그대로 아빠를 포기할 수 없었다.

"초롱이 삼촌, 이번에 수술하지 못하면 하반신 마비예요. 제발, 처음이자 마지막으로 부탁할게요."

잠자코 있던 동서의 날카로운 목소리가 수영의 귓가를 때렸다.

"형님! 우리도 돕고 싶죠. 하지만 당장 돈을 융통할 수가 없는 걸 어떡하라고 이러세요. 정말."

"동서, 내가 언제 이런 부탁 동서한테 한 적 있어? 처음이잖아, 살면서 처음이잖아. 오죽 급하면 이러겠어. 우리 초롱이 아빠 저대로 두면, 이번 수술 못하면 하반신이 마비될 수도 있다는데 어떡해. 동서, 한 번만 살려 줘. 응? 갚을게, 빌려주면 다 갚을게. 당장은 힘들어도, 의상자로 지정이 되면 보상금이 나온대. 그거 나오면 제일 먼저 동서 돈부터 갚을게."

"형님, 죄송하지만 그 의상자라는 것도 될지 안 될지 정확하지가 않잖아요. 우리도 이제 겨우 살 만해졌는데 계속 이러시면 같이 죽자는 말밖에 안 되잖아요."

"동서. 어떻게 말을…… 그렇게."

수영은 말문이 막혔다.

"죄송합니다, 형수님. 우리 사정 뻔히 아시면서, 저라고 형님이 불구가 되는 걸 보고 싶겠습니까. 하지만 안 되는 걸 어쩌겠습니까. 우리가 지금 당장 그 돈을 어디서 구합니까. 죄송합니다만, 그만 돌아가세요."

"하……."

어렵다고 찾아와 손 벌릴 때마다 아무런 대가 없이 도와줬던 남편이었다. 세상에 하나 남은 제 피붙이라고, 마치 맡겨라도 둔 것처럼 일을 벌일 때마다 찾아와 손 내미는 동생 내외에게 적게는 수백에서 많게는 억 단위의 돈까지. 퍼 주고 또 퍼 주고 미련스럽게 주기만 하던 남편이었건만.

십수 년을 맡겨 놓은 것마냥 염치없이 퍼 가면서도 제대로 된 사람 구실 한 번 못 하더니, 그래도 지금은 제법 번듯한 레스토랑을 차려 자리를 잡은 모양이었다. 아니, 이미 자리를 잡은 것으로 모자라 사업체를 확장하고 있었고, 집도 차도 모든 것이 다 바뀌어 있었다.

손을 벌리러 와서는 이 은혜 평생 잊지 않겠다더니, 막상 어려움이 닥치고 보니 가장 먼저 돌아서 등을 보이고 있었다. 수영은 믿기지 않는 현실을 마주하며 마음이 산산조각이 나 흩어지고 있었지만, 정신을 차려야 했다. 지금은 제 감정을 동정할 때가 아니었다.

파리하게 누워 있는 남편의 얼굴이 눈앞을 스쳤다. 마지막, 정말 마지막으로 지푸라기라도 잡는 심정으로 시동생 내외에게 무릎을 꿇었다.

"삼촌. 동서. 내가 이렇게 빌게, 한 번만 도와줘."

"형수님!"

"형님!"

"형수님, 정신 차리세요. 벌써 수술만 몇 번째예요? 의사들이야 돈 벌려고 자꾸 수술하자고 하는데, 내 보기에 이미 글렀습니다. 일어날 것 같았으면 벌써 일어났겠지요!"

"삼촌! 무슨 말을 그렇게 해요! 아직 신경이 살아 있어요. 아직은 발도 움직이고,"

"형님! 그만 좀 하시라고요. 지겨워, 진짜."

"형수님. 더 험한 꼴 당하지 마시고 그만 가세요."

'어떡하니, 당신 불쌍해서 어떡하니. 간도 쓸개도 다 빼 주더니, 고작 돌아오는 게 이런 냉대라니. 당신 불쌍해서 어떡해.'

수영이 서러움에 떨며 말했다.

"삼촌. 정말 너무하네요. 동서야 남이니 그렇다고 해도, 삼촌한테는 세상에 하나밖에 없는 형이잖아요. 둘도 없는 피붙이잖아요. 이렇게까지 해야겠어요? 그 사람이 삼촌한테 어떻게 했는데, 어떻게 이래요, 삼촌이 어떻게 이럴 수가 있어요?!"

"하. 막말로 형님이 일어날 수 있는 것도 아니고, 당장 언제 죽을지도 모르는데."

수영이 경악으로 굳어 버린 사이 밖에서 기다리던 초롱이 들이닥쳤다.

"작은아빠! 정말 너무하세요. 어떻게 엄마 앞에서 그런 말을 할 수가 있어요. 어떻게!"

초롱은 열린 현관문 밖에서 들려오는 소리에 가만히 귀를 기울이다 결국 흐느낌이 터져 나오는 입을 틀어막아야 했다. 누군가 마음을 끄집어내 난도질을 한다면 이런 기분일까? 제 마음이 파편이 되어 이렇게 흩어지는데, 엄마는 오죽할까 싶었다.

저러다 쓰러지기라도 하면 어쩌나 걱정됐다. 그만 모시고 나와야겠다 싶어 문을 열고 들어선 순간 들려오는 믿기 힘든 소리에 경악하고 말았다. 당장 언제 죽을지도 모른다니, 살려 달라 찾아온 사람에게 막말도 이런 막말이 없었다.

"초롱아! 너 들어오지 말라니까 여기를 왜 들어와!!"

"죽기는 누가 죽어요. 누가! 아직 멀쩡하게 살아 있는데, 우리 아빠 아직 멀쩡하게 살아 있는데!!"

악에 받친 초롱이 사납게 소리쳤다.

"야! 미친, 너 지금 누구한테 고함을 질러! 어른들 말씀하시는데 네가 뭐라고 껴들어 껴들길. 그리고 수술하다 죽을 수도 있다며, 수술할 때마다 죽어도 좋다고 사인하고 수술한다며!"

거실 한쪽에서 건들거리던 기주도 마치 기다렸다는 듯 달려들었다.

"이기주!!"

오빠라는 말도 나오지 않았고,

"초롱아. 그만해. 가자. 그냥 가."

수영은 단 한 번도 본 적이 없는 악을 쓰는 딸아이가 걱정되지 않을 수 없었다.

"이게 미쳤나, 누구한테 반말이야!! 이 씨XXX."

기주는 평소에도 눈엣가시 같던 초롱이 대드는 모습에 눈이 돌았다.

"이 상황에 미치지 않게 생겼어? 수술하면서 죽어도 좋다고 사인하는 사람이 어딨어? 망할 절차니까! 하고 싶지 않아도 어쩔 수 없이 하는 거잖아! 넌 바보야? 뇌가 없어? 그 나이 먹도록 할 말 못 할 말 구분도 못 해?!"

초롱 역시 쓰레기 같은 인성을 가진 기주를 보며 눈이 돌았다.

"이 씨X 계집애가 X나 짜증 나게, 아가리 닥치지 못해?"

"이기주! 너는 사람도 아니야. 네가 음주 운전으로 사고 냈을 때 경찰서로 법원으로 쫓아다닌 건 우리 아빠지 네 아빠가 아니야. 네가 폭행으로 잡혀갔을 때 피해자를 찾아 합의하고 밤잠 설친 것도 우리 아빠지 네 아빠가 아니야. 크고 작은 문제가 생길 때마다 번번이 문제를 해결하려고 노력한 것도 우리 아빠지 네 아빠가 아니라고! 너 같은 것도 사람이라고, 너 같은 쓰레기도 사람이라고!!"

짝! 기주의 손이 여린 초롱의 뺨을 사정없이 후려갈겼다.

"초롱아!!"

보기만 해도 안타까운, 안쓰러운 딸의 얼굴에 남겨진 손자국에 수영은 마음에 칼을 품고 말았다. 으스러져라 이를 악무는 사이 시동생의 냉정한 말이 귓가를 때렸다.

"그러게 가시라고 할 때 가셨으면, 이런 험한 꼴 안 보지 않습니까. 기주 너는 올라가!"

"내가 뭐 못 할 말 했어? 야, 씨X 이 계집애야. 이게 다 너 때문에 이렇게 된 거잖아! 네가 말렸으면 큰아빠가 사고가 났겠냐?"

"이기주! 그만해."

다른 건 다 참아도 딸이 다치는 것만은 참고 볼 수 없는 수영의 무서운 경고였고,

"네가 그 자리에 같이 있었다며, 사고 날 때 너도 거기 있었다며! 그거 하나 못 말리고 뭐 했냐?"

그 경고를 이해하지 못할 정도로 기주는 아둔했다. 결국 수영의 매서운 손이 기주의 양 볼을 바쁘게 오갔다.

짝, 짝!

"형수!"

"형님! 지금 누굴 때리는 거예요! 정말 미쳤나. 보자 보자 하니까! 당장 내 집에서 나가요, 당장!"

악다구니하는 동서의 말에 수영이 기주를 노려보며 매서운 말을 토했다.

"자식은 그 부모의 거울이라고 했는데. 하…… 자식 교육 한번 참 잘했네. 초롱이 삼촌, 동서, 이렇게 부르는 것도 이제 마지막일 거야. 앞으로 두 번 다시 여기 찾아오는 일 없을 거야. 그리고 앞으로 우리 집에 무슨 일이 있어도, 설사 형님이 죽었다 해도 절대 찾아오지 마. 우리 살면서 평생……. 아니 죽어서도 다시는 보지 말자. 이제…… 우린 남이야."

초롱은 이렇게 무섭게 화를 내는 엄마의 모습을 보는 건 처음이었다. 말의 높이는 낮았지만, 그 말을 한 자 한 자 내뱉는 엄마의 냉정한 표정과 시린 말투에서 그 분노가 얼마나 깊은지 알고도 남았다.

초롱에게는 살면서 가장 통쾌했던 순간이었고, 동시에 가장 뼈아픈 기억이었다. 엄마의 고뇌와 엄마의 고통을, 엄마의 나약함과 엄마의 강인함을, 그리고…… 엄마의 가장 비참했던 모습을 눈으로 보게 된 가장 뼈아픈 날.

초롱의 손을 꼭 잡고 대문 밖으로 나선 수영의 몸은 사시나무 떨듯이 바들바들 떨리고 있었고, 초롱은 위태로운 엄마의 모습에 입술을 깨물었다.

"기주. 원래 생각 없이 말하는 녀석이야. 마음에 담지 마."

수영은 입을 앙다문 채 눈물을 참는 딸을 보며 억장이 무너져 내렸다. 어떻게 남도 아닌 가족에게 이런 일을 다 당할까. 인생이 얼마나 기구하고 사나운지 딱 죽고만 싶은데, 울지도 못하는 속 깊은 딸을 두고, 자신만 바라보는 안쓰러운 남편을 두고, 아직 어린 아들을 두고 절대 해서는 안 될 생각이었다.

살아야 했다. 무조건 살아 내야 했다.

앙상한 나뭇가지처럼 부들부들 흔들리는 다리를 다시 힘차게 한 발 내딛는데, 결국 힘없이 풀썩 꺾이고 말았다.

"흐흡. 흡."

딸에게 더 못난 모습을 보이면 안 되는데. 더 망가지는 모습은 보이면 안 되는데. 상처 난 마음이 제멋대로 잔뜩 쏟아져 나왔고, 용암처럼 뜨겁게 흘러내리는 슬픔을 막을 방법을 찾을 수가 없었다. 그렇게 길 한가운데서 차가운 바닥에 엎드려 수영은 한참을 소리 없이 울었고, 초롱은 엄마를 감싸고서 꾸역꾸역 눈물을 삼켰다.

간신히 엄마의 마음을 추슬러 병원으로 들여보내고, 인적이 드문 한적한 공원 구석에서, 버려진 강아지처럼 잔뜩 웅크린 채 엉엉 울어 버렸다.

산은 한 시간에 한 번씩 초롱의 열을 체크하며 식은땀을 닦아 주고 있었다. 약이 효능을 보이는지 다행히 열은 서서히 내려가는데, 잠이 든 초롱의 슬픈 얼굴은 좀처럼 펴지지 않고 있었다. 이따금 희미하게 새어 나오는 앓는 소리에 안쓰럽게 바라보며 다시금 갈등하고 있었다.

'너의 사정을 내가 알아봐도 될까? 아니면 너에게 직접 묻고, 너에게 직접 들을까. 전자를 택하자니 양심에 걸리고, 후자를 택하자니 궁금증이 속 시원히 해결될 것 같지가 않은데. 어떻게 해야 네 마음을 다치게 하지 않고 너를 도울 수 있을까.'

갈등과 함께 고민도 깊어지고 있었다.

잠에 든 지 세 시간이 지나고 나서야 앓는 소리도 사라지고 열도 완전히 내린 듯싶어 마음이 조금은 놓였다. 혹시나 초롱이 힘들어하거나 악몽이라도 꾸게 되면 어쩌나 걱정하며 곁을 묵묵히 지키던 산은 그제야 자리에서 일어섰다.

저녁도 거른 채 잠자리에 들었기에 혹시나 초롱이 일어나면 허기지지는 않을까, 다시 자더라도 약은 한 번 더 먹고 자는 편이 나을 것 같아, 약 먹기 전에 뭐라도 좀 먹이려고 부드러운 죽을 끓이고 있었다.

얼마나 지났을까, 초롱은 무거운 눈을 들어 시계를 찾았다. 벽에 걸린 시계는 이미 자정을 넘어서고 있었다.

다행히 아까보다 나아진 몸 상태에 안도하며 그를 찾으려 자리에서 일어나려는데, 이마에서 물수건이 툭 떨어졌다. 게다가 옆으로 시선을 돌리니 대야에 남아 있는 물과 부드러운 조명에 건조하지 않은 습도, 공기 중에 떠돌며 심신을 편안하게 만들어 주는 은은한 아로마 향기까지 사소한 것 하나에도 소홀함이 없는 그의 마음이 온전히 느껴져 슬픈 얼굴에 미소가 어렸다.

'이초롱 복받았네. 진짜…… 복받았다.'

쉬이 떨쳐지지 않던 새까만 꿈의 잔상이 그의 따듯한 배려로 옅어지는 듯했다.

그 시각 산은 완성된 죽과 동치미를 트레이에 옮겨 들고서 조심스레 초롱이 잠든 방 문을 열었다.

"어? 언제 일어났어?"

"이제 막 일어났어요. 그건 뭐예요?"

"죽 좀 끓였어. 너 밥도 안 먹고 약 먹었잖아. 속 버릴까 걱정돼. 약 한 번 더 먹어야 하니까 조금이라도 먹자."

"그런 건 또 언제 배웠어요? 정말 못 하는 게 하나도 없어."

초롱의 말에 산은 그저 씩 웃으며 다가와 침대에 가져온 트레이를 놓았다. 뜨거운 죽을 숟가락으로 저으며 후후 입으로 식히는 모습이 왜 이렇게 다정한지. 누군가에게 보살핌을 받는다는 게 이렇게 기쁘고도 슬픈 일일까, 왜 입은 미소를 그리건만 눈은 뜨거워지는 건지. 초롱은 결국 미운 제 얼굴을 두 손으로 가려 버렸다.

죽을 식히던 산의 움직임이 잠시 멈췄다. 트레이를 한쪽으로 치워 놓고서 얼굴을 가린 초롱의 손을 잡아 천천히 내렸다. 흘러내리는 눈물을 조심스레 닦아 주고, 두 눈을 맞추며 따듯한 미소를 지어 보였다.

"가리지 않아도 돼. 울고 싶으면 울어도 된다고. 울어도 미워하지 않을게. 감추고 피하는 것보다 내 앞에서 우는 편이 훨씬 더 좋아. 그러니까 참지 마, 초롱아. 적어도 내 앞에서만큼은 참지 않아도 돼. 그러지 않았으면 좋겠어."

세상에 이렇게 따듯한 사람이 또 있을까. 마음이 차갑게 얼어 있다가도 이 사람의 따듯한 말 한마디에 거짓말처럼 얼었던 마음이 조금씩 녹고 있었다.

항상 참고 감추고 숨어 버리는 게 습관이 되어 있었는데, 이상하게 이 사람 앞에만 있으면 더는 참아지지 않았다. 결코 다시는 보이고 싶지 않은 약한 모습이었지만, 결국은 다 보이게 되는 여린 모습이었다.

초롱은 산의 품을 파고들며 흐르는 눈물을 그대로 두었다. 담고 있기에는 너무 무거워 더 담아 두고 싶지도 않았다. 소리 없이 무거운 눈물을 쏟아 내는데, 가만히 등을 어루만지며 다독이는 그의 온기에 믿을 수 없게도 미소가 피어나고 있었다. 그리 오래지 않아 눈물이 그쳤고, 초롱의 얼굴에서는 더 이상 아까의 아팠던 모습은 찾아볼 수가 없었다.

"저 배고파요."

애태우며 마음으로 걱정하는 그를 웃게 하고 싶었다.

"정말? 잘됐다. 죽 먹자."

산은 아픔이 조금은 가신 듯한 초롱의 모습이 다행스러웠다.

"같이 먹으면 먹을게요. 혼자 먹기는 싫어요."

"그래, 알았어. 얼른 가져올게."

아픈 초롱의 모습에 덩달아 식욕을 잃었는데, 저렇게 기력을 회복하는 모습을 보니 뒤늦은 허기가 찾아왔다.

초롱은 그가 죽을 가져와 앞에 앉자 그제야 수저를 들어 한 술 떴다. 놀랍게도 죽이 고소한 게 정말 맛있었다. 그저 걱정하는 그의 마음을 조금이라도 편하게 만들어 주고 싶었다. 힘들게 죽을 준비한 그의 성의를 생각해 입맛이 없어도 먹어야지 했는데, 정말 신기하게도 입맛이 돌아왔고 그저 먹어 주는 게 아닌 정말 맛있게 죽을 먹고 있었다.

"잘 먹네, 열심히 만든 보람이 있어."

"맛있어요. 죽을 이렇게 맛있게 먹게 될 줄은 몰랐네요."

보통 아플 때 먹는 게 죽이고, 아플 때면 입맛이 없기 마련이니 죽을 맛있게 먹어 본 기억은 거의 없는 듯싶었다.

그런데 오늘은 정말 맛있었다. 분명 입맛이 없었는데, 방금까지만 해도 식욕이라고는 느껴지지 않았는데. 맛있었다.

"그것 봐. 내가 이런 것까지 잘해. 나 놓치면 되겠어, 안 되겠어?"

"……안 되겠어요. 놓치면…… 안 되겠어."

"역시 똑똑해! 이렇게 똑똑한데 나야말로 놓치면 안 되겠다. 이초롱 도망 못 가게 꽁꽁 묶어 둬야지."

또 웃고 있었다. 그의 말에 또 웃고 말았다. 옆에만 있어도, 그저 목소리만 들어도 마음이 편안해지고 있었다.

'이젠 나도 어쩌지 못하겠어요. 이제 정말 이산 씨 당신이 아니면. 당신이 없으면…… 안 될 것 같아.'

산과 초롱은 함께 식사를 마치고, 함께 양치하고, 한자리에 나란히 누웠다.

"아까…… 고마웠어요."

"뭐가?"

"막아 줘서. 그리고 물어보지 않아서."

"당연히 막아야지. 미친 새, 흠흠. 팔이 부러지지 않은 걸 다행으로 생각해야 할 거야."

다시 생각해도 열이 뻗쳤다. 튀어나오는 욕을 간신히 막았다. 초롱이 맞지 않아서 그 정도로 그쳤지, 한 대라도 맞았으면 어디 하나 부러뜨리지 않았을 거라 장담할 수 없었다.

'가만. 그러고 보니 동작이 너무 자연스러웠는데…….'

"너 혹시. 예전에도 그런 적 있었어? 그 자식한테 맞은 적 있어?"

"음…… 아까 이산 씨 정말 너무 멋있었어요. 단번에 제압하는데, 우와…… 싸움까지 잘할 줄은 몰랐어. 진짜."

초롱은 잠시 망설이다, 들어 봐야 기분 좋을 리 없어 말머리를 돌렸다. 하지만 그냥 넘어갈 산이 아니었다. 이번에는 욕을 막을 수 없었다. 회피는 곧 수

긍의 의미였다. 산은 격분한 마음을 감추지 못하고 누운 자리에서 벌떡 일어나 앉아 초롱을 내려다보며 물었다.

"뭐야? 왜 말을 바꿔? 그 새끼한테 맞았어? 말해. 맞았어?"

"아니에요. 그런 거 아니에요."

자신을 내려다보는 그의 표정이 매섭게 일그러져 있었다.

"그런 게 아니면 뭔데? 똑바로 말해. 정말 맞은 적 없어?"

"딱…… 한 번."

"뭐야? 정말 때렸단 말이야? 이 미친 새끼가!"

팔을 부러뜨렸어야 했다. 아니 아예 쓸 수 없게 아작을 냈어야 했는데, 뒤늦은 후회로 속이 쓰렸다.

"우와, 욕하는 사람이 멋있어 보이기는 처음이에요."

그의 또 다른 모습이었다. 단 한 번도 욕설을 내뱉는 모습을 본 적이 없었다. 평소 욕을 하는 사람이 결코 좋게 보이지 않아 입이 거친 사람을 싫어하는 초롱이었으나, 자신을 위해 격노한 그의 험악한 모습에는 눈살이 찌푸려지지 않고 오히려 미소가 덧입혀지고 있었다.

"왜 때렸는데? 왜 맞았는데?!"

"그렇게 무섭게 보지 말고 일단 누워요. 누우면 말해 줄게요."

산은 끓어오르는 화를 억누르며 초롱의 옆에 다시 누웠다.

"어…… 우리 엄마가 딱 한 번 화내는 걸 본 적이 있다고 말했던 거 기억해요?"

"기억하지 그럼."

"그날이었어요. 그때…… 우리 아빠가 수술해야 하는데 조금 힘든 상황이었어요. 우리는 도움이 필요했어요. 그래도 아빠 동생이니까. 심지어 아빠에게 도움을 많이 받은 가족이었으니까. 당연히 도와줄 거라 생각하고 찾아갔나 봐요. 그런데 아니었어요. 가족의 차가운 등을 봐야 한다는 게 참…… 시렸고, 많이 아팠어요. 나야 현관문 밖에서 들었지만, 엄마는 눈앞에서 그 냉정한 모습을 보면서…… 그 독한 말을 직접 들어야 했어요."

초롱은 다시 떠올리고 싶지 않은 기억에 미간을 찌푸리다 이내 마음을 정돈하며 말을 이었다.

"보지 않아도 엄마가 얼마나 힘들게 참고 있는지 알 것 같아서, 엄마를 데리고 나오려고 집으로 들어가는데…… 작은아빠가 해서는 안 될 말을 하더라고요. 아무리 그래도 가족이면 그러면 안 되는 거잖아. 도와 달라고 손 내미는 사람에게 당장 언제 죽을지도 모른다는 말을…… 가족이라면 해서는 안 되는 거잖아."

"그런 말을 했단 말이야? 다른 사람도 아니고, 작은아빠라는 사람이?"

믿을 수가 없었다. 가족이 병상에 있는 것만도 힘들었을 텐데 다른 사람도 아닌 작은아빠라는 사람이, 위로는 못 해 줄망정, 나서서 도와주지는 못할망정 그런 말까지 했다는 게 참을 수가 없었다.

"그 말은…… 수술을 하다가 죽을지도 모르니까, 돈을 빌려주면 받을 수 없을 테니까 돕지 못하겠다는 말로 들렸어요. 다른 사람도 아닌 작은아빠가. 힘들 때마다 와서 손 벌리던 사람이. 꼭지가 돌았다는 말이 실감이 났어요. 그날 정말 내가 그랬거든요. 정말 화가 났어요. 멀쩡하게 살아 있는 사람을 곧 죽을 사람 취급하는 것도, 엄마를 대하는 그들의 태도도. 참을 수가 없어서 악을 썼어요. 이기주…… 아까 그 사람이요. 이기주도 꼭지가 돌았나 봐요. 막말을 하더라고요. 수술할 때마다 죽어도 좋다는 사인을 하는 건 너네 아니냐고……."

"돌았구나. 아주 미쳤어. 그딴 말을 했다고? 아까 그 개자식이?!"

"그래요. 아까 그…… 개, 자식이."

익숙하지 않은 말을 하려니 입술이 떨렸지만 내뱉고 나니 생각보다 속이 후련했다. 이럴 줄 알았으면 갖가지 유창하고 현란한 욕설을 좀 익혀 둘 걸 그랬나 하는 생각이 들 정도였다. 겨우 저 정도 욕으로 해결될 응어리가 아니었는데, 조금 더 획기적이고 화끈한 욕은 없을까, 생각하는 자신의 모습에 픽 하고 웃음이 나왔다.

"그렇게 서로 막말을 주고받다가 뺨을 한 대 맞았어요."

"하…… 이 개자식."

옆에 누운 그에게서 깊은 탄식이 흘러나왔다.

"그렇게 속상해하지 않아도 돼요. 엄마가 두 배로 갚아 줬어요."

"두 배로 갚아? 그게 무슨 말이야?"

"엄마가 이기주 뺨을 양쪽 다 때렸거든요. 그것도 아주 세게. 처음이었어요. 엄마가 화를 내는 모습도, 누군가를 때리는 모습도, 그렇게 냉정하게 말하는 모습도, 그렇게 슬픈 모습도…… 모두 처음이었어요."

"많이 아팠겠네. 너도…… 어머니도. 그래서 그때 어떻게 됐어? 아버지는?"

"엄마가 돈을 구해서 수술은 했어요. 수술 결과도 좋았는데……."

그런데도 아빠는 일어나지 못했다. 수술만 잘 끝내면 당연히 일어날 줄 알았는데…… 웬일인지 아빠는 일어나지를 못했다.

"나중에 알게 됐어요. 그 수술비 임 교수님이 주신 거였어요. 가족보다 차라리 남이 더 낫더라. 임 교수님께 신세를 많이 져서 엄마가 너무 염치가 없어서 작은아빠를 찾아간 거였는데, 그 한 번을 도와주지 않고 그런 말을 퍼붓는데……. 이제 가족 아니에요. 엄마가 다시는 보지 말자고 했으니까."

"그래, 남보다 못한 가족 많아. 혹시 앞으로 다시 만나게 되면 무시해. 괜히 반응해 주지 말고 지나가는 개가 짖나 보다 하고 그냥 피해. 무서워서 피하는 게 아니라, 더러우니까 피하라는 거야. 미친개는 피하는 게 상책이야."

"그러게요. 그랬어야 했는데, 나도 참 못났나 봐요. 자꾸 오기가 생겨 이기주한테 지고 싶지가 않았어요. 이기주한테 등을 보이고 싶지도, 도망치는 모습은 더더군다나 보이고 싶지 않았어요."

안 보고 살 수 있으면 좋겠지만, 산은 왠지 이번이 끝이 아닐 것 같다는 생각이 들었다. 그리고 잠시 잠깐 얼굴을 마주하면서도 으르렁거리게 되는 사람이라면, 언제고 다시 부딪히게 돼도 또 같은 상황을 맞닥뜨리지 않으리라는 장담을 할 수가 없었다.

그런 상황에 부닥칠 초롱의 옆에 늘 함께 있어 줄 수도 없으니 고민스러웠다. 어떻게 해야 안전하게 초롱을 지킬 수 있을까, 산의 머릿속이 세상 바쁘게 돌아가고 있었다.

"초롱아, 너 이번 주 중에 병원 가지 않는 날, 그리고 시간이 괜찮은 날 언제야?"

"화요일, 목요일? 그런데 갑자기 그건 왜요?"

"나랑 같이 갈 데가 있어. 다른 약속 잡지 마."

늘 옆에서 지켜 줄 수 없다면, 스스로라도 지켜 낼 수 있게 만들어야겠지. 자신을 지키는 가장 강력한 무기는 결국 자기 자신이니까.

"네, 알겠어요."

초롱은 제법 비장해 보이기까지 하는 그의 목소리에 덩달아 긴장이 되었다. 긴장한 초롱을 느낀 산은 아차 싶었다. 이기주라는 놈을 향한 끓어오르는 분노에 지금 초롱이 어떤 상태인지 잠시 잊었다.

"미안. 너무 화가 나서 네가 지금 아프다는 걸 깜빡했어. 너 컨디션 봐 가면서, 몸이 좀 좋아지면 그때 가야 하는데."

"어디를요?"

"너 호신술 배운 적 있어? 아니면 따로 운동해 본 적은?"

"아니요. 운동은 잘 못하는데. 호신술도 배워 본 적 없어요."

"그러니까, 너 호신술 가르쳐 주려고. 오늘처럼 또 그런 상황이 생기면 아까 내가 한 거 봤지? 그렇게 단번에 상대방이 손쓸 수 없게 만들어 버리라고."

"아까 그거 유도 기술 아니에요? 그 어려운 걸 내가? 체격이 다른데 그게 가능할까요?"

운동은 좋아하지 않지만, 올림픽이나 아시안게임 같은 큰 대회는 관심을 갖고 보곤 했었다.

아까 산은 그런 큰 대회에서나 본 적이 있는 화려한 기술로 상대를 제압했고, 그것은 누구나 쉽게 배울 수도, 따라 할 수도 없는 기술처럼 보였다. 더구나 자신처럼 체격이 작은 여자가 자신보다 큰 남자를 상대로 그가 했던 것처럼 단번에 제압이 가능하다고? 결코 가능할 것 같지가 않아 초롱은 고개를 갸웃했다.

"내가 한 건 유도 기술 맞고, 너는 호신술을 배울 거야. 하지만 내가 했던 것과 크게 다르지 않아. 보기에는 어려워 보여도 몸의 축, 그러니까 중심을 이용하는 방법만 알면 여자라도, 체구가 작아도 충분히 가능한 기술이야."

"아……."

쉽게 수긍할 수는 없지만, 그는 빈말하는 사람이 아니기에 금세 호기심이 생겼다. 그게 정말 가능하다면 얼마나 좋을까. 그렇게 되기만 한다면, 다음에 이기주를 만나게 됐을 때 꼭 써먹어 보고 싶다는 생각이 강하게 들었다.

이기주를 패대기치며 당황함에 어쩔 줄 몰라 하는 그의 모습을 상상하는 것만으로도 10년 묵은 체증이 내려갈 것 같은 기분이었다.

"그럼 배울래요. 꼭 배우고 싶어요."

"너 몸 회복하면 그때 가르쳐 줄게. 일단 지금은 좀 더 자. 너 푹 자야 해."

"저 정말 괜찮아졌어요. 내일 출근하려면 이제 집에 가야 하는데."

"내일 회사에 연락하고 하루 쉬어. 내가 알아서 한다고 해 봐야 씨도 안 먹힐 것 같고."

"아프지도 않은데 그러기 싫어요."

"열은 내렸어도 아직 몸이 제대로 회복됐는지 알 수는 없어. 병원에 가 본 것도 아니고, 그러니까."

"정말 괜찮아요. 아프면 당연히 쉬지. 저 그렇게 무모하거나 바보 같지는 않아요. 그런 융통성은 있으니까 걱정 말아요."

초롱의 말에 산이 피식 웃었다.

"이제 괜찮으니까 그만 집에 갈래요. 내가 가야 이산 씨도 푹 쉬지."

"안 돼, 내일 아침까지는 지켜볼 거야. 다시 열이 오르지는 않는지, 정말 괜찮은지. 그리고 내 핑계는 대지 말지? 나는 오히려 너 보내고 나면 걱정돼서 더

잠을 못 잘 것 같아."

"거참. 고집 한번 세시네."

순둥이 같은 초롱에게서 듣게 될 거라고는 생각지도 못한 엉뚱한 말과 구수한 말투에 웃음이 터져 버렸다.

"하하하. 이초롱 다채롭네. 정말. 고집은 너도 만만치 않은데? 걱정하지 마. 안 잡아먹어. 아픈 사람 잡아먹을 정도로 양심 없지 않아. 아침에 내 차 타고 같이 출근하면 좋을 텐데, 물어보나 마나 싫다고 할 거 뻔하고, 내일 출근 준비할 수 있게 일찍 데려다줄게. 그러니 오늘은 여기서 자."

"걱정하기는, 누가 그런 걱정 한데요? 양심은 있는데, 우리 말랑이도 이산 씨의 양심과 생각이 같을지 의문이네요."

어젯밤 손만 잡고 자겠다던, 지키지 못한 약속을 늦게나마 지키기라도 하려는지, 그는 아까부터 자신의 한 손을 가져가 꼭 잡고 있었다. 세상 점잖게 하늘을 보고 누운 그의 모습에 불현듯 어제의 농담이 스쳐 지나며 저도 모르게 입이 웃고 있었다.

"그게 무슨 말이야?"

'말랑이? 내가 상상하는 그 말랑이?'

"우리 말랑이는 이산 씨의 양심과 생각이 다를 것 같아서요."

우리 말랑이라…… 이 얼마나 달콤하게 들리는 말인가.

맹세컨대 말랑했었다. 초롱과 한 이불을 덮고 누웠음에도 말랑한 상태를 유지하고 있었다. 맹세컨대 불손한 상상은 하지도 않고, 오로지 초롱의 상태를 걱정하며, 지난날을 함께 아파하며 초롱이 너무나 궁금해했던 그 말랑한 상태를 잘 유지하고 있었는데.

"그걸 네가 어떻게 알아?"

초롱이 뜬금없이 말랑이를 언급하는 순간! 귀신같이 제 애칭을 알아채고서 존재감을 드러내기 위해 시동을 걸고 있는, 아니…… 제대로 발동이 걸려 버린 망할 말랑이였다.

"왠지 안 봐도 알 것 같아서요."

"아니거든."

"정말?"

"……어."

"답이 늦었어요."

초롱은 제 손을 잡고 있는 산의 오른팔을 들어 제 목 뒤로 넘겨 팔베개를 했다. 그와 나란히 하늘을 향해 누워 있던 초롱이 산 쪽으로 돌아누우며 그를 덥석 감싸 안았다.

"허억."

순간 속옷을 갖춰 입지 않은 부드러운 초롱의 가슴이 산의 옆 가슴에 닿았고, 초롱의 맨다리가 예고도 없이 산의 다리 위로 쑥 올라와 산의 말랑이를 건드리고 말았다. 물론, 말랑이는 본래의 모습과는 180도 달라진 모습이었다.

"이래도 아니에요? 이산 씨도 거짓말을 할 줄은 몰랐어요."

"선의의 거짓말 몰라? 화이트 거짓말이라고. 그리고 이건 어디까지나 생리현상이야. 뭐랄까, 가스가 차면 자동으로 방귀가 분출되는 아주 자연스럽고도 당연한 현상 말이야. 그리고 얘도 지금 엄청 억울할 거야. 처음부터 내 양심을 배반한 건 아니라고, 눈치는 있어서 아까 너 열 많이 나고 아플 때는 정말 말랑이였다고, 진짜야. 네가 쓸데없이 말랑이를 언급하는 순간 돌변한 거라고!"

"정말?"

"참 나, 얘가 사람을 뭐로 보고! 이초롱 못 쓰겠네, 의심이나 하고 말이야."

"이산 씨를 의심하는 게 아니고, 말랑이를 의심하는 거거든요."

"장담해. 아까는 정말 아니었어."

"그럼 지금은요?"

"하아…… 이건 말이야. 참. 곤란하네. 내 의지와 내 의사와는 상관없이 어디까지나 본능에 의한 자연스러운 현상인 거야. 그건 그렇고 초롱아, 다리 좀 내려 줄래?"

"왜요? 전 이 자세가 참 편한데요."

'끄응. 네가 편하다면야 양보해야지. 백 번이고, 천 번이고 내가 양보해야지.'

"그럼 그냥 있어. 기다려 봐. 다시 말랑이로 돌아오게 할 거니까. 너에게 말랑한 모습도 보여 주고 말겠어."

계속 이렇게 대화가 흘러가다가는 말랑이를 보는 건 불가능할 것 같았다. 오늘 같은 날은. 이렇게 곤란한 날은 스스로 억제가 되면 얼마나 좋을까. 신기하게도 정말 초롱이 아플 때는 꼼짝 없이 기죽어 있던 녀석이었는데, 초롱이 언급하는 순간, 초롱이 회복하는 모습을 보이자마자 어느새 기가 살아 펄펄 날뛰고 있었다.

어떻게 해야 가라앉힐 수 있을까. 오로지 자신의 티셔츠 한 장에 의지해 자신을 감싸 안은 초롱의 이 부드러운 감촉과 느낌을 어떻게 해야 마음에서 몰아낼 수가 있을까. 제멋대로 상상의 나래를 펼치는 이 머릿속을 어찌해야 깨끗이 비울 수가 있을까. 산은 온갖 슬픈 기억을 끌어모으기 바쁜데,

"안 그래도 돼요."

태연한 초롱의 목소리가 들려왔다.

"뭐?"

"내가 좋아 죽는다면서요. 그게 딱딱……하면 내가 좋아 죽는다며? 확인해 봐요. 우리. 정말 내가 좋아 죽나…… 안 죽나."

갑자기 왜 이런 도발을 하게 되는 건지, 애써 참고 있는 그를 왜 집적거리고 싶은 건지 알 수 없었다. 단지, 그가 마음을 참지 않았으면 좋겠고, 이렇게 멀뚱멀뚱 하늘만 보고 있지 말았으면 좋겠고, 두 눈이 다른 곳을 향하지 않았으면 좋겠다.

그가 뜨거워지는 모습이 보고 싶었다. 열정에 취해 잔뜩 흐려지는 야한 눈이 보고 싶었고, 그의 단단한 근육이 땀으로 번들거리며 역동적으로 움직이는 모습이 보고 싶었다. 그의 뜨거운 입술이 분주하게 오가는 모습을 보고 싶고, 귓

가에 흘려 주는 달콤한 말들이, 참지 못해 격정적으로 내지르는 신음이 듣고 싶었다.

오늘 정말 아팠나 보다. 평소와 같은 이성적인 사고가 아닌, 전혀 다른 감성적인 사고가 앞서 있었다.

나에게도 있을까? 그와 같은 과감함, 그와 같은 대담함, 그와 같은…… 섹시함. 내가 먼저 사랑을 말해도 될까? 늘 그가 하던 것처럼? 먼저 다가가고, 먼저 보여 주고, 먼저 내려놓고, 먼저 사랑하고? 오늘 제대로 미쳤나 보다. 이초롱.

잠시 말문이 막힌 듯한 산을 보며 초롱이 먼저 움직였다. 그의 다리 위에 걸친 다리에 힘을 실어 일어나며 그의 위에 앉아 버렸다. 아니, 그를 깔고 앉아 버렸다. 천천히 침이 꿀꺽 넘어가는 그의 목울대를 흥미롭게 바라보며, 더없이 커진 그의 예쁜 눈을 바라보며, 크게 오르내리는 그의 가슴을 바라보며, 천천히 얼굴을 내렸다.

손바닥으로 전해 오는 그의 심장의 두근거림에 용기를 내어, 다물어진 그의 입술에 조심스레 다가가 부드럽게 제 입술을 내리눌렀다. 그런데도 멀뚱멀뚱 바라만 보는 산의 모습에 조바심이 일었다. 어떻게 해야 갑자기 얼어 버린 그를 뜨겁게 녹일 수 있을까.

천천히 붉은 혀로 그의 입술을 따라 그리며 핥기만 하다가, 과감하게 입술을 가르고 들어갔다. 못 이긴 척 문이라도 열어 주지, 뭘 그렇게 꾹 다물고 있는지. 참다못해 그의 턱을 내리누르며 떨리는 혀를 밀어 넣는데, 언제 그렇게 굳게 닫혀 있었나 싶게 뜨겁게 열리더니 순식간에 잡아먹혀 버렸다.

움직임 없이 가만히 있던 그의 손이 바쁘게 초롱의 온몸을 배회하더니, 순식간에 걸치고 있던 티셔츠가 허공을 향해 날아가고 있었다. 당황도 잠시, 언제 위치가 바뀌었는지 어느새 침대에 등을 대고 누워 자신을 내려다보는 그의 뜨거운 시선을 마주하고 말았다.

"너, 정말 괜찮은 거야? 정말 이제 안 아픈 거야?"

"네. 정말 괜찮아요. 열도 없고, 아프지도 않고, 몸도 가뿐하고, 기분도 상쾌하고. 그러니까 그렇게 보지만 말고…… 안아 줘요. 안고 싶어."

끙, 짐승의 신음이 들리는 듯했다. 산은 이 황홀한 경험을 어떻게 말로 표현할 수 있을지 알 수가 없었다. 장난인 줄 알았다. 그저 깜찍하게 놀리는 거라고, 인내심을 테스트하는 거라고.

그런데 갑자기, 전혀 초롱이 할 거라고는 생각하지 않았던 과감함으로 자신의 배 위에 앉은 그녀의 모습에 흥분으로 잠식되어 가는 이성을 부여잡기 위해 얼마나 애를 써야 했는지. 거기서 그치지 않았다. 뜨거운 입술이 다가오더니 그 예쁜 혀로 제 입술을 핥고 있었다. 이 황홀한 느낌을 어떻게 말로 설명할 수 있을까.

도대체 뭘 하려고 이러는 건지, 대체 사람 인내심을 얼마나 시험하려 드는 건지, 궁금함 반 기대 반으로 참고 기다리는데 기어이 입술을 벌리더니 그 사이를 파고든다. 더 참았어야 했는데, 초롱이 얼마나 더 과감해질 수 있는지 얼마나 더 변화된 모습을 보여 주는지 확인해야 했는데, 그 잠시를 참지 못하고 희롱하는 입술을 삼켜 버렸다.

입은 거라고는 달랑 티셔츠 하나, 그마저도 제 몸을 올라타며 다리 위로 다 올라가 버려 세상 벗기기 쉬운. 유혹할 때는 언제고 전세가 역전되자마자 놀란 토끼 눈이 되어 버린 너를 어떻게 기쁘게 해 줄까, 마지막 남은 인내심으로 정말 괜찮은지 물어보았다.

'안아 줘요. 안고 싶어.' 라는 말에 인내심 따위야 훨훨 날려 보냈다.

서둘러 제 몸을 둘러싼 거추장스러운 것들을 벗어 던져 버리고, 뜨거운 몸으로 맞닿은 두 사람이다. 너무나 사랑스러운 초롱의 몸에 입술로 사랑을 그렸다.

"너는 정말 사람 미치게 만든다고."

"알아요. 미치게 만들어 보라며, 앞으로 더 미치게 할 거예요."

열정으로 목소리가 떨려 오고 있었다.

"네가 먼저 유혹한 거야. 알아?"

바쁘게 입술을 오가며 초롱을 더 자극했다.

"네. 제가 먼저 했어요. 유혹. 그러니까 이제…… 이산 씨가 해 봐요. 넘어가 줄지 말지는 이산 씨 하는 거 보고 결정할게요."

자신이 하는 말이라고는 믿기지 않는 말이 술술 잘도 흘러나왔다.

"하. 정말. 너는. 왜 이제 온 거야. 나한테 왜 이제야 왔냐고!"

그러게 진작 좀 나타나지.

"뭐래…… 그럼. 다시 가요?"

열정을 숨기려 애를 써도 바르르 떨리는 목소리까지는 숨길 수 없었다.

"못 갈 거야. 좋아서 죽거든. 너는 내가 좋아서 죽거든. 너는 이제 나 아니면 안 돼. 그러니까 아무 데도 못 가. 아무 데도 안 보내, 아니 못 보내. 이초롱 나한테 딱 걸렸다고."

온몸을 부드럽게 어루만지던 그의 뜨거운 손길이 초롱의 다리에 닿았고, 천천히 어느 한 곳으로 향했고, 초롱의 눈빛이 바뀌고 있었다. 초롱초롱 빛나던 눈이 열정으로 희열로 물들어 가고, 가쁜 숨이 정신없이 새어 나오고 있었다. 더 참는 건 무리였다.

산은 달큰한 초롱의 입술을 아프지 않게 베어 물며 단숨에 초롱에게로 파고들었다. 동시에 터져 나온 뜨거운 신음을 달게 덥석 삼켜 버렸다. 초롱의 눈꼬리에 달린 이슬이 행복이라는 것쯤은, 제 어깨를 강하게 조여 오는 손아귀의 힘이, 봄바람에 흔들리는 버들가지처럼 바르르 떨리는 몸의 움직임이, 미처 참지 못한 절정의 몸짓이라는 것쯤은. 이젠 말하지 않아도 충분히 느낄 수 있었다.

"사랑해, 초롱아. 사랑한다. 이초롱."

"사랑해요. 하이산 씨…… 사랑해요."

심신이 고단했던 하루치고는 너무나 달콤한 밤이 흘러간다.

5

「이초롱 씨, 오늘 보고는 메일로 대신합시다.」

「네. 대표님.」

산은 출근하자마자 산적한 일을 살펴보며 초롱에게 짧은 문자를 보내고 업무에 집중했다. 지금 산은 새로운 카라반 출시를 앞두고 있었고, 이산 코리아의 새로운 지사가 문을 열기 직전이었다. 뿐만 아니라 이산 코리아 오너스 정기 모임을 앞둔 상태였고, 수출 계약으로 인한 출장 역시 잡혀 있었기에 뜨거웠던 지난밤을 추억할 여유조차 없었다.

여느 때 같았으면 퇴근 시간도 잊고 일을 최우선으로 두어 모든 생각과 열정을 업무에 쏟았겠지만, 지금은 조금 곤란했다.

산은 일도 중요했지만, 몸과 마음을 윤택하게 해 줄 사적인 시간 역시 매우 중요하게 생각했다. 일과 사생활의 균형을 잘 맞추기 위해 그 어느 때보다 강한 집중력으로 업무를 처리해 나가고 있었다. 그래서일까, 오늘만큼은 초롱에게 눈길을 줄 시간도 초롱을 생각할 마음의 여유도 주어지지 않았다.

초롱 역시 아침부터 분주한 시간을 보내고 있었다. 곧 휴직을 앞둔 경선이 하는 업무를 인계받아야 했고, 이산 코리아 오너스 정기 모임을 위한 준비를 해야 했다. 그 외에 대표님께 올릴 결재 파일을 부서별로 분류하는 것도, 부서별 작업복 신청서를 취합해 정리하는 것도, 부족한 의약품을 신청하는 것도, 모두 초롱이 해야 할 업무였다.

그런데도 그와 함께 열지 못하는 아침에 조금은 서운한 마음이 파고들었다. 그가 지금 얼마나 바쁜 시간을 보내는지, 얼마만큼 많은 일을 정신없이 처리하고 있을지, 누구보다 가장 잘 알면서도 말이다.

'많이 뻔뻔해졌어. 지금 그에게 서운해하는 게 말이 돼?'

초롱은 철없는 자신을 탓하며 일에 집중하려 애써야 했다.

산은 어느새 어두워진 바깥 풍경을 바라보았다. 벌써 하루가 다 저물었다.

'젠장, 시간 한번 빠르네. 벌써 퇴근했겠네. 오늘은 얼굴 한 번을 제대로 못 봤는데.'

아쉬움에 전화를 들었다. 벨 소리가 울리자마자 초롱의 목소리가 들렸다.

— 네. 저예요.

"퇴근했어?"

— 네, 지금 통근 버스예요.

"아, 그래? 전화하기 곤란해?"

— 아니요. 거의 다 내려서 괜찮아요.

"몸은 좀 괜찮아? 피곤하지는 않아?"

— 그럼요. 저는 괜찮아요. 이사…… 어. 괜찮아요? 피곤하지 않아요? 오늘 일이 너무 많아서 걱정했어요.

초롱이 제 이름을 부르다 말고 얼버무리는 소리에 산은 피식 웃었다. 그녀의 입에 제 이름이 습관처럼 밴 게 그렇게 마음에 들 수가 없었다.

"일이 많아서가 아니라, 너를 못 봐서 눈이 아픈 것 같아."

— 저도요.

"아. 좋다. 솔직한 이초롱, 보고 싶다."

서로를 향한 마음이 같다는 게 얼마나 행복한 일인지. 산은 새삼 행복감에 미소 지었다.

— 저도요.

"목소리라도 들으니까 살 것 같아. 조심해서 잘 들어가고, 내일은 보고하러 일찍 들어와."

— 내일은 오전에 시간 괜찮아요?

"어, 잠깐은 괜찮을 것 같아."

— 네. 알겠어요. 내일 일찍 들어갈게요. 퇴근은 안 해요?

"이제 마무리하고 해야지. 조심해서 잘 들어가고."

— 네.

"사랑해, 초롱아."

— 저도요. 그만 끊어요.

그와 전화를 끊는 초롱의 얼굴에 진한 아쉬움이 남았다. 거의 내렸다 해도 아직 몇몇 직원이 남아 있었기에 조심스럽기만 했다. 그의 마지막 말을 떠올리며, 온종일 서운함이 남아 있던 마음이 눈 녹듯 사라져 버렸다. 겨우 그 말 한마디에, 창밖을 내다보는 초롱의 입매가 보기 좋게 하늘을 향하고 있었다.

산은 초롱과 통화를 끝내자마자 동생 운에게 전화를 걸었다.

— 어, 형.

"운아, 혹시 이원 오늘 일정이 어떻게 되는지 알아?"

— 방금 나하고 촬영 끝냈어. 오늘은 더 이상의 스케줄은 없을 거야, 집에 가서 쉰다고 했으니까.

"잘됐네. 혹시 연락처 알아?"

— 알지. 알려 줘?

"어, 바로 보내."

— 오케이.

형제가 좋은 건 꼬치꼬치 캐묻지 않는다는 거. 초롱의 동생 연락처를 왜 그녀에게 묻지 않고 자신에게 묻는 것인지 궁금해하지도 않는 동생과의 간단한 통화를 떠올리며 산은 피식 웃어 버렸다.

몇 초도 되지 않아 날아온 연락처를 보며 급히 전화를 걸었다.

"여보세요? 이초원 씨 전화 맞나요?"

— 네. 그런데요.

"하이산입니다. 오늘 시간 어때요?"

— ……괜찮습니다.

"그럼 나한테 시간 좀 내줄래요? 우리 한번 만나야죠?"

— 아. 네. 어디로 가면 될까요?

"내가 데리러 갈게요. 지내는 곳이 어딘지 문자 보내요. 도착하면 연락할 테니 그때 내려와요."

— 네, 알겠습니다.

"누나는 몰라요. 내가 연락하는 거. 오늘은 남자 대 남자로 봅시다."

— 네.

초원은 전화를 끊고 긴장으로 두근거리는 심장에 손을 얹고서 크게 심호흡을 해야만 했다. 자신과의 너무 많은 나이 차와, 그와는 비교할 수 없이 부족한 제 사회 경험과 인생 경험에 벌써 기가 죽어 버렸다. 누나를 위해서는 남자답고 당당하게 그를 만나야 하는데. 걱정이 파고들었다. 서둘러 자리에서 일어나 가장 점잖은 옷을 골라 입는 초원의 얼굴에 비장함이 넘치고 있었다.

초원에게 향하며 산은 누나인 초롱만큼이나 마음이 잘생긴 멋진 녀석을 만난다는 기대감에 벌써 흥분되고 있었다. 그날 어두운 가로등 아래에서 얼어 버린 녀석의 손을 마주 잡았을 때. 혹시라도 녀석이 마음에 상처를 받지는 않았을까, 초롱을 만날 때마다 이상하게 녀석이 마음에 걸렸었다.

늘 생각은 있었지만, 초롱의 마음에 확신이 없는 상태에서는 녀석을 만날 수가 없었다. 하지만 지금은 자신을 향한 초롱의 마음에 믿음이 섰고, 서로를 향한 마음이 견고해졌기에 초원을 만나야 할 이유와 자격은 충분하다는 판단이었다.

분명 도착하면 먼저 연락을 하겠다고 했음에도 이 추운 날씨에 이미 숙소에서 나와 기다리고 있는 초원의 모습을 눈으로 살피며 산은 피식 웃고 말았다.

아직 슈트보다는 캐주얼이 훨씬 더 잘 어울릴 것 같은데, 초원은 깔끔한 슈트 차림이었다. 그나마도 캐주얼에 가까운 슈트가 아닌, 완벽하게 격식을 갖춘 클래식 슈트를 점잖게 차려입은 모습에 저도 모르게 흐뭇한 미소를 그리고 있었다.

녀석이 저 정도로 차려입고 나왔을 때는 어떤 마음으로 자신을 만나려고 하는지, 긴장으로 잔뜩 굳어 있는 모습만 봐도 알 것 같았다.

'자식, 어른인 척하기는. 귀엽다. 누구 동생 아니랄까 봐.'

산은 초원의 앞에 조용히 차를 세우고서 그를 부르는 게 아닌, 차에서 내려 직접 초원에게 다가갔다.

'네 마음가짐이 그렇다면, 나 역시 가볍게 대해서는 안 되겠지.'

남자 대 남자, 어른 대 어른으로 초원을 대우하려는 산이다.

"오랜만이에요. 다시 보니까 더 반갑네요."

산이 먼저 부드러운 미소로 인사를 건넸다.

"네, 안녕하셨습니까."

산의 부드러운 표정에도 불구하고 초원은 긴장을 놓을 수가 없었다.

185센티의 신장으로 누구 앞에서든 키로는 크게 밀리지 않는 초원이었지만, 그의 눈은 조금 올려다보아야 했다. 188 정도 될까? 체격 역시 슬림한 편인 자신보다 어깨도, 몸도 더 건장해 보였다.

그저 보는 것만으로도 압도되는 강인한 기운과 말로는 설명할 수 없는 품격이 몸에서 배어 나오는 그는 초원이 대하기에는 충분히 어렵고도 어려운 사람이었다.

"우선 타요. 내가 잘 아는 곳이 있는데 거기로 가도 되겠어요?"

"네, 저는 괜찮습니다."

산은 초롱의 동생 초원을 태우고서 그다지 멀지 않은, 분위기가 좋은 레스토랑으로 차를 돌렸다.

"나를 불편하게 생각하지 않았으면 좋겠는데."

"불편하게 생각하지 않습니다."

"그러면 좀 편히 앉을래요? 등도 좀 기대고."

밖에서 기다릴 때도 세상 꼿꼿하던 허리가 차에 앉아서도 굽어질 줄을 몰랐다. 저러다 나중에 어디 담이라도 오지 않을까 걱정이 될 정도였다.

"아직 저녁 식사 안 했죠?"

"아. 네. 저는 괜찮습니다. 배고프지 않습니다."

"저런, 나는 퇴근하고 바로 오는 길이라 배가 아주 고픈데. 같이 먹읍시다."

"아. 네. 그럼."

미처 감추지 못한 어색해하는 표정과 말투가 초롱과 어쩜 이렇게 닮았을까, 산은 불현듯 떠오르는 초롱과의 어색했던 시간들을 떠올리며 싱긋 웃고 있었다.

"혹시 못 먹는 음식이나 피해야 할 식자재는?"

"가리는 음식 없습니다. 음식 알레르기도 없고요."

"잘됐네요."

역시나 예상했던 싱거운 답변이었다. 초롱에게 했던 것처럼 정말 가리는 음식이 없을까, 물어보고 싶은 짓궂음이 비집고 나오려는 걸 꾹 눌렀다.

불과 몇 분 걸리지 않는 거리, 산은 제 성격만큼이나 부드럽게 차를 세웠다.

"그럼, 가 볼까요?"

"네."

산이 레스토랑을 향해 앞서 걸어갔다. 잔뜩 굳은 채로 뒤따르는 초원의 모습을 떠올리며 계속 입가에 웃음이 번지고 있었다. 가끔 오는 산을 알아본 지배인이 반갑게 두 사람을 맞았다. 산은 가볍게 인사를 나누며 평소 즐겨 찾던 룸으로 걸음을 옮겼다.

"안녕하십니까? 대표님, 오랜만에 오셨습니다."

오너 셰프가 직접 산을 찾아와 반갑게 인사를 했다.

"네. 안녕하셨습니까, 오랜만입니다."

산 역시 반갑게 화답했다.

"함께 오신 분은 오늘 처음 뵙는 것 같은데…… 낯이 익네요."

"아, 배우예요. 아마 매체를 통해 보셨나 봅니다. 이제 막 얼굴을 알리기 시작한 신인입니다. 제 동생이고요. 앞으로 제가 함께 오지 않더라도 이 친구 오면 잘 부탁합니다."

"아휴, 그럼요! 대표님 동생인데 알아서 잘 모시겠습니다. 그리고 영광입니다. 어쩐지 눈에 익더라고요. 괜찮으시다면 가실 때 사인 한 장 해 주고 가시지요."

"아. 네. 그렇게 하겠습니다."

쭈뼛쭈뼛 대답하는 초원의 모습에 싱긋 웃어 보이던 오너 셰프가 다시 산을 향해 물었다.

"대표님, 오늘은 어떻게 준비해 드릴까요?"

"디너 코스로 부탁합니다. 수프는 알아서 주시고, 한참 잘 먹을 나이이니 메인 디쉬는 미리 더 추가하죠. 디저트 역시 추천해 주시는 것으로 하겠습니다."

"네, 알겠습니다. 술은 어떻게 하시겠습니까?"

오너 셰프의 물음에 산은 초원을 바라보며 눈짓으로 원하는 술이 따로 없는지 물었고, 초원은 그런 산을 보며 가만히 고개를 저었다.

"지난번에 마셨던 와인이 괜찮더군요."

"네, 준비해 드리겠습니다. 그럼 즐거운 시간 보내십시오."

오너 셰프가 물러나고 드디어 단둘이 마주하는 시간이다. 산은 꼿꼿하게 정자세로 앉아 있는 초원을 보며 편안한 미소를 지어 보였고, 초원은 가만히 자신을 바라보는 남자를 보며 저도 모르게 침을 꿀꺽 삼켰다.

왜 이렇게 미숙한 모습을 보여야 하는지. 조금 더 남자답게 보이고 싶고, 조금 더 듬직해 보이고 싶은데. 누나가 저 사람 앞에서 기죽지 않았으면 좋겠고, 누나가 저 사람 앞에서 조금 더 당당하게 설 수 있었으면 싶은데. 왜 생각처럼 단단한 모습으로 보일 수가 없는 건지, 초원은 처음 카메라 앞에 설 때보다 더 떨렸다.

산은 우선 편한 주제로 대화의 물꼬를 텄다.

"요즘 일은 어때요? 해 보지 않던 일이라 힘들지는 않아요?"

"네. 생각보다 힘들지 않습니다. 주위에서 많이들 도와주시고요. 그리고 말씀 편하게 하십시오. 저는 괜찮습니다."

초원은 지금까지도 한참 나이 어린 자신에게 계속 말을 높이는 그를 보며 되레 마음이 불편해졌다. 어쨌든 누나와 만나고 있는 사람이었고, 자신보다 나이가 훨씬 많았다. 언제까지 저렇게 존대를 하게 할 수는 없었다.

"아, 그래도 될까? 사실 언제쯤 그렇게 말을 해 줄까 기다렸어. 아무래도 존댓말은 거리감이 느껴질 수밖에 없으니까."

"네. 진작 그렇게 말씀드렸어야 했는데 저도 경험이 없다 보니."

"아니, 괜찮아. 그런 건 전혀 신경 쓰지 않아도 돼. 이초원, 혹시 이운 알아?"

자신보다는 더 익숙할 동생의 이름을 팔아 초원의 경계를 느슨하게 만들 의도가 저변에 깔려 있었다.

"네. 당연히. 지금 촬영을 함께 하고 있습니다. 그런데 그분은 왜……."

초원은 그의 입에서 나온 반가운 이름이 조금은 의아했다.

"내 동생이야, 친동생. 왠지 초롱이가 아직 말하지 않은 것 같아서."

가뜩이나 동생에게 미안한 마음을 가지고 있는 초롱이 자신과 관련된 이야기를 동생한테 시시콜콜 할 것 같지가 않았다.

"정말 몰랐습니다. 선배님이 대표님…… 아니. 그러니까."

아직 그를 뭐라고 불러야 할지 호칭도 애매하기 짝이 없었다. 이제 겨우 만나는 단계인데 매형이라고 하기에는 너무 과하게 앞서가고, 형이라 하기엔 나이 차가 많은데. 도대체 뭐라고 불러야 할까.

"편하게 형이라고 불러 주면 좋겠는데. 동생이 많아서 나도 그게 익숙하고 편해. 물론 너만 괜찮다면 말이야."

그런 초원의 갈등을 귀신같이 눈치챈 산이 제안했다.

"아. 네. 그럼 형님이라고 부르겠습니다."

간단하게 정리를 해 주는 덕분에 초원은 마음의 부담을 덜었다.

"힘든 일이나 어려운 일이 있으면 이운한테 부탁해. 내 동생은 알고 있어, 네가 초롱이 동생인 거. 당연히 내가 초롱이를 만난다는 것도 알고 있고."

초원은 몰랐던 사실이었다. 이운은 촬영장이나 사무실에서 마주할 일이 있을 때면 늘 반갑게 맞아 주는 선배였다. 동료로서도 경계 없이 편하게 대해 주는, 초원에게는 가장 믿음직스럽고 의지가 되는 유일한 동료이자 선배였다. 그런 선배가 그의 동생이라는 사실이 믿기지 않았다.

"내 동생도 처음부터 알았던 건 아니었어. 촬영장에서 알게 됐어. 아니 들켰다고 해야 하나? 아무튼, 네 칭찬 많이 하더라. 꾸밈없이 착하고 성실하다고, 오히려 너에게 배울 점이 많다고 하던데?"

"아닙니다. 제가 선배님께 많이 배우고 있습니다. 정말 좋은 분이세요."

"그래. 내 동생이라서가 아니라, 정말 괜찮은 녀석이야. 친하게 잘 지내봐."

"네…… 형님."

초원은 지금까지는 형이라고 부를 만한 사람이 딱히 없었다. 아직 입에 붙지는 않았지만, 왠지 모르게 새로 생긴 호칭이 싫지 않았다. 아니, 오히려 그 호칭이 좋아질 것 같았다.

음식이 하나둘 나오고 있었고, 차례로 나오는 음식을 맛있게 즐기며 산은 초원이 불편해하지 않도록 자연스레 대화를 끌어내고 있었다. 우선 먹고 있는 음식부터 시작해 일상적인 일들을 주제로 대화를 이어 가는 산의 노련함 덕분인지 초반 어색했던 분위기는 어느새 사라져 버리고, 더욱 편하고 자연스럽게 말을 주고받을 수 있게 된 두 사람이었다.

다행히 처음보다는 훨씬 부드러워진 초원의 표정과 태도에 산의 마음도 한결 가벼워졌다. 초원은 대화하면 할수록 그의 다양한 관심사와 방대하고 해박한 지식에 놀라지 않을 수가 없었다.

분명 어려운 사람인데, 대화를 이어 갈수록 놀랍게도 마음이 편해지고, 오히려 마음에 여유까지 찾아오고 있었다. 제 누나가 어떻게 이 남자에게 빠져들었는지, 길지 않은 시간에도 충분히 이해할 수 있을 만큼 같은 남자가 보기에도 느껴지는 다양한 매력에 초원의 마음의 문이 활짝 열리고 있었다.

"음식은 어땠어? 괜찮았어?"

"네. 정말 맛있었습니다."

"다행이네."

산은 메인 디쉬를 미리 추가하기를 잘했다 싶었다. 배가 고프지 않다며 괜찮다 할 때는 언제고, 코스로 나오는 음식을 하나도 빼놓지 않고 아주 야무지게 남김없이 먹어 치우는 초원을 보며 흐뭇한 미소를 감출 수가 없었다.

"그럼 이제 술 한잔 할까?"

코스 요리를 먹으면서 와인을 즐긴 건 산뿐이었다. 초원은 음식을 먹는 내내 와인을 가져가 입술만 축일 뿐 전혀 마시지 않고 있다는 걸 산은 어렵지 않게 눈치챌 수 있었다.

"아. 네."

"와인은 즐기지 않나 보다. 혹시 편하게 마시는 술 종류가 따로 있어?"

"저. 그게……."

말을 하다 마는 초원을 유심히 바라보는데, 얼굴빛이 살짝 붉어진 느낌이었다. 실내가 그리 덥지도 않은데 왜 저렇게 얼굴이 달아오를까, 생각하다 설마 하는 생각에 산이 물었다.

"혹시, 너 술 못 해?"

"아. 네. 제가 아직 술을……."

"술 안 배웠어?"

"네."

산은 뒤늦게 아차 싶었다. 이제 어엿한 성인이고 해서 당연히 술은 할 줄 알 거라 넘겨짚었다. 벌써 나이가 스물이 넘었는데 여태 술을 배우지 않았다니. 편찮으신 아버지에, 위로는 누나 하나. 그래도 그렇지, 학교 선배한테도 배우지 못했다고? 의아하기만 했다.

"술은…… 아버지께 배우고 싶었습니다."

잠시 고개를 갸웃하는 그를 보며 초원이 조심스레 말을 꺼냈다.

"아…… 그랬구나. 미안하다. 거기까지는 미처 생각 못 했네."

역시나 생각이 반듯한 녀석의 대답에 산은 마음이 숙연해졌다.

"아닙니다. 저는 괜찮습니다. 그런데 오늘은…… 하고 싶습니다. 형님께 술…… 배우고 싶습니다."

이건 무슨 의미일까. 아버지에게 배우고 싶었다던 술을, 이제는 자신에게 배우고 싶다는 녀석을 보며 왠지 모를 뿌듯함에 산의 가슴이 크게 부풀어 올랐다.

"나한테 배워도 괜찮겠어?"

"네. 아버지가 안 된다면…… 형님께 배우겠습니다."

아버지 다음으로 연장자가 있다면 작은아버지나 사촌 형 정도가 되겠으나, 생각하고 싶지도 않은 사람들이었다. 하지만 앞에 앉은 남자는 누나가 사랑하는 사람이었고, 믿고 의지하는 대상이었다.

그는 말 하나, 행동 하나도 가벼이 하는 사람이 아니었고, 잠깐의 대화에서도 느껴질 만큼 생각이나 마음의 깊이가 남달랐다. 자신이 마음으로 따라도 전혀 부족함이 없는, 존경해 마땅한 사람이었다. 술을 배워야 한다면 그에게 배우고 싶었고, 지금으로서는 그보다 더 적당한 상대는 찾을 수 없을 듯했다.

"좋아. 나가자."

산은 더없이 흐뭇한 마음을 품고서 자리를 박차고 일어났다.

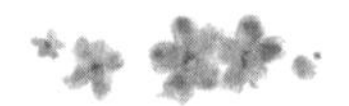

레스토랑 근처에 위치한 고급스러움이 물씬 느껴지는 bar의 프라이빗 룸에 산과 초원이 마주 보고 앉았다.

"처음이니까 보편적인 거로 하자. 오늘은 맥주야. 네가 맥주를 무난하게 잘 마시면 다음에 만날 때는 소주, 그다음이 와인, 그다음은 위스키야."

"네."

"나는 지금까지 술에 취해 주사 부린 적 없고, 술이 나를 이기게 만든 일도 없어. 술을 마시고 내용물을 확인해 본 적도 없고, 필름이 끊긴 일도 당연히 없어."

"네."

"술은 섞어 마시는 거 절대 아니고, 기분이 나쁠 때는 차라리 마시지 않는 편이 좋아. 고통을 잠깐 잊게 만들지는 몰라도, 그건 어디까지나 정말 잠깐일 뿐이니까. 술에 의존하게 만드는 상황은 처음부터 아예 만들지 않는 게 나아."

"네."

곧은 자세로 앉아 너무나 진지하게 듣고 있는 초원이 귀엽게 느끼진 산이 물었다.

"지금 시험공부 하는 거 아니지?"

"풋. 네. 그럼요."

얼어 있던 초원의 표정이 일순 부드럽게 녹았다. 산이 그런 초원을 따스한 눈으로 바라보며 다시 말을 이었다.

"네 표정이 너무 진지해서 그래. 사람들이 흔히 말하지? 술에 취해 보지 않았으면 인생을 논하지 마라. 또는 그런 사람더러 인간미 없다고들 하는데, 내 보기에 어디까지나 그건 술 먹기 좋아하는 사람들이 만든 핑곗거리에 지나지 않는 것 같아. 물론, 인생의 쓴 경험에 비유한 말이라면 얘기가 다르겠지만 말이야. 그렇다 해도 너는 그러지 않았으면 좋겠다. 힘든 일이 있다면 술보다는 차라리 사람에 기댈 수 있었으면, 욕심으로는 그게 나였으면 더 좋겠고."

"말씀만 들어도 감사합니다. 형님."

"말만 아니고, 나는 진담이야. 그리고 형님에서 님 자는 좀 빼면 안 될까? 왠지 부담스러워, 어깨에 각을 잡아야 할 것 같은 느낌이랄까."

"풉. 큽."

초원은 별말 아닌데도 실없이 웃음이 터져 나왔다. 한없이 진지하다가도 가끔 이렇게 엉뚱한 모습도 있나 보다.

그는 도대체 어떤 색깔의 사람일까? 처음 느껴지는 포스에서는 무채색의 느낌이 강했는데, 그는 알면 알수록 유채색, 그중에서도 어떨 때는 순색처럼 선명하고 맑은 느낌이었다. 보면 볼수록 멋진 사람. 이상하게도 계속 대화를 나누어 보고 싶은 사람.

"네, 바꾸도록 해 보겠습니다. 형."

"그래, 훨씬 듣기 좋다. 이초롱 닮아서 이해가 빠르네. 자, 다시 본론으로 들어가서, 뭐든 과해서 좋을 건 없어. 그게 몸에 그다지 득이 되지 않는 술이라면 더 말할 필요 없지. 안 그래?"

"네. 저도 그렇게 생각합니다. 길을 가다가도 제 몸 하나 가눌 수 없을 정도로 술에 취해 비틀거리는 사람들만큼 눈살을 찌푸리게 만드는 경우는 없더라고요."

"그래, 맞아. 어떠한 경우에라도 제 몸은 가눌 수 있어야지. 체력이 안 되면 정신력으로, 정신력이 안 되면?"

"더욱더 취하도록 마셔서는 안 되겠죠."

"술을 배울 자세와 마음가짐이 아주 마음에 들어. 자, 그럼 슬슬 시작해 볼까? 아, 가장 중요한 거. 절대 급하게 마시면 안 돼. 술은 천천히, 천천히 마시는 거야. 알았어?"

"네, 알겠습니다."

말을 마치기가 무섭게 얼려서 하얗게 서리가 낀 맥주잔에 살얼음이 동동 떠 있는, 보기만 해도 이가 시릴 것 같은 500cc 맥주 두 잔과 안주가 차례로 들어왔다. 산과 초원은 묵직한 잔을 들고서 건배를 하며 편하게 서로의 눈을 마주 보았다.

"마셔 봐."

"네."

산이 먼저 시원하게 한 모금 들이켰다. 뒤이어 초원이 옆으로 살짝 몸을 틀어 사뭇 비장한 표정으로 천천히 잔에 입을 가져다 대는가 싶더니 겁 없이 한 모금을 꿀꺽 삼켰다.

"컥."

콜록콜록. 잔을 내려놓자마자 기침을 뱉으며 인상을 쓰는 초원의 소년 같은 모습에 산은 웃음이 터져 버렸다.

"아. 이걸 무슨 맛으로 먹는 거예요?"

"왜, 맛이 없어?"

"네. 하도 맛있게 드시기에 기대가 컸는데…… 쓰기만 한데요."

"하하하. 뭐든 기대가 크면 실망도 크기 마련이지. 네가 아직은 사회의 때가 많이 묻지 않았다는 방증이야. 나중에 이 맥주를 지금처럼 시원하게 한 모금 들이켰을 때, 캬……라는 감탄사가 절로 나올 때가 있을 거야. 자극적으로 톡 쏘기만 하고 쓰게만 느껴지던 이 술에서, 특유의 풍미도 느껴지고 막힌 속이 뚫리는 것 같은 그런 시원한 기분이 느껴질 때가. 그런 기분이 느껴진다면, 지금보다는 조금 더 고단한 시간을 지나왔다는 뜻이 될까? 물론 그 시간을 잘 이겨 냈기에 그런 순간을 만난 거겠고. 그날을 위해서 또 건배할까?"

"음…… 네."

초원은 조심스레 잔을 부딪치며 아까보다는 좀 더 신중하게 맛을 음미해 보았다. 역시나 적응하기 어려운 맛이었다. 얼른 잔을 내려놓고 과일 안주를 먹다 보니 바로 맞은편에서, 시원하게 단숨에 마시고서 경쾌하게 잔을 내려놓는 그에게로 자연스레 눈길이 머물렀다.

드레스 셔츠의 커프스단추를 풀어 소매를 걷어 올리고 타이를 풀어 테이블에 놓으며, 다시 맥주잔을 들어 시원하게 들이켜는 그의 모습에서 왜 눈을 뗄 수가 없는지. 저런 사소한 모습조차 눈에 아로새기며 왠지 모르게 동경의 눈빛으로 바라보게 되었다. 같은 남자가 봐도 너무 멋있어 보였다. 사소한 행동 하나까지도.

'누나, 참 좋은 사람 만난 것 같아.'

산은 이미 한 잔을 다 비웠고, 초원은 아직 반도 채 마시지 못했다. 산은 500cc를 다시 주문했고, 초원은 살얼음이 다 녹아 버려 맛있는 온도를 놓쳐 버린 맥주를 홀짝홀짝 마시고 있었다.

"이초원."

편안하게 불렀고,

"네. 형."

자연스레 돌아온 답이다.

"나 어때?"

"네? 갑자기 그게 무슨."

"나, 네 누나. 가벼운 마음으로 만나는 거 아니야. 그랬다면 이렇게 너를 만나자고 하지도 않았을 거야. 너 역시 내가 오늘 보자고 한 이유 모르지 않을 거라고 생각하는데."

"네, 알고 있습니다. 그런 것 같았어요. 처음 뵀을 때부터."

"그래. 사실 그날 너와 얘기를 좀 나누고 싶었는데 그러지 못해서 아쉬웠어.

초롱이가 많이 당황한 것 같아서, 너 보고 많이 놀라고 또 미안해하는 것 같아서 더는 잡아 둘 수가 없었어."

"네. 누나가 등 떠미는 것 같더라고요. 사실은…… 걱정 많이 했습니다. 혹시 우리 집 사정을 제대로 알고 계신 게 맞나, 괜히 우리 누나만 상처받는 거 아닌가. 그런데 이미 대충은 알고 계신다고 하더라고요. 누나가."

"그래, 맞아. 다 알고 시작했고, 그런 건 나에게 아무런 문제도 되지 않아."

산을 물끄러미 바라보던 초원이 입술을 달싹이며 말을 꺼냈다.

"감사합니다."

"뭐가?"

"그냥. 다. 감사합니다."

모르고 시작해서 사랑이 깊어져도 부담을 느끼기에 충분한 조건들이었다. 가족도 냉정하게 등을 돌리는 마당에 심지어 알고 시작한 사랑이 어떻게 이렇게 견고할 수 있을까. 어떻게 이렇게 깊을 수가 있을까.

그의 이름만큼이나 넓은 마음으로 누나의 마음이 쉴 수 있게 만들어 준 것도, 지친 누나가 웃을 수 있게 도와준 것도, 자신을 찾아와 걱정했던 마음을 덜어 놓을 수 있게 해 준 것도, 무엇 하나 감사하지 않은 게 없었다.

"너, 아직 내 질문에 대답 안 했어. 나 어떠냐고."

"제 대답이 중요한가요?"

"어. 지금으로서는 네 대답이 가장 중요해. 초롱이에게 네가 얼마나 소중한 사람인지 너무 잘 아니까. 누구보다 먼저 너에게 말하고 싶었고, 너한테 인정받고 싶었다. 네 누나 좋아해. 아니. 사랑해. 끝까지 갈 거고, 헤어지는 일 없을 테니까, 나 너한테 잘 보여야 해. 네 누나 짝으로 난 어때?"

가만히 듣고 있던 초원이 제 앞에 놓인 잔을 들어 쓰고 맛없다는 맥주를 벌컥벌컥 들이켰다.

산은 그 모습을 바라보며 말리지 않았고, 놀랍게도 마음에 불안이 스며들고 있었다. 저 조그마한 녀석이 대체 뭐라고, 한참이나 어린 저 쪼그마한 녀석이

대체 뭐라고 이런 긴장감을 안겨 주는지.

"마음에 듭니다."

"뭐?"

"형이 마음에 든다고요. 개인적으로도, 우리 누나 짝으로도. 우리 누나 정말 좋은 사람이에요. 절대 누구에게도 주고 싶지 않은 사람인데. 형은, 형이라면 괜찮을 것 같습니다. 형한테는…… 보내도 될 것 같아요."

무슨 말을 저렇게 비장하게 해. 허락할 거면 굳이 그 술을 다 마시며 사람 긴장하게 할 필요는 없었잖아. 괜히 사람 쫄게 만들고 있어, 새파랗게 어린 녀석이. 그래도 사람 보는 눈은 있으니까 봐줄게.

"하……."

산은 아주 잠깐이었지만 은근 피가 말랐던 시간을 털어 버리며 안도의 한숨을 내쉬었다.

"그럼 합격이야?"

"네. 맞습니다."

"고맙다. 그럼 지금부터는 죄책감 없이 좀 더 편하게 만나도 되는 거지? 네 누나 말이야."

"지금까지 죄책감 느끼셨어요?"

"어. 믿기 어렵겠지만 그랬어. 이초롱이 신경 쓰는 이초원이 계속 마음에 걸렸거든."

"감사합니다."

"또 뭐가?"

"우리 누나 진심으로 아끼고 좋아해 주셔서."

담백한 초원의 말에 산이 싱긋 웃었다.

"그래. 나도 고맙다. 이초롱 동생이 너라서 정말 고맙다. 앞으로 잘해 보자."

"네. 형."

"그리고 혹시 도움이 필요한 일이 있다면 언제든 상관없으니까 연락해. 회사, 집, 개인 전화 뭐든 다 상관없어. 알았어?"

"네. 형."

산은 큰 숙제를 하나 해결한 것같이 속이 후련한 기분이었고, 초원은 큰 산을 하나 넘은 것같이 마음에 평화가 찾아왔다. 이상하게 누나를 빼앗기는 것이 아닌, 형이 하나 더 생겨 든든한 기분이었다.

산은 술을 벌컥벌컥 들이켜고도 얼굴색 하나 바뀌지 않고 멀쩡한 녀석을 보며 초원의 술도 한 잔 더 시켰다. 함께 나온 맥주잔을 기분 좋게 부딪히며 서로를 향해 미소 지었다.

시종일관 의젓하고 신중한 자세로 앉아 있던 초원이 긴장을 내려놓는 모습에 이제야 정말 서로 편해진 것 같아 기분 좋은 만족감에 젖어 들었다. 그런데, 이 녀석이 자꾸 헤실헤실 웃고 있었다.

'이거 불안하다. 불안해.'

설마, 설마 했는데, 아니나 다를까 취하지 않았다고 생각했던 녀석의 고개가 천천히 숙어지더니 몸이 옆으로 기울고 있었다. 산이 얼른 자리에서 일어나 초원에게 다가가는데, 녀석이 그대로 소파에 꼬꾸라지고 말았다.

'맙소사. 겨우 한 잔에? 겨우? 곤란하다 곤란해. 두고두고 좋은 술친구 하나 생겼나 했더니. 하. 녀석.'

"설마, 깨서는 술김에 한 말이었다 발뺌하는 건 아니겠지? 발뺌하기만 해. 초롱이 동생이라도 안 봐줘."

산은 초원이 불편하지 않게 일단 바로 뉘었고, 잠시 어떻게 해야 할까 고민의 시간을 가졌다.

멍하게 누운 초원은 이상하게 몸이 나른했고, 계속 웃음이 피식피식 새어 나왔다. 눈앞에 때아닌 꽃잎이 흩날리는 것도 같았다. 옆에서 산이 희미하게 듣기 좋은 목소리로 웅얼거리는데 도무지 무슨 말을 하는 건지.

그사이 고민을 끝낸 산은 곧장 동생에게로 전화를 걸었다.

"운아."

— 형.

"이원 내일 촬영 스케줄 좀 알아봐 주고, 너 지금 시간 괜찮으면 지난번 만났던 그 bar로 와라."

— 오늘따라 요구 사항이 많네.

"급해."

— 알았어.

초원은 어쨌든 지금 막 얼굴을 알리기 시작하는 신인이었고, 이미 공인이다. 괜히 혼자 선불리 데리고 나갔다가 혹시 알아보는 사람이라도 있으면 낭패일 듯싶었다. 동생이 오기를 기다리며 테이블에 놓인 맥주를 들이켰다. 녀석의 얼굴을 보고 있자니 불현듯 초롱이 보고 싶었다.

산은 야심한 밤에 검은 모자, 검은 마스크를 착용한 도둑놈 같은 차림의 동생을 보며 픽 코웃음이 나왔다. 그래, 다른 사람도 아니고 우주 대스타 이운인데 이 정도는 해야지.

"참 나, 완전 어이없네. 이 시간에 날 부른 이유가 이거였어? 아니 도대체 애한테 술을 얼마나 먹인 거야?"

"내가 억지로 술 먹이는 거 봤어?"

"하긴. 그럼 애는 왜 이래?"

"오늘이 처음이래."

"뭐?"

"술을 처음 마셨다고, 오늘. 그것도 딱 맥주 500cc."

"지금 500 하나 가지고 이렇게 뻗었다고? 무슨 말도 안 되는 소릴."

산이 피식 웃음을 흘리며 말을 꺼냈다.

"나 피곤하다, 얼른 데리고 나가자. 차 가지고 왔지?"

"당연하지. 나를 이런 식으로 부려 먹는 사람은 우리 가족밖에 없어, 알아?"

"동생 좋다는 게 뭐냐? 이럴 때 안 써먹으면 언제 써? 어디다 쓰냐고?"

"말을 말자, 말을 말아. 남의 동생 귀한 건 알고, 제 동생 귀한 건 몰라? 지금 누가 누굴 부축하는 거야? 사람들이 누굴 더 알아보겠냐고."

"그래서 너는 칭칭 감고 왔잖아. 역시 우리 동생 센스는 알아줘야 한다니까. 눈만 보여, 그것도 흰자만. 대단하다 대단해."

투덜거리면서도 연신 픽픽 웃고 있는 두 사람이다. 이건 뭐 다투는 건지, 아닌지. 모르는 사람이 보기에는 영락없이 다투는 모양새인데, 웃고 있는 얼굴은 충분히 헷갈릴 만한 모습이었다.

산의 아파트에 도착해 침대에 초원을 눕힌 운이 고된 노동에 고개를 설레설레 흔들었다.

"우와, 녀석 생각보다 무거워."

"그러게. 너도 피곤할 텐데 여기서 자고 가."

"아니야. 난 가 봐야 해, 새벽부터 촬영 있어. 원이는 오후 촬영이라니까 푹 쉬게 둬."

"그래. 오늘 수고했다."

"다음에 크게 한턱내! 얼렁뚱땅 넘어가기만 해 봐, 어디. 아무리 연애한다고 바빠도 그렇지. 나한테 너무 소홀한 거 아냐? 어떻게 술 한잔 하자는 소리가 없어, 하물며 재랑도 마시면서!"

"알았어. 미안해. 안 그래도 한번 모일까 했어. 형이랑 수, 그리고 너 시간 맞춰 봐. 할 말도 있고."

운이 의미심장한 미소를 지었다.

"우워. 이제 말하게?"

"해야지. 이미 너도 알고, 우리 님도 아는 마당에."

"림도 안다고?!"

"어쩌다 그렇게 됐다. 그러니 형이랑 수, 뒤늦게 알게 됐다고 서운해하지 않게 그냥 말하려고."

"어째 분위기 쌔하다. 형, 혹시 결혼까지 생각하는 거야?"

당연한 말에 산이 아무렇지 않게 툭 말을 던졌다.

"당연하지, 그걸 말이라고."

"대박! 대박! 정말? 우와, 이게 무슨 일이야! 정말 결혼까지 생각한다고? 와. 오래 살다 볼 일이네. 도대체 어디가 그렇게 좋아?"

"말해 줘도 너는 몰라."

"그거야 내가 알아서 판단할 테니까 일단 말이나 해 봐. 궁금해서 그래, 궁금해서. 그런 경험을 내가 해 봤어야 말이지!"

"하, 나 참. 이유 같은 건 없어. 네가 생각하는 그런 거창한 이유는 없다고. 그냥 좋은 거야. 그냥. 다 좋아. 이초롱이 웃어도 좋고, 울어도 좋아. 이초롱 입에 음식이 들어가는 것만 봐도 좋아. 그걸 네가 알아? 죽었다 깨어나도 모를 거다."

"그래서, 큰형 앞지르겠다고?"

"그러니 미리 말한다는 거 아냐. 난 이미 마음의 준비를 하고 있으니까, 형도 누군가 있다면 서두르라고. 일종의 선전포고야. 난 늦어도 봄에는 할 생각이야."

"그분한테는 말했고?"

산의 얼굴에 잠시 고민이 스쳤다.

"말……해야지."

"하. 미치겠네 정말. 형 제정신이지?"

"물론. 지금보다 더 정신이 또렷했던 적은 없었던 것 같아. 나 이제 이초롱 못 보고는 못 살아. 초롱이 아니면 안 된다고. 나 지금 눈에 뵈는 거 하나도 없어."

운은 아직도 산의 결정이 믿기지 않는지 연신 감탄사만 쏟아 냈다.

"우와, 나는 형이 이렇게 나올 줄은 꿈에서도 몰랐어."

"나도 몰랐어, 이초롱을 만나기 전까지는."

"그럼 잘 잡아, 놓치지 말고."

"안 놓쳐. 절대 안 놓쳐. 아니. 못 놓쳐. 놓치면 내가 죽어."

"와우. 미리 축하해."

"됐어. 인사는 나중에 해도 늦지 않아. 늦었다, 그만 가 봐. 내가 말하기 전에는 말하지 말고."

운이 기분 좋은 미소와 함께 고개를 끄덕이며 하지 않아도 될 말을 보탰다.

"알았어. 가 볼게. 저 녀석 잘 부탁해."

"쓸데없는 걱정을 하고 있어. 내 처남이야, 내가 알아서 해."

"우와, 우리 형 무섭네. 벌써 처남이래. 그래도 내가 우선이어야지, 동생인데!"

"풋. 그래, 알았어. 동생 우대해 줄게. 됐냐? 운전 조심해서 가. 많이 늦었다. 도착하면 문자라도 남겨 주고."

"어. 갈게."

양팔을 흔들어 인사하던 운이 떠났다.

초원은 언제부터인지 모르겠지만 정신이 맑아지고 있었다. 힘이라고는 전달되지 않던 팔과 다리에 조금씩 힘이 전해지고 있었다. 힘없이 처지던 눈꺼풀도 의지대로 오르내릴 수 있게 되었고, 잠시 외출했던 정신도 다행히 제자리를 찾아오는 모양이었다. 왕왕 울리던 소음도 점차 선명하게 다가오는데.

'나 이제 이초롱 못 보고는 못 살아.' 라는 말이 또렷하게 들려오며 정신이 번쩍 들었다. 그 뒤를 이은 대화에 미처 감추지 못한 안도의 미소가 초원의 입가에 맴돌고 있었다.

'합격, 무조건 합격, 우리 누나 진짜 복받았다.'

초원은 이 귀한 인연을 놓치지 않았으면. 저 좋은 사람을 부디 놓지 않았으면. 무엇 하나 부족함이 없는, 마음에 들지 않는 구석이라고는 단 하나도 찾아볼 수 없는 남자의 진심 어린 목소리를 들으며 사그라지지 않는 미소에 마음으로 간절히 빌어 보았다.

다음 날. 어스름한 새벽, 여느 날보다는 조금 일찍 여는 아침이다. 산은 익숙한 자신의 침대를 초원에게 양보하고 게스트 룸에서 조금은 불편하게 자야 했지만, 그럼에도 기분만큼은 최고였고 컨디션 또한 최상을 유지하고 있었다.

자리에서 일어나자마자 자신의 방으로 가 혹시 초원이 잠을 설치지는 않았을까 조심스레 살폈다. 너무나 반듯한 자세로 제 침대를 차지하고 있는 초원을 바라보며 피식 웃었다. 어쩜 자는 모습도 꼭 저와 같은지. 요즘 들어 피곤했을 녀석의 스케줄을 생각하며 소리 나지 않게 슬며시 문을 닫고 나왔다.

냉장고를 열어 보며 해장국으로 어떤 게 좋을까 고민하다 북어를 꺼내 들었다.

'나도 해장국은 따로 먹지 않는데. 자식, 네 덕분에 오늘은 해장하고 출근하게 생겼네.'

아침부터 국을 끓이고 밥상을 차리느라 조금은 바쁘게 출근을 서둘러야 했지만, 미소를 잃지 않는 산의 표정은 여유롭기만 했고 심지어 콧노래까지 흘러나오고 있었다.

'누나한테 말 잘해라. 형 아니면 안 된다고. 무조건 형이어야 된다고. 약발이 잘 받아야 할 텐데.'

술 때문인지 여전히 일어날 기미가 보이지 않는 초원을 보며 산은 결국 혼자서 아침 식사를 하게 되었다.

국은 정성을 듬뿍 들인 만큼 기가 막힌 맛이었고, 거기에 곁들이는 어머니표 김치 역시 알맞게 잘 익어 입맛을 돋우기에 충분했다. 원래라면 토스트나 사과 같은 간단한 음식으로 가볍게 넘겼을 아침을 누구 덕분에 야무지게 챙겨 먹고서 출근을 서둘렀다.

잠이 덜 깬 초원의 눈이 조금씩 열렸다, 닫혔다를 반복하고 있었다. 어제 산

이 형과 함께 술을 마셨고, 겨우 한 잔의 술도 이기지 못하고 몸에 힘이 빠져 버렸는데,

'헉.'

초원은 뒤늦게 자리에서 벌떡 일어나 앉았다.

"망했다."

놀란 마음에 시간부터 확인해 보니 다행히 그다지 늦지 않은 시각이었다. 안도의 한숨을 내쉬며 서둘러 이부자리를 깔끔하게 정리해 두고 조심스레 문을 열어 동태를 살펴보는데, 집에는 아무도 없는 듯했다. 좋은 모습만 보여도 모자랄 판에 이런 큰 실례를 범했으니 걱정이 되면서도 지난밤 스쳐 지나는 기억들에 입가에 잔잔한 미소가 번지고 있었다.

비록 술 때문에 약한 모습을 보이기는 했으나, 덕분에 형의 사는 모습도 볼 수 있게 되었으니 나쁘지 않다 위안했다. 조심스레 이곳저곳을 눈으로 둘러보자니 역시나 그에게서 처음 느꼈던 이미지와 별반 다를 게 없었다.

너무나 깨끗하게 잘 정돈되어 있는, 집주인만큼이나 고급스럽고 품위가 느껴지는 실내를 보며 절로 고개가 끄덕여졌다. 그러다 어디선가 나는 구수한 냄새에 저도 모르게 발길이 그곳으로 향했다.

응접실 테이블 위, 너무나 정갈하게 잘 차려진 아침상을 물끄러미 바라보았다. 제 누나에게서나 받아 보던, 그나마도 집을 나오고부터는 구경할 수 없는 집밥 앞에서 초원은 이상하게 코끝이 시큰거렸다. 괜스레 어색한 기분에 코를 쓱쓱 만져 보는데, 테이블 옆에 놓인 메모지 한 장과 명함이 눈에 들어왔다. 언젠가 누나가 받은 도시락에서 보았던 바로 그 필체였다.

「이초원, 내가 직접 한 거야. 성의를 생각해서라도 아침은 꼭 먹고 가. 너는 밥솥에서 밥만 퍼. 국은 레인지에 데워 먹으면 더 좋겠고. 형 먼저 나간다. 그리고 다음에도 너는 맥주야. 테스트 통과 못 했어, 알지? 또 보자.」

남자다운 선 굵은 필체와는 어울리지 않는 세심하고 다정한 내용에 초원은 치아가 다 드러나도록 환하게 웃었다. 유난히 기분이 좋은 그런 아침이었다.

초원은 그의 메모에 따라, 밥솥에서 김이 모락모락 나는 밥을 한 공기 펐다. 레인지에 돌려 맨손으로는 만지지 못할 만큼 뜨거워진 국을 오븐 장갑을 끼고서 조심스레 테이블에 올려 두는데, 그 구수한 냄새를 맡는 것만으로도 배에서 꼬르륵 소리가 나고, 침샘에서 침이 스며 나왔다.

보는 것만큼이나 맛도 좋을까, 궁금해 서둘러 장갑을 벗어 두고 북엇국을 한 숟갈 떠서 맛을 보는데, 놀라움에 절로 입에서 와, 라는 말이 튀어나왔다.

누나에게는 조금 미안한 말이지만…… 누나가 끓여 준 북엇국보다 훨씬 더 맛있었다. 질기지 않고 부드럽게 씹히는 북어는 말할 것도 없이, 알맞게 잘 익어 적당히 살캉살캉 씹히는 식감이 좋은 무와 네모반듯하게 잘 썰어진 담백한 두부, 보들보들 고소한 계란과 고명으로 올라간 색감이 살아 있는 파까지. 모양이면 모양 식감이면 식감 시원한 맛까지, 무엇 하나 부족함이 없었다.

궁금함에 밥도 한 술 크게 뜨는데, 딱 고두밥과 진밥 사이. 누나가 세상 힘들다는 밥물 맞추는 것조차도 이 형은 잘하는 것 같았다. 어쩌면 밥이 이렇게 고들고들하지도 질지도 않고 적당하게 잘 됐는지, 밥만 먹어도 맛있게 느껴질 정도였다.

북엇국만 있어도 밥 한 그릇은 충분히 뚝딱할 것 같은데, 남자가 한 거라고는 믿기지 않는 예쁘게 잘 말린 고소한 계란말이와 잘 익은 김치까지 곁들여져 있었다. 초원은 오랜만에 정말 맛있게 밥 한 공기를 비웠고, 어느새 다시 공기를 채우고 있었다.

결국 밥 두 공기에 반찬까지 깔끔하게 먹고서 설거지조차 필요 없을 것 같은 그릇들을 깨끗하게 씻어 정리해 두고서야 산의 집을 나섰다.

초원은 그날 오후 내 촬영을 하면서도 허기가 지지 않았고, 왠지 모를 든든한 기분에 추위조차 느껴지지 않는 듯했다.

산은 아파트에서의 출근이라 서둘렀던 탓에 평소보다 조금 더 일찍 회사에 도착했다. 습관처럼 현장을 먼저 둘러보는데 문자 알림음이 경쾌하게 울렸다.

잠시 자리에 멈춰 서서 문자를 확인하는데, 첨부된 단 한 장의 사진을 보며 그 어느 때보다 환한 웃음을 짓고 있었다.

사진에는 밥 한 톨, 국 한 방울 남지 않은 빈 그릇과 반찬이 싹 비워진 작은 접시 두 개가 찍혀 있었다. 빨간 국물이 남은 김치 접시가 아니었다면, 이게 밥을 먹고 난 후의 그릇인지, 아니면 밥을 차리기 위해 꺼내 놓은 그릇인지도 헷갈릴 지경이었다. 그 사진 아래 적힌 '최고' 라는 짧고 굵은 단어 하나에도 기분이 날아갈 것 같았다.

같은 시각. 막 통근 버스에서 내리던 초롱의 눈에 산이 가득 들어찼다. 눈부시게 환히 웃는 모습에 덩달아 입매가 하늘을 향했다.

산은 현장을 충분히 돌아본 후 집무실로 향하며, 곧 마주하게 될 반가운 얼굴로 인하여 발걸음이 절로 빨라지고 있었다.

똑똑.

"네. 들어와요."

봐도 봐도 보고 싶은 얼굴을 곧 본다는 기대감으로 함빡 웃으며 성큼성큼 문으로 다가가던 산의 걸음이 우뚝 멈추어 서며 이내 표정을 감추었다.

"와, 이거 뭐지? 왠지 때를 잘못 맞춘 것 같은 이 기분?"

수완은 활짝 웃으며 다가서다 멈칫하는 산의 모습에 터지는 웃음을 참으려 애써야 했다.

"무슨 말을 또 그렇게, 앉아."

때를 잘못 맞추기는 했으나 그렇다고 말할 수가 없었다. 지금 자신의 본분을 잊고서 공과 사를 구별 못 하고 있는 사람은 수완이 아닌 바로 자신이었기에.

"빨리 용건만 끝내고 갈게."

"아니야, 내가 실수했어. 회산데 내가 생각이 짧았지 뭐."

"에이, 또 이렇게 나오면 내가 더 미안하잖아."

"아니라고, 쓸데없는 소리 말고 빨리 용건이나 말해."

"그래, 알았어. 방금 제주에서 펜션을 운영하는 고객한테 연락을 받았는데, 카라반도 하고 싶으신가 봐. 우선 10대 말씀하시더라고."

"그래? 지역이 어딘데?"

"서귀포, 지금 운영하는 펜션 앞쪽으로 정박하려고 해. 카라반 옆으로 데크까지 만들 거라고 하더라. 여기, 사진을 받았는데, 터가 제법 넓어. 10대 정도는 충분히 정박할 수 있겠더라고. 올봄부터 운영하고 싶다고 하니까, 데크 설치하는 거 고려해서 3월까지는 정박해야 하지 않을까 싶어."

"그래야겠네. 원하는 모델은 있대?"

산은 수완이 내민 현장 사진을 신중히 살펴보며 물었다.

"고민 중인 모양이야. 4인 기준 6대, 6인 기준 4대로 큰 틀은 정한 것 같아. 홈페이지에서 단편적인 모습만 보면 결정하기가 쉽지 않을 것 같아서 팸플릿하고, 결정에 도움이 될 만한 자료를 정리해서 먼저 보내 드리기로 했어. 일정 맞춰 조만간 한번 가 봐야 할 것 같아. 너 독일 출장 다녀온 후에 가 봤으면 하는데, 어때?"

"그래, 날짜 한번 맞춰 보자. 그나저나 카라반 선적 비용이 만만찮을 텐데. 지난번 우리 고객 제주에 갈 때 선적 비용이 얼마였지?"

"견인차 포함 60은 족히 들었지, 카라반만 한다면 40 정도? 그것도 카라반 제원에 따라 또 다르겠지?"

"그렇겠네. 항까지 이동하는 것만 해도 보통 일은 아니겠어. 같이 고민 좀 해 보자."

"그래."

똑똑.

"들어와요."

이제 오는 모양이었다. 혼자 있는 게 아니었기에 나름 표정 관리를 한다고 해도 반짝이는 눈빛까지는 어쩔 도리가 없었다.

"안녕하십니까. 고 이사님."

초롱은 당연히 그가 혼자일 줄 알고 방긋 웃으며 들어오다 멈칫했다.

"어서 와요, 초롱 씨. 오늘은 급한 일이 있어 내가 먼저 들어왔네요."

그런 초롱을 보며 수완이 마주 인사를 건넸다. 사람 마음이 어디 생각처럼 쉬울까. 자신은 이미 다 겪어 본 일을 한창 경험하고 있는 젊은 청춘들의 모습이 너무 깜찍해서, 비실비실 웃음이 새어 나오는 걸 단속하지 못하고 웃게 되었다.

초롱은 이미 둘의 사이를 알고 계신 분 앞에서 민망함에 얼굴이 달아오르고 있었다. 분명 일을 하러 들어왔는데, 왜 이렇게 양심이 쿡쿡 찔리는지.

"아, 초롱 씨하고 얘기는 해 봤어?"

수완이 산에게 물었다.

"아. 바빠서 깜빡했네. 수완 형 집에 초대받았어. 너하고 같이."

"저도요?"

"내가 두 사람 잘되기를 마음으로 얼마나 응원했는지 모르죠? 늦었지만 정말 축하해요. 그래서 말인데, 시간 좀 내 봐요. 사실 초롱 씨 만나기 전에는 산이 가끔 우리 집에 와서 밥도 먹고 했는데, 요즘 통 안 와서 집사람이 서운해하던 참이에요. 초롱 씨가 누군지도 궁금하다니까 둘이 시간 한번 맞춰 봐요."

쑥스러운 미소가 걸릴 듯 말 듯, 조금씩 붉게 물들어 가는 얼굴이 참 예쁘기도 했다. 저러니 산이 좋아할밖에.

"네, 이사님. 초대 감사합니다."

"날은 한번 맞춰 볼게. 수고해, 형."

"그래, 먼저 나간다. 초롱 씨, 수고해요."

"네. 이사님도 수고하세요."

수완이 나가고 나서야 산이 초롱을 조심스레 품으로 끌어안았다.

"내가 이래서 사내 연애만큼은 절대 하지 않으려고 했었던 거 알아? 양심에 엄청 찔려. 나름 공과 사를 엄격하게 잘 구분한다고 생각했는데, 요즘 내 모습을 보면 조금 실망스러워. 그렇다고 일을 열심히 하지 않는 것도 아닌데 말이야."

"저도…… 요즘 조금 곤란해요."

"너는 뭐가?"

"그러면 안 되는데 집중이 조금 흐려질 때가 있어요. 이산 씨 사무실 지나갈 때, 현장에서 마주칠 때, 계속 눈이 따라다녀요. 그렇다고 할 일을 하지 않는 것도 아니에요. 얼마나 열심히 하는데. 한 번도 해야 할 일을 미뤄 본 적도 없고, 마감 시간을 놓친 적도 없어요."

"알아. 네가 누구보다 열심히 일한다는 거. 너는 앞으로도 지금처럼만 하면 돼. 문제는 나야. 계속 이렇게 안고만 있고 싶어서 큰일이다."

"시간 계속 가요. 이제 그만 보고드리고 나가야 한다고요, 대표님!"

"알아, 알아. 하……."

정신 차려야 했다. 나중에 둘 사이를 누군가 알게 되더라도, 쓸데없는 말이 나오지 않게 하기 위해서는 정신 차려야 하는데, 오히려 중심을 잡고 잘 이끌어야 할 자신이 이렇게 감정에 휘둘린다는 게 그렇게 실망스러울 수가 없었다.

"하자. 일!"

"네."

책임감이 무겁게 내려앉은 그의 어깨를 보며 문득 안쓰럽다는 생각이 들었다. 열심히 보고하고 나서, 초롱은 이산이 아닌 대표인 그에게 할 말이 있었다.

"대표님, 자책하지 마세요. 처음 봤던 모습과 달라진 거 하나도 없어요. 지금도 그 어떤 직원보다 열심히 일하고 계세요. 여전히 직원들을 우선으로 생각하고, 배려하고, 제가 처음 존경한다고 했던 모습 그대로라고요. 그러니까 어울리지 않는 자책 같은 건 하지 마세,"

말을 마치기도 전에 테이블에 손을 짚고서 성큼 다가온 그의 입술이었다. 강하지도, 그렇다고 부드럽지도 않은 달콤하고 짜릿한 키스가 아쉽게 지나간다.

산은 입술을 떨어트리고도 여전히 허리를 숙인 채 가만히 초롱을 바라보다 아쉬움에 한 번 더 초롱의 촉촉한 입술을 머금었다.

"너도 여전해. 예나 지금이나 한결같아. 마음 씀씀이도, 말도 예쁘고. 사랑해. 초롱아."

"저도요. 이산 씨. 사랑해요."

초롱의 말에 싱긋 웃으며 아쉬운 마음을 접고 다시 자리에 앉았다.

"이제 나가 봐야지?"

"네. 나가야죠."

"그래, 다음 주 중에 수완 형 집에 한번 다녀오자. 괜찮은 날 정해서 나한테 알려 줘."

"그럴게요."

"오늘은 병원 가야 하나?"

"어제 다녀왔어요."

"그럼 오늘 저녁에 시간 괜찮겠네?"

"네. 괜찮아요."

"너, 지금 어디 아픈 데 없지? 컨디션이 좋지 못하다든지."

"없어요."

산이 흡족한 듯 고개를 끄덕였다.

"그럼 오늘 나랑 어디 좀 같이 가."

"호신술?"

"그래. 너는 훈련을 좀 해야겠어."

"알았어요. 배워 두면 좋지 뭐. 그만 나갈게요."

"그래. 저녁에 봐."

"그럼 나가 보겠습니다, 대표님."

보는 사람도 없는데 평소보다 더 깍듯하게 허리를 숙이며 과장된 인사를 하고 나가는 개구쟁이 같은 초롱의 모습에 산은 바보같이 웃고 말았다.

'일하자 일, 저녁에 이초롱 당당하게 만나려면 일해야지.'

정말 하기 싫었다. 요즘같이 일하기 싫었던 적이 또 있었을까. 살면서 처음으로 가져 보는 게으른 생각에 한숨을 내쉬며 가라앉는 마음을 스스로 다독여 보았다.

경선은 한 달 앞으로 훌쩍 다가온 출산 휴가를 대비하며 책상을 정리하고 있었다. 다행히 입원은 피했지만, 가능하면 움직임은 최소화하는 게 좋겠다는 의사의 말에 따라 남들보다 두 달이 앞당겨졌다.

만약을 대비해 인수인계는 시간이 날 때마다 초롱과 부서원들에게 하고 있었고, 그중 가장 큰 비중을 차지하는 초롱이 일을 너무 잘해 오고 있었기에 휴가를 내도 부담이 없어 새삼 초롱에게 고마운 마음이 들었다.

"초롱 씨, 우리 잠시 차 한잔 할까?"

"네, 과장님."

함께 카페테리아로 자리를 옮겨, 자신은 주스를 초롱은 따듯한 차를 들고서 창밖을 내다보며 나란히 앉았다.

"초롱 씨, 다음 달부터 나 휴가 들어가고 나면 많이 바빠질 텐데."

"저는 정말 괜찮아요, 과장님. 그러니까 신경 쓰지 않으셔도 돼요. 그나저나…… 배가 정말 하루가 다르게 나오는 것 같아요."

"그렇지? 나는 뱃살이 안 튼다고 좋아했더니 글쎄, 눈에 보이는 곳만 안 튼 거였어. 아랫배가 다 터져 너무 우울해."

"그래요? 크림을 잘 발라 줘도 트는 거예요?"

"아무리 덕지덕지 발라 봐야 트는 사람은 트나 봐. 할 수 없지 뭐. 아기만 건

강하다면 그쯤이야."

"그러게요. 아기는 잘 크고 있다고 하죠?"

"그래. 너무 쑥쑥 커서 자연분만이나 할 수 있을지 모르겠다. 윽."

갑자기 통증을 호소하는 듯한 경선의 모습에 초롱이 잔뜩 긴장했다.

"왜, 왜요. 과장님 배 아프세요?"

"아니, 아기가 너무 활발해서 그래. 움직임이 예전과는 비교할 수가 없어. 이러다 갈비뼈 부러지는 건 아닌지 몰라."

"그 정도예요? 너무 신기해요."

"한번 만져 볼래?"

"제가요?"

"뭐 어때? 손 이리 줘 봐."

경선은 마침 활발하게 움직임을 보이는 아기를 느끼며 초롱의 손을 자신의 배 위에 가만히 올려 주었다. 아기는 본능적으로 엄마의 손이 아니라는 걸 느꼈는지 놀랍게도 움직임을 멈추었다.

"지금 움직이고 있는 거예요?"

"아니, 얘가 지금 쫄았어. 기다려 봐."

경선은 한쪽에는 초롱의 손을 가만히 올려 두고 바로 옆에 여유가 많이 남은 배를 천천히 쓰다듬으며 말했다.

"열무야, 엄마야. 괜찮아. 놀아도 돼. 아고, 우리 열무 예쁘네."

배 속에서 열 달을 무럭무럭 잘 자라기를 바라는 마음으로 지은 태명을 사랑스레 부르자 엄마의 목소리를 알아듣기라도 한 걸까? 아기가 다시 천천히 움직이고 있었다.

"헉!"

초롱은 갑자기 자신의 손바닥을 툭 치는 느낌에 깜짝 놀라 손을 떼고 말았다.

"과장님. 방금 열무가 제 손을…… 찬 것 같아요."

너무 신기하고 놀라운 경험에 초롱의 눈이 더없이 커져 버렸다.

"풋, 뭐 이 정도로 놀라고 그래. 그건 애교야 애교. 어떨 때는 눈에 보일 만큼 꿀렁꿀렁한다니까, 내가 무슨 에이리언인 줄."

"정말요? 하긴 그 좁은 공간에서 움직이면 그렇게 보이기도……. 힘들지는 않으세요?"

"힘은 들지. 몸도 무겁고, 숨도 차고, 골반도 아픈 것 같고, 잠도 제대로 잘 수 없어. 그런데 그럼에도 불구하고 너무 좋아. 이렇게 활발하게 움직이는 거 보면 행복해."

"네. 정말 엄마는 위대하다는 말이 딱 맞는 것 같아요. 이렇게 배 속부터 교감을 해서 그런가? 내 새끼는 그렇게 예쁘다고 하잖아요."

"맞아. 이건 말로 표현할 수 없는 교감이야. 초롱 씨도 나중에 아기 가져 보면 알 거야. 얼마나 특별한 경험인지."

은은한 미소를 머금고서 배를 가만히 쓰다듬는 경선의 모습이 그렇게 아름다워 보일 수가 없었다.

초롱은 문득 자신이 임신하게 되면 어떤 모습일까 궁금했다. 그의 예쁜 눈과 그의 곧은 코와 그의 섹시한 입술을. 그의 따뜻한 성품을 쏙 빼닮은 아이가 생기면 과연 어떤 기분이 들까, 불현듯 떠오르는 생각에 화들짝 놀라며 머리를 가볍게 흔들었다.

'세상에, 맙소사. 대체 무슨 상상을 하는 거야. 미쳤나 봐.'

그저 상상만으로도 얼굴이 달아올라 버렸고, 경선이 그런 초롱을 유심히 바라보며 입을 열었다.

"우리 대표님 정말 좋은 분이야. 우리 오빠하고는 고등학교 동창이고. 아마 대표님 아니었으면 우리 오빠…… 지금처럼 저렇게 잘 지내지 못했을지도 몰라. 우리 가족한테는 은인이야. 그러니까 초롱 씨, 대표님 아프게 하지 말고 예쁘게 잘 만나."

경선은 출산 휴가를 가고 나면 초롱에게 말할 기회를 놓치게 될 것 같아 조심스레 말을 건넸다.

"과, 과장님. 과장님이 어떻게……."

물어보는 말이 아닌, 이미 만나는 사실을 알고 있는 사람처럼 말하는 경선을 보고 초롱은 놀라지 않을 수가 없었다.

"모르겠어. 나도 잘 모르겠는데, 이상하게 처음부터 왠지 두 사람 인연이라는 생각이 들더라. 처음에는 사귀는 게 맞나 긴가민가했는데, 어느 순간 딱 느낌이 왔어. 그렇다고 너무 걱정할 필요 없어. 직원들은 아직 눈치채지 못한 것 같으니까."

"네……."

"걱정하지 말라니까. 나는 초롱 씨가 대표님과 잘됐으면 해서 하는 말이야. 나야 이제 곧 출산 휴가 가고 없을 텐데 뭘. 그리고 휴가가 아니라 해도 어디 말하지는 않을 거야."

"감사합니다. 과장님."

"감사는 무슨, 혹시라도 쓸데없는 생각 하지 말라고. 사랑하면 무조건 직진이야. 만에 하나 들킨다 하더라도 초롱 씨는 얼마든지 당당해도 돼. 나는 완전 초롱 씨 편이야."

가만히 제 등을 토닥이는 경선의 말을 들으며, 이상하게도 눈시울이 붉어졌다. 그렇게 생각하지 않으려 해도 그의 앞에서는 한없이 작아지려 하고 있었다.

차고 넘치는 그를 보며, 부족한 자신을 되돌아보며 불안하지 않다면 거짓말, 신경이 쓰이지 않는다면 그것도 거짓말.

늘 자신의 부족함을 마음으로 보충하고 채우며 그의 곁에 있는 게 미안하기만 했다. 스스로가 이럴진대 타인의 눈에는 어떻게 비칠까, 생각하면 한숨만 나왔는데 경선의 말에 다시 작아지는 마음을 부풀리고 움츠리는 몸을 활짝 펴 보았다. 그의 손을 놓을 게 아니라면 조금 더 당당한 모습으로, 좀 더 씩씩한 모습으로 있고 싶었다.

초롱은 마음으로 가만히 외쳤다. 파이팅이라고.

통근 버스에서 내려 집 근처에서 그의 차를 타고 어딘가로 이동을 하며 창밖을 물끄러미 내다보았다.

"서운하네. 나는 운전 중이라 그렇다 치고, 너는 나 안 보고 싶었어?"

"그게 무슨 말이에요?"

"나는 보지도 않고, 창밖만 계속 보고 있으니 하는 말이야."

"하나만 알고 둘은 모르시네요."

"뭐?"

"차창에 비친 이산 씨 얼굴이 얼마나 멋진데요. 내가 뚫어져라 쳐다보면 운전에 방해될까 봐 일부러 창밖 보는 척하면서 이산 씨 얼굴도 보고 하는 거지."

이제 이렇게 말을 돌려 하는 여유까지 부릴 수 있었다.

"뭐야? 하하하."

자신의 기분을 생각해서 듣기 좋으라고 하는 임기응변이겠지만, 그런데도 싫지 않다는 게 문제였다.

"자, 다 왔어. 내려."

"네. 오늘 아주 많이 걱정되네요. 몸이 둔한데 잘할 수 있을지 모르겠어요."

"무슨 소리야? 너 몸 둔하지 않아. 얼마나 날렵하고 유연하고…… 부드러운데."

"흥. 됐거든요! 어서 들어가요."

한 번도 해 보지 않은 도전에 밖에서 머뭇거려 봐야 도움이 될 건 하나도 없었다. 그의 입에서 더 민망한 말이 나오기 전에 서둘러 들어가는 게 나을 듯싶었다.

초롱은 건물에 한 발 들여놓으며, 어디선가 들려오는 기합 소리와 우당탕거리는 살벌한 소란에 저도 모르게 몸이 움츠러들고 있었다. 소리로 유추해 보건대 운동 중인 사람이 한둘이 아닌 건 차치하고라도, 생각보다 더 격한 운동을 하게 될지도 모른다는 두려움에 걱정이 한층 더해지고 있었다.

그런 초롱의 마음을 알아챘는지 산이 초롱의 등을 부드럽게 감싸고서 체육관 문을 열었다. 순간 스무 명은 족히 넘을 것 같은 사람들이 하나둘 동작을 멈추며 자신들을 바라보았다.

'무서워.'

이렇게 건장한 남자들을 한꺼번에 마주해 본 적이 단 한 번도 없었던 초롱은 저도 모르게 침을 꿀꺽 삼켰다. 체육관 안은 남자들이 뿜어내는 뜨거운 열기와 건강한 땀 내음으로 가득 차 있었고, 초롱은 자신의 등을 조금씩 밀며 안으로 이끄는 산의 팔과는 반대 방향으로 자꾸 주춤거리고 있었다.

"괜찮아, 안 잡아먹어. 저렇게 위험하게 하지는 않을 테니까 겁먹지 않아도 돼."

산이 말을 끝내기가 무섭게 무리를 이끄는 사람이 '훈련 중단.' 이라 외쳤다. 일제히 우렁차게 체육관이 떠나가라 지르는 기합 소리에 초롱이 깜짝 놀라 산에게 한 발 더 다가갔다.

산은 잔뜩 긴장한 채 자신의 옷자락을 꼭 잡으며 자신에게 바싹 붙은 초롱이 너무 귀여워 웃지 않을 수가 없었다.

"형님, 오랜만입니다. 그런데 누구……."

무리의 남자 중 한 명이 산에게 물었다.

"보면 몰라? 애인이지. 인사해라."

태연하게 대답하며 산이 싱긋 웃었다.

"안녕하십니까, 형수님!"

우렁찬 인사와 함께 훈련하던 건장한 남자들이 하나둘 초롱의 옆으로 다가와 산에게 악수를 청하며 친근하게 말을 건넸다.

"오랜만에 오셨습니다."

"형님, 와우."

"얼굴이 훨씬 좋으십니다."

"국수?"

"부럽습니다. 형님."

"솔로 탈출 축하드립니다."

"축하한다. 이산."

모두 잘 아는 사람들 같았다. 저마다 호기심 어린 눈빛으로 산과 초롱을 번갈아 바라보았고, 저를 향해 짓궂은 표정을 지으며 부러움에 몸부림치는 걸 아는지 모르는지, 산의 표정은 그저 여유롭기만 했다.

초롱은 가능하다면 씩씩한 모습으로 그의 옆에 서 있고 싶은데, 격한 운동으로 차림이 흐트러진 남자들을 편하게 바라보는 게 쉽지만은 않았다.

잔뜩 벌어진 차림 사이로 보이는 우락부락한 근육과 큰 덩치, 시커먼 도복은 그들의 건장한 체격을 더욱더 돋보이게 만들고 있었고, 지나가는 그들에게서 뿜어 나오는 에너지에 다시금 산의 옆에 바싹 붙었다.

무리가 다 빠져나가 안도의 한숨을 내쉬는 찰나, 또 누군가 자신들을 향해 다가왔다. 흐트러진 차림을 단정하게 정리하며 검은색 띠를 두르는 모습에서 지금까지 지나갔던 남자들과는 비교할 수 없을 정도의 포스가 느껴지고 있었다.

"왔어?"

"어. 지금쯤이면 수련이 끝났을 줄 알았는데, 내가 방해한 거야?"

"아니야. 오늘 일이 좀 있어서 평소보다 훈련이 조금 길어졌을 뿐이야. 네 덕분에 저 녀석들은 살았고."

그녀였다. 제법 오랜 시간이 지났다 해도 승주의 예리한 눈은 초롱을 정확히 알아보았다. 회사 직원이라고 했었지, 그것도 새로 들어온 신입이라던. 술을 마시는 중에도 계속해서 그녀를 의식하던 산의 눈빛도 여전히 승주의 기억 속에 남아 있었다.

차를 타고 가는 중에 봤었던 모습은 어땠더라. 함께 있는 모습이 어색해 보이기는 했지만 여자는 어떤 남자의 옆에 있었는데, 어쭙잖게 관심이든 호기심이든 접으라고 했던 자신의 말까지 기억에 남는 거로 보아 제법 인상 깊었던 모양이다.

궁금한 건 많았지만 잠시 보류.

"이쪽은 이초롱 씨야. 내 연말연시를 다 가져간 장본인."

'지난해의 끝과 올해의 시작을 함께했던, 하필 형에게 설렘 가득한 모습을 고스란히 드러내고 말았던 그 날, 내가 만나러 갔던 바로 그 사람이라고.'

"아하."

산의 소개에 승주의 입에서 가벼운 감탄사가 흘러나왔다. 녀석이 죽도록 시원한 맥주를 찾았던 그 날, 자신을 캠핑카에 홀로 남겨 두고 부리나케 나갔던 이유가 바로 이 여자 때문이었나 보다. 단지 전화 한 통화로 산이 눈부신 자연을 대할 때보다 더 행복한 미소를 짓게 했던 바로 그 여자였다. 승주가 알 만하다는 듯 고개를 끄덕이자 산이 초롱에게도 소개해 주었다.

"그리고 이쪽은 내 사촌 형 하승주."

산은 오늘따라 더 멋있어 보이는 형의 모습이 조금은 짜증이 났다. 여자들은 운동하는 남자에게서 매력을 느낀다고 하던가? 가만, 그럼 오늘 영 잘못 찾아온 거 아냐? 아까 스쳐 지난 놈만 대체 몇이나 되는 거야? 아무도 없을 때를 골라 왔어야 했나? 뒤늦은 후회는 해 봐야 아무 소용이 없었다.

초롱은 그저 호신술을 배우러 오는 줄만 알았지, 그의 친척까지 보게 될 줄은 몰랐기에 놀라움과 함께 민망함이 찾아들었다. 아직은 그와 아는 사람을 만나게 되는 것도 부끄러운데, 그의 가족이라니.

'그런데 저분…… 어디서 봤더라? 분명 어디선가 본 적이 있는 얼굴 같은데.'

산이 자신을 바라보는 줄도 모르고, 초롱은 왠지 모르게 낯이 익어 보이는 남자를 유심히 바라보며 인사를 나누었다.

"안녕하십니까, 하승주입니다."

"네. 안녕하세요. 저는 이초롱입니다."

인사가 끝나자 산이 승주에게 물었다.

"형, 우리 님 도복 있지?"

"어, 그러고 보니 키는 비슷하겠네. 림이 도복 입으면 되겠어."

산이 초롱을 여자 탈의실로 이끌었다.

"초롱아, 하이림 알지? 내 동생 도복 입고 나와. 나도 도복 입고 올게."

"네. 그런데 정말 잘할 수 있을까요? 아까 보니까 장난 아니던데."

"설마 너한테 그런 걸 시킬까 봐? 쓸데없는 걱정 하지 말고 얼른 갈아입고 나오기나 해."

산은 여자 탈의실로 초롱의 등을 떠밀고서 나오자마자 '훅' 하고 가슴으로 살벌하게 날아오는 도복을 덥석 잡았다. 승주가 던진 도복이었다.

"뭐냐? 남자 있는 거 아니었어?"

"하여간 쓸데없는 기억력. 아니야. 그 사람은 친구 사촌 오빠래. 아무 사이 아니라고."

"그럼 너는 뭐야? 그때 나더러 뭐라고 했더라, 너무 갔다고 했던가? 관심도 호기심도 아닌 것처럼 할 때는 언제고, 아예 애인이라고 데리고 왔네?"

"형은 사무실에 있으면 안 되는 사람이야, 알아? 내가 볼 때 형은 아직 최일선에 남아 있어야 했다고. 누구보다 감각이 예민하고 깨어 있잖아, 눈썰미도 좋고 말이야. 그러니 나보다 더 빨리 내 마음을 알아챈 거겠지. 귀신."

"풋, 말이 많은 걸 보니 민망하기는 한가 봐? 가만…… 그럼 뭐야, 너의 처음부터 내가 함께한 건가?"

"뭐. 그런 셈이네."

"아무튼 축하할 일이지?"

"당연히."

"축하한다. 사람이 티가 없이 맑고 깨끗해 보이는 게 너랑 잘 어울리겠어."

"고마워. 그리고 오늘 잘 부탁해."

산의 말에 승주가 피식 웃으며 어이없다는 듯 고개를 설레설레 흔들었다.

'호신술 교육이라…….'

최고급 인력인 자신을 특수 훈련이 아닌 이런 가벼운 부탁으로 찾을 사람은 저 뻔뻔한 독수리 오 형제밖에 없을 듯싶었다. 다른 사람이 하는 부탁 같았으면 아예 씨도 먹히지 않을, 그래도 가족이니까. 게다가 자신이 너무나 아끼고 사랑하는 독수리 오 형제니까, 이런 간지러운 부탁도 기꺼운 마음으로 들어줄 수밖에.

초롱이 입은 림의 검은색 도복은 다행히 몸에 잘 맞았다. 긴 띠를 어떻게 매야 할지 몰라 허리에 두 번을 감고서 대충 매듭을 지었다. 만족스러운 차림에 싱긋 웃으며 탈의실을 나섰는데, 도장 한가운데서 도복을 입고 있는 그의 넓은 등을 본 순간, 초롱의 움직임이 그대로 멈춰 버렸다.

그의 몸을 이렇게 밝은 곳에서, 이처럼 자세하게 바라본 적이 있었던가? 각이 잡힌 정갈한 도복 바지 위로 아직 아무것도 걸치지 않은 그의 상체를 물끄러미 바라보며, 처음 보는 모습도 아닌데 마치 처음인 것처럼 심장이 두근거리고 있었다.

그의 몸은 온통 다부진 근육으로 이루어져 있었고, 조그만 움직임에도 매끈한 근육이 물결치듯 역동하는 모습을 보며, 자기 관리를 위해 얼마나 오랜 기간 부단한 노력을 해 왔는지 알 것 같았다.

도복 상의를 강하게 한 번 탁 털고서 멋지게 포물선을 그리며 팔을 넣는 모습은 또 왜 그렇게 멋있는지. 저도 모르게 근육의 세밀한 움직임까지 눈에 담으며 더워지는 열기에 당황해 강하게 고개를 흔들었다.

산은 도복 상의를 마저 입고서 띠까지 야무지게 매고 나서야 뒤를 돌아보았다. 멀찌감치 떨어져 저를 바라보는 초롱을 보고 활짝 웃으며 그녀에게 다가갔다.

"도복 잘 어울린다."

"이산 씨도요. 운동선수라고 해도 믿겠어요."

"내가 옷걸이가 좋아서 도복이 좀 잘 받지. 이리 와 봐. 띠 다시 매 줄게."

초롱의 허리에 대충 묶여 있는 띠를 풀며 피식 웃음이 나왔다. 말 꼬리처럼 길게 묶여 있던 머리카락은 머리 꼭대기에 동그란 빵처럼 야무지게 말아 올려져 있었고, 도복을 입느라 더웠는지 발그레하게 상기된 얼굴은 가뜩이나 어려 보이는 초롱을 더 어려 보이게 만들었다. 도복 아래로 꼼지락거리는 조그만 발가락은 또 왜 그렇게 귀여운지.

산은 띠를 묶는 중에도 초롱의 얼굴에서 눈을 뗄 수가 없어 난감했다.

멀리서 태연하게 팔짱을 끼고서 그 모습을 바라보던 승주의 입가에 흐뭇한 미소가 생겨났다.

'뭐가 저렇게 풋풋해? 여자야 나이가 어려 그렇다 치고, 하이산이 저렇게 풋풋할 일이야? 쟤한테서 저런 표정을 볼 줄은 몰랐네. 새롭다. 새로워. 하이산 새롭네.'

보기만 해도 간지러움이 피어나는 모습에 잠시 자리를 비켜 줄까 생각하다 발동한 장난기에 냅다 소리쳤다.

"준비는 다 됐어?"

큰 소리에 깜짝 놀란 초롱이 움찔하는 모습에 산이 고개를 설레설레 흔들며 승주를 노려보았고, 승주는 그저 어깨만 으쓱할 뿐이었다.

"형이 지금 우리 놀리는 거야. 저 형이 겉으로는 아주 포스가 철철 넘치지? 그런데 알고 보면 은근 개구쟁이야. 그 모습을 아는 사람이 겨우 우리 가족뿐이라는 사실이 애석하다. 애석해. 그러니 행여라도 저 겉모습에 속지 마. 반하면 곤란하다."

"반하긴 누가 반해요. 이산 씨가 훨씬 더 멋있는데. 자신감을 좀 가져 봐요."

너무나 당연한 듯 말하는 초롱의 얼굴과 담백한 말투는 듣기 좋으라고 하는 말이 아닌, 누가 봐도 진심이었다. 산은 자신의 가슴을 아무렇지도 않게 여린 손바닥으로 툭툭 치더니 싱긋 웃으며 앞서가는 초롱의 모습에 바보처럼 웃고 말았다.

'이초롱 사람 다룰 줄도 아네. 이제 못 하는 게 없어 아주.'

초롱은 먼저 시범을 보이는 산과 승주의 동작을 보며 의외로 간단한 동작에 고개를 갸웃할 수밖에 없었다. 지금까지 눈으로 보던 화려한 호신술과는 조금 달라 보였기 때문이었다. 과연 저런 간단한 동작들로 상대를 제압할 수 있을까? 자신을 지켜 낼 수 있을까? 의문이 드는데, 산이 이내 궁금증을 풀어 주었다.

"흔히들 호신술이라고 하면 화려한 동작으로 상대를 제압하고, 나아가서는 무찌르고, 그렇게 거창하게 생각하는데, 그거 아주 위험한 발상이야. 내가 너에게 호신술을 알려 주려는 이유는 단 하나야. 안전하게 위험에서 빨리 벗어나는 것."

산의 말에 고개를 끄덕이던 승주가 말을 덧붙였다.

"산의 말이 맞아요. 일반인을 상대로 한 호신술의 근본 취지는 위험에서 한시라도 빨리 벗어나는 걸 목표로 해요. 아무리 호신술을 잘 배우고 또 운동을 좀 했다고 해도 막상 그런 상황이 닥치게 되면 당황하기 마련이라, 배운 동작이 잘 생각나지도 않을뿐더러 상대가 내가 배운 자세로 덤벼들 리 만무하죠. 또 어설프게 호신술을 사용했다가는 오히려 상대를 자극해서 더 큰 위험을 초래할 수도 있어요."

"그러니까 호신술 동작은 최대한 짧고 간결하게, 실제로 사용할 수 있는 동작들로 알려 줄 거야. 동작이 비교적 간단해서 별거 아닌 듯해도 실전에서 써먹을 때는 이보다 더 효율적인 동작도 없어. 네가 이 동작을 무리 없이 잘 소화하면, 다음번에는 난이도를 조금 더 높일 수는 있어. 이를테면 네가 그때 봤던 그 유도 기술."

"유도 기술은 아직 조금 더 있다가, 지금은 기본이 되는 동작부터 연습 또 연습 말고는 없어요. 몸이 알아서 반응할 때까지. 그럼 시작해 볼까요?"

승주는 눈으로 자신과 산의 입을 바쁘게 오가며 귀로는 부지런히 경청하는 여자를 보며 웃지 않을 수가 없었다. 과연 얼마나 잘 따라 하는지 한번 지켜볼까?

"네. 잘 부탁드리겠습니다."

초롱은 산과 함께 동작을 하나하나 직접 몸으로 익혔다.

다가오는 사람의 힘을 역이용하여 끌어당겨 바닥으로 엎어 치는 동작이나 공격하는 상대방을 주춤하게 만들 수 있는 급소를 공격하는 동작, 위협적으로 목을 졸라 오는 상대를 손쉽게 뿌리치며 반동을 이용해 상대의 허를 찌르고 그의 발을 밟아 넘어뜨리며 재빨리 현장을 벗어나는 동작까지. 하나같이 어렵지 않은 동작에 조금씩 자신감이 붙고 있었다.

쉬지 않고 반복, 또 반복하다 보니 이제는 손만 툭 쳐도 그 동작이 나올 만큼 빠르게 적응하고 있었고, 움직임도 점점 더 날렵해져 갔다.

"오, 이제 제법 잘하는데?"

산은 시종일관 너무나 진지한 초롱의 태도에 웃음기를 빼고 덩달아 운동에만 전념했다.

"너무 재밌어요. 같은 동작을 반복하는데도 지겹지가 않아."

제 키보다 훨씬 더 큰 사람을 어렵지 않게 넘어뜨릴 수 있다는 게 이렇게 신기하고 짜릿하게 느껴질 줄이야. 초롱은 살면서 처음으로 운동하는 기쁨을 몸소 체험하고 있었다.

"오늘은 여기까지 하죠. 동작은 간단한 듯 보여도 온몸을 움직여야 해서 근육이 많이 지쳤을 거예요. 집에 가서 잘 풀어 주고 푹 쉬어 줘야 해요."

"네. 오늘 정말 감사합니다."

초롱의 정중한 인사에 승주가 마주 고개를 숙였다.

그녀의 여리여리한 모습에 해 봐야 얼마나 할까 싶었다. 몇 번 하다가 힘들다고 쉬겠지. 조금 하다 말겠지. 했는데, 여자는 보기보다 강단 있어 보였다.

같은 동작을 수없이 반복하고 있음에도 지친 기색 하나 없이 묵묵하고 꿋꿋하게 연습에 연습을 반복했고, 산 역시 그런 여자에게 조금 쉬었다 하자는 말도 없이 연습을 받아 주고 또 받아 주고 있는 모습이…… 그저 예방 차원에서 호신술을 가르쳐 주자고 온 모습은 아닌 듯한데.

"초롱아, 들어가서 옷 갈아입고 나와."

"네."

초롱을 탈의실로 들여보내고서야 산이 땀이 밴 도복 상의를 풀어 헤쳤다.

"산, 뭐 걱정되는 거 있어? 왜 이렇게 열심이야?"

"걱정은 무슨."

"그럼 데이트하기에도 바쁜 시간에 뜬금없이 호신술은 왜."

"걱정된다기보다 신경이 쓰여서 그래. 요즘 세상이 워낙 험하고 그렇잖아. 밤에 혼자 다닐 일도 많을 텐데, 제 몸 하나쯤은 지킬 수 있어야지."

아무리 형이라도 초롱의 아픈 가정사까지 시시콜콜 말해 줄 수가 없었다.

"혹시 걱정되는 일이 있으면,"

말을 돌리는 동생을 보며 걱정이 보태진 승주다.

"알아. 형 뒀다 뭐 해? 그럴 때 유용하게 써먹어야지."

"풋, 그래. 써먹어라. 많이. 너라면 써먹혀 주지 뭐."

"고마워, 형. 그리고 우리 형한테도 이제 말하려고. 만나는 사람 있다는 거."

"잘 생각했다. 정말 진지하게 만나고 있는 거라면 말하고 속 편하게 교제해. 마음에 부담이 없지는 않았을 텐데."

역시 말하지 않아도 다 아는 승주였다. 산은 동생들이야 신경 쓸 것도 없지만, 형만큼은 마음에 걸리지 않을 수가 없었다.

"그러니까 형도 내일 시간 내 봐. 내일 우리 형하고 수, 운, 같이 보기로 했으니까."

"림은 왜 빼?"

"빼긴 뭘 빼? 이미 알고 있는데."

'너무 많이 알고 있어서 탈이지. 아니, 너무 많은 걸 봤다고 해야 하나?'

"그럼 다행이고, 영광이다. 그 역사적인 순간을 함께하게 되다니 말이야."

승주는 내일 보게 될 산의 형제들의 반응이 벌써 기대가 되고 있었다.

익숙한 건물, 익숙한 bar에 들어서는 산의 마음이 여느 때와는 조금 달랐다. 형제들과 그저 편하게 한잔 기울이러 올 때는 느끼지 못했던 긴장감과 흥분이 산을 에워싸고 있었다. 룸에 들어서자 먼저 온 강과 수, 운이 반갑게 산을 맞았다.

"어서 와, 우리끼리 보는 건 오랜만이다?"

강이 먼저 인사를 하자 셋째 수가 뒤를 이었다.

"그래, 형. 오랜만에 밖에서 보니까 좋네. 우리 님한테는 조금 미안하긴 하지만 말이야."

"형들도 참. 림은 충분히 이해해 줄 텐데, 우리가 괜히 제 발 저리는 거야."

운이 막내를 두둔하자 산이 자리를 잡고 앉으며 말했다.

"운 말이 맞아, 우리 님이 얼마나 시원시원한데 이런 거 하나 이해 못 할까, 라고 말하고 싶지만 은근히 섭섭한 눈치야. 지난번에 보니까 푸념하던데? 왜 하필 혼자 여자로 태어난 거냐고 말이야."

귀여운 막냇동생 얘기를 하며 산이 싱긋 웃었다. 어려서부터 림의 경쟁 상대는 늘 자신보다 키도, 덩치도, 체력도, 게다가 나이도 많은 오빠들이었기에 경쟁 자체가 되지 않음에도 늘 동등해지고 싶고 이기고 싶어 하는 승부욕으로 스스로를 괴롭히고는 했다.

"그것도 제 운명이지 뭐, 별수 있나."

강이 산의 술잔에 위스키를 한 잔 따라 건네주자 옆에 있던 수가 말을 건넸다.

"그나저나 웬일이야? 산이 형이 호출을 다 하고. 늘 술 한잔 하자고 러브콜을 하는 건 나나 운 아니었어?"

산이 형제들을 불러 모은 이유를 이미 알고 있는 운이 능글능글 말을 이었다.

"이야, 역시 우리 셋째 형 예리해. 둘째 형이 호출할 때는 무언가 할 말이 있을 때였지, 아마?"

"맞아. 오늘은 그냥 한잔하고 싶기도 했고, 주목적은 할 말이 있어서 불렀어."

산이 말을 하자마자 노크 소리가 들렸다.

"늦었다."

그 어떤 변명도 없이 그저 늦었다는 말로 미안한 마음을 대신하는 승주였다.

"아니야, 늦기는, 산도 이제 막 들어왔어. 어서 앉아. 한잔 줄게. 산, 너는 하던 얘기 마저 하고."

"어. 그래."

느긋하게 자리에 앉으며 술잔을 받아 드는 승주를 바라보는데, 보일 듯 말 듯 한 미소를 그리는 모습에 산은 괜스레 목부터 열이 스멀스멀 올라오는 것 같은 기분이 들었다.

"흠흠. 그래. 해야지."

왠지 모르게 쉽게 말이 나오지 않았다.

"너, 무슨 일 있어?"

평소 시원시원한 동생답지 않게 뜸을 들이는 모습이 수상한 강이 물었다.

"일은 무슨, 그런 거 아니야. 일이 있다면 나보다 형이 더 일 났지."

"그건 또 뭔 소리야?"

"나 만나는 사람 있어."

어차피 해야 할 말이라 더 머뭇거리지 않고 속 시원히 말해 버렸다.

"오."

이미 알고 있던 승주와 운이 들고 있던 술잔을 내려놓으며 외마디 감탄사를 내었고, 전혀 예상하지 못한 강과 수는 술잔을 든 채 그대로 굳어 버렸다. 이내 정신을 차린 강이 승주와 운을 향해 물었다.

"뭐야? 너희 둘은 이미 알고 있었던 거야?"

"아니, 말은 정확히 해야지. 내가 두 사람한테 들켰어. 더 정확하게는 내가 마음을 감추지 못했지."

산의 말에 여유 있는 미소를 짓는 승주, 운과는 달리, 강과 수는 많이 놀란 듯 뚫어져라 바라보았고, 산은 그들이 자신의 말을 받아들일 수 있는 시간적인 여유를 주고 있었다.

"운은 일하다가 알게 됐고, 승주 형은 캠핑 갔다가 우연히 알게 됐어. 어쨌든, 지금 잘 만나고 있고 나는 결혼까지도 생각하고 있어."

"뭐?"

"후우."

"와우."

"대박."

산의 말을 들은 네 사람의 다양한 감탄사와 제각기 다른 표정이 볼만했다. 불쑥 말해 놓고서 자신 역시 놀랐음에도 형제들의 놀라는 모습은 그리 썩 마음에 들지 않았다. 이게 저렇게까지 놀랄 일인가?

일단은 그저 만나는 사람이 있다는 정도만 말하려고 했었다. 결혼이라는 단어는 아직 무엇 하나 결정된 것 없는 상황에서 섣불리 꺼낼 말은 아니었음에도 서둘러 산의 입 밖으로 흘러나왔고, 무심코 툭 튀어나온 말치고는 제법 마음에 들었다.

어쩌면 마음으로 간절히 바라고 있지는 않았을까. 합법적으로 초롱의 일에 신경을 쓸 수 있고, 관여할 수 있는 그런 위치와 자리가 절실했던 건 아니었을까, 생각이 거기까지 미치고 있었다.

산이 강을 향해 다시 입을 열었다.

"다른 사람은 몰라도 형만큼은 알고 있어야 할 것 같아서."

평소 형제가 농담처럼 주고받던 말이었다. 누구라도 사랑하는 사람이 생기면 순서 상관없이 기쁘게 보내 주겠다고. 농담 반, 진담 반이었으나 그때는 농담에 비중을 조금 더 두었기에 산은 지금 형의 마음이 무엇보다 중요했다.

누구라도 결혼하기를 바라는 집안 분위기상 역혼이 문제 되지는 않을 터였다. 하지만 형이 불편하거나 조금이라도 꺼리는 마음이 있다면, 기다리기 힘은 들겠지만 형보다 앞서가고 싶은 마음은 없었다.

"혹시 형은 아직 만나는 사람 없어? 마음속에 감춰 둔 사람이나 진지하게 만나는. 누구라도 없어?"

"없다면?"

"나는 가능하면 올해를 넘기고 싶지 않아. 아니 더 솔직하게 말하면 당장이라도 할 수만 있다면 하고 싶어. 그러니까 형. 누군가 있다면 조금 서둘러 줬으면 좋겠고, 없으면 분발해 줬으면 좋겠다."

"자식, 지금껏 내가 하던 말은 어디로 들었어? 내가 빈말하는 거 본 적 있어? 먼저 가. 너 먼저 해도 돼. 나는 아무 상관 없어. 너뿐만 아니라, 수나 운이었어도 상관없다고. 진심이었고, 지금도 진심이야. 어디 그뿐이게? 아주 감사하다. 덕분에 당분간이라도 할머니의 등쌀에서 조금은 벗어날 수 있겠어."

강에게는 생각해 볼 가치도 없는 일이었다. 산이 만나는 사람이 있다기에 잠시 놀라긴 했지만 그뿐이었다. 순서대로 나왔다고 결혼도 순서에 맞게 해야 한다는 법은 어디에도 없었다. 내심 형제 중 누구도 결혼에 뜻이 없는 듯 보여 걱정이 없지 않았는데, 한 명이라도 간다고 나서니 그저 고마울 뿐이었다.

강의 말에 산이 고개를 갸웃하며 물었다.

"어디 그럴까? 할머니 입장에서는 장손이 가지 않고 있는데? 형을 더 닦달하지 않을까?"

"산! 그런 끔찍한 소리는 하지도 마. 당장 하래도 난 없어. 마음에 둔 사람도 없고, 진지하게 만나거나 교제하고 싶은 사람도 없다고. 나도 사람이라 장담할 수는 없다만, 현재로서는 지금 상태가 너무 좋아. 완벽하게 만족한다는 소리야. 그러니까 나 끌어들일 생각은 하지도 마."

"그럼 정말 내가 먼저 해도 상관없다는 거야?"

"나는 아무 상관 없으니 산, 너 하고 싶은 대로 다 해."

쿨 내 진동하는 강의 확고한 대답에 산은 그만 씩 웃고 말았다. 말은 그렇게 해도 못내 서운한 마음이 있지는 않을까 걱정했는데, 너무나 흔쾌히 승낙하는 형을 보며 안도하게 되는 간사한 마음이었다.

흘러가는 대화를 가만히 듣고 있던 수는 의아한 마음을 감출 수 없었다.

"형, 대체 만난 지 얼마나 된 거야? 충분히 알아봤어? 사람 제대로 잘 본 거 맞냐고. 지금까지 한마디 말도 없이, 아니 누굴 만나는 기색도 보이지 않더니 갑자기 무슨 결혼까지 생각한대?"

가족 모임을 할 때도 그 어떤 낌새도 보이지 않았다. 바로 지난달 모임 때만 해도 할머니의 성화에 다들 얼마나 피곤했었는데.

'아, 그래, 맞아.'

"어쩐지…… 이상하다 했지."

수가 그제야 뭔가 생각이 난 듯 말을 꺼냈다.

"뭐가?"

"지난달 가족 모임 할 때 말이야. 할머니께서 특단의 조치를 취하겠다고, 지금 만나는 사람이 없다면 무조건 의무적으로 선을 보게 하겠다. 했을 때, 다들 불평했는데 형만 천하태평으로 있었어. 그때 뭐라고 했더라? 그래, 음…… 할머니께서 하라면 해야죠. 라고 했던가? 믿는 구석이 있어서였어. 안 그래, 형?"

"믿는 구석이라…… 정작 당사자에게는 말도 꺼내지 못했는데 믿는 구석이라고 해도 될지 모르겠네."

"뭐야? 그럼 아직 프러포즈도 하지 않았는데 우리한테 이러는 거라고?"

"그러게…… 떡 줄 사람은 생각도 않는데, 김칫국부터 마셔 버렸네?"

싱겁게 웃음을 터트리는 산의 모습에 형제들 모두 의아해하며 바라보았다.

말과는 달리 여유로운 미소와 한결 부드러워진 표정에서 자신들이 크게 걱정해야 할 일은 없을 듯싶었다. 그저 축하와 응원만이 필요할 뿐.

산의 폭탄 고백이 끝나고, 여느 때와 같이 대화의 장이 열렸다. 여느 형제들 같지 않게 모이기만 하면 할 말들이 쏟아지는 독수리 오 형제였다. 서로의 안부를 묻거나 각자 하는 일은 어떻게 되고 있는지와 같은 일상적인 내용부터 시작해, 요즘 정치나 경제, 사회, 문화의 전반적인 분야에까지 범주를 넓혀 가며 대화가 끊이지 않고 있었다.

과묵한 승주 역시 이들과 함께 있으면 평소보다는 좀 더 말이 많아졌다. 그러다 무심코 시계를 확인하며 코웃음이 나왔다.

"그만 마무리해야 할 것 같아. 시간이 많이 지났다."

승주의 말에 모두 약속이나 한 듯 시계로 눈이 향했다.

"말도 안 돼, 온 지 얼마나 됐다고 벌써 12시야? 촬영장에서는 그렇게 가지 않는 시간이 놀 때는 왜 이렇게 잘 가나 몰라."

내일 촬영을 앞둔 운도,

"그러게, 시간이 벌써 이렇게 된 줄은 몰랐네. 형 그만 정리해야겠는데? 우리 내일 아침에 회의 있어."

아침 일찍 회의가 있는 수도,

"그래, 아쉽지만 오늘은 여기까지 하자. 못다 한 얘기는 다음 모임 때 하고."

역시 수와 함께 회의에 들어가야 하는 강까지 아쉬운 마음을 감추지 않았다.

"아직 못다 한 말이 남았다고? 그럼 지금까지 한 건 뭐야 대체."

남자 다섯이서 세 시간 넘게 얘기만 하고 있었다고 하면 과연 누가 믿을까. 승주는 제법 많이 비워진 술병을 쳐다보다 사촌의 얼굴을 하나하나 살펴보는데 취기가 오른 사람이 하나도 없어 보였다. 얼마나 많은 대화가 오갔기에 취기마저 사라져 버렸는지 보면 볼수록 신기해하지 않을 수 없는 사촌들이었다.

"형, 우리가 이러는 게 어디 하루 이틀이야? 이젠 적응할 때도 된 것 같은데 왜 한결같이 당황하고 그래? 그만 가자. 형도 다음 모임 할 때 본가에 한번 들러, 어른들이 형 보고 싶어 해."

산은 아직도 고개를 설레설레 흔드는 승주를 보며 웃음 지었다.

"산, 어른들께는 언제 말씀드릴 생각이야? 많이 좋아하실 텐데."

"아직은. 상황 봐 가면서 때가 되면 내가 말할게. 그러니까 당분간은 절대 비밀로 해 줘. 차분하게 준비하고 싶지, 등 떠밀려 가고 싶은 생각은 없으니까."

"그래, 알았다. 다들 그만 가자."

강이 자리에서 일어서고 나서야 모두 자리를 털고 일어났다. 서로 멀쩡한 정신으로 다음을 기약하며 아쉬운 마음으로 룸에서 나섰다.

6

아침 일찍 초롱은 즐거운 마음으로 발걸음도 가볍게 그의 집무실로 향했다.

똑똑.

"들어와요."

짧은 승낙의 말에 문을 열고 들어섰다. 그런데 늘 있던 곳에 그는 보이지 않았고, 갑작스럽게 어깨에 무거운 손이 털썩 올려졌다. 무언의 도전에 초롱은 호신술을 배우며 익혔던 동작을 어렵지 않게 떠올렸다. 재빨리 뒤로 돌아 배웠던 순서대로 그의 팔을 무력화시키고 복부를 강타하는 척하며 그의 얼굴로 팔꿈치를 올렸다.

"오호, 제대로 배웠어. 동작이 아주 빠르고 정확해. 실제였다면 제법 충격을 받았겠어."

"앞으로 조심하세요. 행여라도 밖에서 이런 장난 하시면 정말 매운맛을 보게 될지도 모르니까요. 지금은 그저 살짝 스쳤지만, 정말 제대로 강타했으면 별을 봤을지도 모르잖아요?"

"자신만만한데? 훈련한 보람이 있어. 앞으로도 각오해. 시간이 날 때면 종종 운동하러 갈 테니까."

"네! 열심히 배우겠습니다. 아악!"

장난스레 대꾸하며 긴장을 푸는 순간, 산이 긴 다리를 이용해 초롱의 한쪽 발목 뒤를 아주 살짝 걸었고, 초롱은 너무나 힘없이 등 뒤에 있던 소파에 털썩 누워 버렸다.

"하나는 알고, 둘은 모르지? 방심은 금물!"

산이 유유히 한쪽 무릎을 접고 앉아 초롱의 얼굴을 내려다보며 말했다. 초롱은 놀란 마음을 다독일 여유도 없이 어느새 얼굴 위로 다가온 산의 짓궂은 미소를 보며 허탈한 웃음을 지었다.

"이건 반칙이에요. 끝난 줄 알았단 말이에요."

"나쁜 놈이, 끝이에요. 하고 끝내는 거 봤어? 끝까지 마음을 내려놓지 말라는 말이야. 나를 제외한 모든 늑대 앞에서는 경계 게을리하지 말라고."

픽.

"왜 웃지? 농담 아닌데, 나 지금 엄청 진지한데?"

진지하다는 사람 표정이 왜 이렇게 실룩거릴까. 초롱은 코앞으로 다가온 산의 얼굴을 보며 싱긋 웃었고, 산의 따듯한 입술이 그대로 초롱의 촉촉한 입술에 내려앉았다. 부드럽게 서로의 입술을 혀로 어루만지며 뜨거운 눈빛과 반짝이는 눈빛이 다정하게 얽혀 들었다. 하지만 얼마 지나지 않아 초롱이 산의 얼굴을 살짝 밀었다.

"저 오늘 바빠요."

"무드 없어, 이초롱, 분위기를 몰라."

"저 나가면 후회하실 거잖아요. 이래서 내가 사내 연애는 안 하려고 했는데 하면서. 아니에요?"

"왜 아니야? 브레이크 걸어 줘서 고맙다."

너라서 얼마나 다행인지 모르겠다. 이렇게 줏대 없이 나부끼는 마음을 단단하게 잡아 주는 너라서.

"이초롱 씨, 보고할까요?"

아쉬운 마음을 접고 자리에서 일어나 초롱의 손을 잡아당겼다.

"네. 대표님."

그의 손에 이끌려 너무나 가볍게 벌떡 일어선 초롱이 흐트러진 차림을 단정하게 정리했다.

수완의 집에 초대받은 날이었다. 산과 초롱은 늘 만나던 익숙한 장소에서 만나 함께 수완의 집으로 향하고 있었다.

"어떤 분이세요? 고 이사님 사모님이요."

"형수? 좋은 분이지. 성격 쾌활하고, 소탈하고. 그리고 또…… 음, 나머진 직접 보고 판단해."

"뭐예요. 무슨 말을 하다가 말아요? 사람 궁금하게."

"괜히 먼저 말해 주면 선입견이 생길 수도 있잖아. 같은 사람을 보더라도 대하기에 따라서 다 다르게 느껴지니까, 선입견 두지 말고 한번 봐. 너도 아마 좋아하게 될 거야."

"네."

초롱은 기분이 묘했다. 갑작스레 그의 지인을 보게 되는 게 아닌, 둘의 사이를 알고 있는 누군가에게 정식으로 초대받아 가는 길은 왠지 모르게 조금 어색하게 느껴졌다. 그 대상이 같은 회사에 몸담은 직장 상사라서 그런 건지, 아니면 그가 정식으로 누군가를 소개해 주는 게 처음이라 그런 건지. 굳이 표현하자면 면접을 볼 때와 같은 떨림이랄까.

도착한 수완의 집 앞에서 벨을 누르는 산의 옆에서 몰래 한숨을 내쉬었다. 곧이어 환하게 웃으며 반갑게 인사를 건네는 익숙한 얼굴을 마주하며 마주 인사를 하는데, 고막을 뒤흔드는 쩌렁쩌렁한 소리에 깜짝 놀라고 말았다.

"이 녀석들이 정말! 엄마가 빨리하라고 했지. 오늘 삼촌 온다고 했어, 안 했어!"

"초롱 씨, 잘 왔어요. 그렇게 놀라지 말아요. 사내아이 둘을 키우다 보면 원래 목소리도 저렇게 커지고 그러거든."

"아, 네. 이사님."

수완은 하필 이 타이밍에 들려오는 아내의 기차 화통을 삶아 먹은 듯한 소리에 머쓱해 주절주절 설명을 곁들였다. 자신이야 늘 듣던 소리에 익숙해 이젠 놀랍지도 않았지만, 몸을 움찔하며 눈이 동그랗게 커지는 초롱을 보고 나서 객관적으로 귀를 열고 들어 보니 조금 많이 크게 들리는 것 같기도 했다.

아들을 낳기 전에는 세상 여성스러운 음성의 소유자였는데, 어쩌다 꾀꼬리 같은 목소리가 저리도 괄괄해졌는지. 처음엔 사내 녀석 둘을 키우느라 그런가 보다 했으나 이제야 성격과 딱 맞아떨어지는 목소리라는 생각에 그저 싱긋 웃을 수밖에.

산은 그런 수완을 보며 웃음이 터지려는 걸 막으려 입을 꾹 다물어야 했다. 사람은 겉만 보고 판단해서는 안 된다는 것쯤은 오랜 경험으로 알게 되었으나, 형수만큼 그 말을 실감 나게 만드는 사람도 드물었다.

겉으로 보기에는 말도 없이 세상 차분할 것만 같은 사람이 한번 대화를 나눠 보면 헤어 나올 수가 없었다. 사람을 좋아하고 베푸는 것도 좋아하는 시원시원한 성격에 늘 힘차고 생기 넘치는 모습은 보는 사람으로 하여금 덩달아 기운차게 만드는 매력이 있었다.

수완이 산을 향해 윙크하며 안으로 두 사람을 안내했다.

"둘이 이렇게 같이 있는 거 보니까 더 반갑네. 어서 들어와라."

"어머 어째, 내가 벨 소리를 못 들었나 보네. 오셨어요? 연애한다더니 너무 오랜만에 오셨네, 얼굴 잊어버리겠어요."

수완의 아내 시은이 활기차게 다가오며 반갑게 두 사람을 맞았다.

"그러게요, 형수님, 오랜만에 뵙네요. 이쪽은 이초롱 씨예요."

산은 기분 좋은 에너지를 발산하는 형수를 보며 초롱에게도 그 좋은 기운이 전해지기를 바랐다.

"사모님, 처음 뵙겠습니다. 이초롱입니다."

"그래요. 잘 왔어요. 나는 고수완 씨 짝지 한시은이에요. 그리고 사모님은 무슨! 그냥 언니라고 불러요. 언니."

"아. 아니. 그래도 이사님 사모님을 어떻게……."

"사모님이라고 하면 화낼 거니까, 꼭 나이 오십은 족히 되는 것 같잖아. 나 아직 사십도 안 됐는데! 그러니까 그냥 언니라고 해 줘요."

"아, 네. 그럼. 실례가 안 된다면. 언니라고……."

"그래, 얼마나 좋아. 일단 앉아요. 밥부터 먹어야지. 애들아, 삼촌 오셨어!"

시원시원한 목소리만큼이나 성격도 밝고 유쾌하게 느껴졌다. 역시나 온 집이 쩌렁쩌렁 울릴 만큼 큰 소리로 외쳐 부르자 아이들이 서둘러 방에서 튀어나왔고, 곧장 산에게 돌진하고 있었다.

"삼촌, 안녕하세요!"

"안녕하세요. 삼촌!"

"어, 그래. 잘 지냈지?"

"네! 삼촌 그때 사 준 게임기 완전 대박! 진짜 재밌어요."

"형 완전 초고수 됐어요."

"얘는 아직 저 따라오려면 한참 멀었고요, 아이템이 완전."

"스톱! 고준우, 고준영! 이것들이 손님 오셨는데 인사도 제대로 안 하고 게임 얘기부터 하고 있어!"

야단치는 목소리와는 어울리지 않게 수완의 입매가 부드럽게 휘어졌다. 불과 3년 전만 해도 퇴근해서 오면 인사만 하고 형제끼리 방에 쏙 들어가 놀거나, 아내에게만 붙어 있던 녀석들이었다. 아마 회사를 옮기지 않았다면, 지금처럼 저녁이 있는 삶은 고사하고 녀석들이 커 가는 과정이나 제대로 볼 수 있었을지 의문이었다.

다행히 지금은 조금 귀찮고 소란스럽기는 해도 아들이 어떤 생각을 하고 있는지, 무얼 가장 좋아하는지, 어떤 게임을 재미있어하며 아빠와 함께 있는 시간을 얼마나 기다리는지 알게 되었고, 예전과는 비교할 수 없이 밝아진 모습에 기쁘지 않을 수 없었다. 그제야 준우와 준영이 초롱에게 깍듯이 인사를 했다.

"어, 안녕하세요. 고준우입니다."

"안녕하세요. 고준영입니다."

인사를 하고서 눈길을 거두지 못하고 빤히 초롱을 보는 형제다.

"어. 안녕. 나는 이초롱이야. 반가워."

뚫어져라 쳐다보는 형제의 눈빛에 당황한 초롱이 어색하게 손을 흔들었다.

"준우, 준영, 뭘 그렇게 쳐다봐? 삼촌 애인이다. 눈독 들이지 마."

산이 눈빛을 빛내는 형제를 보며 우스갯소리를 하자마자 아이들이 투정하듯 말했다.

"에이, 삼촌도 참. 빨리 게임하러 가요."

"삼촌, 한 판만 같이 해 주세요. 네?"

형제가 양쪽에서 사이좋게 팔을 하나씩 잡고 방으로 이끌자 산이 못 이긴 척 끌려갔다.

"딱 한 판만이야. 삼촌 여자 친구가 부끄러움이 많아서 삼촌이 옆에 있어 줘야 한다고."

초롱을 향해 마치 들으라는 듯 크게 말하는 모습에 정말 부끄러움이 찾아들고 있었다. 어쩜 저렇게 민망한 말을 스스럼없이 하는지, 알다가도 모르겠다.

"초롱 씨는 좀 앉아요."

수완은 산의 말이 부끄러운지 얼굴을 붉히며 미간에 없던 주름을 그리는 초롱의 모습에 피식 웃었다.

"아니에요, 이사님. 음식 준비하신다고 고생하셨을 텐데, 차리는 거라도 도와야 마음이 편할 것 같아요."

아무리 초대받아 왔다고는 해도 절대 편하게 앉아 있을 수 없는 자리였다. 그의 지인일 뿐 아니라 초롱에게는 직장 상사였으며, 오늘 초면인 분도 있었다. 분주하게 움직이는 모습을 보며 어떻게 편히 자리에 앉아 구경만 할 수 있을까. 서둘러 외투를 벗으며 이미 주방으로 발걸음을 옮기고 있었다.

"불편해 말고 너 마음 편한 대로 해, 초롱아."

"네."

형제에게 끌려가면서도 귀를 활짝 열어 둔 모양이었다. 그 말을 끝으로 산이 들어간 방 문이 닫혀 버렸다.

산은 말린다고 얌전히 앉아 기다릴 사람이 아닌 걸 잘 알기에 차라리 초롱이 편한 대로 할 수 있게 두었다. 초롱의 말마따나 손님 온다고 장 보며 수고스럽게 음식을 했을 사람을 생각하면 당연히 저 정도는 돕는 게 예의가 아닐까 싶기도 했다.

초롱이 주방에서 부지런히 음식을 준비하는 시은에게 다가갔다. 이렇게 부산스레 움직이는 중에도 그녀의 입가에는 환한 미소가 머물러 있었고, 그 모습을 보며 초롱은 저도 모르게 덩달아 미소를 그리게 되었다.

"제가 뭐 도울 일이 없을까요?"

조심스레 물어보며 주위를 스윽 둘러보던 초롱의 입이 절로 스르륵 벌어졌다.

"허…… 와……."

놀란 마음에 공기가 한가득 입 안으로 밀려들어 오더니 이내 한숨 쉬듯 감탄사가 흘러나왔다. 음식 종류는 말할 것도 없이 무슨 양을 이렇게나 많이 마련했는지, 종류별로 냄비, 솥 할 것 없이 가득가득 차 있었다.

"음식 솜씨가 좋으신가 봐요. 무슨 음식을 이렇게 많이 하셨어요."

"아, 내가 원래 손이 좀 커요. 그런데, 이렇게 해 봐야 얼마 안 가. 애들이 얼마나 잘 먹는데?"

"아. 네."

초롱은 산처럼 쌓인 잡채와 불고기, 갖가지 전과 나물, 과일샐러드 등 잔칫집을 방불케 하는 음식들을 보며 좀처럼 입을 다물 수가 없었다. 아무리 그래도 애들인데 먹어 봐야 얼마나 먹을까 싶었고, 그 아이들이 어른만큼, 아니 어른보다 더 많이, 마치 흡입하듯 음식을 빨아들이게 될 거라는 생각은 할 수도 없었다.

음식을 보고 놀라 넋을 놓은 초롱의 귀여운 모습을 보며 시은이 물었다.

"대표님, 참 사람이 괜찮죠."

"아. 네."

멋쩍게 대답하던 초롱이 팔을 걷어붙이며 시은이 하는 일을 눈치껏 돕기 시작했다.

"우리도 대표님 덕분에 지금은 이렇게 저녁도 함께하고 삶에 여유도 느끼고 하지, 수완 씨가 그 전 직장 다닐 때까지만 해도 이런 일은 상상할 수도 없었어요. 처음 수완 씨가 가족하고 캠핑하고 싶다고 했을 때 사실 정말 싫었거든. 텐트라고는 쳐 본 적도 없고, 음식이라고는 라면 하나 겨우 끓이는 사람이 이것저것 장비를 사더니 갑자기 가자고 하는데, 고생문이 열렸다 싶었지."

"그렇겠네요. 막상 가서 그 뒷감당을 해야 하는 건 모두 엄마 몫이 될 테니까요."

시은의 말을 들으며 초롱은 머릿속에 그 모습을 그려 보고 있었다. 늘 바빠서 아이들의 얼굴조차 들여다보지 못하던 아빠. 그런 아빠에게 데면데면한 아이들. 그 모습을 보며 안타까웠을 엄마. 관계를 개선하고 싶었을 아빠의 모습이 저절로 떠올랐다.

하필 처음 생각한 게 캠핑이라니, 여행만큼 가족을 가깝게 만들어 주는 추억도 없지만, 첫 캠핑은 누구나 어려움이 따르게 마련인데. 잘해야 본전이고 못하면 오히려 역효과만 나지 않을까. 초롱이 그리는 안타까운 그림 위로 시은의 말이 더해지고 있었다.

"그래요. 맞아. 나도 그 걱정을 제일 먼저 했지. 일하느라 바빠서 여행 한 번을 제대로 가기가 힘들었는데, 하필 용기 내서 해 보자는 게 캠핑이라니. 음식이라고는 해 본 적도 없는 사람이 해 봐야 뭘 얼마나 할까 싶기도 했고. 그런데 아니나 다를까, 헤매더라고. 텐트를 치면서부터 삐걱거리기 시작해 제대로 하는 게 하나도 없었어. 텐트 치는 데 얼마나 시간을 잡아먹었는지 애들은 배고프다 난리지, 정말 뚜껑이 열릴 것 같더라고."

"첫 캠핑이 조금 힘들기는 하죠. 텐트도 자동 텐트가 아닌 다음에야 설치하기가 쉽지만은 않을 텐데."

듣는 초롱이 다 속상할 지경이었다. 가족을 이끌고 온 가장의 무게도, 그런 남편과 보채는 아이들을 지켜봐야 하는 엄마의 답답함도, 잔뜩 했던 기대가 실망으로 바뀌어 버린 아이들의 안타까움도.

"그러게. 방법이라도 제대로 알면 둘이서 금방 할 텐데, 모르는 상태에서 계속 폴대만 넣었다 뺐다, 너무 화가 나서 한 소리 하려고 수완 씨를 보는데, 입도 뻥긋 못 하겠더라고. 그 추운 날씨에 무슨 땀을 그리도 흘리는지, 눈물 날 뻔했잖아요. 나름 아이들한테 특별한 추억을 만들어 주고 싶어 얼마나 고심하며 준비했을까 싶은 게, 생각보다 쉽지 않으니까 자기도 힘들었는지 말은 못 하고 한숨을 푹푹 내쉬는데 그 모습이 참."

"언……니도 많이 힘드셨겠어요. 남편과 아이들 사이에서, 첫 캠핑에 그렇게 고생하고 나면 다음에는 더 가고 싶지 않을 텐데."

"그랬겠죠? 그런데 정말 다행스럽게도 그날, 대표님을 만난 거야. 잘생긴 남자가 다가오더니 불도 척척 피워, 요리도 잘해. 친절하기는 또 얼마나 친절한지. 대표님 아니었으면 아마 그날 쫄쫄 굶었을지도 몰라요."

"아, 고 이사님하고 처음 만난 곳이 캠핑장이었어요?"

처음 알게 된 사실이었다. 그의 지난 과거 이야기를 듣는 것도 신기하고 좋은데, 고 이사님과 얽힌 사연이라 더 귀가 쫑긋 세워졌다.

"맞아요. 아이들도 그때 반했잖아. 대표님한테. 결혼도 안 한 미혼 남자가 아이들 눈높이에 맞춰 얼마나 대화를 잘 끌어내는지, 대표님 덕분에 그날 처음으로 아이들이 숨넘어가게 웃었으니까, 수완 씨도 느끼는 게 많았을 거야. 우리 한테는 참…… 고마운 사람이에요."

시은은 자신을 도와 부지런히 접시에 음식을 담으며, 입매가 보기 좋게 위로 휘어지는 초롱을 보며 알 수 없는 흐뭇한 기분에 씩 웃고 말았다.

"대표님만큼은 정말 좋은 사람을 만나면 좋겠다 싶었는데, 기대한 만큼 좋은 사람을 만난 것 같아서 다행이에요. 두 사람 너무 보기 좋아요."

"아닙니다. 제가 많이 부족하고요. 저한테는 과분한 분이세요."

"부족하기는, 다 사랑을 받을 만하니까 받는 거예요. 대표님 사람 보는 눈이 참 까다로운 사람인데 마음에 두는 것만 봐도 초롱 씨가 얼마나 괜찮은 사람인지 알겠는데 뭐."

시은은 짧은 대화에도 초롱이 어떤 사람인지 어렵지 않게 미루어 짐작할 수 있을 것 같았다. 초면에 이렇게 주절주절 늘어놓는 말을 들어 주기가 쉽지 않을 텐데, 마음으로 함께 그 상황을 공감하며 진심으로 안타까워하고 있었다.

예쁘게 생긴 외모처럼 말도 행동도 차분하고 마음에 꾸밈이 없는 게, 동생같이 아끼는 사람에게 정말 좋은 인연이 찾아온 것 같아 절로 안심이 되는 마음이었다.

"좋게 봐 주셔서 감사합니다. 고 이사님도 참 좋으신 분인데, 언……니도 참 좋은 분 같아요."

아직도 언니라는 말이 편하게 나오지는 않았고, 어색함이 말투에서도 묻어났지만, 초롱은 사람을 편하게 만들어 주는 시은을 보며 서서히 마음을 내려놓을 수 있었다.

시은은 자신을 보며 조심스레 머뭇거리던 처음과는 달리 이제는 자연스레 편안한 미소를 보이는 초롱의 모습에 한결 마음이 여유로워졌다.

"내가 사람이 참 좋기는 하지. 그런데 사람 좋기로 따지면 초롱 씨도 만만치 않을 것 같아요. 앞으로 우리 자주 보게 될 것 같은데 잘 지내봐요. 혹시 얘기할 상대가 없거나, 언니가 필요한 상황이 있으면 언제든 편하게 연락도 하고.

그때는 직장 상사 부인이 아니라 그냥 아는 언니로, 어때요?"

"그럼 말씀 편하게 해 주세요."

"에이, 어쩌면 초롱 씨가 사모님이 될지도 모르는데 그건 좀 아니지 않나?"

"언니! 그건 아니에요. 사모님은 무슨, 어휴."

아직 거기까지는 생각해 본 적이 없었다. 너무나 갑작스러운 말에 순식간에 얼굴로 민망한 열기가 뻗어 나갔다. 그와 어떻게 될지 확신할 수도 없을뿐더러, 설령 인연이 잘 이어져 예쁘게 묶어진다고 해도 사모님으로 불리고 싶지는 않았다.

"그것 봐, 초롱 씨도 사모님은 어감이 영 별로지? 그러니까 다음에 나를 만나더라도 행여 사모님이라고 할 생각은 하지도 말아요. 놀라니까 언니라는 말도 잘 하네. 종종 놀라게 만들까 보다."

사모님이라는 말의 표면적인 뜻보다 그 말이 주는 무게에 놀란 것 같았지만, 시은은 당황해 얼굴을 붉히는 초롱을 위해 재치 있게 말을 넘겨 주었다.

"네. 언니. 그런데, 그날 이후 어땠어요? 첫 캠핑은 무사히 마쳤어요?"

혹시나 둘의 관계에 대해 궁금해하거나 세세하게 물어볼까 봐 얼른 대화의 방향을 틀어 버렸다. 초롱은 아직은 자신의 얘기를 하는 것보다 다른 사람의 이야기를 듣는 것이 더 편한 것 같았다.

"운이 좋았지. 대표님 못 만났으면, 어휴, 생각만 해도 끔찍하네요. 나는 아이들이 다시는 캠핑 가자고 하지 않을 줄 알았거든. 그런데 그날 이후로 아이들이 캠핑하러 가고 싶다고 노래를 부르데?"

"정말 다행이네요. 고생만 한 건 아니었나 봐요."

"고생은 말도 못 했지만, 그거야 대표님 덕분에 잘 넘겼으니까. 아이들은 처음이었지, 아빠랑 같은 공간에서 같은 이불 덮고서 밤새 수다를 떨어 본 게……. 처음에는 쭈뼛쭈뼛 말도 잘 안 하던 녀석들이 한번 제대로 시작하니까 밑 빠진 독 같더라고, 말이 줄줄 끊임없이 새어 나오던데? 말하다가 잠들었어. 세 남자 모두."

"정말 아이들한테는 잊을 수 없는 추억이었겠어요. 고생한 보람이 있었겠어요. 고 이사님도, 언니도요."

"그러게. 그즈음에 본 남편 얼굴 중에 가장 피곤해 보였는데, 동시에 가장 행복한 얼굴이더라고. 이상하게 그날이 참 기억에 오래 남아."

초롱은 마치 그날 자기가 그 자리에 있었던 것 같은 착각에 빠져들었다. 몸은 고될지언정 아이들과 잊지 못할 추억을 쌓은 그 날 얼마나 뿌듯하고 행복했을까. 불현듯 그 옛날, 아빠와 함께했던 첫 캠핑을 떠올리고 있었다.

아빠는 캠핑이 처음인 사람답지 않게 텐트도 음식도 모든 게 다 완벽했었는데. 초롱은 조금 더 컸을 때에야 첫 캠핑을 추억하며 말하는 부모님에게서 그날의 진실에 대해 들을 수 있었다.

아빠는 그 하루를 위해서 며칠 전부터 텐트 치는 방법을 눈으로 익히고, 혼자 공원에 가서 텐트도 직접 쳐 보고, 요리 역시 집에서 몇 번이나 연습하셨다는 걸. 괜스레 아빠 자랑을 하고 싶어지는 날이었다. 물론 속으로 조용히 삼켜야 했지만 말이다.

'보고 싶다. 그날의…… 멋진 우리 아빠…….'

산은 겨우 조카들에게서 벗어나 거실로 나오며, 조금 전 방에 들어가자마자 조카들이 하던 말이 떠올라 입가에 웃음이 가실 줄을 몰랐다. 때마침 테이블에 수저를 놓고 있던 수완이 그런 산을 보며 싱긋 웃었다.

"아주 좋아 죽는다?"

"형, 조카들이 아주 보는 눈이 높아."

뜻 모를 말을 하던 산이 활짝 웃었다.

"무슨 말이야? 눈이 높다니?"

"초롱이가 예쁘대. 어떻게 만났냐, 언제 만났냐, 어디서 만났냐. 애들이 들어가자마자 그걸 물어봐."

"정말?"

"내가 거짓말하겠어? 게임은 뒷전이고, 정말 눈을 초롱초롱 빛내면서 물어보던데? 조카들이 보는 눈들이 높아서 형 나중에 마음고생 꽤나 하겠다."

"왜?"

"이초롱 같은 여자가 어디 흔한 줄 알아? 녀석들 장가나 갈 수 있을지 모르겠네?"

수완은 느물거리며 말하더니 욕을 할 시간도 주지 않고 초롱이 있는 곳으로 냉큼 가 버리는 산의 뒤통수를 뚫어져라 노려보았다.

"아주 악담을 해라, 악담을."

'하, 이 자식들 보는 눈은 있어서. 이렇게 눈이 높아서야 정말 장가 못 보내는 거 아냐?'

이제 겨우 초등학생 고학년인 준우와 준영의 방을 물끄러미 바라다보며 하지 않아도 될 고민을 잠시 하게 된 수완이다.

산은 형수와 초롱이 무슨 얘기를 저렇게 재밌게 나누는지 웃음꽃이 피어나는 곳을 향해 가며 흐뭇한 마음이 가시지를 않았다. 초롱이 제 사람들과 스스럼없이 웃고 즐기며 무리 없이 한데 어우러지는 모습이 너무나 사랑스러웠다.

"형수님, 제가 뭐 도와드릴 건 없을까요?"

"아이고, 아이들하고 놀아 주시는 게 가장 큰 도움이죠. 우리 초롱 씨가 너무 야무지게 잘 도와줘서 금방 다 끝났어요. 이제 여기 담은 음식 저쪽으로 옮기기만 하면 됩니다."

"네! 그건 저한테 맡겨 주세요."

눈과 입이 자연스레 휘어지는 초롱을 다정하게 바라보며 부지런히 음식을 응접실 테이블로 옮기는 산과, 어느새 다가와 함께 돕는 수완이다.

"초롱 씨 정말 사람 괜찮아, 그지?"

수완이 제 아내를 도와 부지런히 손을 보태는 초롱의 모습을 보며 슬쩍 말하자 산이 무슨 그런 당연한 말을 하냐는 듯 당당하게 말했다.

"그럼. 누구 애인인데."

"우와. 회사에서는 어떻게 참는지 아이러니다, 아이러니야."

능청스러운 산의 모습에 수완은 고개를 설레설레 흔들며 싱긋 웃어 버렸다.

"하긴…… 그건 나도 동감. 그런데 뭘 이렇게나 많이 했어? 간단하게 시켜 먹거나 하자니까, 형수 고생스럽게."

"우리 와이프가 하는 음식 먹다가 밖에서 시켜 먹는 음식 못 먹어."

"하긴…… 형수 음식 솜씨가 뛰어나긴 하지."

"초롱 씨는 음식 잘해? 음식 솜씨 무시 못 한다? 오죽하면 옛말에 얼굴이 예쁘면 3개월, 음식을 잘하면 평생이라는 말이 있을까."

"풋, 마음이 예쁘면 3년. 아니 30년인가? 지혜로운 사람은 3대나 간다는 말도 있나 보던데 그런 말은 못 들어 봤어? 가만 보자. 초롱이는 얼굴도 예쁘고, 마음도 예쁘고, 지혜롭기까지 하니 어휴, 아주 오래 살아야겠다. 그치?"

언젠가 할머니께서 하신 말씀이었다. 껍데기에 홀려 알맹이를 놓치지 말라는 뜻으로 해 주신 말씀을 이렇게 써먹을 줄이야. 정확한 연수까지는 기억할 수 없었지만 그게 뭐 그리 중요할까.

"이런 얼빠진…… 네가 이렇게 여자를 좋아하는지는 미처 몰랐네. 그동안 어떻게 참았을까?"

잘나고, 능력도 좋은 사람이 늘 혼자 있는 게 아까워서 주위에 좋은 사람이 있으면 어떻게든 연결을 해 보려고 애쓰던 날도 있었다. 그럴 때마다 인연은 억지로 맞춰 끼우는 건 아닌 것 같다고, 정말 인연이 되려면 자연스럽게 만나지지 않겠냐며 한사코 마다하던 산의 말이 이제야 이해가 될 것도 같았다.

"여자를 좋아하는 게 아니라, 그 여자가 이초롱이니까 좋은 거야. 형도 너무나 잘 알다시피 음식은 내가 잘해. 그러니까 초롱이는 음식 못해도 아무 상관없어. 그리고 초롱이는 똑똑해서 뭐든 금방 배워. 음식이라고 다를까? 좋은 스승이 있으면 좋은 제자도 나오는 거지."

"아이고, 네. 어련하시겠습니까."

말하나 마나, 이미 콩깍지가 씌어도 단단히 씐 녀석에게 무슨 말을 한들 씨가 먹힐까. 나사 빠진 녀석처럼 시종일관 히죽히죽 웃음을 흘리는 산을 보며 수완은 어이가 없어 덩달아 싱거운 웃음을 흘리게 되고 말았지만, 기분만큼은 더없이 흐뭇했다.

초롱은 아이들의 입 속으로 음식이 빨려 들어가듯 사라지는 모습을 흥미롭게 바라보며 턱을 빠트리지 않기 위해 애를 써야 했다. 어쩜 저렇게 맛있게, 어쩜 저렇게 많은 양을 빨리도 먹는지. 음식을 푸짐하게 하신 이유를 알 것도 같았다.

너무나 맛있게 음식을 먹는 아이들을 보며 놀랍게도 침이 꿀꺽 넘어갔고, 저도 모르게 어느새 젓가락질하고 있었다. 보기보다 잘 먹는다며 이것저것 챙겨주는 덕분에 과식하여 속이 더부룩했으나 조금도 불편한 줄을 몰랐다. 따듯한 사람들과 함께하는 행복한 식사에 마음이 그 어느 때보다 풍성하고 화창했다.

"오늘 정말 잘 먹었습니다."

"차린 것도 없는데 뭘, 아이들이 너무 정신없이 먹어서 제대로 먹기나 했는지 모르겠네."

"아니에요, 언니. 아이들이 너무 맛있게 먹는 덕분에 저도 덩달아 더 맛있게 많이 먹었어요."

초롱은 뒷정리를 자처하고 나선 산과 수완 덕분에 시은과 여유로운 티타임을 즐길 수 있었다.

"오늘 초대해 주셔서 정말 감사해요. 이건 별거 아니지만, 빈손으로 오기가 뭣해서 부족한 솜씨지만 직접 만들어 봤어요."

"그냥 와도 되는데 뭘 이런 걸 다 챙겨 왔어요. 다음에 올 때는 손님처럼 이런 거 들고 오지 말고 가볍게 와요. 응?"

"네, 감사해요. 정말."

시은은 예쁘게 포장이 된 선물을 열어 보았다. 향기만으로도 너무나 기분이 상쾌해지는 예쁜 디퓨저와 캔들 세트를 보며 눈빛을 반짝였다.

"이걸 집에서 만들었다고?"

"네. 예전에 관련 공방에서 아르바이트할 때 배웠어요. 재료만 있으면 어렵지 않게 만들 수 있어서 집에서 가끔 만들어 사용해요."

"솜씨도 좋네. 다음에 나도 좀 가르쳐 줘요."

"네. 얼마든지요."

설거지를 마친 산과 수완이 다가오며 은은하게 퍼지는 향기에 칭찬을 더하였다. 시은은 갈 준비를 하는 산을 보며 서둘러 준비한 종이 가방을 가져와, 산에게 하나 초롱에게 하나 사이좋게 나누어 주었다.

"형수님, 이러지 않으셔도 된다니까요. 뭘 매번 번거롭게 챙기세요?"

"어차피 하는 음식에 양만 조금 더하면 되는걸요, 뭐. 남기지 말고 맛있게 드세요. 대표님이야 집에서도 잘 챙겨 먹는 거 아니까, 줘도 하나도 안 아깝지 뭘. 초롱 씨도 버리지 말고 다 먹어야 해요."

초롱은 얼떨결에 주는 것을 받아 들고서 의아함에 산을 바라보았다.

"형수님께서 음식 챙겨 주시는 거야."

"아. 뭘 저까지. 아이들 너무 잘 먹던데 아이들 주시지 않고요."

"초롱 씨, 아까 내가 음식 한 거 봤죠? 아직 많이 남았어요. 그러니까 그런 걱정은 하지도 말고 맛있게만 먹어 줘요. 우리야 모자라면 또 해 먹으면 되는 걸 뭐, 아마 하루 정도는 충분히 먹을 수 있을 거예요."

"네. 정말 잘 먹겠습니다."

인사를 하고 나오며 이 당황스러운 기분을 어떻게 표현해야 할지를 몰랐다. 초대를 받아 저녁을 대접받은 것도 죄송하고 감사한 일인데, 음식을 챙겨 주기까지 하실 줄은 생각지도 못했다.

"형수가 원래 손도 크고, 통도 커. 회사 식구들이랑 다 함께 캠핑하러 가도 음식을 많이 해서 나눠 먹기도 좋아하시고, 또 남으면 챙겨도 주시고, 그러니까 부담 가질 필요 없어. 대신 남기지 말고 끝까지 맛있게 잘 챙겨 먹어. 그러면 돼."

"이걸 아까워서 어떻게 남겨요. 어쩐지 음식을 너무 많이 하신다 싶었어요.

아이들이 잘 먹는다기에 그런가 보다 했지, 이렇게 싸 주실 줄은 몰랐어요."

초롱은 가족도 아닌 남에게서 가족과 같은 따듯한 정을 느꼈다. 묵직하게 손에 들린 종이 가방에 담긴 마음이 너무 따듯하고 고마워서, 든든한 배보다 더 든든하게 마음이 꽉꽉 채워지는 기분이었다.

초롱의 아파트 주차장에 차를 세웠다. 소화를 시킨다는 핑계로 헤어짐이 아쉬운 산과 초롱이 손을 잡고서 아파트 주위를 산책하고 있었다. 초롱은 이 추운 날씨에도 어떻게 이렇게 체온을 빼앗기지 않고 유지하는지 그의 따듯한 손이 신기하기만 했고, 산은 차갑게 식어 버린 초롱의 손이 안쓰럽기만 했다.

"날이 추워. 마음 같아서는 더 걷고 싶지만, 너 감기 걸릴까 봐 걱정돼서 안 되겠어. 그만 들어가."

"네. 이산 씨도 빨리 가서 쉬어요."

"그래……."

어느새 도착한 초롱의 집 앞에서 아쉬운 마음을 대답과 함께 시린 바람에 날려 보내는데, 초롱이라고 한숨을 내쉬는 그와 마음이 다르지 않았다. 남의 속도 모르고 착실하게 흐르는 시간이 아쉽고, 서운하기는 마찬가지였다.

"저기…… 라면…… 먹고 갈래요?"

뜻밖의 제안에 산의 눈이 크게 떠졌다. 초롱이 뱉은 말이라고는 믿기지 않아 다시 초롱을 바라보는데, 부끄러운지 아래로 눈을 내리깔고 양손은 제 손끝을 아슬아슬하게 붙잡고 있었다.

손끝에 느껴지는 시린 초롱의 촉감에 당장이라도 그 제안을 덥석 물고 싶었지만, 혹시 잘못 이해한 건 아닌지 헷갈렸다. 초롱에게 라면 먹고 가라는 말도 없다고 불평했던 게 그리 오래지 않은 것 같은데, 이번엔 먼저 라면을 먹고 가지 않겠냐고 물어보다니.

"라면? 무슨 라면? 나 은근히 취향 까다롭다? 아무거나 안 먹을 건데?"

"라면이 뭐 별건가. 다 거기서 거기지…… 혹시 따로 먹고 싶은 라면이라도 있어요?"

"있지, 있기는 한데."

"이산 씨가 좋아하는 라면이 뭔지는 모르겠지만, 그게 나……라면 어때요?"

몇 번을 입 끝에서 맴돌다가 어렵게 간신히 꺼낸 말인데…… 이 남자, 불안하게 아무런 말이 없었다. 바쁜 사람에게 괜한 말을 꺼낸 건 아닌지, 난처함에 입술을 깨물며 이미 뱉어 버린 말을 어떻게 주워 담아야 하나 머릿속이 세상 바쁘게 돌아가는 초롱은 알지 못했다. 산이 지금 얼마나 뜨거운 눈빛으로 얼마나 사랑스럽게 자신을 바라보는지.

"……너라면 무조건, 언제든 오케이. 그걸 지금 질문이라고 하는 거야?"

뒤늦은 그의 대답에 초롱은 마치 롤러코스터를 타는 것처럼 마음이 오르락내리락 덜커덩거리던 게 억울했는지 볼멘소리를 했다.

"무슨 대답이 그렇게 늦어요? 라면 다 불어 터지겠네."

"풋, 뭐야?"

"그렇게 굼떠서 어디 라면이나 제대로 끓일지 모르겠다고요……는 농담이에요. 배불러 죽겠는데 라면은 무슨! 차나 한잔 드릴게요. 이산 씨가 좋아하는 차가 있을 거예요."

텅 빈 쌀독에 하나 남은 쌀알 같은 자존심을 겨우 끄집어내어 봤다.

'그러게, 먹고 싶었으면 빨리 대답할 일이지. 부끄러워 죽겠는데 대답도 굼벵이 같고, 나도 됐거든요.'

산은 아슬아슬 잡고 있던 제 손을 탁 놓더니 먼저 등을 돌려 씩씩거리며 집으로 향하는 초롱의 모습에 웃음이 터지려는 걸 간신히 참았다. 아무래도 답이 늦어 토라진 모양이었다. 그저 조금 놀라워서, 그 의도가 궁금해서 잠시 확인이 필요했던 것뿐인데.

'너는 대체 왜 이렇게 귀여운 거야! 왜 눈을 뗄 수 없게 만드는 거냐고!'

자신을 만나며 초롱은 확실히 변화하고 있었다. 마냥 소극적이고 움츠렸던 모습에서 이제는 저런 적극적인 표현도 할 줄 알았다. 너무나 사랑스럽게 변화해 가는 초롱의 모습에 흐뭇한 마음이 투명한 물에 한 방울 떨어진 잉크처럼 빠르게 번지고 있었다.

대체 어떤 마음으로, 무슨 생각으로 뜬금없이 그를 집으로 초대했을까? 그저 헤어짐이 아쉽고, 그런 아쉬움을 감추지 못하는 그의 모습을 보며 조금 더 함께 머물고 싶었을 뿐인데.

집은 청소가 잘 되어 있는지, 제 방은 깔끔하게 정리 정돈이 되었는지, 뒤늦은 걱정에 후회가 밀려왔지만, 말을 돌이키기에는 이미 늦은 듯싶었다.

그의 집과는 분위기가 많이 다른, 너무나 평범하고 소박한 자신의 집에 그를 들이며 마음이 위축되지 않을 수 없었지만, 그런 모습을 보이지 않으려 애써야 했다.

"들어……오세요."

"그래."

산은 사랑하는 사람의 공간, 그녀가 매일의 시작과 끝을 보내는 군더더기 없이 아담하고 깔끔한 그녀의 공간에 발을 들여놓으며 절로 마음이 부드러워졌다.

"네 방이 어디야?"

그중 가장 궁금한 포인트. 밤마다 통화하며 너는 어떤 곳에서 어떤 풍경을 보며 미소를 지었을까?

초롱이 자신의 방 문을 열어 눈으로 빠르게 훑어보고는 말했다.

"이쪽이에요. 볼 것도 없는데…… 잠시만 계세요. 차 준비할게요."

"천천히 해."

초롱의 공간에 조심스레 발을 들여놓았다. 공기 중에 떠도는 그녀의 향기가 은은하게 코끝을 스치며 산을 반겼다. 불을 켜고서 환하게 밝아진 방을 둘러보는 산의 입가에 자꾸만 미소가 배어 나왔다.

침대 하나, 그 옆에 놓인 아담한 협탁, 그 위에 놓인 귀여운 작은 화분, 그리고 옷장. 그 외에는 아무것도 없었다. 초롱의 방을 보며 가장 먼저 떠오른 단어는 심플과 깔끔이었다. 한참 꾸미기 좋아할 것 같은 또래 아가씨의 아기자기한 맛은 없었지만, 그녀만큼이나 단정한 모습에 절로 고개가 끄덕여졌다.

'꾸밈없이 깨끗한 이초롱답다.'

언제 또다시 올 수 있을지 모르는 공간. 매번 그녀와 통화하며 어디에서 어떤 모습으로 있을까, 자연스레 그 모습을 그려 볼 수 있도록 제대로 초롱의 방을 눈에 담고 있었다.

그때 산의 눈에 띈 앨범 하나. 천천히 침대 옆으로 다가가 협탁 위에 놓인 앨범을 열어 보는 산의 얼굴이 그 어느 때보다 환하게 밝아지고 있었다.

앨범 속에는 예전에 비밀 아지트에서 초롱에게 건넸던 자신의 추억들이 고스란히 담겨 있었다. 단순히 사진만 정리된 게 아니었다. 사진 옆에는 초롱의 예쁜 손 글씨로 날짜와 장소가 꼼꼼하게 적힌 것과 더불어 사진마다 무언가 더 적혀 있었다.

푸르름이 머무는 산, 꽃이 피는 산, 해와 마주하는 산, 눈 덮인 산. 아니 눈에 파묻힌 산, 환호하는 산, 열정이 가득한 산, 에너지가 넘치는 산…….

모든 사진마다 각기 다른 글들이 적혀 있었다. 초롱에게 듣지 못한, 자신을 향한 초롱의 마음을 몰래 들여다보는 기분이었다. 생각 같아서는 처음부터 끝까지 하나하나 자세히 살펴보고 싶었지만, 혹시나 초롱이 알게 되면 부끄러워서 가져가라고 할까 봐 조심스레 다시 처음 있던 위치에 얌전히 내려놓았다.

아쉬운 마음은 초롱이 잠드는 침대를 보며 가라앉혀야 했다. 주인처럼 새하얀 침구를 가만히 만져 보는데, 그제야 차가 준비되었는지 초롱이 산을 부르고 있었다.

"차는 됐고, 이리 좀 와 봐."

무슨 일인가 싶어 조심스레 방으로 들어오는 초롱을 기다리지 못하고 산이

성큼성큼 다가가 덥석 안아 버렸다.

"내가 차 마시고 싶다고 했어? 라면 먹고 싶다고. 지금 당장."

초롱이 입을 떼기도 전에 산의 입술이 급하게 내려앉았다. 무심코 마주하게 된 그의 열정에 잠시 당황한 모습을 보이다가도 이내 대담해지는 마음이었다.

옷이 끌어 올려지며 그의 뜨거운 손길이 피부로 느껴졌다. 초롱은 움찔하면서도 피하지 않았고, 어느새 그와 같은 모습으로 그의 옷을 끌어 올리며, 단단하고 뜨거운 그의 피부에 차가운 손길을 가져가고 말았다.

차가워서일까 아니면 간지러워서일까, 손을 움직일 때마다 그의 근육이 요동쳤다. 산과 초롱은 누가 먼저랄 것도 없이 사랑을 손끝에 실어 진한 마음을 전하고 있었다.

초롱은 다른 곳도 아닌 제집에 가족이 아닌 남자를 들인 것도 놀랄 노 자인데, 자신의 좁은 침대에서 그와 사랑을 나누었다는 사실이 믿기지 않았다. 심지어 그와 느긋하게 누워 함께 호흡을 고르는 모습이 도무지 현실처럼 느껴지지가 않았다.

늦게 배운 도둑질이 무섭다더니, 어쩜 이렇게 겁 없이 빠져 버렸을까. 어떻게 이토록 흠뻑 빠지게 된 걸까. 소리 없이 조금씩 스며드나 싶더니 어느새 이렇게 온 마음을 다 적셔 버린 건지. 꿈이라면 깨고 싶지 않았다.

산은 제 품에 얌전히 안긴 초롱을 온몸으로 느끼며 가슴 가득 차오르는 만족감에 몸도 마음도 노곤해져만 갔다. 생각 같아서는 이대로 잠들고 싶지만, 하나 마음에 걸리는 게 있었다.

"초원이 가끔 집에 와?"

"아뇨, 요즘 잘 못 와요. 많이 바쁜 것 같아요."

"그래? 다행이다."

"그게 뭐가 다행이야. 자주 못 봐서 서운하기만 한데요."

"아, 그래. 그건 좀 서운하겠다. 하지만 오늘 같은 날은 차라리 다행이지 않아? 이렇게 있는 거 들킬 일은 없는 거잖아. 설마 불쑥 찾아오거나 하지는 않겠지?"

말을 함부로 뱉는 게 아니었다. 말이 가진 힘이 얼마나 놀라운지, 옛말 틀린 거 하나 없었다. 말이 씨가 된다는 주옥같은 그 말.

"일을 시작하고부터는 집에 오기 전에 항상 먼저 연락을 해요. 설마, 초원이가 언제 올지도 모르는데 초대했을까요? 그리고 그런 걱정을 하려거든 사랑을 나누기 전에 먼저 해야 하는 거 아닌가? 은근 대책 없으시네."

"풉. 이게 다 누구 때문인데? 그러게 누가 그렇게 매력을 줄줄 흘리래? 왜 이렇게 대책 없이 빠져들게 만드냐고."

"못 말리겠어. 진짜. 이산 씨는 어떻게 이렇게 낯간지러운 말을 잘하는 거예요?"

적응할 때도 된 것 같은데, 아직도 신기하기는 마찬가지였다. 어쩌면 남자가 저렇게 감정 표현을 잘하는지, 어쩜 저렇게 숨김없이 다 보여 주는지, 늘 솔직하고 당당한 모습이 초롱은 부럽기만 했다.

산은 그만 가야 하는데, 이제 일어나야 하는데 이 평온함을, 이 안락함을 내려놓기가 쉽지가 않았다. 산은 진작 하고 싶었던 말을 조심스레 꺼냈다.

"초롱아."

"네."

"내가 너의 부모님을 뵐 수 있을까?"

"네? 그게 무슨……."

"정식으로 인사하고 싶어. 이제는 찾아뵙고 인사드려도 되지 않을까?"

이미 커질 대로 커져 버린 마음이었고, 확고하게 생긴 결심이었다.

"아……. 그건 아직. 조금."

"불편해?"

"아니요. 불편하다기보다, 부모님이 괜한 걱정 하실까 봐. 그건 상황 봐 가면서 조금 천천히 했으면 좋겠어요."

모르긴 몰라도 만나는 사람이 있다고 하면 부모님은 반가움보다 걱정이 더 할 듯했다. 인사를 한다는 것은 가벼운 마음으로 만나는 게 아닌 정식으로 교제를 허락받겠다는 말이었고, 부모님 입장에서는 나이가 적지는 않은 결혼 적령기에 들어선 남자를 보며 걱정되지 않을 수 없을 것 같았다.

초롱은 아직 부모님께 그런 부담까지는 안기고 싶지가 않아 산에게 답을 하는 마음이 편치 않았다.

초롱의 망설임이 느껴지는 대답이 산은 못내 서운했다. 하지만 초롱이 무얼 걱정하는지 알 것 같아 마냥 밀어붙일 수만은 없었다. 서운한 마음을 잠시 접어 두고 다시 말을 해 보려는데 초롱의 휴대폰이 울렸다.

초롱은 불빛이 반짝이는 휴대폰을 들어 발신자가 누군지 확인하고선 '늘 푸른 초원' 이란 이름을 보자마자 괜히 뜨끔해 자리에서 벌떡 일어나 앉았다. 어디 그뿐일까? 동생이 보는 것도 아닌데 주섬주섬 이불로 몸을 가리고서야 전화를 받을 수 있었다.

— 누나 어디야?

"나? 집이지."

— 그래? 잘됐다. 나 지금 잠깐 시간이 나서 집에 들렀다 가려고, 누나도 보고 싶고.

초롱은 동생의 말에 깜짝 놀라 눈에 띄게 당황하고 있었다.

"그래? 어. 어. 알았어. 밥은, 밥은 먹었어?"

떨리는 마음을 가라앉히고 최대한 아무렇지도 않은 듯 자연스레 물었다.

— 그럼, 지금 시간이 몇 신데. 설마 누나는 아직 안 먹었어?

"아니야. 나도 먹었어. 혹시나 너 일하다가 밥때 놓쳤으면 밥해 주려고 그랬지, 연예인들은 밥 먹을 시간도 따로 없다며."

의아함이 듬뿍 묻어나는 동생의 물음에 둘러대는 말이 술술 잘도 흘러나왔다.

— 괜찮아. 나는 밥때도 잘 안 놓치고, 잘 먹으니까 그런 걱정은 하지도 마.

"응, 알았어. 지금 어디쯤이야?"

— 다 와 가. 한 10분 정도면 도착할 거야.

"어. 그래, 알았어. 조심해서 천천히 와. 이따 보자."

최대한 자연스럽게 전화를 마무리 지었다. 통화 종료를 누르자마자 초롱이 헐레벌떡 자리를 털고 일어나 부끄러움도 잊고서 바닥에 떨어진 옷을 찾아 입으며 소리쳤다.

"이산 씨, 큰일 났어요!"

산은 본의 아니게 듣게 된 통화 내용만으로도 충분히 상황을 짐작하고도 남았다.

"이렇게 갑자기? 하필 오늘?"

"미안해요. 저도 이렇게 될 줄은 몰랐어요."

마음도 배려도 넘치는 동생이 아닐 수 없었다. 제집인데, 언제든 시간이 되면 그냥 오면 되는 걸, 언젠가부터 초원은 항상 오기 전에 먼저 전화를 하며 온다 간다 말을 해 주고 있었다. 왠지 거리감이 느껴지는 것 같은 동생의 행동에 조금 서운한 마음이 없지 않았는데, 지금은 그 서운했던 행동이 얼마나 다행스러운지 모른다.

오늘도 전화 없이 들이닥쳤으면 어땠을까, 상상하는 것만으로도 정신이 아득하고 어지러워졌다. 초롱은 제 옷과 섞인 그의 옷을 눈에 띄는 대로 급히 그에게 던져 주었고, 산은 초롱이 던지는 자신의 옷을 덥석 받으며 어이없는 상황에 실소가 터져 나왔다.

"이초롱, 내 나이 올해로 서른셋이야. 부모님 몰래 여자 친구를 집으로 데려온 사춘기 소년도 아니고, 이건 좀 아니지 않아?"

초롱은 어이없는 웃음을 터트리며 자신과 마찬가지로 급히 침대에서 내려와 던지는 옷을 척척 받으며 서둘러 껴입는 그를 보고, 분명 당황스러운 상황임은 틀림없는데 자꾸만 웃음이 픽픽 터져 나왔다.

"웃어? 재밌지, 아주 웃겨 죽겠지?"

황당한 상황에 산 역시 덩달아 웃음이 터졌다. 이 무슨 시트콤 같은 상황인지, 늘 태도가 조심스럽고 얌전하던 초롱이 아니었다. 부끄러움도 잊고서 허둥거리며 속옷 겉옷 할 것 없이 마구잡이로 던지는 그녀의 모습은 늘 보던 익숙한 초롱이 아닌 전혀 새롭고 색다른 모습의 초롱이었다.

"아니에요. 그냥…… 풋. 미안해서 그래요. 미안해서."

말이나 행동이 늘 신중하고 의젓한, 고상한 모습의 그가 아니었다. 어이없어 하면서도 입가에 웃음이 떠날 줄 모르는 산을 보며, 태연한 듯 말하지만 옷을 껴입는 동작이 정신없이 다급한 모습의 산을 보며, 그 역시 당황할 때가 있다는 걸. 허둥거리게 만들어 미안한 마음과 함께 그의 당황한 모습마저 사랑스럽기만 했다.

"우리 사랑은 뭐가 이렇게 항상 아슬아슬해? 우리 동생들은 대체 왜 이 모양이냐고! 하고많은 날 중에 왜 하필 이런 날만 골라서 집으로 들이닥치냔 말이야!"

"하하하. 그러게요. 우리 동생들은 왜 이렇게 눈치가 없을까요?"

산은 사찰 어딘가에서 보았던 처마 끝에 매달린 풍경처럼 맑은 초롱의 웃음소리를 들으며 잠시 서두르던 동작을 멈추어 초롱을 바라보았다.

흐트러진 이부자리를 바쁘게 정리하는 초롱에게 다가가 뒤에서 가만히 끌어안았다. 갑작스러운 포옹에 놀랐는지 초롱이 잠시 움찔하더니 자신의 몸을 감싼 그의 팔을 부드럽게 어루만지며 말했다.

"미안해요. 정말."

"아니야. 괜찮아. 신경 쓰지 마. 그냥 네 웃음소리가 너무 좋아서. 늘 그렇게 웃으면 좋겠다. 듣는 것만으로도 행복하네."

"저도요. 그런데 지금 우리 이럴 시간 없는데."

"알아. 초원이 보기 부끄러운 거지?"

말없이 고개만 끄덕이는 초롱을 보며 산은 아쉬운 한숨을 삼켰다. 자신 역시 동생 림에게 들켰던 그 날, 얼마나 민망했던가를 떠올리며 급히 외투를 집어 들었다.

"그래. 오늘은 그만 갈게. 잘 자고."

"네. 이산 씨도 조심해서 가요. 도착하면 문자라도 줘요."

"그래, 알았어."

초롱을 돌려세우며 가벼운 입맞춤을 하고서야 서운한 발걸음을 돌릴 수 있었다. 쫓기듯 떠나는 그의 뒷모습을 보며 미안한 마음을 감추지 못하고, 아직 가라앉지 않은 얼굴에 남은 열기를 식히며 그의 은은한 잔향에 부드러운 미소가 어리는데,

'응? 잔향? 그의…… 향기? 헉! 큰일 났다.'

아무리 은은하게 남았다고는 하나 확실히 남자의 향기였다. 초롱은 방에 있는 문부터 시작해 거실, 베란다 할 것 없이 서둘러 문을 열어젖혀 환기하기 바빴다. 순식간에 온 집 안이 냉기로 가득 찼지만 지금 추위를 걱정할 여력 따위는 없었다. 부디 동생이 오기 전에 그의 흔적이 감쪽같이 사라지기를 바랄 뿐이었다.

초원은 집에 들어서자마자 온기가 아닌 냉기가 가득한 공기를 들이마시며 대체 이 밤에 왜 문을 다 열어 둔 건지 의아했다.

"누나는 겁도 없이 야밤에 문을 이렇게 활짝 열어 뒀어. 누가 여자 혼자 있는 거 보기라도 하면 어쩌려고 그래?"

"남의 집을 보기는 누가 본다고."

"환기는 낮에 해, 밤에 하지 말고. 가뜩이나 혼자 있는 것도 걱정돼 죽겠는데 이렇게 조심성이 없어서야."

"이것 봐. 누가 동생이고 누가 누나인지 모르겠어. 오자마자 잔소리부터 하

는 거야? 너는 누나 안 보고 싶었어?"

요즘 TV에 심심찮게 나오는 동생의 모습은 여전히 익숙해지지를 않았다. 걱정해 주는 속 깊은 말과 행동은 여전한데, 꾸밈없이 털털하던 전과 달리 멋있게 다듬어진 모습은 아직도 어색하고 낯설기만 하고, 왠지 모르게 동생이 자꾸 멀어지는 것만 같아 서운하기까지 했다.

"안 보고 싶기는…… 누나가 해 주는 맛없는 반찬까지 그립더라."

"뭐야?! 정성이 듬뿍 들어간 반찬이 맛이 없었다고? 너 변했어. 예전에는 맛없어도 맛있다고 해 주더니."

예전 같았으면 이런 장난스러운 말도 누나에게 하지 않았을 것이다. 세심한 성격에 이렇게 장난스레 하는 말도 진담으로 받아들여서 하지 않아도 될 걱정을 얼마나 많이 할지 보지 않아도 알 수 있었다. 하지만 지금은 이런 농담을 웃으며 건네도 될 만큼 누나의 마음이 유연해졌고, 초원은 그게 다 누구 덕분인지 굳이 묻지 않아도 알 것 같아 절로 입이 빙그레 웃고 있었다.

"농담이야, 농담. 누나 군고구마 먹을래? 군밤도 사 왔어. 누나 좋아하잖아."

초원은 두꺼운 점퍼 지퍼를 열어 감추어 둔 봉투를 꺼내 누나에게 내밀었다.

"어쩐지 어디서 달달한 냄새가 난다고 했지. 요즘에도 이런 걸 팔아?"

초롱은 아직도 따끈한, 정감 있는 누런색 봉투를 받아 들고서 손에 느껴지는 온도만큼이나 마음이 따듯해지고 있었다. 겉으로 보이는 모습이야 조금 달라졌을지 몰라도, 여전히 너는 나의 하나밖에 없는 착한 동생임을.

초원은 손을 씻으러 가다 말고 누나의 방 앞에서 발에 밟히는 무언가를 주워 들었다. 모던하고 깔끔한, 고급스러워 보이는 물건을 손바닥에 가만히 올려놓고서 유심히 살폈다. 반지도 아니고 단추도 아닌 것이. 이게 대체 무얼까 유심히 보는데, 불현듯 형과 함께 술을 마실 때 셔츠 소매를 풀던 그의 모습이 빠르게 머릿속을 스쳤다.

'하. 젠장. 내가 방해한 건가?'

그제야 뜬금없이 야밤에 환기를 시킨다고 문을 열어 둔 이유를 알 것 같았다. 나름 연애 중인 누나를 배려한답시고 오기 전에는 항상 전화도 미리 하고는 했는데, 다음에는 가능하면 이렇게 급히 찾아와 서로 민망한 상황을 맞이하는 일은 없게 해야겠다 싶었다.

주웠던 커프스단추는 못 본 척 도로 누나의 방 문 앞에 얌전히 내려 두고 서둘러 손을 씻고 거실로 나갔다.

"맛있어?"

"어. 완전 달고 맛있어, 너도 얼른 먹어 봐."

초롱은 제일 알이 굵은 노랗게 잘 익은 고구마를 하나 까서 초원의 입 앞으로 불쑥 내밀었다. 초원은 몸만들기에 돌입해 지금은 탄수화물을 먹어서는 안 되는데도 누나의 마음을 무시하지 못하고 한입 크게 베어 먹었다.

누나의 말처럼 노랗게 잘 익은 호박고구마는 완전 달고 촉촉하고 부드러웠으며 말 그대로 입에서 살살 녹았다. 먹은 만큼 운동을 더 해야겠지만 누나를 걱정하게 하는 것보다 자신의 몸을 조금 고되게 만드는 편이 차라리 나을 듯싶었다.

"음. 맛있네. 이리 줘, 내가 먹을게."

"그래."

"누나 요즘 어때?"

"뭐가?"

"그냥. 뭐, 회사는 괜찮은지. 일은 할 만한지. 그분은…… 잘 만나는지."

"아……. 어. 뭐. 그렇지 뭐."

"무슨 말이 그렇게 재미없어?"

"애는 뭘 그런 걸. 너는, 너는 어때? 일은 하기 괜찮아?"

왜 도둑이 제 발 저린 것 같은 심정이 되는지, 괜스레 민망해지는 마음에 동생 눈을 바로 바라보기도 쉽지가 않아 화제를 전환하려는데 초원이 다시 그를 입에 올렸다.

"정말 좋은 형이더라."

초롱은 전혀 뜻밖의 말을 하는 초원에게 놀라 물끄러미 바라보았다.

"무슨…… 말이야?"

"산이 형, 정말 좋은 사람이더라고. 사실 나 형이랑 만났어. 같이 밥도 먹고, 술도…… 배웠어."

"술을 배웠……다고?"

언젠가 이제 성인이 되었으니 누나가 술을 가르쳐 주마. 농담처럼 말했을 때, 술은 아빠에게 배우고 싶다며 굳이 마다했던 동생이었다. 아빠에 대한 정이 남다른 동생이 아빠가 아닌 그에게 술을 배웠다는 말을 어떻게 이해를 해야 할까. 선뜻 물어보기가 망설여졌다.

"말과 행동이 일치하는 사람. 겉모습만큼이나 내면도 멋진 사람. 겉과 속이 다르지 않은 사람. 멋지더라. 우리…… 아빠만큼이나. 배워도 되겠더라. 충분히. 누나……."

"어."

"놓치지 말고 잘 잡아. 그런 사람 없어. 놓치면 아마 평생 그 누구도 만나지 못할 거야. 그런 사람…… 또 없을 테니까."

동생의 속 깊은 말을 들으며 우습게도 눈물이 한 방울 툭, 하고 떨어졌다. 세상에서 가장 사랑했던 아빠를 향한 미움의 가시가 하나씩 마음에 박힐 때마다 절대로 아빠를 닮은 사람은 만나지 말아야지. 그렇게 다짐했는데. 결국 어렵게 만난 사람이 아빠를 닮은 인품의 사람이라…… 이런 모순이 또 있을까. 초롱은 어수선해지는 마음에 멋쩍은 미소만 가만히 그려 보고 있었다.

초원이 가고 없는 텅 빈 집. 초롱이 거실에 우두커니 앉아 있다 방으로 들어가려는데 바닥에 떨어진 무언가가 반짝 빛을 내고 있었다. 허리를 숙여 바닥에 덩그러니 놓인 그것을 집어 든 초롱이 탄식했다.

'맙소사, 이건 언제 떨어트린 거야.'

그의 물건이었다. 설마 동생이 봤을까? 액세서리라고는 하지 않는 자신의 것이라 하기에는 남자들에게 더 익숙한 물건이었고, 초원이 봤다면 누구의 것일지는 충분히 생각해 냈을 듯싶었다.

다만 보지 못했을 수도 있는데 너무 예민하게 생각하는 건 아닌지. 그럼에도 동생이 했던 말들이 떠올라 마음이 어수선해 한숨을 내쉬며 전화를 들었다. 벨이 두 번이나 울렸을까, 무슨 전화를 이렇게 빨리 받는지.

— 초원이 다녀갔어?

"네. 지금 막 갔어요. 그런데 왜 말 안 했어요?"

— 응? 뭘?

"우리 초원이 만난 거."

— 아, 초원이가 말해?

"네. 애한테 뭘 어떻게 했는지 몰라도 아주 푹 빠졌던데."

— 내가 한 매력 하잖아. 안 빠지는 게 비정상이야.

"뭐. 인정. 그리고 고마워요."

— 또 뭐가?

"우리 초원이 술…… 가르쳐 줘서요. 술만큼은 아빠한테 배우고 싶다고 해서 미루고 또 미뤘었는데. 누구도 대신할 수 없을 줄 알았어요. 그래서 안타깝고 미안하고 그랬는데……."

— 고맙기는, 내가 대신해 줄 수 있어서 오히려 더 고마웠어. 이초롱을 닮아서 그런가, 초원이도 너만큼이나 생각이 반듯하고 착하더라. 함께하는 동안 내가 아주 행복했어. 우리 다음에는 꼭 같이 보자.

"네. 그렇게 해요. 피곤하겠다. 얼른 자요. 아차, 뭐 잃어버린 건 없어요?"

— 잃어버린 거?

"네. 커프스단추 떨어져 있던데."

— 아, 그게 거기 있어? 난 또 차에 흘렸나 했더니.

“내일 가져갈게요.”

— 그래. 너도 얼른 자. 내 꿈 꿔, 등산하는 꿈이면 더 좋고.

뜬금없이 등산하는 꿈을 꾸라는 소리에 초롱이 의아해 되물었다.

“등산?”

— 그래. 이를테면 산을 오르는 꿈이랄까?

“어째. 단어 조합이…… 표면 그대로 해석을 해야 할까요, 아니면 한 단계 더 나아가 그 숨은 의도를 파악해야 할까요?”

장난기가 다분한 그의 목소리에 우습게도 초롱은 그의 몸 위에 앉았던 자신의 모습을 떠올리며 얼굴을 붉혀야 했다.

— 역시 똑똑하단 말이야. 이젠 숨은 의도까지 파악할 정도의 경지에 올랐다니 넌 나의 수제자야. 더 큰 바람을 말한다면 현실에서도 등산 한번 해 보는 건 어때?

이 추운 겨울에 정말 산이라도 올라 보자는 말일까? 아니면…… 그의 이름에 빗댄 야한 농담일까?

“그만해요. 헷갈려 죽겠어. 하이산 씨는 참 좋겠어요. 이름이 어쩜 이렇게 활용도가 높은지, 기면 좋고 아니면 말고, 얼렁뚱땅 넘어가기도 좋고.”

— 요즘 들어 이초롱이 야한 생각을 많이 해서 빨리 알아채는 건 아니고?

“뭐예요?!”

— 풋, 많이 해. 괜찮아. 그 대상이 나라면 밤새 해도 괜찮다고 야한 생각.

“아니거든요? 그런 생각 안 하거든요? 다 자기 같은 줄 아나 봐.”

— 자기. 자기라. 이 말이 이렇게 달콤하게 들릴 말인가?

“무슨 말을 못 해. 어서 자요. 이러다 밤새우겠어.”

— 나야 이렇게 밤을 새워도 좋기만 한데, 그래도 잠은 재워야겠지?

“네. 졸려요. 그만 잘래요.”

— 그래, 알았어. 푹 잘 자고, 내일 보자.

“네. 이산 씨도 잘 자요. 먼저 끊을게요.”

그는 절대 먼저 끊을 사람이 아니었기에 결국 초롱이 또 먼저 끊어 버렸다.

통화하며 서성이던 발걸음을 멈추고 그가 스쳐 간 곳이라 믿기지 않는, 그가 잠시 머물렀다는 이유만으로 평소와는 사뭇 달라 보이는 자신의 침대를 물끄러미 바라보며 그와 함께한 사랑의 기억을 저도 모르게 돌이키고 있었다. 서둘러 머릿속에 어지럽게 펼쳐지는 모습을 털어 버리고 침대에 털썩 앉아 버렸다.

초롱은 날이 더해질수록 짙어 가는 마음이 신기했다. 날이 갈수록 그를 생각하는 마음도 그만큼 더해지고, 그와 함께하는 시간은 짧게만 느껴졌다.

날이 더해지면서 익숙해지고, 그 익숙함에 마음이 조금은 덤덤해져도 좋을 텐데. 이상하게 날에 날을 더할수록 풍선처럼 부푼 마음은 바람이 빠질 생각을 하지 않았고, 오히려 어디까지 커질 수 있나 그 탄력을 확인이라도 할 것처럼 끝없이 부피를 더해 가고 있었다. 날을 더할수록…….

침대 옆 협탁에 놓인 그의 앨범을 습관처럼 집어 들었다. 사진에서도 뿜어져 나오는 듯한 그의 밝은 에너지를 받으며 한 장, 두 장 넘기다 불현듯 스치는 생각에 놀라 앨범을 탁 닫아 버렸다.

'망했다. 망했어. 본 거야? 본 거야! 그가 본 거야. 어떡해. 어떡해.'

마치 보란 듯 협탁 위에 얌전히 놓인 앨범을 그가 보지 못했을 확률은 아쉽게도 0프로.

침대에 벌렁 누워 버린 초롱은 허공에 킥을 날리며 민망함에 몸서리쳐야 했다.

초롱은 오전에는 자리에 앉아 문서 작성을 하며 바쁘게 보냈고, 오후에는 배달 온 작업복을 부서별 신청 내역에 따라 분류하며 분주한 시간을 보내고 있었다. 계속 허리를 숙였다 폈다 반복 작업을 해서 그런지 근육이 뻐근하게 결려 와 잠시 스트레칭을 했다. 때마침 걸려 온 전화에 반가운 이름을 보며 얼굴이 환하게 밝아졌다.

"소현아."

— 어, 초롱아. 너 내일 뭐 해?

"내일?"

— 응, 내일.

"데이트?"

— 아이쿠. 좋을 때다 좋을 때야.

"참 나, 얘는 무슨 애인 없는 사람처럼 말하고 있어."

— 야, 몇 년이나 된 묵은지 연애랑 파릇파릇 새싹 같은 연애가 같아?

"새싹은 언제까지 새싹이니? 우리도 이제 새싹은 아니지 않나?"

— 어쭈, 이초롱 많이 발전했는데?

"풋, 농담이야, 농담. 그래, 무슨 일이야? 내일 뭐 하는지는 왜 물어봐?"

— 아, 그게…… 우리 고등학교 동기. 신년 모임 한다고.

"안 가."

졸업 후 동기들이 연에 한 번 모임을 할 때면 초롱이 가지 않을 걸 뻔히 알면서도 늘 전화해 확인하는 소현이었다. 초롱은 그렇게 늘 챙기는 친구에게 미안해하면서도 모임에 단 한 번을 참석하지 않았다. 보통은 연말에 하더니 올해는 신년에 하는 모양이었다.

— 알아, 아는데 혹시나 해서 한번 물어봤어. 나도 가고 싶지 않은데, 해외지사에 근무하는 진우 친한 친구가 이번에 들어왔나 봐. 진우가 이번에는 가 봐야 할 것 같다고 해서 같이 가게 됐어.

"그럼 당연히 가야지, 바늘 가는 데 실 안 가?"

— 별로 내키지는 않아, 보기 싫은 애들이 한둘이어야 말이지.

소현이 말하는 그 보기 싫은 애들의 면면을 떠올리는 것만으로도 초롱은 피로가 엄습하는 기분이었다.

"많이 불편하겠다. 그래도 친했던 애들도 올 건데 뭘. 너는 진우 생각도 해야 하잖아."

— 그러니까.

"매번 미안해, 소현아. 나라도 같이 가 줘야 하는데, 아직은 편하지가 않아."

— 나도 알아, 당연히 알지, 내가 널 몰라? 그냥 알고나 있으라고 말하는 거야. 혹시 나중에라도 다른 경로로 듣게 되면 기분 별로잖아.

소현의 말에 초롱이 피식 웃으며 말했다.

"난 괜찮아. 그런 거라면 나한테 일일이 말해 주지 않아도 아무 상관 없어. 어차피 알아도 가지 않을 텐데 뭘. 내 걱정은 하지 말고 편하게 잘 다녀와."

— 그래, 알았어. 그럼 내일 데이트 잘 하고.

"너도, 껄끄러운 애들 신경 쓰지 말고 친한 친구 만나 오랜만에 재미나게 보내."

— 너도 없이 재미는 무슨…… 알았어. 바쁠 텐데 일해.

"응."

초롱은 통화를 마치고 한동안 멍하게 전화기만 바라보고 있었다. 남들 다 가는 그저 별 볼 일 없는 흔하디흔해 빠진 동기 모임. 만나 봐야 아무 영양가 없는 이야기들로 귀한 시간만 허비하게 될, 그런 의미 없는 모임은 절대 사양이었다.

하지만 잘못한 거 하나 없이 그 별 볼 일 없는 모임 하나 마음 편히 참석하지 못하고, 아직도 그들을 피하는 인상을 주게 되는 것이 못내 자존심이 상했다.

분명 잘못을 한 건 그 친구들이었는데, 왜 내가 피하고 숨는 모습을 보여야 하는지. 왜 이런 일이 있을 때마다 소현이가 마음을 쓰게 만들어야 하는지. 아무짝에도 쓸모없는 동기 모임이 초롱의 마음을 어지럽히고 있었다.

로라가 초원의 매니저에게 전화를 걸었다.

"김 실장님, 원이 스케줄 끝났으면 같이 사무실에 와 주세요."

원은 데뷔한 지 얼마나 됐다고 벌써 각종 CF는 물론, 드라마, 영화, 하다못해 예능까지 출연 제의가 끊이지 않고 있었다. 그다지 큰 노력도, 많은 투자도 없이 이만큼의 성과를 보인 신인은 운을 제외하고는 처음이었다. 로라는 너무나 순조롭게 스타의 반열에 오른 원을 떠올리자 절로 입가에 환한 미소가 번졌다.

똑똑.

"네. 들어와요."

"부르셨습니까?"

초원과 매니저가 함께 들어와 테이블 옆 소파에 앉았다.

"드라마 촬영은 잘 끝났고?"

치솟는 인기에 조금은 우쭐할 만도 한데 원은 여전히 처음과 같이 겸손했고, 로라는 그런 예의 바른 모습의 원을 보며 흐뭇한 마음을 감출 수가 없었다.

"네."

"원아, 너 노래 잘하니?"

"네?"

초원은 사무실에 올 때마다 이번에는 무슨 일일까, 호기심과 걱정이 뒤섞였고, 이제는 아무렇지 않게 담담하게 받아들이려 하는데도 가끔 이렇게 뜬금없는 질문에는 바보처럼 되물을 수밖에 없었다.

"다른 게 아니라 이번에 라이브 토크쇼랑 예능에서 섭외가 들어왔는데, 너의 조용한 성격으로 예능은 아직 무리인 것 같고 노래를 겸한 토크쇼는 괜찮을 것 같아서 말이야."

"잘 못합니다."

"하기 싫은 건 아니고?"

"그때도 말씀드렸지만, 해야 할 일이라면 할 겁니다. 다만, 노래는 내세울 만한 수준이 못 돼서 드리는 말씀입니다."

"그럼 지금 노래 한번 해 볼래?"

"지금요? 여기서?"

"그래, 뭐 어때? 여기라고 해 봐야 나하고 김 실장님뿐인데, 내가 들어 보고 판단할게."

"원이 노래라면 듣지 않아도 괜찮을 겁니다. 노래 곧잘 하던데요?"

머뭇거리는 원의 모습에 이미 들어 본 적 있던 매니저 우승이 말했다.

"김 실장님 원이 노래하는 거 들어 보셨어요?"

"네. 잠들기 전에 누워서 김광석 노래 하는 걸 우연히 들었습니다."

가끔 힘들거나 한계가 찾아올 때 부르던 노래였다. 잠들기 전이라면 중얼거리는 수준이었을 텐데 그걸 대체 언제 들었다는 건지.

"완전 음치 수준이 아니라면 나쁘지 않아. 혹시 너도 보지 않았을까 싶은데. 시작한 지 얼마 안 되는 파일럿 프로그램이고, 첫 출연자가 이운이었어."

"아. 그 프로그램이라면 저도 한 번 봤습니다."

복학을 대비해 시간이 날 때면 항상 책을 보며 부족한 부분을 메우려 하고 있었고, 그런 초원에게 TV를 시청할 시간은 없었다. 하물며 자신이 출연하는 드라마조차 민망한 마음에 보기가 쉽지 않았으나, 이상하게 선배가 나온 프로그램은 챙겨 보게 되었다.

"그렇지? 그럴 줄 알았어. 이거 정말 엄청난 기회야. 사실 이거 이운이 섭외한 거나 다름없어. PD에게 네 칭찬을 입에 침이 마르도록 했나 보더라. 가뜩이나 라이징 스타니 뭐니 해서 이슈가 되는 데다, 이운까지 적극 추천하다 보니 네가 많이 궁금했나 봐. 그래서 섭외 들어온 거야."

그저 평범하기만 한 자신을 왜 그렇게 추켜세우는지, 선배의 추천이 있었다는 소리를 들으니 부담이 더했다.

"너도 봐서 알겠지만, 그냥 앉아서 인터뷰 형식으로 편하게 대화 나누다 관객들과 교감하며 노래 한두 곡 정도만 하면 되는데 어려울까? 크게 부담스러운 자리도 아니고, 너를 궁금해하는 팬들이 많으니까 팬 서비스 차원이라 생각해도 좋고 말이야. 한번 해 보자. 너한테 나쁠 것 같으면 권하지도 않아."

로라는 비교하고 싶지는 않지만, 비교가 되는 건 어쩔 수 없었다. 다른 친구들 같았으면 벌써 좋다고 방방 뛰고 난리가 났을 텐데, 이 평범하지 않은 친구는 무슨 고민이 이렇게 많고, 뭔 걱정이 이리도 많은지. 너무나 신중한 모습을 보며 이게 또 너의 매력이겠지. 이제는 그 신중함마저 예쁘게 보였다.

"……네. 알겠습니다."

"그래, 잘 생각했어. 그리고 혹시 관객석에 초대하고 싶은 사람 있으면 말해. 좋은 자리로 마련해 줄게."

"한 자리만 부탁드리겠습니다."

"겨우?"

"네. 누나만 있으면 됩니다."

"하여간 신기해. 그래, 알았어. 그만 들어가서 쉬어. 김 실장님은 저 좀 봐요."

"네. 이사님."

예의 바른 인사와 함께 초원이 사무실을 나가자 로라가 서둘러 물었다.

"솔직히 말해 봐요. 이원 어때요? 노래 실력이?"

"그저 그런 실력이었다면, 제가 나서서 말렸을 겁니다. 울림이 듣기 좋던데요? 원이 목소리 톤이 워낙 좋잖아요. 그때 부르던 그 노래를 해도 좋을 것 같더라고요. 나이답지 않게 조금 무거운 느낌은 있지만, 뭐 그게 원이니까요."

"그래요, 그럼. 잘 준비시켜 줘요. 필요하면 보컬 트레이너도 붙여요."

"네. 걱정하지 마세요. 제가 알아서 잘 준비시키겠습니다."

"고마워요. 김 실장님만 믿을게요."

로라는 생각 같아서는 당장이라도 불러서 그 톤을 확인하고 싶은 마음이 굴뚝같았으나, 부담스러워 튕겨 나가지 않게 한발 물러섰다.

다가온 퇴근 시간. 책상을 정리하던 초롱은 휴대폰이 진동하는 느낌에 서둘러 전화를 꺼내 들었다. 반가운 동생의 이름을 보는 것만으로 피로가 가시는 듯한 기분에 소리 없이 가볍게 웃으며 전화를 받았다.

— 누나, 바빠?

"아니, 이제 퇴근하려고 준비하는 중이야."

— 그래? 그럼 이따 다시 전화할까?

"아니야. 통근 버스 타려면 아직 시간이 좀 남았어. 왜? 무슨 일 있어?"

— 아니. 별일은 아니야. 어떤 프로그램에 섭외가 됐는데 혹시 누나 시간 괜찮으면 한번 와서 보라고. 부모님이야 뭐, 올 수 없는 상황이니까. 누나 궁금하다며.

"그야 당연히 궁금하지, 네가 어디서 무슨 일을 어떻게 하는지."

— 그러니까 와서 직접 봐. 좋은 자리로 마련해 주신대. 일정 보내 줄 테니까 시간 한번 맞춰 봐.

"어. 그래. 그런데 초원아…… 내가 가도…… 괜찮겠어? 혹시나 누구냐고 물어보면 너 불편하거나 부담스럽지 않을까?"

— 아니야. 내가 불편할 일이 뭐 있어? 누나는 내 프라이드야.

혹시나 동생에게 자신이 부끄러운 존재가 되면 어쩌나. 망설이는 마음을 어떻게 알고 이런 말을 해 주는 걸까? 예고 없이 훅 들어온 동생의 진심에 초롱은 순간 말문이 막혔다.

— 누나 듣고 있지? 그러니까 쓸데없는 생각 말고 그냥 와. 누나가 오면 그나마 조금 덜 떨릴 것 같으니까.

"그래, 알았어. 꼭 시간 맞춰 갈게."

— 어, 그럼 끊는다.

흐뭇한 마음에 피식 웃으면서도 코끝이 찡하게 아려 왔다. 네가 없었다면 나 혼자서 어떻게 견뎠을까, 그 많은 고비를 너 없이 어떻게 이겨 낼 수 있었을까. 존재만으로도 마음을 든든하게 받쳐 주고 힘이 되어 주는 동생을 떠올리며 초롱은 허리를 곧추세워 어깨를 활짝 펼쳤다. 내세울 것 없는 누나를 추켜세워 주는. 단 한마디의 말이 초롱의 마음을 더없이 풍족하게 채워 주고 있었다.

7

소현은 이제 두 번째 참석하게 된 동기 모임이었다. 지난해는 소현이나 진우 역시 참석자의 면면을 보며 그다지 내키지 않아 가지 않았던, 올해는 진우 친구들의 성화에 못 이겨 결국 참석하게 되었다.

총인원이 서른다섯 명이라 레스토랑을 전체 대관한 모양이었다. 눈길을 돌리는 곳마다 반갑지 않은 얼굴들이 보여 소현의 눈살이 절로 찌푸려지고 있었다.

"역시나 그냥 따로 불러서 만날 걸 그랬나? 소현아, 많이 불편해?"

"아니야, 진우야, 나는 신경 쓰지 마. 성우 오랜만에 한국 들어와 여기저기 인사할 곳이 많다며, 서로 시간이 맞지 않는 걸 어떡해. 난 괜찮으니까 신경 쓰지 말고 너는 그냥 편히 즐겨."

"그래, 알았어. 혹시라도 많이 불편하거나 하면,"

"괜찮다니까! 내가 불편할 게 뭐 있어? 단지 보고 싶지 않은 것들이 자꾸 걸리적거려서 눈이 조금 피로한 것 빼고는 괜찮아. 그러니까 내 걱정은 하지 말고 오랜만에 만났는데 얘기라도 좀 나눠. 나도 친구들 오랜만인데 얘기 좀 하게."

"그래, 알았어. 고맙다."

진우가 친구들 무리로 가고, 소현은 오랜만에 만난 친구 선혜, 명주와 함께 이야기꽃을 피우고 있었다.

"올해도 초롱이는 같이 안 왔네?"

"그러게, 못 본 지 오래라 한번 보고 싶었는데."

친구들의 질문에 소현이 웃으며 말을 꺼냈다.

"어, 초롱이 요즘 바빠. 알콩달콩 사랑하느라."

"그래? 생각보다 잘 지내나 보다. 다행이야. 정말."

"그러게, 그나저나 졸업한 지가 언젠데 얼굴 한 번을 안 비치고 너무한 거 아니야?"

"맞아. 아무리 그래도 그렇지. 우리랑은 그렇게 잘 지내 놓고선, 어떻게 전화 한 통이 없냐?"

"그러지 말고, 목소리라도 좀 듣게 전화 한번 해 봐, 소현아."

"그럴까?"

초롱이와 잘 지냈던 친구들의 성화에 소현이 전화를 걸었지만, 바쁜지 초롱이 전화를 받지 않았다.

"오늘 데이트한다더니 바쁜가 봐. 문자 남겼어. 이따 전화 오면 바꿔 줄게."

"그래도 우리보다 낫다. 연애도 하고. 초롱이 만나는 사람은 어때?"

모태 솔로 선혜와 얼마 전 이별을 한 명주가 눈을 반짝이며 물었다.

"말이 필요 없지. 한마디로 대박! 잘생긴 건 둘째 치고, 키 크지, 멋있지, 젠틀하지. 거기다 능력 좋고, 성격 좋고, 뭐 하나 빠지는 게 없어."

백 번 말하는 것보다 한 번 보여 주는 게 나을 듯싶었지만, 친구들이 초롱의 애인을 보게 될 확률은 그리 높지 않을 것 같았다. 저 역시 겨우 한 번 만난 게 다였지만, 누구보다 관심 있게 지켜보았던 터라 그를 묘사해 내는 게 어렵지 않았다. 그저 말을 전하면서도 마치 제 일처럼 뿌듯하고 행복해지는 마음에 소현이 함빡 웃었다.

"얼마나 멋진 사람이면 소현이가 입에 침이 마르게 칭찬하는 것 봐. 역시 여자는 예쁘고 봐야 하나 봐. 잘생긴 것만 해도 황송한데 뭐 하나 빠지는 것도 없다니!"

"그러게 말이다. 하, 이 더러운 세상! 내가 성형 수술을 하든가 해야지 원."

소현은 선혜와 명주의 장난스러운 말과 익살스러운 표정에 웃지 않을 수가 없었다.

"그러지 말고 지금이라도 오라고 하면 안 돼? 너무 보고 싶다. 초롱이."

"다음에, 우리끼리 따로 보자. 초롱이한테 얘기해 볼게. 솔직히 여기는 나도 좀 별로야."

"그래, 그건 나도 마찬가지야."

"어, 나도. 걔들은 어떻게 나이를 먹어도 그대로다. 정말 끼리끼리."

"그러게."

다교 무리를 보는 친구들의 시선이 고울 리 없었다. 여전히 주목을 받아야 직성이 풀리는 다교와, 뭐가 그리 즐거운지 다교가 무슨 말만 해도 까르르 넘어가는 그 옆의 동기들을 보며 소현은 고개를 설레설레 흔들었다.

"어휴, 걔들 옆을 지나가는데 향수 냄새가 어찌나 독한지 죽는 줄 알았잖아."

"화장은 또 얼마나 야무지게 했는지, 나는 다른 사람인 줄 알았다니까."

"야, 화장 때문이 아니고, 수술했잖아."

"진짜? 나는 화장을 너무 감쪽같이 해서 그런 줄 알았지."

선혜와 명주가 험담을 이어 가자 소현이 말렸다.

"됐어. 걔들 말은 이제 그만하자, 속 시끄럽다. 너희는 어떻게 지내?"

소현은 귀한 시간을 허투루 쓰고 싶지가 않았다. 비록 선뜻 내켜서 나온 자리는 아니었으나 오랜만에 만난 친했던 친구들과 좀 더 유익한 대화를 나누고 싶었다. 다행스럽게도 그런 소현의 마음을 알아챘는지 선혜와 명주 역시 반갑지 않은 친구들의 험담을 멈추었고, 서로의 근황을 주고받으며 무료했던 시간을 즐겁게 바꾸고 있었다.

중간중간 소소한 이벤트가 열릴 때면 잠시 소란해지는가 싶더니, 이벤트가 끝나면 다시금 삼삼오오 친한 친구들끼리 모이게 됐다. 그렇게 자리 이동을 하던 중에 소현이 바닥에 쏟아진 물을 미처 보지 못하고 발이 미끄러져 엉덩방아를 찧으며 넘어지고 말았다.

"아얏!"

손에 들고 있던 클러치 백을 놓쳐 버렸고, 물건들이 요란한 소리를 내며 흩어지고 말았다.

"소현아, 너 괜찮아?"

선혜와 명주가 놀라 소현에게 소리치며 묻자 멀찌감치 있던 진우도 이름을 들었는지 놀라 달려왔다.

"소현아, 괜찮아? 어디 다친 곳은 없어?"

진우는 일어서려는 소현을 말리며 어디 다친 곳이 없나 살피고 있었고, 선혜와 명주는 걱정스레 소현을 바라보며 바닥에 흩어진 물건을 찾아 정리하기 바빴다.

"창피해. 얼른 일으키기나 해."

모여드는 시선이 불편한 소현이 투덜거렸다.

"지금 창피한 게 문제야? 그러지 말고 한번 봐 봐. 어디 뼈라도 상하지 않았는지 잘 살펴보고 일어나야지, 안 그럼 큰일 나."

진우는 혹시나 소현이 크게 다치지는 않았을까 걱정스러운 마음에 다른 건 눈에 들어오지도 않았다.

"어쩜 너희는 몇 년이 지나도 그대로니?"

"그러게, 신기하다 신기해. 이젠 찢어질 만도 한데 참 특이해."

"찢어지기는, 여전히 죽고 못 사는 것 같은데?"

고등학교 때부터 사귀던 애들이 여태 애틋한 모습을 유지하는 것이 꽤나 흥미로운 모양이었다. 친구들이 하나둘 야유와 부러움이 뒤섞인 모호한 말들을 산만하게 건넸고, 진우는 그런 친구들의 말에 신경도 쓰지 않고 조심스럽게 소현을 부축하며 일으켜 세웠다.

"다시 한번 잘 살펴봐, 어디 다친 데 있나 없나."

"괜찮다니까, 자존심에 금이 조금 간 것 말고는 괜찮다고!"

"바닥의 물이 너 아니라 누구라도 넘어지기 딱 좋게 생겼는데 뭘. 겨우 넘어진 걸 가지고 자존심은 무슨, 다른 사람은 신경 쓰지 마. 너만 괜찮으면 돼."

"치."

소현은 잔뜩 인상을 구긴 채 걱정스러운 말과 함께 잔소리를 늘어놓으며 부산스레 자신을 살피는 진우의 모습에 아픈 것도 잊고서 피식 웃고 말았다. 친구가 챙겨 준 클러치 백을 들고서 옷에 묻은 물이라도 좀 닦을까 싶어 화장실을 찾은 소현은 그사이 휴대폰이 사라진 걸 눈치채지 못했다.

퇴근 후 산이 한적한 공원에 차를 세웠다. 그와 함께 따듯한 공간에 머무는 초롱의 머리가 바쁘게 돌아갔다. 퇴근하며 산은 그동안 대부분 자신의 주도하에 데이트를 이어 갔으니, 오늘만큼은 초롱이 원하는 데이트를 하자며 결정권을 넘겨주었다.

초롱은 늘 그의 계획에 따라 움직이다 갑작스레 던져진 결정권에 당황하지 않을 수 없었다. 고기도 먹어 본 놈이 맛을 안다고, 연애도 해 본 사람이 더 잘 알 텐데. 초롱의 연애 경험이라 해 봐야 산과의 연애가 전부였기에 그의 배려 아닌 배려가 부담스럽기만 했다. 그렇다고 그에게 다시 결정권을 떠넘기기에는 양심이 조금 찔리고 있었다.

그에게도 조금은 특별한 경험을 하게 해 줄 수 있으면 얼마나 좋을까, 고민이 깊어지는데 기다리다 못한 산이 푸념했다.

"이러다 우리 오늘 날 새겠는데? 이거 서운하네. 나하고 하고 싶은 게 그렇게 없어?"

"경험 부족에서 우러나는 망설임을 그렇게 해석한다면 저야말로 서운하네요. 너무 받은 게 많아서 저도 이산 씨에게 조금은 특별한 경험을 하게 해 주고 싶은데, 당장 떠오르는 게 없으니 스스로가 너무 한심하고 답답해서 그런 것뿐이거든요."

산은 차분하고 정확하게 마음을 표현하는 초롱의 모습에 잔잔한 미소가 생겨나고 있었다. 둘이 함께하는 시간을 가볍게 생각하지 않고, 매시간 매 순간을 뜻깊게 보내고 싶다는 뜻으로 받아들이며 기쁘지 않을 수가 없었다.

"음…… 그러면 말이야. 너만 해 줄 수 있는 일이 하나 있기는 한데."

말을 하기가 무섭게 눈을 가늘게 뜨며 노려보는 듯한 초롱의 표정에 웃음이 터지고 말았다.

"하여간 이초롱 음흉한 건 알아줘야 해. 너 대체 이 조그만 머리로 무슨 생각을 그렇게 하는 거야? 어?"

"저만 해 줄 수 있는 일이 뭐…… 흠흠. 그것밖에 더 있나요?"

"그거 뭐, 그거 뭐? 큰일이네, 이초롱. 나를 너무 좋아하는 것 같아."

"……."

"이것 봐, 말도 없네? 반박이 없는 걸 보니 긍정의 뜻인가?"

"그걸 뭐. 꼭 말로 해야 아나요?"

결국 또다시 찾게 되는 초롱의 달콤한 입술이다. 이 부드러운 입술의 감촉은 왜 늘 새롭게 느껴지는지. 산은 절대 의도하지 않았던 진한 스킨십을 이어 가며 정신이 혼미해져 갈 때쯤 간신히 마음을 다잡았다.

"너는 너무 예뻐서 탈이야. 말까지 예쁘면 대체 어쩌라는 거야. 웃지 마."

입술을 핥으며 씩 웃는 초롱의 모습이 퍽 곤란한 산이 퉁명스레 말을 던졌다.

"그래서 뭔데요? 그게 아니면, 나만 해 줄 수 있는 그 일이 뭐냐고요."

"전에 참 행복했거든. 네가 피아노 쳤을 때 말이야. 보는 것만으로, 듣는 것만으로도, 온몸에 소름이 돋고 짜릿한 희열이 느껴졌어. 그때의 감동을 다시 느낄 수 없을까?"

초롱이 아직 피아노를 대하는 마음이 편치 않으면 어쩌나, 여전히 원망의 대상으로 남아 있으면 어떡하나, 걱정스러운 마음으로 초롱을 바라보았다. 걱정과 달리 그녀는 멈칫하지 않았고, 의외로 무덤덤하게 보였다. 그늘 하나 보이지 않는 맑은 얼굴로 조심스럽게 미소를 그리는 초롱의 모습을 보며 희망이 조금씩 피어올랐다.

"가요. 까짓것. 이산 씨가 듣고 싶다면…… 얼마든지 들려줄게요. 대신 장소는 이산 씨가 직접 섭외해요. 이 시간에 연습실을 섭외할 수 있을까나?"

아니나 다를까 흔쾌히 응하는 것으로도 모자라 묘하게 능력을 보여 주고 싶게 만드는 초롱의 도전 아닌 도전을 받으며 산이 함박웃음을 지었다.

산은 빠르게 머리를 굴리며 피아노를 자유롭게 칠 수 있을 만한 장소를 떠올려 보았고, 초롱은 그의 수고를 조금 덜어 줄까 싶어 피아노 연습실을 검색하려 전화를 꺼내 들었다. 그런데 미처 받지 못한 부재중 전화가 와 있었다.

왜 그와 있으면 정신을 차리지 못하는지. 부디 급한 연락이 아니기를 바라는 마음으로 통화 기록을 빠르게 확인하며, 더없이 반갑게 느껴지는 친구의 이름에 가만히 안도의 한숨을 내쉬었다. 혹시나 또 진동을 느끼지 못하게 될까 싶어 볼륨을 올리고서 문자를 확인했다. 친구들이 보고 싶어 한다며 목소리라도 들려주라는 소현의 문자에 잠시 고민스러웠지만 전화 정도야 뭐 어떨까 싶었다.

"저 잠시 전화 좀 할게요."

같은 시간, 다교는 소현의 휴대폰을 주워 들고서 아직도 여전히 남은 앙금에 이걸 돌려줘야 하나 말아야 하나 갈등하는데, 때마침 걸려 오는 전화에 발신자를 보며 한쪽 입꼬리를 비스듬히 끌어 올렸다.

'우리 초롱이? 참 나. 얘네는 아직도 이렇게 끔찍한가 보네?'

과연 제 옆에는 '우리 다교'라는 이름으로 휴대폰에 저장할 친구가 있을까. 곰곰이 생각해도 그런 유치한 발상을 가진 친구는 없을 듯싶었다.

너희도 어쩌면 다 그렇고 그런 이유로 함께인 건 아닐까. 다교는 그들의 우정을 깎아내리기에 바빴다. 자신의 옆에는 이렇게 진심으로 자신을 위하는 친구도, 저 대신 싸워 주는 우정도, 다치는 걸 감수하고서라도 지켜 주는 희생도, 친구를 위해 무릎 꿇는 용기도 당연히 없었기에 그런 초롱과 소현을 다교는 이해할 수도, 이해하고 싶지도 않았다.

문득 궁금했다. 이렇게 서로를 끔찍이 아끼는 척하며, 이렇게 서로를 위하는 척하는…… 너는 친구가 위험에 빠지면 곧장 달려올까? 너는 네가 끔찍하게 싫어하는 내가 있는 이곳이라도 한달음에 달려올까?

그들의 우정에 질투가 나는 건지, 단지 초롱이 초라해지는 모습을 보고 싶은 건지. 그것도 아니면 흔해 빠진 동기 모임 하나 참석하지 못할 정도로 비참한 초롱의 모습을 모두의 앞에서 일깨워 주고 싶은 건지. 왜 여전히 초롱을 짓누르고 싶은 마음이 드는지 알 수가 없었다.

"여보세요?"

결국 다교는 태연함을 가장해 전화를 받았다.

— 누구……시죠?

소현이라면 전화를 받자마자 반갑게 이름을 부르며 목소리 톤을 높였을 것이다. 그게 아니라 하더라도 목소리는 분명 소현의 것이 아니었고, 진우도 아닌 다른 사람이 받는 전화는 낯설 수밖에 없어 초롱이 되물었다.

다교는 단지 한 마디의 말만 듣고도 친구가 아님을 귀신같이 알아채는 초롱이 짜증스럽기만 해 미간을 단번에 좁히고 말았다.

"나, 다교."

— 소현이 전화를 왜 네가 받아?

"글쎄, 왜 받았을까? 소현이가 전화를 잃어버렸을까, 아니면 다쳐서 전화를 받을 수 있는 상황이 아닌 걸까?"

— 야, 강다교! 그게 무슨 말이야?! 소현이 어디 다쳤어? 다친 거야?

"정답은, 둘 다야. 다치면서 전화를 떨어트렸고, 지금은 받을 수 있는 상황이 아니야."

다교가 저 멀리, 화장실을 다녀와 다시 친구들에게 둘러싸인 소현과 진우의 모습을 눈으로 흘기며 말했다.

— 받을 수 있는 상황이 아니라니! 많이 다쳤어? 진우는, 진우는 어딨어?!

초롱은 친구가 다쳤다는 말에 놀라지 않을 수가 없었다. 게다가 직접 전화를 받을 수도 없는 상황이라니, 도대체 어디가 어떻게 얼마나 다쳤는지 걱정되는 마음에 당연하게도 진우를 급히 찾았다.

"내가 그런 것까지 일일이 말해 줘야 해? 정 궁금하면 네가 와서 찾아보면 되겠네. 여기 강남 ○○○레스토랑이야."

제 할 말만 하고서 일방적으로 끊어 버린 전화에 초롱은 기가 막혔다. 황당한 통화 내용을 곱씹으며 급히 진우에게 전화를 걸었다.

"받아, 받아, 제발 좀 받아."

진우는 또 왜 이렇게 전화를 안 받는지, 다급한 초롱의 마음을 더욱더 초조하게 만들었다.

"초롱아, 소현이한테 무슨 일 있어?"

이미 초롱이 통화하는 소리를 들었기에 산이 걱정스레 물었다.

"모르겠어요. 단순히 전화를 잃어버린 건지, 아니면 정말 다친 건지. 하필 진우도 전화를 안 받아요. 분명 같이 간다고 했는데, 정말 다쳤으면 어떡해."

아무리 악연이라 해도 이런 문제로 장난을 칠 것 같지는 않아 걱정을 멈출 수가 없었다.

"어딘지 알아?"

"네."

"그럼 여기서 걱정하지 말고 같이 가서 확인해 보자. 혹시 모르니까 가는 동안 진우한테 계속 전화해 봐."

"네."

부디 별일 없기를 바라며, 그저 소현이 휴대폰을 분실한 것에 그치기를, 진우에게 계속 전화하는 초롱의 속이 타고 있었다.

다교는 온통 소현에게 정신이 팔린 진우를 보며 쓴웃음을 지었다. 그저 엉덩방아 한번 찧은 걸 가지고 무슨 유난을 저리도 떨어 대는지, 소현이 다친 후로는 계속 소현을 챙기며 동동거리는 모습에 과연 전화를 받을 정신이나 있을까 싶었다. 설사 운 좋게 전화를 받는다 해도 그저 주운 휴대폰을 돌려주면 그만이었다.

어쨌든 소현이 전화를 잃어버린 것도, 다친 것도 모두 사실이니까.

몇 번의 전화에도 연결이 되지 않는 걸 보니 분명 무슨 일이 생긴 듯했다. 그렇게 초롱이 걱정하는 사이 차가 목적지에 다다랐다.

초롱은 곧장 레스토랑 안으로 뛰어 들어갔다. 예상과는 달리 너무나 화기애애한 분위기에 허탈한 마음마저 들었다. 그래도 혹시나 하는 마음에 급히 무리를 향해 가며 소현의 모습을 찾는데, 먼저 초롱을 발견한 소현이 놀란 눈을 하며 반갑게 뛰어왔고 그 뒤를 진우가 성큼성큼 따라잡고 있었다.

"초롱아! 초롱아. 꺄! 우리 초롱이 왔어!"

환하게 웃으며 달려오는 소현의 모습에 그제야 긴장에서 벗어난 초롱의 속도 모르고, 소현은 그저 반가운 마음에 초롱을 덥석 안았다. 초롱은 다행히 무사한 듯한 소현을 마주 안으며 깊은 한숨을 내쉬었다.

"너 정말 괜찮아?"

혹시나 하는 마음에 확인은 해 봐야 할 것 같아 물었다.

"응? 뜬금없이 괜찮냐니, 그게 무슨 말이야?"

"어디 다친 데 없어? 정말 괜찮아?"

"우와, 너 나 다친 거 어떻게 알았어? 소름. 나 아까 칠칠치 못하게 바닥에 물이 있는 걸 모르고 밟았다 미끄러졌어. 바지를 입어 다행이지, 치마 입고 왔음 어쩔 뻔했어. 쪽팔려 죽을 뻔했잖아."

다시 생각해도 얼굴이 시뻘게질 것 같은 상황을 떠올리며 몸을 부르르 떠는 소현과, 피식 웃으며 고개를 설레설레 흔드는 진우 사이에서 초롱은 저 너머 자신을 노려보는 누군가를 쳐다보고 있었다.

"조심 좀 하지 그랬어. 그래서 지금은 정말 괜찮은 거야?"

"괜찮다니까, 정말이야. 그런데 너 정말 어떻게 알고 온 거야?"

"너한테 전화를 했는데…… 다교가 받더라."

묻고 싶은 말도 하고 싶은 말도 많았지만, 잔뜩 호기심 어린 눈빛으로 자신을 둘러싼 친구들을 보며 조용히 뒷말을 삼켰다. 그러고는 비웃음을 흘리며 다가오는 다교에게서 눈을 떼지 않았다.

소현은 그제야 이상한 생각에 재빨리 클러치 백을 확인하는데, 역시나 휴대폰이 있어야 할 자리에 없었다.

"어머, 폰 잃어버렸나 봐. 아니지…… 다교가 받았다고? 걔가 왜?"

말을 하며 초롱을 보는데, 흔들림 없는 눈빛이 한쪽에 고정되어 있는 모습에 그 시선을 따라가 보았다. 아니나 다를까, 그 끝에 꼴 보기 싫은 다교가 있었다.

"줘. 내 휴대폰."

소현은 어느새 다가온 다교를 향해 손을 펼쳤다.

"상식적으로 고맙다는 인사부터 해야 하는 거 아니야?"

다교가 같잖다는 듯 말을 비꼬며 손에 든 휴대폰을 소현의 손에 얌전히 전해 주는 게 아닌 손 한참 위에서 아래로 떨어트려 버렸다. 휴대폰은 소현의 손바닥에서 튕겨져 나가 둔탁한 소음을 내며 바닥으로 툭 떨어졌다.

"야, 강다교 너 지금 뭐 하는 짓이야?! 지금 네 행동은 상식적이야? 보아하니 아까 넘어질 때 떨어트린 모양인데, 당연히 바로 줬어야 하는 거 아니야? 그리고, 지금 그걸 받으라고 준 거야?"

소현이 발끈하기도 전에 화가 치민 진우가 참지 못하고 쏘아붙였다. 초롱은 좀처럼 화내는 모습을 찾아볼 수 없던 진우를 말리며 바닥에 떨어져 액정에 금이 간 휴대폰을 주워 소현에게 건넸다.

"어머, 미안. 나는 당연히 잘 받을 줄 알았지."

대수롭지 않다는 듯 얄밉게 웃으며 하는 다교의 말에 모여 있는 친구들은 고개를 설레설레 내저었고, 초롱은 저만의 생각에 잠시 빠져들었다.

상식이라…… 다른 사람도 아닌 다교의 입에서 나온 단어라고 하기에는 너무나 어울리지 않는 말에 코웃음이 절로 나왔다. 도대체 어떤 마음을 품고 어떤 생각을 하면, 저런 행동과 저런 말투를 부끄러운 것도 모르고 아무렇지 않게 할 수 있을까. 지금 하는 말과 행동이 얼마나 비이성적인지 다교는 정말 모르는 걸까?

초롱은 예전 같았으면 일을 더 키우고 싶지 않다는 안일한 생각과 똥이 더러워 피하지 무서워서 피하나 싶은 자기 합리화와 저런 바르지 못한 성품과 싸워봐야 같은 사람으로밖에 보이지 않을 것 같은 마음에 억울해도 나 하나 참으면 그만이지. 생각하며 그저 상황을 빨리 벗어나려고만 했었을 것이다. 하지만 이제 더는 그러면 안 될 것 같았다.

이번에도 바보같이 그냥 돌아선다면, 그건 자신을 아끼고 사랑하는 사람들에 대한 예의가 아닐 것 같았다. 최소한 동생 초원에게는, 자신을 제 프라이드라 믿고 의지하는 초원에게만큼은 떳떳한 누나로 남아야 했다. 사람들의 입에 오르내리는 게 싫어서 차라리 그냥 포기해 버리는 바보 같은 모습이 아닌 당당한 누나가 되어야 하지 않을까 싶었다.

이번만큼은 피하는 인상을 주고 싶지도, 도망가는 인상을 남기고 싶지도 않았다. 분명 틀린 사람은 다교였고, 잘못된 행동을 했던 사람도 다교였다. 바르지 못한 걸 바르지 못하다고, 잘못된 행동에 대한 질타 역시 진작 해 줬어야 했던 건 아닐까. 그랬다면 다교도 조금은 다른 사람이 되어 있지 않았을까. 뒤늦은 자책이 초롱을 부추기고 있었다.

"강다교, 우리 잠시 나가서 얘기 좀 할까?"

"왜? 여기서는 못 하겠니? 자존심이 상해?"

초롱은 잠시나마 배려한답시고 밖으로 나가서 얘기를 나누려고 했던 자신의 어리석음에 코웃음이 나왔다.

'대체 내가 너한테 뭘 기대한 거야…….'

실망감을 감춘 초롱이 차분한 목소리로 물었다.

"너는 얼마나 상식적인 사람이니?"

"뭐야?"

"아니, 내가 질문을 잘못했네. 너는 네가 정말 상식적인 사람이라고 생각해?"

발끈하는 다교를 보면서도 평온하게 초롱이 다시 물었고, 다교는 여전히 코웃음 치며 짜증스럽게 말을 이었다.

"하, 이초롱. 내가 너한테 그런 말을 들어야 할 정도는 아니지 않나? 다른 사람도 아니고 네가?"

"야! 강다교! 입 못 다물어?!!"

대신 버럭 화를 내는 소현을 보며, 초롱은 역시나 나서기를 잘했다 싶었다. 지금껏 제 입장을 대변하는 친구를 보며 얼마나 비겁한 모습으로 뒤에 물러나 있었던가. 조금 더 일찍, 조금 더 빨리 왜 이렇게 말하지 못했을까. 왜 바보같이 자신의 권리를 포기하고 단념하고 말았을까.

어쩌면 스스로 자처했을 수많은 일을 떠올리며, 뒤늦은 후회를 하며, 가만히 소현을 다독인 초롱이 다시 다교에게 물었다.

"다른 사람도 아닌 내가, 어떤 사람인데?"

"그걸 몰라서 물어?"

"어. 몰라서 물어."

"참 나, 내가 다시 하나하나 읊어 줘?"

다교의 입에서 나올 말이야 듣지 않아도 알 것 같아 초롱이 선수를 쳤다.

"강다교, 나는 내가 살아온 과정이 전혀, 티끌만큼도 부끄럽지 않아. 네 앞에서, 아니, 모두의 앞에서 고개 숙이고 피해야 할 정도로 부끄러운 행동을 해 본 적 단 한 번도 없어. 누구처럼 없는 일을 진짜 본 것처럼 있었던 사실로 둔갑시켜 퍼트린 적도 없고, 배배 꼬인 비틀어진 심성으로 뒤에서 온갖 욕을 하며 살 정도로 심보가 형편없지도 않아."

"뭐야?! 지금 네 말은 내가, 내가 그랬단 말이야? 내가 일부러 없는 사실을 퍼트리기라도 했다는 거야 뭐야?!"

"어. 여기 있는 친구 중에 네 말을 믿을 사람이 많을까, 내 말을 믿을 사람이 많을까? 다들 말은 안 해도 보여 주는 모습 하나하나 내뱉는 말 하나하나에서 이미 다 알지 않았을까? 그때도…… 그리고 지금도?"

"뭐. 뭐야?"

"내 말 아직 안 끝났어. 나는, 시험지를 빼돌려야 할 정도로 자신감이 없지도 않았고, 그만큼 머리가 나쁘지도 둔하지도 않았어. 그건 굳이 내 입으로 말하지 않아도 네가 잘 알지 않나? 분명 이사장님이 말해 줬을 거야. 네 삼촌이었으니까. 너 때문에 두 번이나 치러야 했던 그 시험. 처음에 봤던 시험보다 나 혼자 치른 두 번째 시험 성적이 오히려 더 좋았다는 거."

단 한 번도 적극적으로 나서서 억울함을 밝히려 했던 적이 없는 초롱이었다. 나쁜 소문은 쉽게 퍼졌어도 사실이 아니라고 밝혀진 진실은 제자리에 머물기 마련이었고, 그건 학생들이 아닌 선생님이라고 별반 다르지 않았다.

남들은 한 번 쳐야 했던 시험을 단독으로 두 번을 치르면서도 억울하다는 생각보다 오기로 보란 듯이 이겨 내며 말이 없이도 스스로 증명해 냈던 초롱이었다.

"그. 그래서 뭐? 그게 뭐?"

다교는 갑자기 바뀐 모습의 초롱을 보며 당황하지 않을 수 없었다. 소문이 더 많이 퍼질 것을 우려하며 차라리 조용히 넘어가고자 했던 예전의 나약한 초롱이 아니었다.

오해받은 사실을 하나하나 조목조목 되짚어 가며 보란 듯이, 모두 다 잘 들으라는 듯이 단정하고 분명한 목소리로 얼굴색 하나 바뀌지 않고 또박또박 말을 이어 가는, 의지가 강해진 초롱의 낯선 모습에 되레 놀라 말까지 더듬게 되고 말았다.

"원조 교제? 내 생활이 아무리 힘들었어도, 내 상황이 아무리 엿같았어도 최소한 나는 내 몸을 아끼고 사랑할 정도의 이성은 남아 있었어. 그런데도 왜 가만히 있었냐고? 나는 너 같은 애들한테 일일이 내 사정을 설명하는 수고를 하고 싶지 않았으니까. 그런 일에 내 시간을 허비하기에는 내 일분일초가 너무 아까웠으니까. 내 귀한 시간을 너같이 남 잘되는 것 못 보고, 심사가 뒤틀릴 대로 뒤틀린 애한테 쓰고 싶지 않았으니까!"

"야! 이초롱!"

"잘못해서가 아니라, 부끄러워서가 아니라, 내 시간이 그만큼 귀했고 난 자신 있었으니까. 적어도, 아니 최소한 거짓말을 밥 먹듯 하는 네 앞에서만큼은 기죽지 않고 당당할 자신 있었으니까!"

"하!"

"비웃었니? 나는, 그때나 지금이나 누구보다 열심히 잘 살고 있어. 그 형편없는 상황 속에서도 꿋꿋하게 버티며 살아남았어. 오직 내 힘으로, 오직 내가 가진 내 능력만으로도 누구보다 열심히 잘 살아 내고 있다고! 너는, 그때나 지금이나 잘 살고 있니? 오직 너의 힘으로? 가슴에 손을 얹고 잘 한번 생각해 봐. 너와 나 둘 중에 과연 누가 더 떳떳할까?"

"너. 너!"

"오늘 너 완전 유치했어. 휴대폰을 주웠으면 바로 돌려줬어야 했고, 내가 소현이 정말 다쳤냐고 물었을 때 최소한 네가 생각이 있는 사람이었다면, 정확하게 사실을 알려 줬어야 했어. 그렇게 두루뭉술한 말로 나를 여기로 끌어들일 게 아니라, 다쳤지만 지금은 괜찮다고 걱정하지 않아도 된다고 말했어야 했다고."

'너는 대체 뭐가 그렇게 궁금했어? 뭐가 그렇게 확인하고 싶어서 여기까지 나를 끌어들였을까? 뭐가 되었든 충분히 확인되었기를 바랄게.'

제 말을 다 듣고도 기가 죽기는커녕 사나운 눈빛으로 독하게 노려보는 다교의 모습을 보며 초롱이 쐐기를 박았다.

"다시는 나 부르지 마. 길에서 마주쳐도 알은척도 하지 마. 나는 너, 하나도 반갑지 않고, 반가운 척을 할 수도 없어. 그리고 할 수만 있다면 더는 보지 않았으면 좋겠다. 이게 내 진심이야. 이제 만족해? 소현이가 무사한 거 봤으니까 나는 그만 갈게."

초롱은 얼굴이 붉으락푸르락하는 다교를 보며 냉정하게 뒤돌아섰고, 다교는 그런 초롱을 날카롭게 돌려세우며 화를 이기지 못하고 손을 높이 치켜들었다. 하지만 그 사나운 손은 초롱의 얼굴에 닿지 못했다.

그때까지도 산은 한쪽으로 비켜서서 과거에서 현재로 당당하게 한 걸음 내딛는, 무던히도 괴로웠을 지난날을 누구의 도움도 없이 스스로 멋지게 거둬 내는 초롱의 모습에 마음으로 응원을 보내며 그저 뿌듯하고 흐뭇하게 바라보고 있었다.

그런데 전혀 예상하지 못한 여자의 날카로운 공격에 화들짝 놀라 달려가다 갑자기 우뚝 멈추어 섰다. 마찬가지로 놀라서 다교에게 달려들던 소현과 진우의 움직임도 거짓말처럼 멈추어 버렸다. 놀랍게도 순식간에 치켜든 다교의 손을 막아 내고 그 팔을 잡아 뒤돌며 물 흐르듯 자연스레 반격한 건 다름 아닌 초롱이었다.

"아악! 야. 야! 이 미친X아. 아파, 이거 안 놔?!"

다교는 뒤로 꺾인 팔에서 느껴지는 끔찍한 통증에 이곳이 어디인지, 지금 얼마나 많은 눈이 자신을 주시하고 있는지도 모른 채 이성을 잃고서 악을 쓰고 있었다.

"어? 어. 그래. 미안, 이렇게까지 할 생각은 아니었는데……."

초롱은 급히 손을 놓으며 말하고 보니 어이가 없어 픽 하고 웃음이 새어 나왔다. 먼저 때리려고 팔을 치켜든 건 다교였고 자신은 그저 막기 위해 본능적으로 움직였을 뿐인데 왜 자신이 사과를 하는 건지, 바보 같은 자신의 모습에 고개를 설레설레 흔들다 말고 불현듯 스친 생각에 급히 숨을 들이켜며 누군가를 찾았다.

"어이구, 이초롱, 이 바보야. 네가 사과를 왜 해? 먼저 때리려고 한 건 걔잖아, 넌 그저 막은 것뿐인데!"

소현이 불만스레 하는 말을 들으며, 눈에 쌍심지를 켜고 노려보는 다교는 뒷전이었다. 초롱의 눈에는 오직 놀란 표정으로 서서히 거리를 좁혀 오는 그의 모습만이 담겼다.

바보같이 그가 함께 왔다는 걸 깜빡 잊고 있었다. 대체 언제부터 지켜보고 있었던 걸까? 놀란 표정을 서서히 지우며 다가오는 그는 대체 무슨 생각을 하고 있을까. 하필 이런 상황을 보이게 된 부끄러움과 실망을 안겨 미안한 마음에 산의 얼굴을 볼 낯이 없는데, 성큼성큼 다가온 그가 고개 숙여 친히 눈을 맞추며 뜻밖의 말을 꺼냈다.

"와, 나이스! 누구 애인인지 몰라도 복받았다 정말. 개멋있어."

순식간에 똘똘 뭉친 긴장을 풀어지게 해 주는…….

"헐……."

그의 입에서 나온 거라고는 믿기지 않는 말에 초롱의 입이 멍하게 벌어졌다. 개멋있다고? 진짜 그가 이런 말을 했다고? 옆에서 진우와 소현이 낄낄거리는 모습을 보아하니 잘못 들은 건 아닌 모양이었다.

뒤늦은 반응으로 고개를 절레절레 흔드는데, 산이 흔들거리는 초롱의 얼굴을 가만히 감싸며 부드러운 목소리로 속삭였다.

"잘했어. 앞으로도 누군가가 너에게 그런 잘못된 행동을 하면, 지금처럼 확실하게 제압해. 다시는 너를 해칠 생각조차 하지 못하게. 그리고 축하해. 네 마음에 남아 있던 감정의 찌꺼기를 잘 털어 낸 것도, 네 틀을 깨고 나온 것도."

초롱의 성격에 이렇게 보는 눈이 많은 곳에서 제 감정을 표출하는 일이 쉽지만은 않았을 것이다. 생각이 많고 마음이 여려 지금껏 남에게 싫은 소리 한번 제대로 하지 못했을 것이다.

하지만 이번 일은 반드시 꼭 짚고 넘어가야 했을 과거였고 어쩌면 초롱에게 있어 넘어야 할 산이었을지도 모르겠다. 해야 할 일을 했고 해야 할 말을 했음에도, 개운한 마음이 들기에 앞서 과연 잘한 행동인지 자신을 꾸짖고 나무라며 불필요한 후회로 감정을 소모하게 되지는 않을까. 산은 초롱이 그러지 않기를 바랐다.

분명 오늘은 초롱에게 쉽지 않은 날이었고 힘든 시간이었겠지만, 그 시간을 너무나 잘 이겨 낸 초롱에게 꼭 해 주고 싶은 말이었다. 잘했다고, 너무 잘 이겨 냈다고. 피식하며 미소를 그리는 초롱의 모습에 그제야 마음을 놓았다.

"오랜만입니다. 형님."

"그러게요. 오랜만이네요. 진우 씨는 그때보다 더 멋있네요."

"에이, 형님만 할까요!"

어느새 불쾌한 기분을 털어 낸 진우가 반갑게 인사를 건네자 산 역시 진우가 내민 손을 기쁘게 마주 잡으며 인사를 건넸다.

"오랜만이에요. 오빠. 여기서 이렇게 뵈니까 더 반갑네요. 완전 굿 타이밍, 멋진 등장! 오빠 오늘 진짜 멋있어요."

"지난번에는 영 시원찮았나 보네. 앞으로는 좀 더 신경을 써야 할까 봐요?"

"에이, 오빠도 참. 안 그래도 멋있는데 여기서 더 신경 쓰면 우리 초롱이 긴장해요. 그러니 평소대로만 하세요."

반가운 미소를 주고받으며 친근하게 인사를 건네는 소현과 산이었고, 초롱은 그런 모습이 너무나 보기 좋아 좀 전의 불쾌했던 기분도 잊은 채 덩달아 얼굴이 활짝 피고 있었다.

"와. 저 남자 누구야! 초롱이 남친 맞지?"

"당연하지. 방금 하는 거 못 봤어?"

"그렇지. 어쩜 저렇게 사랑스럽게 쳐다봐? 눈에서 꿀 떨어지겠네."

"그러게 말이야. 그런데 저 사람 혹시 연예인이야? 누구 닮았는데?"

"그래. 나도 방금 그 생각 했어. 약간 이운 느낌 있지 않아?"

"맞아 맞아. 와, 진짜 이초롱. 몇 년 만에 와서 사람 많이 놀라게 하네."

"누가 아니래, 뭐 저렇게 잘생겼어?"

"야, 몸은 또 어떻고, 심지어 키도 커."

"초롱이 좋겠다. 대체 저런 남자는 어디 처박혀 있다가 꼭 친구 애인으로 나타나는 건데!"

"내 말이……."

심상치 않은 분위기에 섣불리 다가서지 못하고 바라만 보던 친구들이 하나 둘 모여들며 호기심을 드러내고 있었다. 초롱은 오랜만에 보게 된 친구들에게 둘러싸인 어색함에 한시라도 빨리 이곳을 벗어나고 싶은 마음뿐이었다.

그와는 반대로, 다교는 먼저 자리를 떠나면 패배를 인정하는 것만 같아 꾸역꾸역 버티고 있으려니 속이 뒤틀려 미칠 것만 같았다. 그나마 제 옆에 남아 있던, 갖은 선물 공세에 양심도 자존심도 버리고서 제 옆에 빌붙어 있던 친구조차 그 무리에 은근슬쩍 섞여 있는 모습을 보자니 코웃음이 절로 나왔다.

'기막혀, 어이없어. 아무것도 가진 것 없는 너한테 내가 왜 이런 말도 안 되는 패배감을 느껴야 해?! 너는 왜 항상 내가 가진 많은 것들을 하찮게 만들어 버리는 건데? 왜?!'

다교는 초롱이 정말 싫었다. 악의적인 소문에도 보란 듯 버텨 내는 초롱이 싫었고, 밟아도 오뚝이처럼 번번이 일어나는 초롱이 보기 싫었다.

힘든 상황에도 좀처럼 지친 기색을 내비치지 않던, 늘 자신을 앞서가던 초롱이 끔찍하게 싫었다. 가진 거라고는 겨우 몸뚱어리 하나밖에 없으면서. 든든한 울타리는 고사하고 짐밖에 되지 않는 징글징글한 가족밖에 없으면서. 왜 나보다 더 행복해 보이는 거야?! 왜 나보다 더 빛나 보이는 거야?! 뭐가 좋아서 그렇게 밝게 웃고 있는 거냐고!

패배를 인정하고 싶지 않았다.

다교는 하필 이렇게 친구들이 많은 곳에서 자신을 깔아뭉갠 초롱을 보며, 무너진 자존심에 이성이 남아 있지 않았고, 초롱의 저 보이지 않는 단단한 마음을 마구 할퀴고 싶었다. 가진 것도 없는 게, 저보다 잘난 것도 하나 없는 게, 행복한 척 웃고 있는 모습이 같잖아서, 그 얼굴이 상처로 잔뜩 일그러지는 모습이 보고 싶었다.

다교는 학창 시절 선생님들 사이에 오가던 말을 어렵지 않게 떠올렸고, 그게 초롱의 아킬레스건임을 잘 알고 있었다.

"너는, 너는 왜 그렇게 당당해? 너는 정말 거짓말한 적 한 번도 없어? 너는 정말 부끄러운 게 하나도 없어? 정말 웃겨. 그럼 너, 정말 피아노 칠 수 있어?"

너를 무너지게 할 수만 있다면 아킬레스건이 아니라 그 무어라도 건드리지 않을 이유가 없었다.

"야! 강다교! 너 미쳤어?!"

소현이 발끈하고 말았다. 피아노는 초롱의 삶이자 꿈이었고 빛나는 미래였다. 오랜 꿈을 등지며 초롱이 얼마나 힘들었는지, 내면에 얼마나 큰 상처를 안고 있는지 이미 잘 알고 있는 소현으로서는 다교의 미친 도발에 화가 나지 않을 수 없었다.

"소현아, 그냥 둬."

초롱은 그런 소현을 차분하게 막을 뿐이었고, 산 역시 속으로 가만히 한숨을 내쉬면서도 굳이 막지 않고 지켜보고 있었다.

"너 처음 전학 왔을 때 그런 소문이 있었어. 불운한 피아노 천재라고 했던가? 가정 형편 때문에 어쩔 수 없이 접었다고 하던데, 사실이야? 소문만 무성했지, 단 한 번을 치는 걸 못 봤어. 심지어 선생님이 한번 쳐 보라고 할 때도 넌 꿈쩍하지를 않았지. 정말 잘 치기는 하는 거야? 아니, 칠 수는 있고?"

증명해 보일 수 있을까? 갖은 억측과 무성한 소문에도, 심지어 선생님께 혼나면서까지도 굽히지 않았던 너의 마음을, 네가 그렇게 피하려고 애썼던 피아노, 너의 약점을 과연 뛰어넘을 수 있을까?

아마 못 할 거야. 그건 그저 잘 포장된 너의 거짓 이미지였을 테니까. 아니 설사 잘 쳤다 해도 분명 무슨 문제가 생긴 걸 거야. 피아노를 치지 못하는 어떤 문제가. 그렇지 않았다면, 학교 다니는 내내 바보같이 온갖 소문이 무성하도록 놔두지 않았겠지. 무슨 수를 써서라도 증명해 보이려 애썼겠지. 안 그래? 다교는 태연한 척 머물러 있는 초롱이 우스워졌다.

"그럴 줄 알았어. 역시나 거짓이었어."

"거짓이라……."

초롱은 우스웠다. 다교가 어떤 성격인지, 어떤 사람인지 너무 잘 알고 있음에도 또다시 발견하게 되는 이런 치졸한 모습을 보며 상처받는 자신의 모습이 너무 우스웠다. 그냥 무시해 버릴까, 예전처럼 그냥 못 들은 척 무시해 버리고 말까, 하다가 저도 모르게 슬그머니 고개를 내미는 오기에 빈정거리는 다교를 노려보았다.

"하이산 씨, 여전히 듣고 싶어요?"

눈은 다교를 보며 말은 이산에게 하고 있었다.

"너만 괜찮다면, 나야 장소는 어디든 상관없어."

초롱이 무얼 말하는지 너무 잘 알고 있는 산이 은은한 미소로 대답했다. 학창 시절 자신을 무던히도 곤란하게 만들고 아프게 했던 당사자를, 여전히 상처 입히지 못해 안달하는 그 사람을 당당하게 마주한 초롱의 모습이 반갑고 흐뭇하기만 했다. 초롱의 빛나는 눈동자가 산을 향해 돌아섰고, 산은 초롱을 향해 손을 내밀었다.

"그럼, 어디 한번 시작해 볼까?"

"네. 좋아요."

초롱의 입가에 맴도는 미소는 자신감이었다. 초롱은 자신을 향해 내밀어진 그의 손을 꼭 마주 잡았고, 산은 그런 초롱이 너무 예뻐서 활짝 웃으며 초롱을 이끌었다. 레스토랑에 온 이후로 가장 밝고 환한 미소를 지어 보이는 산과 초롱이었다.

산은 미세한 떨림이 느껴지는 초롱의 손을 꽉 그러잡고서 레스토랑 한편에 위치한, 피아노가 있는 공간으로 그녀를 이끌었다.

"긴장돼?"

"음. 조금?"

"너 오늘 정말 멋있었어. 충분히."

"알아요."

"그러니까 지금, 네 마음이 내키지 않는다면 억지로 할 필요는 없어."

"지금 쟤들 들으라고 피아노 치러 가는 거 아니거든요. 솔직히 쟤들한테는 들려주고 싶지 않아요. 내 영혼, 내 마음. 보여 주고 싶지 않아. 하지만 이산 씨가 듣고 싶다면서요. 이산 씨 때문에 하는 거예요. 지금 이 시간에 언제 또 연습실을 찾아가서 해요? 마침 피아노도 있겠다, 공짜로 할 수 있는데. 돈 굳었네."

"뭐야?! 풋, 하여간 이초롱."

"뭐요? 내가 뭐요?"

"좋다고, 예쁘다고."

산은 다다른 피아노 앞에서 피식 웃는 초롱의 손을 놓아 주고, 피아노를 마주한 초롱의 맞은편으로 돌아가 그녀를 마주 보고 섰다.

소현과 진우는 홀린 듯 두 사람을 따라가며, 너무나 자연스럽게 피아노 앞에 앉은 초롱의 모습에 놀라고 말았다.

도대체 초롱에게 무슨 일이 일어난 건지. 그렇게 꼭 닫혀 있던 초롱의 마음은 대체 언제, 어떻게 해서 열렸는지. 피아노 앞에 앉은 초롱을 여유 넘치는 미소로 바라보는 산의 모습에 고개를 설레설레 흔드는 두 사람과, 그런 두 커플을 호기심 어린 눈으로 쳐다보는 친구들이었다.

초롱은 가만히 앉아 차가운 건반에 손을 내렸다. 어떤 곡을 연주할까 피아노와 교감을 나누다 순간 떠오른 악보에 가만히 미소 지었다.

첫 시작부터 범상치 않은, 마치 갑작스러운 폭풍이 몰아치듯 빠르게 연주를 시작하는 초롱의 모습에 모두 놀라 입을 떡 벌리고 말았다. 이미 모여 있던 동기들은 말할 것도 없고, 레스토랑 직원들 또한 연주가 시작되자마자 놀라서는 달려 나와 구경하고 있었다.

실제 피아노 연주를 접하지 않는 일반인이 듣기에도 초롱의 실력은 보통이 아닌 듯했고, 한때 피아노를 배웠던 사람의 충격은 그보다 더한 듯했다. 어디선가 들어 본 듯한 익숙한 선율에 궁금함을 참지 못해 누군가 물었다.

"저거 무슨 곡이야? 어디서 들어 본 것 같은데?"

"베토벤, 소나타 14번 월광 3악장……. 미쳤어. 완전 미쳤어. 대체 걔는 저런 실력을 두고 왜 우리 학교로 전학을 왔던 거야? 잠깐, 심지어 걔 전학 온 이후로 피아노에 손도 안 댔다며?! 알고 보니 괴물이었어……."

넋이 나간 채 말하는 친구를 보며 모두 한마디씩 거들었다.

"저렇게 잘 치면서 왜 선생님이 시킬 때는 그렇게 버텼을까?"

"와, 손이 안 보인다. 손이 안 보여."

"진짜 소문이 사실이었나 봐. 완전 잘 치는데?"

"야! 저건 그저 잘 치는 수준이 아니야! 미쳤나 봐. 저런 실력을 그냥 뒀다고? 말도 안 돼. 이건 정말 말도 안 돼!"

한때 피아니스트를 꿈꾸던 한 친구의 말에 모두 고개를 끄덕이며 공감하지 않을 수 없었다.

소현은 너무나 오랜만에 보는 열정적이고 환희에 찬 초롱의 모습이 너무 감격스러워 눈물을 흘리고 말았다. 피아노 앞에만 앉으면 모든 걸 다 잊을 수 있다던, 피아노만 치면 아팠던 마음이 모두 거짓말처럼 사라진다고 말하던 친구의 표정이 아직도 기억 속에 생생하게 남아 있었다.

"진우야, 우리 초롱이 진짜 멋있지."

"그래, 너한테 듣기만 했지, 실제로 보는 건 나도 처음이라…… 놀랍네."

"초롱이, 저렇게 잘 치면서…… 저렇게 행복해하면서도…… 저걸 내려놨어. 바보. 제 욕심만 차렸다면 아마 지금쯤 정말 알아주는 피아니스트가 되어 있을지도 모르는데."

소현은 너무 귀한 재능을 묵혀 버린 아깝게 흘러간 시간을 원망했다. 격정적으로, 때로는 감성에 물들어 온 마음을 다해 피아노를 치고 있는 초롱이 안쓰러워 눈물을 그칠 수가 없었다.

산은 전과는 또 다른, 자신감과 확신에 찬 초롱의 연주에 기뻐하지 않을 수 없었다. 그러다 문득 느껴지는 시선에 어딘가로 고개를 돌렸다. 저 멀리서 미동도 없이 이쪽을 향해 있는, 말없이 고개 숙여 인사하는 한 남자를 보며, 마주친 헛헛한 눈빛에 무거운 마음으로 인사를 건넸다.

한바탕 폭풍과 같이 휘몰아치던 격정적인 연주가 끝났다. 아름다운 선율로 가득했던 공간은 환호와 탄성, 그리고 손과 손이 격렬하게 맞부딪히는 활기로 가득 차 있었다.

초롱은 잠시 이곳이 연주회장이 아닐까 하는 착각이 들었다.

아니었다고 생각했는데…… 아닌 게 아니었을까, 괜찮다고 생각했는데…… 괜찮은 게 아니었을까, 불현듯 그리웠다. 연주회장. 그 특별한 공간에서 느꼈던 교감. 온몸과 마음을 뒤흔들었던 전율과 그 감동.

조금씩 파고드는 기대와 욕심을 가만히 저편으로 밀어 놓고서, 서둘러 얼기설기 얽힌 마음을 정돈하며 산을 바라보는 초롱의 눈이 촉촉하게 젖어 들었다. 모든 걸 다 꿰뚫어 보는 듯한 그의 깊고 짙은 눈빛에 지금은 그 어떤 말도 할 수가 없었다.

그의 눈을 피하며 또 다른 눈을 마주하게 되는데, 그 눈빛은 또 어떤 의미일까. 초롱은 다교의 흔들리는 눈빛을 바라보며 궁금하지 않을 수가 없었다.

'이제 만족해?'

결국 다교는 가장 먼저 자리를 박차고 나가 버렸다. 열등감으로 판단이 흐려졌던 다교는 미처 기억해 내지 못했다. 친구들에게 자랑할 생각으로 남자 친구를 이곳으로 불렀었다는 사실을. 입구에 다다라서야 너무나 익숙한 누군가의 뒷모습을 바라보며 걸음을 멈춰 세워야 했다.

제발 아니기를, 제발 자신이 잘못 본 것이기를, 자신의 착각이기를 간절히 바랐지만, 역시나 돌아보는 뒷모습은 너무나 친숙했던 바로 그 모습이었다. 평소 너그러웠던 표정과는 전혀 다른 얼음장같이 굳은 표정을 보며 가슴이 철렁 내려앉았다.

“주원 씨. 언제…… 왔어요?”

다교는 끝내 희망의 끈을 내려놓지 못했고,

“필요한 만큼, 충분히 오래된 것 같네요.”

주원은 실망스러운 마음을 감추지 못했다.

“주원 씨, 그게 아니라.”

“일단, 생각을 좀 해 봐야겠어요.”

아니, 더 생각하고 말고 할 것이 있던가? 오늘 직접 목격한 다교의 모습은 평소 자신의 앞에서 보여 주던 모습과는 180도 달랐다.

평소 바쁜 자신을 배려하며 주로 회사로 찾아와 만나거나, 일을 마치고 겨우 잠깐 보고 헤어지는 일도 종종 있었다. 그럴 때면 투정이 아닌 이해로, 자기 일에 바쁜 남자가 더 매력적이라는 따듯한 말로 마음을 편안하게 만들어 주던 그녀였는데…….

‘여기로 와 줄 수 있어요? 친구들이 보고 싶다고 해서 소개하고 싶은데.’

평소 잘 하지 않던 부탁에 오늘만큼은 아무리 바빠도 시간을 내 봐야지. 기껏 열심히 달려와 하필 보게 된 모습이 이런 모습일 줄은.

만나면서 한 번도 하지 않던 고압적인 자세, 만나면서 한 번도 보지 못한 사납고 악한 표정, 만나면서 한 번도 듣지 못한 모질고 꼬인 목소리, 배려라고는 눈 씻고 찾아볼 수 없는 이기적인 성품. 그동안 숨기고 감추었던 모든 모습을 고스란히 눈으로 직접 확인하며 깊은 한숨이 뿜어져 나왔다.

"그만하죠. 우리."

이미 떠난 마음이 다시 돌아올 확률은 없었다.

"네? 그게 무, 무슨 뜻이에요?"

"말 그대로예요. 헤어집시다."

주총이 있던 날, 이산의 텁텁했던 표정이 왜 그렇게 마음 한구석을 찜찜하게 만들었는지 알 것 같았다. 다 함께 식사라도 하자고 했을 때 탐탁지 않아 하던, 차라리 둘이서 술이나 한잔하자던 그의 말을 이제야 이해할 수 있을 것 같았다.

제 여자의 본모습을 그는 알고 있었고, 자신은 알지 못했다. 오늘에서야 알게 된 여자 친구의 본성은 끔찍이도 절망적이었고, 주원은 더 깊은 관계로 발전하기 전에 지금이라도 알게 된 것에 차라리 감사한 마음이 들었다.

다교는 처음 보는 남자 친구의 냉랭한 모습에 할 말을 잃어버렸다. 잡아야 하는데 선뜻 잡을 수가 없었고, 변명이라도 해야 하는데 그 어떤 말도 꺼낼 수가 없었다.

일말의 희망을 기대하며 다교는 처음으로 자신의 행동을 하나하나 되짚어 보려 기억을 더듬었다. 마치 사진처럼 한 장씩 머릿속에 떠오르는 장면 장면이, 생각 없이 내뱉었던 한 마디 한 마디가…… 희망의 끈을 잡지도 못하게 만들고 있었다.

등신같이 왜 불렀을까, 왜 쓸데없는 짓을 해서 제 발등을 찧었을까.

그저 너희와 나는 격이 다르다는 걸, 아무리 우리 집이 예전 같지 않아도, 내세울 만한 배경이 없어도, 이렇게 멋진 사람을 만날 수 있다고. 이렇게 훌륭한 백그라운드를 다시 세우면 그만이라고. 그저 보여 주고 싶고, 인정받고 싶은 마음뿐이었는데. 대체 뭘 그렇게 잘못한 걸까, 뭐가 어디서부터 어떻게 잘못된 걸까.

남자야 언제든 누구든 또 만나면 그만이었지만, 주원과 같은 남자는 다시 만나기 어려울 것 같았다. 깨진 얼음처럼 날카로운, 잡을 수 없는 그의 뒷모습을 바라보면서, 그저 배경 때문이 아닌…… 진심으로 그를 사랑하고 있었음을. 뒤늦은 후회로 눈물이 솟구치고 말았다.

남의 눈에서 눈물 흘리게 만들면, 그 눈물이 반드시 자신에게 되돌아온다는 걸. 다교는 너무 늦게 알아 버렸다.

산은 신들린 듯 연주하는 초롱에게 흠뻑 빠져 있느라 놓칠 뻔했던 누군가의 모습을 떠올렸다. 레스토랑 입구에 우뚝 선 채, 쉽사리 안쪽으로 들어서지 못하고 충격으로 멍하니 머물러 있는 모습을 보아하니 필요 이상으로 그곳에 오래 서 있었던 듯싶었다.

제 여자의 본성을, 제 여자의 가식 없는 진짜 모습을, 타인의 입을 통해서가 아닌 직접 보게 된 기분이 얼마나 형편없을까. 실망으로 일그러지던 남자의 표정이 뇌리에서 쉽게 떨쳐지지 않았다. 안타까웠지만 지금이라도 알게 된 것이 다행일 것이다 여기며, 남자가 하루빨리 털어 버릴 수 있기를, 너무 큰 상처가 되지 않기를 바랄 수밖에.

연주를 마치자마자 순식간에 친구들에게 둘러싸인 초롱을 뒤로하고 잠시 상념에 젖었던 산에게 누군가 다가왔다.

"아이고, 이게 누구십니까, 이산 코리아 대표님 아니십니까!"

"어? 사장님은……."

몇 달 전 자신의 회사에 왔던 고객이었다.

"대표님 맞네요. 멀리서 보고 긴가민가했습니다. 기억하십니까? 전에 이산 코리아에서 캠핑카를 구매했었는데."

"네. 기억하고말고요. 레스토랑의 오너 셰프라고 들었던 것 같습니다만."

산이 그가 내미는 손을 마주 잡으며 환하게 웃었다.

"네. 맞습니다. 여기가 제가 운영하는 레스토랑입니다."

"아, 그렇습니까. 정말 멋진 곳이네요."

"와, 어떻게 이런 우연이. 대표님을 이렇게 뵙게 될 줄은 몰랐습니다. 그런데 여기는 어떻게."

"오늘 여자 친구의 동기들 모임이 있어서요."

"아, 그럼 좀 전에 피아노 치시던 분이."

"네. 맞습니다."

"피아니스트인가 봅니다. 연주가 너무 훌륭해서 일하다 말고 놀라서 달려 나왔습니다."

"하하하, 감사합니다."

남자의 칭찬은 한동안 그칠 줄을 몰랐고, 산은 즐거움에 미소가 가시지를 않았다.

"저도 이산 코리아 오너스 정기 모임 신청했습니다. 곧 또 뵙겠네요."

"그렇습니까, 잘됐네요. 그때 또 뵙겠습니다. 아, 그리고 오늘 모임 비용은 제가 계산하겠습니다."

"하하하. 여자 친구분 기 세워 주시려고요? 역시나 통이 크십니다. 대표님께서 계산하신다고 하면 제가 또 할인 많이 해 드려야죠."

"아닙니다. 이렇게 훌륭한 서비스와 수고에 대한 대가에 할인이라니요. 저는 괜찮으니 원래 가격으로 정산해 주십시오."

"하여간 대표님도 참. 그럼 오늘 마신 주류는 서비스 드린 거로 하겠습니다. 1차라서 그런지 술은 많이 안 하더라고요. 이것도 마다하시면 제가 많이 서운할 겁니다."

오너 셰프의 말에 산이 난처한 듯 멋쩍은 미소를 보이더니 이내 고개를 끄덕였다.

"하하하. 이거 참. 그럼 호의는 감사하게 받겠습니다. 다음에 제가 보답할 일이 또 있겠지요."

"이미 많이 받았는데 보답은요 무슨, 그냥 가끔 이렇게 찾아 주십시오."

"그럼요. 오늘은 사정이 있어 음식을 즐기지 못했으니 조만간 꼭 다시 오겠습니다."

"네. 말씀이라도 감사합니다, 대표님. 그리고 제가 처음 참석하는 정기 모임이라 기대가 많이 됩니다."

"준비 잘 하고 있으니 기대하셔도 좋습니다. 그나저나 제가 바쁜 분을 모시고 시간을 뺏은 건 아닌지 모르겠습니다."

"별말씀을 다 하십니다. 제가 반가워서 달려온걸요. 저도 이제 들어가 봐야겠네요. 그럼 즐기다 가십시오."

"네. 그럼 수고하십시오."

오너 셰프와의 대화에 집중하느라 초롱의 동기들이 이쪽을 향해 얼마나 귀를 쫑긋 세우고 있는지 알 리가 없었다. 대화를 마치고 고개를 돌리던 산은 자신을 향한 많은 시선에 그저 싱긋 웃으며 눈인사로 대신하고 초롱을 찾는데 마침 그녀가 다가오고 있었다.

"아는 사람이에요?"

"어, 우리 고객."

"아……."

"걱정하지 마, 너는 모르는 사람이야."

"네. 이제 그만 갈까요? 피곤해서 좀 쉬고 싶은데."

"그래도 되겠어? 친구들 오랜만에 만났는데?"

"인사해야 할 친구들이랑은 인사 다 했어요."

"알았어. 그만 가자."

산은 다가오는 진우와 소현에게 먼저 인사하고, 자신들을 향한 눈들에는 가볍게 미소를 보였다. 이내 초롱의 등을 감싸고서 유유히 자리를 벗어났다.

산과 초롱은 이미 가고 없는데, 둘에 관한 이야기는 친구들 사이에서 좀처럼 그칠 기미가 보이지 않았다. 산이 이미 계산을 하고 갔다는 말에 모두 통 큰 애인을 둔 초롱을 부러워하지 않을 수가 없었다. 궁금함이 폭발한 친구들이 자연스레 소현에게 몰려들어 질문을 쏟아 냈다.

"일단 초롱이처럼 마음을 곱게 먹어. 그리고 초롱이처럼 열심히 착하게 잘 살다 보면 이렇게 복을 받는 거야."

"뭐래, 짜증 나게. 우리는 성형 수술부터 해야 한다니까."

"맞아. 초롱이가 내 얼굴이었다고 생각해 봐. 백날 착하게 살아 봐라, 나한테도 저런 남자가 붙나. 칫."

동글동글한 외모로 꽤나 친근한 얼굴을 한 친구의 현실적인 발언에 너 나 할 것 없이 웃음이 터져 버렸고, 부러움은 넋두리로 푸념으로 번져만 갔다.

소현과 진우는 친구들이 그러거나 말거나 시종일관 꽁냥질을 하며 오랜만에 진심으로 동기 모임을 즐기게 되었다.

초롱은 산의 차에 올라서야 안도의 한숨을 내쉬었다. 정신없이 휘몰아치던 친구들의 격한 환영 인사와 칭찬 세례가 아직도 귓가에 쟁쟁하게 남아 있었다.

"많이 피곤해?"

"음. 조금요."

"기분은 어때?"

"속이 후련하기도, 불편하기도. 많이 복잡하네요. 사실은 나가서 둘이 조용히 얘기 나누고 싶었는데,"

"그건 상대가 원치 않았잖아."

"그러게요. 그래도 거기서 그러지 말 걸 그랬나. 뒤늦은 후회가 남아요."

"그 친구도 오늘 느끼는 게 많았을 거야."

운전대에 손을 올린 산이 건물 모퉁이에 숨어 신경질적으로 눈물을 닦고 있는 여자의 모습을 보며 말을 이었다.

"아니. 꼭 느꼈으면 좋겠네. 자업자득, 자승자박. 뿌린 대로 거둔다는 만고불변의 진리를 꼭 깨달았기를 바라야지."

불편한 심기를 삭이기 위해 초롱에게로 눈길을 돌렸다.

"음……."

좌석에 지친 몸을 기대며 눈을 감은 초롱의 볼을 부드럽게 어루만졌다.

"우리 집에서 잠시 쉬어 갈래?"

이대로 헤어지기는 너무 아쉬우니까. 은근하게 들려오는 그의 음성에 초롱이 감은 눈을 떴다. 자신을 바라보는 다정한 눈빛에 말없이 가만히 고개를 끄덕였고, 산은 기쁨을 감추지 않고 환하게 웃으며 시동을 걸었다.

그의 손을 마주 잡고 함께 둘만의 공간으로 들어서는 기분은 늘 조금은 부끄러웠고 민망하고 간지러웠다. 바라보는 은근한 눈빛만으로도 그가 원하는 게 무엇인지, 지금 그에게 필요한 게 무언지 어렵지 않게 알 수 있었고, 자신 또한 그의 마음과 별반 다르지 않았기에 괜히 귓불이 붉게 달아오르고 있었다.

그렇게 함께 발을 들여놓은 그의 아파트 안, 현관문이 닫히면 당연히 눈 깜짝할 사이에 그의 품에 안기게 되겠지. 했던 기대와 예상은 보기 좋게 빗나갔다.

"따듯한 차 한잔 할까?"

김빠지게 만드는 소리가 그의 입에서 흘러나왔다. 사람이 갑자기 바뀌면 어디가 아픈 거라던데…….

"차……요?"

눈을 동그랗게 뜨고 되묻는 초롱의 당황한 표정을 보며 산은 웃음을 참기 위해 이를 악물어야 했다.

"응, 내가 추천하는 차 괜찮지?"

"뭐. 네. 혹시…… 동생이 올 일은 없을까요?"

초롱은 단단히 김칫국을 들이켜 버린 자신의 검은 속내가 민망하고 쑥스러웠다.

"오면 뭐 어때? 차 한잔 마시는 거 보면 어때서?"

산은 그런 초롱이 사랑스러워 미칠 지경이었다. 그저 여느 때와 다름없이 마음을 보여 주고 와르르 쏟아 내면 될 걸, 오늘은 또 왜 이렇게 저 여린 마음을 확인해 보고 싶은 건지.

친구들 앞에서 보여 준 당당함으로, 제 앞에서도 걸 크러쉬의 매력을 한껏 발산해 주기를. 마음에서 들려오는 소리에도 당당해지기를 바라는 소망으로 조금만 더 지켜보고 싶었다.

"그런가? 그래도 괜히 집에 있으면 오해할 수도……."

초롱은 왠지 모르게 몸에서 기운이 빠져 힘없이 외투를 벗었다.

"무슨 오해?"

산은 태연하게 초롱의 외투를 받아 한쪽으로 놓아두고, 비집고 나오려는 웃음을 감추며 시원스레 외투를 벗었다.

끙.

"아니에요. 차 주세요."

초롱의 얼굴을 스치는 감정이 실망이기를 바라는 마음으로 산이 다시 말을 꺼냈다.

"오늘 너 정말 용감했고, 씩씩했고, 당당했고, 그래서 너무 멋있었어. 내가 온종일 얼마나 안고 싶었는지 모르지?"

보란 듯 싱글싱글 웃으며 초롱의 옆을 스쳐 지나자, 속으로 기어들어 가듯 말하는 초롱의 목소리가 들렸다.

"치…… 말이나 못 하면."

"뭐라고?"

그런 작은 속삭임도 산은 기가 막히게 알아들었다.

"아니에요."

"에이, 방금 뭐라고 했는데 뭘. 뭐, 문제 있어?"

"없어요. 그런 거."

"이초롱 재미없네. 솔직한 줄 알았더니 말이야."

"지금 누가 할 소리를……."

결국 산은 가던 걸음을 되돌려 초롱의 앞에 다가섰다.

"왠지 이초롱, 지금 하고 싶은 게 따로 있는 것 같은데?"

초롱은 허리를 살짝 숙인 채, 코앞까지 다가와 유들유들하게 말하는 그를 보며 채신없이 침을 꼴깍 삼켰다.

"참고로, 오늘 이곳을 찾아올 동생은 없어. 게다가 어머니가 갖고 있던 카드키까지 림이 몰래 가져다주고 갔어. 어때, 이래도 용기가 안 나?"

"……."

"나한테도 그렇게 해 주면 좋겠는데. 오늘처럼 네 감정에 솔직하게 하고 싶은 말이 있으면 하고, 또 나와 함께 하고 싶은 게,"

쵹. 말을 마치기도 전에 초롱의 입술이 살짝 닿았다가 떨어졌다. 이내 초롱의 떨림이 느껴지는 입술이 다시 살며시 다가와 잠시 참아 보려는 산을 온통 뒤흔들고 있었다.

초롱은 자신과 눈을 맞추며 기다리는 산의 목을 두 팔로 감싸 안아 그의 닫힌 입술에 제 입술을 포갰다. 그의 입매가 위로 길게 늘어지며 살짝 열린 틈으로 제 마음을 슬며시 밀어 넣고서, 그에게서 배운 농염한 기술로 부드러운 입 속을 조심스레 탐색했다.

어느새 마음과 마음이 만나 서로를 부드럽게 감싸 안으며, 점점 더 뜨거워지는 서로의 숨결에 정신없이 취하고 있었다.

거친 호흡을 가다듬으려 잠시 입술을 떨어트린 사이 그의 강한 팔이 등 뒤를 감싸 안았고, 다시 빈틈없이 밀착된 몸으로 서로의 흥분이 고스란히 전해지고 있었다.

"이초롱 이제 키스도 잘하네."

자신을 올려다보는 반짝이는 초롱의 눈빛을 마주하고서, 반질반질한 입술을 계속해서 탐하며 속삭이듯 말했다.

"겨우…… 키스만?"

초롱은 저를 향한 뜨거운 눈빛을 마주하며, 그보다 더 뜨거운 그의 숨결을 고스란히 느끼며, 한마디의 말에도 밝게 빛나는 그의 미소에 힘입어 겁도 없이 그의 넥타이를 풀었다.

잠시도 시선을 떼지 않는 그를 바라보며, 말 없이도 전해 오는 독려에 천천히 손끝의 감각만으로 그의 드레스 셔츠의 단추를 하나하나 풀어 내렸다. 차가운 손끝에 닿는, 그의 마음만큼이나 따스한 남자의 체온을 느끼며, 마지막 단추까지 풀고서 초롱은 왠지 모를 성취감에 취해 버렸다.

점점 미소를 잃어 가며, 점점 더 숨결이 거칠어지는 그를 보며 그의 중심, 그의 허리로 손을 가져갔다.

"이젠 겁도 없고,"

맞닿은 입술 사이로 새어 나오는 말에 물러섬 없이 초롱이 대꾸했다.

"겁. 먹어야 하나요?"

"아니. 전혀."

행복한 고문에 인내하며 초롱의 입술을 머금었다.

산은 과연 초롱이 어디까지 할 수 있을까, 얼마나 더 용감해질 수 있을까, 얼마나 더 과감해질 수 있을까 궁금했다. 비록 미세한 떨림까지는 숨기지 못할지라도, 제 눈을 피하지도 멀어지지도 않고 오히려 보란 듯 뚫어져라 바라보며 대담하게 제 옷을 풀어 헤치는 모습에 뿌듯한 마음을 감출 수 없었다. 그에 참을성은 거침없이 한계를 향해 가고 있었다.

허리춤에서 느껴지는 섬세한 손의 움직임이 사람을 미치게 만들고 있었다.

한시라도 빨리 닿고 싶은 마음은 폭주하고 있었지만, 초롱의 반짝이는 눈을 보며 이를 악물고 참고 인내했다.

이윽고 벨트가 열리고 버클을 풀고, 너무나 조심스러운 손짓으로 지퍼를 내리는 초롱의 스치는 손길에 저도 모르게 신음이 새어 나와 버렸다.

"하……."

이내 스르륵 아래로 흘러내리는 바지를 얼른 치워 버리고 초롱을 바라보며 은근한 목소리로 속삭였다.

"이젠 내 차례겠지?"

초롱이 입고 있는 블라우스로 손을 가져갔다. 작은 단추를 하나하나 풀어내며 여린 살결에 손이 스칠 때마다 그녀의 몸이 움찔하는 건 둘째 치고, 지금껏 대담하게 자신을 마주하던 눈빛이 조금씩 흔들리는 모습조차 사랑스러워 견딜 수가 없었다.

단추가 다 풀어진 블라우스를 어깨에서 떨어트리고, 등 뒤로 손을 가져가 예쁜 곡선을 부드럽게 감싸고 있는 흰색의 속옷을 천천히 푸는데, 시시각각 표정이 변화하는 너를 보는 건 왜 이렇게 흥미로운지.

거추장스러운 게 사라진 초롱의 등을 부드럽게 어루만지며, 조금씩 급해지는 마음에 서둘러 초롱의 바지 버클을 풀어 내리는데, 더워진 열기를 참지 못해 들숨 날숨이 뒤엉켜 버린 초롱의 정직한 모습에 더는 참을 수가 없었다.

뜨거운 숨결이 새어 나오는 순간 거침없이 입술을 파고들고는 초롱의 허리를 번쩍 안아 올렸다. 동시에 초롱은 갈 곳 잃은 두 다리로 산의 허리를 휘어 감았다. 빈틈이라고는 없는, 마치 한 몸처럼 맞닿아 서로의 호흡을 달콤하게 주고받으며 침실로 향하는 산과 초롱의 입가에 행복한 미소가 소리 없이 강하게 번져 나갔다.

8

초롱은 동생이 출연하는 프로그램을 보기 위해 방송국으로 향했다. 누나만 초대한 거냐고, 진짜 자신은 초대하지 않았느냐고. 서운하다 투덜거리는 산을 떠올리며 피식 미소 짓는데 저쪽에서 누군가 활짝 웃으며 다가오고 있었다.

"오랜만이에요, 초롱 씨. 여기서 보니까 더 반갑네요. 그동안 잘 지냈어요?"

로라였다. 초롱이 어쩜 이렇게 맑고 깨끗해 보이는지, 그때 회사로 찾아가 본 모습과는 또 다른 모습이 엿보였다.

묶지 않은 긴 생머리가 찰랑거리는 모습은 로라가 떠올려 보았던 느낌과 완벽하게 일치했다. 단정한 치마 정장 위로 심플하고 따듯하게 느껴지는 브라운 색상의 체크 모직 롱 코트에 앵클부츠를 신은 패셔니스타와 같은 모습은 여느 연예인 못지않았다. 아니, 오히려 연예인보다 더 눈에 띄는 듯 지나가는 사람마다 초롱을 한 번 더 돌아보며 흘끔거리고 있었다.

로라는 좀처럼 욕심을 내려놓을 수 없게 만드는 초롱의 모습을 보며 머리가 바쁘게 돌아가고 있었다.

"네. 안녕하세요. 잘 지내셨어요?"

초롱은 늘 사람을 유심히 바라보는 로라가 부담스러웠지만, 동생을 생각해 정중히 인사하며 어색한 미소로 반겼다.

"덕분에요. 날 너무 불편하게 대하지 않았으면 좋겠는데…… 그건 뭐 차차 나아지겠죠?"

어색함을 감추지도, 감정을 제대로 숨기지도 못하는 초롱의 투명한 모습에 조차 눈길이 머물렀다.

"네…… 뭐."

"원이 먼저 보실래요? 지금 대기실에 있을 텐데."

"아니에요. 많이 떨릴 텐데, 방해만 될 거예요."

"그럼 바로 객석으로 갈까요? 제일 좋은 자리로 맡아 뒀으니까, 원이 잘 보일 거예요. 그럼 즐거운 시간 보내요."

"네. 신경 써 주셔서 감사합니다."

단정하게 인사하는 초롱을 뒤로하고 로라는 바쁘게 어딘가로 걸음을 옮기고 있었다. 사람들로 꽉 채워진 객석 뒤편, 로라는 평소 잘 알고 지내는 카메라 감독에게 다가가 반갑게 인사를 했다.

"감독님, 별일 없으시죠?"

"어이쿠, 이원이 괴물 신인 맞네. 대표이사가 직접 발걸음을 다 하고 말이야."

"감독님도 참, 근처에 볼일이 있어 왔다가 궁금해서 잠시 들렀어요. 부탁드릴 일도 있고요."

"에이, 어련히 알아서 멋지게 잘 찍을까. 뭐 그런 쓸데없는 걱정을 다 하시고?"

"당연하죠, 우리 감독님 실력이야 말해 뭐 하겠어요. 우리 원이야 당연히 잘 담아 주실 거 아니까 걱정 하나도 안 해요. 다만, 오늘은 우리 원 말고 따로 앵글에 한번 담아 보고 싶은 사람이 있어서요."

"누구? 어디 있는데?"

"저기 2번과 3번 카메라 사이 보이세요?"

로라가 가리키는 방향을 유심히 보던 감독이 대충 짐작했는지 초롱을 콕 집어 말했다.

"저기 긴 생머리 여자?"

"네. 마스크가 너무 깨끗하고 예뻐서 공들이고 있는데 쉽게 안 넘어와요. 반응이나 한번 볼까 하고요."

"누군데?"

"이원 누나요. 친누나."

"좋은 유전자를 사이좋게 잘 나눠 가진 모양이네."

"그렇죠? 외모만이면 이렇게 아깝지는 않을 텐데, 어떻게 남매가 다 그렇게 착한지. 아무튼 오늘 잘 부탁드려요, 감독님. 다음에 제가 촬영팀한테 거하게 한턱내겠습니다."

"좋지, 그럼 슬슬 시작해 볼까?"

사람 좋은 웃음을 지으며 신중하게 카메라를 보는 감독님을 뒤로하고 로라는 모니터 앞에 제대로 자리를 잡았다.

초원은 스탭의 안내로 무대 뒤편에서 대기하고 있었다.

— 요즘 라이징 스타, 괴물 신인, 대형 신인이라는 수식어를 훈장처럼 달고 다니는 배우가 있죠? 이운의 뒤를 이을 차세대 톱스타 이원 씨를 이 자리에 모셨습니다.

초원은 방송국이 떠나가라 환호를 보내는 소리에도 하나 들뜨지 않고 그저 덤덤하게 무대로 걸음을 옮길 뿐이다.

— 어서 오세요. 반갑습니다.

— 네. 안녕하십니까, 이원입니다.

무대 가운데 서서 객석을 먼저 확인해 보았다. 눈에 가장 잘 띄는 자리에 앉아, 놀라 벌어지는 입을 두 손으로 가린 채, 눈을 동그랗게 뜨고 있는 제 누나를 확인하며 싱긋 웃었다.

— 우와, 가까이에서 뵈니까 정말 미남이시네요. 일단 자리에 앉으시죠.

시선을 붙잡는 원의 미소에 감탄사가 절로 나와 버린 여자 MC였다.

— 네. 감사합니다.

초원이 인사를 하며 MC가 권하는 자리에 앉아 다시 자연스레 객석을 바라보는데, 저도 모르게 계속 누나에게 향하는 눈길이 난감하기만 했다.

— 이원 씨는 지금 데뷔한 지 불과 몇 개월 되지도 않았는데 벌써 스타덤에 올랐어요. 요즘 그 인기 실감하시나요?

— 글쎄요. 아직은 현장에서 일만 하고 있어서. 사실 오늘 환호해 주시는 모습에 조금 놀랐습니다.

— 겉으로 보기에는 전혀 놀란 것 같지 않던데요? 당당한 걸음걸이하며, 여유 있는 미소가 마치 이운 씨를 보는 것 같았거든요.

— 선배님께는 아직 한참 못 미칩니다만, 좋게 봐 주셔서 감사합니다.

— 나이답지 않게 굉장히 점잖고 신중하다는 말씀은 전해 들었는데, 과연 그 말이 틀린 말이 아닌 것 같네요.

— 아닙니다.

짧게 답하며 멋쩍은 미소를 그리는 이원의 모습에 서둘러 다음 질문으로 이어 가는 유능한 MC였다.

— 지금 방영 중인 드라마도 시청률이 엄청나죠? 첫 회부터 기존에 보지 못한 시청률로 순조롭게 시작을 했었는데, 상승 폭도 어마어마하다고 들었어요.

— 네. 그건 아무래도 이운 선배님 영향이 큰 것 같습니다.

— 듣던 대로 겸손하기까지 하시고, 그런데 원래가 말씀이 별로 없으신 편인가요?

— 네. 제가 말재주가 별로 없어서요.

— 말씀 잘하시는데요 뭘, 이 일을 시작하게 된 계기도 남다르다 들었어요.

대표이사님께서 직접 발탁을 했다고 들었는데 어디서 처음 만나신 건가요?

잠시 그때를 떠올린 초원이 엷은 미소를 지으며 말을 꺼냈다.

— 교통사고로 팔을 다쳐서 깁스하고 있었는데, 그 깁스를 풀러 갔던 날, 병원에서 처음 뵀습니다.

— 그 흔한 숍이나 길거리 캐스팅도 아니고 병원이라 정말 신기하네요. 소문에 의하면 여러 차례의 고사 끝에 결정하셨다고 하던데요.

— 네. 단 한 번도 연예인을 하겠다고 생각해 본 적이 없어서 그랬던 것 같습니다.

— 세상에, 이런 멋진 분을 브라운관에서 보지 못할 뻔했네요. 회사 대표이사님 만나면 감사 인사라도 해야겠는데요?

초원은 끝도 없이 이어지는 질문에 성실하게 대답했고 어느새 인터뷰는 끝을 향해 갔다.

— 어느덧 마지막 질문을 할 시간이 되었네요. 이원 씨 인생의 멘토는 누가 있을까요?

— 인생의 멘토라……. 우리 가족입니다.

— 가족이요? 그 이유를 물어봐도 될까요?

— 네. 우선 아버지는…… 법 없이도 살 만큼 정직하고 올곧은, 세상에서 가장 존경하는 분이고, 어머니는 그런 아버지를 누구보다 잘 이해해 주는, 한결같이 따듯한 분입니다. 그리고…… 그 누구보다 저에게 가장 큰 힘이 되고, 든든한 버팀목이 되어 주는 누나까지. 우리 가족 모두가 저에게는 다 멘토입니다.

— 가족이 모두 다 멘토라. 왠지 정말 멋진 가족일 것 같네요. 오늘 정말 감사합니다. 자, 그럼 마지막으로 노래 한 곡 청해 볼까요? 어떤 노래를 부르실지 그리고 그 노래를 선택한 이유도 함께 부탁드릴게요.

— 음……. 아버지께서 김광석 노래를 유독 좋아하셨어요. 제가 지금 부를 노래는 그중에서도 가장 즐겨 부르셨던 노랩니다. 아버지께서 꼭 듣고 계시면 좋겠습니다.

— 네. 아버지께 아주 뜻깊은 노래 선물이 되겠네요. 그런데 혹시 김광석 노래라면 기타도 가능한가요?

— 기타가 있다면요.

— 당연하죠. 없으면 당장 구해서라도 와야죠!

노래만 해도 좋은데 기타까지 가능하다니 제작진이 분주해지기 시작했고, 불과 몇 분 지나지 않아 기타가 초원의 손에 들어왔다.

— 말씀만 하시면 다 됩니다. 자! 그럼 노래 청해 볼까요?

— 네. 부족하지만 열심히 해 보겠습니다.

초원은 한 번도 이렇게 많은 사람 앞에서 노래를 불러 본 적이 없었다. 딱히 내세울 것도 없는, 그저 힘이 들 때 가끔 먹먹하게 부르게 되던 노래였는데……. 슬그머니 용기가 사그라질 때쯤 자신을 향해 미소 짓는 누나를 보며 꺼져 가던 용기의 불씨를 살려 조용히 기타에 손을 올렸고, 객석은 기대감으로 숨을 죽였다.

낭만적이고 아름다운 기타 선율을 들으며 조용하던 공간에 감탄이 물처럼 흐르고 있었고, 이내 초원의 담담한 목소리가 아름답게 울려 퍼졌다.

초원이 부른 노래는, 힘들고 지쳐도 고독과 외로움 속에서도 삶을 포기하지 않고 다시 일어나라는 희망의 메시지를 전해 주는 김광석의 '일어나' 라는 노래였다.

초롱은 마치 제가 무대에 서기라도 한 것처럼 마음을 졸이며 두 손을 모으고 초원의 노랫소리에 가만히 귀를 기울였다. 힘을 주지 않은 차분한 음성, 담담하게 불러 내리는 노랫말, 너무나 익숙하고도 친숙한 노래는 아빠를 떠올리게 했다. 이미 그리움으로 남아 버린 한때의 추억이 마치 어제처럼 고스란히 초롱의 기억에서 되살아나고 있었다.

언제였던가. 밤늦게까지 공부를 하고 돌아오던 어느 날. 저만치 앞서 걸어가는, 힘없이 축 처진 아빠의 어깨가 초롱의 눈에 들어왔다. 가로등 불빛만 드문 드문 비추는 인적 하나 없는 어두운 골목길에서, 잔뜩 처진 어깨로 무거운 발걸음을 한 발 한 발 옮기며 읊조리듯 노래를 부르던 아빠의 그 모습이 어찌나 여린 마음을 할퀴던지.

아빠가 흘리고 간 술 냄새를 따라가며, 아빠의 노래를 들으며 목이 메 차마 아빠를 부를 수가 없었던 그 날. 아빠는 저 노래를 어떤 마음으로 불렀을까? 초원은 또 어떤 마음으로 저 노래를 부르고 있는 걸까.

더 어렸었다. 초원은 자신보다는 훨씬 더 어린 시절부터 저 노래를 부르는 아빠를 보았을 것이다. 제 아픔에 동생의 아픔을 제대로 들여다보지 못했던, 어쩌면 더 큰 상처를 받으며 자랐을 그때의 동생을 떠올리는 것만으로도 초롱은 가슴이 먹먹해졌다.

아무렇지 않은 척 담담하고 담백하게 노래를 이어 가던 초원의 눈동자가 물기로 반짝였고, 절대 울지 말아야지. 초원이 보는 앞에서 절대 울지 말아야지 했던 다짐은 물거품처럼 사라져 버리고, 초롱의 눈은 이미 고장 난 수도꼭지처럼 눈물을 쏟아 내고 있었다. 서둘러 고개를 숙이며 두 손으로 얼굴을 가린다 한들 턱으로 떨어지는 눈물까지는 가릴 수가 없었다.

초롱은 알지 못했다. 관객을 향한 카메라가 자신에게 머물러 있다는 사실을…… 알아챌 수가 없었다.

침대 위에 설치된 일인 TV에서 흘러나오는 아들의 노랫소리가 은호와 수영의 가슴을 적시고 있었다. 수영은 남편의 굳은 손을 잡고서, 아들이 담담하게 부르는 노래를 들으며 차마 막지 못한 눈물을 흘려야 했다.

은호는 평온한 척 무겁게 노래를 흘려보내는 아들에게서 눈을 떼지 못하고 타는 듯한 가슴을 억누르며 눈물을 참으려 이를 악물어야 했다.

젊은 시절 무던히도 많이 넘어지고 깨졌을 때 자신에게 늘 힘이 되어 주던 노래였다. 때로는 아이들 앞에서 반드시 다시 일어서겠다는 다짐의 의미로, 어떤 날은 무심코 길을 걸어가다가, 이따금 힘든 일을 하며 저도 모르게 부적처럼 읊조리게 되는 노래였다. 각오였고, 맹세였고, 다짐이었던 그 노래를…… 지금 제 아들이 부르고 있었다.

저 노래를 부르는 아들의 심정이 어떨지, 카메라 앵글에 잡힌 아들의 눈만 뚫어져라 바라보았다. 아들의 눈가에 맺힌 투명한 유리알을 보는 은호의 눈에 차오른 뜨거운 눈물이 눈꼬리를 타고 주르륵 흘러내렸다. 이따금 화면에 예쁘게 비추던 딸아이가, 고개를 숙이며 떨리는 손으로 얼굴을 가리는 모습에 은호의 심장이 갈가리 찢기고 있었다.

어쩌다 우리 아이들에게 저런 아픔을 던져 주었을까, 어쩌다 우리 아이들이 그저 노래 한 곡조차 남들처럼 편히 듣지도 못하게 만들었을까. 어쩌다. 내가 어쩌다가.

기회는 몇 번이나 있었다. 다시 예전으로 돌아갈 수 있는, 아이들에게 실망만 안기는 아빠가 아니라 예전처럼 든든하고 듬직한 가장으로 돌아갈 기회는 몇 번이나 있었다. 그런데도 같은 결정을 반복했고, 이제는 후회하지 않을 기회마저 잃어버렸다.

차라리 죽었으면 좋았을 걸, 그러면 이렇게까지 고생시키지는 않았을 텐데, 왜 끝까지 살아남아 이렇게 온 가족의 삶을 생지옥으로 만들어 버린 건지. 은호는 평생 자신을 용서할 수 없을 것 같았다. 아니, 이미 스스로에게 벌을 내린 것일지도 몰랐다.

짙은 자책에 누운 침대가 끝도 없는 수렁 같았다. 누군가 침대 아래에서 온몸을 잡아끄는 느낌에 이제 그만 포기할까 싶은데…… 이상하게 아들의 '일어나' 라는 노랫말이 끈질기게 귓가에 내리꽂혔다.

아들의 아픈 노래를 저도 모르게 마음으로 함께 불러 보는데, 순간 발바닥에서 느껴지는 강한 통증에 등줄기로 식은땀이 배어 나왔다. 하반신에 마비가 오고부터는 한 번도 느껴 보지 못한 종류의 통증이었고, 그 통증이 발가락으로 번지는 느낌에 저도 모르게 '악.' 소리가 터져 나왔다.

"당신 어디 아파요? 몸이 안 좋아?"

"아. 아니야. 괜찮아. 잠시 위에 통증이 있어서……."

"신경을 써서 그런가 봐요. 약을 좀 달라고 할까?"

"조금 있으면 나아질 거야. 계속 아프면 내가 말할게."

아내가 괜한 기대를 하게 될까 봐, 헛된 희망을 주게 될까 싶어, 점점 사그라지는 통증에 조금 더 지켜봐야겠다 싶은 은호였다.

산은 한때 매체에 동생이 나오는 모습이 낯설고 신기해서 모니터링해 주던 시기도 있었다. 광고는 광고대로, 드라마는 드라마대로, 영화는 없는 시간 쪼개 가며 상영 첫날 영화관에서 본 후에 감상이나 부족했던 부분을 알려 줄 만큼 관심을 보이기도 했었는데.

그게 한 해가 가고, 두 해를 지나면서부터는 프로그램을 챙겨 보는 것도, 길 가다 우연히 보게 되는 수많은 광고 사진에도 무감각해지기 시작했다. 이제는 일상 속에서 만나게 되는 동생의 모습이 자연스럽기만 한데, 오늘은 왜 이렇게 긴장하며 브라운관을 들여다보게 되는 건지 모르겠다.

산은 마치 제 동생이 갓 데뷔했던 때가 떠올라 피식 웃으며 초원이 나오는 화면에 집중하고 있었다.

'차분한 표정 좋고, 자연스러운 시선 처리 훌륭하고, 목소리 톤도 말투도. 이초원 아주 잘하는데.'

데뷔한 지 몇 달 되지 않은, 그럼에도 라이브 토크쇼에서 긴장하지도 어색해하지도 않는 초원을 보며 놀라움에 고개를 절레절레 흔드는데, 갑자기 객석을 비치는 화면에 초롱이 예쁘게 잡혔다.

반짝이는 눈빛으로 동생을 보며 흐뭇한 미소를 짓고 있는, 이렇게 화면으로 보게 될 거라는 기대 없이 마주하게 된 모습에 반갑기도 하고, 한편으로는 객석으로 화면이 바뀔 때마다 비치는 모습이 우연히 클로즈업되었다고 생각하기에는 다소 의아한 기분이 들었다.

토크쇼가 마칠 무렵 초원이 노래를 부를 때는 덩달아 코끝이 찡해 오는데, 이상하게도 다시 초롱에게로 향하는 화면을 보며 그저 우연으로 카메라에 잡히는 게 아닌 것 같아 고개를 갸웃했다. 산은 혹시나 하는 마음에 전화를 들어 로라의 번호를 찾았다.

— 웬일? 네가 먼저 전화를 다 하고?

"방금 초원이 방송 잘 봤다."

— 운이 출연한 건 보지도 않았다면서, 원이 나오는 방송은…… 봤어?

"어. 이초롱 씨가 유난히 자주 화면에 보이던데, 우연이야?"

산은 거두절미하고 곧장 본론으로 파고들었다.

— 이산, 하고 싶은 말이 뭐야?

로라는 산의 날카로운 질문에 발끈하고 말았다.

"궁금해서, 일반인이 그렇게 자주 화면에 비칠 일이 뭐가 있을까."

직원들의 입에 오르내리던 초롱에게 강한 호기심을 드러내 보였던 너이고, 확인 없이 그냥 넘길 사람이 아니라는 것쯤은 너무 잘 아니까.

— …….

아니면, 이미 호기심을 충족시킨 건가? 로라답지 않게 말문이 막힌 걸 보니, 자신의 짐작이 맞는 듯했다.

"오로라, 내일 시간 어때?"

초롱이 누구라는 건 이미 아는 것 같았고, 산은 초롱이 원치 않는 일에 끌려다니게 하고 싶지 않았다.

— 내일…… 괜찮아. 장소 문자로 남겨.

'너와 그녀와의 관계를 결국 이런 식으로 알게 만드는구나.'

로라는 산이 초롱과 어떤 관계일지 예상은 하고 있었다. 정황상 이미 충분히 미루어 짐작 가능했지만 끝내 미루고 싶었던, 결코 마주하고 싶지 않은 사실을 마주하며, 괜스레 마음 한편에 구멍이 뻥 뚫린 듯 헛헛한 바람이 불어왔다.

초원은 방송을 마치고 출연자들과 인사를 나누며, 아직 다 나가지 않은 관객의 웅성거림에도 아랑곳하지 않고 숙인 고개를 들지 못하는 누나에게 조심스레 다가갔다.

"누나."

부름에도 여전히 고개를 들지 않는, 얼굴을 가린 누나의 손에 손수건을 살짝 찔러주었다.

"……."

초롱은 제 손을 파고드는 반가운 손수건에 서둘러 눈물을 닦으며 일렁이는 마음을 가라앉히려 애쓰고 있었다.

"울긴 왜 울어? 좋은 구경 하라고 불렀더니 울기나 하고, 다음부터는 못 부르겠네."

"울기는 누가 울었다고, 공기가 탁해서 그래. 눈이 따가워서 잠시 감고 있는 것뿐이라고."

"이젠 거짓말도 잘하네?"

"뭐래. 됐어. 그러는 너는, 너는 안 울었어? 저도 글썽했으면서. 네가 울 것 같으니까 덩달아. 어쩌다. 그렇게 된 거지. 뭐."

"알았어. 내가 잘못했네. 그런데, 얼굴은 언제 드는데?"

대충 눈물은 다 닦은 듯 보이는데 아직도 누나의 얼굴은 들어 올려지지 않았다.

"사람들 다 나갔어?"

초롱은 바보 같은 자신의 모습을 다른 사람들에게 들키고 싶지가 않았다.

"아니, 아직 다 안 나갔는데?"

"그럼 다 나가면 말해 줘. 지금은 얼굴이 엉망이야. 창피해서 얼굴을 들 수가 없어."

"풋, 창피한 건 알아? 세상에, 방청하러 왔다가 이렇게 대성통곡하는 사람은 누나밖에 없을 거야."

"그만해. 나도 지금 쪽팔려 죽겠다고, 대성통곡은 무슨……."

이럴 때 보면 꼭 여동생인 듯했다. 누나의 귀여운 모습을 보며 참지 못해 킬킬거리던 웃음이, 옆구리를 쿡쿡 찌르는 누나의 손짓에 더 커지고 말았다.

"누나 전화 아니야? 진동 울리는데?"

그제야 초롱이 고개를 슬그머니 들어 전화를 확인했다. 보는 것만으로도 눈물이 쏙 들어가게 만드는 반가운 이름에 입꼬리가 슬며시 올라가고 있었다. 초원은 그런 누나를 보며 말하지 않아도 누군지 알 것 같은 느낌에 씩 웃어 버렸다.

"네. 저예요."

— 괜찮아? 뭘 그렇게 울어?

방청석이 화면에 잡혔을 거라고는 생각지도 않았던 초롱이 의아해 물었다.

"이산 씨가 그걸 어떻게……."

— 이초롱 울보라고 소문나게 생겼네. 방송에 나왔던데?

"네? 어떡해. 제가 정말 나왔어요?"

— 어, 아주 예쁘게 잘 나왔더라. 모르는 사람이 보면 연예인이라고 하겠어.

"말도 안 돼."

초롱에게는 전혀 반갑지 않은 말이었다. 이미 학창 시절, 사람들의 입에 오르내리는 게 얼마나 피곤한 일인지, 사람들의 시기와 질투, 편견은 또 얼마나 위험하고, 그로 인한 소문은 얼마만큼 끔찍한 것인지 뼈저리게 느꼈었는데.

이런 식으로 얼굴이 알려져 봐야 또다시 불필요한 말이 오가지는 않을까, 쓸데없이 사람들 입에 오르내리게 되지 않을까. 그래서 동생에게 피해를 주게 되는 건 아닐까 걱정하지 않을 수가 없었다.

— 그렇다고 또 너무 걱정하지는 말고. 잠시 실시간 검색에 오르내리기야 하겠지만, 그렇게 오래가지는 않을 거야.

산은 이미 초롱이 겪어야 했던 일들을 알기에 그녀가 무엇을 걱정하는지도 알 것 같았다. 하지만 아직 일어나지도 않은 일에, 어떻게 될지도 모를 일에 앞서 걱정하며 불필요한 고민으로 자신을 괴롭히지 않았으면 했다. 부디 초롱의 마음이 상하는 일은 없기를, 사람들의 별 뜻 없는 무신경한 말에 상처받는 일이 없기를 바랄 뿐이었다.

잠잠히 넘어가기를 바랐던 초롱의 바람과는 다른 분위기가 펼쳐지고 있었다. 방송 이후 실시간 검색어에는 '이원 토크쇼 방청객', '이원 토크쇼 우는 여자', '방청석 여자' 등 초롱을 지칭하는 듯한 말들로 도배가 되고 있었고, 전혀 일반인 같지 않은 외모에 방송국으로 누구인지 문의하는 전화가 쇄도했다.

로라는 내일 산을 만나야 한다는 무거운 마음은 잠시 뒤로 젖혀 두고, 제 의도대로 흘러가는 분위기에 다시금 전의를 불태웠다. 어떻게 설득해야 하나 고민이 깊어지는데, 요란하게 사무실 전화가 울려 왔다.

— 오 이사, 누구야?

전화를 받기가 무섭게 연예부의 박 기자가 물었다.

"밑도 끝도 없이 그게 무슨 말씀이세요?"

로라는 알면서 모른 척 시치미를 뗐다.

— 에이, 다 알면서 왜 이래? 오 이사가 카메라 테스트 부탁한 거 아니었어? 지금 실시간 검색 1위 그 여자 말이야.

"이미 알고 전화하셨으면서 뭘 또 물어보세요? 감독님이 누구라고는 말 않던가요?"

— 그러게. 말은 오 이사가 부탁해서 앵글에 한번 담아 봤다고는 하는데, 그러기에는 지나치게 신경을 많이 쓰신 것 같더라고. 앵글에 잡히는 각도가 와우, 감독님 눈에도 들었다는 말이겠지? 지금 방송국으로 연락 오고 난리가 났대. 오 이사도 이미 들어서 알 거 아냐? 그래서 누구냐고, 설마…… 이원 여자친구는 아니지?

"왜 아니라고 단정 짓죠?"

— 이원 여친이야?!! 정말?

"아니에요. 제가 아무리 간이 커도, 한창 주가를 올리는 배우의 애인을 방청석에 앉히겠어요? 추측이 너무 어이가 없어서 해 본 소리예요."

남자이면서 늙은 여우로 불리는, 촉이 좋기로 유명한 박 기자의 엉뚱한 추측에 피식 웃음이 나왔다.

— 하, 다른 사람 같았으면 그런 생각 하지도 않았겠지. 하지만 오 이사는 다른 대표이사와는 좀 다르잖아? 왠지 충분히 그러고도 남을 사람 같아서 말이야. 정면 승부의 대가 아니었어? 게다가 방송을 마친 뒤에 분위기도 사뭇 달랐다던데? 그 두 사람 말이야.

"그게 무슨 말씀이세요?"

— 이원이 그 여자를 그렇게 살뜰하게 챙겼다 하더라고.

"풋. 안 봐도 비디오네요."

미팅이 있어 원이 노래 부르는 것까지만 보고 빠져나왔는데, 왠지 보지 않아도 그려지는 듯한 모습에 절로 고개가 설레설레 돌아가고 있었다.

— 그래서 누구냐고.

"누나예요, 이원 친누나, 남매 사이가 워낙 좋아요."

— 아…… 그래?

"어쩌나, 왠지 김이 샌 목소리네요?"

— 그러게. 난 또 특종 하나 건지나 했더니 좋다 말았네. 혹시 연예인 지망생인가?

"그건 제 바람이고요, 아직은 그냥 일반인이에요. 너무나 성실하게 직장 잘 다니고 있는."

— 아직은?

"네, 믿기 어렵겠지만 퇴짜 맞았어요. 물론 아직 포기한 건 아닙니다만, 쉽지는 않을 것 같네요."

— 정말? 그 얼굴에?

"제 말이요. 부탁드릴게요. 기사 쓰시려면 예쁘게 잘 써 주세요. 있는 사실 그대로."

— 아직 소속 연예인이 된 것도 아닌데 벌써 신경을 써?

"되든 안 되든 어쨌든 이원 누나니까요. 그리고 일반인이니까 잘 부탁드립니다."

— 그래, 알았어. 혹시 기사 쓰는 데 참고할 만한 자료는 없고?

"아직은요."

대중들이 관심을 가질 만한 요소는 모두 다 갖추고 있었다. 그들의 가정사만 놓고 보더라도 대중의 이목을 끌고도 남았고, 이슈화하는 것은 일도 아니었다.

부에서 가난으로, 오랜 병환으로 병상에 있는 아버지와 그를 돌보는 자애로운 어머니, 가족을 위해 자신을 희생한 누나, 그런 누나를 위해 자신의 꿈을 미룬 동생. 어려움 속에서도 무너지지 않는 가족애. 무엇 하나 흥미를 끌지 않는 구석이 없었고, 흠잡을 만한 구석도 없었다. 오히려 사실이 알려진다면 대중의 측은지심이 이원을 더욱더 높은 곳으로 데려다줄지도 몰랐다. 하지만 로라는 그런 식으로 대중의 관심을 끌고 싶지 않았다.

정면 승부. 로라는 자신 있었다. 이미 충분히 증명해 보이지 않았는가. 이원은 오직 자신이 가진 자질과 능력, 그의 빛나는 재능만으로도 충분히 만족할 만한 성과를 보여 주었고, 그 기간이 놀랍도록 짧았다. 여기서 그 이상을 기대한다면 그건 과욕이었고, 지나친 욕심은 탈이 나게 마련이었다.

로라는 한 단계 더 도약할 수 있는, 조금 더 빠르고 손쉬운 방법 대신 정직한 방식으로 도약하는 모습이 보고 싶었다.

초롱은 부모님과 통화하고서 집으로 향하다 말고 병원으로 발걸음을 돌렸다. 방송을 잘 봤다던 엄마의 목소리는 평소와 다름없는데, 왠지 마음은 평소와 다르지 않을 것 같아서, 눈으로 직접 확인해 봐야 집에서 편히 잠을 청할 수 있을 듯했다.

그렇게 찾게 된 병원에서 본 부모님의 힘없는 모습은 초롱의 예상과 다르지 않았다. 부모님의 붉어진 눈시울에 덩달아 눈물이 핑 돌았다.

"우리 아들 노래하는 거 오랜만에 들어 본다. 잘 부르데."

"나도 오랜만에 들었는데, 예전보다 더 잘하던데요? 완전 무대 체질이야. 그 노래 부르는데 꼭 아빠가 부르는 줄 알았어요."

"그러게. 네 아빠가 참 좋아하는 노래였는데……."

어느새 기운이 다했는지 잠에 빠져든 아빠를 물끄러미 바라보며 가만히 지난 시간을 추억하는 모녀였다.

"너 피곤하겠다. 얼른 집에 가서 쉬어."

"네. 그만 가 볼게요. 엄마도 좀 쉬세요."

병실을 빠져나오자마자 뜬금없이 불쑥 내밀어진 흰 종이에 초롱이 깜짝 놀라 버렸다.

"저. 사인 한 장만 해 주실 수 있을까요?"

병실에 드나드는 간호 실습생 중 하나였다.

"아. 동생은 바빠서 당분간 못 올 텐데. 다음에 만나면 제가 꼭 사인받아 드릴게요."

"아, 이원 씨 사인은 벌써 받았어요. 저…… 언니 사인 받고 싶은 건데요."

뜻밖에도 동생이 아닌 제 사인을 바라고 있었다.

“제 사인……이요?”

“네. 오늘 TV에 나오는 거 봤어요.”

“아. 그거 어쩌다 잠시 나온 모양인데…… 저는 연예인도 아니고.”

“그래도 좋아요. 사인 하나만 해 주세요.”

초롱은 불쑥 내민 펜을 보며 잠시 망설이다, 차라리 빨리 해 주고 가는 게 나을 듯싶어 영수증에나 해 보던 사인을 서둘러 조그맣게 해 주었다. 고맙다고 인사를 꾸뻑하고서 후다닥 가는 모습을 보며 고개를 갸웃하던 초롱은 결국 궁금함을 이기지 못해 휴대폰을 꺼내 들었다.

‘대체 TV에 어떻게 나온 거야.’

이원을 검색하자마자 나오는 연관 검색어를 보며, 그 내용을 확인하기도 전에 한숨이 먼저 나와 버렸다.

‘이원 친누나’, ‘이원 누나 눈물’, ‘이원 가족’.

“맙소사…….”

놀란 마음에 확인해 본 기사에는 다행히도 특별히 문제 될 만한 내용은 없었다. 초롱은 이대로 조용히 대중의 관심에서 사라지기를 마음으로 간절히 바라게 되었다.

드라마 촬영을 마친 초원이 가장 먼저 휴대폰을 확인했다. 부재중 전화가 다섯 통이나 와 있어 급히 통화 내역을 확인하는데 ‘이기주’라는 이름을 보자마자 미간이 절로 찌푸려졌다. 생각 같아서는 아예 연락처를 삭제하고 싶었지만, 그러면 걸러 받을 수가 없어 그냥 두었는데 한숨이 절로 나왔다.

평생 오지 않던 전화가 연예인이 되고 얼굴이 알려지고부터 잦아지고 있었다. 연락을 피하면 소속사 사무실로, 매니저에게로 어떻게 알고 연락해 오는지, 개인적인 일로 다른 사람에게 폐를 끼치고 싶지가 않아 받기 싫은 전화도 받아야 했다.

분명 촬영 중에는 통화하기가 어렵다고 말했음에도 불구하고, 한두 통도 아닌 다섯 통이나 하는 이유는 너무나 속이 훤히 드러나 보였다. 달갑지 않은 목소리를 듣고 싶지는 않았지만 그렇다고 언제까지나 무시할 수만은 없을 듯했다.

하는 수 없이 전화를 걸었다. 신호가 가자마자 그 흔한 인사도 없이, 이름조차 잘라 먹고 다짜고짜 불만부터 앞세우는 기주였다.

— 야, 왜 이렇게 통화하기가 어려워?

"촬영 중에는 전화 휴대하지 못한다고 말하지 않았나?"

— 그러면 끝나자마자 전화를 해야지.

"지금 촬영 끝나고 바로 하는 건데."

— 아, 그래? 당연히 그래야지. 시간 날 때 배우들이랑 우리 레스토랑에 한번 오라니까. 형이 다 쏜다고! 내가 몇 번을 말해?!

"괜찮아. 굳이 그러지 않아도 된다고."

— 괜찮기는 뭐가 괜찮아?! 아, 이 새끼 생각이 없는 거야, 눈치가 없는 거야? 가족이 레스토랑을 하면, 어? 가게에 와서 밥도 좀 먹고, 동료 배우들도 데려오고 하면 홍보도 되고 얼마나 좋아? 다른 연예인은 가족이 가게를 하면 먼저…….

초원은 기주의 말을 더 듣고 있을 수가 없어 전화기를 귀에서 멀찍이 떨어트려 놓았다.

가족. 가족이라……. 속에서 화가 끓어올랐다. 하고 싶은 말은 차고 넘쳤지만, 누나가 했던 당부의 말이 초원의 머릿속을 빠르게 스쳐 지났다.

'너 이렇게 알려지면 혹시 연락 올지도 몰라. 이기주 말이야.'

'설마, 인연 끊은 지가 언젠데 연락은 무슨.'

'만약에, 만약에 말이야. 연락이 오면 너는 절대 상대하지 마. 엮여서 좋을 거 하나 없는 사람이라는 거 잘 알지? 날을 세우는 건 내가 할게. 그러니까 너는 참아. 한 귀로 듣고 한 귀로 흘려. 그냥 무시하란 말이야. 누나 말 무슨 뜻인지 알지?'

'어.'

'뼛속까지 이기적인 사람이야. 그러니까 휘둘리지 말고, 한번 오라고 해도 절대로 가지 마.'

'알았어. 그런 걱정은 하지도 마.'

누나와의 대화를 떠올리며 가만히 속으로 참을 인을 새겼다. 화를 삭이며 전화기에서 나오는 잡음이 부디 빨리 끊어지기만을 바랐다.

그래도 설마설마했다. 사람인데, 자기들이 한 짓이 있는데. 이제 겨우 얼굴이 알려지는 사촌 동생에게 손을 뻗을까 싶었다. 설마, 이제 겨우 이름을 알리기 시작한 조카를 이용하려 들까 싶었다. 하지만 설마는 여지없이 사람을 잡았고, 자신들의 이익만을 바라는 내용에 혀를 차지 않을 수가 없었다. 어느 정도 시간이 지나자 초원이 다시 전화를 귀에 가져다 대며 말했다.

"지금 좀 바빠서. 시간이 되면 한번 생각해 볼게."

— 아, 나 이 새끼 진짜, 지금까지 내가 하는 말 어디로 들었어?! 당장 다음 주라도 한번,

"지금 촬영 들어가. 먼저 끊는다."

초원은 마구 흔든 콜라같이 속이 부글부글 끓어올랐다. 1초라도 더 있다가는 분명 붉은 뚜껑이 열리고 검은 내용물이 사정없이 뿜어져 나올 것 같아 서둘러 전화를 끊어 버렸다.

'하……. 이쯤에서 그만하면 좋을 텐데.'

누구에게도 털어놓을 수 없는 고민에 초원의 가슴에서 진한 한숨이 새어 나왔다.

아침부터 이산 코리아는 새로운 소식으로 온통 들썩이고 있었다.

"대박, 어제 봤어?"

"봤지 그럼. 세상에, 이원이 초롱 씨 동생이라며?"

"그러게, 그러면서 초롱 씨는 지금까지 말 한마디 안 해 주고."

"내 말이, 내가 이원을 얼마나 좋아하는데."

"나도 완전 팬인데, 이참에 사인이나 받아 달라 그럴까?"

"어디 사인 가지고 되겠어? 언제 식사라도 한번……."

좀처럼 소곤거림이 가시지 않았다.

"어, 저기 초롱 씨 왔다."

"안녕하세요."

씩씩하게 인사하며 사무실로 들어서는 초롱을 보며, 마치 꿀벌이 꽃을 찾아가듯 하나둘 초롱에게로 모여들었다.

"초롱 씨, 왜 말 안 했어! 너무해. 자기 진짜 좋겠다."

"그래, 동생이 이원이라니 정말 너무 부럽다."

"나 같았으면 벌써 동네방네 소문내기 바빴겠다."

"아. 저. 그게."

사실 연예인 이원보다 그저 착한 내 동생 이초원이 훨씬 더 좋은데. 여기저기 쏟아지는 질문에는 대체 뭐라고 대꾸를 해야 할까 머릿속이 정신없이 바쁘게 돌아가고 있었다.

"아이고, 초롱 씨 성격에 잘도 자랑했겠다. 다들 일은 하고 그러고 있는 거지? 요즘 행사 준비로 너무 바빠서 초롱 씨는 그만 내가 데려갑니다."

경선은 신나게 떠들지도, 표정이 그다지 유쾌하지도 않은, 형식적인 미소로 난감한 기색이 두드러지는 초롱을 그냥 두고 볼 수가 없어 그녀를 무리에서 빼돌렸다.

"감사합니다, 과장님. 난처하던 참이었거든요."

"안 그래도 그렇게 보였어."

"제 표정이 그렇게 잘 드러나요?"

"표정까지 거짓말을 못 하는 거겠지."

피식 웃던 초롱이 어렵사리 말을 꺼냈다.

"사실…… 제 동생은 저한테는 조금 아픈 손가락이라서요. 워낙 속이 깊은 녀석이라 힘들어도 마냥 참고 있을까 봐. 이렇게 유명세를 치러도 기뻐할 수가 없어요."

"뭔가 남모를 사정이 있나 보네. 집마다 그렇지. 남들이 보기에는 다 좋아 보여도 막상 들여다보면 사연 하나쯤 없는 집이 없더라. 그러니까 설명하려 애쓰지 않아도 돼. 물어보지 않을게."

"이해해 주셔서 감사합니다, 과장님."

"그래, 혹시 대화 상대가 필요하면 그때는 언제든지 말하고."

"네."

초롱은 좋은 상사를 만난 게 얼마나 큰 행운인지, 이렇게 불쑥불쑥 뜻하지 않게 내밀어 주는 도움의 손이 얼마나 고마운지, 별거 아닌 말 한마디에도 마음에 온기가 번졌다.

"오너스 정기 모임 준비는 잘 되고 있어? 내가 도와줄 건 없고?"

"네. 제가 잘 챙겨 볼게요. 김 과장님도 많이 도와주셔서 생각보다 힘들거나 어렵지는 않아요."

"다행이네. 모임 할 때가 나 출산 휴가 기간이라 마음에 걸렸는데 말이야. 오늘 정리해서 보고해야지?"

"네. 최종 확인 한번 해 보고 보고드리려고요."

"그래, 수고!"

"네. 과장님도 수고하세요."

산은 집무실을 들어서는 초롱을 보며 생각이 많아지고 있었다. 지난밤부터 지금까지도 포털 사이트를 뜨겁게 달구고 있는, 남매에게 집중되는 관심을 보며 과연 어떤 게 너를 위한 길일까…… 고민되지 않을 수가 없었다.

"안녕하십니까, 대표님."

초롱이 밝은 미소로 인사를 꾸뻑하며 공적인 선을 그었다.

"어서 와요. 이초롱 씨. 하루하루가 더 반갑네요."

산이 그런 초롱을 보고 능글능글 인사하며 장단을 맞춰 주었다.

초롱은 회사에서는 다부지게 선을 그어야지 단단하게 먹었던 마음은 어디로 가고, 싱긋 웃어 주는 그의 미소가 멋있어서 마음을 숨기지 못해 피식 웃으며 취합한 결재 서류를 내밀었다.

"급한 결재 건 우선으로 가져왔습니다."

"그래요. 오전 중으로 마무리해서 캐비닛에 넣어 둘게요."

"네, 알겠습니다."

"오너스 정기 모임은 진행이 어떻게 되어 가고 있나요? 이초롱 씨?"

"네. 정기 모임 공지는 오늘 자로 홈페이지와 카페에 게시했습니다. 예비 공지 수요 조사에서 참석을 희망했던 분들을 우선으로 70팀 신청받았고요. 그 외에도 참석을 원한다는 분들이 계셔서 캠핑장 측에 얼마나 더 수용 가능한지 문의드렸고, 오전 중에 확인 후 연락해 주기로 하셨어요. 연락이 오면, 최종 참석자 명단 추가 공지로 확정하겠습니다."

"그래요. 많이 참석하면 좋겠지만, 행사 진행에 무리가 없는 선에서 잘 조절해 주기를 바랄게요."

"네. 알겠습니다. 대표님, 그리고 지난가을 정기 모임 때보다 협찬을 희망하는 업체도 많이 늘었습니다. 여기 협찬사 최종 명단과 협찬 물품 내역입니다. 협찬품 입고는 다음 주까지 받기로 했고, 행사에 참석하는 업체는 행사 당일에 해당 물품을 직접 가지고 오기로 하셨습니다."

"고마워요. 변수가 많아서 취합하느라 고생 많았겠네요."

"아닙니다. 과장님들이 많이 도와주어 큰 어려움 없이 잘 준비하고 있습니다."

모든 질문에 막힘없이 대답하는 초롱의 모습을 흡족하게 바라보던 산이 고개를 끄덕이며 질문을 이어 갔다.

"다행이네요. 기념품은 어떻게 하기로 했어요? 의견이 분분한 것 같던데?"

"기념품은 다수결에 의해 텀블러로 결정했습니다. 제작 주문 들어갔고 행사 전까지는 맞춰 주기로 하셨어요. 그 외에도 이산 코리아 더치백에 넣을 소소한 물품들 역시 이미 주문 들어갔고요. 행사 당일 식사 메뉴나 간식, 그 밖에 세세한 내용은 의견 취합 중입니다."

"그래요. 그건 아직 급한 건 아니니까. 생각보다 정말 신경 써야 할 일이 많네요. 뭐 힘든 점은 없어요?"

"네, 대표님. 입사 후에 크고 작은 행사가 많아 옆에서 보고 배운 게 있어 준비하는 데 크게 어려운 점은 없습니다."

역시나 기대만큼이나 야무지게 자기 일을 잘해 나가는 초롱의 모습이 흐뭇해 산은 싱긋 웃음 지었다.

"모레가 이 과장 송별회 하기로 한 날인가요?"

"네, 사택에서 하자고 하셨다고……."

"맞아요. 가끔 부서별 회식할 때는 사택에서 하기도 하고, 또 이 과장 몸도 무거운데 가까운 곳에서 하는 게 좋을 것 같아서. 단, 사택에서 회식할 때는 술은 하지 않는데, 그럼 초롱 씨도 당연히 참석하죠?"

"네, 대표님."

"잘됐다. 그럼 오늘 보고는 여기까지 할까요?"

"네. 알겠습니다."

공식적인 업무, 그에게 해야 할 보고는 모두 마쳤다. 평소 다른 일을 할 때도 마찬가지였지만 그의 앞에서는 더더욱 실수 따위는 하고 싶지 않았고, 남들보다 더 열심히, 더 잘하는 모습만을 보여 주고 싶었다.

그래서일까. 보고하다 보면 어느새 남자 친구가 아닌 어려운 직장 상사의 모습으로 바라보게 되었고, 이렇게 보고를 무사히 잘 마치고 나면 그제야 마음이 놓이곤 했다.

"자, 그럼 이제부터는 대표, 아니다. 오랜만에 차 한잔 할까? 요즘 바빠서 조금 뜸했지?"

산은 말을 마치자마자 자리에서 일어나 차를 준비하러 갔다.

"네. 차가 조금 그립기는 했어요."

"나는 안 그립고?"

초롱이 대답 대신 씩 웃으며 고개를 설레설레 내저었다. 산은 잘 우려진 차를 가져와 초롱의 앞에 놓아 주었다. 따듯한 찻잔을 가만히 감싸는 초롱을 보며 말을 꺼냈다.

"혹시 말이야. 원이 소속사 이사 만난 적 있어?"

산이 혹시나 하는 마음에 물었다.

"네. 있어요. 그런데 그건 왜요?"

역시나 예상했던 대답이 돌아왔다.

"확인해 볼 게 좀 있어서. 내가 전에 말했나 모르겠네. 소속사 대표이사가 내 친구야."

"어느 정도 친분은 있겠다 예상은 했지만, 친구인지는 몰랐어요."

"실은 초원이 프로필 촬영하러 갔던 날, 소속사 직원들이 너를 눈여겨봤나 봐. 로라가…… 아, 로라는 그 이사 이름이야."

"네."

그때 만난 여자도 그의 이름을 너무나 편하게 불렀었고, 그 역시 여자의 이름을 자연스럽게 부르고 있었다. 그저 친구라는데, 초롱은 왜 그의 입에서 겨우 그 여자 이름 하나 흘러나오는 것이 불편하게 느껴지는지 알 수가 없었다.

"로라가 직원들 입에 오르내리는 네가 궁금했나 봐. 그래서 나한테 너에 관해 묻기도 했었고."

"아, 그래서 찾아온 거였구나……."

고개를 끄덕이던 산이 다음 말을 이었다.

"표면적으로는 유능한 직원 빼앗기고 싶지 않다는 말로 궁금함을 차단했었고, 속내로는 조금 불안했던 것도 사실이야. 왠지 그 친구한테 너를 빼앗길 것 같은 기분이었기든."

"그런데 갑자기 지금 그 말을 왜……."

"어제 네가 화면에 비친 게 그냥 우연은 아닌 것 같아서. 추측하자면 로라가 손을 좀 쓴 것 같고, 로라의 의도는 이미 만나 봤다면 말하지 않아도 알겠지? 그래서 알고 싶어, 네 생각. 너는 어떻게 생각해? 연예인이라는 직업에 대해서. 아니, 혹시 네가 연예인이 된다면 어떨 것 같아?"

"그분께도 이미 말씀드렸지만, 전 생각이 없어요. 전혀. 충분한 끼나 재능이 있었다면 얘기가 많이 달라졌겠지만, 아시다시피 저는 낯가림도 심하고, 사진 한 장 찍는 것조차 어색해서 피하고 싶은데 그런 걸 어떻게 해요."

초롱의 말을 들으며 마음 한구석으로 잠잠히 안도감이 퍼져 나갔다. 그런데 네 표정은 왜 이렇게 어두워 보이는 걸까.

"혹시 뭐 걱정되는 거라도 있어?"

"아니에요. 단지……."

"뭐든 말해. 마음에 담아 두지 말고."

"미안한 생각이 들어서요. 우리 초원이한테. 누나 돕겠다고 원치 않은 일을 시작한 동생도 있는데. 저는…… 시도해 보지도 않고 피할 구실만 찾는 것 같아서……."

초롱은 생각이 복잡했다. 잘하면 훨씬 빨리 일어설 수 있을 것 같았고, 지금보다 부모님께 훨씬 많은 도움이 될 수 있을 것도 같았다. 잘하면. 잘만 한다면.

하지만 그 일만큼은 잘할 자신이 없었다. 그 일만큼은 노력한다고 될 것 같지도 않았고, 억지로 버텨 낼 수 있을 것 같지가 않았다. 복잡한 심경이 고스란히 드러나는 초롱을 바라보던 산이 입을 열었다.

"초롱아, 너도 휴학하고 싶어 한 거 아니지. 너도 과외, 아르바이트, 그리고 지금 하는 일까지 솔직히 하고 싶어 시작한 일들 아니었을 거야. 다만 너는 객관적으로 네가 할 수 있는 일을 해 오고 있었던 거고, 초원이 역시 스스로 가능하다고 판단했으니까 그 일을 하기로 했을 거야. 네가 초원이를 몰라? 사리 분별이 분명하고 똑똑한 녀석이야. 물론 집안 사정이 결정에 큰 요인으로 작용했겠지만, 결국은 스스로 해 볼 만하다, 가능하단 판단이 있었기에 시작했을 거라고. 다만 너와 하는 일의 종류만 다를 뿐이야."

"정말…… 그럴까요?"

"내 동생 운의 말을 빌리자면, 초원인 재능을 타고난 것 같다더라. 대본을 숙지하는 것도, 배역을 소화해 내는 능력도, 감정을 자기 것으로 만들어 표현하는 능력까지. 초원이 비록 제가 원해서 선뜻 시작한 일은 아니었다 해도, 재능은 타고난 녀석이 틀림없어. 아마 너도 봐서 알 거야. 라이브 토크쇼 거의 생방송이나 다름없었어. 그런데도 카메라 앞에서 떨지도, 당황하지도 않고 차분하기까지 했어. 그러니까 네가 동생과 같은 결정을 하지 않았다고 해서 그런 일로 죄책감이나 책임감을 느낄 필요는 전혀 없다는 말이야. 내 말 무슨 뜻인지 알겠어?"

"……네. 알겠어요."

그는 정말 신기한 사람이었다. 그 어떤 복잡한 문제도 그의 앞에서는 복잡하게 느껴지지 않았고, 마음을 짓누르던 무거운 짐도 그 앞에선 무겁게 느껴지지가 않았다.

초원에게만큼은 책임감이라는 무게를 안겨 주고 싶지 않았는데, 오히려 더 큰 무게를 짊어지게 된 건 아닌지…… 늘 걱정스러워 애가 타는데, 이상하게 그와 대화하면 그 무거운 마음이 조금은 덜어지는 기분이었다.

'나 알지? 마음먹으면 무조건 해내는 거. 그러니까 누나는 무조건 나 믿어.'

언젠가 초원이 했던 말이 머릿속을 스치며, 복잡하게 파고드는 고민도 더는 어지럽게 느껴지지 않았다.

"내가 조만간 초원이 만나 얘기 한번 나눠 볼게. 혹시 초원이 힘들어하는 기색이 보이면 계약 관련해서 해지가 가능한지도 알아보려고 하는데."

"우리 초원이를 아직 모르세요. 뭐든 하겠다고 마음먹으면 하는 녀석이고, 약속은 목에 칼이 들어와도 지키는 녀석이라…… 아예 시작하지 않았으면 모를까. 해지는…… 가능하다고 해도 하지 않을 거예요. 최소한 계약 기간만큼은 채우려고 할 거라고요. 지금으로서는 초원이가 상처받지 않고 하는 일이 마무리가 잘 되기를 바라는 것 외에는 해 줄 수 있는 건 아무것도 없어요."

"그래. 그 누나에 그 동생이겠지."

그래. 그 동생에 그 누나인걸. 너무나 와닿는 말에 초롱이 피식 웃어 버렸다.

산은 그런 초롱을 보고서야 마음의 짐을 조금은 덜어 놓을 수 있었다. 정말 내가 너의 기회를 차단한 일이 되면 어쩌나, 너를 생각한다는 구실로 그저 내 욕심을 채우는 일이었으면 어쩌나. 찜찜하게 남아 있던 마음이 비로소 해소가 되는 것 같았다.

로라는 제 집무실로 오겠다는 산을 기다리며 알 수 없는 초조함에 생수만 벌컥벌컥 들이켜고 있었다. 역시나 한 치의 오차 없이 약속된 시간에 들려오는 노크 소리에 저도 모르게 고개를 설레설레 내저었다.

"들어와."

"오랜만이다."

"그래. 일단 앉아. 차 한잔 할래?"

"아니, 차는 됐어. 물이나 한 잔 줄래?"

로라가 생수 두 병을 가져와 테이블에 올려 두며, 급한 성격답게 바로 물었다.

"그래, 뭐가 궁금해서 이렇게 직접 행차했을까?"

"원하던 결과는 도출했어?"

"그래. 이미 짐작했다시피 내가 손쓴 거 맞아. 초롱 씨 화면에 자주 비쳤던 거 내가 부탁했어. 너도 봤으니 잘 알겠네. 역시 내 눈은 틀리지 않았고, 결과 역시 예상한 그대로야. 인터넷 봤어? 이원 못지않게 지금 많은 관심을 받고 있어. 이초롱 씨 말이야."

실시간 검색어는 차치하고라도 분마다 기사가 앞다투어 쏟아지고 있었다. 이원의 누나라는 타이틀 하나만으로도 관심을 끌기에 충분한데, 이원 못지않게 청순한 외모로 인해 호기심 어린 댓글이 쏟아지고 있었다.

"내가 사랑하는 사람이야."

산은 돌려 말하고 싶지 않았고,

"……뭐라고?"

로라는 갑작스러운 말에 당황하지 않을 수 없었다.

"이초롱 씨, 내 사람이라고."

로라의 짐작이 확신으로 바뀌는 순간. 알고 싶지 않았던, 조금이라도 더 미루고 싶어 하던 사실과 마주할 수밖에 없었다. 역시 예나 지금이나 인정이라고는 눈곱만치도 없는, 직설적이며 흔들림이라고는 느껴지지 않는 말에 로라의 가슴에 휑한 골바람이 스쳐 지났다.

어쩌면 처음부터 친구라는 선을 넘을 가능성이라고는 하나도 없었던 일에, 아까운 시간과 마음을 소비한 건 지금까지만으로도 충분했다. 이제는 정말 냉정하게 사업가적 마인드로 그를 대면해야 할 때였다. 얼굴에서 잠시 당황했던 표정을 말끔히 지우고 태연하게 물었다.

"대충 짐작은 하고 있었어. 그런데 그게 뭐 어쨌다는 거야?"

"연예인이 되는 건 내가 싫어."

산이 솔직하게 제 의사를 밝혔다.

"너 이기적이야. 분명 기사 봤을 거고, 대중의 반응 역시 충분히 확인했을 거야. 누가 봐도 잠재력 충분하고, 실현 가능성은 더 확실해졌어. 그런데 네가 싫다는 이유로 그 가능성을 차단하겠다고?"

"너는 이기적이지 않고?"

"뭐?"

"너의 전문가적 견해는 충분히 이해하지만, 어떻게 보면 그것도 네 욕심이라고. 그리고 너는 가장 중요한 걸 놓쳤어."

"그게 뭔데?"

"너는 늘 연예인이 되고 싶어 안달하는 지망생들만 봐서 그런지 생각이 편향적인 경향이 있어. 모든 사람이 그런 지망생들과 같은 생각을 하지는 않는다는 거."

"……."

"연예인을 보며 쟤들은 참 세상 편하게 사는 것 같고, 돈 쉽게 버는 것 같고, 겉보기에 화려해 보여서 부러워할 수는 있겠지만, 그렇다고 해서 다 그렇게 살고 싶어 하지는 않아. 초롱이처럼 삶의 기준이 다른 사람도 있어. 화려함 이면에 감춰진 모습에 연예인이 되고 싶어 하지 않는 사람도 분명 많이 있다고."

"본인이 원하는지 원하지 않는지 네가 어떻게 알아?"

로라는 인정하고 싶지 않았다. 자기 생각이 편협하다고, 한쪽으로 치우쳐 있다고 믿고 싶지 않았다. 하지만 이상하게 흔들리고 있었다. 초원, 초롱 남매를 만나기 전에는 단 한 번도 캐스팅에서 실패한 적이 없던, 그저 내 커리어에 흠집을 내고 싶지 않은 쓸데없는 자존심은 아니었을까……. 불쾌하게 파고드는 생각을 흔들어 털어 버렸다.

"난 이미 충분히 대화를 나눴으니까."

"생각해 볼 여지도 없이? 네가 그렇게 유도한 건 아니고?"

"오로라, 나는 단지 내가 싫다는 이유로 덮어 놓고 반대할 만큼 속 좁고 꽉 막힌 사람은 아니야. 이미 초롱이도 너에게 의사를 분명히 밝힌 거로 아는데?"

"그랬지, 나는 아직 포기하지 못했고."

"성격이 유순한 편이야. 남한테 피해 주는 거 싫어하고, 소란스러운 거 싫어해. 사람들 앞에 나서는 것도 좋아하지 않고, 심지어 사진 찍는 것조차 어색해하는 사람이야. 힘들어도 힘들다 내색하지 않는 사람이고, 스트레스 또한 쉽게 드러내지 않는 사람이야. 이런 사람이 온전히 감당할 수 있을까? 연예인이라는 타이틀을?"

"핑계 갖다 붙이지 마. 좀 더 솔직해지는 건 어때? 지금 네 걱정 하는 거잖아. 이초롱 씨 날개 달고 날아갈까 봐 두려운 거잖아!"

"아니라고는 말 못 해."

"뭐야?"

로라의 헛웃음을 뒤로하고 산이 다시 자신의 생각을 솔직하게 드러냈다.

"네 말 맞아. 속 좁은 마음으로 만인의 연인이 될까 봐 두려워. 신경 쓰여, 불안하고 걱정돼."

"아니. 너는 무슨 그런 말을 아무렇지도 않게 해?! 말한 사람까지 민망하게 뭐 이렇게 솔직해?!"

"이미 눈치챈 사람 앞에서 뭘 더 숨겨? 애초에 숨기고 싶은 마음도 없었고. 하지만 그것 때문만은 아니야."

"그럼 뭐가 더 있는데?"

"멀리 갈 것도 없이 바로 내 동생이 연예인이야. 그것도 이운, 별 중의 별. 개인의 사생활이라고는 하나도 없는. 하나부터 열까지, 내뱉는 말 하나하나, 만나는 사람부터 드나드는 장소까지 일거수일투족 편한 게 단 하나도 없다고. 다만 운은 제가 원해서 하는 일이니까, 충분히 감당하고도 남을 만큼 멘탈이 강한 녀석이니까. 설사 그 멘탈이 흔들리고 다쳐도, 넘어지고 깨져도 보듬어 줄 가족이 있으니까 다 괜찮아. 하지만 초롱이는…… 아니야. 오히려 제가 품어야 할 가족이 많아서…… 힘들 거야. 가뜩이나 심신이 고단한데 그런 스트레스까지 얹어 주고 싶지 않다고."

로라는 반박을 해야 하는데, 반박할 말이 떠오르지 않았다. 이산은 이운의 하나부터 열까지를 바로 곁에서 지켜본 사람이고, 산이 말한 모든 것은 연예인의 화려한 이면에 감춰진 숙명 같은 것이었다. 원해서 하는 일이라면 그 모든 걸 기꺼이 감수하려 들겠지만, 원하지 않는 사람이라면 감당하기 어려운 일임은 분명했다. 그런데도 좀처럼 포기가 되지 않았다.

"초롱 씨 집안 사정이 좋지 않다는 거 알아. 잘만 하면 금방 일어설 수 있어."

"여기서 초롱이 집안 사정 문제는 걸고넘어지지 마! 나, 그거 해결할 능력이 없어서 그냥 지켜보는 거 아니야. 단지 초롱이나 초원이 마음이 다칠까 봐 적당한 때를 기다리는 것뿐이라고. 언제라도 필요하면, 언제라도 손만 내밀어 주면 바로 해결할 거라고."

이미 예견된 결과였으나 아쉬움은 좀처럼 사라지지 않았다. 하고 싶어 미친 듯이 달려들어도 쉽지 않은 길인데, 하기 싫다는 사람을 무슨 수로 설득할까. 파고들 약점도, 비집고 들어갈 조금의 빈틈도 허락하지 않는 산을 보며 로라는 긴 한숨을 내쉬었다.

"그리고 이원."

산은 내친김에 원의 계약 사항까지 확인해 보고 싶었다.

"야, 하이산! 거기까지만 해. 이원은 안 돼. 그래, 초롱 씨는 어쩔 수 없다고 쳐. 하지만 이원만큼은 절대 놓을 수 없다고."

로라는 그런 산에게 더는 말려들고 싶지 않았다.

"절대 놓을 수 없다. 뭐 하나 물어보자. 내 기억으로 그때 네가 그런 말을 했어. 네가 사정사정하고 거의 빌다시피 해서 잡은 친구라고 했던가?"

쓸데없이 기억력도 좋았다. 아마 그때 초원이 산과 이런 관계로 엮일 줄 알았다면 그런 말 따위는 하지도 않았을 텐데.

"이초원 어떻게 설득시켰어?"

사실을 그대로 말하자니 위약금을 가져와 계약을 해지하자고 할 것 같고, 거짓을 말하자니 쉽게 속아 넘어갈 사람이 아니었기에 로라의 머리가 어지럽게 돌아갔다.

"아까 말한 그 내용이겠지? 집안 사정. 그 외에는 녀석을 움직일 만한 일이 없었을 텐데?"

산이 정곡을 찔렀다. 로라는 갑자기 머리가 지끈거리기 시작했다.

"그래. 맞아. 하지 않겠다는 거 그거로 설득시켜 겨우 계약했어."

"대충 그럴 거라고 예상했어."

"비난할 생각은 마. 이게 내 일이야. 신인을 발굴하고 키우는 그게 내 일이라고. 다른 미사여구 따위 필요 없이 이원한테 첫눈에 반했어. 나는 확신이 있었고, 놓치고 싶지 않았어."

"너의 열정과 노력을 비난하고 싶은 생각은 없어. 물론 그 열정과 노력이 간절히 원하던 사람을 향한 것이었으면 더 좋지 않았을까, 아쉬운 마음이 없지 않지만 충분히 이해해. 다만, 나는 원이 결정하게 된 과정이나 녀석의 고민을 살펴보고 싶은 것뿐이야. 그래서 집안 사정은 어떻게 알았는데? 녀석이 직접 말해 줬을 리는 없고."

"몰래 뒤를 좀 밟아 봤어. 부모님이 병원에 계시더라. 원은 돈이 절실해 보였고, 나는 내 커리어를 공고히 해 줄 확실한 슈퍼루키가 필요했어."

"슈퍼루키라. 굿 엔터 정도면 제 발로 찾아오는 수만 해도 엄청날 텐데, 굳이 뒤를 밟아 가면서까지 원이어야 하는 이유가 뭐였어?"

"말했잖아. 첫눈에 반했다고. 이런 케이스 흔치 않아. 수없이 많은 연예인 지망생들을 봐 왔지만 이원만큼 끌리는 친구는 없었어. 비단 외모만 가지고 하는 말 아니야. 외적인 조건만으로는 성장하는 데 한계가 있어. 그런데 원은 그 기본적인 조건은 말할 것도 없이 인성, 근성, 지성, 게다가 이운과는 정반대의 흔치 않은 가정사까지. 대중에게 어필할 수 있고, 관심을 끌 만한 필요충분조건을 모두, 아니 그 이상을 다 갖추었다고. 네가 내 입장이었다면 포기가 되겠어?"

"그 말은, 이원의 아픈 가정사까지 이용하겠다는 소리야?!"

산의 억측에 로라가 발끈했다.

"야! 말이 그렇다고. 넌 대체 나를 어떻게 생각하는 거야? 나 그 정도로 사고나 생각이 형편없지는 않아. 네 동생 이운만 봐도 그래. 그 배경 이용할라치면 벌써 했지. 대단한 모 그룹의 넷째 아들, 얼마나 흥미로워? 하지만 입도 뻥긋하지 않았다고! 오늘 여러모로 정말 섭섭하게 하네."

그건 그저 최후의 보루 같은 것이었다. 배우에게 무슨 일이 생기거나 무언가 다른 전환점이 필요할 때, 마지막에서야 겨우 쓸 수 있을까 말까 한 카드였는데.

"네 말에 오해의 소지가 있어서 확인차 물어본 것뿐이야. 너무 서운해하지는 마."

로라의 입장을 이해하지 못하는 건 아니었다. 그녀의 말처럼 원은 매니지먼트사가 바라는 모든 조건을 다 갖추고 있었고, 자신이 로라의 입장이었다면 그녀와 달랐을 거라고 장담할 수도 없기에, 자기 일에 열정을 갖고 최선을 다한 로라를 탓할 수만은 없었다.

게다가 이원은 성인이었다. 비록 원하던 일은 아니었다고, 필요에 의해서였다고 해도 결국엔 자신의 결정이었고, 그 결정은 존중해야 했다.

하지만 산은 여전히 동생을 걱정하는 초롱의 마음이 계속 신경이 쓰였다. 재능을 타고난 것 같다는 말로 안심을 시키기는 했으나, 자신 또한 초원이 어떤 마음으로 일을 시작하게 되었는지 확신이 없는 상태였기에, 녀석을 도울 수 있는 일이 뭐가 있을까 고민되지 않을 수 없었다.

"계약 조건은? 조건이 뭐였어?"

"왜? 말해 주면 계약 해지라도 하려고? 이산, 오늘 좀 당황스럽다 너."

"당황스러웠다면 미안하고."

"계약 관련 사항은 기밀이야. 하지만 이거 하나는 말해 줄 수 있어. 이원의 상황 충분히 고려했고, 이원이 바라는 조건 최대한 배려해서 제안했어. 받아들여졌고. 근데! 계약 기간은 겨우 2년이야. 이게 말이 된다고 생각해? 기성도 아닌, 쌩신인을?"

"신인이지만 신인답지 않지. 웬만한 프로보다 더 느긋하고 차분했어. 말하는 태도, 자세, 눈빛, 무엇 하나 거슬리는 것 없이. 운이 말로는 드라마 촬영장에서도 부족함이 없다던데. 아닌가? 게다가, 네 말대로 워낙 기본 바탕이 훌륭하니 투자에 많은 시간과 노력, 비용을 들이지 않아도 될 테고 벌써 광고에 드라마, 그 외적인 프로그램까지. 어쩌면 이미 투자금은 다 회수하고도 남지 않았을까 싶은데."

귀신이었다. 이미 이 바닥의 생리를 훤히 다 꿰고 있는. 로라는 산이 온다고 할 때부터 가장 우려했던 상황을 맞이하며 깊은 한숨이 새어 나오는 걸 막을 수가 없었다.

"넌 정말 재수 없어. 알아? 그래서 지금 뭐 하자는 얘기야? 분명히 말하지만, 이원! 계약 해지 불가야. 현재 광고 중인 것만 세 개. 계약 진행 중인 건 다섯 개가 넘고, 캐스팅은 수도 없이 밀려오고 있다고. 드라마에, 현재 얘기가 오가는 영화는 또 어떻고? 일 키우지 마. 괜히 잘 적응하고 있는 이원 흔들지 말라고."

이산이 그럴 필요성을 느꼈다면 계약 해지는 문제도 아니었다. 이산이 마음을 먹었다면 법적 문제나 위약금 따위가 하등 문제 되지 않았다. 로라는 그게 걱정스러웠다. 하필 상대가 하이산이라는 거, 결론을 내리기까지는 신중하되 일단 결정된 사항에 대해서는 단호하며 거침없이 처리해 내는 하이산이라는 거.

"지금 내가 계속 파고들면 일을 키우는 게 될까?"

로라의 타는 속도 모르고 산은 그저 앞에 놓인 생수를 열어 천천히 물을 넘겼다.

"이원, 네가 생각하는 이상으로 타고난 재능이 있어, 단지 저 스스로 아직 자신의 진가를 알지 못했던 것뿐이라고! 그러니까 나 믿고, 최소한 계약 기간만큼이라도 참고 지켜봐. 그만큼 했는데도 원이 아니라고 하면, 그땐 나도 더 붙잡고 있을 명분도 없어."

로라는 그저 태연하기 그지없는, 느긋한 산의 모습을 보며 속이 터졌다.

"그래. 솔직한 심정으로 가능하면 그만두게 하고 싶었어."

"야! 하이산!"

"그런데, 내가 간과한 게 있었네. 이원의 책임감만 걸림돌이 될 줄 알았는데, 오로라의 열정과 근성은…… 미처 계산에 넣지 못했어."

"그게 무슨 뜻이야?"

"너 역시 나만큼이나 일에 대한 자부심도, 열정이나 욕심도 대단하다는 뜻이야. 없는 재능도 끌어내는 네가, 타고난 재능이라 말하는 원을 쉽게 포기할 리 없다는 거. 너의 안목이나 감각, 그리고 무에서 유를 창조하는 능력 존중한다고."

'이게 지금 뭐 하자는 거야? 병 주고 약 주는 거야?'

"그래서?"

"계약 기간이 2년이라고?"

"어."

"그럼 열심히 노력해 봐. 기왕이면 이원이 마지못해서 하는 일이 아닌, 즐겁게 그 일을 할 수 있게 만들어 보라고. 끌어들인 건 너였으니까, 이원이 머물고 싶게 만드는 것도 네 능력이어야지. 안 그래? 계약 기간 2년이라…… 정말 그때까지도 원이 아니라고 하면, 그건 정말 아닌 거다."

"그래. 딱 그만큼만 지켜볼게. 아니라고 하면 그만 놔줄게. 됐어?"

"그래. 그때까지 우리 초원이 잘 부탁한다. 혹시라도 원이 힘들어하는 모습

보게 되면 그땐 나도 그냥 보고 있을 수만은 없을 것 같으니까, 신경 좀 잘 써 줘. 그리고, 이초롱은 건드리지 마. 그건 나도 초롱이도 원치 않는 일이고, 모르긴 몰라도 초원이 역시 원하지 않을 거야. 초원이는 아직 네가 손쓴 것까지는 모르는 것 같으니까 앞으로 조심해 줘. 초원이 알게 된다면 너에 대한 반감만 생길 거고, 그렇게 되면 그 이후는 내가 굳이 말하지 않아도 어떻게 될지 짐작하지? 내 말 명심해."

산의 반협박과 같은 허락의 말에도 긴장했던 마음이 풀어지며 안도의 한숨이 흘러나왔다. 원 플러스 원을 꿈꾸다 둘 다 놓칠 뻔했던 로라는 그제야 생수를 들어 타는 목을 축였다.

"그런데 너 완전 오버야. 막말로 뭐, 네가 초롱 씨와 벌써 결혼을 한 것도 아니고, 겨우 사귀는 정도면서 뭐 이렇게까지 해?"

"할 거야. 결혼."

역시나 간단명료했다.

"넌 매사 뭐가 이렇게 간단해?"

"간단하지 않았고, 앞으로도 간단할 것 같지는 않아. 하지만 복잡해진다 해도 포기하는 일은 없을 테니까, 결과가 달라지는 일은 없을 거야."

매사 확실하고, 확고하고, 망설임 없는 정말 하이산다운 말이었다. 유리병에 든 음료를 다 쏟아 낸다고 해도 그 흔적이 남아 있듯이 너를 담은 내 마음을 다 비워 낸다고 해도 그 흔적까지는 지워 내지 못하겠지만, 노력은 열심히 해 봐야겠지.

그래도 참 다행이야. 내 짝사랑이 너같이 멋진 사람이어서. 고맙다, 이산. 비록 혼자 한 사랑이었지만…… 너라서 나쁘지 않았어.

"초롱 씨, 사람이 참…… 꾸밈없이 투명해서 괜찮더라. 좋은 소식 기대할게."

다른 여우 같은 여자였으면 이렇게 쉽게 물러나고 싶지 않았을 텐데. 왠지 모르게 거짓도 욕심도 없을 것 같은, 마음이 착해 보이는 이초롱이니까. 그 여자가 너를 망치는 일은 없을 것 같으니까 다행이다.

"고맙다. 오늘 내가 했던 말에 마음 상하지 않았으면 좋겠다. 너를 믿지 못해 그랬던 건 아니었어. 다만, 동생 같은 녀석이 걱정됐을 뿐이지."

"네 애인이 걱정됐던 건 아니고?"

"풋. 그래, 팔 할은 그 때문이겠지?"

초롱을 생각하는 것만으로도 얼굴에 피식 웃음이 나왔다.

"웃지 마. 정들어. 짜증 나게."

사람 마음이라는 게 어떻게 무 자르듯 댕강 자를 수 있을까. 그저 생각하는 것만으로도 저렇게 환한 미소를 짓는 산을 보며 그 미소에 자연스레 눈길이 가는 로라는 자신이 짜증스러워 원망 아닌 원망을 했다.

"오로라, 전에 없이 신경질적이야. 설마 이 불똥이 엉뚱한 곳에 떨어지지는 않겠지?"

"그건 나에 대한 모욕이야. 그 불똥 네 동생이나 네 처남 될 사람에게 떨어지는 일 없을 테니까 걱정은 붙들어 매라고! 어쭙잖은 사과는 됐고, 미안하면 앞으로 또 협찬 필요한 일 있을 때 잘해 줘."

"풋. 그래. 얼마든지 필요하면 연락해. 난 그만 가 볼게."

안 그래도 너무 몰아붙여 미안한 마음이었는데 그 정도는 얼마든지 해 줄 수 있을 것 같았다. 산은 간단하게 답을 하고 이제 그만 가 봐야 할 것 같아 자리에서 일어서며 무심코 로라의 집무실 한쪽에 놓인 장식장에 눈길이 닿았고, 어느 한 곳에 시선이 꽂혔다.

산은 천천히 그곳으로 향하여 장식장 한편에 얌전히 놓인 액자를 집어 들었다.

"갑자기 그걸 왜 봐?"

로라는 자신의 사진을 유심히 보는 산이 낯설었다.

"너…… 피아노 했어?"

산은 드레스를 입은 채 피아노 옆에 선, 환하게 미소 짓는 로라를 보며 빠르게 생각을 더듬어 보았다. 그 언젠가 피아노 독주회를 한다며 초대장을 전하던 모습이 어렴풋이 떠올랐다. 일이 생겨 참석하지는 못했었는데 어떻게 까맣게 잊고 있었을까. 왜 너를 생각해 내지 못했을까.

"섭섭하다 섭섭해. 너는 나에 대한 관심이 정말 하나도 없었구나?"

"미안하다. 정말…… 생각이 안 났어."

"됐어! 어차피 이젠 하지도 못하는데."

"아…… 너 사고로 팔을 다쳤었지?"

"그건 용케 기억하네? 그래, 맞아. 그 후로 손목이 안 좋아서 피아노 연주가 예전같이 안 돼."

"그럼 너 피아노에 대해서 잘 알겠네? 혹시 연주곡을 들으면 수준이 어느 정도인지도 알 수 있어?"

"믿기 어렵겠지만, 한때나마 세계적인 피아니스트를 꿈꿨어. 뭐 비록 근처에도 못 갔지만. 세계에서 유명하다고 소문난, 이름 있는 피아니스트의 연주란 연주는 모두 섭렵했고, 국내에서 열리는 연주회는 말할 것도 없겠지. 이 정도면 충분한 답이 될까? 그런데 갑자기 그건 왜 물어보는데?"

"너 지금 시간 괜찮아?"

"어. 한 시간 정도는 여유 있어."

"그럼 다시 앉아 봐. 물어볼 게 있어."

로라는 액자를 제자리에 두고서 다시 소파에 자리하는 산을 보며 의아하기만 했다. 산은 고개를 갸웃하는 로라를 뚫어져라 바라보며 자신만의 생각에 빠져들었다.

"무슨 생각을 그렇게 골똘하게 해?"

로라의 질문에 산은 말없이 휴대폰을 꺼내 들었고, 가만히 플레이 버튼을 누르고는 테이블 위에 내려놓았다. 순간 넓은 공간에 강렬한 피아노 연주곡이 울려 퍼졌다. 범상치 않은 연주를 들으며 로라의 놀란 눈이 점점 더 커지고 있었다.

로라는 너무나 익숙한 선율에 오롯이 귀를 열고서 집중했다. 휘몰아치는 듯한 빠른 템포와 강약의 변화가 다채로운, 피아노를 접하지 않은 사람도 누구나 한 번쯤은 들어 봤을 법한 유명한 월광 소나타 연주곡을 들으며 로라 역시 감탄하지 않을 수가 없었다.

주위의 소음과 탄성이 섞이지 않았다면 얼마나 좋을까. 연주자는 이 소란스러운 곳에서도 흔들림 없이 연주를 이어 가고 있었다.

"누구야?"

"어때?"

"어떠냐고? 하…… 이거 말고 다른 건 없어?"

"왜?"

"왜긴 왜야?! 궁금해서 그러지. 저렇게 소란스러운 곳에서 연주하는데도 미스 터치 하나 없고 흔들림이 전혀 느껴지지 않아. 때로는 강하고 시원시원하게 때로는 아주 섬세하고 부드럽게 힘 조절이 자유자재야. 음색은 또 얼마나 선명하고 섬세한데?! 이건 그저 잘한다 수준이 아니라고. 잡음이 섞이지 않았으면 좋았을걸. 그런데 누구야? 누군데?"

며칠 전 초롱이 동기 모임에서 연주를 할 때 혹시 몰라 녹음한 파일이었다.

"이초롱."

"뭐?! 초롱 씨라고?!"

"어. 잠시만, 하나 더 보여 줄게. 이건 잡음이 섞이지 않아서 듣기가 더 편할 거야."

산은 다시 휴대폰을 조작해 초롱이 자신에게 처음 들려주었던, 온전히 피아노에 집중하는 모습이 녹화된 동영상을 플레이시켰다. 이번에는 음악 파일이 아닌 동영상으로 남겨진 화면을 주시했다. 로라는 귀를 쫑긋 세워 연주에 집중하는데, 초롱이 연주하는 모습을 홀린 듯 바라보다 저도 모르게 울컥 눈물이 차올랐다.

길지 않은 연주가 끝나고 나서까지 한동안 남아 있는 울림과 긴 여운에 로라는 쉽게 말을 꺼낼 수가 없었다. 산은 좀처럼 말을 잇지 못하는 로라의 모습을 말없이 지켜보았다. 어느 정도 마음이 정리되는 듯한 모습에 그제야 입을 열었다.

"너 괜찮아?"

"야. 이초롱 씨는 지금 대체 뭘 하는 거야?"

"무슨 말이야?"

"음악적 감수성이 굉장히 풍부한 사람이야. 곡을 이해하고 표현하는 능력이 상상 그 이상이라고. 어떻게 이렇게 섬세하고 부드럽게 연주할 수 있는지 모르겠어. 지금까지 이 곡을 연주했던 그 어떤 연주자보다 초롱 씨의 연주에 더 많은 울림이 느껴졌다고. 알아? 내가⋯⋯ 지금까지 들어 본 모든 라 캄파넬라 중에⋯⋯ 최고였어."

로라의 평가는 산에게 확신을 심어 주었다.

"아니, 근데 초롱 씨 원래 피아니스트였어? 그럼 지금 너희 회사에서 대체 뭘 하고 있는 거야?"

"말하자면 조금 복잡해. 네가 방금 본 그 동영상, 초롱이는 있는지도 몰라. 게다가 조금 전 네가 극찬했던 그 연주⋯⋯ 고등학교 때 이후로 처음 한 거야."

"뭐. 뭐라고? 피아노를 몇 년이나 쉬었다는 거야? 그런데 저런 연주를 한다고?! 말도 안 돼."

말없이 생수를 들이켜는 산을 보며 그의 말이 거짓이 아님을 깨달은 로라는 너무 놀라 할 말이 떠오르지 않았다. 도대체 어떻게 저런 귀한 재능을 두고, 어떻게 그렇게 긴 시간을 허투루 흘려보냈을까.

"미쳤어. 말도 안 돼. 이건 정말 말도 안 돼. 왜? 왜 쉬었대? 왜 그렇게 오래 쉰 건데?! 사고야? 다쳤어?"

"아니."

"아니 그럼 대체 왜?! 도대체 초롱 씨 부모님은 뭘 한 거야? 저 실력을 그냥 썩히도록 두면 어떡해! 어떻게 그래? 저런 실력이면 부모님이 나서서⋯⋯."

말을 하다 보니 아차 싶었다. 초원의 누나였다. 초원의 사정이야 이미 훤히 알고 있었고.

'젠장. 망할.'

"아무리 그래도 그렇지. 암만 사정이 어려워도 그렇지. 그 입장이 되어 보지 않아서 섣불리 말해서는 안 되겠지만, 그래도 내 상식으로는 도저히 이해가 안 돼. 내 딸이었으면 내 모든 걸 걸고서라도 시켰을 거야. 정말…… 이건 정말. 너무하네."

아무리 사정이 어려워도, 아무리 힘들어도 어떻게 이런 사람의 재능을 꺾어 버렸을까. 제 일이 아님에도 그녀가 피아노를 놓을 수밖에 없었던, 흘러 버린 그 시간이 너무나 아까워 답답함에 말이 제대로 나오지 않았다.

"그래서 포기하지 않았을까? 그래서 포기할 수밖에 없지 않았을까? 자신을 위해서 모든 걸 다 하실까 봐. 이미 힘든 상황에 자신까지 부담을 보태게 될까 봐. 초롱이라면…… 부모님의 희생을 발판으로 성공하고 싶지는 않았을 거야."

"나도 웬만한 실력이면 이런 말 안 해. 하지만 전혀 웬만하지 않아. 내가 오죽 답답하면 그러겠어! 그래서 넌 앞으로 어쩔 생각이야?"

"어떻게 하면 좋을까?"

"그걸 지금 나한테 물어?"

"아니, 너한테 묻는 게 아니라, 나보다는 이쪽 분야에서 전문적 견해를 가진 사람에게 의견을 묻는 거야. 네가 음악에 훨씬 조예가 깊은 것 같으니까."

산은 마치 자기 일처럼 안타까워하는 로라에게 보여 주기를 잘했다 싶었다. 이렇게 진심으로 아쉬워하고 걱정해 주는 사람이라면 진심 어린 조언을 해 줄 수도 있을 것 같았다.

"이런 사람은 당연히, 아니 무조건 피아노를 해야지. 기술적으로 잘 치는 사람이야 널리고 널렸지만, 초롱 씨처럼 끊임없이 사람의 감정을 건드리고, 마음을 움직이게 만드는 힘을 가진 연주자는 많지 않아. 절대 아무나 가질 수 있는 재능이 아니야. 그건, 노력한다고 가질 수 있는 종류의 것이 아니라고. 네가 보기에 어때? 초롱 씨 피아노 칠 때도 낯가리고 그러지는 않지?"

"어. 다른 사람이야. 다시 피아노 앞에 앉기까지가 조금 힘들었지, 막상 피아노 앞에 앉고 보니 전혀 다른 사람이더라. 너도 들어 알겠지만 주위 분위기 따위에 전혀 흔들리지 않아. 당당하고, 자신감 넘치고…… 행복해 보여."

"잠시만 기다려 봐."

로라는 순간 머릿속을 스치는 얼굴에 누군가에게 전화를 걸었다.

"이사장님? 저 오로라예요. 너무 오랜만에 연락을 드렸네요."

—…….

"다름이 아니라 이사장님께 꼭 보여 주고 싶은 사람이 있어요. 그냥 두기에는 너무 아까운 것 같아서요. 보시고 조언을 좀 해 주셨으면 해요."

산은 로라가 통화하는 내용을 들으며 고민에 빠졌다. 만약 초롱이 피아니스트가 되면 에이전시가 있어야 했다. 연예인으로서가 아닌 피아니스트로서 초롱을 로라에게 맡기면 어떻게 될까. 로라의 매니지먼트 능력만큼은 다른 소속사와 비교할 바가 아니었다.

지금까지 발굴해서 배출한 이름 있는 스타들의 면면을 놓고 보더라도 얼마나 소속 연예인을 잘 관리하는지 알 수 있었다. 예상치 못한 사건 사고가 터졌을 때, 모두 미련 없이 손절하며 제 연예인에게서 등을 돌릴 때도 로라는 법의 허용 범위 안에서는 가능한 끝까지 보호하고 관리하며 제 책임을 회피하지 않는 것으로도 정평이 나 있었다.

덕분에 로라의 소속사 연예인들은 계약 기간이 종료된 후에도 이전하지 않고 재계약으로 이어지는 경우가 대부분이었고, 소속사나 소속 연예인이나 선한 영향력을 행사하는 것으로도 이미 유명했다.

"이산, 무슨 생각을 그렇게 해?"

로라가 통화를 마친 후 깊은 생각에 빠진 듯한 산을 보며 물었다.

"아니야. 통화 끝났어?"

"어. 내가 잘 아는 분인데 올해 ○○예술장학재단 이사장님이 되셨어. 듣는 귀는 이분 따라갈 사람이 없지. 어려서부터 이분한테 사사한 피아니스트가 5년 전 세계 3대 콩쿠르라고 알려진 대회에서 우승했어. 어느 정도 대단하신 분인지는 알겠지? 이거 나니까 가능한 거다? 믿을지 모르겠지만, 나 역시 이분의 제자 중 한 사람이었다고."

모시기 쉽지 않은 분이었고, 만나고 싶다고 쉽게 만날 수 있는 인물도 아니었다. 아무리 천재적 재능을 가졌다 해도, 실력 하나 믿고 안하무인으로 설치는 피아니스트는 쳐다보지도 않는 것으로 유명했다.

천재적인 재능도 노력을 게을리하면 언제든 퇴화할 수 있는 한시적인 것이라 믿으며 피아니스트의 실력뿐만 아니라 자질 또한 무엇보다 중요시하시는 분인데, 왠지 초롱 씨라면 그분의 무언가를 건드릴 수 있지 않을까 싶었다.

오래전 가정 형편 때문에 아쉽게 피아노를 저버린 제자 한 명을 오래도록 잊지 못해 두문불출하셨던 그분이라면, 비슷한 처지로 재능을 펼치지 못한 초롱에게 기회를 줄 수 있지 않을까 싶었다. 초롱의 성품 역시 그분을 실망하게 할 것 같지는 않았다.

"못 믿을 건 또 뭐야?"

"아이고, 믿어 주셔서 대단히 감사합니다."

대화를 시작한 이후 처음으로 로라의 입가에 웃음이 맺혔다.

"오로라!"

"왜, 또 무슨 소리를 하려고 이렇게 정색하며 말씀하실까? 알았어. 초롱 씨 더는 괴롭히지 않을게. 나도 이제 포기한다고, 이초롱 씨는 연예인이 아니라 피아노를 쳐야 할 사람이야. 인정! 됐어?"

"아니 그게 아니라, 너. 연예인이 아닌 피아니스트를 매니지먼트해 보고 싶은 생각은 없어?"

"뭐?"

"이초롱. 연예인으로서가 아닌, 피아니스트로 키워 보고 싶은 생각은 없냐고. 내가 아무리 음악에 대해 아는 게 없다 해도, 지금 다시 시작하기에 초롱이 나이가 적지 않다는 것 정도는 알아. 물론, 그만한 실력이 있으니까 이렇게 말도 꺼내 보는 거지만 말이야."

로라의 머릿속이 빠르게 돌아가고 있었다. 산의 말처럼 지금 시작하기에는 늦었다. 하지만 초롱은 이미 다 갖추어진 피아니스트였다. 초롱이 어떤 수순을 밟아 지금의 실력에 이르렀는지 알 수 없지만, 분명 그때에도 두각을 나타내었을 거라 어렵지 않게 짐작할 수 있었다.

비록 피아니스트로서의 엘리트 코스를 밟지는 못했으나, 실력은 그 이상을 말해 주고 있으니…… 하지 않을 이유 없고, 하지 못할 이유도 없었다. 무엇보다 이런 실력을 갖춘 사람을 그냥 두는 건 음악을 사랑하는 사람으로서 음악에 대한 예의가 아닐 것 같았다.

"네 말이 맞아. 조금 늦었어. 내가 너무 안타깝고 속상한 게 그 이유야. 모르긴 몰라도 저 실력으로 꾸준히 했다면 세계적인 피아노 콩쿠르에 나가도 입상이 가능한 수준이었을지도 모르는데, 지금 열심히 준비한다고 해도 나이가 아쉬워. 권위 있는 국제 콩쿠르의 경우는 3년에서 4년, 5년에 한 번 열리니까."

"오해하나 본데, 나는 초롱이가 세계적인 피아니스트가 되기를 바라는 게 아니야. 그냥 꿈을 포기하지 않았으면 좋겠어. 저 하고 싶었던 일 원 없이 하면서 즐겼으면 좋겠다."

'그래서 행복하면 좋겠어. 무수히 많았던 실망이 더는 없기를. 원치 않는 포기와 단념이 더는 없기를.'

"그 외 내가 바라는 건 아무것도 없어."

멋진 자식. 이초롱이 부럽다. 부러워. 나도…… 너 같은 사람 만날 수 있을까? 상대의 꿈을 위해 이렇게 진심으로 마음을 써 주는 그런 사람. 만날 수 있을까?

"그래. 그렇다면 내가 해 볼게. 사실 우리나라 피아니스트 수준이 얼마나 높은지, 이미 포화 상태라 전문 에이전시 찾기도 쉽지 않을 거야. 그러니까 어중

간한 에이전시에 들어가는 것보다 실력 알아봐 주고, 능력 인정해 주는 우리 회사가 차라리 초롱 씨한테는 나을지도 몰라. 초롱 씨한테 한번 물어봐. 초롱 씨도 좋다고 하면 내가 한번 해 볼게."

어쩌면 진작 해 보고 싶었던, 새로운 도전에 대한 의욕이 불끈 솟아오르며 로라의 머릿속은 벌써 어떻게 서포트를 해야 할지 아이디어를 떠올리고 있었다.

"그래, 초롱이는 내가 잘 말해 볼게."

"그리고 방금 그 영상 나한테 보내."

결심이 선 이상 망설일 필요는 없었다. 초롱이 승낙하는 즉시 소속사 공식 채널을 통해 이름부터 알릴 생각이었다.

"그래. 보내 줄게. 참고로 콘텐츠 공유 사이트에는 이미 올려 뒀어. 조회 수는 아직 그렇게 많지 않지만 이미 본 사람들의 반응은 네 모습과 별반 다르지 않았어. 하나같이 칭찬 일색이었어."

"당연히 그렇겠지. 이른 시일 내에 초롱 씨하고 같이 시간 맞춰 보자. 아까 말했던 그분한테 초롱 씨 보여 주고 싶어. 그분께 동영상을 보내는 건 실례야. 아마 직접 연주하는 모습을 보면 많이 놀라실 거야."

로라는 그분이 초롱의 연주를 보고 어떤 표정을 지을지 벌써 궁금해 죽을 지경이었다.

"그래, 알았어. 얘기해 볼게. 시간은 좀 걸릴지도 몰라. 하지만 무슨 일이 있어도 설득할 테니까."

"그래, 천천히 잘 설득해 봐. 그래도 혹시 안 되면 이원한테 도움 청하고. 제 누나 일이라면 두 팔 걷어붙일 녀석이야. 행여 금전적인 문제로 망설이면, 그것도 이원 한번 믿어 보라고 해. 모르긴 몰라도 이번에 정산하면 초롱 씨에게 큰 도움이 될 거야."

"그래. 오로라, 오늘…… 정말 고마웠다."

인사를 하며 로라의 집무실을 나서는 산의 표정이 시원섭섭했다. 초롱의 오랜 꿈에 한 걸음 다가섰다는 개운함과 함께, 앞으로 초롱을 회사에서 보기는 힘들 것 같아 서운한 마음이 동시에 찾아와 저도 모르게 긴 한숨을 내쉬고 있었다.

9

한동안 정신없이 바빠 친우를 찾지 못한 대호의 발걸음이 빨라지고 있었다. 지난밤 우연히 방송에서 초원과 초롱의 모습을 보게 되었고, 오래전 은호가 즐겨 부르던 노래를 부르는 초원의 모습에 친우 생각이 나지 않을 수 없었다.

금쪽같은 자식들의 눈물을 보며 또 얼마나 속이 상했을까. 술이라도 할 수 있으면 한 잔 술에 털어 버리기라도 할 것을. 대호는 병상에 누워 그 고통을 오롯이 감내하게 될 친우의 모습을 떠올리는 것만으로도 마음에 짠한 통증이 스치는 듯했다.

익숙한 병실에 들어서며 반가이 이름을 불렀다.

"은호."

고개를 돌려 자신을 마주하는 친우의 눈가가 이미 짓물러 있는 모습이 그 역시 방송을 보았구나 싶었다.

"바쁠 텐데 뭐 하러 왔어."

"마음에도 없는 소리, 반가우면 그냥 반갑다고 해. 논문 때문에 한참 정신없었는데 이제 마무리 단계라 시간이 괜찮아서 왔어."

말 대신 한쪽 입매를 살짝 올렸다 내리는 은호의 모습에 덩달아 피식 웃어 버렸다. 다리가 불편해지고부터는 표정도 예전만큼 풍부하지가 않았고, 가끔 이렇게 옅은 미소라도 스칠라치면 그 모습마저 대호는 고맙게 느껴졌다.

익숙한 듯 의자를 찾아 와 침대 옆에 자리를 잡고 은호의 다리를 주무르기 시작하는 모습이 한두 번 해 본 솜씨는 아닌 듯했다.

"제수씨는 어디 갔어?"

"잠시 바람 좀 쐬고 오라고 보냈어."

"잘했네. 병원에만 있으면 갑갑할 텐데, 가끔 산책도 하고 해야지. 너는 뭐 필요한 거 없어? 옷 갈아입혀 줘?"

"괜찮아. 아침에 갈아입었어."

"그래."

기운이 없어 보이는 은호의 모습이 걱정스러웠지만, 그래도 대꾸를 곧잘 하니 그렇게 나쁜 것도 아니었다.

"어제 방송 봤지? 초원이가 자네 젊을 때 모습 판박이야. 하필 노래도 자네가 즐겨 부르던 노래를 하던데? 그것도 아주 잘. 제 아빠보다 훨씬 낫더라."

몇 마디 하지도 않았는데, 은호의 눈가에 다시 눈물이 글썽이고 있었다. 그런 친우를 보며 대호 역시 코에 찡하고 반갑지 않은 통증이 전해졌다.

"참 애들을 잘 키웠어."

"키우긴 누가 키워. 지들 스스로 알아서 잘 컸지."

"그런 말 마. 자네가 얼마나 애들을 많이 생각하는지, 자식들한테 화가 미치지 않도록 얼마나 애를 썼는지. 하늘이 알고 내가 알고. 제수씨도…… 아마 알 거야."

"……."

말없이 창밖을 바라보며 한숨짓는 너는 도대체 무슨 생각을 하고 있을까.

"대호야. 그만해라. 너 팔 아파."

"괜찮아. 매일 하는 것도 아니고 어쩌다 와서 한번 하는 걸. 게다가 온 지 이제 겨우 10분밖에 안 됐어. 아프긴 뭐가 아파?"

"내가 아파서 그래."

"어. 그래. 그럼 그만할…… 아파? 아프다고? 어디가, 다리가?"

대호는 아무 생각 없이 대꾸하다 불현듯 무언가 덜커덕 마음에 걸려 버렸다. 감각이라고는 없던 다리에 무슨 느낌이라도 나는 걸까? 혹시나 하는 기대감에 물어보았다.

"말이…… 말이 헛나왔어."

은호는 뒤늦게 아차 싶었다. 아들이 나온 방송을 볼 때 느꼈던 통증은 사라졌지만, 분명 지금까지와는 다른 미세한 변화가 감지되고 있었다.

오늘 역시 평소 재활 훈련을 할 때마다 느낌이라고는 느껴지지 않던 다리에 전에 없던 강렬한 통증이 지나가는가 하면, 꼭 발이 저린 것 같은 진동이 미세하게 느껴지기도 했고, 방금 대호가 주무르던 중에도 바늘로 콕콕 찌르는 듯한 통증이 한 차례 지나가고 있었다.

"아. 그래."

실망한 모습을 보이면 안 되는데, 여지없이 안타까운 마음이 대호의 말 속에 묻어났다.

"그러지 말고 우리 산책하러 갈까?"

"괜찮아. 오전에 하고 왔어. 내 아내 잘 알잖아. 재활 훈련 다음에는 산책이 코스야."

"그래도 오랜만에 왔는데 누워만 있을 거야? 같이 한번 나가 보자고. 마침 오늘은 날도 포근하고 좋더라."

단념한 듯 엷은 미소를 보이는 친우의 마음이 바뀔까, 대호는 얼른 휠체어를 가져와 나갈 준비를 서둘렀다.

"어때? 나오니까 좋지?"

"그래. 좋다."

"오늘은 왜 이렇게 기운이 없어?"

"……."

"말해 봐. 속으로만 끙끙 앓지 말고, 나한테라도 말해. 속병까지 나면 정말 힘들어진다. 알지? 너는 마음을 편하게 가지는 게 가장 중요해. 지금 네 다리를 묶고 있는 건 다른 무엇도 아닌 네 불안정한 심리 상태야."

알 수가 없었다. 은호는 여느 하반신 마비 환자의 케이스와는 조금 달랐다. 척추가 골절되기는 했으나 다행히 수술이 잘 되었기에 좋은 예후를 바라고 있었다.

하지만 어찌 된 영문인지 수술 후 의료진과 가족들의 간절한 바람에도 다리에 힘이 들어가지 않았고, 결국 하반신 마비 판정을 받게 되었는데, 대체 뭐가 친우의 마음을 짓누르고 있는지 대호는 알 수가 없었다.

'대체 뭐가 너를 이렇게 괴롭게 만드는 걸까.'

"은호야, 지금까지 잘해 왔잖아. 우리 여기서 포기하지 말자. 제수씨도 잘 버텨 오고 있고, 초롱이 초원이도 저렇게 잘 자라서 제 앞가림 다 하잖아. 이제 무슨 걱정이 있어? 너만, 너만 이제 일어나면 돼."

"내가 정말 다시 일어설 수 있을까?"

"당연하지! 의사가 뭐랬어? 네 의지가 가장 중요하다고 했잖아!"

"내 의지. 내 의지라…… 내가 일어서기를 바랄까?"

"그게 무슨 말도 안 되는 소리야? 당연히 다들 네가 일어서기만을 바라는데!"

대호는 고통이 스치는 친우의 얼굴을 물끄러미 바라보며 안타까운 한숨을 내쉬었다. 젊은 시절의 친우는 아무리 힘들고 지쳐도 좀처럼 포기하는 법이 없었다.

꼭 지금의 초롱이나 초원처럼 무던히도 앞으로 나아가려 노력하고 또 노력하던. 늘 긍정적인 사고와 자세가 장점이었던 친우였는데. 무엇이 너를 주저하게 만드는 것일까. 대체 무엇이 너를 이렇게 주저앉혀 버렸을까.

"은호야. 그러지 말고 이젠 애들한테도 말해 줘도 되지 않나?"

"뭘."

"네가 왜 그렇게 다른 사람을 돕고 살았는지…… 나름의 사정이 있었잖아. 최소한 자식들한테 무모하고 대책 없는 아빠의 모습으로 남아 있지는 말아야지."

"그게 사실인데 뭐. 무모했지. 대책 없었고. 책임감도, 줏대도 없는……."

"너는 할 만큼 했다. 너는 정말 최선을 다해서 살았어. 비록…… 결과가 좋지 않았다고 해서 네가 최선을 다해 살아온 날들을 하찮게 치부하지는 말았으면 좋겠다. 어느 누구도 너와 같은 상황에 너처럼 하는 사람은 없어."

은호에게서 땅이 꺼질 듯한 긴 한숨이 흘러나왔다.

"그래. 어느 누구도 그러지 않았겠지. 말로는 우리 애들을 위한다는 명분이었는데. 지금 우리 애들 좀 봐라. 제대로 웃을 줄 아는 녀석이 있나……. 여태 운다. 여태 울어."

"네가 그렇게 했으니까, 애들이 저렇게 반듯하게 잘 자란 거야. 네가 자식들한테까지 그 화가 미치지 않도록 그렇게 노력했으니까. 초롱이 초원이 아주 올곧게 잘 자랐어. 이제는 네 얘기 해도 충분히 이해할 거다."

"나를 이해시키려고 애들한테 굳이 떳떳하지도 않은 할아버지 얘기…… 하고 싶지가 않다. 애들한테 오히려 더 큰 상처만 줄 거야. 이미 가고 없는 양반, 지금까지처럼 없는 사람으로 알고 지내면 돼."

"애들이 이젠 안 물어봐?"

"어. 이젠 그러려니 한다."

은호는 해마다 아이들을 데리고 봉안당에 갈 때, 할머니만 보여 주었다. 할머니를 뵙고 난 아이들과 아내를 밖으로 내보내고 나서야 홀로 어딘가로 향했고 그나마도 잠시 머물렀다 금세 나가 버렸다.

어릴 때 할아버지는 없냐고 물어보는 아이들에게 어디서 돌아가셨는지도 모른다는 말로 얼버무려 버렸고, 어느 순간부터 할아버지는 아빠에게 물어봐서는 안 되는 존재라는 걸 알아챘는지 아이들도 더는 묻지 않았다. 은호는 지금도 할 수만 있다면 영원히 아이들에게 말해 주고 싶지 않았다.

경선의 송별회가 있는 날이었다. 앞으로 출산을 하고 육아 휴직을 하게 되면 최소 일 년, 어쩌면 그 이상. 경선이 복귀하기 전까지는 보기가 쉽지 않아 떠나는 사람의 서운한 마음과 보내야 하는 부서 사람들의 아쉬운 마음을 달래고자 마련된 자리였다.

경선은 정든 회사를 한동안 떠나 있을 생각에 섭섭하기도, 한편으로는 쉼 없이 달려온 자신에게 찾아온 휴식 같은 시간이 반갑기도 했다. 물론 출산과 함께 쉬는 건 물 건너가겠지만 말이다. 공연히 자리에서 일어나 사무실을 눈으로 빙 둘러보는데 초롱이 다가와 말을 건넸다.

"이 과장님은 오늘이 마지막인데 다른 분들과 인사 나누세요. 준비 다 되면 전화할게요."

"오전 내 대표님하고 다니면서 인사 다 했는데 뭘, 나도 같이 올라가 준비하는 거 도와줄게."

"아니에요. 음식이야 배달 온 거 차리기만 하면 되고요, 테이블 세팅만 하면 되는데요. 일도 없어요. 금방 전화드릴 테니 조금만 기다려 주세요."

초롱은 멋쩍어하는 경선을 사무실에 딱 모셔 두고 서둘러 이산의 사택으로 올라갔고, 경선을 제외한 부서원들 역시 퇴근 시간이 되자마자 사택으로 모두 집결했다. 모두 한두 번 해 본 솜씨가 아닌 듯, 시키지 않아도 알아서 각자 해야 할 일을 찾아서 하고 있었다.

"초롱 씨, 현수막은 내가 걸게요. 초롱 씨는 풍선에 가스 좀 넣어 줄래요?"

"네. 과장님."

초롱은 조심스레 풍선에 헬륨 가스를 주입하며 주위를 둘러보았다. 누가 시키지 않아도 짝을 지어 한 팀은 테이블보를 깔아 식기류를 세팅하고, 한 팀은 배달 온 음식을 테이블에 가지런히 정렬하며, 남은 한 팀은 팀원들이 어지럽힌 공간을 정리하고 있었다. 이내 모든 준비를 마쳤는지 초롱에게 다가와 말을 건넸다.

"우와, 초롱 씨 가스 주입 잘하네. 이거 은근 쉽지 않던데. 어떻게 하나도 터지는 게 없어. 우리 이벤트 회사나 하나 차릴까?"

"그러게 딱 적당한 크기로 조절도 잘해."

팀원들의 장난스러운 말에 피식 웃고 말았다.

"이벤트 회사는 신중하게 생각해 볼게요. 그러니까 여기 풍선에 리본 좀 달아 주세요."

초롱이 투명 비닐 속에 차곡차곡 넣어 둔 풍선을 보며 말했다.

"그럴까?"

"네. 대리님 하나씩……."

초롱이 미처 말을 하기도 전에 화끈하게 열어 버린 비닐 속 풍선이 앞다투어 하늘로 솟아올랐다.

"그거 헬륨…… 풍선인데……."

천장에 둥실둥실 떠 버린 풍선을 멍하니 올려다보는 당황한 초롱의 모습에 모두 웃음이 터져 버렸다.

"크크."

"푸하하하하하."

"아하하하."

요란한 웃음소리에 혼을 빼앗겨서일까. 초롱은 자신이 여전히 헬륨 가스를 주입 중이었던 사실을 잠시 망각하고 말았다. 맙소사. 정신을 차렸을 때는 이미 터질 듯 부풀어 오른 풍선이었고, 놀란 마음에 풍선 입구를 잡고 있던 손을 놓침과 동시에 자유로워진 풍선이 정신 줄을 놓고서 미쳐 날뛰었다.

휘이이~ 푸르르르. 요란한 소음을 흘리며 정신없이 사방팔방으로 날아다니던, 결국 바람이 다 빠져 버린 풍선이 때마침 집 안으로 들어서던 누군가의 얼굴을 찰싹 때렸고, 난데없이 풍선 따귀를 맞은 수완은 깜짝 놀라 그대로 얼어버렸다.

'이초롱 안 돼, 웃지 마, 참아, 참아야 해. 안 돼!'

초롱은 미간을 잔뜩 찌푸린 채 뿜어져 나오는 웃음을 참으려 입술을 앙다물었지만,

"푸흡. 컥. 풉. 아하하하."

결국 제멋대로 터져 버린 웃음보였고, 팀원들 역시 입을 틀어막으며 웃음을 막아 보려 했지만 역부족이었다. 간발의 차이로 들어와 이 광경을 놓쳐 버린 산은 대체 무슨 일로 이렇게 웃고 있는지 알 리 없었지만, 오랜만에 소리 내어 활짝 웃는 누군가의 모습에 기쁘지 않을 수 없었다.

초롱은 뒤늦게 집 나간 정신을 수습해 수완에게 주춤주춤 다가갔다.

"이사님, 정말 죄송해요. 제가 헬륨 가스 넣다가 그만 놓쳐서 풍선이 탈출해 버렸어요. 괜……찮으세요?"

"나 하나를 희생해 여러분을 웃게 할 수 있다면 이까짓 거 얼마든지."

"이사님. 죄송해요. 웃지 않으려고 했는데……."

"아니야! 죄송은 무슨! 갑자기 하늘에서 뭐가 툭 떨어지기에 놀라서 잠시 버퍼링이 왔을 뿐, 정말 괜찮으니까 아무 신경 쓰지 말아요."

"그럼! 우리 고 이사님이 그런 거 가지고 마음 쓰실 분은 아니지!"

수완은 능청스레 제 어깨를 꾹 주무르는 산이 얄미워 가볍게 그의 배를 툭 쳤다.

"으억!"

과장된 포즈로 배를 부여잡는 산을 보며 콧방귀를 뀌었다.

"자! 이 과장이 많이 기다릴 텐데? 음식도 오래 두면 맛없을 테고, 조금 더 서둘러 볼까요?"

다들 하던 일도 멈춘 채 구경하기 바쁜 모습에 독촉할 수밖에 없었고, 산이 말을 하고서야 모두 아차 하며 마무리를 서둘렀다.

경선은 오직 자신만을 위해 화려하게 장식된 공간을 보며 입을 떡 벌리고 말았다. 순산을 기원한다는 현수막과 함께 파스텔 색상의 은은한 풍선들이 천장을 가득 메웠다. 한쪽에는 후각을 자극하는 맛있는 음식이, 또 한쪽에는 다양한 크기의 선물 상자가 쌓여 있었다.

오랜 기간 자리를 비우게 된 미안함과 이렇게 자신을 위해 마음을 써 준 팀원들을 향한 고마움에 눈물이 그렁그렁 차오르는 그때, 숨어 있던 초롱이 케이크를 들고 나오는 모습을 보며 결국 눈물을 흘리고 말았다.

"과장님, 순산하세요."

초롱의 말에 모두 손뼉 치며 함께 순산을 기원했고, 경선은 눈물을 그칠 수가 없었다.

"이 과장 이렇게 우는 건 처음 보네요. 다시 안 올 겁니까? 왜 이래? 사람 불안하게."

"대표님. 저 꼭 올 거거든요! 제 책상 빼지 마세요! 제 자리는 그대로 두시라고요."

"난 또 영영 떠날 생각인 줄 알고 좋다 말았네?"

"이사님! 아니거든요?! 오지 말라고 해도 꼭 올 거예요!"

"이제야 이 과장 같네. 책상 뺄까 봐 눈물이 쏙 들어갔네요? 빨리 초에 불 끕시다. 촛농 다 떨어지겠네."

산과 수완의 농담에 경선이 눈물을 훔치며 피식 웃었다.

"모두 정말 감사합니다. 복귀하는 그날까지 모두 건강하세요. 저도 꼭 순산하고 건강하게 돌아오겠습니다!"

씩씩하게 인사말을 하고서 단번에 초에 불을 껐다. 팀원들은 모두 힘차게 손뼉을 치며 경선을 응원해 주었다.

"대표님, 잘 먹겠습니다!"

"인사는 이 과장한테 해야죠? 이 과장 덕분에 마련된 자린데."

"아, 그런가요? 과장님, 덕분에 잘 먹겠습니다!"

"내 덕분은 무슨, 다들 준비한다고 고생 많았어요. 그리고 대표님, 이렇게 장소 협찬해 주셔서 대단히 감사드립니다."

"알면 맛있게 많이 먹어요."

"네!"

모두 접시를 들고 음식 앞으로 향하는 모습에 초롱은 잠시 뒤로 물러나 있었고, 산은 그런 초롱의 옆을 스쳐 지나며 그녀의 손을 살며시 잡았다 놓았다. 화들짝 놀란 초롱이 순간 얼굴을 붉게 물들였다. 산은 그런 초롱을 슬쩍 돌아보며 웃지 않을 수 없었다.

초롱은 잘 준비를 마치고 침대에 가만히 누워 오늘 하루를 되돌아보는데, 하필 떠오르는 모습이 풍선의 일탈이라니. 다시 생각해 봐도 너무 어이없고 우스꽝스러웠던 모습에 웃음이 픽픽 새어 나오는데, 때마침 전화가 걸려 왔다. 절로 미소가 떠오르게 만드는 이름에 치아가 다 드러나도록 활짝 웃고 말았다.

"네. 저예요."

— 알아, 도착하고도 잘 갔다 전화 한 통 없는 무심한 이초롱인 거.

"아, 맞다. 전화한다는 걸 깜빡했어요. 택배 찾고 짐 정리하느라. 많이 기다렸어요?"

— 그럼 기다리지. 다른 늑대가 태워 주는 이초롱이 잘 갔나 안 갔나 걱정이 되겠어? 안 되겠어?

"정말 미안해요. 그런데 다른 늑대는 왜 신경을 쓰나 몰라. 저는 산 위에 있는 외로운 늑대 한 마리밖에 안 보이던데?"

— 그 늑대가 외로운 건 아나 봐?

"외로워요?"

— 어. 외로워. 다 함께 있다가 혼자가 됐는데 안 외롭겠어?

"치……"

— 뭐지? 이 김빠지는 소리는?

"예상했던 답이 아니라서요. 저는 뭐, 네가 없어서 외로워. 할 줄 알았는데."

말을 하고 나서 아차 싶었다. 부끄러운 줄도 모르고 언제부터 이렇게 뻔뻔해졌는지, 뒤늦게 찾아온 민망함에 인상을 찌푸리며 입술을 깨물었다.

— 사실은 정말 그 때문인데, 어때? 지금 갈까? 마침 할 말도 있었는데.

"아니요. 미안하지만 이미 씻고 누웠네요. 오늘은 피곤해서 바로 잘 거예요."

산은 냉정하게도 바로 나온 대답이 서운했지만 피곤하다니 어쩔 수 없었다. 더 사랑하는 내가 참을 수밖에.

— 그래? 할 수 없지. 갑이 피곤하다면 을이 양보해야지.

"갑? 누가 갑이에요?"

— 당연히 이초롱이 갑이고, 내가 을이지.

"말도 안 돼. 당연히 회사 대표님인 이산 씨가 갑이고 제가 을이죠!"

단 한 번도 그에 있어 자신이 갑이라고 생각해 본 적이 없었다. 아니, 그와의 관계를 갑, 을로 정의하지도 않았지만, 굳이 따진다면 직장에서도 대표인 그가 갑이었고, 사적인 관계에서도 항상 주도적으로 이끌었던 그가 갑이었지 늘 소극적인 자세로 그를 따르기만 하는 자신이 갑이라고는 생각할 수도 없었다.

— 회사에서는 그럴지 몰라도 우리 둘 사이에서는 내가 을이라는 소리야. 너를 더 많이 사랑하는 내가 을이라고. 알아?

"……."

— 뭐야? 왜 말이 없어?

"그건 모르는 거예요. 사람 마음을 꺼내서 보여 줄 수도 없고 무게를 달아

볼 수도 없는데 누가 더 많이 사랑하는지 그걸 이산 씨가 어떻게 알아요."

— 그 말은 이초롱도 날 정말 많이 사랑한다는 말로 들리는데? 내 맘대로 해석해도 되나?

"음…… 뭐…… 그러시든지요."

산은 너무 기뻤다. 내 사랑의 무게만큼이나 제 사랑의 무게 역시 가볍지 않다고. 보여 줄 수만 있으면 열어서 보여 주고 싶다는 말로 들리는, 의미가 가볍지 않은 말을 들으며 기뻐 웃음이 절로 나왔다.

"그래서 할 말은 뭐예요?"

초롱은 하루가 다르게 뻔뻔해지는 자신의 모습이 어색하고 난처해 서둘러 말머리를 돌렸다.

— 그건 얼굴 보고 하고 싶은 말이라서.

"에이, 사람 궁금하게. 그러지 말고 말해 주세요. 저 은근 호기심 많아서 잠 못 자요."

전화로 하지 못할 말이라는 게 뭐가 있을까. 차라리 듣지 않았으면 모를까, 이미 듣고서는 궁금해서 참을 수 없을 것 같았다.

— 맨입에?

"들어 보고 별말 아니면 재미없을 거예요."

— 콜, 그럼 내가 하는 말 그대로 따라 하는 거다?

"대체 무슨 말을 하려고?"

— 나는 하이산을 사랑한다. 나는 하이산의 여자다! 어때?

산은 하루가 다르게 유치해지는 자신의 모습에 손가락이 오그라들었지만, 막상 말을 하고 보니 정말 듣고 싶은 말이었다. 사랑을 나눌 때나 자신이 먼저 고백하며 듣는 응답 같은 말이 아닌, 일상에서도 수시로 듣고 싶은 말이었다.

"저, 잠시만요. 아까 먹은 음식이 잘못됐나 봐요. 속이 울렁거려서."

이번에 부끄러운 말을 먼저 꺼낸 건 분명 저쪽이었는데, 왜 자신의 귀가 빨갛게 달아오르는지. 사랑한다는 표현에 그렇게 인색했던 것 같지는 않은데 굳이 시키는 이유를 알 수가 없었다. 제 입으로 되돌려 주기에는 너무 부끄럽고 낯간지러워 초롱은 구렁이 담 넘듯 넘어가고 싶었다.

— 하, 이초롱. 이런 식으로 나온다 그거지?

"아니 뭐. 그런 걸 말로 해요. 부끄럽게."

— 아하, 행동으로 직접 보여 주게? 알았어. 알았어. 그럼 나야 너무 좋지. 벌써 기대가 되는,

"나는 하이산을 사랑한다. 나는 하이산의…… 여자다. 됐어요?"

행동으로 보여 줄 자신이 없으니 말로 할 수밖에. 보지 않아도 쿡쿡거리며 웃고 있는 그의 모습이 눈에 훤히 그려졌다. 이 사람이 이토록 장난기가 많다는 걸, 이렇게 짓궂은 사람인 걸 다들 아나 몰라.

— 뭐 잠시 뜸 들인 게 마음에 안 들기는 해도, 오케이 그 정도면 합격!

"그럼 이제 말해 봐요. 답답해 죽을 뻔했네."

— 풋. 그래.

참을성이 많은 줄만 알았는데, 궁금해하며 조바심 내는 모습이 귀엽고 새롭게 느껴져 피식 웃고 말았다.

— 초롱아.

"네."

— 이초롱.

"네. 왜…… 그래요. 걱정되게."

— 너 다시 해 보지 않을래?

"네? 그게 무슨……."

— 피아니스트, 네 오랜 꿈. 다시 시도해 보지 않을래?

"……."

아무런 대답이 없었다. 역시나 직접 보고 말했으면 좋았을 걸, 지금 너는 어떤 얼굴로 어떤 표정으로 있을까.

— 나는 네가 다시 꿈을 꿨으면 좋겠어. 지금도 너무 잘 지내고 있지만, 너무

잘해 오고 있었지만 그래도 어쩔 수 없이 포기했던 네 꿈을 저버리지 않았으면. 다시 도전해 봤으면 좋겠어.

장난스레 오고 가던 대화였는데 갑자기 웃음기가 사라졌다. 초롱은 멍하게 누워 있던 침대에서 천천히 일어나 앉아 협탁에 놓인 등을 밝혔다.

— 듣고 있어?

"네. 듣고…… 있어요."

— 너 이제 피아노 치는 거 예전처럼 마음이 힘들거나 하지는 않잖아. 그렇지? 아직도 마음에 벽이 남은 건 아니잖아. 안 그래?

"뭐. 치는 건 어렵지 않지만 피아니스트는……."

상상했던 이상으로 머리가 더 복잡해지는 진로였다. 한 번, 그리고 두 번. 다시 피아노 앞에 앉으면서 무대가 그립지 않았다면 그건 거짓이었다. 귓가에 쟁쟁하게 울려 퍼지던 환호, 감동에 겨운 얼굴들, 행복한 미소, 꿈같은 순간들.

하지만 늦었다. 이미 한국 피아니스트들은 세계에서도 상위에 위치할 만큼 수준급의 실력을 갖춘 연주자가 많았고, 세계 유명 콩쿠르에서도 입상이 아닌 우승까지 거머쥘 정도로 그 위상이 높아져 있었다. 하물며 해외 유학파가 판을 치는 곳에서 국내에 관련 대학조차 나오지 못한 자신이 설 자리는 없었다.

— 초롱아,

"네. 피아니스트는…… 아니요. 저는 그냥 지금이 좋아요."

— 천천히 생각해 봐. 당장 하라는 게 아니라 시간을 두고 생각해 보라는 거야.

"객관적이고 현실적으로 힘들어요. 우리나라에 정말 수준 높은 피아니스트가 얼마나 많은데요. 좀 더 솔직히 말하면 학벌도, 콩쿠르 입상 이력도 없는 저 같은 사람을 받아 줄 에이전시도 없을뿐더러, 독주회를 한다고 해도 아무도 안 와요."

— 에이전시가 있다면? 너를 받아 주는 소속사가 있다면 다시 생각해 볼래?

"하이산 씨."

— 있어. 너를 받아 줄 곳이 있다고.

"……."

— 세상은 네 생각만큼이나 객관적이고 현실적 기준으로만 돌아가지는 않아. 네가 조금만 생각을 바꾼다면 방법은 얼마든지 생각해 볼 수 있어. 시도해 보지도 않고 단지 객관적 근거로 판단해 모든 걸 결정짓고 지레짐작으로 포기해 버리면 기적은 일어나지 않아.

산의 귓가에 초롱의 옅은 한숨 소리가 들려왔다. 그 작은 한숨만으로도 수많은 고민과 갈등이 느껴지는 듯했다.

— 기적은 열심히 노력하는 사람에게만, 수없이 넘어지고 깨지고, 수도 없이 많은 문을 두드리고 열어 보는 사람에게 찾아오는 선물이 아닐까? 나는 그렇게 생각하는데.

"그건…… 시간적인 여유가. 주변 여건이 따라 줄 때."

— 너도 돼. 시간적인 여유, 주변 여건, 내가 만들어 줄게.

"그건…… 싫어요."

그에게만큼은 빚진 마음을 갖고 싶지 않았다. 그에게만큼은 부담을 주고 싶지 않았다.

— 아직도 나한테 손 내밀기가 힘들어? 이제 그 정도는 기대해도 되는 줄 알았는데.

"내 책임을 다른 사람에게 떠넘기고 싶지 않아요."

— 이초롱! 나, 다른 사람 아니고, 언젠가 너의 남편이 될 사람이야. 아니야? 지금 나 혼자 착각하는 거야?

"허……."

급히 숨을 들이쉬는 걸 보니 갑작스러운 말에 꽤 당황한 모양이었다. 역시나 전화로 할 얘기는 아니었는데 섣불렀다.

— 그거 봐. 전화로 할 얘기는 아니지, 안 그래? 지금 바로 올라갈게.

"……네?"

놀란 마음이 진정되지도 않았는데 바로 온다는 소리에 초롱은 제 귀를 의심했다.

— 올라가겠다고, 초원이 있어? 아니. 있어도 상관없어. 사실 아까부터 여기와 있었는데 너 피곤하다니까 그냥 통화만 하고 가려고 했어. 그런데 안 되겠다. 올라갈게. 문 열어.

직원들의 눈을 피해 초롱을 다른 직원의 차에 태워 보내고 마음이 편치 않았다. 집 정리를 대충 마치고 서둘러 초롱의 집으로 향했고, 혹시 아직 자고 있지 않으면 얼굴이나 한번 보고 갈까 싶었다. 피곤하다는 말에 아쉬운 마음을 접었는데, 역시나 중요한 대화는 얼굴을 마주 보고 해야 했다.

"아니 갑자기……."

툭 끊어져 버린 전화를 멍하게 바라보며, 도대체 어떻게 해야 할까? 아니 뭐부터 해야 하지? 초롱은 도무지 정신을 차릴 수가 없었다.

일단 서둘러 앉은 자리에서 일어나 거실로 나오는데 거울에 비친 자신의 모습에 눈앞이 캄캄했다. 화장기 하나 없는 얼굴은 둘째고, 귀여운 캐릭터가 그려진 순면 원피스 달랑 하나. 그마저도 브래지어는 벗어 둔 지 오래였는데.

딩동, 울리는 벨 소리에 그제야 화들짝 놀라며 허둥지둥 위에 걸칠 무언가를 찾기 시작했다.

"초롱아, 이초롱."

"나가요. 잠시만요!"

겨우 손에 잡힌 카디건을 서둘러 껴입고서 문을 열자 산이 망설임 없이 집 안으로 성큼 들어섰다.

"저, 잠시 옷 좀 갈아입고 나올게요."

아무리 생각해도 잠옷 바람으로 나눌 얘기는 아닌 것 같아 옷을 갈아입으려는데 그의 손에 잡혀 버렸다.

"괜찮아. 그냥 있어. 잠깐 얘기만 하고 갈 테니까 신경 쓰지 말고 일단 저기 좀 앉자."

산은 초롱의 손을 잡아 작은 소파로 이끌고서 자신의 코트를 벗어 소파 팔걸이에 걸쳐 두며 얌전히 자리에 앉는 초롱을 유심히 살폈다. 이미 씻고 누웠다더니, 정말 자려던 모양이었다.

말끔하게 화장을 지운 깨끗한 얼굴에는 반짝반짝 윤이 나고 있었고, 긴 머리는 정수리에 돌돌 말아 올려 야무지게 묶여 있었다. 무릎까지 내려오는 깜찍한 캐릭터가 그려진 원피스에 맨발을 꼼지락거리는 모습은 또 얼마나 귀여운지…… 당장이라도 안고 싶었지만, 지금은 그럴 때가 아니었다.

"차 한잔 할래?"

"네. 금방."

"아니, 내가 할게. 저기 위에 다 있네 뭐."

벌떡 일어서려는 초롱을 다시 자리에 눌러 앉히고서 주방을 보며 말했다. 한 번 와 봤다고 제법 눈에 익숙했다. 식탁 위에 이미 컵과 차는 놓여 있었고, 전기포트에 물만 끓이면 끝인데 굳이 초롱을 귀찮게 하고 싶지 않았다.

어느새 차를 준비해 다가오는, 늘 자신을 위하는 한결같은 그의 모습을 보며 초롱의 입은 또 익숙하게 미소를 그렸다.

"아까 하던 얘기 마저 해야지?"

"네……."

테이블 위에 트레이를 내려놓고서 자신에게 차를 건네며 하는 말에 대답은 했지만, 그를 바라볼 수는 없어 찻잔으로 눈길을 떨구었다. 제법 오래 통화를 한 것 같은데 초롱의 머릿속에는 마지막 말만이 강렬하게 남아 있었다. 남편이 될 사람이라…….

"초롱아, 나는 단 한 번도 너를 가벼운 마음으로 대한 적 없어."

"네. 알아요."

"단 한 번도 너를 쉽게 생각한 적도 없어."

"……네."

"내가 너를 처음 안았을 때 이미 너에 대한 결론은 내린 후였어. 아니, 어쩌면 훨씬 전부터 이미 나는 결론이 나 있었던 것 같아. 너에 대한 내 마음, 내 진심. 처음부터 지금까지 변한 적 없고, 앞으로도 변하지 않을 거야."

미동도 없이 가만히 듣고만 있는 너는 지금 무슨 생각을 하고 있을까. 산은 고개를 떨군 채 자신을 바라보지 않는 초롱이 마음에 들지 않아 손을 뻗어 초롱의 숙어진 고개를 천천히 위로 올렸다. 그제야 자신에게 향하는 반짝이는 눈을 보며 미소를 지어 보였다.

"나는 너와 헤어질 생각 전혀 없어. 네 생각은 다르다고 말할 생각이라면 하지 마. 그건 보나 마나 뻔한 거짓말이야. 넌 이미 내 마음을 충분히 느꼈을 거고 나 역시, 네 마음이 어떻다는 거 다 알아. 형편, 사정을 고려하지 않았다면 너도 망설임 없이 나에게 왔을 테니까. 그러니까 우리 괜히 마음에도 없는 말로 아까운 시간 소모하지 말자. 우린 절대 헤어지지 않아. 나도, 너도 같은 마음이니까. 그러니 더는 나를 다른 사람이라고 분류하지 마. 알겠어?"

흔들림이라고는 느껴지지 않는 그의 뜨거운 눈을 바라보며 어쩔 수 없이 눈물이 차올랐다. 울면 안 되는데, 얼굴이 미워질 텐데. 아무리 입술을 앙다물어도 뜨거워진 눈가에서 눈물이 주르륵 흘러내려 고개를 푹 숙여 버렸다.

그의 마음이 오롯이 전해져서. 그의 마음이 너무 고마워서. 그의 사랑에 너무 행복해서. 한순간도 가볍지 않은 그의 진심이 심장을 무겁게 두드리고 있었다.

산은 말없이 고개를 숙인 초롱의 옆에 다가가 앉았다. 흐느끼는 얼굴을 들어 올려 흐르는 눈물을 닦아 주었다.

"울보."

훌쩍. 눈도 빨개, 코도 빨개, 얼굴도 빨개. 얼마나 형편없을까 고개를 피하려는데, 가만히 있을 산이 아니었다. 초롱의 얼굴을 더 힘주어 붙잡고서 눈을 맞추었다.

"불안하게 왜 그래, 무슨 말이라도 좀 해 봐. 응?"

"……."

"왜, 나 싫어? 나 버리게?"

그렁그렁 차오른 눈물이 고일 새도 없이 흘러내렸다. 촉촉하게 반짝이는 눈동자를 뚫어져라 바라보자 초롱의 무거운 고개가 가만히 좌우로 흔들리고 있었다.

"하……."

산의 가슴 깊은 곳에서 절로 안도의 한숨이 나왔다.

"이초롱, 진짜 너는 어떻게 이렇게 매번 사람 애간장을 태워?"

"하이산 씨는 그런 머리로 어떻게 사업을 하는지 모르겠어요."

울먹이며 겨우 한다는 말이 뭐라고?

"뭐야? 그런 머리라니?"

"너무 바보 같아서. 사업가면 사업가답게 이것저것 따지고 재고 해야 하잖아요. 남들은 쉽게 만나고 쉽게 등 돌리고 잘만 하던데, 이산 씨는 그 흔한 이해타산도 생각하지 않고…… 가진 거라고는 빚밖에 없는 나를…… 세상에 좋은 여자가 얼마나 많은데. 왜 하필 나를……."

기어이 수도꼭지가 터졌다. 사람 몸의 반 이상이 수분이라더니, 이초롱이 오늘 그 말을 제대로 증명해 보이고 있었다. 벌써 얼마나 많은 수분을 배출했을까……. 저러다 탈진이라도 하면 어쩌나 걱정스럽기까지 했다.

"이초롱!"

눈물을 멈추지 않는 모습이 걱정스러워 산이 차를 권했다.

"일단 차부터 좀 마셔."

"차는 무슨. 흑. 읍."

급기야 울다가 딸꾹질까지 하는 초롱을 보며 안쓰러운데 웃음이 비집고 나왔다.

"그러다 너 쓰러지면 나 죽어. 그러니까 일단 수분 보충 좀 하자고, 응?"

"사람이. 흑. 읍. 그렇게 약지를 못해서. 흑. 읍. 무슨 사업가라고. 흑. 읍."

눈물 때문에 가뜩이나 숨 쉬기도 버거운데 무슨 놈의 딸꾹질은 메트로놈도 아닌 것이 박자까지 맞춰 가며 도무지 멈추지를 않는지.

"알았어. 알았으니까 일단 마셔, 마시고 얘기해. 응?"

마치 아기 다루듯 차를 들어 초롱의 입술에 가만히 대고서 잔을 기울이자 초롱이 마지못해 들어오는 차를 꼴깍꼴깍 마셨고, 산은 그 사소한 모습에도 빙그레 미소가 그려졌다.

"초롱아, 나 사업 잘해. 그러니까 아무 걱정 하지 마. 평생 너 잘 먹여 살릴 수 있어."

"하이산 씨, 지금 제 말은 그게 아니잖아요."

"알아. 그걸 내가 모를까 봐?"

넌 아직 나를 몰라. 내가 알고 보면 얼마나 까다로운 사람인지. 그러니까 너를 골랐겠지. 이초롱 네가 옆에 있으면 더 열심히 일하고 싶어지니까. 너한테는 멋있는 모습만, 더 잘난 모습만 보여 주고 싶으니까.

네 덕분에 얼마나 업무를 효율적으로 하는지 너는 알까? 어떻게 하면 단시간에 맡은 업무를 조금이라도 빨리 처리할 수 있을까, 어떻게 일을 하면 너를 조금이라도 더 빨리 만날 수 있을까. 그 궁리를 하다 보면 절로 집중력이 향상되는데? 너는 아직 나를 잘 몰라.

"초롱아, 나는 말이야 내 이익이나 목적을 위해서 사람을 이용하고 싶은 생각 없고, 그런 이기적인 생각을 할 만큼 속내가 형편없지도, 또 그런 걸 바라야 할 정도로 능력이 없지도 않아. 그리고 무엇보다 가장 중요한 사실은,"

나에게는 선택의 여지가 없어. 처음부터 너였으니까. 너를 처음 본 그 순간부터 이미 마음을 다 빼앗겨 버렸는데, 이미 내 안에 너로 가득 차 버렸는데 뭘 재고 따져? 너 아니면 안 된다는데, 내 마음이. 내 심장이 네가 아니면 안 된다는데……. 그러니까 네가 나 책임져. 도망가지 말고, 피하지도 말고, 그냥 네가 나 책임지라고.

자신의 볼을 어루만져 주던 그의 손이 잠시 멈추었다. 이어지지 않는 말이 의아해 천천히 눈을 들어 보니 여전히 그의 두 눈은 자신을 향해 있었고, 여전히 그의 눈과 입이 예쁘게 휘어 있었다.

대체 무슨 말을 하고 싶은 걸까, 왜 말을 하다가 말았을까. 초롱은 그의 목소리가 더 듣고 싶었다. 잡아도 된다고. 욕심내도 된다고. 자신의 나약한 마음을 붙들어 줄 허락과도 같은 그의 말들이 더 듣고 싶었다.

"사랑해. 사랑한다. 초롱아, 나는 너 아니면 안 될 것 같아. 너 없이는 안 될 것 같아. 나 네 남편 하고 싶다. 너도 내 아내 할래?"

잠시 소강상태였던 눈물이 다시 왈칵 쏟아져 나왔다. 이 남자는 정말 왜 이렇게 바보 같을까. 늘 근심 걱정으로 가득 찬 지치고 고단한 나 같은 여자가 뭐가 좋다고. 나 아니면 안 된다니. 초롱은 더는 마음을 감출 수가 없었다.

그가 아니면 안 되는 사람은 정작 자신이었다. 그가 없이는 이제 숨을 쉴 수도, 웃을 이유도 찾을 수 없는 사람은 그가 아닌 자신이었다. 그가 없는 하루하루는 상상할 수가 없었고, 그를 떠나 사는 모습은 상상조차 하고 싶지 않았다.

자신에겐 너무나 과분한 사람이고 분에 넘치는 사랑이었지만, 더는 망설이지 않을 생각이다. 이 남자에게 쓸데없는 불안을 안기고 싶지 않았고, 더는 애태우게 하고 싶지도 않았다.

그의 반짝이는 눈을 뚫어져라 바라보며 입가에 미소를 그려 보려 애를 썼으나 마음처럼 쉽지가 않았다. 눈물이 쉼 없이 차올라 눈꼬리를 타고 흘러내리며 잘생긴 그의 얼굴이 계속 흐려졌다 맑아졌다를 반복하고 있었지만, 그와 눈을 맞추기 위한 노력을 포기하지 않았다.

조심스레 다가오는 그의 얼굴을 보며, 초롱은 천천히 굽은 허리를 곧추세워 조심스레 턱을 들어 올렸다. 그의 숨결이 느껴질 만큼 가까워져 온 입술을 불과 1센티를 남겨 두고서 차마 담아 두지 못해 마음에서 넘쳐흐르는 그 말.

"사랑해요, 하이산 씨. 할래요. 당신…… 아내."

흐려진 눈을 감았다. 고였던 눈물이 눈꼬리를 타고 흘러 귀를 적셨다. 어느새 마주한 산의 뜨거운 입술은 세상 가장 부드럽고 달콤하게 사랑을 속삭이며 강인한 팔로 자신의 등을 감싸 안았다. 점점 거칠어지는 그의 숨소리에 덩달아

호흡이 가빠져 갔다. 그와 한 치도 다름없는 모습으로 그의 입술을 탐하며 온몸으로 빠르게 퍼져 나가는 행복에 가슴이 터질 듯 부풀어 올랐다.

산은 여기서 멈춰야 하는데, 정작 하려던 말은 시작도 못 했는데, 제멋대로 흘러가는 마음을 멈출 수가 없었다. 잠시 입술을 떨어트리고 바라본, 열정으로 반쯤 감겨 버린 흐려진 네 눈이 너무 예뻐서, 잔뜩 열기가 오른 달뜬 네 입술이 너무 야해서, 그 입술 사이로 새어 나오는 뜨거운 네 숨결이, 얇은 옷을 밀어내는 봉긋하게 솟아오른 네 가슴이, 네 모든 모습이 너무 사랑스러워서…… 멈출 수가 없었다.

붉게 달아오르기 시작하는 가늘고 긴 목에 입술을 내려 부드러운 피부를 느꼈다. 너만의 향기를 흠뻑 들이마시며, 가슴 가득 차오르는 이 기쁨을 어떻게 표현할 수 있을까. 다시 초롱의 입술을 찾아 벅찬 감동을 쏟아 내며 더는 참기가 버거워 초롱을 일으켜 세웠다. 입맞춤을 멈추고 바라본 초롱의 뜨거운 눈빛 또한 자신과 다르지 않았다. 발끝을 곧추세워 제 목을 휘감아 대담하게 키스하는 초롱의 모습에 허울 좋은 배려는 벗어 던졌다.

한시도 서로에게서 떨어지지 않으며 산은 처음부터 입으나 마나 했던 초롱의 얇은 카디건을 벗겨 내고 귀여운 원피스 역시 단번에 끌어 올려 휙 던져 버렸다. 잠시 떨어졌던 입술도 못마땅한지 자석처럼 다시 만나 달콤하게 입 맞추다 이번에는 제 옷을 훌훌 벗어 버리며 그제야 가장 아름다운 모습으로, 서로가 가장 바라던 모습으로 마주하게 된 산과 초롱이었다.

좁은 침대에 나란히 누워 가쁜 호흡을 다스리다 산이 상체를 일으켜 초롱을 내려다보았다. 아직도 열기가 가시지 않은 달아오른 얼굴을 사랑스레 쓰다듬다 살짝 부푼 입술에 가볍게 입술을 내려 아프지 않게 베어 물며 싱긋 미소를 지었다.

"평생 이렇게 살자. 너랑 나. 떨어지지 말고 이렇게 찰싹 붙어서 평생 이렇게. 어때?"

"좋아요."

"그런데 초롱아, 그거 알아?"

"뭐요?"

"너도 바보야."

"네?"

바보라는 말을 듣고 기분 좋을 사람은 없었다. 이번에 나는 뭘 잘못한 걸까? 생각하지 않을 수 없었다.

"나한테 바보라고 하더니, 너도 바보라고. 일생에 단 한 번뿐인 프러포즈를, 그 흔한 반지도 꽃다발도 없이 덥석 받아 주는 여자가 너 말고 또 있을까?"

"음…… 왜 일생에 한 번일 거라고 생각해요?"

전혀 생각하지 않았던 엉뚱한 대답에 어이가 없어 산의 인상이 험상궂게 변하고 말았다.

"뭐야? 그럼 한 번뿐이어야지. 당연히 한 번이어야지!! 왜, 덥석 받아 줘서 벌써 후회돼? 요것 봐라."

태연하게 눈알을 데굴 굴리는 초롱을 보며 다른 사람에게 프러포즈를 받는 모습을 상상하는 것만으로도 기분이 확 상해 괘씸한 초롱의 몸에 간지럼을 태웠다.

"농담 농담! 간지러워요. 농담이라고요!"

잠시 멈춰 자신을 내려다보는 심각한 표정의 산을 보며 두 손을 들어 그의 이마의 주름을 쭉쭉 펴 주고서 그의 얼굴을 가만히 감쌌다.

"아, 이 사람이 나에게 프러포즈를 하려나 보다. 누가 봐도 뻔한 이벤트, 고급 레스토랑, 촛불, 꽃, 풍선, 너무 유치해. 오글거려. 상상만 해도 난 좀 싫은데."

"그게 유치해?"

초롱이 말없이 고개를 끄덕였다.

"말 한 마디 한 마디, 날 소중하게 다루는 조심스러운 행동 하나하나, 내 심장을 파고드는 진심 어린 눈빛. 세상에서 가장 감동적인…… 일생에 단 한 번뿐인 평생 잊지 못할 프러포즈였어요. 고마워요…… 하이산 씨라서…… 정말 고마워요."

산은 또다시 촉촉하게 젖어 드는 초롱의 눈에 입을 맞추고, 싱긋 웃는 초롱의 입술에 입을 맞추며 함께 미소 지었다. 성급한 마음에 미처 생각할 겨를도 없이 진심 하나로 하게 된 프러포즈였지만 다행히 초롱이 실망하지는 않은 것 같아 한시름 놓았다.

그런 뻔한 이벤트를 할 생각은 아니었지만 초롱에게 프러포즈를 하고 싶은 곳은 따로 있었는데, 다음에 네 손에 정식으로 반지를 끼워 줄 때는 그곳이면 좋겠다. 산은 다시 누워 초롱을 끌어안았다. 아무런 저항 없이 제 품에 안겨 오는 모습에 흐뭇한 미소가 입에 걸렸다.

"오늘은 초원이 걱정하지 않아도 되는 거야?"

"네. 지방 촬영이래요. 모레 온다고 했어요."

"다행이다. 오늘은 모양 빠질 일 없겠네."

지난번 허둥지둥 옷을 껴입던 그의 모습이 떠올라 피식 웃음이 났지만 내색하지 않았다.

"이제 가야 하는 거 아니에요?"

"왜? 자고 가면 안 되는 거야?"

혼자 사는 거나 다름없는 집에 남자가 드나드는 걸 좋게 보는 이웃이 누가 있을까. 산은 초롱의 조심스러운 성격에 어림도 없는 일이라는 걸 알지만 당황하는 귀여운 모습이 보고 싶었다.

"뭐. 그러든지요."

전혀 뜻밖의 대답에 놀라 벌떡 일어나려는데 제 가슴 위에 놓인 초롱의 팔에 생각지도 않은 힘이 가해져 겨우 목만 들썩이다 다시 누웠다.

"농담이에요. 안 된다고 할 거 뻔히 알면서."

"무슨 희망을 줬다 뺏어?"

"아침에 나가는 건 조금. 보는 눈도 있고."

"다 알아, 내가 널 몰라? 부모님 욕 먹일까 봐 걱정하는 거잖아. 걱정하지 마. 하던 얘기만 끝내고 갈게."

"그건…… 흠……."

여전히 망설임이 느껴지는 초롱의 깊은 고뇌에 산의 마음도 편치만은 않았다.

"너무 오래 쉬었어요. 아까도 말했지만…… 객관적인 기준으로 봐도 내세울 수 있을 만한 이력도 경력도 없는 내가 비집고 들어갈 자리는 없어요."

이상과 현실의 괴리감은 생각보다 골이 깊다. 최상위 클래스의 피아니스트가 아니고서야 기회도 주어지지 않는 이상과는 다른 현실을, 생각보다 가혹한 그들의 번뇌를 그에게 어떻게 설명을 해 줘야 할지. 게다가 자신은 부양해야 할 가족도 있었다. 그와 결혼을 하게 된다고 해도 그 책임을 부담시키고 싶은 마음은 추호도 없었다.

"초롱아, 너는 책임감이라는 무게에 너무 짓눌려 있어. 너의 책임감이 모든 결정에 기준이 되는 건 위험해."

초롱이 짊어진 강한 책임감은 때로는 초롱의 판단을 흐리게 만들기도, 때로는 포기를 종용하기도 했다. 산은 그런 모습을 그저 안타까워하며 지켜볼 수밖에 없었던 지난날을 되풀이하고 싶지는 않았다.

"믿어. 무게는 나눌수록 한결 가벼워진다는 걸. 무게에 짓눌린 힘겨운 너를 보는 것보다 그 무게를 조금이라도 함께 나누어서 지는 게 너의 가족이나 주변 사람들 마음을 한결 더 편하게 만들 수 있다는 걸 믿어 봐. 너한테는 그 누구보다 든든한 네 동생 초원이도 있고, 능력 출중한 애인도 있잖아. 우리를 좀 믿어 보라고. 응?"

품에 안긴 초롱에게서 긴 한숨이 흘러나왔다.

"이번만큼은 네 주변 상황 다 배제하고 너만 생각하는 거야. 부모님, 동생, 나, 그 누구도 생각하지 말고 오로지 너만, 네 생각만 해 보는 거야. 최고가 되라는 말이 아니야. 그냥 한 번이라도 네가 하고 싶었던 거, 네가 정말 해 보고 싶었던 일을 해 보란 말이야. 단 한 번이라도…… 그건 욕심 아니야. 너의 당연한 권리고 자격이야."

"……."

"너는 너무 생각이 많아. 지금은 생각 금지야. 너한테 말하지 못했는데, 네 연주 녹화했고 누군가에게 들려줬어. 충분한 가능성을 확인했고, 그 분야에서는 이미 유명한 분을 만나 보기로 했어. 지금은 딱 거기까지만."

이번에는 초롱이 상체를 일으켜 세웠다. 연주를 한 건 겨우 두 번밖에 없는데, 그가 녹화했을 거라고는 전혀 생각하지 못했다. 흘러내리는 이불을 가슴으로 끌어 올리며 잔뜩 의아한 표정으로 산을 바라보았다. 자신을 뚫어져라 내려다보는 초롱의 얼굴을 한 손으로 어루만지던 산이 말을 꺼냈다.

"미리 말하지 못해서 미안해. 난 그저 이초롱이 이초롱이란 자아를 깨고 나오는 모습을 기념으로 남기고 싶었어. 나중에 너에게 보여 주면 좋겠다 싶어서. 그런데 음악을 잘 모르는 나도 너무 아깝더라. 네 실력이. 기분…… 나빠?"

초롱은 가만히 고개를 저었다. 그는 자신을 해할 사람이 아니었기에 그의 행동에는 다 그만한 이유가 있을 거라는 믿음이 있었다. 다만, 놀라웠다. 어떻게 녹화를 할 생각을 했는지. 그걸 다른 사람에게 들려줄 생각을 했는지. 늘 자신을 생각하는 그의 마음이 너무 놀라워서, 그의 마음속에 깊숙이 자리한 자신을 확인하며 넘치는 사랑에 울컥거리는 마음을 다스릴 수 없었다.

"또 울려고?"

눈물이 그렁그렁 차올랐지만 꾹 참으며 고개를 저었다.

"해 보는 거지? 그분 한 번만 만나 보자. 만나 보고 결정해도 늦지 않아."

초롱은 가만히 고개를 끄덕였다. 자신을 위한 그의 노력을 생각해 그 정도는 해 줄 수 있을 것 같았다.

"실망하게 될지도 몰라요."

"어. 하지만 그 대상이 너는 아닐 거야. 유학하지 못했다는 이유로, 수상 이력이 없다는 이유로 편견을 가지고 너를 대한다면 그건 참 많이 실망스럽겠지만 말이야."

산은 자신을 내려다보며 연하게 미소 짓는 초롱을 더없이 사랑스럽게 바라보다 그 얼굴을 가만히 제게로 끌어당겼다. 점점 더 미소가 짙어지는 입술에서 반짝이는 눈으로 시선을 옮겼다. 서로의 뜨거운 눈빛으로 말없이 사랑이 오가고 있었다.

입술이 닿을 듯 말 듯 한 그때,

"아깝다. 넌 오늘도 말랑이를 놓쳤어."

산의 말에 초롱의 입술이 활짝 벌어졌고, 그대로 산의 입술이 와 닿았다. 곧 이어 무언가가 달콤하게 초롱을 파고들고 있었다.

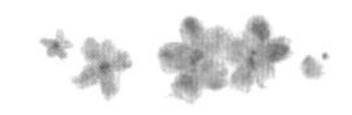

본가에 도착한 산이 정문 앞에 있는 강과 승주를 발견하고서 큰 소리로 불렀다.

"형, 오늘 모임도 아닌데 어쩐 일이야?"

집으로 들어가려다 말고 부르는 소리에 뒤돌아본 두 사람이 씩 웃었다.

"승주하고 있는데 어머니한테서 전화가 왔어. 같이 있다고 했더니 해물탕 먹으러 오라고 하셔서."

"아. 승주 형이 어머니 해물탕에는 꼼짝 못 하지. 잘됐네. 어서 들어가자."

세 사람이 함께 집으로 들어서며 인사를 하자 주방에 머물던 영현이 서둘러 마중 나왔다.

"어머니, 우리 왔습니다."

"안녕하셨어요, 큰어머니. 저 왔습니다."

"어서 와. 승주는 너무 오랜만이네. 자주 좀 오라니까, 큰엄마 서운하다 얘!

할머니도 너 얼마나 보고 싶어 하시는데."

"네. 죄송합니다. 앞으로는 한 번씩 찾아뵙겠습니다. 그런데 할머니는 어디 계세요?"

"하필 오늘 큰아빠도 할머니도 약속이 있다네. 아쉽지만 어쩔 수 없지 뭐. 그렇게 서 있지 말고 얼른 손 씻고들 와. 밥 먹자."

유쾌한 영현이 다시 주방으로 걸음을 돌리자 손 씻으러 가던 강이 대뜸 산에게 물었다.

"그런데 산이 넌 웬일이야? 요즘 한창 바쁘지 않아?"

"어, 아주 바빠. 그래도 출장 가기 전에 인사는 드려야지."

"또 출장이야? 해외로 가나 보지?"

"어. 독일에 가 봐야 해."

"산, 출장 되게 가기 싫겠다. 이를 어쩌나……."

"그러게 발걸음이 떨어지려나? 누가 눈에 밟혀서?"

승주와 강이 앞서가며 산에게 능청스레 말을 던졌고, 산은 장난기가 다분한 두 사람의 음성에 말없이 피식 웃었다.

'형들은 나한테 진 거야. 솔직히 말해 봐, 부럽지? 부러워 죽겠지?'

손을 씻고 식탁에 앉을 때까지 산의 입가에 미소는 걷히지 않았고, 강과 승주는 놀리고도 진 것 같은 기분에 속으로 가만히 한숨을 삼키며 고개를 내저었다.

"어서 와 앉아. 왜 이렇게 동작들이 굼떠, 다 식겠네."

영현은 맛있게 먹을 자식들 생각에 연신 싱글벙글 웃으며 음식을 차렸다. 형제는 식탁에 차려진 맛깔스러운 음식에 입맛을 다시며 침을 꿀꺽 삼켰다.

자리에 앉을 생각은 않고, 해물탕에 있는 조개껍데기를 빼고 전복과 문어를 먹기 좋게 손질하는 영현을 보며 강이 말했다.

"어머니, 같이 드세요."

"엄만 아까 먼저 먹었어. 요즘 다이어트한다고 6시 이후에는 안 먹어. 그러니 난 신경 쓰지 말고 너희나 얼른 먹어."

"어머닌 다이어트 안 해도 예쁘기만 한데 뭘 그런 걸 해요."

"그러게. 큰어머니 다이어트 같은 거 하지 마세요. 여기서 더 아름다워지시면 큰아버지 걱정하세요."

영현은 마치 딸같이 살가운 말을 건네는 산과 승주를 보며 까르르 넘어가고 말았다. 사랑하는 마음을 듬뿍 담아 각자의 그릇에 먹기 좋게 해물탕을 덜어 주는데, 크! 라는 감탄사를 연발하며 맛있게 먹는 모습에 입이 귀에 걸렸다.

해물탕 손질을 어느 정도 마친 영현이 등을 돌려 압력솥에 준비된 갈비찜을 꺼내고 있었다. 강과 승주는 제 몫의 해물탕 그릇에 놓인 실한 낙지 한 마리를 보며 동생을 위하는 마음에 마치 약속이나 한 듯이 얼른 젓가락으로 집어 산의 그릇으로 향했고, 동시에 세 사람의 눈이 맞아 버렸다.

산은 제 눈앞에 다가온 두 형의 덜렁거리는 낙지를 바라보며, 안 하던 짓을 하는 형들을 차례로 쏘아보았다.

'뭐 하는 짓이야?'

어머니가 들을까 차마 소리 내지 못하고 입 모양만 뻥긋거렸다. 강과 승주는 황당해하는 표정의 산을 보며 웃음이 터져 나와 입술을 앙다물었다.

"흠흠. 많이 먹어, 산아. 요즘 기력이 좀 달릴 것 같아서."

강이 먼저 산의 그릇에 낙지를 놓았다.

"그래. 힘쓸 데도 많은 데다, 곧 출장도 간다는데 몸보신 좀 해라."

승주 역시 산의 그릇에 낙지를 놓으며 뭐가 그리 즐거운지 강과 함께 입술을 꾹 다문 채 소리 죽여 웃기 바빴다. 강과 승주는 얼른 이 맛있는 해물탕을 먹어야 하는데 자신들을 향해 눈썹을 현란하게 움직이며 눈으로 욕을 하는 듯한 산의 모습이 너무 유쾌해서 좀처럼 가시지 않는 웃음에 애꿎은 헛기침만 하고 있었다.

"어머, 승주야. 사레들렸어?"

애들의 장난을 알 리 없는 영현이 먹음직스럽게 완성된 갈비찜을 들고 와 식탁 위에 놓으며 걱정스레 물었다.

"아닙니다. 잠시 목이 간지러워서요. 큰어머니, 해물탕 정말 맛있어요."

"그래? 다행이네. 먹고 더 먹어. 많이 했어. 전복도 낙지도 아직 많아."

"푭."

"큽."

뭐가 그리 웃긴지 낙지라는 말이 나오자마자 강과 승주가 결국 웃음을 참지 못해 터트렸다. 산은 맞은편에 앉은 두 사람의 엉뚱한 모습에 한숨 쉬며 고개를 내저었다. 도대체 말하고 싶어 어떻게 참고 있을까. 어머니가 눈치채지 못하는 게 신기할 따름이었다. 부디 이다음에 형들에게 되돌려 줄 기회가 꼭 오기를 바랄 수밖에.

"어머니, 형들 신경 쓰지 마세요. 요즘 날이 좀 풀리나 싶더니 정신도 풀리나 보네요. 그나저나 어머니, 혹시 생물 전복이나 낙지 좀 남았어요?"

산은 해물탕을 먹으며 초롱이 떠올랐다. 어머니가 해 주신 이 좋은 음식을 함께 먹으면 얼마나 좋을까. 비록 아직은 본가에서 함께 먹지 못하지만, 곧 그런 날이 오겠지. 빙그레 미소 지으며, 직접 해 주고 싶은 마음에 물어보았다.

"남았지 그럼. 집에 가서 해 먹게?"

"네. 어머니, 넉넉하게 남았으면 좀 챙겨 주세요. 양념도 주시면 더 좋고요."

"넉넉해. 넉넉해! 남아돌아. 잘됐다. 강이나 승주야 가져가 봐야 해 먹지도 못할 텐데, 우리 산이 많이 줘야지. 갈비도 재워 둔 거 남았는데 좀 가져갈래?"

"네. 어머니. 주세요. 갈비가 아주 입에서 살살 녹아요."

산은 형들이 입을 쩍 벌리거나 말거나, 가져가서 초롱이 먹일 생각만 해도 즐거웠다.

영현은 맛있게 먹는 모습을 보는 것도 행복한데 직접 또 해 먹겠다고 챙겨 달라고 하니 더 즐거워 입가에 행복한 미소가 떠날 줄 몰랐다. 벌써 챙겨 줄 음식을 이것저것 준비하며 더 줄 건 없나 살피기 바빴다.

강과 승주는 보란 듯이 낙지를 한입에 날름 먹는 산의 천연덕스러운 모습에 가만히 리스펙을 외쳤다.

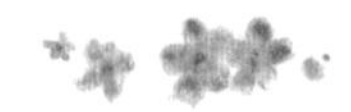

오늘은 오전부터 온종일 병원에 있을 예정이라던 초롱을 생각하며, 산은 아침부터 분주하게 움직였다. 어제 어머니께 받아 온 깨끗하게 손질이 된 해산물로 해물탕을 끓이고, 양념에 잘 재워 둔 갈비를 압력솥에 올렸다. 병원이라 딱히 밑반찬이 있을 것 같지 않아, 한두 끼 먹을 수 있을 만큼의 간단한 반찬도 하는 게 좋을 듯싶었다.

그렇게 한참 동안 구슬땀을 흘리며 이것저것 준비를 하다 보니 제법 모양새가 갖춰진 듯했다. 산은 맛있게 먹을 초롱을 생각하는 것만으로 흐뭇한 미소가 피어올랐다. 점심시간을 30여 분 남겨 두고 병원 앞에 도착해 초롱에게 전화를 걸었다.

— 네. 저예요.

"별일 없어?"

— 네. 아무 일 없어요.

"지금 시간 어때? 잠시 나올 수 있어?"

— 지금?

"어, 나 지금 병원 앞이야. 뭐 줄 게 있어 잠시 들렀어."

— 네. 지금 나갈게요.

초롱은 목소리를 듣는 것만으로도 힘이 나는데, 그의 얼굴까지 볼 수 있다니 얼굴이 환하게 밝아졌다. 화장실을 다녀오는 엄마에게 잠시 나갔다 오겠다 말하고 병실을 조심스레 나오는데 마음이 조급해졌다. 생각 같아서는 당장이라도 달려가고 싶은데, 보는 눈이 많으니 차마 서두르는 모습을 보일 수 없었다. 엘리베이터를 타고 로비로 내려오고 나서야 긴 머리를 휘날리며 입구로 내달렸다.

병원 로비에서 초롱을 기다리던 산은 환하게 웃으며 달려오는 초롱의 모습에 덩달아 기뻐 웃으면서도 미간에 주름이 잡혔다.

"뛰지 마! 넘어져!"

산을 발견한 초롱이 제자리에 멈춰 섰다. 설렘을 숨기지 못해 허둥거리던 모습이 민망했는지 얼굴을 붉히며 종종걸음으로 다가오는 모습에 산이 소리 내어 웃었다.

"그렇게 좋아? 아주 날아오던데?"

"아니에요. 뭘 또 날아오기까지. 그냥 하체 운동 좀 해 봤어요."

"풉. 뭐야?!"

되지도 않는 변명을 하곤 양심에 찔리는지 초롱의 눈이 이리저리 방황하고 있었다. 산은 그 모습마저 너무 귀여워 초롱의 볼을 살짝 잡았다 놓았다.

"아."

"아파?"

"아니요."

장난에도 그새 걱정하는 목소리에 피식 웃고 말았다.

"주말인데 좀 쉬지 않고 여긴 왜 왔어요?"

말과는 반대로 생글생글 웃는 눈은 또 왜 이렇게 예쁜지, 산은 보는 것만으로도 힐링이 되는 듯한 기분에 미소가 가시지 않았다.

"이초롱 보는 데 주중, 주말이 무슨 대수야. 볼 수만 있으면 자다가도 벌떡 일어나야지! 그나저나 점심은, 아직 안 먹었지?"

"네. 아직."

"잘됐다. 이거 가지고 가서 어머니하고 같이 먹어."

"이게 다 뭐예요?"

산이 건네는 묵직한 쇼핑백을 받아 든 초롱이 의아해 물었다.

"별거 아니야. 어제 우리 어머니가 해 주는 집밥 먹다가 네 생각이 나서 재료 받아다가 집에서 했어."

"이걸 다 집에서 했다고요? 직접?"

쇼핑백을 살짝 열어 보는데, 뭔지는 몰라도 준비한 음식이 한두 가지가 아닌 듯했다. 이 음식을 준비하려고 이른 아침부터 얼마나 분주하게 움직였을까. 먹지 않아도 배가 든든하게 차는 듯한 기분이었다.

"꽤나 감동한 얼굴인데?"

"네. 엄청. 많이."

어떻게 남자가 이렇게 섬세하고 자상할까. 알면 알수록 신기한 사람이었고, 그의 매력은 까도 까도 끝이 없었다.

"그럼 남기지 않고 다 먹기."

"양이 너무 많아 보여서 걱정이긴 한데 열심히 먹어 볼게요."

"그래. 그리고 그분하고 약속 잡았어. 화요일 오후 2시야. 반차든 월차든, 너 편한 대로 해."

"네. 알겠어요. 준비할게요."

아쉬운 발걸음을 돌리던 그가 떠났다. 초롱은 그가 남긴 무거운 쇼핑백을 들고 병실로 향하며 작은 걱정거리가 하나 생겼다. 예전에는 밖에서 파는 도시락을 가져왔었기에 크게 난감하지는 않았는데, 이번엔 그가 직접 한 음식이었기에 둘러댈 수도 없었다. 아마도 엄마에게 말을 해야 할 모양이었다.

병실에 들어서니 마침 아빠는 병원에서 나오는 환자식으로 식사를 마친 후였다. 엄마와 휴게실에서 밥을 먹고 오라고 재촉하는 통에 서둘러 병실 밖으로 나온 초롱과 수영이었다.

"너 그게 다 뭐야?"

수영은 잠시 나갔다 온다더니 커다란 쇼핑백을 들고 나타나 제 눈을 제대로 마주 보지도 못하는 딸이 의아해 물었다.

"아. 이거…… 엄마랑 같이 먹으라고 주고 가셨어."

"누가?"

"회사. 대표님…… 엄마. 나 엄마한테 할 말 있어요."

그를 이제는 회사 대표님이라고 엄마에게 소개하면 안 될 것 같았다. 초롱은 조심스레 엄마의 눈을 마주하며 쉽게 말이 나오지 않아 입술을 달싹거렸다. 수영은 가만히 딸의 손을 잡고서 사람이 드나들지 않는 복도 벤치에 나란히 앉았다.

"말해. 엄마는 괜찮아."

"그러니까. 그게."

"요즘 만나고 있는 사람이 그 사람이야? 너희 회사 대표? 그때 도시락 주고 갔다던 그 사람?"

엄마의 말을 가만히 듣고 있던 초롱의 눈이 동그랗게 커져 버렸다. 지금껏 엄마에게 그와 관련한 그 어떤 말도 꺼내지 않았고, 병원에 올 때면 혹시나 들뜬 마음이 드러날까 내색하지 않으려 얼마나 노력했는데. 대체 엄마는 어떻게 알았을까, 언제부터 알고 있었을까?

"엄마가 그걸…… 어떻게 알아요?"

초롱의 말에 수영이 희미한 미소를 보였다. 혹시나 했는데 역시나였다. 내 속으로 낳은 내 자식인데 엄마인 자신이 어떻게 모를 수 있을까. 수영은 언제부턴가 딸에게서 감지되는 미세한 변화에 신경이 쓰이지 않을 수 없었다.

병원에 오면 휴대폰은 늘 무음으로 해 두거나 꺼 두던 딸이었다. 딸에게 전화는 그저 아빠의 응급 상황을 제때 연락받고자 하는 목적 외에는 없는 듯 보였는데, 어느 순간부터 병원에 와서도 전화를 끄지 않았다. 사적인 전화를 받으러 가는 횟수가 조금씩 늘어 가고 있었으며, 통화하러 가는 얼굴에는 늘 예쁜 미소가 그려지곤 했었다.

한 번씩 멍하게 있다가도 뜻 모를 미소를 짓는가 하면, 가끔 우울함이 스치던 얼굴도 전에 없이 화사하게 맑아 보이기도 했다. 수척해 보이던 전과는 달리 살도 조금 붙은 듯 보였고, 전보다 기운이 느껴지는 움직임이 꼭 사랑에 빠진 듯한 모습이었는데, 자신의 예상이 빗나가지 않았다.

"우리 딸인데, 엄마가 그걸 왜 몰라. 어쩐지 요즘 우리 딸 얼굴이 너무 예뻐

진다 했더니."

초롱은 어쩔 수 없는 죄책감이 밀려와 입을 꾹 다물어 버렸다. 엄마는 이렇게 몇 년을 꼬박 고생하는데 저 혼자 좋아서 희희낙락했던 건 아니었을까. 죄스러운 생각이 들어 마음이 편치 않았고, 그건 수영이라고 별반 다르지 않았다.

딸이 누군가를 좋아하고 마음에 두는 건 처음인 듯했다. 마음으로 기뻐해 주고 축복을 해 줘도 모자랄 판에 걱정이 먼저 끼어들었다. 남자가 대표라면 나이가 어느 정도 있을 듯했고, 신중한 딸의 성격상 이렇게 제게 말을 하는 걸 보면 이미 그를 담은 마음이 깊다는 뜻이었다.

당장이라도 결혼하고 싶다고 하면 어떻게 하나. 당장은 해 줄 수 있는 게 하나 없는데. 너무 치우치는 형편에 남자 쪽과 어떻게 균형을 맞춰야 할지, 결혼을 제대로 치르게 해 줄 수는 있을지 의문이었다.

게다가…… 현재 집안의 실질적인 가장이 딸이었다. 제 가정을 이루고 살자면 이쪽의 무게를 어느 정도 내려놓아야 평탄하게 살 수 있을 텐데…….

겨우 만나는 사람이 있다고 말하는 것뿐인데, 수영의 생각은 이미 저만치 가지를 뻗어 나가고 있었다. 축하보다 걱정이 앞선 자신의 이기적인 생각과 속물 같은 마음에 속이 상했지만 내색하지 않으려 애써야 했다.

"축하해. 이렇게 착한 우리 딸이 좋아할 정도면, 정말 멋있는 사람인가 봐."

딸은 엄마 팔자를 닮는다더니 그 옛날에 제가 그랬던 것처럼 첫사랑의 설렘과 행복을 온전히 기쁘게 누리지 못하는 딸이 너무 딱해서 가슴이 아프고 답답했다. 이 속 깊은 아이가 제게 말하기까지 얼마나 많은 시간을 혼자 속을 끓여야 했을까. 속상한 마음에 안쓰러운 미소를 지으며 딸아이의 머리를 가만히 쓰다듬었다.

초롱은 침전한 목소리를 애써 끌어 올리며 말하는 엄마의 음성에 고개를 떨구었다. 손등 위로 눈물이 한 방울 툭 떨어졌다. 마치 위로하듯 제 머리로, 등으로 따듯하게 스며드는 엄마의 손길이 왜 이렇게 가슴이 아픈지……. 무슨 말이라도 해야 하는데 울먹임이 될까 봐 차마 말을 꺼내지 못했고, 꾸역꾸역 삼키는 눈물에 목구멍은 찢어질 듯 아파지기만 했다.

"울지 마. 좋은 일인데 울기는 왜 울고 그래."

달래 줘야 하는데, 저도 모르게 울먹임이 섞여 버렸다. 즐거워만 해도, 기뻐만 해도 모자랄 일인데, 마치 죄를 지은 사람처럼 고개를 숙인 딸아이가 너무 먹먹해서, 아파서 눈물이 흘렀다. 어쩌다 우리 딸이 이런 행복도 온전히 누리지 못하게 만들었을까. 흐느끼는 딸을 가만히 품으로 끌어안았다.

"엄마가 미안해. 미안하다. 우리 딸……."

착한 딸아이의 고개가 좌우로 흔들렸다.

"이제는 좋은 일만 있으려나 보다. 그지? 우리 초롱이 너무 열심히 잘 살아서 이제 좋은 일만 오려나 보다."

얼마나 울음을 참으려 애쓰는지 딸아이 몸에서 열감이 느껴졌다. 자신이 마음을 다잡지 않으면 안 될 것 같았다.

"그만 울어. 엄마 배고프다. 빨리 먹고 아빠한테 가 봐야지. 응?"

"네."

초롱이 눈물을 닦는 틈에 수영도 얼른 눈물을 훔쳤다. 힘겹게 고개를 드는 딸의 얼굴을 어루만지며 다시 눈물이 차올랐지만 이를 악물며 참아 냈다. 그제야 딸아이의 옅은 미소가 눈에 들어왔다.

휴게실에서 그가 준 쇼핑백을 조심스레 열어 보았다. 음식을 하나둘 꺼내다 발견한 노란 포스트잇에서 익숙한 글씨체를 보며 눈이 먼저 웃었다.

「해물탕은 전자레인지 용기야. 꼭 데워서 따듯하게 먹어. 갈비찜은 보온병에 있어. 먹기 불편할까 봐 뼈는 다 발랐어. 체하지 않게 꼭꼭 잘 씹어 먹기. 이초롱 생각하며 열심히 만들었으니까, 너는 나 생각하며 맛있게 먹어. - 너의 산 -」

"그게 뭐야?"

메모를 보며 잠시 미소 짓는 딸이 너무 예뻐서 알면서도 물었다.

"그냥. 데워서 먹으라고."

그저 작은 글귀 하나에도 그를 향하는 생각이 민망해 얼른 휴대폰 뒤에 붙여 두고 부지런히 남은 음식을 꺼내 뚜껑을 열어 보다 놀라 입이 쩍 벌어지고 말았다.

해물탕이나 갈비찜만 해도 종일 먹을 수 있을 만큼 푸짐한데, 무슨 밥에 반찬을 이렇게나 많이 준비했는지. 보기만 해도 군침이 도는 잘 익은 김치와 새우장에 윤기가 흐르는 버섯볶음, 한눈에 보기에도 정성이 많이 들어간 예쁘게 돌돌 말린 계란말이에 호박볶음까지. 반찬만 해도 다섯 가지나 되었다.

오전부터 얼마나 많은 시간과 정성을 들였을지 보지 않아도 알 것 같아 또다시 입가에 미소가 번지며, 이상하게 코가 찡하게 아파졌다.

"해물탕 데워 올게요."

엄마 앞에서 또 못난 모습을 보이게 될까 봐 얼른 해물탕을 들고 전자레인지를 찾았다. 수영은 잠시 자리를 비운 딸아이의 휴대폰을 몰래 뒤집어 보았다. 단정하게 선 굵은 필체와 더불어 너무나 자상하고 따뜻한 말에 절로 흐뭇한 미소가 떠올랐다.

다시 얌전히 휴대폰을 처음처럼 뒤집어 놓고 다가오는 딸을 보는데, 어느새 얼굴이 맑게 갠 모습이 누구 덕분인지 묻지 않아도 알 것 같았다.

오랜만에 모녀가 마주 앉아 외식하는 듯한 기분을 만끽하며 음식을 먹기 시작하는데, 밥을 먹고서 해물탕을 한 술 뜨자마자 두 사람의 놀란 눈이 딱 마주쳤다. 웬만한 식당에서 먹었던 해물탕보다 훨씬 깊고 진한 국물 맛에 놀라지 않을 수 없었다.

안에 든 내용물은 또 얼마나 풍성한지, 심지어 먹기 좋게 손질이 다 되어 있는 모습에 수영은 고개를 설레설레 흔들었다.

손질하기 번거로운 전복이나 가리비 같은 조개와 소라는 껍데기가 이미 다 제거되었고, 문어, 낙지와 함께 한입에 먹기 좋은 크기로 잘려 있었다. 심지어 그 큼직한 새우 역시 껍질이 다 벗겨진 모습에 놀라지 않을 수 없었다. 갈비찜에 뼈가 제거된 건 애교 수준인 듯했다.

수영은 딸이 만난다는 남자가 너무 궁금했다. 도대체 어떤 남자이길래 이렇게 섬세하고 다정할까. 세상 어떤 남자가 이토록 마음이 부드럽고 따듯할까.

수영은 먹지 않아도 배가 부른 듯한 기분에 딸을 보며 미소를 보였고, 초롱은 그런 엄마의 모습에 안도하며 함께 미소 지었다. 그렇게 산은 모녀의 가슴에 따듯하게 스며들고 있었다.

수영이 막 지방 촬영을 마치고 돌아온 아들을 반갑게 맞았다.

"초원이 왔어? 많이 피곤할 텐데 집에 가서 좀 쉬지 않고."

"엄마, 아버지 보고 싶어서요. 내일까지 스케줄 없으니까 걱정하지 마세요."

초원은 힘없이 잠든 아버지를 물끄러미 바라보다 아차 싶어 들고 있던 쇼핑백을 어머니께 불쑥 내밀었다.

"이게 뭐야?"

"촬영하다가 한 음식점에 들렀는데 반찬이 너무 맛있어서 좀 사 왔어요. 그런데 엄마, 어디 안 좋아요? 왜 이렇게 힘이 없어요?"

며칠 전 보았던 모습과 또 달라 보였다. 왜 이렇게 기운이 없어 보이는지 걱정하지 않을 수 없었다.

"아니야. 힘이 없기는 왜 없어."

아닌 게 아니라 어제 초롱이 다녀간 후로 종일 속이 시끄러웠던 수영이었다. 당장 결혼을 하겠다는 것도 아닌데 왜 이리 심란한지. 머지않아 딸을 시집보내려면 뭘 어디서부터 어떻게 준비해야 할지 막막하기만 했다.

"엄마, 집에 가서 조금 쉬고 오세요. 아버지는 제가 보고 있을게요. 이러다 또 지난번처럼 쓰러지기라도 하면 누나까지 쓰러질지도 몰라요. 그러니까 가서 좀 쉬고 오세요."

익숙하지도 않은 일을 하느라 심신이 많이 고단할 텐데 이렇게 속 깊은 말을 하는 아들을 보며 눈시울이 뜨거워졌다. 하지만 수영은 이렇게 넋 놓고 있을 수만은 없었다. 당장은 아니라 해도 앞으로 언제고 닥칠 일이었고, 비록 없는 살림일지라도 빈손으로 결혼식을 치를 수는 없는 일. 혼자서 조용히 생각이라는 걸 좀 해 봐야 할 듯했다.

"그럼, 저녁까지만 봐 줄래? 엄마 집에 잠시 다녀올게."

시계를 보니 2시를 향하고 있었다. 병원에서 그리 멀지 않은 집으로 가서 볼일을 보고 오기에는 시간도 충분한 듯했다.

"그냥 내일 오세요. 오늘은 제가 여기서 잘게요."

"아니야. 많이 늦지 않게 올게. 그때까지만 부탁한다, 아들."

수영은 집으로 들어서며 장바구니와 가방을 주방에 놓아두고서 제가 할 일이 없는지 급히 둘러보았다. 회사에 다닌다고 많이 피곤할 텐데도, 도착한 집은 청소와 정리가 필요 없을 정도로 이미 깨끗하게 정돈된 상태였고, 세탁기 안에도 밀린 빨래 하나 없었다.

냉장고를 열어 보는데 잘 챙겨 먹지 않는지 겨우 김치와 멸치볶음, 깻잎조림 정도의 빈약한 반찬을 보며 속이 상하다 못해 쓰려 왔다. 병원에 있는 엄마에게는 주말마다 이것저것 잘도 가져다주면서 저는 왜 이렇게 허술하게 챙기는지, 수영은 약해지는 마음을 다잡았다.

제 둥지에 얼마나 머물러 있을지도 모르는 딸인데 해 줄 수 있을 때 뭐든 해 주고 싶었다. 서둘러 장을 봐 온 물건들을 꺼내어 딸이 잘 먹는 나물 반찬부터 시작해 평소 잘 먹지 않는 음식도 골고루 먹을 수 있게 조금씩 해 두었다. 분명 아까워서라도 야무지게 잘 챙겨 먹겠지. 따로 지낸다는 아들이 먹을 반찬도 마련해 두고서야 숙인 허리를 쭉 펴고서 식탁 의자에 털썩 앉았다.

그러다 문득 떠오른 생각에 부랴부랴 안방으로 건너가 작은 협탁에 넣어 둔 통장을 꺼냈다. 남편의 얼마 남지 않은 보상금 통장과 얼마 전 딸에게서 전해 받은 아들의 계약금을 넣어 두었던 통장. 그리고 딸이 주는 생활비를 조금씩 모아 놓은 통장을 꺼내 보며 어쩔 수 없이 눈물이 솟구쳤다.

부모 등골 빼먹는다는 자식 이야기야 많이도 들었다만, 자식 등골을 이렇게 빼먹는 부모도 있던가. 딸에게 해 줄 수 있는 게 뭐가 있을까, 생각하다 기껏 챙겨 준다는 게…… 모두 딸이 벌어다 준 돈이라니. 억장이 무너져 내려 쪼그리고 앉아 있던 자리에 털썩 주저앉고 말았다.

수영은 남편 앞에서도, 자식 앞에서도 차마 약해지는 모습을 보이고 싶지 않아 참고 참았던 마음을 내려놓고서 서러운 눈물을 쏟아 버렸다. 그렇게 한참이나 아픈 마음을 비우고 나서야 다시 몸을 일으켰다. 가까스로 마음을 다스려 말끔하게 씻고서 집을 나서는 수영의 마음이 급해졌다.

언제 시간이 이렇게 흘렀는지, 아들은 저녁을 챙겨 먹었는지 걱정하며 병원으로 가는 걸음을 서두르는데 왜 하필 그때 '청춘' 이라는 간판이 눈에 들어왔는지. 술을 마신 지가 언제인지 기억도 나지 않았다. 쓰디쓴 술을 좋아하지도 않았다. 하지만 오늘은 그 쓴 술 한 잔이 간절했다. 저도 모르게 무언가에 홀리듯 청춘으로 빨려 들어갔다.

"여기…… 소주 한 병, 그리고 어묵탕 하나만 주세요."

초저녁이라 그런지 손님이 별로 없는 휑한 공간을 눈으로 훑는데, 초록색 병이 테이블에 놓였다. 차가운 병을 들어 뚜껑을 따 잔에 따르고서 단숨에 한 잔 홀떡 삼켰는데 신기하게도 그 쓴 술이 달게 느껴져 피식 웃고 말았다.

벽에 나열된 예스러운 물건들을 바라보며 다시 한 잔을 쭉 들이켜고서 긴 한숨을 내쉬는데 테이블 위에 놓인 휴대폰에 불빛이 반짝였다.

'임대호 교수님' 이라는 발신자를 보며 받을까 말까, 잠시 망설이다 통화를 선택했다.

"네. 저예요."

남편에게 단 하나 남은 진정한 벗이었고 가족보다 더 가족 같은 사람이었다. 힘들 때마다 알아서 먼저 손을 내밀어 주는 고마운 사람이라, 힘들 때일수록 보기가 편치 않았다.

— 제수씨, 병원에 전화했더니 초원이가 받네요. 혹시 무슨 일 있습니까?

대호는 며칠 전 다리가 아프다고 말하던 은호의 모습이 쉽게 잊히지 않아 그의 아내인 수영에게 친구의 상태를 좀 자세히 물어볼까 싶었다. 정말 말이 헛나왔던 것인지 아니면 무슨 변화가 시작되고 있는 것인지.

"일은요……. 집에 잠시 들렀다가 이제 병원 들어가려고요."

"여기 어묵탕 나왔습니다. 뜨거우니까 조심해서 드세요."

수영의 목소리에 다른 소리가 섞여 들었다. 대호는 소란스러워지기 시작하는 주변 소음과 들리는 내용에 길거리가 아니라는 것을 짐작할 수 있었다.

— 지금 어디세요? 제가 그쪽으로 가겠습니다. 드릴 말씀도 있고요.

"아. 여기…… 술집이에요."

수영이 술 마시는 모습을 본 건 손에 꼽을 정도였다. 그나마도 은호가 젊고 건강했을 때 함께 마시던 모습을 본 게 다였는데, 이 단정하고 점잖은 사람이 저녁 시간에 술집이라는 소리에 무슨 좋지 않은 일이 생긴 건 아닐까 대호는 걱정이 됐다.

택시를 타고서 서둘러 수영이 있다는 술집에 도착하고 보니 한쪽 구석에 홀로 오도카니 앉아 술잔을 기울이는 모습이 한눈에 들어왔다.

"제수씨."

눈에 보이는 술병은 겨우 하나, 그마저도 반이나 남아 있었다. 술이 들어가 그런지 다행히 혈색은 좋아 보였는데 눈은 왜 저리 슬퍼 보이는지 모르겠다.

"오셨어요?"

수영은 힘없는 다리로 일어서 가볍게 인사를 하고 다시 자리에 앉았다. 오늘따라 더 작아지는 듯한 모습에 그를 제대로 바라볼 염치가 남아 있지 않아 술잔으로 고개를 떨구어 버렸다.

"무슨 안 좋은 일이라도 있습니까? 왜 혼자……."

"아니에요. 그냥 병원에 가는데…… 갑자기 이 집 간판이 너무 우스워서…… 정신을 차리고 보니까 이렇게 앉아 있네요."

주위에 마음을 털어놓을 곳이라고는 하나 없는 자신을 언제나 가장 잘 이해해 주는 사람이라 그런가. 아무 생각 없이 말을 하는데 그만 눈물이 툭 떨어지고 말았다.

"말씀해 보세요. 제가 남도 아니고."

대호는 다시 스스로 잔을 채우는 수영의 술병을 빼앗아 그녀의 술잔을 채워 주었다.

"가족보다 나은 남이죠. 그래서 늘 죄송해요. 늘…… 폐만 끼치고…… 이런 못난 모습만 보여서……."

"서운하네요. 남이라고 생각해 본 적 없습니다. 폐라고 생각하지도 않습니다. 이미 들어 아시잖아요. 은호가 저한테 어떻게 했는데. 그 빚 다 갚으려면 아직 멀었습니다."

지금 이렇게 번듯한 교수로 살 수 있게 된 것도 은호 덕분이었다. 고아 출신에 혈혈단신 아무도 없는 온통 비뚤어진 저를 밝은 길로 인도한 것도 은호였고, 머리가 좋은 놈은 공부를 해야 한다며 끊임없이 동기를 부여하고 끈질기게 학업의 길로 이끌어 준 것 역시 은호였다.

대학 입학을 눈앞에 두고 등록금이 없어 포기하려는데, 어디서 구해 왔는지 돈을 가져온 은호 덕분에 대학도 갈 수 있었다. 설마 제 등록금을 빼 와서 건넸을 거라고는 감히 상상도 할 수 없었다. 뒤늦게 알았을 때는 이미 늦었고, 불같이 화를 내는 자신에게 은호가 한 말은 평생 자신을 따라다녔다.

'대호야, 공부해야 하는 사람은 내가 아닌 너다. 둘 중 하나여야 한다면 당연히 나보다 더 머리가 좋은 네가 해야지, 공부. 우린 가족이잖냐.'

힘들고 지칠 때마다 은호 때문에라도 쉽게 포기할 수가 없었고, 녀석에게 보여 주기 위해서라도 더 열심히 악착같이 공부해서 수석으로 졸업을 했다. 졸업식 날, 저보다 더 기뻐하던 은호의 환한 얼굴이 아직도 눈에 선했고, 그날의 감동은 흑백사진으로 남아 아직도 제 교수실 책장 한편에 남아 있었다.

"그때가 언제라고 아직도 그 말씀을 하세요……."

결혼하기 전에 셋이서 함께 술을 마시며 둘이 하는 얘기를 들어 대충 알고는 있었다. 그때 남편이 대학을 포기하며 들어간 회사에서 오히려 더 큰 기회를 마련했고, 쓰러져 가는 회사를 일으켜 세우는 것으로도 모자라 그 회사를 인수하며 승승장구했다.

그 역시 교수까지 되었으니 결과적으로는 옳은 판단이었던 셈이었음에도, 그때가 언제라고 여태 고마움을 말하는 그에게 수영은 오히려 미안한 마음이 들었다.

"평생 잊을 수 없어요. 어디 그뿐이었습니까? 학교 다니는 내내 은호가 제 뒷바라지를 거의 다 해 줬다고 해도 과언이 아닙니다."

"고마워요. 잊지 않아서. 정말 고마워요. 우리 그이…… 떠나지 않아 줘서."

"가족인데 어떻게 떠납니까."

수영의 반쯤 비워진 술잔에 눈물이 툭 떨어졌다. 가족 같은 남도 이렇게 말하는데 하물며…… 다시 떠올리고 싶지 않은 생각을 털어 내는데 집요하게 다시 물어 오는 가족과 같은 남이었다.

"말씀해 보세요. 무슨 일인지."

한 사람에게라도 털어놓으면 돌덩이를 올려 둔 마음이 조금이라도 가벼워질까. 수영은 평소라면 절대 하지 않았을 넋두리를 하려 입을 열었다.

"우리 초롱이가 만나는 사람이 있대요."

가만히 귀를 기울이던 대호의 눈이 번쩍 떠졌다. 결국 이산의 뜻대로 된 모양이었다. 어제 전화가 와, 곧 찾아뵐 일이 있을 것 같다던 말이 바로 이 때문인가. 듣던 중 반가운 소리에 대호의 입이 소리 없이 활짝 벌어지다 말고 멈칫했다.

"누군가를 좋아하고, 마음을 의지할 사람을 만난 건 분명 축하를 받아야 할 일인데. 그 말 한마디를 떳떳하게 꺼내지도 못하고 망설이는 모습을 보는데…… 하……."

수영은 다시 생각해도 가슴이 먹먹했다. 사람을 좋아하는 게 무슨 잘못도 아닌데 왜 내 딸은 고개를 숙여야 했을까, 그 기쁜 말 한마디를 당당하게 하지 못하고 어렵게 꺼내야만 했을까. 말하지 않아도 그 마음을 너무 잘 알 것 같아 미칠 것 같았다.

"우리 딸이 너무 안타깝고 안쓰러우면서도 당장 남편과 나는 앞으로 어떻게 될까. 그 생각을 하게 되는 내가 정말 너무 징그럽고…… 끔찍해요."

흐르는 눈물을 거칠게 닦으며 눈물이 떨어진 반쯤 남은 잔을 들어 다시 한 모금에 삼켰다. 대호는 그 모습이 너무 안타까워서 자신의 잔에 술을 채워 단숨에 마셔 버렸다.

"제수씨, 그 상황이면 누구라도 그런 생각 할 거예요. 제수씨가 아닌 그 누구라도…… 그러니 너무 죄책감 느끼지 마세요. 아이들, 누구보다 반듯하게 잘 자랐고, 앞으로도 더 잘할 겁니다. 힘든 상황에 아들딸 정말 잘 키웠어요."

"잘 키우기는…… 내 예쁜 새끼들 날개를 내가 다 꺾어 버렸어요. 하나도 모자라 둘씩이나……. 그 잘난 애들을. 하필 이런 못난 엄마를 만나서……."

대호는 마지막 남은 술을 수영의 잔에 채워 주고 한 병을 더 주문했다. 그녀에게 묻고 싶었던 말은 잠시 미뤄 둬야 할 모양이었다. 지금은 친구의 다리 상태보다, 그녀의 마음에 벌어진 상처를 치유하는 것이 더 시급해 보였다.

술도 약한 사람이 안주는 손도 대지 않고 술만 마신 듯했다. 저러다 속까지 버릴까 걱정되는 마음에 어묵탕을 한 그릇 떠서 수영의 앞에 슬쩍 밀어 주었다.

"이런 말 해도 될지 모르겠지만, 제수씨 아니었으면 그 가정은 유지되지 못했을 겁니다. 제수씨가 힘든 상황에서도 주저앉지 않고 이렇게 굳건히 잘 버텨 주었으니 아이들도 은호도 함께 버티는 겁니다. 그러니 그런 말은 하지도 마세요."

수영은 괴로움을 덜어 주려 건네는 따듯한 말에도 좀처럼 울컥거리는 마음이 가라앉지 않았다. 자꾸만 온갖 걱정이 눈앞을 가렸고, 파고드는 상념은 끝도 없었다.

"겁이 나요. 우리가…… 아이들 앞날에 걸림돌이 될까 봐. 짐으로도 모자라 걸림돌이 될까 싶어…… 너무 겁이 나요."

"짐이라니요. 걸림돌이라니요. 초롱이 초원이 둘 다 그렇게 생각하지 않아요. 이제 보험사 간 분쟁도 끝났으니 보험금도 곧 정산이 될 겁니다. 상황은 분명 예전보다 나아지고 있고, 아이들 둘이 함께 저렇게 열심히 노력하고 있으니 앞으로 점점 더 좋아질 거예요."

반신마비를 일으켰던 사고에 보험사 간 소송이 복잡하게 얽혀 있었다. 다행히 오랜 분쟁이 드디어 마무리되었고, 전부 다는 아니더라도 그간 지불했던 병원비 일부를 받을 수 있게 되었다. 앞으로 발생하게 될 병원비 역시 일부 보험 처리가 가능하게 되었으니 분명 전보다는 훨씬 희망적인 상황임이 틀림없었다.

"그저 조금 나아진다 뿐이지 우리 아이들은 마음의 짐에서 자유로워질 수 없을 거예요. 특히 우리 초롱이는…… 아시잖아요. 바보같이 착해 빠져서 결혼해도 우리를 외면하지 못할 거고, 그러면…… 부부간에 불화만 생길 거예요."

아하, 진짜 걱정은 이거였구나. 대호는 이제야 수영의 고민이 무엇인지 알 것 같았다. 초롱이 만나는 사람이 있다는 걸 알고서 벌써 결혼 후의 일까지 앞서 생각한 듯했다. 대호는 그 걱정을 충분히 이해할 수 있을 듯했다.

당연히 초롱이 성격에 부모님을 끝까지 책임지려 할 것이고, 지금처럼 도우려 할 게 뻔했다. 보통 남자 같으면 친정에 온통 신경이 가 있는 아내를 탐탁지 않게 생각할 것이나, 초롱이 지금 만나는 사람은 보통 사람이 아닌 하이산이었다.

대호는 왠지 수영의 고민을 조금은 덜어 줄 수 있지 않을까 하는 생각에 마음이 한결 가벼워지는 듯했다.

"제수씨, 그런 문제라면 초롱이 걱정은 전혀 하지 않아도 돼요. 그건 제가 장담할게요."

수영은 너무나 단호한 대호의 말이 의아해 고개 들어 그를 바라보았다. 대호는 그제야 마주하게 된 수영의 젖은 눈을 보며 알 수 없는 미소를 지었다.

"제수씨, 지금 초롱이가 만나는 사람이 누구인지 아세요? 아니 혹시 봤어요?"

"아니요. 아직. 말만 들었지 보지는 못했는데. 회사 대표님이라는 정도만…… 이름이 산이라고 하던가."

그 노란 포스트잇에 적혀 있던 필체가 아직도 선명하게 그려지는 듯했다. '너의 산' 이라고 적혔었는데. 산이 진짜 이름인지 은유적 표현인지도 알 수 없었다.

대호는 새로 온 소주병을 따 수영과 제 잔에 차례대로 따르고서 잔을 들어 깔끔하게 들이켰다. 수영은 알 수 없는 미소를 짓는 대호를 보며 목이 타는 듯해 저 역시 술잔을 들어 단번에 들이켰다.

"제가 그 녀석을 잘 압니다."

온갖 염려와 걱정으로 뒤섞인 그녀의 불안한 눈동자가 흔들리고 있었다.

"대호 씨가 어떻게……."

어떻게 알고 있을까, 벌써 만나 본 건가?

부모인 자신들을 대신해 그가 아이들에게 얼마나 큰 힘이 되어 주고 있는지 안다. 아이들이 누구보다 그에게 마음을 의지하고 있다는 걸, 실질적인 정신적 지주는 그라는 걸 모르지 않았지만 어쩔 수 없는 서운함이 밀려오는 듯했다. 수영은 또다시 그의 앞에서 작아지는 자신의 모습이 초라하게 느껴졌다.

"제자였어요. 이름은 하이산이고요. 급하게 직원을 채용해야 한다고 저에게 부탁하더라고요. 초롱이에게 그 회사를 추천한 것도 저였어요. 아, 그렇다고 오해는 마시고요. 단지 추천했을 뿐, 초롱이 힘으로 들어간 겁니다. 특혜 같은 건 없었다고요."

미동도 없이 자신을 뚫어져라 바라보는 모습이 무언의 독촉인 듯했다.

"그런데 어느 날, 이산이 날 찾아왔어요. 초롱이에 대해서 좀 알고 싶다고, 다가서기가 쉽지 않다고."

"그걸 왜 대호 씨한테 물어본 거예요?"

특혜 같은 게 없었다면 초롱이에 대한 언질을 주지 않았다는 말인데, 어떻게 알고 그 사람이 대호를 찾아가 물어본 건지 알 수가 없었다.

"대화하다 은연중에 제가 몇 가지를 물었었는데, 그걸 이산이 놓치지 않았어요. 채용하고 보니 자신이 보기에 딱 초롱이가 그 대상에 해당이 되었나 봅니다. 왠지 잘 알고 있을 것 같다며 찾아와 묻더라고요. 초롱이가…… 이산을 많이 밀어냈나 보더라고요."

대호는 그날 자신을 찾아왔던 이산의 당당하고도 여유 넘치던 미소가 떠올라 피식 웃음을 흘렸다.

"그래서요?"

"자세히는 말할 수 없었지만, 대략적인 집안 사정은 알려 줬습니다. 초롱이가 부양해야 할 가족이 있다는 것과 아빠가 병원에 있다는 것도. 녀석에게는 문제가 되지 않을 것 같았고, 얘기를 다 들은 후에도 녀석은 전혀 흔들리지 않았어요. 오히려 개운해하며 포기해서는 안 될 이유가 더 확실해졌다고 하더군요. 그런 사람입니다. 이산은."

수영은 놀라지 않을 수 없었다. 보통 사람이라면 이런 상황이 달가울 리 없었다. 부양해야 하는 가족에 병원 신세를 지는 아빠가 있는…… 이런 상황을 거북해하고 어려워하지 않을 사람이 과연 몇이나 될까.

사랑에 빠지고 나서 알게 되어도 부담으로 다가오기 충분한 조건인데, 하물며 제대로 사랑을 시작하기도 전에 알고서도 나아갈 수 있는 사람이라…….

대호는 놀란 듯한 수영을 보며 말을 이었다.

"믿어 보세요. 정말 괜찮은 사람입니다. 아니, 내가 본 중에 가장 괜찮은 녀석이에요. 본디 생각이 반듯하고 선한 데다, 말이나 행동도 가볍지 않아 점잖은 사람입니다. 마음 씀씀이도 남다른 녀석이라 우리 초롱이 믿고 맡겨도 절대 후회하는 일 없을 겁니다. 그러니 마음 놓으셔도 돼요."

세상에 그런 사람이 정말 있을까. 그의 말대로라면 정말 흠잡을 구석이라고는 단 하나도 없어 보였다. 하물며 회사 대표라면 재력도 남부럽지 않을 듯한데, 그런 사람이 왜 좋은 집안의 자제가 아닌 평범보다 밑도는 조건의 우리 딸에게 이렇게 지극정성일까.

수영은 듣고도 믿을 수 없는 말에 혹시 결정적인 흠이 있지 않을까, 의심스럽고 이상한 마음이 들었다.

"혹시 그 사람…… 한 번 갔다 왔다거나, 숨겨 둔 자식이 있다거나……."

"제수씨! 아니에요. 아닙니다. 절대 그런 거 아니에요. 총각이에요. 내가 장담한다니까요! 하, 이거 참. 어디 속고만 사셨나. 아…… 속고만 사셨구나……."

말을 하고 보니 아차 싶었다. 은호의 입장에서 보자면 나름 그만한 사정이 있었다지만, 수영의 편에서 보자면 속고만 살았다.

"저 못 믿으세요? 그냥 저를 믿으세요. 제 안목을 한번 믿어 보시라고요. 이산이라면 분명 결혼까지 생각할 겁니다. 초롱이 믿고 맡기셔도 돼요! 행여라도 녀석에게 제가 모르는 문제가 있다면 제가 초롱이 책임질게요."

걱정으로 흐려 있던 수영의 눈이 갑자기 번쩍 떠졌다. 조금 전까지만 해도 슬픔으로 가득 차 있던 젖은 눈빛이 일순 매섭게 변하더니 미간에 잔뜩 주름을 잡고서 자신을 노려보았다.

대호는 그 모습을 보며 내가 무슨 말을 잘못하기라도 했나? 뱉은 말을 되짚어 보다 기함할 듯 놀라 버렸다.

"제, 제수씨. 설마, 에이…… 설마."

"대호 씨가. 우리 초롱이를 왜. 어떻게."

총각이었다. 쉰이 훌쩍 넘었다 해도 그는 아직 결혼을 한 번도 해 보지 않은 총각이다. 행여나 지금껏 우리를 도와준 이유가 초롱이 때문이었을까, 되지도 않는 불순한 생각이 스치며 인상이 구겨지는데,

"에헤이! 제수씨, 거참. 너무하시네. 아무리. 내가. 초롱이를. 하, 거참."

얼토당토않은 착각에 서운함이 물밀듯 밀려와 제 잔을 채워 단숨에 들이켰다. 초롱이는 언제나 제 딸이나 마찬가지였다. 단 한 번도 초롱이를 딸이 아닌 다른 마음으로 대해 본 적 없고 상상조차 해 보지 않았는데 어떻게 저런 말도 안 되는 망상을 할 수 있는지, 생각할수록 기가 막혔다.

"대호 씨. 정말 미안해요. 내가 잠깐 머리가 어떻게 됐었나 봐요. 용서해 주세요."

얼마나 억울한지 얼굴이 붉으락푸르락 달아올랐고, 연거푸 잔을 채워 들이켜는 그의 눈에 눈물이 반짝 보이는 것도 같았다. 미쳐도 단단히 미쳤지, 어쩌자고 그런 생각을 했을까.

"제수씨, 정말…… 서운합니다."

"실언했어요. 다시는 그런 생각 하지 않을게요. 정말 미안해요. 그만 화 푸세요."

다시 생각하고 보니 너무 어이가 없었다. 아무리 머리가 돌았기로서니 그가 지금까지 보여 준 모습이 있는데 어떻게 그런 생각을 할 수 있었을까. 여전히 인상을 쓰고 있는 그를 보니 정말 미안한데, 그런데도 이상하게 웃음이 피식피식 새어 나왔다.

화가 나 말없이 자신을 노려보는 그를 보기가 겸연쩍어 애꿎은 어묵탕을 국자로 휘적대다 한 그릇 떠서 그의 앞에 슬그머니 밀어 주었다.

그동안 안주 없이 술만 마시던 두 사람이 동시에 제 앞에 놓인 어묵탕을 한술 떴다. 다 식어 버린 밍밍한 국물에 팅팅 불어 터진 어묵을 보자니 누가 먼저랄 것도 없이 웃음이 비실비실 새어 나오더니 급기야 킥킥거리며 웃음을 터트렸다.

대호는 말도 안 되는 오해를 한 수영을 보며 곱씹을수록 어이가 없어 헛웃음이 터졌고, 수영은 정색하며 서운하다고 말하던 대호의 표정이 너무나 억울해 보여 저도 모르게 웃음과 동시에 안도의 눈물이 쏟아져 나왔다.

"정말. 미안하고, 또 죄송해요."

수영이 테이블에 놓인 휴지를 빼서 눈물을 닦으며 다시 진심으로 사과의 말을 건넸다.

"그렇게 미안하면 술은 제수씨가 사요. 오늘은 기분이 나빠서 술 좀 얻어 마셔야겠네요."

대호는 잠시 황당했지만, 엉뚱한 오해 덕분에 그녀가 우울한 생각을 떨치고 이렇게라도 웃으니 차라리 다행이다 싶었다.

"네. 드세요. 안주도 다른 거 시켜야겠어요. 그리고…… 고마워요. 우리 애들한테 늘 힘이 되어 줘서 정말 고마워요."

"그런 말도 마시고요. 은호는 피를 나누지 않았지만 형제예요. 당연히 할 일을 하는 겁니다."

정작 피를 나눈 가족도 외면하는데…… 서글픈 마음에 한숨이 절로 나왔다. 수영은 기껏 가라앉힌 마음이 다시 뒤집힐까 싶어 초롱이 만나는 사람에 대해 더 얘기해 달라고 부탁했고, 대호는 기쁘게 수영의 호기심을 채워 주었다.

겨우 소주 두 병을 나눠 마시고서 '청춘'을 나서는 두 사람의 얼굴은 들어갈 때와는 전혀 딴판이었다. 곧 죽을 듯 청춘을 들어서던 수영의 얼굴에 밝은 빛이 스몄고, 걱정이 많던 대호의 얼굴에도 개운한 미소가 스쳤다.

"제수씨, 술 많이 드신 것 같은데 괜찮겠어요?"

"네. 기분 좋게 마셔서 그런지 괜찮아요."

"병원 가실 거죠? 택시 탈 건데 같이 가요. 가는 길에 내려 드릴게요."

"네. 고마워요."

마다해 봐야 그냥 갈 사람이 아닌 걸 알기에 염치 불고하고 그가 타는 택시를 얻어 탔다. 뒤늦게 올라오는 술기운에 혹시 병원에 술 냄새를 풍기면 어쩌나 제 손바닥에 입김을 불어 냄새를 확인하며 고운 인상을 찌푸렸다.

대호는 조수석에 앉아 뒷자리에 있는 수영에게 은호의 다리에 관해 물어보려 고개를 돌리다 보게 된 모습에 피식 웃으며 조용히 말을 삼켰다. 아무래도 다음에 직접 확인을 해 봐야 할 모양이었다.

벌써 시계가 밤 10시를 향하고 있었다. 수영은 생각보다 늦어 버린 시간에 걱정하며 부랴부랴 병실로 가다 말고 화장실에 들러 열심히 세수하고 입을 헹궜다. 마지막으로 한 번 더 손바닥에 입김을 불어 냄새를 확인하고 나서야 병실에 들어섰다.

의자에 앉은 채 제 아빠가 누운 침대에 엎드려 잠든 아들과 그런 아들을 하염없이 바라보는 남편을 안쓰럽게 살피며 조용히 다가가 남편에게 눈인사를 건네고 조심스레 아들을 깨웠다.

"초원아, 너 힘들어. 집에 가서 자. 응?"

등을 어루만지는 손길에 엎드린 몸을 일으킨 초원이 잠긴 목소리로 물었다.

"왜 벌써 오셨어요? 내일 오시라니까."

초원은 병실에 불이 꺼지고 아버지가 잠든 모습만 보고 복도에 나가서 책을 본다는 게 그만 깜빡 잠이 들었나 보다.

"네 덕분에 엄마 푹 잘 쉬다 와서 괜찮아. 얼른 들어가."

조용한 병실에서 속닥이는 소리도 조심스러워 수영이 아들의 팔을 끌어당겼다. 은호 역시 불편하게 엎드려 자던 아들의 모습이 안타까워 얼른 들어가라고 부추겼다.

결국 초원은 병실 밖으로 나와 엄마가 주는 반찬을 들고서 등 떠밀려 가다가 뒤돌아보았다. 언제나처럼 그 자리에 우뚝 서서 잘 가라고 손짓하는 엄마를 보며 가던 길을 되돌려 성큼성큼 다가와 엄마를 꼭 안아 보았다.

"사랑해요. 엄마."

다른 말이 필요치 않았고,

"그래. 우리 아들…… 엄마도 사랑해."

더 좋은 말을 찾을 수 없었다. 수영은 너무나 잘 커 준 듬직한 아들의 품에 안겨 울컥하는 마음을 다스리며 초원의 등을 가만히 어루만졌다.

"고맙다, 초원아. 그만 들어가."

씩씩하게 손 흔들며 가는 아들을 환하게 웃으며 배웅하고 병실로 돌아와 잠들지 않고 기다리는 남편에게 다가갔다. 조금 전까지 아들이 앉아 있던 의자에 앉아 남편의 손을 잡고서 거칠어진 손등을 가만히 어루만지다 남편을 바라보았다.

"고마워요. 고마워."

마음에서 흘러나온 말이었고, 은호는 옅은 미소를 담은 아내를 바라보며 잠시 같은 미소를 보였다. 자신이 저 말을 들을 자격이 있던가. 미안한 마음에 눈을 감았다. 수영은 그런 남편의 마음을 이해했다. 당장 남편에게 초롱이 얘기를 해 주고 싶었지만, 내일로 미뤄야 할 듯했다.

10

오늘 같은 날은 출근해도 일이 손에 잡힐 것 같지 않아 초롱은 반차가 아닌 월차를 썼다. 아침에 눈을 뜨고부터 시작된 두근거림과 알 수 없는 긴장감에 하지 않아도 될 집안일을 찾아 나서며 분주하게 몸을 움직였다.

한참을 쓸데없이 닦은 방을 또 닦고, 이미 먼지 한 톨 남아 있지 않은 가구 역시 닦고 또 닦았다. 번번이 확인하게 되는 시계는 겨우 10분씩 움직이는 게 고작이었고, 타는 듯한 목마름에 물을 마셔도 갈증은 좀처럼 해소되지 않는 기분이었다.

허기져서 그런 건가, 밥이라도 든든히 먹으면 좀 나으려나 싶어 늦은 아침밥을 차려 놓고서 식탁에 앉았다. 오랜만에 엄마가 손수 만들어 두고 간 반찬을 보고서도 좀처럼 식욕은 돌아오지 않았고, 꾸역꾸역 입 속으로 밀어 넣은 밥알은 모래알같이 서걱거리기만 했다.

이러다가는 오히려 체할 것 같았다. 수저를 내려놓고 깊은 한숨을 내쉬었다.

"하……."

도대체 누구를 만난다는 건지, 떨림은 좀처럼 수그러들 기미가 보이지 않았다. 이러다가 망신만 당하게 되는 건 아닐까 머릿골이 다 아팠다.

피아노 앞에 앉는 건 이제 문제가 되지 않았지만, 그 대상이 일반인이 아닌 전문가라는 사실이 초롱의 긴장을 가중시키고 있었다. 행여라도 못난 모습을 보이면 어쩌나, 그에게 오히려 실망만 안기게 되면 어떡하나. 파도처럼 밀려오는 온갖 상념에 마른세수를 하며 자리에서 벌떡 일어섰다.

제 방으로 들어서 옷장 문을 열었다. 저도 모르게 한숨을 내쉬며 옷장 구석에 있을 물건을 향해 팔을 뻗어 손에 잡히는 박스를 천천히 끄집어내었다. 침대에 앉아 박스 뚜껑을 잡고서 한참을 고민하다 천천히 열어 보니 오래전 넣어 두었던 손때 묻은 피아노 악보집이 한눈에 들어왔다.

'이걸 왜 못 버렸을까……. 미련 없다며, 다시 안 해도 된다며…….'

오래전 선생님이 직접 제본해서 주신 악보집을 한 장 한 장 넘겨 보며 눈물이 핑 돌았다. 마지막 장에 적힌 너무나 그리웠던 필체를 보며 고였던 눈물이 툭 떨어졌다. 이미 눈물로 번져 있던 글씨에 또 다른 얼룩이 번져 갔다.

「사랑하는 초롱아, 너는 나에게 있어 긴 터널 끝에 마주한 빛과 같았다. 힘들어도 꿋꿋하게 버티는 너를 보며 오히려 내가 더 큰 용기와 힘을 얻었단다. 너의 따듯한 빛이 꺼지지 않기를 간절히 바라며, 우리 꼭 다시 만나자. 기다릴게.」

선생님이 써 놓은 짧은 글을 읽으며 한동안 회상에 젖어 있던 초롱이 뒤늦게 정신을 차리고서 시계를 확인했다. 그가 데리러 오기로 한 시간이 성큼 앞으로 다가와 있었다. 서둘러 눈물을 닦고 평소보다 꼼꼼히 화장도 하며 나갈 채비를 마쳤다. 크게 심호흡하며 마음을 가다듬는데 그에게서 전화가 걸려 왔다.

— 초롱아, 준비 다 됐어?

"네. 준비 다 됐어요. 이산 씨는 지금 어디예요?"

— 5분 있으면 도착할 거야.

"네. 나가서 기다릴게요."

— 아니야. 전화하면 나와. 오늘 날씨가 추워.

"네. 알겠어요."

말은 '네.' 해 놓고 전화를 끊자마자 곧장 집을 나섰다. 집에 있어 봐야 쓸데없는 걱정만 하게 될 것 같아 차라리 바깥바람이라도 좀 쐬는 게 나을 듯싶었다.

아파트 로비에 내려와 우편함을 열어 보니 '임대호'라는 이름 앞으로 온 우편물이 있었다. 반가운 이름을 보며 초롱이 싱긋 웃었다.

초롱의 가족이 오갈 데 없어 곤란한 때 대호는 오피스텔을 구해 나가며 자신이 살던 집을 초롱의 가족이 살 수 있게 임대해 주었다. 말이 임대지 주변 시세와는 비교할 수 없을 정도로 턱없이 낮은 보증금에 월세도 없는 전세 아닌 전세로, 그마저도 초롱의 가족을 배려해서 보증금을 억지로 받으셨다는 걸 모르려야 모를 수가 없었다.

이렇게 대호의 앞으로 오는 우편물이 아니었다면 초롱은 이 집이 대호의 집이라는 걸 알 수 없었을 것이다. 처음 우편물이 온 걸 발견하자마자 대충 상황을 짐작한 초롱이 엄마에게 물었고 그분께 빌린 돈이 많다는 것도 알게 되었다.

그때부터였다. 돈을 벌어 조금씩 갚아 나가기 시작했던 게. 초롱은 다음에 만나면 전해 드리기 위해 우편물을 가방 한쪽에 잘 챙겨 두고 밖으로 나섰다.

경칩이라는 말이 무색하게도 찬 바람이 쌩쌩 불어와 정신이 번쩍 들었다. 덕분에 서둘러 옷을 여미며 다른 생각을 할 겨를이 없었다. 쓸데없는 생각을 하지 않으려 일부러 밖으로 나온 거였는데, 꽃샘추위라 하기엔 제법 매서운 날씨에 다시 아파트 로비로 들어가 버릴까 생각하는 참 간사한 자신의 모습에 피식 웃고 말았다.

산은 저만치 앞에서 자신을 기다리는 초롱을 보며 자연스레 입가에 미소가 그려졌다. 아래로 내려 묶은 차분한 긴 생머리, 무릎까지 내려오는 아이보리 색상의 단정한 코트, 검은색의 굽 낮은 플랫슈즈는 여성스러운 초롱의 이미지를 더욱 돋보이게 했다. 이 서늘한 날씨와 어울리지 않을 것 같은 예쁜 미소와 함께.

옅은 미소가 번지는 초롱의 얼굴을 보며 무슨 좋은 일이라도 있나 싶은데, 곧이어 자신이 탄 차를 발견하고는 더 환하게 웃는 모습을 보니 덩달아 기분이 좋아져 활짝 웃어 버렸다.

차가 초롱의 앞에 천천히 멈춰 섰다. 곧 출발해야 함에도 산은 사이드 브레이크를 당겼다. 달게 느껴지는 찬 바람을 몰고서 조수석에 올라타 예쁜 미소와 함께 인사하는 초롱의 얼굴을 감싸며 참지 못해 짧은 입맞춤을 하고 말았다.

"흡."

이내 입술을 떨어트린 그를 보며 초롱은 잠시 할 말을 잃었다. 서둘러 창밖을 휘휘 둘러보며 혹시라도 본 사람은 없나 살펴보는데 다행히 지나던 사람이 없어 안도의 한숨을 내쉬는 것도 잠시, 다시 그의 손으로 인해 그에게로 돌려진 얼굴에 따듯한 입술이 다가왔다.

"아, 아니. 지금. 여기는…… 흡."

당황으로 벌어졌던 입술 사이를 곧장 파고드는 그를 느끼며 눈이 동그랗게 커져 버렸다. 하필 감은 눈을 번쩍 뜬 그의 눈동자를 마주하며 부끄러움에 눈을 질끈 감고 말았다.

눈을 감았더니 입술로 전해 오는 그의 뜨거운 감촉에 온 신경이 쏠리고 있었다. 그의 입꼬리가 느슨하게 올라가는 기분이었지만 초롱은 멈출 수가 없었다. 잠시 이곳이 어디라는 것도 망각한 채 그에게 빠져들었다.

산은 여기서 이럴 생각은 아니었다. 초롱의 말처럼 이곳은 사람이 언제든 지나다닐 수 있는 곳이었고, 심지어 초롱이 사는 아파트 단지 안이었다. 초롱을 생각한다면 해서는 안 될 행동이었다. 그런데도 참을 수가 없었다. 자신을 보며 더 환하게 웃어 주는 모습이 너무 예뻐서, 자신을 진심으로 반기는 모습이 너무 고마워서.

누가 마음먹고 차 안을 들여다보면 모를까, 스치며 지나가는 사람들에게는 안이 보일 리 만무했다. 처음 입술을 떨어트리고서 멈추려고 했다. 그런데 바깥 상황을 이리저리 살피는 귀여운 모습에 어떤 표정일지가 궁금했다. 돌려세운 얼굴을 보는데 당황한 검은 눈동자의 떨림과 놀라 달싹이는 입술이 왜 그리 섹시하게 느껴지는지.

결국 진혀 의도하지 않았던 진한 키스가 시작되었다. 초롱의 얼굴을 감싼 산의 두 팔을 초롱이 손으로 움켜잡았고, 이내 스르륵 힘이 빠지는 초롱의 손을 느끼며 미소 짓고 말았다. 어느새 함께 서로를 느끼며 이곳이 어디인지도 잠시 잊은 채 꿈같은 느낌을 공유하는 두 사람이다.

두 번의 키스가 끝나고서야 산은 초롱을 놓아 주었다. 미간에 주름 같지도 않은 주름을 잡고서 예쁘게 자신을 노려보는 초롱을 바라보며 일부러 혀끝으로 천천히 제 입술을 핥았다. 가늘게 뜨고 노려보던 눈이 동그랗게 커지더니 이내 고개를 창밖으로 휙 돌리는 초롱의 모습이 너무 귀여워 웃음이 터지고 말았다.

"진짜 나빠요. 사람이 어떻게 그렇게 야하고…… 어, 부끄러운 것도 모르고, 지나가다 누가 보기라도 하면 어쩌려고."

"초롱아."

"몰라요."

"이초롱."

"됐다고요. 이러다 늦겠네. 안 갈 거예요?"

"화났어?"

긴장하고 있을까 봐. 너의 긴장을 잊게 해 줄 특효약이니까. 약속 장소에 도착하면 급습하려고 했지, 정말 여기서 이럴 생각은 아니었는데. 왜 자꾸 자석처럼 너에게 달라붙고만 싶은지. 창밖을 보던 얼굴이 정면을 향했음에도 좀처럼 자신을 봐 주지 않는 초롱이 정말 화가 난 건 아닌가 뒤늦은 걱정에 초롱의 얼굴을 살폈다.

초롱은 걱정스레 묻는 그의 말에 피식 웃고 말았다. 따지고 보면 저도 좋아했으면서, 마음만 먹었으면 충분히 말릴 수도 있었으면서. 좋다고 키스할 때는 언제고 또 이렇게 토라진 척을 하는지. 자신이 너무 우스웠다.

"화 안 났어요. 그냥. 혹시나 누가 볼까 봐. 걱정했을 뿐이에요."

"그러면 왜 나 안 봐?"

"……하고 싶어서요."

"뭐?"

"키스……. 더 하고 싶어질까 봐. 남자가 쓸데없이 입술이 예뻐 가지고."

"풉. 풉. 푸하하하."

차 안이 떠나가라 웃는 그의 호탕한 웃음소리에 초롱 역시 덩달아 웃고 말았다. 좀처럼 웃음을 멈출 생각을 않는 그를 바라보며 못 말린다는 듯 고개를 내저었다. 그제야 그의 웃음이 잦아들더니 차가 서서히 출발하기 시작했다.

"초롱아."

"또 무슨 말을 하려고요."

"이 차, 밖에서는 안이 안 보여."

"네?"

"선팅이 너무 진하게 돼서 다시 해야 하거든."

너무나 태연하게 하는 말을 들으며 초롱이 황당하다는 듯 그를 바라보았다.

"아니 그걸 왜 이제 말해요!"

"왜? 먼저 말했으면 키스 더 해 주게?"

"아니, 그게 아니라. 어휴…… 됐어요. 정말."

그랬다면 그렇게 마음을 졸이지 않아도 됐을 텐데, 키스를 더 하지는 못했겠지만 부끄러운 모습을 들키면 어쩌나 불안에 떨지는 않았을 텐데.

"이 차 선팅 새로 하기 전에 하고 싶은 게 생겼어."

정면을 바라보며 운전에 열중한 듯한 그를 보는데 자신의 시선을 느꼈는지 그의 입꼬리가 유려하게 하늘을 향하고 있었다. 궁금하기는 한데 왠지 물어보면 안 될 것 같은 생각에 순간 갈등이 일었다.

"안 물어봐?"

"궁금하기는 한데 못 물어봐요."

"왜?"

"무슨 말이 나올지 겁나서 물어볼 수가 없어요."

산은 참으로 이초롱다운 솔직하고 귀여운 말에 자꾸만 피식피식 웃음이 나왔다.

"해 볼 거야."

흠칫 놀란 초롱의 얼굴이 자신을 향해 돌아선 게 곁눈으로도 그렇게 잘 보였다. 산은 초롱의 귀여운 반응을 예상하며 웃음을 감추지 못한 채 넌지시 물었다.

"뭔지 안 물어봐?"

"아, 진짜! 사람이 참. 그렇게 안 봤는데."

"푸하하하."

산은 초롱이 저 말을 할 때마다 귀여워 미칠 것 같았다. 예상에서 한 치도 벗어나지 않은 반응에 굳이 보지 않아도 초롱의 얼굴이 얼마나 달아올라 있을지 알 것 같았다.

"내가 그렇게 보라고 몇 번을 말해?"

마침 빨간 신호에 차를 멈추고 초롱을 바라보는데 아니나 다를까, 붉게 달아오른 얼굴에 손부채질을 하는 모양새가 무슨 상상의 나래를 펼치는지 알 것 같아 또다시 웃음이 터져 나오려는 걸 꾹 눌러 참았다.

"너도 참 그렇게 안 봤는데 말이야."

"제가 뭘요?"

"너 지금 엉큼한 생각 하잖아. 아니야? 차에서 막. 어? 이상한 소리 내면서 막. 어. 아니야?"

"아, 아니거든요! 그건 이산 씨 생각이고요."

당황했다. 제 속에 들어갔다 나온 것도 아니면서 저런 건 어떻게 그렇게 귀신같이 눈치채는지. 저도 모르게 펼쳐진 상상의 나래를 서둘러 털어 버리며 창문을 여는데 운전석에서 손을 쓴 모양인지 창이 열리지 않았다.

"감기 걸려. 조금만 열어 줄게."

산은 초록불로 바뀐 신호에 다시 차를 출발시키며 창문을 조금 열어 주었다.

"그리고 너무 부끄러워하지 마. 그건 지극히 정상적인 상상이야. 뭐. 나 역시 로망이 없는 건 아니지만, 나는 좀 더 확실한 쾌감을 원해. 불편한 차가 아니라도 우리에겐 캠핑카도 있고, 내 아파트도 있는데 굳이 이 좁은 차에서 하지 않을래."

너무도 당당하게 사랑을 말하는 그의 모습에 또 당황하고 말았다. 어쩜 저런 말들을 얼굴색 하나 바꾸지 않고 스스럼없이 할 수 있는지 모르겠다. 그런데 한편으로 그런 당당한 모습마저 사랑스럽게 느껴졌다. 아니. 그는 단 하나도 사랑스럽지 않은 데가 없는 사람이었다. 이제 더는 새롭지도 않은 사실을 인정하며 초롱이 다시 입을 열었다.

"그럼 아까 해 본다는 건 뭘 말하는 거였어요?"

"키스! 아까처럼 너 불안해하지 않게 아무도 찾지 않는 깊고 으슥한 산길에서 아주 뜨겁고 열렬한 키스가 해 보고 싶은데. 어때? 해 줄 거야?"

"뭐. 어려운 것도 아니네요."

또다시 차 안을 가득 메운 듣기 좋은 그의 웃음소리가 음악처럼 귓가로 쏟아져 들어왔다. 초롱은 자신이 지금 무얼 하러 가는지도 잊은 채, 행복한 미소를 머금으며 자신에게 이렇게 행복을 안기는 남자를 눈에 꾹꾹 눌러 담았다. 그와 즐겁게 대화를 나누다 보니 어느새 목적지에 다다랐나 보다. 그의 차가 가만히 멈추어 섰다.

"다 왔어. 여기야."

그와 함께 차에서 내려 바라본 건물에는 ○○예술장학재단이라는 간판이 걸려 있었다. 자신을 향해 내미는 그의 따듯한 손을 맞잡으니 그의 강한 힘이 느껴졌다. 자신을 바라보며 미소를 지어 주는 모습에 저만큼 도망치던 용기를 붙잡아 세웠다.

"나 따라 해 봐."

산이 말을 하고는 초롱의 손을 놓고 2초 정도 숨을 깊이 들이마시더니 후 하고 크게 내뱉었다. 초롱은 같은 동작을 반복하는 산을 보며 함께 숨을 크게 들이쉬고 내뱉었다. 그렇게 몇 번이나 했을까. 무거웠던 머리가 맑아지며 두근대던 심장도 정상 속도로 돌아가 있었다.

"어때, 괜찮아?"

"네. 괜찮아요."

산은 엷은 미소를 지어 보이는 초롱에게 다시 손을 내밀었다. 맞잡은 손에 아까와 같은 떨림이 느껴지지 않는 걸 보니 어느 정도 진정한 모양이었다. 그제야 만족스러운 미소를 떠올리며 초롱을 이끌었다. 건물 안으로 들어서자마자 누군가 자신들을 반기는 목소리가 들려왔다.

"이산, 초롱 씨, 여기예요."

두 사람은 동시에 소리 나는 쪽을 돌아보았다. 그곳에는 로라가 있었다. 초롱은 의외의 인물을 마주하며 질문하듯 산을 올려다보았으나 산은 그저 미소를 보일 뿐이었다.

한편, 로라는 자신을 향해 다가오면서도 손을 놓지 않는 두 사람의 모습을 보며 잠시 부러운 마음이 비집고 나왔지만 내색하지 않고 남은 한 손을 들어 인사하는 산에게 다가갔다.

"시간 잘 맞춰 왔네. 반가워요, 초롱 씨. 오랜만이에요."

"네. 안녕하세요. 그런데 여긴 어떻게."

로라는 부끄러운지 산의 손을 슬쩍 놓으며 의아한 눈빛으로 자신을 바라보는 초롱의 모습에 곧장 이산에게 시선을 보냈다. 고개를 가로젓는 모습을 보아하니 아직 완전히 설득하지 못한 모양이었다. 그래도 이곳까지 데려온 걸 보면 절반은 성공한 셈이었다.

"그 얘기는 차차 하기로 하고, 오늘 뭐 때문에 왔는지는 알죠?"

"네. 만나 볼 분이 있다고."

"그래요. 약속 시각 다 됐으니까 일단 그분 만나 보고 우리 얘기는 그다음에 하도록 해요."

초롱은 무슨 얘기를 또 하자는 건지 궁금했지만, 임박한 약속 시간에 그녀와의 얘기는 나중으로 미뤄야 할 듯했다. 말없이 제 어깨를 감싸는 산을 바라보았다. 싱긋 웃어 보이는 모습에 말하지 않아도 전해 오는 그의 따듯한 마음을 느끼며 앞서가는 로라의 뒤를 따랐다.

로라가 어떤 문 앞에서 멈추더니 다가오는 산과 초롱을 보며 문을 활짝 열어 주었다. 안으로 들어서는 두 사람을 보고 로라는 그분을 모셔 오겠다며 자리를 떴다.

입구에 선 초롱은 예상하지 못했던 곳을 바라보며 당황했다. 그저 누군가를 만나 대화를 나누고 피아노 연주만 한두 곡 하면 될 줄 알았는데, 눈앞에는 소규모 연주회장이 펼쳐져 있었다. 그리 큰 규모가 아니라 해도 연주회장을 대하는 초롱의 마음은 남다를 수밖에 없었다.

그런 초롱의 등을 산이 부드럽게 어루만졌다. 그제야 자신이 입구에서 미동도 없이 멍하게 서 있었다는 걸 알게 되었다. 긴 한숨을 삼키고서 천천히 무대 앞으로 다가갔다. 무대 앞에 다다라 긴장으로 잔뜩 경직되어 있는데 손에 그의 온기가 가만히 와 닿았다. 어느새 두 손 다 그의 손안에 들어가 있었다. 차가운 자신의 손과는 달리 너무나 따듯한 그의 손이었다.

초롱은 너무 신기했다. 분명 같은 공간 같은 온도에 있는데 왜 서로의 체온은 이렇게나 다른지. 차가운 자신의 손과 너무나 대조적인 그의 온기를 마음으로 느끼며, 그 온기가 점점 스며들어 제 손도 조금씩 냉기가 사라지는 듯했다.

"괜찮아?"

잠시 진정이 되었나 싶으면 다시 긴장하고, 겨우 마음을 다스렸나 싶으면 다시 굳어 버리는 초롱이 안쓰러웠다.

"네. 많이 긴장했는데 덕분에 이젠 좀 나아지는 것 같아요."

"초롱아. 긴장할 필요 없어. 너무 걱정하지도 말고, 너무 잘하려고 애쓰지도 마. 그냥 있는 그대로의 네 모습을 보여 주면 돼."

가만히 고개를 끄덕이며 미소가 번지는, 점점 따듯해지는 초롱의 손을 느끼며 그제야 산의 마음이 조금 가벼워지는 듯했다.

드디어 닫혔던 문이 다시 열렸다. 산은 잡았던 손을 놓고 다시 초롱의 등을 가만히 감쌌다. 초롱은 떨리는 호흡을 가다듬으며 문이 열리는 곳으로 시선을 돌렸다. 로라와 함께 연주회장 안으로 들어서는 마른 듯한 중년의 여성을 유심히 바라보던 초롱의 입에서 짧은 탄식이 새어 나왔다. 그녀의 놀란 표정이 얼굴에 고스란히 드러났다.

선미는 약속한 사람이 도착했다는 말에 로라와 함께 연주회장으로 향했다. 문을 열어 안으로 들어서니 무대와 얼마 떨어지지 않은 곳에 훤칠한 남자와 여성스러움이 물씬 풍기는 여자가 함께 서 있었다.

천천히 그들 쪽으로 향하며 왠지 모르게 시선이 가는 여자에게서 눈을 뗄 수가 없었다. 그렇게 한 발 한 발 옮기다 어느새 선미의 걸음이 천천히 멈추어 섰다. 긴가민가했던 얼굴이 조금씩 다가가면 다가갈수록 더 선명해졌고, 설마 하던 얼굴이 선명하게 눈에 들어온 순간 놀라 걸음이 멈추고 말았다.

선미의 심장이 세차게 뛰었다. 저도 모르게 눈가에 눈물이 고였다. 너무나 궁금했던, 너무나 보고 싶었던 얼굴을 다시 마주하며 잠시 할 말을 잃었다. 아직 몇 미터나 남은 거리에서 서로를 알아본 두 사람은 누구도 쉽사리 움직일 생각을 하지 못하고 그 자리에 못 박힌 듯 머물러 있었다.

그러다 먼저 발을 떼고 움직인 건 선미였다. 천천히 초롱을 향해 다가가기 시작했고, 그제야 초롱도 선미를 향해 한 발 한 발 다가왔다. 마주한 두 사람의 얼굴은 이미 눈물로 얼룩져 있었다.

"초롱아."

선미가 가만히 선 초롱을 꼭 감싸 안았다.

"선생님."

초롱 역시 선미를 끌어안았다. 한동안 말없이 흐느끼는 소리만이 공간에 흩어지고 있었다. 초롱의 뒤를 지키던 산과 선미의 뒤를 따르던 로라는 영문도 모른 채 잠시 당황한 눈빛을 주고받았다.

로라의 눈이 다시 부둥켜안은 두 사람을 향하더니 불현듯 스친 생각에 놀라워하며 황급히 짧은 숨을 들이켰다. 그러고는 서둘러 산을 향해 밖으로 나가자 손짓했다. 산은 그런 로라를 보며 울고 있는 두 사람만 두고 나가기가 걱정스러웠지만 무슨 사연이 있는 것 같아 잠시 자리를 비켜 주는 게 나을 듯싶어 조용히 그곳을 벗어났다.

선미는 흐느끼는 제자를 안고서 지난 세월을 아쉬워하며 옛일을 떠올렸다.

자신이 살면서 가장 힘든 시기에 맡았던 제자였다. 미국에 유학 보낸 딸이 불의의 사고로 죽고 말았다. 받아들일 수 없는 현실에 휴직하고 칩거를 하다 딸아이의 뒤를 따라갈 결심을 했던 그때. 처음 초롱을 만났다.

저를 걱정한 동료 교수가 중학교 3학년이던 초롱을 소개했다. 집안 사정이 있어 레슨비는 기대하지 말고 봉사한다 생각하고 해 보라며 데려온 아이였다. 그런데 뜻밖에도 초롱이 극구 사양하며 손사래 쳤다. 아마도 동료 교수의 의도를 모르고 따라온 모양이었다.

그때 초롱의 눈빛은 정말 당황으로 흔들리고 있었지만 마음에 병이 들어 있었던 선미는 그런 초롱을 제대로 들여다볼 정신이 없었다. 그저 예의상의 제스처라 생각하며 아이가 영악하다 생각했고 처세가 뛰어나다 여겼다.

동료 교수의 간절한 부탁을 거절하지 못하고 별채에 있던 제 연습실을 내어 주었다. 어차피 삶에 의욕도 없던 터라 집에 누가 오간들 무슨 상관이 있으랴 싶었다. 그렇게 초롱은 제 별채에 드나들게 되었지만 한동안 선미는 관심조차 주지 않았었다.

그런데 초롱이 다녀가는 날은 본채 문고리에 항상 무언가 매달려 있었다. 봉투를 열어 보면 별것 아닌 음료 혹은 과일 몇 개 정도가 다였고, 선미는 아무 생각 없이 그것들을 본채 앞에 있던 쓰레기통에 처박았다.

보름이 지났을까. 또다시 문고리에 달린 무언가를 보며 왠지 모를 짜증이 났다. 어김없이 쓰레기통에 던졌는데 봉투에서 무언가 튀어나와 바닥으로 툭 떨어졌다. 꾹꾹 눌러 접은 작은 쪽지였다. 뭔가 싶어 급히 열어 보았다.

「안녕하세요. 선생님. 벚꽃 잎이 눈처럼 흩날립니다. 예쁘기는 한데 떨어지는 꽃잎의 기분은 보는 것만큼이나 예쁠 것 같지 않아서 마음이 아팠어요. 꽃잎을 밟고 싶지 않아서 땅만 보고 왔더니 목이 아파요. 오늘은 이만 가 보겠습니다. 연습실 사용할 수 있게 해 주셔서 감사합니다.」

작고 예쁜 글씨로 또박또박 적어 내려간 아이의 마음이 왠지 그려지는 듯해 메마른 입술에 미소가 살짝 스쳤다. 그러다 아차 하며 서둘러 본채 앞에 놓인 쓰레기통을 열어 보았다. 다행히 몇 개의 봉투가 그대로 남아 있었다. 혹시나 하는 마음에 봉투 하나를 조심스레 열어 보는데 아니나 다를까 쪽지가 들어 있었다.

「안녕하세요. 선생님. 벚꽃이 활짝 폈어요. 고개를 들어 바라보는데 햇볕에 반짝이며 산들바람에 춤추는 벚꽃이 눈부시게 아름다워요. 꽃잎이 강했으면 좋겠어요. 떨어지지 않고 계속 이대로 견뎌 주면 좋겠어요. 오는 내내 하늘만 보고 왔더니 목이 아파요. 오늘은 이만 가 보겠습니다. 연습실 사용할 수 있게 해 주셔서 감사합니다.」

선미는 초롱의 너무나 맑은 마음이 눈에 그려지는 듯해 저도 모르게 웃음을 터트리고 말았다. 결국 쓰레기통을 엎었다. 며칠 간 버린 봉지와 봉투를 급히 열어 보며 쪽지를 찾아 나갔다.

그렇게 하나둘 모인 쪽지가 다섯…… 나머지는 이미 청소하는 분이 치워 버리고 없었다. 그게 왜 그렇게 서운하고 속상한지. 선미는 서둘러 쪽지를 들고서 집 안으로 들어갔다. 이게 뭐라고 소파에 앉아 떨리는 마음으로 쪽지를 펼쳤다.

쪽지에는 하나같이 '안녕하세요. 선생님.'으로 시작해 그날의 소소한 느낌이나 생각 또는 풍경이 그림처럼 글로 펼쳐져 있었고, 마지막은 항상 '연습실 사용할 수 있게 해 주셔서 감사합니다.'로 끝이 났다.

보고 싶었다. 선미는 초롱이라는 아이가 불현듯 보고 싶었다. 오랫동안 제 마음인 듯 꼭 닫아 두었던 커튼을 조심스레 열었다. 밝은 빛이 거실로 쏟아져 들어왔다. 이제나저제나 초롱이 올까 거실을 서성이며 밖을 내다보는데 때마침 대문 벨 소리가 울렸다.

여느 때 같았으면 얼굴을 잔뜩 찌푸리고 거실로 나와 비디오 폰으로 문을 열어 주자마자 곧장 방으로 들어갔을 텐데, 오늘만큼은 달랐다. 문을 열어 주고 서둘러 창밖을 내다보는데 초롱이 대문을 열고 들어서는 모습이 보였다.

본채 쪽을 바라보던 초롱이 허리를 숙여 인사했다. 거리가 있는 데다 외부에서는 보이지 않는 창이라 자신이 보일 리 만무했지만 초롱은 예를 갖추고 있었다. 늘 오면 저렇게 인사를 한 모양이었다. 이내 몸을 돌려 별채로 향하는 모습이 왜 이렇게 아쉬운 건지.

선미는 한참 망설이다 궁금함을 이기지 못하고 별채로 향했다. 그곳으로 다가갈수록 선명하게 울려 퍼지는 피아노 소리에 그대로 다리가 멈춰 버렸다.

감정이 풍부하다고 생각했던 아이는 피아노 연주도 남달랐다. 글로 만나 보았던 모습만큼이나 맑고 고운 피아노 연주를 들으며 선미는 저도 모르게 눈물이 차올랐다. 놀랍게도 초롱은 리스트의 위로를 연주하고 있었다. 그렇게 선미는 별채로 향하는 길목에서 초롱의 연주에 매료되어 옆에 있던 벤치에 천천히 앉아 귀를 기울였다.

진심이 담긴 듯한 서정적이고 아름다운 연주를 들으며 어느새 눈물이 줄줄 흘러내렸다. 그 곡이 끝난 후에도 한동안 이어진 다른 연주 또한 예사롭지 않았고 결국 모든 연주를 마칠 때까지 자리를 뜨지 못한 선미였다. 어떻게 저렇게 어린 학생의 연주에 온 마음을 다 빼앗길 수 있는지. 동료 교수가 왜 저에게 아이를 맡겼는지 알 것 같았다.

연습실 문이 열리는 소리에 선미는 서둘러 자리를 털고 일어서 본채로 달려갔다. 거실에서 숨을 고르며 밖을 내다보는데 초롱이 조심조심 걸어오는 모습이 보였다. 잠시 본채 문 앞에 머무나 싶더니 이내 대문을 향해 가는 초롱을 보며 잡아 볼까 고민하다 때를 놓쳤다. 초롱이 대문을 나서고 나서야 현관문을 열어 보았다. 아니나 다를까 문고리에 무언가 걸려 있었다.

선미는 서둘러 문고리에 걸린 봉투를 열어 보았다. 봉투 속에는 귀엽게도 바나나 우유 하나와 빨대, 그리고 기다리던 쪽지가 들어 있었다. 바나나 우유에 빨대를 꽂았다. 왠지 더 달게 느껴지는 듯한 우유를 쪽 들이켜며 거실 소파에 앉아 떨리는 마음으로 쪽지를 펼쳤다.

「안녕하세요, 선생님. 집에 일이 생겨 당분간 오지 못할 것 같아요. 그동안 연습실 사용할 수 있게 해 주셔서 감사했습니다. 안녕히 계세요.」

선미는 갑자기 단맛이 사라져 버린 바나나 우유를 테이블에 내려놓고서 쪽지를 다시 한번 읽어 보았다. 당분간 오지 못한다면서 왜 끝인 듯한 느낌이 드는 것인지. 기존의 쪽지와는 다른 끝맺음에 마음 한편이 허전했다. 선미는 그날 온종일 거실을 서성이다 결국 밤잠까지 설치고 말았다.

일주일째 제 집을 찾지 않는 초롱을 기다리다 견디지 못해 동료 교수에게 전화를 걸어 그 아이의 주소와 연락처를 받았다. 초롱의 주소와 연락처를 뚫어져라 바라보다 결심한 듯 자리에서 일어서 곧장 초롱의 집을 찾았다. 학교를 마쳤는지 터덜터덜 집으로 향하던 아이의 눈이 자신을 발견하곤 놀라 커지는 게 보였다.

"안녕하세요, 선생님. 여기는 어떻게……."

말을 잇지 못하던 아이를 데리고 근처 공원에 가서 대화를 나누었다. 집안 사정으로 피아노를 할 수 없을 것 같다는 아이를 설득하는 자신이 이해가 안 됐지만, 선미는 최선을 다해서 아이의 마음을 돌리려 애썼다.

요 조그만 아이가 마음이 얼마나 단단한지 좀처럼 결심을 바꾸지 않으려 들어 조심스레 자신의 아픔을 꺼내 보였다.

"딸이 있었어. 너보다는 많이 크지. 미국에 유학을 보냈는데…… 총기 사고로…… 먼저 하늘나라에 보냈어. 음…… 죽고…… 싶었어. 아니 죽으려고 했어. 그런데…… 네 연주를 듣고 나서 마음이 바뀌었어. 이제는 살아 보려고. 다시…… 일어나 보려고. 네가 도와주지 않을래? 지금까지 하던 것처럼 가끔 와서 연주하는 모습 보면 힘이 날 것 같아서. 이번에는 내가 봐줄게."

제 진심이 전해졌을까. 초롱의 작고 여린 손이 주춤주춤 다가와 제 손을 잡아 주는데 우습게도 눈물이 흘렀다.

"선생님이 괜찮으시다면…… 갈게요."

그렇게 초롱과 사제의 연을 맺었다. 알음알이로 초롱의 사정을 듣게 되었다. 여려 보이는 초롱은 저보다 심지가 곧고 단단했다. 선미는 힘든 상황에서도 좀처럼 지치지 않으며 꿋꿋하게 잘 이겨 내는 초롱의 모습에 오히려 자신이 더 큰 힘과 용기를 얻었다.

하나를 가르쳐 주면 열 이상을 해내는 습득력이 남다른 아이였다. 초견 능력은 말할 것도 없거니와 어렵고 복잡한 악보도 어느새 머릿속에 집어넣고 있었다.

타고난 천재성에도 자만하지 않는 아이였고, 노력을 게을리하지 않으며, 그에 대한 결과치는 반드시 보여 주는 아이였다. 풍부한 감성만큼 곡을 받아들이고 표현하는 능력 또한 이름 있는 피아니스트와 견주어도 부족함이 없을 만큼 천부적인 재능을 가짐은 말할 것도 없었다.

선미는 초롱을 가르치며 아픔을 치유해 나갔다. 초롱의 연주에 위로받고 위안을 얻으며 길고 긴 어두운 터널에서 비로소 벗어날 수 있었다.

그렇게 초롱은 선미에게 제자 그 이상의 특별한 존재였는데, 어느 날 갑자기 피아노를 그만두겠다던 초롱의 말에 심장이 철렁 내려앉았다. 그때가 초롱이 고등학교 2학년이 되던 해였다.

초롱은 이미 유명 대회를 죄다 휩쓸며 장래가 촉망되는 아이였기에 선미는 쉽게 포기할 수가 없었다. 그 실력으로 해외 콩쿠르에 도전한다면 수상까지 바랄 수 있는 상황이었기에 단호한 초롱의 결심이 더욱더 쓰리게 느껴졌던 선미였다.

오랜 설득에도 결국 초롱의 결심을 돌려놓지 못했다. 큰 상실감에 다른 누구를 봐도 초롱을 대할 때만큼의 열의가 느껴지지 않았다. 선미는 결국 후배 양성을 포기하고 한동안 두문불출해야 했다.

긴 상념에서 벗어난 선미가 조심스레 포옹을 풀더니 한층 성숙해진 초롱을 보며 눈물이 번진 얼굴을 가만히 닦아 주었다.

"초롱아. 그동안 네가 얼마나 보고 싶었나 몰라."

"저도 선생님 뵙고 싶었어요."

"내가 얼마나 기다렸는데, 왜 이렇게 늦었어."

선미는 초롱을 다시 보기까지 이렇게 오래 걸릴 거라고는 생각하지 못했다. 재능이 남다른 아이였기에 피아노를 완전히 그만두지 않은 다음에야 분명 다시 보게 될 거라 믿어 의심치 않았다.

미련을 버리지 못하고 해마다 열리는 콩쿠르라는 콩쿠르는 다 확인했지만 어디에도 초롱은 나타나지 않았다. 그때마다 번번이 실망하면서도 좀처럼 희망을 버릴 수 없던 선미였다.

"죄송해요. 죄송해요, 정말."

초롱은 진심으로 저를 반기는 선생님을 보며 꿈을 포기해 버린 게 죄송스러워 고개 숙였다. 선미는 그런 초롱의 손을 잡고서 의자로 데려가 앉혔다. 한참을 이런저런 얘기를 나누고 나서야 함께 있던 로라와 산의 부재를 눈치챌 만큼 두 사람의 만남은 특별했다.

"초롱아, 전화해서 오라고 해. 두 사람."

"네. 선생님."

초롱이 전화를 하고 몇 분 지나지 않아 산과 로라가 연주회장 안으로 들어섰다.

산은 서둘러 초롱을 향해 가며 그녀의 얼굴을 살피기 바빴다. 많이 울었는지 눈가가 붉어져 있었지만 다행스럽게도 입가에는 미소가 머물러 있는 모습에 안도했다.

선미는 성큼성큼 다가와 곧장 초롱에게 향하는 남자를 보며 흐뭇한 미소를 지었다. 잔뜩 걱정 어린 표정으로 초롱을 유심히 살피며 다정하게 눈을 맞추더니 손을 뻗어 등을 어루만지는 남자는 누가 봐도 사랑하는 여자를 대하는 모습이었다.

한눈에 보기에도 훤칠하고 듬직한 모습을 보며 왜 자신이 이렇게 기쁜 것인지. 마치 사윗감을 대하듯 머리끝에서 발끝까지 유심히 남자를 살피는 자신의 모습에 피식 웃음이 나왔다.

초롱은 걱정스러운 표정으로 자신을 바라보는 산을 보며 미소를 그렸다.

"그렇게 보지 않아도 돼요. 저 괜찮아요. 존경하던 선생님이셨고, 너무 그리웠던 분이라 반가워서. 너무 좋아서 눈물이 났나 봐요."

조용히 건네는 말을 듣고서야 산의 얼굴에서 걱정이 걷히고 있었다. 초롱은 가만히 미소를 짓는 산의 팔을 잡고서 옆에서 유심히 자신들을 바라보고 계신 선생님을 향해 섰다. 선생님께 누구인지 소개가 필요할 듯했다.

"선생님. 제가…… 만나는 사람이에요."

초롱의 소개에 이산이 정중하게 인사를 건넸다.

"처음 뵙겠습니다. 하이산입니다."

"반가워요. 김선미예요. 우리 초롱이 앞으로도 잘 부탁해요. 심성이 여리고 고운 아이라, 마음이 다치지 않았으면 좋겠어요."

"네. 걱정하지 않으셔도 됩니다. 더 잘하겠습니다."

초롱은 당부하는 선생님과 미소 지으며 대답하는 산을 번갈아 바라보며 묘한 기분이 들었다. 부모님께 그를 소개한다면 이런 기분일까. 괜스레 울컥하고 말았다.

그때까지도 말없이 세 사람을 지켜보던 로라가 입을 열었다.

"이사장님. 초롱 씨는 이제 걱정하지 않으셔도 돼요. 초롱 씨 설득해서 여기까지 데려온 사람이 이산이에요. 초롱 씨 애인이면서 제 친구이기도 하고요. 초롱 씨 생각을 얼마나 끔찍이 하는데요."

"오, 그래? 듣던 중 고마운 말이네."

선미는 로라의 말에 크게 안심하며 활짝 웃었다.

"그러니까 걱정은 그만하시고요. 초롱 씨가 그 제자 맞죠? 이사장님이 애타게 찾고 기다리시던?"

로라는 가만히 고개를 끄덕이는 선미를 보고 싱긋 웃으며 말을 이었다.

"그럼 이럴 게 아니라 초롱 씨 연주 한번 들어 보셔야죠. 많이 기다리셨는데."

"그래, 그러자. 들어 봐야지. 우리 초롱이 연주."

선미는 연주를 듣기도 전에 벅찬 감동이 밀려와 울컥했다. 초롱의 연주를 다시 듣게 될 날이 올 줄이야. 선미는 서둘러 외투에 넣어 두었던 휴대폰을 들어 어디론가 전화를 걸었다. 몇 분 지나지 않아 가슴에 명찰을 단 사람들이 우르르 몰려왔다. 아마도 이곳에서 일하는 직원들인 듯했다.

"맙소사."

삼삼오오 들어와 연주회장 객석을 메우는 사람들을 보며 놀란 초롱의 입이 절로 벌어졌다. 아직 손이 제대로 풀린 것도 아닌데, 선생님 얼굴에 먹칠하게 되면 어쩌나 덜컥 걱정이 되었다.

산 역시 놀라고 있었다. 몇 년 만에 만난 제자일 것이다. 심지어 다시 연주하는 모습을 보지도 못한 분이 어쩌자고 직원들을 죄다 불러 모았는지. 그만큼 초롱의 실력을 인정한다는 말이었고, 몇 년이 지났음에도 그 실력은 여전할 거라 믿고 있다는 뜻으로 보였다.

자신이 이렇게 당황스러운데 초롱은 오죽할까 싶어 바라보니 아니나 다를까 입을 다물지 못하는 모습에 가만히 초롱의 손을 잡았다.

"초롱아, 편하게 생각해. 너무 부담 갖지 말고, 응?"

이런 말이 무슨 도움이 될까 싶었다. 잠시 데려 나가 마음을 안정시키고 싶은 생각이 굴뚝같았으나 지금은 그럴 시간적인 여유가 없을 듯했다. 그저 초롱이 중압감을 잘 이겨 내기를 바랄 수밖에는.

초롱은 제 손을 가만히 그러잡는 그의 온기에 벌어졌던 입을 다물었다. 언제까지 그에게 걱정을 끼칠 수만은 없었다. 당황스러웠지만 이겨 낼 수 있을 것 같았다. 오랜 시간이 지나긴 했지만, 이보다 훨씬 더 큰 연주회장에서 수없이 많은 연주를 했었다. 이 정도의 긴장감과 중압감쯤이야 피아노 앞에 앉으면 어느새 다 사라지고 없을 거라 자신했다.

오히려 이곳에 오기 전보다 한결 마음이 차분해져 갔다. 초롱은 왠지 저보다 더 긴장한 듯한 산의 손을 힘주어 잡고서 그를 향해 미소를 보이며 가만히 말을 건넸다.

"긴장 풀어요. 그러다 저보다 먼저 쓰러지겠어요."

지금 누구 때문에 이렇게 긴장하는데, 오히려 저를 걱정해 주는 듯한 말에 어이가 없어 산의 입이 스르륵 벌어졌고, 초롱은 산의 황당해하는 모습에 피식 웃음을 터트렸다.

잠시 직원들과 얘기를 나누러 갔던 선미가 로라와 함께 다시 초롱에게 돌아왔다.

"초롱아. 연주할 수 있겠어?"

"네, 선생님. 바로 준비할게요."

"그래. 네가 편한 곡으로 시작해."

"네. 그렇게 할게요."

차분하게 대답하는 초롱을 보고 만족스러운 미소를 띤 선미가 다시 직원들이 모여 있는 객석으로 향했다. 산은 초롱의 외투를 받아 들고서 무대로 향하는 초롱을 마음으로 응원했다.

초롱이 무대로 올라가 객석을 향해 인사하자 응원의 박수가 쏟아졌다. 마치 독주회를 하는 듯한 기분에 순간 울컥했지만 이내 마음을 다스리고 피아노 앞에 앉았다.

초롱은 감회에 젖어 건반에 손을 올릴 생각도 하지 못한 채 수 초간 피아노만 뚫어져라 바라보았다. 정적이 흐르는 가운데 들리는 거라고는 불안정하게 쿵쿵 울리는 제 심장 소리밖에 없었다.

이대로는 연주를 할 수 없었다. 마음이 정돈되지 않으면 연주에서 너무 쉽게 그 마음이 드러나고는 했다. 기분 좋은 긴장이 아닌 불안이 스며든 긴장감이었기에 초롱은 가만히 두 눈을 감았다.

머릿속을 파고드는 수많은 상념을 가까스로 거둬 내고 선생님과의 추억을 떠올려 보았다.

벚꽃이 흩날리는 나무 아래서 떨어지는 꽃비를 맞으며 환한 웃음을 나누었던. 힘겹게 오른 산 정상에서 성공을 자축하며 함께 나누었던 기쁨을. 콩쿠르에 나갈 때마다 저보다 더한 긴장으로 마음을 졸이던 선생님의 모습이. 수상이라는 값진 성과에 뛸 듯이 기뻐하시던 일이. 피아노를 그만둔다고 했던 날 저를 부둥켜안고 눈물을 쏟아 내던 모습까지. 수많은 찰나의 순간이 파노라마처럼 머릿속을 스쳐 지났다.

너무나 과한 사랑을 베풀어 주신 은혜에 목이 멨다. 뜨거운 눈물이 볼을 타고 흘러내리며 긴장했던 마음은 이미 저만치 사라져 버리고 초롱의 입가에 은은한 미소가 가만히 피어올랐다. 천천히 감은 눈을 뜨며 손등으로 흘러내린 눈물을 닦고 차가운 건반 위에 손을 올렸다. 음악으로 제 마음을 전할 수 있음에 감사하며 기쁜 마음으로 연주를 시작했다.

연주에 모든 신경을 집중시키는 초롱은 청중들의 반응을 볼 수도 들을 수도 없었다. 그저 제 마음을 그려 내는 데 혼신의 힘을 기울였다.

초롱의 연주가 시작되자마자 선미의 눈에서 뜨거운 눈물이 흘러내렸다. 베토벤의 피아노 소나타 26번을 선곡한 초롱의 마음이 무엇인지 알 것 같아 흐르는 눈물을 멈출 수가 없었다.

고별 소나타로 잘 알려진 26번은 베토벤이 힘든 시기에 유일하게 마음을 의지하고 나누었던 단 한 사람을 위해 작곡한 헌정곡으로 본인이 직접 타이틀을 정하고 유일하게 각 악장마다 표제를 붙인 특별한 소나타였다.

선미는 1악장의 고별을 지나 2악장의 부재로 향하는 연주를 들으며 예전보다 한층 더 성숙해진 초롱의 감성과 풍부한 표현력에 놀라지 않을 수 없었다. 오랜 기간 피아노를 떠나 있었다고 믿기 어려울 만큼 훌륭한 연주를 들으며 뜨거운 눈물이 서서히 걷히고 그 자리에는 미소가 가만히 번져 갔다.

조용히 외마디 감탄사를 연발하는 직원들의 흥분한 호흡 소리가 귓가에 흘러들었다. 굳이 보지 않아도 알 것 같은 그들의 모습을 살펴볼 여유가 없었다. 3악장 재회로 향하며 표정이 환하게 바뀌는 초롱의 모습에 덩달아 활짝 웃으며 재회의 기쁨을 만끽하는 선미였다.

초롱의 연주가 끝났다. 처음 응원을 보내던 것과는 비교가 되지 않을 만큼 커다란 박수와 함성이 연주회장을 가득 메웠다. 선미 또한 자리에서 일어서 제자를 향해 아낌없는 박수를 보냈다. 연주를 마친 초롱은 의자에서 일어나 선미를 향해 고개 숙여 감사를 전했다.

산은 그런 초롱에게서 눈을 뗄 수가 없었다. 물 흐르듯 자연스레 피아노를 치는 모습은 말할 것도 없이, 고아한 자태에 우아한 미소를 머금은 초롱의 얼굴이 환하게 빛나고 있었다. 지금껏 어떻게 참았을까, 그 환한 빛을 어떻게 감추고 살았을까. 이제라도 그 빛을 밝힐 수 있어 다행이라 생각하며 마음으로 아낌없는 찬사를 보냈다.

로라는 눈에서 꿀이 뚝뚝 떨어질 듯한 산의 모습에 고개를 설레설레하며 그의 팔을 툭 치고선 말을 걸었다.

"입 좀 다물지? 꼭 이렇게 티를 내요. 티를. 그렇게 좋아?"

"풋. 말해 뭐 해?"

"그래. 말해 뭐 해? 네 표정이 다 말해 주는걸. 그래서 실제로 연주회장에서 들어 본 소감이 어때?"

"멋있다. 정말. 오로라, 고맙다. 이런 자리 마련해 줘서."

"알면 됐어."

산은 로라의 시크한 대답에 피식 웃으면서도 눈은 초롱에게 향해 있었다. 무대에서 내려와 선미에게 향하는 초롱을 보며 자리에서 천천히 일어섰다. 그때까지 자리를 지키고 있던 재단 직원들이 모두 일어서 초롱에게 다가가 한마디씩 인사를 건넸다. 그들이 극찬하며 연주회장을 벗어나고 초롱은 선미와 다정하게 대화를 나누었다.

산이 로라와 함께 초롱이 있는 곳으로 걸음을 옮기는데 마침 초롱의 눈길이 자신에게로 향했다. 예쁘게 미소 짓는 모습에 같이 활짝 웃으며 서둘러 다가가 초롱의 등을 어루만지며 다정하게 말을 꺼냈다.

"잘했어. 잘했어 정말."

산은 미소로 답을 대신하는 초롱을 보며 당장이라도 꼭 안아 주고 싶은 걸 참느라 애써야 했다. 로라가 그런 두 사람을 흐뭇하게 바라보는 선미를 보며 입을 열었다.

"이사장님. 초롱 씨 연주 어떠셨어요?"

무의미한 질문이었다. 이미 만면에 만족의 미소를 띤 선미에게 하나 마나 한 질문인 걸 알면서도 형식상 물어보게 되는 로라였다.

"이제라도 와서 정말 다행이야. 고맙다, 로라야. 정말 고마워."

"별말씀을요. 이사장님 이렇게 행복해하시는 거 정말 오랜만에 뵙네요. 제가 더 기뻐요. 이사장님이 연예계에 조금이라도 관심을 두셨으면 초롱 씨를 조금 더 빨리 볼 수도 있었을 텐데요."

"그게 무슨 말이야?"

로라의 뜬금없는 말에 선미가 궁금해 물었다.

"초롱 씨 남동생이 연예인이거든요. 덕분에 초롱 씨도 잠시 언론에 노출된 적이 있었어요."

"그랬어?"

놀란 선미의 얼굴이 초롱에게 향했다.

"아주 잠시요, 선생님. 객석에 있다가 잠깐 찍혔나 봐요."

"그래, 우리 초롱이가 좀 예뻐야 말이지. 객석에 얌전히 앉아만 있어도 그 태가 났나 보다."

선미의 말에 로라가 못 말린다는 듯 고개를 내저었다. 초롱에게 빠져도 단단히 빠진 듯한 선미와 이산을 보며 로라는 웃지 않을 수 없었다. 하고 싶은 얘기가 많을 초롱과 선미를 위한 자리가 따로 필요할 듯해 로라가 제안했다.

"이사장님, 여기서 이럴 게 아니라 식사라도 함께 하세요. 제가 모실게요."

"나도 그러고 싶은데 일이 있어 직원들과 지방에 가 봐야 해. 오늘 이렇게 초롱이를 만날 줄 알았으면 일정을 잡지는 않았을 텐데."

아쉽다 못해 안타까움이 느껴지는 듯한 목소리에 이번에는 산이 급히 말을 꺼냈다.

"다음에 편하실 때 꼭 기회를 주십시오. 그땐 제가 모시고 싶습니다."

선미는 서글서글하게 건네는 남자의 말에 함빡 웃으며 흔쾌히 승낙하고선 초롱의 손을 가져다 꼭 그러잡았다.

"초롱아, 우리 다시 해 보자. 응? 늦지 않았어. 절대 늦지 않았어. 알지?"

간절하게 저를 바라보는 선생님을 보며 씩씩한 대답이 나와야 하는데 말이 쉽게 나오지 않았다. 좀처럼 들려오지 않는 대답에 이산이 초롱의 허리를 힘주어 안으며 초롱을 대신해 선미에게 말을 건넸다.

"전혀 걱정하지 않으셔도 됩니다. 이사장님, 초롱이에게 가장 나은 길이 무엇인지 제가 잘 얘기해 보겠습니다. 오늘 귀한 시간 내주셔서 진심으로 감사드립니다."

선미는 믿음직한 남자의 말에 한시름 놓으며 다시 초롱을 바라보았다.

"초롱아, 때로는 생각을 단순하게 해야 할 때도 있어. 당장 내일 우리에게 무슨 일이 일어날지 아무도 몰라. 그러니 결정에 후회를 남기지 마. 응?"

"……네. 선생님."

초롱은 선생님을 향해 제 등을 슬며시 미는 산의 의중을 눈치채고 선생님께 한 발 가까이 다가갔고, 선미는 그런 초롱을 다시 한번 꼭 안으며 등을 토닥였다.

잠시 후 선미가 아쉬운 발걸음을 옮기며 연주회장을 벗어났다. 로라는 두 사람과 함께 대화라도 나눠 볼까 싶었지만 왠지 모르게 침전한 분위기에 자리를 비켜 주는 게 나을 듯싶었다.

"이산, 나 먼저 가 볼게. 네가 초롱 씨하고 얘기 잘 나눠 보고 연락해 줘. 기다릴게."

"그래. 오늘 수고 많았다. 연락할게."

"아, 이산. 내가 초롱 씨에게 한마디 해도 될까?"

로라는 피식 웃으며 고개를 까딱하는 산에게서 초롱에게로 시선을 옮겼다. 얼굴에서 근심을 지우지 못한 모습을 보고 조심스레 말을 건넸다.

"초롱 씨, 오늘 수고 많이 했어요. 이사장님 말씀 잘 생각해 봐요. 내가 초롱 씨 입장이 돼 보지 않아서 섣불리 할 말은 아니지만, 내 길은 내가 스스로 개척하는 거예요. 초롱 씨라면 주위의 희생 없이도 충분히 잘 해낼 수 있을 거라고 믿어요."

아래로 향했던 초롱의 눈이 천천히 들어 올려졌다. 자신에게 향한 촉촉한 눈을 바라보며 로라가 싱긋 웃으며 말을 이었다.

"방법은 찾아보면 얼마든지 있어요. 내가 도와줄게요. 그러니까 피하지 말아요. 숨지도 말고. 꿈을 좇는 건 욕심이 아니라 권리라고. 그걸 반드시 기억해 줬으면 좋겠네. 주제넘었다면 미안해요."

초롱은 괜스레 뜨거워지는 눈시울에 입술을 깨물며 고개를 내저었다.

"아니에요. 말씀…… 감사합니다."

로라는 초롱이 부디 현명한 판단을 하기를 바라며 산을 보고 씩 웃고는 경쾌한 발걸음으로 연주회장을 벗어났다.

"네 재능을 아끼고 사랑하는 사람이 참 많네."

초연하게 서 있는 초롱에게 외투를 입히며 산이 물었다.

"지금 기분은 어때?"

"……."

꼼꼼히 외투를 여며 주는 다정한 그의 모습에 입을 열면 울먹임이 되어 나올 것 같아 초롱은 가만히 그의 가슴에 파고들었다. 힘주어 안아 주는 그의 품이 든든하게 느껴졌다.

등을 어루만지는 손길과 그의 은은한 향기에 일렁이던 마음도 서서히 안정을 되찾아 가는데 듣기 좋은 음성이 조용히 들려왔다.

"오늘 정말 잘했어. 넌 모르지? 네가 피아노 앞에서 연주할 때 얼마나 반짝반짝 빛이 나는지. 정말 눈부시게 아름다웠어. 나와 사랑을 나눌 때와는 또 다른 생기가 느껴졌어."

품에 안긴 초롱의 입에서 피식하고 바람이 새어 나오는 소리가 들렸다. 산은 가만히 초롱을 품에서 떼 놓고서 사랑스러운 얼굴을 감싸며 말을 이었다.

"나는 너의 빛이 꺼지지 않았으면 좋겠어. 더는 망설이지 않았으면 좋겠고, 더는 고민하지 말았으면 좋겠어. 양보하지도 타협하지도 말고 네가 원하는 대로 해 봤으면 좋겠어. 이번만큼은 그렇게 해 주면 좋겠다. 네 용기가 보고 싶다. 어때?"

초롱은 뚫어져라 제 눈을 바라보는 그의 진심 어린 눈빛을 마주하며 더 이상 제 마음을 속이지 않기로 했다. 더는 현실의 벽에 좌절하지도 물러서지도 않고 그 벽을 뛰어넘어 보기로 했다.

또다시 현실의 벽에 부딪힌다 해도 쉽게 포기하기보다, 그 벽에 온몸을 부서지라 내던져서라도 이겨 보려 노력하겠다고 마음으로 다짐하며 입을 열었다.

"해 볼게요. 고민 끝났고, 더는 물러나지 않을 거예요. 이산 씨한테 갔던 것처럼…… 직접 부딪혀 볼 거예요."

결연하게 말하던 초롱은 다가오는 그의 입술을 바라보며 싱긋 미소 지었다. 너무나 상냥하고 부드러운 입맞춤에 현기증이 나 그의 허리를 꼭 끌어안았다.

이곳이 어디인지 잠시 망각한 두 사람은 문이 열리는 소리를 듣지 못했다. 이내 후다닥 사라져 가는 발소리에 놀라 입술을 떨어트리고서 주위를 둘러보는데 문이 열려 있는 걸 보니 직원이 들렀던 모양이었다.

초롱은 민망함에 서둘러 가방을 챙기고서 자신의 손을 이끌고 달리는 산을 따라 도망치듯 연주회장을 빠져나왔다. 주차장에 이르러 서둘러 차에 타고서야 숨을 거칠게 몰아쉬며 누가 먼저랄 것도 없이 웃음을 터트렸다. 한참을 웃다 겨우 웃음을 멈춘 산이 초롱을 보며 물었다.

"아까 왔던 직원일까?"

"글쎄요."

"이초롱 이제 나 아니면 시집도 못 가게 생겼네? 벌써 소문 다 났겠는데?"

"에이. 겨우 키스 한 번으로 무슨."

민망함을 태연함으로 가장했지만 속은 엄청 시끄러웠다. 아까 연주할 때 있었던 직원이라면 분명 자신을 봤을 텐데. 정말 소문이라도 내면 어떡하나. 앞으로 이곳에 올 일이 많을 것 같은데 부끄러워서 어떻게 얼굴을 들고 다녀야 하나.

그런 상념은 불퉁한 그의 말에 의해 오래가지 못하고 흩어져 버렸다.

"뭐라고? 겨우 키스 한 번? 이야, 이초롱이 이렇게 쿨한 사람인지 내가 미처 몰랐네. 그럼 이제 아무 때나 키스 정도는 해도 된다는 말이지?"

"에이. 또 무슨 말을 그렇게 해석하시고, 쿨은 무슨. 사실 지금 엄청 쫄았거든요. 됐어요? 꼭 그렇게 확인을 해야 속이 후련해요?"

"푭. 푸하하하. 그래, 이래야 우리 초롱이지. 우리를 유심히 봤다면 키스 한 번만 한 사이는 아니라는 거 금방 눈치챘을 거야. 그렇지? 겨우 키스 한 번 한 사이치고는 키스가 아주 진하고 끈적했지, 아마?"

산은 태연한 척해도 낯빛까지 숨기지는 못하는 초롱을 보고 슬쩍 떠보는데 너무나 싱겁게도 백기를 드는 모습이 귀여워 웃지 않을 수 없었다.

"왜 들켜서 더 좋아하는 것처럼 보이죠?"

"왜 안 좋겠어? 아까 보니까 남자 직원들이 아주 그냥 침을 질질 흘리며 보던데 잘됐지 뭐. 우리가 그렇게 진하게 키스하는 걸 봤으니까 이제 누구도 널 두고 흑심을 품지는 못할 거야."

아닌 게 아니라 생각보다 많은 남자 직원들을 보고 놀라고 말았다. 앞으로 초롱이 선생님을 만나러 자주 드나들 텐데 그때마다 함께 올 수도, 속 좁게 초롱을 단속할 수도 없어 은근히 신경이 쓰이던 차에 차라리 잘됐다 싶었다. 의도하지는 않았으나 의도한 것 이상의 효과를 보게 되었으니 이보다 더 좋을 수는 없었다.

초롱은 그답지 않게 질투하는 모습에 소리 없이 입꼬리를 올렸다. 질투하는 모습까지 멋있게 보이는 걸 보니 그에게 빠져도 단단히 빠진 듯했다.

산은 고개를 창밖으로 향하며 말없이 미소 짓는 초롱의 모습에 싱긋 웃었다. 큰 숙제를 해결해서일까. 한층 표정도 마음도 여유로워진 듯한 모습에 흡족해하며 차에 시동을 걸었다.

출발하자마자 초롱에게 말을 걸었다.

"초롱아, 배고프지 않아?"

"배고파요."

"뭐 먹고 싶은 거 없어? 맛있는 거 먹자. 한동안 못 만날 텐데."

내일 새로운 지점 개관식을 시작으로 5일간 해외 출장을 가게 된 산이었다. 초롱은 당장 내일부터 며칠이나 그를 볼 수 없다고 생각하니 벌써 기운이 쭉 빠지며 입맛이 뚝 떨어지는 듯했다.

"전 괜찮아요. 이산 씨 먹고 싶은 거 먹으러 가요."

"나중에 후회하지 말고, 네가 고르는 게 나을 거야."

산은 내일부터 며칠을 못 본다는 생각에 식욕이 느껴지지 않았다. 산이 지금 당장 먹고 싶은 건 따로 있었다.

초롱의 도톰한 입술이 먹고 싶었고, 귀여운 귓불도 맛보고 싶었다. 신음으로 물드는 탐스러운 목선에 입술을 내리누르기를 열망하고, 흥분으로 부풀어 오르는 가슴도 베어 물고 싶었다. 입술이 스치는 곳마다 흠칫거리는 부드러운 피부를, 수줍어 감추려 애쓰는 모든 곳을 탐하며 맛보고 싶었다.

요즘 들어 수시로 이런 생각을 하는 자신이 미친 것 같았다. 어째서 그녀 옆에만 있으면 발정 난 동물처럼 흥분을 다스릴 수가 없는지 한숨이 절로 나왔다.

초롱은 지금껏 그가 데려간 음식점에서 식사하며 후회해 본 적이 없었다. 맛있고 훌륭한 음식점을 두루 알고 있는 그의 선택은 늘 옳았기에 나중에 후회하지 말라는 말이 의아하기만 했다.

"이산 씨가 가는 곳이면 어디든 좋아요. 난 이런 선택 잘 하지 못하는 거 알면서 뭘 물어요."

"흠…… 이초롱. 지금 내가 먹고 싶은 건 따로 있다고, 머릿속에 온통 그 생각뿐이라 솔직히 지금은 다른 생각을 못 하겠어. 그러니까 오늘은 네가 골라 봐."

"그럼 그거 먹으러 가면 되죠. 뭘 새삼스럽게. 혹시 내가 못 먹는 음식이에요?"

늘 어렵지 않게 메뉴를 정하던 그와는 전혀 어울리지 않는 말에 머릿속으로 물음표를 그리며 도대체 무슨 말을 하는지 알 수가 없어 헛다리를 짚었다.

"글쎄. 평소라면 좋아했을지도. 하지만 온종일 많이 지치고 힘들었을 오늘의 너는 먹고 싶지 않을 거야."

산의 말에 초롱이 골똘히 생각에 잠겼다. 스무고개도 아닌 것이 밥 한번 먹으러 가는 걸 뭘 이렇게 어렵게 생각해야 하는지 모르겠지만, 이 답답한 문제를 빨리 풀어야 할 듯했다.

먹고 싶은 건 따로 있고 온통 그 생각뿐이라. 내가 평소라면 좋아했을? 하지만 오늘은 아니고. 그의 말을 아무리 되짚어 보아도 이해할 수 없었다. 의아함에 운전하는 그를 물끄러미 바라보았다.

조금 전까지만 해도 분명 웃고 있는 얼굴이었는데 지금 그의 표정은 살짝 굳어 있었다. 전방을 주시하는 날카로운 눈빛, 한일자로 꼭 다문 입술. 운전대를 단단히 붙잡은 왼손, 갑자기 타이를 느슨하게 푸는 오른손.

헛기침하며 얼굴이 살짝 찌푸려지는 듯하더니 이내 그의 입술이 열리며 그답지 않은 딱딱한 말이 툭 튀어나왔다.

"그런 눈으로 보지 마. 흥분돼. 운전할 때 너 상당히 위험한 여자야. 알아?"

'아하.'

눈치가 이렇게 없어서야. 초롱은 제 아둔함을 탓하며 속으로 가만히 한숨을 삼켰다. 왠지 그의 현재 상태가 응축된 듯한 말을 들으며 웃음이 터질 듯해 입술을 꾹 다물었다. 이게 말로만 듣던 욕구불만의 증상 중 하나인 듯했다. 대강 유추한 결과를 두고서 다시 기억을 되감다 보니 그제야 그의 행동이 모두 이해가 되었다.

'이초롱. 이 바보 멍청이. 난 왜 이렇게 눈치가 없는 거야.'

저 역시 그를 며칠간 못 본다는 생각만으로도 기운이 쭉 빠졌으면서 왜 그 생각을 못 했는지. 속으로 자신을 마구 꾸짖으며 이 사랑스러운 남자의 마음을 어떻게 풀어 줄까 고민하다 넌지시 말을 건넸다.

"그냥 집으로 가요."

역시나 피곤했던 모양이었다. 산은 억지로 밥이라도 먹여 보낼 걸, 제 욕구를 다스리지 못해 밥도 제대로 먹이지 못하고 집으로 보내야 하게 생겼다 싶은 생각에 한숨이 절로 나오고 있었다.

"너 이대로 집에 가면 밥 거르고 그냥 자는 거 아냐? 그럼 속 버려. 정 입맛이 없으면 죽이라도 먹고 가야지."

제 말을 잘못 알아들었나 보다. 제집으로 데려다 달라는 말이 아니었는데.

"하이산 씨 아파트로 가자는 말이었어요."

"뭐?"

그의 얼굴에 갑자기 화색이 도는 듯한 모습은 기분 탓인가? 기어이 확인 사살까지 해 줘야 할 모양이었다.

"이산 씨 아파트로 가자고요. 나도 음식 생각은 통 없고 다른 게 먹고 싶어졌으니까."

하필 신호가 빨간불로 바뀌었고 차가 멈추어 섰다. 그의 고개가 재빨리 자신에게로 향하는 게 보였지만 부끄러워 그에게로 얼굴을 돌릴 수가 없었다. 정면만 뚫어져라 바라보던 초롱의 눈동자가 또르르 창밖으로 향했다.

빨간 신호에 반사되어서인지 사이드미러로 보는 제 얼굴이 붉어 보였다. 몸은 왜 더워지는데. 침은 왜 삼켜?

"이초롱 예쁘네. 오늘 정말 여러모로 예뻐 죽겠다 아주."

다시 초록불로 바뀌고 차가 서서히 움직였다. 초롱이 눈동자를 굴려 운전석을 바라보는데 좀 전까지 한일자로 다물어졌던 그의 입이 유려하게 하늘로 휘어져 있었고 쉽사리 내려올 것 같지 않았다.

초롱은 덩달아 씩 웃으며 창밖으로 고개를 돌렸다. 사이드미러에 비친 제 얼굴은 여전히 붉은 듯 보였다.

'빨간불에 반사된 게 아니었어. 하…… 민망해.'

숨길 수 없는 신체 반응에 난감했지만 어쩔 수 없었다. 숨긴다고 숨겨지는 것도 아니었고 애쓴다고 나아질 것도 아니었기에 그저 눈 한번 질끈 감고 말았다.

제 아파트로 향하는 산의 기분이 날아올랐다. 짐승 같은 자신의 욕구를 알아주는 초롱이 오늘따라 더 예쁘고 사랑스러워 보였다.

종일 그녀에게 닿기를 얼마나 애타게 갈구했는지 벌써 텐트를 치는 듯한 아랫도리가 퍽 난감했다. 운 좋게 구간마다 만나게 되는 초록불에 오늘따라 막힘이 없는 도로를 보니 하늘도 제 편인 듯했다.

조급한 마음으로 도착한 아파트 주차장에 능숙하게 주차를 하고 차에서 내리는 초롱의 손을 잡아 재빨리 엘리베이터로 향했다. 곧장 문이 열리는 좁은 공간으로 들어서 당장이라도 안고 싶은 걸 하나 남은 이성으로 잘 다스려지는 걸 보니 확실히 짐승보다는 낫다는 생각에 피식 웃음이 났다.

새침하게 정면을 향하고 있는 초롱을 부러 자극하듯 쳐다보니 그녀의 목부터 귀까지 예쁘게 달아올랐고 탱글한 붉은 입술이 열리더니 이내 말이 흘러나왔다.

"그런 눈으로 보지 말아요. 흥분돼요. 엘리베이터 안에서 이산 씨 엄청 위험한 남자예요. 알아요?"

불과 몇 분 전에 자신이 했던 말을 고스란히 되돌리는 초롱의 말이 너무 사랑스러워 산의 입에서 앓는 소리가 절로 나왔다. 가뜩이나 흥분으로 정신이 아찔한데 사랑스러운 말까지 더해지니 신체 중 어느 한 곳이 터질 듯 부풀어 올랐다.

드디어 제 아파트 층에 엘리베이터가 멈춰 섰다. 지금처럼 도착 음이 반갑게 느껴졌던 적이 또 있었던가. 놓지 않고 꼭 잡고 있던 손을 이끌어 아파트 문 앞에 섰다. 지문 인식으로 문을 열자마자 현관 안으로 들어서던 산의 입술이 다급히 초롱의 입술을 찾았다. 너무나 애타게 기다린 순간이라 겨우 닿았을 뿐인데 신음이 절로 쏟아졌다.

서두르지 말자 마음을 다스리면서도 본능은 짐승처럼 다급하게 이성을 헤치고 나왔다. 호흡이 흩어지는 초롱의 입술에 미끄러지듯 들어가 그녀의 속살을 남김없이 탐하며 탐스러운 입술을 빨아들였다 놓았다 정신없이 초롱을 몰아붙였다. 자연스레 제 목을 끌어안은, 겨우 목을 스치는 그녀의 피부 감촉에도 흥분은 끝없이 부피를 키워 갔다.

침실로 향하며 다급하게 제 몸을 감싼 옷가지를 훌훌 벗으면서도 초롱의 입술을 물고 놓아 주지 않았다. 키스만으로도 크게 오르내리는 그녀의 흥분한 가슴을 느끼며 거칠게 제 옷을 벗을 때와는 달리 조심스레 그녀의 옷을 벗겨 나갔다. 어느새 자신과 같은 모습을 한 초롱을 뜨겁게 안으며 저와는 달리 한없이 보드라운 그녀의 촉감에 이성은 이미 저만치 달아나고 없었다.

오로지 짐승과 같은 본능만 남은 듯 몸도 마음도 점점 거칠어만 갔다. 급하게 침실 문을 열어 침대로 다가가 천천히 초롱을 뉘었다. 초저녁의 어스름은 초롱의 아름다운 몸을 가리기에 턱없이 부족했다. 오히려 어스름에 명암이 뚜렷하게 내려앉은 초롱의 몸은 산에게 더 선명하게 보였고 그 아름다운 곡선에서 좀처럼 눈을 뗄 수가 없었다.

서늘한지 이불을 끌어당기는 초롱의 몸을 제 몸으로 서둘러 덮고서 터져 나오는 신음을 삼키며 천연하게 말을 내뱉었다.

"추워?"

말없이 고개를 내저으며 주춤주춤 팔을 들어 제 목을 끌어안는 초롱의 얼굴을 가만히 어루만졌다. 소리 없이 예쁘게 그리는 미소를 두 눈 가득 담으며 며칠을 보지 못해도, 눈을 감고도 그릴 수 있도록 사랑스러운 표정과 몸짓 하나하나 놓치지 않으려 초롱을 보고 또 보았다.

키스할 때마다 부드럽게 감겼다 천천히 파르르 떨리며 열리는 예쁜 두 눈과 흔들리는 눈망울, 바쁘게 예민한 몸을 배회하는 저의 손짓에 미세한 변화를 보이는 그녀의 미간. 가쁜 호흡이 드나드는 도톰한 입술. 스치기만 해도 황홀한 신음이 새어 나오는 가늘고 긴 목을 지나 흥분이 고스란히 느껴지는 부푼 가슴을 차례로 눈에 새기다 더 이상 참지 못해 아름다운 가슴에 입술을 내리눌렀다.

급하게 제 머리를 감싸는 초롱의 긴 손가락의 감촉에 야성이 폭발했다. 점점 아래로 입술을 내리며 부드러운 다리와 아름다운 곡선을 하나도 빠짐없이 느끼고 손으로 감촉을 즐기며 수줍어 움츠리는 초롱을 한계로 몰아붙였다.

위험스레 속도를 더해 가던 그녀의 호흡이 끊어질 듯 터질 듯 정신없이 오가다 결국에 참지 못한 신음을 흩뿌렸다.

산은 제 침실에 울려 퍼진 황홀한 초롱의 신음에 가슴 가득 충만한 사랑을 느끼며 다시 그녀의 몸 위를 점령했다. 촉촉하게 젖은 눈으로 저를 바라보는 초롱을 뜨거운 눈빛으로 내려다보며 미처 감추지 못한 달뜬 입술을 열었다.

"사랑해. 초롱아."

"저도 사랑해요. 하이산 씨."

"안아 줄래?"

저를 꼭 끌어안는 초롱을 느끼며 그녀의 부드러운 긴 다리를 들어 제 허리에 올렸다. 그녀가 다치지 않도록 천천히 그녀를 느끼며 비로소 하나가 되었다.

초롱의 입에서 아까와는 사뭇 다른 신음이 터져 나왔고 산은 그 입술을 달게 머금으며 뿌듯한 미소를 지었다. 목을 뒤로 젖히며 절정을 향해 가는 초롱의 모습을 빠짐없이 눈으로 새기며 산의 짐승 같은 본능도 끝을 향해 나아갔다. 이내 강렬한 신음을 토하며 초롱의 몸 위에 힘없이 내려앉아 거칠어진 호흡을 골랐다.

마찬가지로 숨 고르기에 바쁜 초롱이 힘들까 봐 그녀의 몸에서 비키려는데 초롱이 산의 허리를 감싸 안았다.

"난 괜찮아요."

부드럽게 귓가로 흘러드는 그녀의 말에 팔을 지지대 삼아 몸을 일으킨 산이 초롱의 얼굴을 어루만지며 입술에 가벼운 입맞춤을 했다.

"내가 괜찮지 않아."

말이 끝나기가 무섭게 산이 초롱을 안고서 몸을 굴려 서로의 위치를 바꿔 버렸다. 순간 제 위에 올라 어리둥절한 초롱의 표정에 씩 웃으며 그녀의 긴 머리를 모아 한쪽으로 넘겨 주었다. 짐승 같은 열기가 고스란히 남아 버린 제 얼굴을 뚫어져라 바라보는 초롱이 너무 귀여웠다.

'빌어먹을 출장.'

속으로 나직이 욕을 내뱉으며 초롱에게 짧은 말을 꺼냈다.

"밀착."

그때까지도 제 가슴에 팔을 괴고 있던 초롱이 개구쟁이같이 씩 웃더니 가슴을 밀착하며 저를 끌어안는 모습에 가만히 번진 흐뭇한 미소가 사라질 줄을 올랐다.

"초롱아."

"네."

"우리 평생 이렇게 사랑하며 살자."

"……."

"왜 말이 없어?"

제 가슴 위로 그녀의 고개가 가만히 끄덕여지는 게 느껴졌다. 안도감과 만족감이 산의 가슴에 가득 차올랐다.

사랑을 나눈 후 두 사람은 동시에 허기를 느꼈고, 갑자기 치킨이 먹고 싶다는 초롱의 말에 산이 당장 연락처를 검색해 배달을 시켰다. 거주자가 아닌 사람이 출입하기 쉽지 않은 아파트였기에 산이 직접 음식을 받으러 내려간 사이 초롱은 서둘러 몸을 씻고서 거실 소파에 앉아 그를 기다리고 있었다.

몇 분 지나지 않아 한 손에 커다란 비닐봉지를 든 산이 돌아왔다. 거실 테이블에 음식을 올려 둔 산이 손을 씻으러 간 사이 초롱은 테이블 위에 음식을 꺼내 먹기 좋게 펼쳐 놓았다.

치킨을 먹고 싶다고만 했지 종류를 말하지 않아서일까. 기본인 프라이드치킨과 간장양념이 버무려진 듯한 치킨에 보기에도 매울 것 같은 빨간 양념치킨까지 세 종류나 되는 걸 보고 초롱은 고개를 설레설레 흔들었다.

게다가 먹기 편한 순살 치킨이었다. 모름지기 치킨은 잡고 뜯어 먹어야 제맛인데. 아쉬움에 입맛을 다실 즈음 손을 씻고서 빈 컵을 들고 다가오는 그를 향해 말했다.

"뭘 이렇게 많이 시켰어요. 이걸 누가 다 먹어?"

"다 못 먹으면 어때? 뒀다가 또 먹지 뭐. 네가 먹고 싶다고 했으니까 이거 다 먹기 전까지는 집에 갈 생각 마. 알았어?"

"와. 꼼수 대마왕."

"푸하하하."

산은 밉지 않게 눈을 흘기며 하는 초롱의 말이 귀여워 웃음을 터트리고는 초롱의 옆자리에 붙어 앉았다.

"왜 그런 눈으로 봐?"

"넓은 자리 다 놔두고 왜 여기 앉나 싶어서요."

"네가 좀 봐줘. 앞으로 5일이나 떨어져 있어야 하는데 가기 전이라도 좀 붙어 있게."

산은 픽 하고 싱거운 웃음을 터트리는 초롱의 볼에 쪽 하고 소리 나게 입술을 꾹 눌렀다 뗐다. 놀라 제 쪽으로 고개를 돌리는 모습에 기다렸다는 듯 초롱의 입술을 머금는데 그녀가 아프지 않게 등을 두드렸다.

산은 아쉬운 듯 입술을 떼고서 노려보는 초롱의 귀여운 볼을 살짝 꼬집었다.

"아야."

"안 아픈 거 다 알아. 은근 엄살 있네."

"아팠거든요? 조금."

"호 해 줄까?"

"됐어요. 그러다 치킨 다 식겠네."

산은 고개를 내저으며 치킨을 보고 입맛을 다시는 귀여운 초롱의 모습에 다시 안고 싶어 몸이 근질근질했다. 욕구를 충족하기 위함이 아닌 그저 서로의 맨몸을 부둥켜안고서 종일 한량같이 뒹굴뒹굴하고 싶은 마음을 너는 알까 모르겠다.

제가 무슨 생각을 하는지도 모른 채 젓가락을 건네주며 싱긋 웃는 모습은 왜 이렇게 달콤하게 보이는지.

'병이다. 병. 보고 있어도 보고 싶은 건 대체 무슨 병이야?!'

속으로 혼잣말을 하는데 치킨 한 조각이 입 앞에 다가와 대기 중이었다.

"아 해요."

"서비스 좋은데? 기왕이면 입으로 전해 주는 건 어때?"

"됐어요. 먹기 싫으면 말든가요."

산은 눈앞에서 사라지려는 치킨을 서둘러 덥석 물었다.

"야박하네. 줬다가 뺏기나 하고."

초롱은 자꾸만 실없는 그의 농담에도 웃음이 새어 나와 치킨을 먹을 수가 없었다. 왜 이렇게 가슴이 간질거리는지.

"음. 맛있다. 너도 얼른 먹어 봐."

"네."

초롱의 젓가락이 치킨으로 향하는데 그의 젓가락에 의해 밖으로 밀려나 버렸다. 그사이 초롱이 집으려고 했던 치킨이 그의 젓가락에 집혀 그의 입으로 향하는 모습을 보니, 이건 또 무슨 장난일까.

웃으며 다른 치킨을 집으려는데 갑자기 그의 손이 다가와 얼굴을 붙잡더니 그를 향해 돌려 버렸다. 자연스레 시선이 그에게로 향하는데 그의 입 속으로 반쯤 들어간 치킨이 한눈에 들어왔다. 그제야 그의 의도를 알게 된 초롱이 웃음을 터트렸다.

"못 말려 정말."

치킨을 머금은 채 고개를 쑥 내미는 그를 보고 웃으며 다가가 그의 입에서 얌전히 저를 기다리는 치킨을 베어 물었다. 사이좋게 반으로 찢긴 치킨이 서로의 입 속으로 사라졌고 눈을 감고 음미하는 산의 모습에 초롱은 입을 가리며 깔깔 넘어갔다.

생전 처음 입으로 받아먹은 치킨 맛은 놀랍게도 정말 최고로 맛있었다. 입술이 스치는 오묘한 느낌 때문인지 아니면 이 집 치킨이 특별하게 맛있는 건지. 오랜만에 식욕이 확 당기는 듯했다.

"음. 여기 정말 맛있어요."

"그러게. 나도 여기서 치킨 배달은 처음 시켜 봤는데 정말 맛있네."

"치킨 배달이 처음이라고요?"

놀라며 동그랗게 커진 눈을 들어 자신을 바라보는 초롱을 보고 산은 태연하게 고개를 끄덕이며 말했다.

"나 혼자 집에 있을 땐 배달시켜 먹을 일이 없어. 주로 가볍게 해 먹거나, 나가서 사 먹거든."

산은 배달 음식을 즐기지도 않을뿐더러 음식을 주문할 바에야 차라리 간단하게 해 먹거나 나가서 사 먹는 것을 더 선호했다.

배달된 음식을 받으러 내려갈 것 같으면 차라리 먹고 오는 편이 나았고, 배달시킨 음식은 먹고 난 후의 뒤처리 또한 해 먹을 때보다 번거롭게 느껴져 자연스레 멀리하게 되었다.

하지만 오늘은 달랐다. 초롱이 치킨을 먹고 싶어 하기도 했고, 조금이라도 함께 있으려면 나가서 사 먹기보다 배달을 시키는 것이 더 나을 듯싶었다.

"그럼 이건 나 때문에 시킨 거예요?"

"그럼. 당연하지. 그런데 초롱이 너는 집에서 배달 음식 잘 시켜 먹어?"

"아니. 혼자 먹어 봐야 얼마나 먹는다고요. 그런데 치킨은 이상하게 가끔 생각날 때가 있어요."

산은 여자 혼자 사는 거나 다름없는 집에 배달원이 드나드는 것이 신경 쓰였다. 불현듯 얼마 전 뉴스에서 보았던 배달원을 사칭한 남자가 여자 혼자 자취하는 집에 침입했던 기사가 떠올라 몸서리치며 말했다.

"앞으로는 배달시키지 말고 나한테 전화해. 그럼 내가 사 갈게."

"에이, 번거롭게 뭘."

"꼭이야. 농담 아니다. 너 혼자 있을 때는 절대 안 돼. 무조건 나한테 전화해, 알았어?"

농담이 걷힌 심각한 표정의 산을 보며 초롱은 고개를 끄덕여 주었다. 앞으로 치킨이 먹고 싶으면 그를 생각해 참아야 할지도 모르겠다. 그를 귀찮게 할 바에야 먹고픈 걸 참는 게 훨씬 나을 듯했다.

"걱정하지 말고 어서 먹어요. 치킨 먹고 싶으면 전화할게요."

산은 초롱의 확답을 듣고서야 다시 치킨을 먹기 시작했다. 하지만 산의 젓가락질은 그리 오래가지 못했다. 초롱이 프라이드를 먹다 말고 매운 양념치킨을 먹기 시작하면서부터 세 시각과 청각을 온통 자극하는 소리에 신경을 빼앗기고 말았다.

"스읍, 하. 스읍. 하아."

초롱이 매운지 연신 손으로 부채질을 하며 숨을 헐떡이고 있었고, 자극적인 양념에 입술은 새빨갛게 물들어 버렸다.

그렇게 매워하면서도 초롱의 젓가락은 또다시 매운 치킨으로 향했다. 입 속에 넣어 우물거리며 입술에 묻은 양념을 붉은 혀가 핥아 먹는 모습은 또 왜 이렇게 자극적으로 보이는지, 산은 정말 미칠 지경이었다.

매운맛을 중화시키려는지 치킨 무가 초롱의 입 속으로 속속 사라지고 아삭아삭 현란하게 먹는 소리마저 야하게 들리고 있었다.

'하이산. 미쳤다. 미쳤어. 제정신 아니다.'

제 욕구를 해소하고자 잘 먹고 있는 사람을 갖다가 당장 안을 수도 없는 노릇이었다. 자연스레 젓가락이 매운 치킨으로 향하는 걸 바라보며 자신에게 있어 하염없이 자극적인 장면을 반복하는 초롱의 모습에 저도 모르게 끙 하고 앓는 소리를 내고 말았다.

그 미약한 소리를 들었을까, 초롱의 잔뜩 붉어진 얼굴이 저를 향했다. 가쁘게 공기를 들이켰다 내뱉는 모습은 저와 사랑을 나눌 때의 모습과 크게 다르지 않은 듯 보였다. 바지를 뚫을 듯 팽창하는 제 중심을 느끼며 산이 나지막한 한숨을 내쉬더니 진지하게 말을 꺼냈다.

"이초롱, 다른 사람 앞에서 매운 음식 절대 먹지 마. 알았어?"

"스읍. 하. 스읍. 하아. 오늘따라 하지 말라는 게 왜 이렇게 많아요? 스읍. 하, 매워."

"도대체 맵다면서 왜 자꾸 먹는 거야? 사람 미치게."

이번에는 초롱이 콜라를 쭉 들이켜며 콧김으로 빠져나오는 탄산의 강렬함에 코를 찡긋하더니 고개를 갸웃하며 입을 여는 모습이 보였다.

"그런데 왜 미쳐요? 먹는 사람은 난데."

산은 초롱초롱한 눈으로 저를 바라보는 사랑스러운 연인의 모습에 헛웃음을 터트리며 초롱의 손을 잡아 바지 앞섶에 턱 하니 올려놓았다. 초롱은 갑작스러운 그의 행동에 당황한 것도 잠시. 손으로 전해 오는 역동적인 힘에 화들짝 놀라 황급히 손을 뗐다.

"가, 갑자기 왜. 우리가 지금 그러니까…… 사랑을 나눈 지 얼마나 됐다고."

"약속부터 해. 나 아닌 다른 사람 앞에서 매운 음식 절대 안 먹겠다고. 어?"

"원래 이렇게 매운 음식 잘 안 먹거든요. 이것도 이산 씨가 주문했잖아요?"

"원래 매운 음식 잘 안 먹는다는 사람이 오늘은 왜 이렇게 잘 먹어?"

말을 꺼내고서 아차 싶었다. 제가 먹으라고 직접 종류까지 골라 주문했으면서 왜 잘 먹는 걸 가지고 뭐라 하는지, 어이가 없어 고개를 흔드는데 초롱에게서 우문현답이 들려왔다.

"맛있으니까요. 이렇게 매운지 모르고 먹었는데 생각보다 참을 만해요. 이상하게 중독성 있는 것 같아요."

"그래도 나 없을 때 먹지 마. 특히 다른 남자 앞에서는 절대 먹으면 안 돼. 너 매운 음식 먹을 때 너무 야해. 먹는 모습만 봐도 흥분된다고. 알아?"

황당한 소리에 초롱의 입이 스르륵 열렸다. 먹는 모습이 야하다는 말은 살면서 처음 들어 본 말이었다. 평생을 함께한 가족에게서도 듣지 못한 말에 헛웃음이 터지고 말았다.

"대답 안 할 거야?"

"뭐가 걱정되는 거예요?"

"그런 사랑스러운 모습은 나만 보고 싶어. 그 누구에게도 보여 주고 싶지 않아."

자못 심각해 보이는 표정을 보아하니 농담이 아닌 듯했다. 초롱은 소파에 걸쳐진 그의 팔을 내려 큼직한 그의 손을 꼭 잡았다. 무엇이 되었든 그의 마음을 불안하게 만들고 싶지 않았다.

"알았어요. 집에 혼자 있을 때 절대 배달 음식 시키지 않을게요. 정 먹고 싶으면 이산 씨 마구 귀찮게 할 거예요. 그리고 다른 사람 앞에서 매운 음식은 먹지 않을게요. 하이산 씨 앞에서만 먹을게요. 완벽히 이해했어요."

산은 제 유치한 요구에도 싫다는 말 없이 이해해 주는 초롱이 고마워 두 팔을 활짝 펼쳤다. 싱긋 웃으며 제 품에 안겨 오는 초롱을 힘주어 꼭 안고서 말을 건넸다.

"미안해. 이렇게 속 좁은 애인이라서. 그리고 이해해 줘서 고마워."

초롱은 조용히 들려오는 그의 말에 고개를 내저으며 말했다.

"아니에요. 누가 속이 좁대? 너무 넓어서 탈이지. 오히려 내가 더 고마워요. 속으로 불평하지 않고 솔직하게 다 말해 줘서. 그런 이산 씨라서 너무 좋아요."

사랑하지 않을 수 없는 여자였다. 산은 날마다 깊이를 더해 가는 사랑을 온 마음으로 느끼며 포옹을 풀어 초롱을 바라보았다. 예쁜 미소를 그리는 얼굴을 보고 참지 못해 다가가는데 야박하게도 손으로 입을 가리는 초롱이었다.

"그렇게 예쁜 말을 하지 말든가. 그렇게 눈웃음을 치지 말든가. 가리긴 왜 가려?"

"방금까지도 치킨 먹고 있었거든요? 입에 냄새난단 말이에요."

"그게 무슨 상관이야? 나도 같이 먹었는데. 잊었어?"

"이산 씨야 양념치킨을 안 먹었잖아요."

"더 잘됐네. 네 입술 맛보면 양념 맛도 느껴지겠네."

입을 가렸다고 활짝 웃는 모습까지 다 가려지는 건 아니었다. 입을 가린 초롱의 손이 얄미워 산이 잡아 내리려 하자 초롱이 황급히 몸을 뒤로 젖히며 다급히 말을 꺼냈다.

"그럼 콜라 한 모금만 마실게요."

"풋. 좋아."

저를 흘긋 바라보며 콜라를 입에 넣고 우물거리다 이내 꿀꺽 삼키고선 뭐가 그리 우스운지 쿡쿡 웃는 초롱을 보며, 저도 콜라를 한입 가득 머금었다 꿀꺽 삼켰다. 웃음을 거두지 못한 초롱에게 성큼 다가가 콜라 향이 은은하게 맴도는 입술을 덥석 물었다.

제 체중을 감당하지 못한 초롱이 뒤로 쓰러지듯 누웠고 산은 기회를 놓치지 않았다. 초롱에게 체중이 실리지 않도록 팔을 짚어 제 몸을 지탱하며 사랑스러운 얼굴을 보고 또 보았다. 두 사람의 얼굴에서 미소가 서서히 걷히고 있었다. 또 다른 사랑의 시작이었다.

결국 초롱은 한참이 지난 후에야 남은 치킨을 먹을 수 있었다. 혹시나 하는 마음에 매운 치킨은 쳐다보지도 않았다. 그런 초롱을 보며 산은 입이 찢어져라 크게 웃었고, 초롱은 그런 산의 모습에 조용히 한숨을 쉬며 고개를 내저었다.

늦은 밤. 산의 욕심으로는 함께 밤을 보내고 싶었지만, 집에 가 봐야 할 것 같다는 초롱의 말에 아쉬운 마음을 조용히 감추었다. 외투를 입고서 집에 갈 준비를 마친 초롱을 뒤에서 가만히 감싸 안았다.

"내일이라도 선생님께 곧장 전화해서 네 생각을 말씀드려. 많이 기다리고 계실 거야."

"네. 그럴게요. 그런데 오늘 굿 엔터 이사님이 왜……."

초롱은 오늘 연주하고 나서 로라에게 고맙다 인사를 전하는 선생님을 보며 오늘의 자리를 만든 장본인이 로라일 거라 짐작은 하고 있었지만, 확인차 다시 물었다.

"네 연주 들려줬던 사람이 로라야. 로라가 네 연주를 듣고서 곧장 연락했던 사람이 바로 네 선생님이었고."

산은 가만히 고개를 끄덕이는 초롱에게 로라 역시 한때 선생님의 제자였다는 사실을 비롯해 로라와 만나 나눴던 대화의 중요한 내용을 빠르게 말해 주었다. 그러다 정작 중요한 말을 하지 않았다는 생각에 서둘러 다시 말을 꺼냈다.

"로라가 연예인이 아닌 피아니스트로 너를 매니지먼트해 보고 싶대."

그때까지 얌전히 있던 초롱이 산을 향해 돌아서 의아한 듯 물었다.

"굿 엔터는 연예인 소속사 아니었어요?"

"그렇기는 한데 새로운 분야에도 도전해 보고 싶나 봐. 네가 로라의 도전 욕구를 고취시킨 것 같아. 결정은 네가 해야겠지만, 소속사로 굿 엔터 괜찮아. 그 분야에서는 최고이기도 하고, 새로운 분야 역시 잘 해낼 거라고 믿어."

산의 말을 들으며 초롱은 마음이 조금 복잡해졌다. 그에게 표현하지는 않았지만 초롱은 그와 너무 친해 보이는 로라가 조금 신경 쓰이던 참이었다. 게다가 예전에 그녀의 제안을 딱 잘라 거절했기에 미안한 마음이 없지도 않았다.

"괜히 죄송하네요. 전에 되게 냉정하게 거절했었는데."

"그런 문제라면 걱정하지 마. 로라는 그런 거 마음에 오래 담아 둘 만큼 속 좁은 사람 아니야."

산은 자신의 말에 고개를 끄덕이는 초롱의 표정이 어딘가 석연찮아 보였다.

"혹시 뭐 마음에 걸리는 거라도 있어?"

"아니요. 뭐……. 그냥."

"뭔데? 뭐든 마음에 담아 두지 말고 궁금한 거 있으면 물어봐. 네 마음에 들지 않으면 다른 곳을 찾아보면 돼. 모르긴 몰라도 네가 다시 시작한다고만 하면 선생님도 적극적으로 나서 주시지 않을까?"

"선생님께 그런 일로 민폐 끼치고 싶지 않아요. 재단 이사장님이면 신경 써야 할 영재가 한둘이 아닐 텐데 저까지 보탤 수 없어요."

똑 부러지게 대답하면서도 뭔지 모를 망설임이 느껴지는 초롱의 눈망울을 보며 산이 궁금해 다시 물었다.

"그럼 왜? 무슨 다른 생각이라도 있어?"

"아니에요. 객관적으로 굿 엔터 나쁘지 않아요. 초원이 지원하는 걸 봐도 그렇고 일 처리 깔끔하게 잘하시는 거 알아요."

"그럼 왜?"

초롱은 저를 유심히 바라보는 그를 보며 물어볼까 말까 속으로 갈등하다 조심스레 입을 열었다.

"혹시……."

"응. 혹시 뭐?"

"굿 엔터 이사님하고 많이 친해요?"

"응?"

산은 전혀 예상하지 못한 질문이 의아해 되물었다.

"아니. 뭐. 서로 말도 많이 편하게 하고…… 또……."

산은 평소답지 않게 말을 늘이며 제 눈을 똑바로 보지도 못하고 눈동자를 이리저리 배회하는 귀여운 초롱의 모습에 입술이 실룩샐룩 요동치고 있었다. 설마 로라를 신경 쓰고 있을 줄이야. 산은 웃음을 꾹 참으며 다시 물었다.

"또 뭐?"

"아니. 또 두 분이 가끔…… 따로…… 보기도 하는지……."

초롱은 괜히 말을 꺼냈나 싶었다. 그의 마음이 어디를 향하는지, 그 마음이 얼마나 단단한지 누구보다 잘 아는 자신이 어쩌자고 그에게 이런 불순한 질문을 했을까. 뒤늦은 후회에 제 입을 한 대 쥐어박고 싶었다.

그가 왜 아무런 말이 없는지, 혹시 화가 났나 싶어 조심스레 고개를 들어 그를 보는데 우려와는 달리 활짝 웃고 있는 모습에 맥이 풀렸다.

"왜 웃어요?"

"귀여워서. 질투는 매번 나만 하는 줄 알았지. 너도 질투할 줄은 몰랐거든."

"저도 사람인데요."

"그래서 질투 났어?"

마음은 아니다 잡아떼고 싶었지만 그러기에는 이미 늦은 듯싶었다. 초롱은 아닌 척 둘러대기보다 차라리 솔직함을 택했다.

"네. 솔직히 질투 났어요. 뭐. 너무 예쁘시니까."

로라는 키나 몸매, 지적인 외모까지 연예인 못지않은, 그녀의 외적인 조건을 차치하고라도 매사 자신감 넘치는 태도하며 가진 능력까지 같은 여자가 봐도 부러운 조건이었다. 초롱은 솔직한 마음으로 그의 옆에는 그녀가 있는 게 더 어울리지 않을까 싶을 만큼 신경이 쓰였다.

산은 제 마음을 감추지 않고 솔직하게 말하는 초롱이 예뻐서 품에 꼭 끌어안았다.

"초롱아. 나한테 로라는 친구 그 이상도 이하도 아니야. 로라한테는 미안한 말이지만 여자로 느껴 본 적이 단 한 번도 없어."

말없이 저를 꼭 끌어안는 초롱을 느끼며 흐뭇함에 미소가 사라지지 않았다. 산은 초롱이 불안한 마음이 들지 않게 숨김없이 제 마음을 열어 보였다.

"나한테 여자는 초롱이 너 하나야. 내 눈에는 너만 보여. 할 수만 있다면 온종일 내 옆에만 딱 붙여 두고 싶어. 그러니까 그런 쓸데없는 생각 하는 데 에너지 소모하지 말고, 그럴 시간 있으면 내 생각 1분이라도 더 하기."

"네. 그럴게요. 앞으로는 그런 생각 하지 않을게요."

그의 변함없는 사랑을 확인하며 초롱의 입가에 미소가 꽃처럼 활짝 피어났다. 무슨 복을 타고났기에 이런 남자를 만났는지. 초롱은 이렇게 그와 함께 있을 때면 아직도 가끔 꿈을 꾸는 게 아닐까 싶었다. 꿈이라면 깨고 싶지 않았고, 욕심이라 할지라도 평생 행복한 꿈속에서 살고 싶었다.

11

초롱은 아침 일찍 일어나 출근 준비를 마치고서 선생님께 문자를 보냈다. 1분도 채 지나지 않아 전화가 걸려 와 잘했다 칭찬하시며 저보다 더 기뻐하는 선생님의 모습에 아침부터 얼굴이 환하게 밝아졌다.

그런 행복한 기분은 회사에 도착하고서 그의 빈자리를 발견하곤 조금씩 옅어져 갔다. 그가 없는 회사는 생각했던 것보다 훨씬 더 허전하고 쓸쓸하게 느껴졌다.

초롱은 그의 부재가 느껴지지 않도록 부지런히 일거리를 찾았다. 다행히 며칠 남지 않은 행사 준비로 정신없이 바쁜 게 얼마나 다행인지 모른다. 한참을 일에 몰두하는 초롱의 귓가에 휴대폰 진동음이 들려왔다. 잠시 하던 일을 멈추고 책상에 놓인 휴대폰의 발신자를 확인하며 곧장 전화를 들었다.

"네. 이초롱입니다."

— 오로라예요.

"안녕하세요."

— 네. 덕분에 기분 좋은 아침을 열었네요. 이산하고 통화했어요. 고마워요. 포기하지 않아서.

"아. 네. 제가 더 감사해야죠. 선생님과 만날 수 있게 해 주셨는데요."

감사를 전해야 할 사람은 분명 자신인데 오히려 포기하지 않아서 고맙다고 말하는 그녀에게 무슨 말을 해야 하나 잠시 머뭇거리다 감사 인사를 전했다.

— 만날 사람들이니 만나진 것뿐이에요. 우리 전화로 이럴 게 아니라, 회사 마치고 잠시 만날 수 있을까요?

"오늘이요?"

초롱은 산이 일단 연락을 해 놓겠다고 해서 그녀에게서 전화가 올 거라 생각은 했지만 오늘 당장 만나자고 할 줄은 몰랐기에 목소리에 당황스러움이 묻어났다.

— 네. 혹시 내가 불편해요? 그러면 이산 출장에서 오면 같이 봐도 되고요.

"아니에요. 오늘 보자고 할 줄은 몰라서 잠시 당황했나 봐요. 그럼 회사 마치고 제가 굿 엔터로 가겠습니다."

— 그래도 괜찮겠어요? 내가 가도 상관없는데.

"아닙니다. 제가 갈게요."

그녀를 만나 의논하고 싶은 일이 있었는데, 그와 함께라면 얘기를 꺼내기가 쉽지 않을 듯해 차라리 잘됐다 싶었다.

그날 저녁 회사를 마치고 초롱은 곧장 굿 엔터로 향했다. 생각 이상으로 웅장한 건물 앞에서 잠시 머뭇거리는 초롱에게 누군가 경쾌한 발걸음으로 다가오고 있었다.

"어서 와요. 기다렸어요."

자신의 회사로 처음 발걸음하는 초롱이 불편하지 않도록 마중 나와 있던 로라였다.

"안녕하세요. 제가 늦었나요?"

"아니에요. 약속한 시각도 아직 남았는데 뭘. 어서 들어가요."

로라는 조금 긴장한 듯 보이는 초롱의 모습에 미소를 지으며 건물 안으로 안내했다. 엘리베이터를 타고서 집무실로 향하는 동안 자연스레 대화를 주도하고 편안한 분위기를 만들어 주는 로라 덕분에 초롱은 부담을 조금씩 내려놓고 얘기를 주고받을 수 있었다.

로라의 집무실에 도착해 함께 소파에 마주 앉았다. 음료를 권하는 로라에게 생수를 부탁하고서 집무실을 눈으로 쓱 훑어보는데 책장에 놓인 액자에 가장 먼저 눈길이 닿았다.

"오 이사님도 피아노를 하셨다고 하던데."

"산이 그래요?"

"네."

"초롱 씨만큼은 아니었지만 나도 꽤 유망주였는데 사고가 있었어요. 그 뒤로는 손목이 안 좋아서 안 되더라고."

무슨 사고였는지 몰라도 피아노를 많이 좋아했다면 상심이 저보다 훨씬 더 크지 않았을까 싶었다. 자신이야 집안 사정 때문이었다 해도 지금처럼 이렇게 다시 시작할 생각이라도 해 볼 텐데, 손목이 다친 그녀는 다시 하고 싶어도 할 수 없는 사정인 것 같아 안타까운 마음이 들었다.

초롱은 저도 모르게 안타까운 눈빛으로 바라보다 마침 생수를 가져오는 그녀와 눈이 맞았다. 로라가 싱긋 웃으며 작은 생수 두 병을 테이블에 올려놓았다.

"그런 눈으로 보지 않아도 되는데. 이미 오래전 일이라 지금은 아무렇지도 않거든요. 미련이 전혀 없다고는 못 하겠지만, 나 같은 경우는 주위의 도움을 많이 받아서 잘 이겨 냈어요."

"네. 다행이에요."

로라는 안심한 듯 엷은 미소를 그리는 초롱의 모습에 같은 미소를 그리며 물을 권했다.

"편하게 마셔요. 혹시 더 필요하면 말하고요."

"네, 감사합니다."

로라는 생수를 따서 목을 축이는 초롱에게 먼저 말을 건넸다.

"생각 정말 잘했어요. 사실 초롱 씨가 하지 않겠다고 하면 이번만큼은 무슨 수를 써서라도 하게 만들 생각이었거든요. 연예인이야 초롱 씨가 워낙 완강하게 거부 의사를 밝힌 데다 원이나 산까지 탐탁지 않아 해서 한발 물러섰지만, 피아노만큼은 물러설 수가 없었거든요. 내 수고를 덜어 줘서 정말 고마워요."

"아. 네. 그런데 제 동생하고 이산 씨가 뭘 탐탁지 않아 했다는 건가요?"

"처음 나 만났던 날 기억하죠?"

"네."

"그날 초롱 씨가 누구를 많이 닮은 것 같더라고. 다른 사람들 같았으면 얼씨구나 하고 덥석 기회를 물었을 텐데 여느 사람들과 달라서. 헤어지고 돌아오는데 갑자기 두 사람이 겹쳐 보였어요. 원이가 처음에 딱 초롱 씨 같았거든요. 혹시 남매가 아닐까 싶어서 원이에게 물었는데 그렇다고 하더라고요."

로라는 남매임을 알게 되었던 그때 놀라운 인연에 기뻐했던 게 떠올라 싱긋 미소 지으며 하던 말을 이었다.

"초롱 씨 데려오고 싶어서 원이에게 의견을 물었는데 누나 생각을 얼마나 끔찍이 하던지. 그냥 그 자리에 두라고 하더라고요. 천성이 선하고 조용한 사람이라 이곳과는 맞지 않는다고. 하는 말마다 어찌나 옳은 말만 하던지. 내가 두 손 들었어요."

로라의 말에 저를 생각하는 동생의 깊은 마음을 가슴으로 느끼며 흐뭇한 미소를 그리는데 그녀의 말이 다시 들려왔다.

"이산은, 내 꼼수를 눈치채고 직접 날 찾아왔었어요."

"네? 꼼수……라니요?"

"초롱 씨 방송 탔던 날, 실은 내가 손을 좀 썼어요. 객석에 앉은 초롱 씨 화면에 비춰 달라고 카메라 감독님한테 특별히 부탁했었거든요."

전혀 생각지도 못한 말에 초롱이 놀란 표정으로 로라를 바라보았다.

"미안해요. 허락 없이 내 마음대로 해서. 그냥 가능성을 확인해 보고 싶었어요. 내 눈이 틀리지 않았다는 확신이 필요했고. 그 일 때문에 이산이 날 찾아왔어요. 원이하고 비슷한 이유를 들어 초롱 씨 흔들지 말라고 당부하러 왔더라고요."

"아……."

저는 전혀 눈치채지도 못한 일을 그는 귀신같이 알아채고서 그녀를 찾았다는 게 초롱은 놀랍기만 했다.

"아마도 산은 초롱 씨가 다시 피아노를 치기를 바랐던 것 같아요. 연예인이 아닌 피아니스트를 하게 하려고. 그렇게 나를 매섭게 몰아붙이고서, 가려다 말고 어떻게 한 줄 알아요?"

"어떻게 했는데요?"

"내가 피아노 치는 액자 하나 발견하고서는 눈을 빛내더라고. 매섭게 몰아붙일 때는 언제고 갑자기 앉아 보라더니 연주를 들려주는데, 연주가 너무 좋아서 울었어요. 내가."

"그 뒤는 저도 이산 씨한테 들어서 알고 있어요. 선생님께 연락하셨다고."

"맞아요. 초롱 씨 그 실력을 두고 접었을 때는 얼마나 상심이 컸을까, 내가 다 아깝더라니까. 사설이 길었네요. 어쨌든 정말 다시 한번 고마워요."

"아니에요. 정말. 제가 더 감사합니다. 오 이사님 말씀이 결정에 큰 도움이 됐거든요."

로라는 초롱의 말에 고개를 갸웃했다. 자신이 무슨 말을 했기에 결정에 도움이 되었다는 것인지 궁금했다.

"내가 무슨 말을 했는데요?"

"저라면 주위의 희생 없이도 잘 해낼 수 있을 거라고. 방법은 찾아보면 얼마든지 있다고. 도와주시겠다고…… 하셨어요. 그래서…… 염치 불고하고 온 거예요."

로라는 제 말을 쉽게 흘려듣지 않은 초롱이 고마웠다. 그녀의 눈빛에 어린 결연한 의지가 더없이 반갑게 느껴져 자신을 유심히 바라보는 초롱에게 조심스레 말을 건넸다.

"산에게 대충 들어서 알겠지만 내가 초롱 씨 매니지먼트하고 싶다고 했어요. 초롱 씨 실력이면 유명 에이전시에 들어갈 수도 있겠지만, 너무 오래 쉬어서 당장은 쉽지 않다는 거 초롱 씨도 잘 알 거예요."

"네. 당장은 내세울 만한 이력이 없어 힘들다는 거 알아요. 다시 이렇다 할 성과를 보이려면 제법 많은 시일이 소요될 텐데."

"맞아요. 그래서 내가 해 보려고요. 에이전시 찾느라 귀한 시간 허비하지 말고, 우리 소속사 지원받으면서 하고 싶었던 거 마음껏 해 봐요. 물심양면으로 지원할게요. 물론, 전문 에이전시와 비교는 힘들겠지만, 나 한 번만 믿어 볼래요? 이래 봬도 그 분야에 인맥도 넓고, 초롱 씨만큼은 내가 책임지고 매니지먼트 잘할 자신 있어요."

"그 전에 궁금한 게 있어요."

초롱은 선뜻 저를 돕겠다고 나선 로라가 고마웠지만 의문을 가지지 않을 수 없었다. 자신이 다시 피아노를 시작한다 해도 당장은 굿 엔터에 득이 될 만한 건 아무것도 없었다. 지금부터 부지런히 노력해도 이미 많은 실력자가 있는 분야에서 두각을 나타내기까지는 오랜 시간을 필요로 할 듯했다.

그나마도 뜻한 바대로 되지 않으면 오히려 굿 엔터 측에 손해가 막심할 듯한데 그런 자신에게 비용을 투자해 가며 위험 부담을 안으면서까지 매니지먼트를 하려는 그녀의 의도를 알 수 없었다.

설사 성공한다고 하더라도 유명 연예인 이상의 수익을 바랄 수는 없을 듯한데 도대체 왜, 라는 의문이 가시지 않았다.

"뭐든 물어봐요."

"솔직히 객관적으로 저를 피아니스트로 키우는 것보다 연예인을 한 명 매니지먼트하는 편이 굿 엔터 측에서 보자면 현실적으로 더 빨리 이익을 창출할 수 있을 듯한데, 왜 저를 도우려 하시는지."

로라는 조심스레 말을 건네는 초롱을 유심히 바라보았다. 처음 만날 때부터 그 나이답지 않게 생각도 마음도 성숙하다 싶었는데, 아니나 다를까 저를 돕겠다는 말에도 선뜻 도움을 받기보다 신중한 자세로 접근하는 초롱이 대견하게 느껴져 싱긋 웃고 말았다. 산이 초롱의 어떤 면에 마음을 빼앗겼는지 알 것도 같았다.

초롱은 청초하고 여려 보이지만 생각보다 마음이 단단하고 야무졌다. 나이답지 않게 차분하고 신중한 태도에, 여성스러운 말과 행동은 자신이 가지고 싶다고 가질 수 있는 성격이 아니었다. 로라는 그런 초롱이 부러우면서도 한편으로는 동생같이 느껴져 왠지 모를 보호 본능이 일었다.

한때 자신이 마음으로 원하고 바랐던 남자를 차지한 여자에게는 가져선 안 되는 감정이 아닐까, 싶으면서도 이상하게 하는 말이나 행동이 밉게 느껴지지 않는 초롱을 보며 알 수 없는 제 마음의 정체가 혼란스러웠다.

초롱이 아닌 다른 사람에게 제 짝사랑을 빼앗겼어도 이런 마음일까. 도대체 왜 너는 밉지가 않을까. 로라는 뒤늦은 질문을 스스로에게 해 보았다.

욕심이 없는 맑고 깨끗한 성품 때문일까. 아니면 어려운 형편에도 굴하지 않고 잘 이겨 낸 그녀를 향한 측은지심이 작용했을까. 그도 아니면 본의 아니게 제 꿈을 접어야 했던 자신과 비슷한 아픔을 가진 그녀를 향한 동병상련 때문일까.

로라는 어느 한 가지로 특정할 수 없을 듯했다. 아마도 그 모든 이유가 다 제 마음을 흔들지 않았나 싶었다. 여전히 답을 바라며 저를 유심히 바라보는 초롱의 초롱초롱한 눈망울을 바라보며 마음을 파고드는 감정의 소용돌이에서 벗어나 진심을 열어 보였다.

"음…… 초롱 씨 꿈이 한때는 내 꿈이기도 했거든요."

"피아니스트요?"

"네. 저도 김선미 이사장님을 선생님으로 불렀던 때가 있었어요. 초롱 씨처럼. 이미 말했다시피 사고로 그만뒀지만. 그래서 그런지 초롱 씨 연주 보면서 안타까웠어요. 많이."

가만히 고개를 끄덕이는 초롱을 보며 계속 말을 이었다.

"스스로 싫어서 그만두는 게 아닌, 어쩔 수 없는 상황 때문에 꿈을 포기하는 건 보고 싶지 않았어요. 더구나 실력까지 뛰어나다면 더 말할 필요 없겠죠. 난 꼭 보고 싶어요. 초롱 씨 날개 다는 모습. 보란 듯이 훨훨 날아오르는 모습이 보고 싶다고. 이 정도면 초롱 씨 질문에 대한 답이 될까요?"

"네. 감사합니다. 쉽지 않은 결정이라는 거 잘 알아요. 제가 폐가 되는 일은 없었으면 좋겠는데……."

"그런 말은 하지도 말아요. 초롱 씨 덕분에 나도 새로운 일에 도전하며 내 인생에 또 다른 길을 하나 더 개척하는 거니까. 도전은 언제나 반갑고, 그 결실이 기대에 미치지 못한다 해도 현실에 안주하지 않고 새로운 도전을 했다는 것만으로도 내 삶에 큰 경험이 쌓이는 거예요. 그러한 경험이 모이면 한 단계 더 도약하게 되는 거고."

초롱은 당당한 모습의 로라에게서 쉽게 눈을 뗄 수가 없었다. 어제 잠시 산에게 비쳤던 질투의 감정이 어느덧 옅어지고 그 자리에는 같은 여자로서 갖게 되는 존경의 마음이 가만히 자리 잡고 있었다.

한동안 두 사람은 앞으로의 계획에 대한 의견을 나누었다. 로라는 지금 당장이라도 초롱이 연주하는 모습이 담긴 영상을 게시하기를 바랐고, 초롱은 그런 흐트러진 모습은 보이고 싶지 않다며 가능하면 조금 더 다듬어진 모습으로 제대로 시작했으면 좋겠다고 똑 부러지게 의사를 전했다.

다행히 로라는 앞으로의 계획에 초롱의 의사를 적극적으로 반영해 주었고, 두 사람의 대화는 순조롭게 이어졌다.

"초롱 씨, 지금부터 집중하려면 이산 코리아 그만둬야 하는데, 알죠?"

"네. 다만 시간이 좀 필요해요. 중요한 행사를 앞두고 있고, 행사 후에 인수인계까지 고려한다면 한 달 이상은 족히 걸릴 것 같아요. 괜찮을까요?"

"그래요. 하지만 연습은 이른 시일 내에 시작했으면 해요. 연습실은 지금 알아보고 있어요."

"네. 준비되면 바로 시작하겠습니다. 그리고……"

로라는 잠시 망설이는 초롱을 보며 편하게 말할 수 있도록 이끌었다.

"초롱 씨, 앞으로 뭐든 궁금한 게 있거나 필요한 게 있으면 망설이지 말고 바로 말해요. 그래도 괜찮아요. 이제 우린 파트너예요. 하나라도 마음에 걸리는 게 있으면 안 돼요."

"네. 마음에 걸리는 게 있어서 그런 게 아니라, 방법을 여쭙고 싶어서요. 제가 주위의 희생 없이도 회사를 그만두고 피아노에 집중할 수 있는 방법이요."

로라는 자신이 말하기 전에 초롱이 먼저 물어봐 줘서 말을 꺼내기가 한결 편해졌다.

얼마 전 산과 함께 초롱에 대한 얘기를 나눌 때 산은 당장이라도 그녀의 집안 문제를 해결하고 싶어 했다. 다만 초롱과 원의 마음이 다칠까 적당한 때를 기다리고 있었다.

남매는 남의 도움을 쉽게 받아들이는 성격은 못 되는 듯했고, 그런 두 사람이라면 산에게 마냥 의지할 것 같지도 않았다.

게다가 누나 생각을 끔찍이 하는 원이라면 누나가 다시 피아노를 하고 싶다고 하면 계약 기간을 연장해서라도 누나를 도우려 하지 않을까 싶었고, 그런 동생의 누나라면 또 온전히 동생에게 의지하지는 않을 것 같았다.

로라는 자신이 예상했던 것과 한 치도 다르지 않은 초롱을 바라보며 조심스레 그녀의 의중을 물었다.

"자세히는 모르지만 지금까지 초롱 씨가 가장 역할을 말없이 감당해 온 거로 알아요. 이제 와서야 제 꿈에 한발 다가서려는데 당연히 돕고 싶지 않을까? 그걸 꼭 주위의 희생이라고 표현해야 할까요?"

"네. 그 단어 외에는 떠오르지 않아요. 솔직히 지금도 제 욕심이라는 생각은 떨칠 수 없어요. 다만, 이사님께서 말씀하신 것처럼 저 자신의 힘으로도 가능한 일이 있을 것 같아서 그 기대로 시작해 보겠다 한 거예요."

"그럼 여전히 산이나 동생에게 의지하기는 싫다?"

"의지하기 싫다기보다 제 기본적인 책임과 의무를 떠넘기고 싶지는 않아요. 제 책임을 다하면서도 꿈으로 향할 방법이 있다면 그보다 더 좋을 수는 없을 거예요."

로라는 초롱의 강단 있는 태도와 자세가 마음에 들었다. 제법 단호한 그녀의 표정을 보며 로라는 곧장 자기 생각을 밝혔다.

"초롱 씨 혹시 기억해요? 처음 연예인 제안했을 때 나한테 뭐라고 했는지?"

"네?"

초롱은 갑자기 그때의 일을 왜 꺼내는지 궁금했다.

"이렇게 말했어요. 재능, 재주, 끼, 그 어떤 것도 없으니 고민의 여지가 없다고, 지금 보니 그 말 전부 거짓이던데. 재능도 재주도 끼도 이미 다 가졌어요. 본인은 아니라고 하고 싶겠지만. 그래서 말인데, 광고 촬영 해 보는 건 어때요?"

"네? 광고요?"

전혀 예상 밖의 제안이었다. 초롱은 자신이 감당할 수 있는 범위의 일을 생각했다. 이를테면 동영상 콘텐츠를 공유하는 프로그램을 통해 연주하는 모든 곡을 공유하는 방법과 같은. 자신이 잘할 수 있는 일을 생각했다.

로라는 당황한 표정이 여실한 초롱을 보며 다시 말을 건넸다.

"초롱 씨는 모르겠지만 초롱 씨 그때 방송에서 잠시 얼굴 비쳤을 때 방송국으로 연락이 쏟아졌어요. 원이 누나라는 거 알려진 이후로는 우리 회사로 전화가 빗발쳤고요. 광고 제의 수도 없이 들어왔어요. 단 한 번, 그것도 객석에 있는 모습이 나간 것뿐인데도 말이에요."

"……."

로라는 놀란 듯 쉽게 말을 꺼내지 못하고 입을 달싹이는 초롱을 보며 말을 이었다.

"그렇다고 너무 걱정하지는 말아요. 초롱 씨가 싫다면 절대 안 해요. 분명히 말하지만 초롱 씨는 연예인이 아닌 피아니스트로 매니지먼트하게 될 거예요. 다만 광고는 충분히 도전해 봐도 될 것 같아서 말하는 거예요."

"글쎄요. 광고는 유명한 사람만 하는 게 아닌가요?"

"그러니까요. 대체로 유명한 사람을 선호하는데 간혹 이렇게 신선한 마스크를 원하는 광고주도 있어요. 사실 나도 그렇게 연락이 많이 올 줄은 몰랐어요. 그만큼 초롱 씨의 이미지가 좋았다는 뜻이겠죠? 초롱 씨는 어떻게 보면 운이 좋은 케이스예요."

그렇게 광고를 찍고 싶어 해도 기회가 주어지지 않는 연예인이 무수히 많았다. 그에 비해 들인 노력 하나 없이 광고 제안을 받은 초롱은 정말 특이한 케이스가 아닐 수 없었다. 로라는 얼떨떨해하는 초롱을 조금 더 설득해 보기로 했다.

"불과 30초짜리 광고지만 매체를 통해 얼굴을 알리는 것만큼 파급 효과가 즉각적인 것도 없어요. 광고 이후에 연주하는 영상을 업로드하게 되면 대중의 관심은 말도 못 할 거예요. 그냥 영상을 올릴 때보다 훨씬 더 빨리, 훨씬 더 많은 사람이 초롱 씨 연주를 보게 될 거예요. 국내뿐만 아니라 해외까지. 그러다 더 잘되면 좋은 에이전시에서 스카우트 제의도 기대해 볼 수 있고요."

"스카우트 제의는 굿 엔터 입장에서는 별로 반갑지 않은 일 아닌가요?"

"말했잖아요. 초롱 씨가 날아오르는 모습을 보고 싶다고. 우리 회사보다 초롱 씨를 훨씬 더 잘 케어할 수 있는 에이전시가 있다면 보내 줄 의향도 있어요. 그만큼 초롱 씨의 재능을 아낀다는 뜻이에요. 대리만족……이기도 하고."

초롱은 줏대 없이 흔들리는 마음을 느끼며 로라를 말없이 응시했다.

자신이 잘 해낼 수만 있다면 그보다 더 좋은 홍보 수단도 없을 듯했다. 그럼 굿 엔터의 부담도 조금은 덜 수 있으리라. 그렇게만 된다면 정말 주위에 폐를 끼치지 않고도 꿈을 향해 걱정 없이 다가설 수도 있을 것 같았다. 하지만 모든 전제 조건에 '잘 해낼 수 있다면'이 붙는 게 문제였다.

"말씀은 잘 알겠어요. 하지만…… 제가 잘할 수 있을지. 괜히 여러 사람 힘들게 하거나, 못해서 취소되기라도 하면."

"초롱 씨, 별걱정을 다 해요. 그런 걱정은 초롱 씨가 아니라 내가 해야 하는 거예요. 초롱 씨가 잘할 수 있을 만한 광고를 선택하는 것도 내가, 그럴 일은 없겠지만 행여 못해서 취소되더라도 그건 매니지먼트를 하는 내가 감당해야 할 몫이지 초롱 씨가 부담을 느껴야 하는 부분은 아니에요. 그러니까 그런 건 전혀 걱정하지 않아도 돼요."

"그래도 어떻게. 저 진짜 사진 찍는 것도 어색하고…… 낯가림도……."

로라는 수심이 깊다 못해 울상이 되는 초롱을 귀엽게 바라보며 안심시켜야 했다.

"나 한 번만 믿어 볼래요? 초롱 씨가 할 수 있을 만한 광고를 선택할 거예요. 섭외가 들어온다고 해서 최고의 피아니스트를 아무 광고에 덥석 내보내지 않아요. 초롱 씨의 격에 어울리는 광고가 아니면 할 생각도 없어요. 기억해요. 초롱 씨는 우리 회사의 1호 클래식 아티스트예요. 나는 그 첫 단추를 제대로 채우고 싶어요."

로라의 당당하고도 과단성이 느껴지는 말투에 초롱은 왠지 모를 믿음이 생겼고 점차 마음에 안정을 되찾았다.

초롱은 당당한 그녀처럼 도전을 두려워하지 않기로 했다. 지레 겁먹고 도망가기보다 한번 시도해 보는 거로. 어느새 롤 모델이 되어 버린 로라를 바라보며 가만히 미소를 짓게 되는 초롱이었다.

시간이 가는 줄도 모르고 열심히 대화를 나누는데 초롱의 휴대폰 벨 소리가 울렸다. 반가운 발신자를 확인하며 로라에게 양해를 구하고서 전화를 받았다.

— 누나, 나야.

"어. 초원아."

— 누나 지금 어디야?

"나? 어디 잠깐. 지금 누나 전화받기가 좀 그런데."

— 어, 알았어. 일 끝나면 전화해. 집에 가 있을게.

"그래, 알았어."

초롱은 서둘러 전화를 끊고서 포근한 미소를 짓고 있는 로라를 바라보았다.

"원이에요?"

"네."

"두 사람, 참 신기해요. 어쩜 남매가 이렇게 잘 지내는지."

"동생이 착해서요. 가끔 보면 동생인지 오빠인지 헷갈릴 때가 있어요."

로라는 동생을 추켜세우는 초롱을 보고 살포시 웃으며 고개를 설레설레 흔들었다. 남매가 서로를 생각하는 모습이 어쩜 이리도 닮았는지. 외동으로 자라 형제자매와의 정을 모르고 커서 그런지 산의 형제들이나 초롱 남매의 우애를 보면 로라는 그저 부럽기만 했다.

"시간이 많이 지났네요. 우리 저녁 먹으면서 얘기 나눌까요?"

"아, 죄송해요. 초원이가 집으로 온다고 해서 저도 가 봐야 할 것 같아서요."

"그래요? 아쉽네. 같이 밥이라도 먹고 싶었는데. 할 수 없죠 뭐. 계약할 때는 꼭 같이 먹어요."

"네. 그렇게 할게요. 오늘 귀한 시간 내주셔서 정말 감사합니다."

"그래요. 연락할게요. 조심해서 들어가요."

초롱은 로라의 집무실을 벗어나며 곧장 초원에게 전화를 걸었다. 신호가 두 번 가기도 전에 활기찬 목소리가 들려왔다.

— 누나, 일은 끝났어?

"응. 지금 막 끝나고 가는 길이야."

— 어딘데? 내가 데리러 갈까?

"됐어. 내가 무슨 애야?"

초롱은 동생인데 오빠처럼 구는 말투에 피식 웃었다.

"초원아, 너 내일 스케줄 어때?"

— 내일 오후에 촬영 있어. 그게 마지막 씬이야.

"그래? 잘됐다. 그럼 오늘 누나랑 술 한잔 할래?"

초롱은 아무런 대꾸가 들려오지 않아 전화가 끊어졌나 싶어 확인하는데 여전히 통화는 연결된 상태였다.

"이초원?"

— 듣고 있어. 누나 혹시 무슨 일 있어?

"아니야. 그냥 너랑 한잔해 보고 싶어서. 술 배웠잖아 너."

— 어. 알았어.

"누나가 들어가면서 사 갈게."

전화를 끊은 초롱의 입가에 가만히 미소가 번지고 있었다. 동생과 술 한잔 하는 날이 올 줄이야. 초롱은 기쁜 마음으로 발걸음을 서둘렀다.

초원은 초롱과 통화를 마치고서 걱정으로 집 거실을 서성였다. 오늘 자신의 촬영 순서를 기다리며 잠시 차에서 쉬고 있는데 산에게 전화가 걸려 왔었다. 해외 출장 왔다며 시간이 괜찮다면 외로운 누나 한번 들여다봐 달라고 했었다.

한 달도 아닌, 겨우 며칠을 가면서도 제 누나를 걱정하는 산의 목소리에 괜스레 기분 좋아 소리 없이 입이 찢어져라 웃었었는데, 이제야 혹시 무슨 일이 있어 부탁한 건 아닌가 덜컥 걱정되었다. 그렇지 않고서야 평소 술을 즐기지도 않던 누나가 뜬금없이 한잔하자고 할 일이 없을 듯했다. 더구나 술을 제대로 하지도 못하는 자신과 말이다.

초원은 부디 별일이 아니길 바라며 초롱이 빨리 오기를 기다렸다. 한참이 지나서야 도어록을 누르는 소리가 들려 서둘러 현관으로 가서 문을 열었다.

"누나."

"어. 많이 기다렸지. 저녁은 먹었어?"

"아니, 아직."

대답하며 초롱의 손에 들려 있는 것들을 대신 받아 주었다.

"잘됐다. 나도 아직이라 오는 길에 피자도 사 왔어. 누나 손 씻고 나올게, 너 먼저 먹고 있어."

초원은 서둘러 손을 씻으러 가는 초롱을 유심히 바라보았다. 다행히 밝아 보이는 표정에 안도하며 누나가 씻을 동안 앞접시와 컵을 챙겼다.

손을 씻고 나온 초롱은 아직도 먹지 않고 자신을 기다리는 초원을 바라보며 말을 꺼냈다.

"먼저 먹고 있으라니까 기다리고 있어? 따듯할 때 먹어야지."

"지금도 따듯해. 누나도 얼른 와. 같이 먹자."

초롱은 존재만으로도 마음이 풍요로워지는 동생을 흐뭇하게 바라보며 피자 한 조각을 들어 초원의 접시에 놓아 주었고 이에 질세라 초원 역시 피자를 초롱의 접시에 놓아 주었다.

초롱은 하는 짓도 예쁘기만 한 동생의 모습에 방긋 웃으며 피자를 들어 한입 베어 물었다. 조금 식어 광고처럼 치즈가 쭉 늘어나거나 하는 재미는 없었지만 맛은 그 어느 때보다 좋게 느껴졌다.

"맛있다. 너도 얼른 먹어."

그제야 크게 한입 베어 먹는 초원을 보며 초롱은 먹지 않아도 배가 부른 것 같았다.

"내일이 마지막 촬영이라고 했지?"

"어. 끝나고 바로 종방연 한다네."

"너 처음 하는 일이라 걱정 많이 했는데 벌써 촬영이 끝난다니 믿기지 않네. 내 동생이지만 너, 정말 대단해."

초롱은 멋쩍게 웃는 다 큰 동생이 귀엽게 느껴져 피식 웃었다. 그러다 언뜻 스치는 생각에 물었다.

"그런데 그렇게 인기 좋은 드라마는 끝나면 포상 휴가 같은 거 가던데. 별말 없어?"

"TV는 잘 보지도 않는 사람이 그런 건 어떻게 알아?"

"네가 나오고부터는 완전 잘 챙겨 보거든? 그래서 너희는 포상 휴가 같은 거 없어?"

"있어. 괌으로 간다는 것 같더라. 나는 안 가려고."

초원의 말에 맛있게 음식을 먹으며 입을 오물거리던 초롱의 입이 현저하게 움직임이 느려지고 있었다. 이내 음식을 삼키고서 초롱이 물었다.

"왜 안 가?"

"부모님이 병원에 있는데 무슨 해외여행이야. 됐어 안 가. 안 가도 돼."

"가! 너 안 가기만 해. 나 화낼 거야. 부모님이 병원에 있다고 당장 무슨 일이 나는 것도 아닌데, 왜? 게다가 요즘은 아빠 컨디션 좋아. 별일 없을 거야. 내가 여기 있는데 무슨 걱정이야?!"

"부모님은 핑계고 사실 별로 가고 싶은 마음도 없었어."

핑계는 무슨, 초롱은 속 깊은 동생이 가족에게 미안한 마음이 들어 선뜻 가지 못할 거라는 걸, 굳이 동생의 마음을 열어 보지 않고도 훤히 알 수 있을 듯했다. 하지만 동생만큼은 그런 걱정을 하지 않기를 바랐다.

초롱은 갑자기 가슴이 답답해 오는 듯한 기분에 옆에 놓인 맥주 캔을 따서 한 모금 꿀꺽 삼키고서 다른 한 캔을 따 초원의 앞으로 내밀며 말을 건넸다.

"너까지 그러지 마. 그럼 누나 너무 속상해, 초원아. 실은 나도 지금까지 너처럼 그렇게 생각했어. 부모님이 병원에서 저렇게 고생하고 있는데 내가 웃어도 되나. 이상하게 즐겁고 행복할 때면 꼭 바늘에 실 가듯 죄책감이 따라왔어. 그런데 지금 널 보니까 앞으로는 그러면 안 되겠다는 생각이 들어."

초롱은 제 말을 들으며 말없이 맥주 캔을 들어 입을 축이는 초원의 모습을 물끄러미 바라보았다. 저보다 조그맣던 녀석이 언제 저렇게 커서 맥주를 함께 마셔 주는 듬직한 남자가 되었는지. 맥주의 쓴맛 때문인지 미간에 인상을 쓰는 초원을 보며 왠지 모를 안쓰러움에 코끝이 찡하게 아파졌다.

"우리가 부모님 걱정하면서 옴짝달싹하지 못하고 일상에 즐거움도 누리지 못하면 과연 두 분이 좋아하실까? 지금까지는 그 마음을 헤아리지 못했어. 아니, 헤아릴 마음의 여유가 없었던 것 같아. 그런데 지금에서야 널 보면서 두 분의 마음을 조금은 알 것 같아. 그동안 잘 웃지도 않고 아등바등 살아가는 우리를 보며 얼마나 속이 상하셨을까. 이제야 그 마음을 조금은 알 것 같아."

눈물이 날 것 같아 맥주를 들이켜는데 눈치 없는 눈물이 볼을 타고 흘러내렸다. 이상하게 부모님을 떠올릴 때면 어김없이 눈물이 차올랐다. 제대로 된 효를 다하지 못해서일까, 불효자가 운다더니 옛말 틀린 거 하나 없었다.

어느새 가벼워진 맥주 캔을 식탁에 내려놓는데 티슈 한 장이 눈앞으로 스윽 다가왔다. 명색이 누나가 되어서 동생 앞에서 울기나 하고, 누나 체면이 말이 아니었다. 서둘러 티슈를 받아 눈물을 훔치고서 말했다.

"나. 피아노 다시 할 거야."

"뭐?"

즉각적인 반응을 보이는 동생의 모습에 옅게 웃으며 초롱이 다시 말을 전했다.

"피아노 다시 할 거라고. 오늘 그 때문에 굿 엔터에 다녀왔어. 너희 대표이사님이 매니지먼트해 주기로 하셨어."

"누나 그게 정말이야?! 아니 어떻게? 지금까지는 피아노 말도 못 꺼내게 하더니."

놀라 되묻는 초원을 보고 크게 한 번 고개를 끄덕이며 말을 이었다.

"이산 씨가 많이 도와줬어. 그래서 다시 해 보려고. 이번에는…… 이번만큼은 쉽게 포기하지 않을 거야."

눈빛을 반짝이며 저를 주시하는 초원을 보고 다짐하듯 꺼낸 말이었다. 초롱은 보여 주고 싶었다. 잠시 꿈을 접었어도 다시 일어설 수 있다는 걸 초원에게 꼭 보여 주고 싶었다.

"누나, 잘 생각했어. 정말 잘 생각했어. 내가 도울게. 뭐든 누나가 필요한 게 있으면 내가,"

"아니야, 초원아. 누나 걱정은 하지 않아도 돼. 예전에 봐주시던 선생님도 만났고, 오로라 대표이사님도 도와주기로 하셨어. 그러니까 초원아, 너는 누나 걱정 하지 않아도 돼. 누나 정말 열심히 할 거야. 최선을 다할 거야. 무조건 잘해 낼 거야. 그러니까 너도…… 포기하지 마. 알았어?"

"누가 포기한대? 나는 처음부터 포기할 생각은 하지도 않았어. 그저 잠시 돌아가는 것뿐이라고. 나 믿으라고 했던 말 어디로 들었어? 그러니까 누나도 내 걱정은 하지도 마."

가슴 가득 번지는 안도감에 초롱의 입가에 절로 미소가 번지고 있었다. 행여나 초원도 저를 따라 꿈을 놓아 버리면 어떻게 하나, 가족을 걱정하며 저의 굳은 신념이나 가치관을 벗어나 물질을 따르면 어떻게 하나 걱정이 이만저만 아니었는데, 동생은 제 생각보다 훨씬 더 속이 깊었고 단단해 보여 한결 마음이 놓였다.

"고맙다. 초원아…… 고마워."

"고맙기는. 항상…… 내가 더 고맙지. 누나 이제 내려놓고 포기하고 그런 거 하지 마. 하고 싶은 게 있으면 하고, 갖고 싶은 게 있으면 꼭 가져. 내 말…… 무슨 뜻인지 알지?"

'누나. 꿈도 사랑도 절대 놓치지 마. 이번에는 절대로.'

초롱은 많은 의미를 내포한 말을 하고서 확답을 바라듯 저를 뚫어져라 바라보는 초원을 향해 애써 웃음 지으며 고개를 끄덕여 보였다. 그제야 만족스러운 미소를 짓는, 어린 나이답지 않게 마음이 성숙한 초원을 보며 초롱 역시 당부의 말을 꺼냈다.

"너도 꼭 그렇게 해. 그런 의미에서 포상 휴가도 다녀오고."

"결국 돌고 돌아 휴가 가라는 말이었어?"

"물 맑고 공기 좋은 곳에 가서 복잡한 생각 다 털어 버리고 아무 생각 없이 그냥 푹 쉬다 오라고. 그런 휴식이 꼭 필요해. 같은 일상도 새롭게 보이고, 살아가는 데 큰 원동력이 되더라. 너도 느껴 봐. 직접."

가만히 한숨을 내쉬더니 결심한 듯 크게 고개를 끄덕이는 초원의 모습에 하루 중 가장 환하게 웃어 보는 초롱이었다.

"누나, 부모님께는 말씀드렸어?"

"아니, 아직. 내일 병원 가서 말씀드리려고."

"그래. 한시라도 빨리 말씀드려. 엄마 아버지 정말 좋아하시겠다."

"그래. 알았어."

한참 대화를 나누다 보니 동생과 처음 가지는 술자리치고는 너무 성의가 없어 보이는 상차림에 뒤늦게 미안한 마음이 들었다. 아쉬운 대로 냉장고에서 이것저것 꺼내 간단하게 먹을 만한 안주를 만들고서 본격적으로 함께 술을 마시기 시작했다.

평소에도 딱히 술을 즐기는 편이 아니었기에 주량이라 할 만한 것도 없는 초롱이었지만, 한 캔으로 고사를 지내고 있는 동생보다는 나을 듯했다. 초롱이 깔끔하게 비운 첫 캔을 예쁘게 손으로 우그러뜨리는데 초원이 갑자기 빈 캔을 빼앗으며 퉁명스레 말을 꺼냈다.

"잘한다. 피아노 하겠다는 사람이, 그러다 손에 상처라도 나면 어쩌려고 손으로 그러고 있어?! 누나 앞으로 손 조심해. 요리할 때 칼도 조심하고."

"풋. 넌 정말 별종이야. 알아? 내 동생이지만 신기하다 신기해. 남자가 참…… 세심해. 너 같은 남자가 또 있을까 싶……"

불현듯 산의 얼굴이 눈앞을 스치며 말을 하다 말았다. 있지…… 너처럼, 아니, 너보다 더한 남자도 있지……. 보고 싶었다. 초롱은 갑자기 그가 너무 보고 싶었다. 그러다 자신을 유심히 바라보는 초원의 눈을 마주하고 말았다. 흔들림 없는 동생의 눈동자를 바라보며 왠지 제 마음을 들킨 것 같아 서둘러 한발 늦은 대답을 했다.

"알았어. 뭐든 조심할게. 그런 의미에서 한 캔 더. 캔은 네가 따 줘라. 난 손가락 다치면 안 되니까."

초원은 마치 보란 듯이 양손을 활짝 펼쳐 꽃받침을 만들어 턱을 괴는 누나의 모습에 웃음을 터트리더니 이내 고개를 내저었다. 얼른 한 캔을 따서 내밀자 초롱은 그런 초원을 보고 씩 웃으며 캔을 들었다.

"건배해야지?"

초롱의 말에 초원이 이미 식어 버린 맥주를 들고서 초롱을 향해 말했다.

"기왕 하는 거 제대로 해. 건배사도 하지 그래?"

"그래, 까짓것 하지 뭐. 음…… 우리 가족의 빛나는…… 내일을 위해서. 건배."

유리잔이 아니라 짠 하는 경쾌한 소리 대신 투박한 소리가 들려왔지만 초롱의 마음만큼은 유리잔을 부딪친 이상으로 맑은 소리가 들리는 듯했다. 역시나 한 모금 머금으며 인상을 쓰는 초원과 달리 초롱은 단숨에 몇 모금을 꿀떡꿀떡 넘겼다. 시원하게 맥주를 들이켜는 초롱을 보며 초원은 문득 궁금했다.

"누나, 혹시 주량 어떻게 돼?"

"그건 왜?"

"알아야지. 그래야 어디서 끊어 줘야 할지 알지."

"뭐래. 지금까지 취하도록 마셔 본 적도 없는데?"

초롱의 말에 초원의 눈이 놀라움으로 커져 있었다. 초원은 누나와 둘이서 술을 마실 일도 없었거니와 누나가 술을 마시는 모습을 본 적도 거의 없었다.

빈약한 기억으로 딱 한 번 소현 누나가 찾아와 집에서 마시는 걸 본 적은 있었지만, 그때도 소현 누나의 반강요와 같은 권유를 거절하지 못하고 한 잔 받아 마시는 걸 본 게 다였다. 그래서 누나의 주량을 알 수가 없었는데 취하도록 마셔 본 적이 없다니. 이걸 어떻게 해석해야 할까. 마셔도 취하지 않는다는 뜻인지 아니면 취하기 직전까지만 마신다는 뜻인지 알 수가 없어 다시 물었다.

"똑바로 말 안 할 거야?"

초롱은 마치 오빠인 듯한 모습으로 제법 매섭게 다그치는 귀여운 동생을 보고 씩 웃으며 답했다.

"글쎄, 기분이 좋을 때와 나쁠 때 다르고 편한 자리와 불편한 자리가 또 달라."

"지금은 어떤데?"

"기분 엄청 좋고, 자리 너무 편하고. 이런 날은 술이 술술 들어가. 취기도 잘 올라. 많이 마셔 봐야 500cc 2캔 정도가 다야. 그러니까 걱정하지 마."

"기분 나쁠 때는 어떤데?"

"기분 나쁠 때나 불편한 자리에서는 기본적으로 술이 잘 안 넘어가. 그래서 더더구나 취할 일이 없어. 300cc도 안 넘어가거든."

초롱의 말을 들으며 고개를 끄덕이던 초원이 무언가 생각이 난 듯 본격적으로 질문을 해 댔다.

"주사는 있어?"

"다행히 없어. 주사를 부릴 만큼 마셔 본 적도 없지만."

"그럼 토하거나 필름이 끊겨 본 적도 없겠네?"

"당연하지."

"술을 섞어 마시지는 않지?"

"절대."

초원은 산에게서 배운 내용을 되새기며 확인하듯 물었고 다행히 누나는 주도가 제대로 잡혀 있는 듯해 마음이 놓였다.

"누나 술 잘 배웠네."

결국 초롱의 웃음보가 터지고 말았다. 초원이 누구와 처음 술을 마셨는지 알고 있기에 저게 다 누구의 입에서 나왔던 말인지 물어보지 않아도 알 것 같았다. 왠지 모르게 제가 사랑하는 두 사람이 어떤 모습으로 술을 마셨는지 그림처럼 그려지는 듯해 웃지 않을 수 없었다. 그렇게 동생과 대화를 나누며 한 모금, 두 모금 마시다 보니 어느새 두 캔을 다 비웠다.

초롱은 기분이 좋은 데다 제집이라 마음이 너무 편해서 그런지 술기운이 빠르게 번지는 듯했고 평소와 달리 이상하게 자꾸 눈이 감겼다.

"누나 괜찮아?"

"괜찮지 그럼."

누나의 느긋한 말투와 맥주 한 캔을 다시 자신에게 내미는 차분한 행동은 지극히 정상인 듯 보였으나, 눈이 가물가물한 모습이 취기가 제법 오른 것 같았다. 초원은 맥주를 따 줘, 말아 잠시 고민하다 집에서 아니면 누나가 이렇게 마실 일도 없을 것 같아 피식 웃으며 못 이긴 척 캔을 따 누나에게 건넸다.

초롱은 온몸에 퍼지는 노곤함을 이겨 내려 눈에 힘을 주고 초원을 바라보았다. 여전히 캔 하나도 다 비우지 못한 채 찔끔찔끔 마시며 저의 기분을 맞춰 주려 건배를 해 주는 모습이 왜 이렇게 기특하게 보이는 건지.

"너는 정말 별종이야. 내 동생이지만 참 신기해. 어디서 이런 기특한 녀석이 나왔을까."

"풉. 같은 배에서 나왔지 아마? 내가 누굴 보고 자랐겠어?"

우문현답에 초롱이 싱긋 웃으며 평소보다 조금 느려진 말투로 제 마음을 슬며시 내비쳤다.

"이초원. 내 동생으로 태어나 줘서 정말…… 너무…… 고맙다."

초원은 말로만 듣던 취중 진담을 직접 들으며 입가에 미소가 가만히 번졌다. 맥주를 한 번 더 시원하게 들이켜고는 손에 턱을 괴고서 저를 물끄러미 바라보는 누나의 눈이 조금씩 감기고 있었다.

다시 눈을 뜨려나 싶어 잠시 기다려 보는데 감은 눈은 좀처럼 열리지 않았다. 혹시나 해서 누나의 얼굴 앞에 손을 휘휘 저어도 미동이 없는 걸 보니 그대로 잠이 든 모양이었다. 초원은 누나가 눈을 뜨면 하려 했던 말을 잠이 든 누나를 향해 조용히 흘려보냈다.

"다음에 태어날 땐 누나보다 내가 먼저 태어날게. 그땐 누나가 내 동생 해. 그럼 지금의 누나처럼, 아니 그보다 더 멋진 오빠가 되어 줄게. 누나…… 고마워. 누나가 내 누나라서 진짜…… 고맙다."

할 말을 마친 초원이 자리에서 가만히 일어나 초롱에게 다가갔다. 불편한 자세로 잠든 누나가 안쓰러워 조심스레 안아 올리고선 곧장 누나의 방으로 향했다. 잠에서 깰까 싶어 천천히 침대에 내려놓고서 꼼꼼하게 이불을 덮어 주고 뒤꿈치를 들어 방을 빠져나갔다.

초롱은 문이 딸깍 닫히는 소리에 천천히 감은 눈을 떴다. 눈가로 다디단 눈물이 주르륵 흐르고 입가에는 부드러운 미소가 그려졌다. 좀 전에 동생에게 고맙다고 말하고서 마음을 조금 더 전하고 싶었는데 괜스레 눈물이 차올라 말을 잇지 못했다.

행여나 동생 앞에서 술 마시고 우는 추태를 보이게 되면 어쩌나, 주사는 없다고 했는데 혹여 주사로 비칠까 싶어 울컥거리는 마음을 잠시 가라앉히는 사이 낮게 깔린 동생의 목소리가 귓가로 흘러들었다. 그 순간 얼마나 뿌듯하고 행복했는지 녀석은 알기나 할까.

의도치 않게 술 취해 잠든 칠칠치 못한 누나가 되었지만 듬직한 동생에게 안겨 방으로 옮겨지는 것도 나쁘지 않은 경험이었다. 흐뭇한 기분에서 깨어나고 싶지 않아 미소를 머금은 채 그대로 잠에 빠져들었다.

초원은 누나의 방에서 나와 식탁을 정리했다. 서둘러 샤워를 마치고 잘 준비를 하고서 자리에 눕는데 마침 전화가 울렸다. 이 늦은 밤에 무슨 전화일까 싶어 얼른 휴대폰을 들어 확인하는데 액정에 뜬 반가운 발신자를 보고 싱긋 웃으며 자리에서 벌떡 일어나 전화를 받았다.

"네. 형."

— 아직 안 잤어?

"네. 이제 씻고 잘 준비 하고 있습니다."

— 초롱이는 만났어?

초원은 에둘러 말하지 않고 곧장 본론으로 들어가는 왠지 조급하게 들리는 산의 목소리에 피식 웃었다.

"네. 지금 집입니다. 누나가 좋은 소식을 전해 주던데요. 혹시 알고 계셨습니까?"

— 초롱이가 피아노 한다고 말했어?

"역시나 그 때문에 만나 보라고 한 거였어요?"

그저 좋은 소식이라고만 말했을 뿐인데 바로 피아노 얘기를 꺼내는 걸 보니 이 때문에 누나를 염려하고 있었던 모양이다.

— 겸사겸사. 분명히 피아노 다시 하기로 했는데 혹시나 그사이 마음이 바뀌

지는 않을까 신경이 쓰여. 그래서 초롱이 표정은 어때?

"걱정하지 않으셔도 되겠어요. 누나 되게 좋아 보였어요. 의지도 강해 보였고요. 행복해 보였어요……. 형,"

— 어, 그래, 말해.

"고맙습니다. 누나가…… 피아노를 다시 하게 될 줄은 정말 몰랐어요."

피아노 때문에 마음고생이 심했던 누나가 이제라도 피아노를 다시 할 수 있게 되어 얼마나 다행인지. 초원은 누나가 다시 꿈을 펼칠 수 있게 도와준 산이 너무 고마워 옆에 있다면 절이라도 하고 싶은 심정이었다.

— 고맙기는, 내가 뭘 했다고. 지금 집이면 초롱이 옆에 있어?

"아니요. 누나 피곤했는지 일찍 잠들었어요. 사실 저하고 가볍게 술 한잔 했어요."

— 너랑?

놀라 묻더니 수화기 너머로 그가 쿡쿡 웃는 소리가 들려와 초원이 덩달아 피식 웃었다.

"네. 저하고 집에서 맥주 한잔 했습니다."

— 오~ 많이 발전했네? 누나 술 동무도 해 줄 줄 알고. 그래서 넌 얼마나 마셨는데? 오늘은 멀쩡하다?

"아니…… 뭐. 그때야 처음이라…… 오늘은 전혀 안 취했습니다."

초원은 오늘 끝까지 버틴 사람은 자신이라고, 오히려 먼저 취해 잠이 든 사람은 누나라고 말하고 싶어 입이 근질거렸지만 현명하게 말을 아꼈다.

왜 그에게 이런 시시콜콜한 얘기까지 다 하고 싶은지 모르겠지만, 저의 무용담을 위해 누나를 팔 수는 없는 노릇이었다. 하긴 겨우 맥주 반 캔 마신 걸 가지고 무용담은 무슨. 자신의 어리석은 생각이 우스워 고개를 가로젓는데 그의 음성이 다시 수화기를 타고 흘러들었다.

— 그래. 잘했어. 출장에서 돌아가면 누나하고 셋이 같이 밥 한번 먹자. 물론, 2차는 술이야. 얼마나 늘었는지 내가 직접 확인해 봐야겠어.

"네. 형. 기다리고 있겠습니다. 몸조심해서 일 잘 마치고 오십시오."

— 그래. 먼저 끊는다.

그저 통화만 했을 뿐인데 초원의 마음이 든든하게 채워지는 듯했다. 그나저나 술 마시는 연습을 해? 말아. 싱거운 생각에 다시 자리에 누운 초원의 얼굴에 어두운 방과는 너무나 대조적인 밝은 웃음이 한동안 머물렀다.

다음 날. 늘 같은 알람 소리에 초롱이 자리에서 벌떡 일어나 앉았다. 평소보다 조금 더 일찍 일어났으면 좋았을걸. 동생에게 밥을 차려 주고 출근하려면 시간이 조금 빠듯할 듯해 부랴부랴 욕실로 향했다. 서둘러 샤워를 하면서도 스치는 지난밤의 기억에 입가에 미소가 절로 피어올랐다.

다 씻고서 수건을 머리에 대충 두르고 욕실을 나서는데 어디선가 맛있는 냄새가 솔솔 흘러왔다. 얼른 거실로 향하며 달그락 소리가 들려오는 주방을 바라보았다. 언제 일어났는지 벌써 말끔하게 차려입은 동생이 아침을 차리고 있는 모습에 싱긋 웃으며 다가갔다.

"왜 이렇게 일찍 일어났어? 이게 다 뭐야?"

대답 대신 씩 웃기만 하는 동생을 보다 식탁에 차려진 음식과 가스레인지 위에서 보글보글 끓고 있는 국을 차례로 보며 기특해 미소가 절로 나왔다.

"누나 얼른 앉아. 출근해야지."

"아니야. 이제 누나가 할게. 너도 가 봐야 하잖아."

"앉아. 난 오후에 가면 돼. 누나도 차려 주는 밥 먹어 봐. 내가 하고 싶어서 그래."

"……그래. 알았어."

여느 때 같았으면 어떻게 해서든 초원과 자리를 바꾸었을 텐데 오늘은 저 기특한 모습이 계속 보고 싶었다. 초롱은 자리에 가만히 앉아 밥을 퍼 나르고 수저를 챙겨 주는 동생을 보며 싱긋 웃었다. 초원은 마지막으로 국을 떠 식탁으로 가져가며 말을 꺼냈다.

"술국이야. 냉장고에 계란밖에 없어서 계란국 끓였는데, 괜찮지?"

"그럼 괜찮지. 오늘 호강하네."

"호강은 무슨. 뜨거우니까 조심해서 먹어. 그리고 누나. 잘 좀 챙겨 먹어. 냉장고가 왜 이렇게 텅 비었어? 이제 피아노 하려면 종일 연습해야 할 텐데 그래서야 체력이 버텨 나겠어?"

"알았어. 잘 챙겨 먹을게."

"그리고 누나는 술 2캔까지만 마셔. 밖에서 어제처럼 그렇게 잠들면 곤란해. 그러다 큰일 난다고. 누가 업어 가기라도 하면 어쩌려고 그래?"

초롱은 동생의 잔소리가 싫지 않았다. 혼나면서도 왜 이렇게 행복한지 피식피식 웃음이 새어 나왔다.

"걱정하지 않아도 돼. 집이니까 마음이 편해서 그랬지. 게다가 너랑 마시니까 너무 좋아서."

"그럼 나랑 있을 때만이야. 국 식겠다, 얼른 먹어."

초롱은 마치 오빠같이 느껴지는 동생의 모습이 마냥 흐뭇하고 예뻐 보였다. 먹지 않아도 배가 부른 것같이 마음이 든든하게 채워졌다.

술국을 먹어야 할 정도로 무리하여 마시지 않았기에 속이 쓰릴 일도 없었지만 동생의 성의를 생각해 따끈한 국을 한 술 뜨는데, 무슨 마법을 부렸는지 부실한 재료에도 맛이 더없이 풍부하게 느껴졌다.

"맛있다. 정말 최고로 맛있는 계란국이야."

피식 웃음 지으며 그제야 밥을 먹기 시작하는 동생의 모습에 평소라면 잘 먹지 않을 아침밥을 국과 함께 남김없이 싹 비웠다.

초원은 언젠가 형의 집에서 형이 차려 준 밥상을 받으며 행복했던 기억에 누나에게도 마음이 든든하게 채워지는 그런 집밥을 해 주고 싶었다. 다행히 평소보다 훨씬 잘 먹는 누나의 모습에 안도했다. 누나의 마음도 그때의 저처럼 넉넉하게 채워지기를 마음으로 가만히 바라는 초원이었다.

초롱이 출근 준비를 마치고 집을 나서다 말고 배웅하는 초원을 돌아보며 말을 건넸다.

"초원아. 누나 계약서 작성할 때 같이 좀 가 줄래?"

"형 아니고? 내가?"

"엄마, 아빠 다음으로 내 보호자는 너 아니야? 나는 네가 같이 가 주면 좋겠어. 그리고 너는 이미 경험해 봤잖아. 네가 있으면 마음이 놓일 것 같아서 그래."

"알았어, 누나. 그럼 둘이 같이 할 수 있는 날로 계약일 잡아 줘."

초원은 싱긋 웃으며 집을 나서는 누나의 뒷모습에서 눈을 떼지 못했다. 초롱이 복도를 지나 엘리베이터를 타는 모습을 보고서야 집 안으로 다시 들어서며 왠지 모를 뿌듯한 기분에 활짝 웃었다. 늘 누나에게 도움을 받기만 하는 존재였는데, 저도 누나를 위해 무언가 해 줄 수 있는 존재가 되었다는 사실이 말할 수 없이 기뻤다.

초롱은 회사를 마치고 곧장 병원을 찾았다. 이미 굳게 먹은 마음도 고생 중인 부모님을 보면 옅어지기도 했지만 이번만큼은 독하게 마음을 다잡았다. 병실 문을 열고 들어서는 저를 반기기에 앞서 안쓰러움으로 맞이하는 부모님을 보며 부러 더 환하게 인사를 건넸다.

"엄마, 아빠, 저 왔어요."

"일할 땐 오지 말라니까 피곤하게 왜 왔어? 집에 가서 쉬지 않고."

"저, 드릴 말씀이 있어서 왔어요."

별 뜻 없는 말에도 긴장부터 하는 부모님의 모습에 애써 편안한 미소를 지어 보이며 엄마와 함께 가만히 자리에 앉았다. 마음을 졸이며 제 표정을 걱정스레 살피는 두 분에게 다시 피아노를 해 보려 한다는 의사를 조심스레 전했다.

초롱은 제 손을 가만히 그러잡고서 잘 생각했다 등을 쓸어 주며 눈물을 글썽이는 엄마를 바라보다 침상에 누운 아빠에게로 눈길을 돌렸다. 수심이 내려앉은 얼굴을 하고 있던 아빠에게서 무거운 목소리가 흘러나왔다.

"피아노만큼은…… 절대 그만두게 해서는 안 되는 거였는데……. 정말 미안하다. 초롱아."

짙은 자책이 드리워진 힘없는 아빠의 목소리에 마음이 아렸다. 어쩌면 가족 중에 가장 힘든 시간을 보내고 있는 사람은 아빠일 텐데. 병상에 있는 모든 시간, 자책과 죄책감으로 얼룩진 시간을 보내야 했을 아빠를 물끄러미 바라보며 주춤거리다 아빠의 거친 손을 가만히 그러잡았다.

"아빠. 아빠……."

하고 싶은 말은 많았지만, 머릿속으로 떠다니는 말은 좀처럼 정리되지 않았다. 너무 사랑하는 아빠였기에 미워하는 마음조차 죄스러웠고, 자랑스러웠던 아빠였기에 이렇게 나약한 모습은 여전히 보고 싶지 않은 이기적인 딸이었다.

초롱은 다정하고 포근했던 예전의 아빠 모습이 너무 그리웠다. 언제쯤이면 그 모습을 다시 만나게 될까. 아니…… 그 모습을 다시 볼 수는 있는 걸까? 가만히 불러 보는 것만으로도 마음을 요동치게 만드는 그립고 그리운 아빠를 불러 보며 일렁이는 마음을 가까스로 다스리고서 조용히 말을 꺼냈다.

"전 정말 괜찮아요. 그러니까 이제 더는 저에게 미안해하지 않아도 돼요. 그냥 아빠는…… 건강이 더 나빠지지 않게 신경 써 주세요. 아빠가 더 아프지 않으면 저도 괜찮을 거예요. 그러니까 아빠…… 힘들어도 재활 포기하지 말아 주세요. 저는 그거면 돼요."

초롱은 눈가를 붉히며 으스러져라 어금니를 깨무는 아빠의 얼굴을 더 보고 있을 수가 없어 고개를 떨구었다. 언제 고였는지 눈물이 투둑 떨어지는 걸 보며 힘없이 한숨지었다.

우리 가족은 왜 이렇게 보기만 해도 마음이 아픈지. 무슨 말만 해도 눈물 바람이 되는 나약한 자신을 탓하며 겨우 마음을 다독이는데 아빠의 손이 제 손을 가만히 힘주어 잡는 게 느껴졌다. 예전과는 비교할 수 없을 만큼 미약하게 느껴지는 힘이었다. 말하지 않아도 왠지 아빠의 마음이 전해져 오는 듯한 기분에 웃으려 애쓰며 아빠의 손을 두 손으로 마주 잡아 보았다.

"딸…… 고맙다…… 고마워."

초롱이 입을 꾹 다물고서 가만히 고개를 끄덕였다. 부녀의 애틋한 모습을 바라보던 수영이 말없이 초롱의 등을 어루만지며 조용히 말을 건넸다.

"초롱아. 아빠 요즘 재활 운동 열심히 하셔. 너무 걱정하지 않아도 돼. 그러니까 아빠 걱정은 좀 내려놓고 이제는 네 일에 집중해. 응?"

"네. 엄마."

"피곤하겠다. 이제 그만 가 봐야지. 퇴근하고 바로 왔으면 아직 저녁도 못 먹었을 텐데."

"집에 가서 먹으면 돼요."

"그래. 그만 가 봐. 피곤하다고 저녁 거르지 말고 꼭 챙겨 먹고 푹 쉬어."

수영은 조금 더 있다가 가도 된다며 자꾸만 머뭇거리는 초롱을 등 떠밀어 보내 버리고 다시 병실로 돌아왔다. 어둠에 휩싸인 창밖으로 고개를 돌린 채 멍하니 누워 있는 남편을 보며 수영이 어렵게 입을 열었다.

"여보…… 언제쯤 말할 생각이에요?"

"뭘?"

"당신 다리. 감각…… 돌아온 거 아니에요?"

창밖을 물끄러미 응시하던 은호가 흠칫하나 싶더니 이내 수영을 향해 천천히 고개를 돌렸다.

"당신이 그걸 어떻게……."

온종일 붙어 있는데 어떻게 남편은 그걸 모를 거라고 생각했을까. 늘 마음 한편에 터럭 같은 희망을 품고서 남편의 조그만 움직임이나 사소한 변화에도 촉각을 곤두세우는 자신인데 남편은 왜 말없이 숨기고만 있을까.

분명 이유가 있겠지. 아직은 시간이 필요한 거겠지. 생각하며 기다리는데 하루가 지나고 이틀이 지나도 남편은 어떤 말도 하지 않았다. 남편에게 섭섭했지만 조금 더 기다려 줄 생각이었다. 하지만 초롱이 다녀간 지금 수영은 마냥 기다려 줄 수가 없을 듯했다.

이제라도 제 꿈을 펼치려 힘겹게 한 발 내디디는 딸이 뒤돌아보지 않고 앞만 보고 갈 수 있도록 도와줘야 했다. 아니, 도움이 되지 못할망정 딸의 앞길을 막는 부모가 되지는 말아야 했다. 그건 이미 한 번 경험한 것으로 족했다.

수영은 남편이 하루빨리 일어서기를, 그래서 아이들에게 더는 짐이 되는 부모가 되지 않기를 매일같이 기도하고 또 기도했다. 미세한 변화가 감지되는 남편의 발을 보며 이제야 희망이 보이나 했는데 왜 남편은 사실을 말하지 않고 감추는지 서운한 마음을 숨길 수 없었다.

"왜 내가 모른다고 생각했어요? 말했어야지. 조금이라도 몸에 변화가 느껴지면 말해야지. 우리가 얼마나 기다리는지 뻔히 알면서."

"그래서 그랬어. 기다리는 줄 아니까. 실망할까 봐. 괜한 기대를 주게 될까 봐. 조금 더. 조금 더 정확해지면 말하려고. 괜히 먼저 말했다가 쓸데없이 검사비만 버리게 될까 봐. 게다가 감각이…… 아직은 왔다 갔다 해."

"그게 무슨 말이에요? 왔다 갔다 한다니?"

"말 그대로야. 계속 감각이 있는 게 아니야. 어떤 날은 하루에도 몇 번씩 자극이 느껴지는데 또 어떤 날은 언제 그랬나 싶게 감감무소식이야. 그래서. 그래서……."

은호는 걱정스러웠다. 이게 좋은 신호인지 아니면 더 안 좋은 신호인지 감을 잡을 수 없었다. 자극이 꾸준히 느껴지기라도 하면 검사라도 해 볼 텐데, 꾸준하거나 일정하지도 않은 변화에 큰 비용을 들여 검사해 볼 엄두가 나지 않았다.

게다가 두려웠다. 이러다 정말 불구 판정을 받게 될까 봐. 혹시나 마지막 불씨가 꺼지는 신호가 아닐까 하고.

남편의 말을 듣고 있던 수영이 안타까워하며 마음을 토했다.

"사소한 변화라도 무언가 느껴지는 게 있다면 당연히 검사를 받아 봐야지. 안 그래요? 재활은 시기가 얼마나 중요한데. 감각이 돌아왔을 때 어떻게 재활

치료를 받느냐에 따라 예후가 달라질 수도 있을 텐데. 지금은 검사 비용을 걱정할 때가 아니에요. 당신이 일어서야지. 우리가 일어서야지. 그래야 애들이 뒤돌아보지 않지. 여보……. 제발…….”

수영의 간절한 말에 그제야 은호는 이기적인 자신을 되돌아보며 정신이 번쩍 들었다. 이미 하반신 마비로 몇 년을 허비했다. 희망이 있었다 한들 오랜 기간을 지나며 스스로 그 끈을 조금씩 내려놓고 말았다.

거의 포기한 것이나 다름없었는데 이제 와 정말 불구가 될까 봐 걱정하며 망설이는 자신이 너무 한심하고 답답하기만 했다. 검사를 해서 결과가 어떻게 나오든 지금보다 더 나빠질 것도 없는데 더 망설여 뭐 할까. 결심을 굳힌 은호가 담담하게 말을 꺼냈다.

“미안해. 빨리 말하지 못해서 미안해. 내 생각이 짧았어. 해 보자……. 해 보자. 검사.”

남편의 결연한 결심에 수영은 그제야 한시름 놓았다.

로라는 굿 엔터 언론홍보팀 직원들과 긴급회의를 하기 위해 급히 소회의실로 들어섰다. 오전에 회의할 때까지만 해도 소속 연예인들의 근황 보고를 받으며 만족스러운 결과에 다 함께 미소를 지었는데, 갑자기 불거진 이슈에 다시 모인 직원들의 표정이 밝을 리 없었다. 심상치 않은 분위기를 보며 로라가 회의를 서둘렀다.

“자. 시작합시다.”

“네. 이사님. 성수동에 원이 사촌 형이라는 사람이 운영하는 이탈리안 레스토랑이 있는데, 얼마 전부터 조금씩 잡음이 들리고 있습니다.”

가만히 듣고 있던 로라가 의아함에 눈을 치켜뜨며 말을 꺼낸 직원을 쳐다보았다.

조금 전, 임박한 퇴근 시간에 업무를 마무리 짓던 로라에게 급한 전화가 걸려 왔었다. 홍보팀에서 온 전화로 급한 사안이 있어 곧장 회의했으면 한다는 말에 또 누가 사고를 쳤나 싶어 묻지도 않고 부랴부랴 회의실로 향했는데, 그게 다른 사람도 아닌 원의 일일 줄이야. 의아함이 잔뜩 담긴 목소리로 로라가 급히 물었다.

"잡음이라니? 그게 무슨 말이에요?"

"원이 데뷔할 때쯤 성수동에 3호점을 오픈했나 보더라고요. 원이 유명세를 타면서부터 사촌 형이라는 사람이 본격적으로 이원 형이 운영하는 레스토랑이라고 소문을 낸 모양인데."

"그런데?"

"1, 2호점과 서비스 질이 다르답니다. 음식의 질이나 맛, 심지어 양도 차이가 있나 보더라고요. SNS를 통해 불만족스러운 후기가 종종 올라오는데 혹시라도 원이한테 피해가 가지 않을까 해서요."

"흠…… 원이가 직접 관련된 사업도 아니고 사촌 형인데, 그 레스토랑의 평판까지 우리가 신경을 써야 할 필요가 있을까요? 그리고 그 사람이 정말 원이 사촌 형이 맞기는 하고?"

"네. 그게, 레스토랑 한편에 원이 개인적인 사진을 전시했더라고요. 그 형이라는 사람과 함께 찍힌 사진도 여러 장. 물론 오래전 사진인 것 같습니다만 아마도 친척은 분명한 것 같습니다."

"저 이사님, 그보다……."

로라는 쉽게 말을 잇지 못하는 홍보팀장을 보며 무언가 말하기 꺼려지는 내용이 더 있다는 것을 어렵지 않게 짐작할 수 있었다. 이 중요한 시기에 닥친 달갑지 않은 이슈가 못마땅한 로라의 음성이 낮게 깔렸다.

"빨리 말해요. 뭐든 시간 끌어 좋을 거 없으니까."

"그 사촌 형이라는 사람이 레스토랑을 찾은 원이 팬을 건드린 것 같습니다. 원이와 만나게 해 주겠다며 성추행을 했답니다. 피해자 측에서 고소 의사를 밝혀 왔습니다. 그 전에 그 사람이 사촌 형이 맞는지부터 확인해 달라 연락이 왔습니다."

말 같지도 않은 소리에 치미는 화를 억누르지 못한 로라의 인상이 와락 찌푸려지며 동시에 한숨이 터져 나왔다. 한 손을 들어 머리 왼쪽을 꾹꾹 누르던 로라가 무거운 목소리로 물었다.

"오늘 원이 종방연인가?"

"네. 이사님."

로라는 입을 꾹 다문 채 잠시 생각에 잠겼다. 곧장 원에게 전화를 걸어 사촌 형에 관해 물어보는 것이 가장 빠르겠지만, 첫 드라마를 성공적으로 마무리 짓고서 자축하는 그의 마음을 어지럽히고 싶지 않았다.

그렇다면 초롱에게 전화해서 물어봐야 하는데 그마저도 꺼려졌다. 계약을 앞둔 상황에 이런 일이 일어났다는 걸 알게 될 경우, 그녀라면 자신이 저지른 일이 아님에도 책임감을 느끼게 될 것 같았다. 이제 겨우 꿈을 향해 한발 다가가는데 이런 일로 그녀가 다시 주춤거리게 만들 수는 없었다.

"흠…… 내일 원이하고 초롱 씨 사무실에 오기로 했으니까 그때 내가 한번 얘기 나눠 볼게요. 그 사람이 정말 성추행을 한 게 맞으면 우리 선에서 해결할 일은 아니라고 생각해요. 정확한 사실을 알게 되기 전까지 우리는 우리가 할 수 있는 일에 한해서 미리 대응 준비 합시다."

로라가 직원들을 향해 빠르게 지시를 내리기 시작했다.

"박 팀장님, 레스토랑 사장에 대해서 좀 더 면밀히 알아봐 주세요. 피해자 연락처 나한테 바로 보내 주고. 김 과장은 필요시 해당 레스토랑으로 내용증명 보낼 수 있게 검토 부탁해요. 이 과장은 소속사 입장문 미리 준비하시고요. 다른 분들은 기존의 원이 관련 기사 댓글 빠짐없이 확인해 보세요. 루머나 명예훼손 관련 댓글 취합해 보시고요. 원이 SNS는 따로 안 하죠?"

"네. 이사님. 사생활 보호받고 싶다고 SNS는 하지 않는 거로 알고 있습니다."

"그래요. 다들 알겠지만, 내일 이원 누나 이초롱 씨 계약을 앞두고 있어요. 미리 말하지만 이런 일이 있다고 해서 이초롱 씨 계약을 미루거나 무산시키는 일은 없을 겁니다. 그러니까 기사 나오기 전까지는 다들 입조심해 주세요."

로라가 회의실에 있는 직원들을 두루 살피며 말을 덧붙였다.

"이런 불미스러운 일이 생기면 원은 말할 것도 없이 이제 출발선에 있는 초롱 씨도 이미지 타격이 불가피합니다. 우리가 얼마나 잘 대응하느냐에 따라 앞으로 이 두 사람의 행보가 많이 달라질 거예요. 최대한 우리 아티스트에게 피해가 가지 않도록 잘 해결해 봅시다. 내일 두 사람 만나 보고 변동 사항 있으면 바로 알려 줄게요."

직원들이 물러가고 자신의 집무실로 돌아온 로라는 창가에 우두커니 서서 어떻게 해야 문제를 원만하게 잘 해결할 수 있을까 고민스러웠다.

로라는 소속 연예인들이 가족이나 친지 또는 주변인과 관련한 일로 인해 잘못을 저지른 당사자가 아님에도 이미지에 흠집 나게 되는 이런 경우가 가장 안타깝고 속상했다. 어떻게든 잘 해결돼야 할 텐데. 로라의 고민이 깊어졌다.

다음 날. 초롱과 초원이 계약서 작성을 위해 로라의 집무실에 들렀다. 간단하게 인사를 나눈 세 사람이 소파에 함께 앉았다.

초원은 자리에 앉자마자 테이블에 놓인 누나의 계약서를 들고서 신중하게 검토하기 시작했다. 초롱은 자신의 계약서를 저보다 더 꼼꼼하게 확인하며 누락되거나 추가해야 할 사항은 없는지 면밀히 살피는 동생을 그저 흐뭇하게 바라보았다.

남매의 맞은편에서 그 모습을 지켜보던 로라가 싱긋 웃으며 말을 꺼냈다.

"볼수록 신기해, 두 사람. 남매가 어떻게 이렇게 우애가 돈독하죠?"

"초원이가 동생이면 가능해요. 가끔은 동생이 아니라 오빠같이 든든해요. 바로 지금처럼요."

초롱의 말에 초원이 피식 웃으며 누나의 말을 곧바로 인용했다.

"누나가 이초롱이면 가능하죠. 가끔은 누나가 아니라 엄마 같습니다. 뭐……. 어떨 때는 동생 같을 때도 있지만요."

초원의 말이 끝나기가 무섭게 초롱이 입술을 삐죽거리며 토를 달았다.

"내가 그렇게 철이 없어 보일 때가 있단 말이야?"

"아니. 철이 없다는 게 아니라 하는 행동이 귀엽다고. 아주 가끔."

로라는 남매가 주고받는 정겨운 대화를 흥미롭게 지켜보며 살포시 미소를 지었다.

"계약서 이대로 진행해도 되겠어요?"

초롱은 로라의 말이 끝나자마자 초원을 힐끗 바라보았고, 초원이 짧게 고개를 끄덕이는 모습에 안심하며 간단하게 대답했다.

"네. 유경험자께서 괜찮다네요."

로라는 원의 말처럼 왠지 동생같이 귀엽게 느껴지는 초롱을 보고 피식 웃으며 다시 입을 열었다.

"숙소는 마침 원이 지내는 빌라에 1층이 비었다고 해서 그쪽으로 우선 가계약했어요. 초롱 씨는 원이하고 같이 지내도 상관없다고 했지만, 두 사람 스케줄도 상이한 데다 원이 같은 경우 특히 스케줄이 들쭉날쭉 밤낮이 없을 때도 있고 매니저도 자주 드나드는 편이라 숙소는 따로 쓰는 편이 좋을 것 같아요. 어때요?"

"네. 제가 거기까지는 생각 못 했네요. 숙소는 따로 쓸게요."

초롱은 그저 동생하고 함께 지내면 좋겠다 싶은 단순한 마음이었는데 남자 매니저가 그렇게 자주 드나들면 아무래도 조금 불편할 듯싶었다. 비록 숙소는 따로 사용하더라도 같은 빌라 1층이라면 언제라도 동생을 들여다볼 수 있으니 그것만으로도 크게 안심이 되었다.

초원 역시 늘 멀리 떨어진 아파트에서 혼자 지내는 누나가 여간 걱정스러운 게 아니었는데 같은 빌라로 온다고 하니 마음이 한결 편해졌다.

"피아노 연습실은 초롱 씨 전용으로 따로 마련하기로 했어요. 회사 1층에 비어 있는 회의실이 있어서 그곳으로 하기로 했고요. 방음 공사 들어갔으니 조만간 마무리되면 바로 연습 시작하면 될 거예요."

초롱은 계약서 작성을 하기도 전에 이미 자신과 관련한 일들이 진행되고 있었다는 사실에 놀라며 로라의 빠른 일 처리와 결단력에 감탄하지 않을 수 없었다. 이후로 이어진 대화에서도 계약에 대한 제반 사항을 상세히 알려 주며 어느 하나 부족함 없이 세심하게 신경 써 주는 그녀에게 새삼 고마운 마음이 샘솟았다.

로라는 계약과 관련된 모든 대화를 마치고서 편안하게 미소 짓고 있는 초롱과 초원을 번갈아 바라보며 미룰 수 없는 얘기를 조심스레 꺼내 들었다.

"초롱 씨, 우리 회사로 와 줘서 다시 한번 고마워요. 초롱 씨 선택에 후회 없도록 열심히 해 볼게요. 그리고 계약과는 상관없이 물어보고 싶은 게 하나 있는데, 초롱 씨 혹시…… 이기주라는 사촌 오빠가 있어요? 성수동에서 레스토랑을 하는 모양이던데?"

로라는 이름만 듣고도 남매의 표정이 약속이라도 한 듯이 굳어지는 모습을 보며 사촌이 맞는 것은 물론이며 별로 좋지 못한 관계임을 짐작할 수 있었다.

초롱은 떠올리기조차 싫은 이름을 듣고서 마른침을 꿀꺽 삼키며 조심스레 입을 열었다.

"네. 그런데 이사님이 어떻게……."

"좀 더 알아봐야겠지만 그 사람이 원이 이름을 내세워 떳떳하지 못한 행동을 한 것 같아요."

로라는 차분하게 이기주가 저지른 일을 아는 사실 그대로 말해 주었다. 아직은 피해자의 말을 직접 들어 본 게 아니었기에 확인하는 과정이 꼭 필요하다고도 알려 주었다.

말없이 얘기를 듣던 초원은 어금니를 꽉 깨문 채 언짢은 기색이 역력했고, 초롱은 기가 막히는지 인상을 찌푸린 채로 멍하게 굳어 있었다. 로라는 두 사람의 일그러진 얼굴을 안타깝게 바라보다 원을 향해 물었다.

"이원, 혹시 그 레스토랑에 간 적 있어?"

"아니요. 연락이 오긴 했지만 가지 않았습니다. 물론 만나지도 않았고요."

초롱은 이기주로부터 연락을 받았다는 초원의 말에 깜짝 놀라 발끈하며 물었다.

"연락 왔었어? 누나한테 왜 말 안 했어?"

"누나가 상대하지 말라며. 그래서 상대 안 했고, 전화는 안 받으면 여럿 귀찮아질 것 같아서 그냥 받았어. 걱정하지 마. 아무 일도 없었어. 누나 이렇게 괜한 걱정 할까 봐 말 안 한 거야."

초롱은 잔뜩 가라앉은 어조로 말하는 동생이 안쓰러웠다. 제 예상에서 한 치도 벗어나지 않는 기주의 이기적인 모습에 너무 화가 났지만 지금은 화를 표출할 때가 아니었다.

초원의 이름을 내세워 그런 짓을 벌였다면 분명 동생에게 나쁜 영향을 미칠 듯했다. 이 말도 안 되는 상황을 어떻게 헤쳐 나가야 하나 난감함에 로라를 바라보자 그녀가 기다렸다는 듯 말을 꺼냈다.

"초롱 씨, 그와의 관계가 어떤지, 그 사람이 어떤 사람인지 내가 정확히 알아야 바른 대처를 할 수 있을 것 같은데 혹시 그에 대해 말해 줄 수 있겠어요?"

초롱은 이기주가 나쁜 놈이라는 건 알았지만 그런 짓까지 서슴없이 할 거라고는 상상도 하지 못했다. 충격이 쉽사리 가라앉지 않았지만 이대로 멍하게 있을 수도 없는 노릇이었다. 몸이 굳은 채 화가 느껴지는 초원의 손을 가만히 꼭 그러잡으며 애써 마음을 가라앉히고 담담하게 말을 꺼냈다.

"작은아버지 아들이에요. 우리 가족은 벌써 몇 해 전에 그들과 인연을 끊었어요. 어려서부터 크고 작은 사고를 늘 일으켰지만 이번과 같은 경우는 저희도 처음 듣는 거라 많이 당황스럽네요. 이기주가 한 짓이라면 응당 그에 합당한 벌을 받아야겠죠. 그렇게 되면 우리 초원이는 어떻게 되는 건가요?"

"원이와 연관되지 않도록 힘쓰겠지만 이름이 오르내리는 건 어쩔 수 없을 거예요. 어느 정도의 피해는 감수해야 할지도. 그래서 말인데 피해자의 증언이 확실하다고 판단될 경우, 우리 측에서는 원이 사촌 형이라는 이유로 이기주라는 사람을 감추려 들거나 옹호하지 않을 생각이에요. 그리고 피해자를 만나 합의를 유도하지도 않을 거고요. 그건 오히려 원에게 좋지 않은 영향을 미칠 것 같아요."

원의 이미지가 나빠질 것을 우려해 사촌 형을 도와 사건을 은폐하려 한다면 오히려 역효과가 날 듯싶었다. 로라는 숨기거나 은폐하는 대신 정확한 사실을 토대로 하여 정면 돌파를 하고 싶었다. 당장은 이름이 함께 오르내리며 조금 억울한 일도 당해야겠지만 원이 떳떳한 이상 숨길 필요는 전혀 없었다.

그때까지 가만히 듣고만 있던 초원이 차갑게 가라앉은 목소리로 말을 꺼냈다.

"물론입니다. 그런 새끼를 두둔하면 절대 안 되죠. 제 이름이 오르내리는 건 아무 상관 없으니 다시는 그런 짓 하지 못하도록 꼭 그에 합당한 처벌 받게 해 주세요."

로라는 그에게서 처음 들어 보는 거친 말투에 잠시 놀랐지만 흔들리지 않는 원의 결단력에 흐뭇해하며 고개를 끄덕였다.

"나도 그럴 생각이야. 이건 피해자 측에서 우리 쪽으로 협상을 시도해 온다 해도 응하지 않을 생각이야. 괜히 섣불리 덮고 넘어갔다가 나중에 문제가 불거지면 오해만 커지고 오히려 더 큰 역풍을 맞을 수도 있어. 차라리 처음부터 솔직하게 현 상황을 알리고 그에 올바른 대처를 하는 게 장기적으로 봤을 때는 더 나을 듯싶어. 초롱 씨, 그래도 될까요?"

잠자코 듣고 있던 초롱이 고개를 끄덕이며 조용히 입을 열었다.

"저도 초원이와 생각이 같아요. 덮고 넘어갈 문제는 아니라고 생각합니다. 다만 초원이가 다치지 않도록 잘 부탁드리겠습니다."

동생을 걱정스러운 눈빛으로 바라보다 일그러진 얼굴로 제게 말하는 초롱의 모습에 로라는 심각한 지금의 상황과 어울리지 않는 미소가 떠올랐다.

지금 당장은 원이 더 걱정스러운 건 맞지만, 오늘 계약한 초롱도 그 화를 피해 갈 수 없을 듯한데 어떻게 자신의 앞날에 대한 우려는 하나도 없이 동생만 걱정하는지. 자신보다 어리지만 그런 초롱이 대단하게 느껴졌다.

"네. 최대한 노력해 볼게요. 추후 상황 봐 가며 연락할게요. 너무 걱정하지 말고, 언제 기사화될지 알 수가 없어서 미리 말해 두는 거예요. 갑자기 기사가 뜨더라도 놀라거나 당황하지 말라고요. 우리 쪽 피해 상황 봐 가며 그 사람에게 내용증명 보내는 것도 검토 중이에요. 회사에서 모든 법적 절차 고려해서 잘 준비하고 있으니까 걱정하지 말아요. 언제든 필요한 게 있다면 말하고요."

"네. 감사합니다, 이사님. 그리고…… 죄송해요. 이런 일로 번거롭게 해 드려서요."

"그게 어디 두 사람 때문인가 뭐. 가족 일에 엮이는 경우 종종 있어요. 그러니까 너무 상심하지 말고 기운 내요. 원아, 너도 포상 휴가 가서 푹 좀 쉬고. 아차, 그럴 일 없겠지만 당분간 그 사람은 만나지 않는 게 좋겠어요. 혹시 부득이하게 맞닥뜨리게 되면 가능한 휴대폰 녹음 기능을 활용하길 권할게요."

로라는 옅은 한숨을 내뱉는 두 사람을 보며 좋지 않은 상황을 맞았음에도 기분이 썩 나쁘지 않았다.

사회 경험이 많지 않은 초롱과 초원이 당황하기에 충분한 일이었다. 대개 이런 경우 숨기려 들고 피하려 하기 마련이지만 두 사람은 나이답지 않은 결단력과 단호함으로 소신 있게 일을 처리하고자 했고 로라는 그 모습이 아주 인상 깊었다. 더불어 서로에게 좋은 영향력을 행사하며 강한 힘이 되어 주는 두 사람의 모습을 직접 눈으로 확인하며 애정을 가지지 않을 수 없었다.

'둘 다 흥하자. 예쁘네 아주.'

기주는 불안으로 하루를 열고 있었다. 처음 원의 이름을 팔아 홍보를 했을

때 반신반의하는 사람들을 보며 결국 어릴 때 초원과 함께 찍은 사진을 매장 한편에 전시해 두었다. 겨우 사진 몇 장 액자로 두었을 뿐인데 레스토랑 매출이 하루가 다르게 치솟는 것을 보며 쾌재를 불렀다. 원의 인기가 좋기는 좋은 모양이었다.

좀처럼 자신을 믿지 못하고 레스토랑 맡기기를 꺼리던 부모님도 나날이 높아지는 매출에 크게 흡족해하며 자신을 인정해 주었고, 그제야 온전히 3호점을 혼자 도맡아 하게 되었다.

레스토랑을 찾아와 자신이 초원의 사촌 형이라는 이유만으로도 좋아서 어쩔 줄 몰라 하는 원의 팬들을 보며 마치 제가 원이라도 된 양 우쭐했고, 자신을 향한 선망 어린 눈빛을 보며 기주의 허영과 욕심은 늘어만 갔다.

재료 부족에도 레스토랑 문을 닫는 일은 없었고 SNS에 하나둘 올라오는 음식에 대한 불평은 대수롭지 않게 넘겨 버렸다.

혹시 이원이 레스토랑에 오기도 하냐고 묻는 말에는 의기양양하게 원이 스케줄이 한가해지면 꼭 레스토랑에서 사인회라도 하겠다. 공수표를 남발했고, 시간만 흐르고 유야무야되자 급기야 몇몇 팬들이 정확한 일정을 물어보며 항의하기 시작했다.

그중 한 명은 이원이 정말 오기는 오냐부터 시작해 이제 드라마 끝나고 휴식기인데 아직 안 오면 대체 언제 오냐. 사촌 형이 맞기는 하냐. 심지어 자신이 보는 데서 전화를 해 보라는 등. 일주일이 멀다 하고 찾아와 끊임없이 기주를 자극하며 자존심을 긁어 댔다.

결국 기주는 원을 따로 만나게 해 주겠다는 말로 현혹해 원의 팬이라는 여자를 자신의 집으로 데려왔다. 여자는 순순히 집으로 함께 들어왔고 별다른 반항도 없었기에 기주는 생각 없이 행동하는 치명적인 우를 범하고 말았다. 함께 즐겼던 여자가 자신을 고소할 거라며 대놓고 조소할 줄은 미처 몰랐던 어리석은 기주였다.

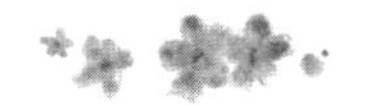

로라는 오전 회의를 마치고 집무실로 돌아와 이기주 관련 보고서를 검토하고 있었다. 한참 집중해서 보는 중에 인터폰이 울렸다.

— 이사님, 약속하지 않은 손님이 오셨는데 지금 만나 보셔야 할 것 같습니다.

보통 아는 사람이 아닌 다음에야 약속 없이 갑자기 찾아오는 경우 직원들이 알아서 돌려보내거나 스케줄을 확인하여 다시 약속을 잡도록 유도할 텐데, 당장 만나 봐야 할 것 같다는 말에 로라가 고개를 갸웃하며 물었다.

"누군가요?"

— 이기주 씨 일로 오셨답니다.

로라의 고개가 절로 끄덕여졌다. 현재 당면한 문제 중 가장 골치 아픈 일이었고 가능한 한 빨리 해결해야 할 사안이었다. 직원들이라고 모를 리 없을 테니 약속이 되어 있지 않음에도 연결할 수밖에 없었을 것이다. 30분 후 다른 선약이 있던 로라는 벽에 걸린 시계를 확인하며 다시 말했다.

"그분 소회의실로 안내 부탁해요. 이따 이 변호사도 올 거예요. 도착하면 소회의실로 와 달라고 해 줘요. 그리고 이 변 외에 다른 사람은 회의실로 들이지 말아요."

— 네. 알겠습니다, 이사님.

로라는 짧게 한숨을 내쉬고선 보던 서류를 덮고 곧장 소회의실로 향했다. 도착한 소회의실에는 마른 듯한 몸매에 색조 짙은 화장을 한 이십 대 중반으로 보이는 여성이 자신을 기다리고 있었다.

서둘러 여자의 맞은편에 앉으려는데 후각을 자극하는 진한 향수 냄새에 절로 미간이 찌푸려졌다. 이내 표정을 감추고 먼저 인사를 건넸다.

"안녕하세요. 오로라예요. 절 찾으셨다고."

말없이 자신을 노려보는 여자를 보며 로라가 다시 말을 꺼냈다.

"혹시 피해자 대변인인가요?"

"아니. 내가 그 피해자예요. 혹시 내 번호 전달 못 받았어요? 여긴 일 처리가 왜 이렇게 늦어요?"

로라는 피해자가 자신을 직접 찾아올 거라고는 생각하지 못했기에 순간 당황스러웠으나 내색하지 않았다.

보고서를 확인하고 피해자에게 연락을 한번 해 보려던 차에 당사자가 직접 왔으니 오히려 잘됐다 싶긴 했는데, 그녀의 거침없는 말투와 기본적인 예의를 찾기 힘든 삐딱한 태도에 기분이 급격히 가라앉고 있었다. 하지만 힘든 경험을 한 피해자의 상황을 고려해 마음을 다잡고서 말에 실수가 없도록 긴장하며 조심스레 대화를 시작했다.

"우선 그런 안타까운 일을 당하게 되어 유감입니다. 몸은…… 좀 괜찮으세요?"

로라의 배려를 비웃기라도 하듯 여자가 한쪽 입꼬리를 올리더니 콧방귀를 뀌며 말했다.

"벌써 며칠이나 지났는데 괜찮지 않음 내가 이렇게 직접 왔겠어요?"

"아. 네. 하지만 몸이 괜찮다고 해서 마음마저 치유가 되는 건 아니죠. 지금이라도 심리치료를 비롯해 상담받을 수 있도록 도와드리고 싶은데."

"심리치료는 무슨. 그딴 거 필요 없어요. 내 정신세계는 아무 문제 없으니까. 그보다 보상 문제부터 얘기해 보도록 하죠. 얼마 주실 거예요?"

로라는 아무 거리낌 없이 너무나 당당하게 보상부터 요구하는 여자를 보며 하고 싶은 말은 많았지만 속으로 꾹 눌러 삼키고서 지그시 어금니를 깨물었다.

정말 피해자라고 판단이 되면 이기주라는 사람에게 대응할 수 있도록 도와줄 마음도 있었다. 하지만 시종일관 빈정거리듯 내뱉는 말과 고압적인 태도, 삐딱한 행동, 잔뜩 기대감을 안고 있는 번뜩이는 눈빛을 마주하며 피해자라고 판단하기에는 어려움이 있어 보였다.

로라는 여자가 오히려 이기주를 이용한 건 아닌지 의심스러웠고, 전혀 반갑지 않은 직감에 화가 나는 마음을 간신히 누르고서 부드러운 목소리로 다시 말을 건넸다.

"무슨 보상 말씀이신가요?"

"그걸 몰라서 물어요? 이원 사촌 형이 그랬으니까 여기서 책임져야 하는 거 아닌가요?"

"분명히 말씀드리지만 우리 소속 연예인이 가해 당사자가 아닌 다음에야 우리가 책임져야 할 내용은 전혀 없어요. 다만, 치료를 거론했던 건 어디까지나 도의적인 차원에서 원이 안타까워하며 피해자를 돕기 원했기 때문이에요."

"역시 우리 이원. 음…… 그럼 우리 이렇게 하죠. 내가 금전적 보상을 포기할 테니 대신 이원 만나게 해 줘요."

로라가 제 귀를 의심하며 놀라 되물었다.

"네?"

"이원. 만나게 해 달라고요. 딱 하루만. 그럼 이번 일 없었던 일로 할게요. 이 정도면 서로 윈윈 아닌가? 이원은 이미지 관리해서 좋고, 나는 이원과 하루를 보낼 수 있으니 좋고."

로라는 말 같지도 않은 소리에 대외적으로 사용하던 상투적인 표정을 거두고 정색하고 말았다. 드디어 본색을 드러낸 여자의 제의는 재고의 가치도 없이 추악했고 로라는 속으로 경악하며 이를 갈았다. 차라리 보상금에서 그쳤으면 좋았을 것을 여자는 선을 넘어도 단단히 넘어 버렸다.

"지금 뭔가 크게 착각하고 계신 것 같네요. 이번 일에 이원은 아무런 잘못이 없어요. 이원도 피해자라고요. 그 사촌 형이라는 사람은 이원의 동의도 없이 홍보에 동생을 이용하는 것으로 모자라, 불미스러운 행동도 스스럼없이 했어요. 잘 알다시피 그 덕분에 이원의 깨끗한 이미지가 타격을 입는 건 불가피하게 됐어요. 그런데도 이원은 제 안위에 상관없이 피해자를 걱정했어요. 자신의 이미지야 어떻게 되든 말든 피해자 구제에 힘써 주기를 바랐다고요."

"그러니까 서로 깔끔하게 해결하자고. 내가 눈감아 준다니까? 개한테 물린

셈 치고 그날 그 레스토랑 사장과 있었던 일은 잊어 줄 테니까 이원 만나게 해 달라고, 그게 뭐 어려운 부탁인가? 겨우 하룬데? 그저 가벼운 데이트나 한번 하자는 건데 그게 어려워요?"

"미안하지만 하루가 아니라 단 한 시간이라도 우리 소속사 연예인을 위험에 노출하는 일은 할 수 없습니다. 그렇게는 못 해요. 아니, 안 합니다!"

로라는 인상을 쓰며 무언가 대꾸하려고 입을 뻥긋하는 여자를 효율적으로 막기 위해 말할 틈을 주지 않고 다시 말을 덧붙였다.

"우리 회사나 이원이나 아무 잘못 없이 떳떳한 이상 이번 사건 피할 이유 없고 은폐하고 싶은 마음 없습니다. 기사화된다면 그에 따라 대응할 준비와 각오, 다 되어 있어요."

자신이 의도한 것과 다르게 흘러가는 분위기 때문인지 여자는 적잖이 당황한 듯 보였다. 얼굴을 붉으락푸르락하며 서둘러 입을 여는 모습을 지켜보던 로라는 이번에도 여자가 말을 꺼내기 전에 선수 쳤다.

"마지막으로 이건, 같은 여자 입장으로 너무 우려스러워서 하는 말이니 오해 없이 들어 주면 좋겠어요. 당신이 정말 성추행이나 그 이상의 악행을 당했다면 이렇게 쉽게 타협하고 눈감아 주겠다 하지 말아요. 당신이 정말 피해자라면, 이건 절대 그냥 넘어가서는 안 될 일이고, 만약 피해자가 아니라면…… 절대 이런 상황을 역으로 이용해서도 안 될 일이에요. 한 번이라도 신중하게 생각해 줘요. 정말 피해를 본 사람은, 이런 상황을 이용하려는 사람 때문에 더 큰 고통을 받고 있다는 걸 말이에요."

로라는 관련 뉴스를 접할 때마다 너무 안타까웠다. 자신의 목적과 이익을 위해 허위 사실을 신고하는 이런 사람 때문에, 정작 피해를 본 사람은 제대로 된 도움을 받지 못한 채 오히려 색안경을 끼고 보는 사람들에게 2차 가해를 당하는 악순환은 정말 참을 수 없는 일이었다.

자신이 보기에 앞에 앉은 여자도 피해자이기보다 되레 목적을 위한 수단으로 상황을 이용하려는 사람에 가까워 보였기에 로라는 치미는 화를 억누를 수가 없어 이성적인 사고가 마비될 것 같았다. 조금 더 있다가는 정말 못 할 말까지 나올 것 같아 다시 말을 꺼내려는데 이번에는 앞에 앉은 여자가 더 빨랐다.

"하. 듣자 듣자 하니까, 그럼 내가 무슨 꽃뱀이라도 된단 말이야?! 이게 진짜 말이면 다인 줄 아나."

"미안하지만 더 이상 저와는 나눌 얘기가 없겠습니다. 곧 담당 변호사가 올 겁니다. 그분과 얘기 나누시죠."

로라의 말이 끝나기가 무섭게 여자가 자리에서 벌떡 일어서며 말했다.

"아니 무슨 이까짓 일로 변호사까지 불러?! 간단하게 해결할 수 있잖아. 왜 일을 키우냐고!"

"일을 키우는 쪽은 내가 아니라 그쪽이죠. 애당초 처음부터 폭행이 성립하지 않는 사건 아닌가요?"

결국 여자와 마찬가지로 자리에서 벌떡 일어서며 참지 못하고 속으로 하던 생각을 꺼내 버린 로라다.

"뭐, 뭐라고?"

여자의 신경질적인 목소리가 로라의 고막을 불쾌하게 파고듦과 동시에 누군가 소회의실 문을 두드리는 소리가 들렸다. 맞은편 벽에 걸린 시계를 보아하니 변호사가 도착한 듯싶었다.

"들어오세요."

여자를 노려보며 로라가 큰 소리로 외치자 회의실 문이 열리며 이 변호사가 들어서고 있었다. 웬일인지 이 변호사를 향해 시선을 돌리던 여자의 얼굴에 놀란 빛이 스쳤다. 여자가 급히 얼굴을 가리더니 주섬주섬 가방을 챙겨 서둘러 회의실을 빠져나가려 하자 이 변호사가 스쳐 지나는 여자의 팔목을 덥석 잡았다.

여자와 안면이 있는지 이 변호사는 냉철한 얼굴을 하고서 태연하게 그녀를 향해 인사했다.

"오랜만이에요. 여기서 또 보네요, 우서우 씨. 흔치 않은 이름이라 아직도 기억이 나네요?"

"아 씨. 이거 좀 놓고 말하죠? 변호사는 이렇게 사람 덥석덥석 잡아도 돼? 이거 폭행 아니야?"

"하. 그럼 도망치지 말고 일단 자리에 좀 앉죠? 얘기를 좀 해야 할 것 같으니까."

"웃겨, 진짜. 도망가기는 누가 도망간다고. 알았어요. 앉아요, 앉는다고."

짜증스럽다는 듯 신경질적으로 의자에 털썩 앉는 여자를 보며 이 변호사가 로라를 향해 뒤늦게 인사를 건넸다.

"안녕하세요, 이사님. 제가 좀 늦었나요?"

"아니요. 시간 맞춰 정확하게 오셨네요. 저는 이분과 할 말 끝났고요. 그런데 이 변호사님은 이분과 어떻게 아는 사이인지?"

자리에서 선 채로 로라가 이 변호사와 서우라는 여자를 번갈아 보며 물었다. 단정하게 검은색 투피스 정장을 차려입은 삼십 대 초반의 여자 변호사가 로라를 향해 의미심장한 미소를 지으며 말을 꺼냈다.

"벌써 2년이 지났나? 누군가 제 의뢰인에게 성폭행당했다고 고소를 했어요."

로라는 직감적으로 알 수 있었다. 그 누군가가 제 앞에 앉은 여자라는 사실을. 여자는 잔뜩 짜증스러운 얼굴을 하고서 변호사를 노려보고 있었다.

"우리 측 승소로 끝났고 우리가 무고죄로 소송을 했죠. 결과는 예상하시는 대로예요."

로라는 자신의 예측과 정확히 맞아떨어지는 여자를 경멸 어린 눈으로 보지 않기 위해 애써야 했다. 그렇게 로라의 정신을 지치게 했던 여자와의 문제는 변호사가 도착한 후 급진전되어 싱겁도록 빨리 마무리가 되었다.

온갖 짜증을 내며 여자가 떠나가고, 한동안 회의실에 머물며 이 변호사와 추후 발생 가능한 상황에 대한 논의를 이어 갔다.

대화를 계속하다 보니 그 여자의 상습적이고도 뻔한 수법에 생각보다 남자들이 쉽게 넘어간다는 것과 함께 그 상대가 비단 미혼자뿐만이 아니라는 사실은 실망을 넘어 경악을 안겼다.

일이 터진 후에는 대외적 이미지 또는 스스로 떳떳하지 못함에 잘못된 걸 알면서도 합의금을 건네는 사람들이 많다는 말에는 깊은 한숨이 절로 뿜어져 나왔다.

이 변호사와의 만남을 끝내고 집무실로 돌아가며, 조금의 잡음은 있겠지만 일이 크게 확대되는 일은 없을 것 같아 한시름 놓으면서도 불특정 다수에 대한 답답함과 불쾌한 마음에 좀처럼 화가 가라앉지 않고 속이 부글거렸다.

로라는 그 불특정 다수를 향해 속으로 욕을 퍼부으며 집무실 문을 벌컥 열었다. 하필 저를 기다리는 남자를 보며 엉뚱하게도 그에게 화가 와르르 쏟아지고 말았다.

"야! 대체 남자들은 왜 그래? 아무하고나 잘 수 있어? 애정이 없는데, 마음이 없는데? 꾀어내는 여자도 문제지만 그렇다고 홀랑 넘어가는 남자는 대체 뭐야? 미혼은 그래. 넘치는 혈기에 넘어갈 수 있다고 쳐. 그런데 유부남은 뭐야? 최소한 아내가 있는 사람은 그러면 안 되는 거 아냐? 서로에 대한 믿음은, 신뢰는? 아니 그럴 거면 결혼을 왜 하는데?"

저도 모르게 엉뚱한 곳에 다다다 화풀이하고서 소파에 털썩 주저앉았다. 목이 타 테이블에 놓인 생수를 들어 벌컥벌컥 들이켜는데 맞은편에 앉아 있던 운이 피식피식 웃더니 억울하다는 듯 말을 꺼냈다.

"그러게…… 누가 이렇게 누나의 심기를 건드렸을까? 하지만 말이야. 그렇게 성급한 일반화의 오류는 나로서는 조금 억울한 감이 있네. 아직 동정도 못 뗀 순결한 나에게 퍼부을 소리는 아니지 않아?"

푸훕. 생수를 들이켜다 말고 놀란 로라가 입 속에 머금은 물을 고스란히 분무기처럼 뿜어 버리고 말았다.

운은 사레가 들렸는지 죽을 듯이 기침을 해 대는 로라를 보며 서둘러 자리에서 일어나 그녀의 옆으로 다가갔다. 테이블에 놓인 티슈를 몇 장 뽑아서 로라에게 건네고 바로 옆에 앉아 등을 두드려 주며 말했다.

"아니 뭘 또 그렇게 놀라? 사람 무안하게. 누나 순결한 남자 처음 봐? 하긴 요즘 세상에 나 같은 남자가 없지. 뭐. 이해해. 놀랄 만해."

운이 웃음을 흘리며 천연하게 말하자 간신히 기침을 멈춘 로라가 그런 운을 매섭게 노려보았다. 운은 로라의 날카로운 눈매에 아랑곳하지 않고 다시 태연하게 입을 열었다.

"누나가 생각하는 것처럼 모든 남자가 다 그렇지 않거든? 그것도 사람 나름이겠지. 나를 봐. 아직 한 번도 안 했다니까?"

운이 말을 마치자마자 당황한 로라가 벌컥 화를 내듯 말을 던졌다.

"야! 너는 갑자기 그런 말을 왜 해?! 아니 무슨 그런 말을 아무렇지도 않게 해?!"

"참 나. 먼저 얘기를 꺼낸 건 내가 아닌 누나야. 아무나하고 잘 수 있냐, 애정이 없고 마음이 없는데 어떻게 자냐. 그거 물어본 거 아니었어? 그래서 대답한 거잖아. 나는 아무나하고 잘 수 없다고. 애정 없고, 마음 없이는 절대 불가라고. 그래서 여태 순결한 상태를 유지하고 있다고 말하는데 뭐가 잘못됐어?"

로라는 제 옆에 앉아서 저런 은밀한 사생활을 아무렇지도 않게 너무나 당당하게 말하는 운을 보며 황당해 그만 말문이 턱 막히고 말았다. 운은 그런 로라를 멀뚱멀뚱 보다 대수롭지 않게 다시 말을 꺼냈다.

"그러는 누나는 어떤데? 누나는 아무나하고 잘 수 있어? 애정 없이, 마음 없이? 꼭 남자만 그러라는 법은 없잖아. 여자도 그런 사람 많아. 누나는 어떤데?"

"내가 그런 게 가능했으면 이렇게 열을 올리겠어? 도대체 이해할 수가 없으니까 그러는 거 아냐. 나는 이렇게 어려운데 다른 사람들은 왜 그렇게 쉬운 거냐고. 한 번씩 이런 일을 보고 겪을 때마다 겁이 나서 내가 남자를 만날 수가 없어. 만나고 싶은 생각도 엄두도 안 난다고. 그나마 하나 있던 괜찮은 남자는 다른 여자가 생겨…… 하……."

로라는 유일하게 마음에 품었던 남자를 떠올리다 말고 화들짝 놀라 말을 멈추었다. 아무리 정신이 나갔기로서니 그 유일한 남자의 동생 앞에서 할 소리는 절대 아니었다.

단 한 번도 제 것이 아니었던 그 남자를 미련 없이 가슴에서 떠나보내며 마음이 허전하지 않다면 거짓이리라.

하지만 마치 하늘로부터 정해진 인연인 것처럼 너무나 잘 어울리는 산과 초롱을 보며 못 견디게 마음이 쓰라리거나 아프지는 않았다. 그저 서로에게 잘 맞는 인연을 만난 두 사람이 부러울 뿐이었다.

이미 가능성이라고는 없는 사람이었기에 생각보다 어렵지 않게 그 마음은 내려놓았지만 다른 불안이 조금씩 움텄다. 제 이상형에 완벽하게 가까운 이산 같은 사람을 다시는 만나게 되지 못할까 봐. 그런 사람이 또 없을까 봐 걱정스러웠다.

그런데 그 마음이 왜 하필 지금, 그것도 이운 앞에서 터져 나오는지 알다가도 모를 일이다. 로라는 네 살이나 어린 운의 말에 바보같이 말려든 자신을 탓하며 민망함에 입술을 깨물었다.

지금까지 오랜 기간 알고 지낸 친구의 동생이자 소속 배우였지만 이런 내용의 대화는 처음이었고, 이런 내밀한 대화를 다른 사람도 아닌 거의 친동생처럼 생각하고 아끼는 이운과 나누고 있다는 게 도무지 믿기지 않았다.

이미 쏟은 말을 다시 주워 담을 수 있다면 얼마나 좋을까. 로라는 오늘따라 자신이 왜 이렇게 흥분했는지, 무슨 일로 이렇게 열이 받았는지도 잊어버린 채 그에게 쏟은 말을 재빨리 떠올려 보는데 도대체 무슨 말을 지껄이고 있었는지 기억나지도, 다시 기억하고 싶지도 않았다.

'도대체 어쩌다 이런 얘기를 하게 된 거야! 하. 진짜 미친다. 미쳐.'

운은 열심히 항변하다 뒤늦게 멈칫하더니 이내 터질 듯 시뻘겋게 달아오르는 로라의 얼굴을 흥미롭게 바라보다 비집고 나오는 웃음을 참지 못해 쿡쿡거리며 웃었다. 그러다 알 만하다는 듯 고개를 끄덕이고서 원래 앉았던 로라의 맞은편 자리로 향하며 이렇게 말했다.

"아하. 결국 욕구불만인가?"

로라는 운의 입에서 나오는 단어 선정에 어이가 없어 턱이 툭 떨어지고 말았다. 더는 말려들지 말자. 다시는 이런 대화는 하지 말자. 조금 전까지 마음으로 했던 단단한 다짐은 의식 저편으로 홀랑 넘어가 버리고 다시 발끈하고 말았다.

"뭐, 뭐야? 욕구불만? 어떻게 내 말이 그렇게 해석이 될 수가 있어? 그런 거 아니거든?"

"냉철한 오로라답지 않게 뭘 또 그렇게 파르르하고 그래? 이런 일 보고 겪을 때마다 누나 겁난다며, 그래서 남자 만나는 게 꺼려진다는 거 아냐? 누나는 유혹에 쉽게 넘어가지 않고, 믿음과 신뢰를 바탕으로 한 진실한 사람을 간절히 바라는 거잖아. 그게 욕구지. 그런 욕구가 채워지지 않으니 욕구불만이라고 표현한 건데 뭐가 잘못됐어?"

이운이 원래 이렇게 언변이 화려한 녀석이었나? 혹시 평소처럼 싱거운 장난을 하는 건 아닌지 유심히 운을 바라보는데 여느 때보다 진지하게 말하는 모습은 장난이라고 보기에는 어려움이 있었다.

로라는 차라리 짓궂은 장난이면 얼마나 좋을까 생각했다. 반박할 수도 없이 논리 정연하게 하는 말을 들으니 욕구불만이라는 단어를 오직 성적인 뉘앙스로만 받아들인 자신이 민망하게 느껴져 다시 얼굴로 열기가 뻗치는 기분이었다.

"하……. 그래. 맞아. 나 욕구불만이다. 됐어?"

운은 체념한 듯 한숨을 내쉬는 로라의 귀여운 모습에 다시금 웃음이 비집고 나오려는 걸 간신히 참으며 작정하고 충고의 말을 꺼내 들었다.

"누나. 아까도 말했지만, 남자들은 다 똑같다고 생각하는 그 편견부터 버려. 그건 남녀의 차이가 아니라 사람마다 가진 고유의 성질이나 생각 또는 품성의 차이라고 봐. 그렇게 생각하면 좁은 시야가 한결 넓어질 거야. 그리고 두 눈 똑바로 뜨고 잘 찾아봐. 좋은 남자는 분명 존재하고 있고 그리 멀지 않은 곳에 있을 수도 있어. 굳이 멀리서 찾으려 애쓰지 말고 가까이에서 잘 찾아보라고. 본디 인연은 가까운 데 있는 법이지."

"하. 가까이 그런 남자가 있었으면 벌써 잡았겠지."

로라는 태연한 척 말하고서 속으로 엄청 뜨끔했지만 하는 수 없었다. 분명 그런 남자가 가까이에 있었다. 단 한 번의 거절로 쉽게 다가서지 못한 그런 좋은 남자는 분명히 가까운 곳에 있었으니까.

상처받을 걸 두려워하지 않았다면, 그 옛날 그에게 좀 더 솔직하게 마음을 비쳐 봤으면 어땠을까. 조금 더 용기를 냈더라면 그 좋은 남자가 지금쯤 내 것이 되어 있었을까?

로라는 다시금 자신을 거절할 때의 단호했던 산의 표정이 번쩍 떠오르며 고개를 절레절레하고 말았다. 모르긴 몰라도 그때 용기 충만했다면 아마 평생 가도 얻지 못할 좋은 친구를 하나 잃는 것밖에는…… 오히려 득보다 실이 더 컸을 것이다.

잠시 생각이 엉뚱하게 흘렀던 로라는 자신을 유심히 바라보는 운을 보며 그와 나누던 대화를 떠올렸다. 그런 좋은 남자가 있었음에도 잡지 못했지만 그렇다고 운에게 내가 놓친 게 바로 네 형이다. 라고 말할 수는 없는 노릇 아닌가.

생각 같아서는 망할 네 형을 알게 된 후로 사람을 보는 기준이 너무 높아져서 다른 사람은 아예 눈에 들어오지도 않는다. 라고 화풀이라도 하고 싶지만, 오늘은 이미 평소의 이성적인 모습에서 한참 벗어나 있었기에 더는 부끄러운 모습을 보이기 싫었다. 가만히 속으로 삼킬 수밖에.

운은 희미하게 미간을 찌푸린 채 한동안 생각에 빠진 듯한 로라를 바라보다 넌지시 말을 건넸다.

"구석구석 잘 찾아는 봤고?"

"뭐?"

"가까이 그런 사람이 있나 없나 잘 찾아봤냐고."

운의 말에 급히 떠오르는 사람은 자신의 아빠와 이산밖에 없었다.

"그런 사람은 있지, 귀신같이 빨리 채 가. 내가 의식하는 순간은 이미 늦은 거라고. 하…… 그만하자. 이런 영양가 없는 대화. 내가 어쩌다 너하고 이런 말을 하고 있는지. 그나저나 너는 왜 온 거야? 휴가 갈 준비 해야 하는 거 아냐?"

로라는 불편한 대화의 방향을 바꾸고 싶어 뒤늦게 찾아온 용건을 물었고 운은 그런 로라의 마음을 꿰뚫어 보며 아직 끝나지 않은 대화에 다시 그녀를 끌어들였다.

"나는 어떻게 생각해? 참고로 아직 순수해. 몸도 마음도. 언제까지 현 상태를 유지할 수 있을지 알 수는 없지만, 현재로서는 아주 매력 터지는 조건 아닌가? 누나가 생각하는 도덕적인 이상형에 완벽하게 가까운 사람이 난데. 어때?"

로라는 말 같지도 않은 농담을 하며 능글맞은 미소를 짓는 운의 모습에 웃음이 터지고 말았다.

"풋. 푸하하하. 야. 너는 농담을 해도 무슨 그런 무시무시한 농담을. 나는 있지, 오래오래 살고 싶어. 언제가 될지 모르겠지만 결혼해서 애도 한 셋은 낳고 싶고, 살면서 강산이 변하는 풍경도 몇 번은 더 보고 싶어. 네 팬들한테 들들 볶여 죽고 싶은 마음 없거든?! 어우야, 상상만 해도 끔찍하고 무섭다."

"난 농담 아닌데? 누나 연하는 어떻게 생각해?"

농담이 아니라고 말하는 운의 얼굴에 장난기가 다분했고 로라는 이런 장난을 진심으로 들을 만큼 세상 물정에 어둡거나 어수룩한 나이가 아니었다.

로라는 이 장난을 받아 줘? 말아? 고민하다 다시는 이런 농담은 꺼내지도 못하게 쐐기를 박는 것으로 마음을 정했다.

"생각하고 말고 할 것도 없어. 나한테 연하는 남자가 아니야. 고려 대상에 있지도 않고 생각해 본 적도 없어. 심지어 너는 한두 살 어린 것도 아니고 무려 네 살이야. 이건 아무리 눈감아 주려야 눈감아 줄 수가 없는 차이라고. 이 정도면 대답이 될까?"

"그래? 남자가 아니다……. 그것 참 아쉽네."

말을 마치기가 무섭게 운이 자리에서 벌떡 일어서더니 테이블을 양손으로 짚고서 로라의 코앞으로 얼굴을 불쑥 들이밀었다.

로라는 마치 입술을 부딪칠 듯 성큼 다가온 운을 보고 놀라 눈을 함지박만하게 뜨며 잔뜩 들이마신 숨을 참았다. 평소 장난기가 다분한 운이었지만 이런

도를 넘은 장난을 친 적은 한 번도 없었는데.

그의 눈빛은 자신의 두 눈을 뚫어져라 바라보고 있었다. 운의 얼굴에 머물러 있던 은은한 미소는 이미 걷히고 없었고 그 자리에는 선명하게 굳은 입매만이 단호한 모습을 그리고 있었다.

로라는 저도 모르게 입 속에 고인 침을 꿀꺽 삼켰다. 그 순간 운의 입꼬리가 미세하게 흔들렸다고 느꼈다. 당장이라도 장난은 그만두라고 호통을 쳐야 하는데. 로라는 아무 말도 할 수 없이 사고가 정지된 사람처럼 미동이 없었고 숨을 쉴 타이밍조차 잡지 못해 여전히 호흡을 참고만 있었다.

그때 닫혀 있던 운의 입이 서서히 열리나 싶더니 바닥까지 내려간 듯 낮은 그의 목소리가 들려왔다.

"연하는 남자도 아니라며, 숨은 왜 참는데?"

말을 마치고서 천천히 허리를 세우고 일어나 씩 웃으며 집무실을 유유히 빠져나가는 운의 뒷모습을 로라는 넋을 놓고 바라보았다. 이윽고 집무실 문이 닫히는 소리와 함께 참았던 숨을 일시에 내뱉었다.

숨을 오래 참았던 탓인지 심장의 리듬이 갑자기 빨라졌고, 코끝에는 아직도 그의 애프터셰이브 향이 은은하게 맴돌고 있어 로라를 당황스럽게 만들었다.

'가만…… 이거 어디서 많이 본 장면인데?'

섬광처럼 여러 이미지가 동시에 떠오르며 로라의 머리가 바쁘게 돌아가다 어느 한 시점에 생각이 딱 멈추었다.

'하…… 이거 운이 촬영했던 영화의 한 장면이잖아.'

'연하는 남자도 아니라며 숨은 왜 참는데.'

이 유명한 대사가 나오는 장면은 영화에서 이운이 주인공의 심리를 완벽하게 표현했다며 극찬을 받은 명장면 중의 하나였다. 심지어 방금 지었던 표정은 영화에서 보여 주었던 모습 그대로였다.

"미쳐 내가. 그걸 왜 이제야 알아챈 거야!"

로라는 태풍처럼 휘몰아치는 민망함에 눈을 질끈 감고 말았다. 눈을 감았다

뜨는 순간만큼 짧은 시간, 설마 진심으로 하는 말이면 어쩌나 머릿속에 잠시 떠올랐던 생각에 온몸에 솜털이 바짝 일어서며 긴장했던 자신이 부끄러워 미칠 것 같았다.

보기 좋게 짓궂은 장난에 홀랑 넘어간 자신을 보며 얼마나 웃고 있을까 몸서리가 쳐지는데 때마침 테이블에 아무렇게나 놓인 휴대폰에서 알림음이 울렸다. 로라는 서둘러 휴대폰을 들어 문자를 확인했다.

「어제부터 저기압이라며. 누나 좋아하는 마카롱 사 뒀어. 미니바에 있으니까 먹고 당 충전해. 그리고 다음에도 숨 참으려면 영화의 다음 장면을 생각하라고. 수고!」

지금까지도 최고의 키스신으로 칭송받는 영화의 다음 장면은 굳이 생각할 필요도 없이 이미 로라의 머릿속을 장악하고 있었다. 아니, 이미 수십 번을 넘게 봤던 그 장면은 뇌리에 단단히 각인되어 있었다.

그래서 뭐. 어쩌라고. 로라의 혼란스러운 마음을 대변하듯 그녀의 입에서 짧은 말이 새어 나왔다.

"미친놈."

로라는 당황스러웠던 운의 장난을 얼른 털어 버리고 서둘러 초롱에게 전화를 걸었다. 신호음이 두 번 울리기도 전에 초롱이 전화를 받았다.

— 네. 이초롱입니다.

로라는 초롱의 차분함 속에 깃든 긴장감을 알아채고서 곧바로 본론으로 들어가 피해자와 있었던 일을 말해 주었다. 놀랐는지 쉽게 말을 꺼내지 못하는 초롱의 짧은 숨소리만이 수화기로 전해지고 있었다. 로라는 초롱이 마음을 놓을 수 있게 얼른 다시 말을 이었다.

"초롱 씨, 너무 걱정하지 않아도 되겠어요. 그 여자는 피해자도 아닐뿐더러 고의로 이런 상황을 유도한 데다 동종 전과가 있어 고소하기는 힘들 거예요. 아마도 처음부터 합의금을 노렸던 게 아닌가 싶어요."

로라는 원과의 시간을 원한다던 그 여자의 추한 목적까지는 초롱에게 말하지 않는 것이 좋을 듯싶어 말을 아꼈다.

“이 문제는 이쯤에서 마무리될 테지만 다른 문제는 여전히 남아 있어요.”

— 초원이를 홍보 수단으로 이용하는 게 여전히 문제가 되는 거죠?

“네. 맞아요. 당장은 우리에게 직접적인 피해가 발생하지 않았지만, 이기주라는 사람이 또 같은 일을 되풀이하지 말란 법은 없으니 충고는 분명 필요할 듯해요. 그래서 말인데, 초롱 씨나 원이가 그 사람에게 직접 연락을 취하는 것보다, 회사 대변인을 통해서 그쪽에 관련 내용을 전달하고 주의를 주는 것으로 마무리하고 싶은데 초롱 씨 생각은 어때요?”

— 네. 그렇게 해 주시면 감사하죠. 우리가 직접 연락을 하면 관계가 더 악화되거나 오히려 화를 부추길 수도 있을 것 같아요.

“내 생각도 같아요. 이번에는 변호사 통해서 경고 정도로 마무리할게요. 다음에 또 다른 문제가 생긴다면 그때는 법적으로 추가 조치를 해야겠지만요.”

— 네. 알겠습니다. 감사합니다, 이사님, 초원이한테는 제가 말할게요.

“그래요. 고마워요. 초롱 씨 수고해요.”

전화를 끊고서 시계를 확인하니 어느새 점심시간이 다가왔다. 로라는 테이블에 놓인 물건들을 챙겨 책상으로 향하다 말고 들려오는 휴대폰 벨 소리에 발신자를 확인하며 고개를 갸웃했다. 반가운 마음보다 의아한 마음이 앞선 로라가 서둘러 전화를 받으며 곧장 물었다.

“이산, 너 독일 출장 간 거 아니었어? 지금 거기 새벽 아냐?”

— 맞아. 새벽 5시야.

“그러니까, 그런 꼭두새벽부터 무슨 일이야?”

— 초롱이한테 무슨 문제 생겼어?

그러면 그렇지. 네가 그 일이 아니면 꼭두새벽부터 나에게 전화할 리가 없겠지. 로라는 산의 잠긴 듯한 목소리에 못 말린다는 듯 고개를 설레설레 내젓고서 책상 의자에 앉으며 다시 물었다.

“누가 그래? 초롱 씨가 말했을 것 같지는 않은데.”

— 운이 문자 왔더라. 그래서 무슨 일인데?

로라는 나지막이 한숨을 내쉬며 초롱에게 했던 말을 처음부터 다시 산에게 전해야 했다. 잠잠히 말을 듣던 산에게서 깊은 한숨 소리가 들리더니 이내 그의 음성이 흘러나왔다.

— 내가 도와줄 일은 없어?

"현재로서는 없어. 그 사람이 문제를 더 일으키지 않기를 바랄 뿐이야."

— 그래. 언제라도 내 도움이 필요하면 말해.

"말은 고마운데 우리 회사도 이 정도 일 해결할 능력은 충분해. 그러니까 너까지 걱정할 필요 없거든?"

— 미안. 또 내가 오로라 자존심을 건드렸나 보네. 그나저나 초롱이 계약은 잘 했어?

"그럼. 원이하고 같이 왔었어. 원이가 어찌나 꼼꼼하고 야무지게 잘 챙겨 주던지, 본인 계약서 볼 때보다 더 신중하게 잘 살펴보더라."

— 그래야지. 하나밖에 없는 누난데. 아차…… 초롱이 매니저는 당연히 여자겠지?

"나 참. 기가 막혀. 이렇게 걱정이 되는 걸 출장은 어떻게 가셨나 몰라. 아예 이참에 네가 초롱 씨 매니저 해 보는 건 어때?"

— 하하하. 그것 참 구미가 당기는 제안이네.

로라는 시원스레 웃는 산의 웃음소리에 저도 모르게 덩달아 피식 웃었다.

— 오로라, 여러모로 고맙다. 바쁠 텐데 수고해라. 그만 끊을게.

로라는 끊어진 휴대폰을 책상에 올려 두고서 그 먼 곳에 출장을 가서도 사랑하는 사람을 걱정하는 산을 떠올리며 가슴에서 우러난 깊은 한숨을 내쉬었다.

'내 사람도 어딘가에 있긴 하겠지?'

3권에서 계속